KB067659

변씨부인 스캔들

변씨부인 스캔들 1

|지은이_육시몬|초판 1쇄 찍은 날_2016년 3월 9일|초판 1쇄 펴낸 날_2016년 3월 18일|발행처_도서출판 청어람|펴낸이_서경석|편집책임_조윤희|편집_이은주. 주은영|디자인_신현아|경기도 부천시 원미구 부일로 483번길 40 서경B/D 3F (우) 420-822|등록_1999년 5월 31일(제387-1999-000006호)|전화_032-656-4452|팩스_032-656-4453|http://www.chungeoram.com|E-mail_chungeorambook@daum.net|어람번호_제8-0066호|파본은 구입하신 서점에서 교환하여 드립니다. 저자와 협의하여 인지를 붙이지 않습니다. 책값은 뒤에 있습니다. 이 책은 도서출판 청어람과 저작자의 계약에 의해 출판된 것이므로, 무단 전재 및 유포·공유를 금합니다.

ISBN 979-11-04-90674-9 04810
ISBN 979-11-04-90673-2 (SET)

변씨부인 스캔들

1 육시몬 장편소설

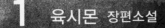

도서출판 청어람

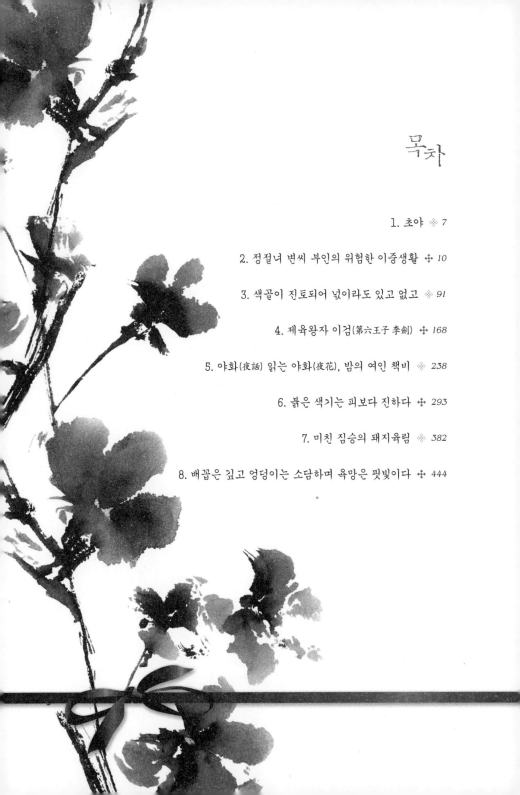

목차

1.

초야

"나는 이미 정혼한 몸이오."

사모관대를 쓴 새신랑이 신방에 들어 처음으로 한 말이었다.

"비록 세상에 인정받지 못한 혼인이었으나 내 심중에 내자는 그 여인 하나뿐이오. 죽는 순간까지."

첫날밤에 이게 무슨 청천벽력 같은 소리인가? 연지곤지를 찍고 원앙금침 옆에서 다소곳이 기다리던 새신부 백영이 고개를 번쩍 들었다. 그리고 처음으로 신랑의 얼굴을 보았다. 번듯한 생김이긴 하나 파리한 혈색에 그늘진 눈언저리가 한없이 음울해 보였다.

"기다리지 말고 먼저 주무시오."

그는 더 이상 할 말이 없다는 듯 새신부의 옷고름조차 풀어주지 않은 채 단호하게 일어섰다.

"그렇다면!"

백영이 다급한 마음에 지아비의 옷자락을 부여잡았다. 저도 모르게 나온 대담한 행동에 자신조차 놀랐지만 그만큼 절박한 심정이었다. 그리고 묻고 싶었다.

"왜 저와 혼인을 하신 겁니까?"

"문중의 뜻이었소. 그대도 위세 높은 이씨 가문의 며느리 자리면 충분한 것 아니었소? 내 마음까지 바라진 마시오."

새신랑은 싸늘한 말투만큼이나 매몰차게 옷자락을 잡아채 백영을 떨쳐냈다. 그녀가 주안상 위로 엎어지며 와장창 소리가 났다. 그리고 모란을 수놓은 아름다운 활옷이 음식물로 더럽혀졌다. 하지만 그는 한 번 돌아보지도 않고 신방을 박차고 나가 버렸다. 활짝 열린 방문으로 점점 멀어져 가는 그의 뒷모습이 보였다. 그 순간 너무나 잔인하게 깨달았다. 붉은 달 아래 길게 드리운 저 그림자조차 그녀의 것이 될 수 없음을.

'절대 용서할 수 없어!'

백영은 울지 않기 위해 이를 악물었다.

'죽어버려!'

모욕감은 강렬한 원망으로 바뀌고 그를 향해 소리 없는 절규가 터져 나왔다.

그렇게 신방을 뛰쳐나간 새신랑은 날이 밝아서야 돌아왔다. 어딜 다녀온 것인지 안색이 몹시 창백하고 식은땀까지 흘리더니 빈껍데기처럼 허물어져 버렸다. 그리고 사흘을 고열에 시달리며 사경을 헤맸다. 의원이 다녀갔으나 원인을 알아내지 못했고 백약도 무효했다.

"남원, 남원으로……."

힘겹게 눈을 뜬 지아비가 울컥 검은 피를 토해냈다. 눈자위와 입술까지 까맣게 타들어간 모습이 이미 죽은 사람과 진배없었다.

"서방님! 정신을 차려보십시오. 이대로 가시면 아니 됩니다!"

백영이 그를 붙들고 울부짖었다. 하지만 다가오는 그의 죽음이 사무치게 애달파 눈물이 흐르는 게 아니었다. 죽어버리랬다고 정말 죽다니, 두려웠다. 그리고 억울했다. 첫날밤조차 보내지 못한 사내로 인해 자신의 남은 인생 역시 무덤 속에서 살게 될 거라는 것이.

"남원의…… 그네를 뛰던 그곳에…… 네가 찾는 그것을……."

그가 떨리는 손을 들어 올려 백영의 팔목을 움켜쥐었다. 새까맣게 변해 버린 손톱이 그녀의 살을 파고들 정도로 엄청난 힘이었다.

"무슨 말씀을 하시는 겁니까? 남원이라니요?"

"춘향아!"

마지막 남은 힘을 쥐어짜 낯선 여인의 이름을 부르고선 손이 툭 떨어졌다. 백영의 지아비 이몽룡은 그렇게 허무하게 숨을 거두었다. 그녀의 나이 겨우 열여섯이었다.

2.

정절녀 변씨 부인의
위험한 이중생활

3년 후.

"도련님, 그러면 불부터 끄고 벗사와요."

"불을 꺼서야 무슨 재미가 있겠느냐? 너의 가는 허리를 안고 꽃잎 같은 입술을 열어 주홍 같은 혀를 빨면 저고리 고름이 절로 풀리고 치맛단이 사라락 흘러내려 백옥보다 흰 속살이 보일 터인데!"

"아잉, 부끄러워 나는 못 해요!"

"오늘 밤 가시버시 맺은 사이에 뭐가 부끄럽다고. 이리 오너라, 업고 놀자! 너와 나 벗고 놀고 업고도 노니 사랑 사랑 사랑 내 사랑이야. 용궁 속의 수정궁, 월궁 속의 광한궁, 이 궁 저 궁 다 버리고 합궁하니 너의 다리 사이 오목궁에 나의 심술 방망이로 떨구덩 길을 내자꾸나!"

낭독이 절정을 향해 나아가는데 '어머나!' 하는 누군가의 탄성에 뚝 끊겼다. 그러자 숨죽여 듣고 있던 규방의 여인들이 키득키득 웃음을 터뜨렸다. 다과상 앞에 앉은 모두의 시선은 방 한가운데서 번갈아 서

책을 낭독하던 두 부인에게 쏠려 있었다. 예조판서 댁 며느리 홍씨 부인과 좌의정 댁 조씨 부인이다.

"벌써 신음이 터져 나오면 어쩌누? 이제 시작인데."

홍씨 부인이 가볍게 눈을 흘기며 퉁을 줬다.

"맨몸으로 업음질하는 것보다 더한 것이 있단 말이오?"

꿀꺽 마른침을 삼키며 묻는 이는 한성판윤의 여식이자 예문관 응교의 부인 박씨다. 판의금부사 댁 유씨 부인, 호조판서 댁 마씨 부인, 대사간 댁 숙영 낭자 등, 한다하는 집안의 아녀자들로 이루어진 다례 모임에서 장안 최고의 인기 소설 '춘향뎐'을 은밀히 낭독 중이었다.

남원 부사의 아들 이 도령이 퇴기의 딸 춘향에게 한눈에 반하여 그날로 첫날밤을 치르고 혼인을 약조하는 내용으로, 어지간한 춘화보다 색(色)하다는 소문이 파다하게 퍼져 도성 안 부녀자들이 너도나도 필사본이라도 구하려 안달이었다.

"물론 있다마다요. 벗고 하는 놀음 중엔 말놀음이 최고지요."

홍씨 부인이 의미심장하게 모두를 둘러보았다.

"말놀음이라니? 그건 또 뭐랍니까?"

"내숭들은. 다들 첫날밤에 해보시지 않으셨소? 마씨 부인은 말놀음을 하다 아들을 셋씩이나 생산하셨다지요?"

"어머나, 망측해라!"

오가는 부인들의 농에 숙영 낭자가 두 손으로 얼굴을 가렸다.

"숙영이 너도 허 참판 댁 도령과 곧 혼례를 올리려면 알아둬야 할 것이니 미리 잘 들어두어라."

홍씨 부인이 짓궂게 웃으며 다시 책을 읽기 시작했다.

"사랑 사랑 내 사랑 어화둥둥 내 사랑~ 이리 오너라, 벗고 놀자! 벗은 김에 춘향이 너는 말이 되어 방바닥을 기어라. 나는 마부가 되어

네 엉덩이에 딱 붙어서 낭창낭창 가는 허리를 잡고 볼기를 딱딱 치며 '이랴! 이랴!' 하거든……."

이팔 이팔 둘이 만나 미친 마음 세월 가는 줄 모르는가 보더라. 술술 읽어 내려가는 이팔청춘들의 놀음에 온몸이 간질간질 노골노골해지려는 찰나, 누군가 탁자를 탕 치며 자리를 박차고 일어났다.

"참으로 민망하여 함께 앉아 있기가 힘들군요! 벌건 대낮에 사대부가의 부녀자들이 모여 이 무슨 해괴한 짓거리입니까? 이런 모임인 줄 알았다면 나오지 않았을 것입니다."

따끔하게 일갈하는 이는 바로 백영이었다.

혼인한 지 사흘 만에 지아비를 잃고 따라 죽으려 약을 먹었으나 구사일생 살아나, 이번엔 몇 날 며칠 곡기를 끊어 굶어 죽으려 하였으나 시부모의 만류로 그 또한 이루지 못하였다. 그리하여 스스로 죄인이라 책망하며 삼 년을 하루같이 통곡으로 보냈다는 그 유명한 정절녀, 변씨 부인!

탈상을 한 그녀가 오랜 칩거 끝에 처음으로 다례 모임에 참석한 터였다. 흰 백(白)에 꽃 영(榮), '하얀 꽃'이라는 이름처럼 청초한 얼굴에 금방이라도 부서질 듯 가녀린 모습이지만 커다란 눈망울엔 당찬 결기가 어려 있었다.

"조만간 그 댁에 열녀문이 내려질 것이라는 풍문이 맞나 보군요. 이리 절개가 높은 며느리를 두셨으니 그 댁 어른들은 참으로 좋으시겠습니다."

홍씨 부인이 은근히 비꼬아 말했다.

"열녀문이 백 개가 내려진들 지아비의 목숨과 바꾸겠습니까? 저는 이만 가보겠습니다."

차가운 무채색의 차림만큼이나 싸늘하게 답하며 백영이 돌아섰다.

"흥, 고고한 척하기는!"

"그래도 참으로 대단하지 않습니까? 저희 어머님께선 늘 변씨 부인의 절개를 본받아야 한다고 하십니다."

"절개는 무슨, 팔자가 세니 서방을 잡아먹은 게지. 이래서 집안에 사람이 잘 들어와야 된다니까."

이런저런 수군거림이 뒤에서 들려왔지만 못 들은 척 방을 나섰다. 그런 백영의 얼굴에 얼핏 짓궂은 미소가 스쳐갔다.

달도 없는 깊은 밤, 쥐 죽은 듯이 조용한 저잣거리에 쓰개치마를 쓴 두 여인이 나타났다.

"아씨, 제발 그만두세요. 한두 번도 아니고 이러다 걸리면 우리 다 죽습니다. 장안 최고의 정절녀가 밤이슬을 맞다니요. 사람들이 아씨를 얼마나 칭송하는지 아시잖습니까?"

점순이 불안하게 두리번거리며 종종걸음을 걸었다. 납대대한 얼굴부터 살짝 엿보이는 귓불에까지 이름처럼 점이 많기도 하다.

"지랄염병! 내가 열녀가 되고 싶어 된 것이냐? 과부가 목숨 부지하고 살려면 열녀 흉내라도 내야 어쩌겠느냐? 이런 씁다 뱉을 열녀 행세, 정말 적성에 안 맞아서 못해먹겠다! 첫날밤이나 보내고 이 꼬라지가 됐으면 덜 억울하지, 이렇게라도 풀지 않으면 이 창창한 나이에 밤마다 어찌 참고 살라고!"

두 뺨이 발그레하게 달아오른 백영이 그렁그렁한 큰 눈에서 울컥 눈물을 쏟아냈다. 낮에 보았던 고고한 정절녀의 모습은 온데간데없고 비틀비틀 갈지자걸음에 술 냄새가 폴폴 풍겨왔다.

"술도 좀 작작 드시라니까요. 술만 마시면 우는 버릇을 고치시든가요!"

'삼 년을 하루같이 곡을 한 열녀 같은 소리 하고 있네! 술버릇이 더러운 게지. 고주망태 욕쟁이 열녀라니……. 아이고, 이년의 팔자야!'

점순이가 땅이 꺼지게 한숨을 내쉬었다.

"오늘 드디어 대망의 완결편을 다 쓰지 않았느냐? 기분이 좋아서 딱 한 잔 했다."

"한 잔은 무슨. 걸음이나 똑바로 걸으면서 공갈을 치십시오."

"염병에 땀도 못 낼 년! 주인아씨에게 공갈친다는 몸종은 너밖에 없을 게다!"

"이렇게 욕 잘하는 주인아씨도 아씨밖에 없을 겁니다요."

티격태격하는 모양이 주인과 노비 사이가 아니라 오래된 동무 같다. 아닌 게 아니라 어릴 적부터 함께 자라 시집오면서도 데려온 점순이는 항상 백영의 곁을 지키는 하나뿐인 벗이었다.

"흥! 두고 봐라. 이번 완결편이 나오면 세상이 발칵 뒤집어질 터이니!"

"아휴, 그렇겠지요. 춘향뎐을 쓴 자를 찾아내려고 발칵 뒤집힐 테니까요. 남녀가 보자마자 눈이 맞아 그날 당장 동침을 했다 하여 막장이라 난리가 났었는데 이번 것은 대궐까지 발칵 뒤집힐 이야깁니다요. 어찌 이리 겁이 없으십니까?"

"지들이 나를 잡겠다고? 작자 미상을?"

눈물이 쏙 들어간 백영이 자신만만하게 코웃음을 쳤다.

미상.

이것은 그녀의 필명이었다. '콩쥐팥쥐뎐', '선녀와 나무꾼-완전한 사육', '별주부뎐-자라부인의 역습', '이솔낭자뎐-아오, 이솔아!', '진주난봉가', '이십팔색기가(二十八色妓家)' 등 요즘 인기 좀 있다 하는 소설들은 모두 천재 매설가 '미상'의 작품이었다.

그녀의 작품 속 여인들은 온갖 고난을 이겨내고 결국엔 임금이나 돈 많고 잘생긴 사내를 만나 잘 먹고 잘 사는 이야기로 백영 본인은 물론 도성 부녀자들에게 대리만족을 주었다. 막장이라 비난하는 이들도 있었지만 미상의 소설은 불티나게 팔렸다. 특히 아녀자들의 가슴에 불을 확 싸지르는 끈적끈적한 남녀상열지사에 관해선 그녀가 최고였다. 그중에서도 가장 폭발적인 인기를 얻은 것이 바로 춘향뎐인데, 상권과 중권에 이어 완결편만 남겨두고 있었다. 그리고 오늘은 그 마지막 원고를 넘기는 날이었다.

　"아씨, 근데 서방님의 함자는 밝히지 않아 아무도 이 도령이 이몽룡인지는 모르겠지만 춘향이가 정말 살아 있다면 춘향뎐 때문에 곤란해지지 않았을까요?"

　"내가 왜 그 여우같은 계집을 배려해야 하는데? 아주 없는 얘기를 쓴 것도 아니고!"

　"그래도 그냥 소설도 아니고 이리 난잡한 소설에 등장을 했으니 시집이나 제대로 갈 수 있겠습니까?"

　"뭐야? 난잡? 그리 못마땅하면 너는 안 보면 될 게 아니냐? 부인네들은 좋아서 환장하는데 소설이 인기만 많으면 장땡이지."

　"쯧쯧, 그러니 막장이라고 욕을 먹는 겁니다."

　"너는 대체 누구 편을 드는 게냐? 내가 춘향이라는 년 때문에 첫날밤에 어떤 수모를 겪었는지 알지 않느냐? 그러고도 서방님은 마지막 순간까지 그 계집의 이름을 부르며 죽어버렸다. 그런데도 수절은 그 계집이 아니라 내가 하고 있지!"

　백영이 다시금 울컥하자 길바닥에서 몹쓸 주정을 할까 싶어 점순이가 얼른 제 주둥이를 때렸다.

　"어휴, 요놈의 주둥이! 제가 잘못했습니다요, 아씨. 이제 다 왔으니 진정하시고 완결편이나 이리 내주세요."

어느새 천 서방의 유기전 앞이었다. 낮에는 유기를 파는 점포이지만 밤이면 은밀히 춘화나 농도 짙은 패관 소설 등을 파는 곳으로, 미상의 작품은 이곳에서만 거래했다. 직접 나서기 조심스러운 백영을 대신하여 언제나처럼 점순이가 원고를 안고 소리 없이 안으로 들어갔다.

그리고 얼마나 시간이 지났을까? 뒷문에 기대서 꾸벅꾸벅 졸다 제풀에 화들짝 놀라 깨어보니 아직도 점순이가 나오지 않았다.

'이리 오래 걸릴 리가 없는데?'

아무래도 이상한 생각이 들어 조심스레 문을 밀어보았다. 고요한 실내엔 아무런 인기척도 느껴지지 않았다. 그런데 몇 발짝 더 안으로 들어가니 뜻밖에도 천 서방이 피를 흘리며 쓰러져 있는 것이 아닌가? 그리고 그 옆엔 춘향뎐 완결편이 떨어져 있었다.

"꺄아악!"

소스라치게 놀라 비명을 지름과 동시에 목 밑으로 날카로운 칼날이 들어왔다.

"네가 미상이냐?"

싸늘한 목소리에 술이 확 깨면서 정신이 번쩍 들었다. 검을 겨누고 있는 건 흑색 가면으로 얼굴을 반쯤 가린 사내였다. 두려움에 아무 대답도 못 하고 얼어붙어 있는데 어디선가 놋그릇이 날아와 가면자객의 어깨를 강타했다.

"아씨, 도망치세요!"

기둥 뒤에 숨어 있던 점순이가 달려 나오며 필사적으로 소리쳤다. 백영은 자객의 자세가 잠시 흐트러진 틈을 타 그를 힘껏 밀치고 밖으로 도망쳤다. 하지만 이내 등 뒤에서 그녀를 뒤쫓는 발자국 소리가 들려왔다. 백영은 두려움에 돌아볼 생각도 하지 못하고 그저 달리고 또

달렸다. 그리고 황급히 길모퉁이를 도는 순간, 쏜살같이 튀어나온 한 선비와 세차게 부딪혔다. 그 바람에 선비가 달려오던 속도를 이기지 못하고 그녀를 덮치며 넘어졌다.

난향(蘭香).

몸과 몸이 포개어지며 선비에게서 난의 향기가 물씬 풍겨왔다. 하지만 그 그윽함도 잠시, 백영의 입에서 또다시 '꺄아악!' 비명이 터져 나왔다. 몸 위로 쓰러진 선비의 한 손이 그녀의 봉긋한 가슴을 움켜쥔 것이다! 한데 발딱 몸을 일으키기는커녕 한술 더 떠 그녀를 와락 끌어안고 한 바퀴 구르는 것이 아닌가? 그리고 백영이 미처 저항할 새도 없이 두 사람이 쓰러져 있던 자리에 자객의 검이 내리꽂혔다.

"나리, 무슨 일이십니까!"

때마침 옆구리에 큰 칼을 찬 무사 둘이 모퉁이에서 뒤쫓아 나오자 그제야 선비가 벌떡 일어나 자객에게 통렬하게 소리쳤다.

"네 이놈! 감히 뉘 앞이라고 그따위 살기를 뿜어내느냐?"

"비켜라. 불필요한 살육은 나도 원치 않는다."

잠시 멈칫하던 자객이 다시 검을 높이 치켜들었다.

"피를 보는 걸 구경만 하라고? 그렇게는 못 하지!"

선비가 더없이 용맹스럽게 앞으로 나서더니, 냅다 두 무사의 등을 떠밀었다.

"량주, 숙휘! 출동하라!"

그럴 줄 알았다는 듯 무사들이 떨떠름하게 칼을 빼 들었다. 시큰둥한 표정과는 달리 무사들의 검술은 예사 실력이 아니었다. 하나 자객 또한 만만치 않아 두 사람과 겨루면서도 좀처럼 빈틈을 보이지 않았다. 그러나 합이 거듭될수록 아무래도 수가 많은 쪽이 유리해지며 자객이 조금씩 밀리기 시작했다. 그러다 덩치 큰 무사의 검이 자객의 어깨에 꽂히려는 찰나 '펑!' 소리와 함께 자욱한 연기가 퍼지더니 자객이 흔적도 없이 사라졌다. 연막탄을 던지고 도주한 것이다.

"네 이놈! 어딜 도망가느냐? 악의 무리를 처단하기 위해 내가 돌아왔다! 콜록콜록! 아이고, 매워라."

뒷짐 지고 구경만 하던 선비가 뒤늦게 나서 매운 연기에 콜록거리면서도 기세등등하게 소리쳤다.

'지가 언제 악의 무리를 처단했다고. 정작 싸움은 등 떠밀린 무사들이 다 한 것을!'

백영이 기가 막혀 그 뒷모습을 보고 있자니 그가 돌아서 달려왔다.

"아니, 아직도 쓰러져 계십니까?"

그러더니 다짜고짜 백영의 손을 덥석 잡고 일으켜 세웠다.

"어딜 손을 대시오!"

조금 전 가슴을 범한 무례까지 합하여 있는 힘껏 선비의 따귀를 날렸다.

찰싹!

찰진 소리와 함께 무언가 땅바닥에 떨어져 쨍그랑 깨지는 소리가 요란하게 울려 퍼졌다. 그리고 서서히 짙은 연기가 걷히면서 그의 얼굴이 드러났다. 그 순간, 백영은 다리에 힘이 풀리며 털썩 주저앉고 말았다.

'아아! 저 사내는……'

그것은 별빛 하나 없는 암흑 속에서 느닷없이 밝은 태양을 만난 듯한 엄청난 광명이었다. 선비의 온몸에서 눈부신 빛이 뿜어져 나오고 있었다. 낡고 빛바랜 도포도 곤룡포처럼 보이게 하는 훤칠한 키에 도공이 섬세하게 빚어놓은 것 같은 날렵한 콧대와 턱 선, 길고 우아한 외까풀 눈매, 백영은 이토록 잘생긴 사내는 태어나 처음 보았다. 아니, 그저 잘생겼다기보다는 아름답다는 편이 더 어울릴 듯하다.

하지만 그것은 단순히 피부가 옥같이 희고 이목구비가 수려하기 때문만은 아니었다. 그 얼굴에 서린 총기와 신비로운 기운이 뿜어져 나오는 눈빛, 그것이 그를 자체발광하게 하였다.

'절세가인이 이런 이로구나!'

여태껏 그녀가 꿈꿔왔던 소설 속 남자주인공이 책을 찢고 걸어 나온 듯함에 그만 넋을 잃고 말았다. 그러나 화가 잔뜩 난 선비는 벌게진 한쪽 뺨을 감싸 쥐고선 고함을 질러댔다.

"감히 나의 뺨을 때리다니! 생명의 은인에게 이 무슨 경우입니까?"

'그러게, 내가 저 빛나는 얼굴에 대체 무슨 짓을 한 거지!'

먹장구름 같은 후회가 밀려오는데 그가 불쑥 다가와 얼굴을 마주 댔다. 그리고 서로의 숨결이 닿을 만큼 가까운 거리에서 깊은 눈으로 백영을 바라보았다. 그 강렬한 눈빛에 사로잡혀 버린 백영은 고개조차 돌리지 못하고 그대로 빨려 들어가 헤어 나올 수가 없었다. 심장이 쿵 내려앉고 저도 모르게 하아 탄식이 나왔다.

"어휴, 술 냄새! 아까 부딪힐 때부터 진동하더라니 내 이럴 줄 알았지. 어디다 대고 술주정이시오?"

선비가 코를 쥐고선 냉큼 떨어져 나갔다. 동시에 그녀의 환상이 산산이 부서지며 호감이 대번에 적대감으로 바뀌었다.

"술주정이라고요? 예, 저 취했습니다! 저는 고주망태라 치고, 그럼 처음 본 아녀자의 가슴을 더듬고 손목을 낚아채는 건 대체 무슨 경우입니까?"

"가, 가슴을! 어이구, 나리, 대체 어쩌자고 그러셨습니까?"

기골이 장대한 무사가 커다란 덩치가 무색하게 발을 동동 구르며 말까지 더듬는다.

"내가 만지려고 만진 게 아니라 넘어지면서 땅을 짚었는데 뭔가 뭉클……."

"그러니까, 만지긴 만지셨군요."

옆에 선 호리호리한 체구의 무사가 생김만큼이나 차분하게 말을 정리했다.

"만진 게 아니라 만져진 게다! 그러니까 그게……."

"사죄하시지요."

두말 필요 없이 딱 잘라 말한다. 참으로 에누리 없는 성격 같다. 그러자 선비가 억울해서 미치겠다는 심정을 온몸으로 내뿜으며 펄쩍펄쩍 뛰었다.

"내가 왜? 왜 내 말은 들어보지도 않고! 동남동 방향 오십 보 거리에서 강렬한 살기를 느껴 도와주려고 바람처럼 달려간 것을 너희들도 보지 않았느냐? 그러다 넘어져 실수로 잘못 짚은 것인데 목숨 구해주고 뺨까지 얻어맞고 사죄도 내가 하라고?"

"용맹스럽게 검을 들어 제 목숨을 구해주신 두 무사님께는 백번 감사드리나 멀쩡하게 생긴 양반께서 그러시는 거 아닙니다!"

백영이 날카롭게 쏘아붙였다. 말하는 꼴을 보니 얼굴만 반반하고 싹수는 저잣거리 개나 물어가라 던져준 사내로다.

"멀쩡하게 생긴 양반이라니, 내가 누군지 모르시오? 아무리 내가 삼 년간 도성을 떠나 있었다 해도 이렇게 눈에 번쩍 띄게 잘생긴 얼굴은 흔치 않을 터인데?"

사내가 진정 놀랍다는 표정으로 고개를 갸우뚱했다. 재수는 없지만 틀린 말은 아니다. 고개를 이리 갸우뚱 저리 갸우뚱 할 때마다 우측 얼굴, 좌측 얼굴이 번갈아 보이며 그 어느 쪽으로 봐도 날렵한 콧날과 완벽한 옆선에 백영의 심장이 또다시 쿵 내려앉았다.

'나의 심장이 이리 요란하게 뛸 수도 있구나!'

쿵쾅거리는 심장 소리가 온몸을 뒤흔들었지만 백영의 자존심상 저런 오만방자한 사내에게 쉽사리 마음을 내줄 수가 없었다.

"그래서 댁이 대체 뉘신데?"

"허참! 잘 들으시오, 나는 이 나라 조선의!"

"조선의 뭐? 조선의 왕이라도 되시오?"

"나는 이 나라 조선의 최고 점쟁이 완얼 선생이오! 완전한 얼굴, 완벽한 얼굴, 완얼 선생!"

"점쟁이?"

그게 뭐 별거라고 저리 갖은 폼을 다 잡는지 백영이 다시금 어처구니가 없어 코웃음을 쳤다.

"민폐, 왈패, 싸움패라 하여 패완얼이라고도 하지요. 하하하!"

덩치 큰 무사가 말을 덧붙이며 쩌렁쩌렁하게 웃어젖혔다. 그러더니 묻지도 않았는데 호랑이도 때려잡을 기세로 목청 높여 제 이름을 외쳤다.

"저는 고량주라 합니다!"

목소리가 어찌나 큰지 말 한 마디 한 마디가 으르렁대는 것 같다. 떡 벌어진 어깨와 선 굵은 번듯한 얼굴에선 야성미가 넘쳐 흐르고 부리부리한 눈 하며 호탕한 언행이 누가 봐도 영락없는 무인이다. 벌어진 옷깃 사이로 량주의 탄탄한 가슴 근육이 훤히 드러나 백영이 얼른 고개를 돌렸다. 그 바람에 호리호리한 무사와 눈이 마주치자 통성명 시간이라 생각했는지 그도 이름을 밝혔다.

"위숙휘입니다."

그는 량주와는 정반대의 인상이었다. 약간 마른 듯하면서도 긴 팔다리가 돋보이는 훤칠한 키에 소멸할 것같이 작은 얼굴, 조각 같은 미남은 아니지만 눈을 살짝 가리며 흘러내린 긴 머리칼 아래 단정한 이목구비에선 차도남(차가운 도성 남자)의 매력이 물씬 풍겨왔다. 군더더기 없는 차분한 말투와 지적인 분위기가 무인이라기보다는 제갈량 같은 책사의 풍모였다.

패완얼, 고량주, 위숙휘.

'뭐지? 저 비현실적인 인간들은? 내가 아직 술이 덜 깬 걸까?'

백영은 그 어디서도 본 적 없는 독특한 세 사내를 멍하니 바라보았다. 보고만 있어도 왠지 취해 버리는 듯한 기분이었다.

"아니, 이럴 수가!"

힐끗 고개를 돌리던 완얼이 갑자기 소리치며 달려갔다. 그리고 그곳엔 산통(산가지를 넣는 점통)이 박살 나 산가지(점괘가 적혀 있는 가는 막대)들이 바닥에 흩어져 있었다.

"아이고, 난 이제 망했네! 산통이 다 깨졌으니 이제 점은 어떻게 칠꼬? 이게 다 그쪽 때문이니 책임지시오!"

완얼이 산가지를 주워 담으며 백영에게 눈을 부라렸다.

"그게 왜 저 때문입니까?"

"그쪽이 내 따귀를 날려서 산통이 날아간 것 아니오!"

그가 깨진 산통을 어깨에 메고 벌떡 일어났다.

"이제 보니 산통 값을 물어달라 어쩌고 해서 돈푼 좀 뜯어낼 생각이로군!"

"뭐요? 대체 사람을 뭐로 보고! 내가 어딜 봐서 돈이 궁해 보인단 말이오?"

"어딜 봐도 그리 보이는데? 누가 봐도 거지 같소!"

색 바랜 도포와 가장자리가 우그러진 갓, 팔도를 걸어다닌 것같이 해진 가죽신, 거기에 깨진 산통까지 메고 있는 완얼의 행색은 남루하기 짝이 없었다. 하지만 생김이 워낙 해사하고 날 때부터 몸에 배어 있는 듯 은은하게 풍겨오는 난향 때문에 마치 꽃과 같은 거지였다.

"뭐? 거지? 이 주정뱅이 아낙이!"

"뭐? 주정뱅이? 아낙?"

꽃 같은 거지와 주정뱅이가 한바탕 붙을 기세를 보이자 숙휘가 차분히 중재에 나섰다.

"그럼 이렇게 하면 어떻겠습니까? 아씨가 나리의 산통 깨뜨린 것과 나리가 아씨의 가슴을, 아, 아니, 뭐랄까, 음…… . 부적절한 접촉이 있었던 것을 '퉁' 치는 걸로."

"역시 숙휘 형님은 제갈공명 뺨치게 지혜로우십니다!"

량주가 크게 감격하며 솥뚜껑 같은 손으로 박수를 쳐댔다.

"그게 무슨 개뼉다구 같은 소리입니까? 어찌 저까짓 산통과 사대부가 부녀자의 정절을 같은 급으로 친단 말이오? 내가 이래봬도…… ."

'장안 최고의 정절녀 변씨 부인이다!'라고 하려다 황급히 입을 다물었다. 낯선 사내들에게 신분을 밝혔다가 그녀가 밤이슬을 맞고 다닌다는 소문이라도 퍼지면 목숨을 부지하기 힘들 것이다.

"이래봬도 뭐요? 힘깨나 쓰시는 집안인가 봅니다? 그렇다면 내가 모를 리가 없는데."

완얼이 새삼 그녀를 찬찬히 살펴보았다. 더 이상 얽혀서 좋을 거 없겠다 싶어 백영이 마음을 바꾸었다.

"그런 건 알 거 없고, 좋습니다. 그냥 그렇게 퉁 칩시다. 나는 이만 돌아가 봐야겠습니다."

"아씨, 그럼 저희가 모셔다 드리지요! 자객이 날뛰고 밤길이 험하니 혼자선 위험합니다!"

량주가 한껏 친절하게 눈을 부라리며 큰 소리로 으르렁댄다.

'네놈이 더 무섭다!'

백영이 움찔해 한 발 물러섰다.

"괜, 괜찮습니다. 그리 먼 길은 아닙니다."

게다가 집까지 알려주면 이한림 대감 댁 과부 며느리임이 밝혀지는 것은 시간문제일 게 아닌가? 황급히 돌아서던 백영이 '어랏!' 하는 완얼의 외침에 발걸음을 멈췄다.

"저것이 무엇인고?"

이번엔 또 뭔가 하고 시선을 옮기니 저편 밤하늘이 환하게 불타오르고 있었다.

'화염!'

백영의 머릿속에 퍼뜩 불길한 예감이 스쳤다.

"유기전입니다! 유기전이 불타고 있습니다. 내 춘향뎐 완결편이!"

이렇게 외치며 정신없이 유기전으로 내달렸다. 그리고 그녀의 심상치 않은 기색에 세 사람도 일단 그 뒤를 쫓았다.

불이 난 곳은 역시 유기전이었다. 자객이 백영을 따라왔으니 점순이는 무사히 도망쳤을 것이나 크게 다친 천 서방은 미처 나오지 못했을 것이다.

"저 안에 사람이 있습니다! 천 서방이⋯⋯."

무엇보다 저 안엔 춘향뎐 완결편이 있다. 필사본도 없는 유일한 원본이다. 한 자, 한 자 혼신의 힘을 다해 세상에 내보낸 자식 같은 원고가 눈앞에서 불타고 있었다. 점포 앞에 도착한 백영이 다급한 마음에 가까이 다가갔다. 그러나 화르르 밀려오는 강한 열기에 몸이 휘청한다.

"위험합니다! 안에 있는 사람을 구하기엔 이미 늦었습니다."

완얼이 그녀의 어깨를 붙들었다.

"하지만……. 하지만……."

이렇게 두 손 놓은 채 완결편이 재로 변하는 것을 지켜봐야 한다니! 백영이 허탈하게 그 자리에 주저앉아 버렸다. 불길을 본 사람들이 하나둘 몰려들고 멸화군(소방대원)이 출동했다.

"위험하니 여기 가만히 계십시오!"

완얼이 백영에게 이르고는 손이 딸리는 멸화군을 돕기 위해 달려갔다. 하지만 불은 쉽게 잡히지 않고 기어이 모든 것을 다 태워 버린 뒤에야 기세가 누그러졌다. 그리고 온몸에 검댕이 묻은 완얼이 백영이 있던 자리로 돌아왔을 땐 이미 그녀는 사라지고 없었다.

'감히 나의 뺨을 때리고선 홀연히 사라지다니. 내가 잠시 여우에게 홀린 것인가?'

쓴웃음을 지으며 무심코 손을 내려다봤다. 그녀의 가슴에 닿았던 뭉클한 감촉이 아직까지 남아 있는 듯하여 얼굴이 확 달아올랐다.

'내가 지금 한가롭게 여인이나 생각할 때인가?'

자신을 책망하며 얼른 고개를 내저어 잡념을 없앴다. 완얼이 조선 팔도를 떠돌다 삼 년 만에 한양으로 돌아온 것은 가혹한 운명이 그를 불렀기 때문이다. 그리고 그 운명을 받아들이는 것만으로도 벅차 다른 것은 돌아볼 여유가 없었다.

백영은 사람들이 모여들자 혹시나 누군가 알아볼까 싶어 은밀히 집으로 돌아왔다. 한데 당연히 먼저 와 있을 줄 알았던 점순이가 보이지 않았다.

'그 자객은 누굴까? 왜 나를 해치려는 것일까? 아니, 왜 미상을 해치려는 것일까? 점순이는 대체 어떻게 된 거지?'

미상을 좋아하는 이도 많았지만 싫어하는 이들도 많았다. 풍기 문란한 이야기로 부녀자들을 현혹한다 하여 거의 모든 유학자와 유생들의 적이었다. 하지만 그녀의 정체를 어찌 알아냈으며 대체 누가 이런 일을 벌인 것인지 도무지 짚이는 구석이 없었다.

초조한 마음으로 밤새도록 기다렸지만 점순이는 날이 훤하게 밝아오도록 돌아오지 않았다. 그렇게 온종일 점순이를 기다리며 애를 태우는데, 늦은 오후에 사랑채에서 그녀를 찾는다는 전갈이 왔다. 사랑채에 귀한 손님이 든 모양이다. 그녀의 차 우리는 솜씨는 트집 많은 시어머니도 아무 소리 못 할 만큼 훌륭했다. 그래서 이따금씩 집안에 귀한 손님이 오면 그녀가 직접 차를 내가곤 했다. 시모는 과부를 어찌 사랑채에 들락거리게 하느냐며 질색을 했지만 입맛이 몹시 까다로운 시부는 백영이 내온 차가 아니면 입에 대지 않았다. 내키지는 않았지만 시아버님의 부름을 거부할 순 없어서 다구(茶具)를 챙겨 사랑으로 향했다.

사랑에 든 백영은 시아버지 이한림과 마주 앉은 선비의 뒷모습을 무심히 바라보며 차를 준비하였다. 이한림은 영의정까지 지낸 인물로 지금은 잠시 벼슬에서 물러나 있지만 사림파의 절대적인 지지를 받고 있는 재야의 실세였다.

"어랏?"

우려낸 차를 선비의 앞에 가져다 놓는데 그가 갑자기 놀라 외쳤다. 무슨 일인가 싶어 살짝 고개를 들어보니 백영의 눈앞에 낯익은 얼굴이 앉아 있었다.

'완얼 선생!'

그녀 역시 생각지도 못한 일인지라 깜짝 놀라 탕관을 놓쳐 버렸다. 그 바람에 노란 찻물이 완얼의 옷자락에 쏟아졌다.

"어허, 조심성 없이. 이 무슨 결례냐?"

"소, 송구합니다."

시부의 나무람에 백영이 허둥지둥 탕관을 주워 들었다.

"괜찮습니다. 갑자기 소리를 질러 놀라게 한 제 탓이지요. 명국의 귀한 찻잔을 보고 감탄해서 그만……."

"그 찻잔은 명국이 아니라 경기도 이천에서 올라온 것입니다만?"

이한림이 고개를 갸우뚱했다.

"허허, 그렇습니까? 요즘 한다하는 집안에선 명국의 물품만 밝혀대던데 대감께선 참으로 검소하십니다. 존경합니다, 대감!"

완얼이 껄껄 웃어젖히며 이한림의 손을 덥석 잡았다. 저 넉살이면 어디 간들 밥은 굶지 않을 것 같다.

"그리 좋게 봐주시니 감사하긴 합니다만……."

이한림이 머쓱해하며 슬그머니 손을 뺐다. 그러나 칭송이 싫지는 않은 눈치다.

"새로 차를 올리겠습니다."

백영이 다시 차를 우리기 시작했다.

'설마 저 인간이 일부러 나를 쫓아온 것은 아니겠지? 내가 여기 사는 줄 어찌 알고…….'

가슴이 철렁했으나 완얼 역시 그녀를 보고 놀란 것으로 보아 알고 온 것은 아닌 듯하다. 명국 찻잔 핑계를 댄 걸 보면 굳이 아는 척을 할 의도도 없어 보이고. 하지만 왠지 불안하여 자꾸만 완얼 쪽으로 눈길이 갔다. 그러면서도 한편으론 저 환한 얼굴을 다시 보게 된 것이 반갑기도 했다. 이 와중에 그런 마음이 든다는 것이 자신도 기가 막혔지만, 밝은 곳에서 다시 보니 그 아름다움에 더욱 홀려 버릴 것 같았다. 행색은 여전히 남루했으나 밤에는 미처 알지 못했던 그의 색이 백영의 눈을 시리게 했다. 짙은 눈썹 아래 흑수정같이 검은 눈동자와 붉은 입술 사이로 희고 가지런한 이를 드러내며 설핏 짓는 매혹적인 미소, 참으로 요물 같은 사내다.

"그럼 이제 한양으로 아주 돌아오신 겁니까?"

이한림이 하던 얘기를 계속 이었다. 그는 이름난 유학자답지 않게 집안 대소사는 물론, 중요한 나랏일이 있을 때마다 은밀히 무당이나 신관에게 상의를 하곤 했다. 이리 귀한 손님 대접을 하는 걸 보면 완얼 선생이 굉장히 용한 점쟁이인가 보다.

"그건 대감께 달린 것 같습니다."

완얼의 대답이 자못 의미심장했다. 그러자 이한림 역시 의미심장하게 물었다.

"대비마마의 국상이 났을 때도 오시지 않았던 분이 돌아오신 건 장차 나라의 큰일을 예측하신 거겠지요?"

"장차 나라의 큰일이라……. 그 또한 대감께 달린 것 같습니다만."

백영은 들어도 모를 소리만 오간다. 하긴, 점쟁이들의 말이란 원래 듣는 사람 좋을 대로 해석하기 나름 아니던가.

"참, 이제야 아드님 소식을 들었습니다. 참으로 애석한 일입니다. 나라의 재목이 될 인재였는데."

죽은 남편의 얘기에 차를 따르던 백영의 손이 멈칫했다. 그러나 이번엔 쏟지 않고 무사히 찻잔을 올렸다.

"다 제 명이지요. 이 아이가 제 며느리입니다."

이한림이 담담하게 대꾸하며 넌지시 백영을 보았다.

"아……. 그렇다면 이분이 절개가 드높기로 유명한 정절녀 변씨 부인?"

완얼의 시선도 그녀를 향했다. 어린 나이에 청상이 된 백영을 바라보는 얼굴에 안쓰러운 빛이 스쳤다.

'그리 동정 어린 눈빛으로 나를 보지 마십시오!'

그녀가 속으로 조용히 부르짖었다. 그 누구에게도 동정 따위는 받고 싶지 않았다, 더더군다나 저 사내에게는.

"백영이라 하옵니다. 그럼 저는 이만 물러가 보겠습니다."

서둘러 인사를 올리고 일어났다. 어서 이 자리를 피하고 싶은 생각뿐이었다.

"저도 이만 일어나 봐야겠습니다."

백영이 나가고 얼마 안 되어 완얼도 찻잔을 내려놓았다.

"벌써 가시려고요? 천천히 저녁까지 드시고 가시라니까 뭘 그리 서두르십니까?"

"실은 입궐을 하란 명을 받았습니다."

"입궐이요? 안 됩니다. 가지 마십시오. 노독이 쌓여 앓아누웠다 하십시오."

이한림이 대번에 안색이 변해 만류했다.

"걱정하실 것 없습니다. 별일이야 있겠습니까? 오랜만에 산점이나 한번 쳐보시려는 것이겠지요."

완얼이 가볍게 웃으며 새로 장만한 산통을 툭툭 쳤다. 다신 깨지지 않도록 큰맘 먹고 값비싼 금속으로 마련한 것이었다.

"'춘향뎐'이라고 아십니까?"

"대감께서도 그런 패관소설을 보십니까? 춘향뎐의 인기가 대단하다 하더니 과연 그런가 봅니다."

농으로 건넨 말이 무색하게 이한림의 표정은 심각하리만큼 진지했다.

"혹시 전하께서 춘향뎐에 대해 물으시면 무조건 모른다고 하십시오. 그리고 어떤 핑계를 대서라도 '그곳'엔 가지 마십시오."

"그곳이라니요? 어딜 말입니까?"

대답을 듣기도 전에 느닷없이 문밖 저편에서 무언가 훅 밀려와 벼락을 맞은 것처럼 완얼의 온몸을 뒤흔들었다. 그리고 머릿속에 선명하게 파고드는 붉은 기운.

'살(殺)!'

완얼이 자리에서 벌떡 일어났다.

"왜 그러십니까?"

"아이고, 배야! 잠시 결례를 좀 하겠습니다. 제가 조임근(괄약근)이 부실하여…… 아이고! 아이고!"

공연히 배를 부여잡고 얼렁뚱땅 둘러대며 방을 나섰다.

북북동 방향. 거리 약 백 보. 죽음을 부르는 강렬한 살기.

'저택 안에서 누군가 죽는다!'

그러자 조금 전 처연하게 그를 바라보던 백영의 눈빛이 환영처럼 떠올랐다.

"설마!"

마음이 다급해진 완얼이 사랑채 담을 훌쩍 뛰어넘어 후원 쪽으로 바람같이 내달렸다.

백영이 산란한 마음으로 후원을 서성이는데 행랑어멈 떠벌네가 헐레벌떡 달려왔다.

"아씨!"

"무슨 일이냐?"

"예판대감 댁 작은 마님께서 보낸 것이랍니다."

떠벌네가 손바닥만 한 나전칠기 보갑(寶匣)과 함께 서신 한 장을 전했다. 오색자개로 모란과 공작을 정교하게 박아놓은 화려한 보갑은 척 보기에도 몹시 값비싸 보였다.

"홍씨 부인이? 누가 가져왔더냐?"

"노안이 와서 코앞에 놓인 것도 제대로 구분 못 하는 개돌 할매한테
건네주고 가려는 걸 마침 제가 측간을 가려다가 보았지 뭡니까? 인물
이 어찌나 삼삼하던지, 큰일 보려던 것도 내팽개치고 냅다 달려가서
붙들고 몇 마디 물었지요. 예판대감 댁 노비라던데 눈빛이 형형하면서
콧날도 오뚝하니, 하이고, 고런 아들 하나 있었으면 좋겠다 싶더라고
요. 머슴으로 썩기엔 참 아까운 인물이었습니다요. 참! 그리고 보갑을
건네줄 때 손가락이 길쭉길쭉 하도 탐스러워 유심히 보니 손목에 글쎄
반달 모양의……."

떠벌네라는 이름답게 그냥 놔두면 밤새도록 떠벌떠벌 끝이 없을 것
같아 '됐다' 하고 말을 잘랐다.

"이게 뭔지는 아무 말 없었고?"

"그건 서신을 보면 아실 거라고 하던데요?"

"알았다. 가보아라."

떠벌네가 종종걸음으로 물러가자 서신을 옆구리에 끼고 보갑부터
열어보았다.

"열지 마십시오!"

뚜껑을 열려는 순간, 다급한 사내의 목소리가 들려왔다. 그리고 누
군가 등 뒤에서 와락 끌어안으며 희고 부드러운 손이 그녀의 두 눈을
가렸다.

'난향!'

낯설지 않은 난의 향기가 풍겨온다. 이 그윽한 향의 주인이 누구인
지 보지 않아도 짐작이 되었다. 아주 잠시였다. 완얼이 그녀의 눈을
가리고 손에 든 보갑을 가져가기까지. 백영은 얼마든지 손을 뿌리치고

그의 품에서 벗어날 수 있었다. 하지만 등으로 전해져 오는 따스한 체온과 사내의 힘찬 심장박동에 잊고 있던 설렘이 되살아났다. 죽어 있던 심장이 다시 뛴다. 난향 가득한 봄바람을 타고 잠시나마 싱그러운 열아홉으로 돌아간다. 그러나 이내 눈을 가렸던 완얼의 손이 스르르 내려가고 다시 밤공기처럼 차가운 현실로 돌아왔다. 열아홉 소녀는 순식간에 사라지고 대신 정절녀 변씨 부인이 눈을 떴다.

찰싹!

서슬 퍼런 소리가 후원에 울려 퍼졌다.

'당신의 따귀를 때려야 내가 삽니다. 열녀 흉내라도 내어야 목숨을 부지할 수 있는 게 과부니까!'

백영의 눈빛이 더없이 싸늘해졌다.

"내 뺨을 한 번도 아니고 두 번씩이나 후려치다니, 당신 같은 여인은 내 평생……."

완얼이 너무나 큰 충격에 말을 제대로 잇지 못했다. 말을 하고 있으면서도 믿어지지가 않았다. 같은 여인에게 두 번이나 뺨을 맞았다는 것이.

"당신 같은 여인은 평생 처음이야, 그 말 하려고? 지금 시대가 어떤 시대인데 그 무슨 고려 말기에나 통했을 구닥다리 개수작이시오!"

백영이 코웃음을 쳤다. 이래봬도 남녀상열지사 전문 매설가인데 손과 발이 오글거릴 정도로 유치한 대사가 먹힐 리가 없었다.

"나도 당신 같은 사내는 처음이오! 어제는 가슴을 더듬고 오늘은 뒤에서 덮치다니, 발정 난 개가 아닌가?"

'너무 수절을 오래 해 나야말로 사내 냄새만 맡으면 눈이 뒤집히고 발정이 났나 보구나.'

그리 자책하며 제 자신에게 퍼붓는 말이기도 했다.

"발…… 발정? 그래, 발정 난 개처럼 달려오긴 하였소! 당신을 위해서! 당신을 도와주려고!"

완얼이 바락바락 목에 핏대를 세웠다. 세상에서 가장 억울한 사람의 표정이 아마 저렇지 않을까 싶다.

"진정 나를 위해서였다고요?"

"그렇소! 당신이 보아서는 안 될 것 같아서!"

당신을 위해서.

그 말에 백영의 가슴에 단단히 맺혀 있던 무언가가 툭 끊어지는 느낌이 들었다.

미망인(未亡人).

지아비를 따라 죽었어야 하는데 아직 죽지 못한 여인. 세상 누구도 살아 있는 귀신을 위해주지 않았다. 한데 삼 년 만에 처음으로 누군가 그런 말을 해준 것이다. 싹수없고 무례하지만 파렴치한은 아닌 것 같다 여겨지며, 발정 난 개라 내뱉은 말이 너무 심했나 슬그머니 미안해진다.

"어째서 보면 안 된단 말입니까?"

백영의 말투가 다소 누그러졌다.

"이곳에서 강한 살기가 뿜어져 나오는 것을 느꼈소이다."

잔뜩 삐친 표정으로 그래도 대답은 따박따박 한다. 그 모습이 엉뚱하게도 귀엽다는 생각이 들어 피식 웃음이 나왔다.

"안 믿는 것입니까?"

완얼이 대뜸 목청을 높였다. 비웃는다고 생각한 모양이다.

"글쎄요. 그런 것이 정말 느껴지십니까?"

"조선 최고의 점쟁이를 뭐로 보고! 살기를 감지하는 것은 단 한 번도 틀린 적이 없소이다."

살기.

그것은 완얼이 어려서부터 들려왔다. 아니, 온몸으로 느껴졌다. 인간의 인간을 향한 강렬한 살의가 때로는 피 냄새로, 때로는 공기 중의 울림으로, 때로는 환청과도 같은 부르짖음으로 그에게 고스란히 전해졌다. 그것은 그저 막연한 느낌이 아니었다. 누군가가 다른 누군가의 목숨을 빼앗으려 하면 완얼은 그 방향과 거리까지 정확하게 알 수 있었다.

'저 말을 믿어도 되는 걸까?'

백영이 반신반의하며 미처 읽지 못한 서신을 펼쳐 들었다.

— 자시 정각 인왕산 무용정.

살리고 싶다면 춘향의 서신을 가지고 나오라.

서신은 짤막한 내용이었다. 일단 예판 댁에서 보낸 것이 아니란 건 확실하다.

'살리고 싶다면? 춘향의 서신?'

수수께끼 같은 말들에 고개를 갸우뚱하다 불현듯 점순이의 얼굴이 머릿속에 스쳤다. 그녀가 불길한 예감에 부들부들 떨면서 손을 뻗었다.

"보갑을 주십시오. 무엇이 들었는지 봐야겠습니다."

"보지 말라 하면 좀 보지 마십시오! 대체 왜 이리 고집이 세시오?"

"살기가 느껴진다 했지요? 보지만 않으면 그 살기를 피해갈 수 있겠습니까? 피한다고 불행이 물러가는 것입니까? 불안하게 불행을 기다리는 것보단 두 눈으로 직접 확인하겠습니다."

저 가냘픈 몸 어디에서 저런 강단이 나오는 것일까 싶게 단호한 말이었다. 또한 여태 그녀가 한 말 중 가장 설득력 있는 말이기도 했다.

"하지만 이 보갑 안의 것은……."

말을 채 맺기도 전에 백영이 대담하게 보갑을 낚아챘다. 그리고 거침없이 뚜껑을 열어젖혔다.

"아아악!"

안에 든 것을 본 백영이 날카로운 비명을 내지르며 보갑을 떨어뜨렸다. 강한 충격으로 휘청거리는 백영의 어깨를 완얼이 재빨리 감싸 안았다. 그리고 더 이상 아무것도 보지 못하도록 제 품 속 깊이 그녀의 고개를 묻었다. 또다시 따귀를 맞는다 해도 하는 수 없었다. 보갑 안에서 튀어나온 저 끔찍한 것을 다시 보게 할 순 없었다.

"저, 저것은……."

귀였다. 잘린 부위에 핏자국이 선연하게 배어 있는 사람의 한쪽 귀.

"그러니까 보지 말라고 하지 않았습니까?"

말로는 성을 내면서도 비에 젖은 작은 새처럼 바들바들 떨고 있는 백영을 가만히 보듬어 진정시킨다. 누군가의 눈에 띄기라도 한다면 몹시 곤란한 광경이지만 그가 손을 놓아버리면 이대로 차가운 바닥에 쓰러져 버릴 것 같았다. 두 번씩이나 사내의 따귀를 날린 당돌한 여인이 맞나 싶게 품에 안긴 그녀는 몹시도 가냘팠다.

"점순아. 우리 점순이가……."

짧은 순간이지만 백영은 똑똑히 보았다. 잘려진 귀에 찍혀 있는 세 개의 점을. 점순이의 귀에도 그와 똑같은 점이 있었다. 설마 했는데 역시 예감이 맞았다. 점순이에게 무서운 일이 생긴 것이다.

"제 말을 잘 들으십시오. 제가 돌아봐도 된다 할 때까지 이대로 서 계십시오. 아시겠습니까?"

완얼의 말에 백영이 힘없이 고개를 끄덕였다. 그가 천천히 그녀를 품에서 놓았다. 그리고 잘린 귀를 집어 들어 유심히 살펴보았다.

'뭔가 이상하다. 귀기가 어려 있는 것은 맞지만 사람을 해할 만큼 강한 살기가 있는 것 같진 않구나. 그렇다면 내가 느낀 강렬한 살기는 어디에서 온 것이란 말인가? 내 느낌은 한 번도 틀린 적이 없는데……'

"이제 됐습니다."

완얼은 일단 보갑 안에 귀를 다시 집어넣고 백영에게 일렀다. 그러자 그녀가 천천히 그를 향해 돌아섰다.

"그 귀는 제 몸종 점순이의 것입니다. 틀림없습니다. 그 아이가…… 죽은 것입니까?"

그리 묻는 목소리가 몹시 불안하게 떨렸다.

"혈이 낭자하게 맺혀 있는 것으로 보아 보갑이 배달되기 직전 산 채로 잘린 것 같습니다. 점순이란 아이를 미끼로 쓰려는 것이라면 아직 죽이진 않았을 겁니다."

"어제 쫓아왔던 그 자객의 소행이 틀림없습니다."

"저자에서도 그렇고 오늘 일도 그렇고 예사 놈이 아닌 것 같습니다. 대체 누가 이렇게 부인을 노리는 건지 짐작 가는 데가 있으십니까?"

"아니요. 아무리 생각해 봐도 딱히 짚이는 것이 없습니다."

"그럼 혹시 보갑을 누가 가져왔는지는 아십니까?"

"떠벌네라는 행랑어멈이 보았다고 했습니다. 생김을 상세하게 기억하고 있는 것 같으니 불러서 물어보시지요."

그 순간, 완얼의 머리에 뭔가 번쩍하고 스쳤다. 북북동 방향 백 보 거리였는데 여기까지는 칠십여 보밖에 되지 않았다.

'삼십 보가 모자라다!'

완얼이 느낀 강력한 살기는 보갑에서 나온 것이 아니었다. 그는 온 신경을 곤두세우고 북북동으로 삼십 보를 더 걸어갔다. 그리고 마침내 그가 발걸음을 멈춘 곳엔 커다란 나무 뒤로 중년의 여종이 쓰러져 있었다. 가슴에 단검을 맞은 채로.

"떠벌네!"

어느새 뒤따라온 백영이 여종의 시신을 보고 절규했다. 아직도 뿜어져 나오는 피의 양을 보아 찔린 지 얼마 되지 않은 것 같다.

'조금만 더 집중해 빨리 찾아냈더라면 구할 수도 있었을 텐데.'

완얼이 자책하며 이를 악물었다.

"이미 절명했습니다. 보갑을 가져온 자가 이 여인을 해한 것일 겁니다. 자신의 얼굴을 보았으니까요."

연달아 충격적인 장면을 목도한 백영은 아무 말도 못 하고 파랗게 질려 있었다.

"일단 처소로 돌아가십시오. 그리고 모른 척하십시오. 부인께서 혼자 해결할 수 있는 일이 아닙니다."

"그럼 우리 점순이는요? 그냥 죽게 놔두란 말입니까?"

"대감께 말씀 올려서 부용정으로 수하들을 보내시지요."

"그건 안 됩니다. 노비를 구하는 일에 수하를 내주실 분도 아닐 뿐더러 놈이 노리는 것은 저인데 다른 이들을 보내면 점순이에게 무슨 해코지를 할지 모르잖습니까?"

"그럼 혼자서 가시겠다는 말입니까?"

"그리 걱정되면 함께 가주시지요."

"예? 제가요?"

"완얼 선생과 무사들의 실력이라면 큰 도움이 될 것입니다. 사례는 얼마든지 하겠습니다. 얼마면 되겠습니까?"

"사람 잘못 보셨습니다! 돈이면 뭐든 다 하진 않습니다."

가냘픈 여인이 겁에 질려 떠는 모습을 보고 보호해 주고 싶다는 생각이 든 건 사실이다. 하지만 대뜸 돈 얘기부터 꺼내는 것엔 거부감이 들었다. 그리고 겉보기와는 달리 돈이라면 그도 부족하지 않았다.

"그럼 어찌하면 함께 가주시겠습니까?"

"내가 왜 함께 가야 합니까?"

"혹여 제가 따귀를 때린 것을 마음에 두고 계셔서입니까?"

"솔직히 아니라곤 못 하겠습니다. 도와줄 때마다 뺨을 맞았는데 또 도우라고요? 석 삼 대를 채울 순 없지요. 당신이 내 뺨에 세 번이나 손을 대게 놔두진 않을 겁니다!"

완얼의 매몰찬 말에 백영이 고개를 떨어뜨렸다. 그러나 아무리 생각해 보아도 지금 그녀를 도와줄 수 있는 사람은 이 사내뿐이었다. 한동안 그대로 서 있던 백영이 마침내 결심했다. 그리고 자존심 강하고 고집 센 그녀가 단 한 번도 그 누구에게도 해본 적 없는 일을 하였다. 완얼의 앞에서 무릎을 꿇은 것이다.

"왜, 왜 이러십니까?"

완얼이 따귀를 맞을 때보다 더 놀라 한 발 물러섰다.

"점순이는 그냥 몸종이 아니라 어릴 적부터 함께했던 저의 단 하나뿐인 벗입니다. 제 자존심보다 백배 천배 더 소중한 아이입니다. 그러니 제발 도와주십시오."

금방이라도 눈물이 쏟아질 것 같은 그렁그렁한 눈망울로 그를 바라보며 애원했다. 그만큼 절박한 심정이었다. 완얼은 몹시 난감해졌다. 두 눈 감고, 두 귀 막고, 세상일에 관여치 않으리라 했던 결심은 도성으로 돌아온 첫날 이 여인을 구하면서 무너져 버렸다. 그리고 또다시 여인의 눈물 앞에 속절없이 흔들리고 만다.

"인정(人定)이 되면 뒷문으로 나오십시오. 다시 오겠습니다."

결국 그리 말해 버리고 말았다. 괜한 일에 끼어들었다고 숙휘에게 또 한 소리 듣겠구나 속으로 한숨을 내쉬며.

"정말 그리 해주시겠습니까? 감사합니다! 정말 감사합니다! 이 은혜는 절대 잊지 않겠습니다."

백영이 거듭 고개를 숙였다.

"은혜는 됐으니 다시 뺨이나 치지 마십시오. 그리고 이 보갑에선 특별히 위험한 기운이 느껴지지 않으니 일단 돌려 드리겠습니다."

돌아서며 뭔가에 말려든 기분이었다. 이 여인을 처음 만났을 때부터 그런 기분이 들었다. 그러나 한편으론 이렇게 거듭되는 우연엔 어떤 이유가 있지 않을까 점쟁이다운 생각을 해본다. 우연과 필연이 씨줄과 날줄처럼 얽혀져 펼쳐지는 것이 세상사, 우연마다 크게 놀랄 것은 없다. 하지만 우연이 거듭되면 그것은 필연이 아닐까?

누군가 시신을 발견해 시끄러워지기 전에 완얼도 서둘러 사랑채로 돌아갔다. 그리고 입궐 시각에 늦지 않게 이한림의 집을 나섰다.

집으로 돌아온 완얼은 의관을 정제하고 궁으로 향했다. 뒤따르는 량주와 숙휘의 얼굴엔 근심이 가득했으나 완얼의 얼굴은 그 어느 때보다 눈이 부셨다. 삼 년간 닳도록 입고 다닌 낡은 도포를 벗고 백택이 화려하게 수놓아진 홍색 관복을 말끔하게 차려입자 수려한 이목구비가 만개한 꽃처럼 빛날 뿐 아니라 함부로 범접할 수 없는 기품까지 배어 나왔다.

"내가 직접 고하겠네."

어전에 들어서 문 앞을 지키고 선 상궁에게 일렀다. 그리고 숨을 크게 들이쉬고는 안을 향해 외쳤다.

"전하, 완얼입니다!"

대답 대신 성큼성큼 다가오는 발소리가 들려왔다. 그리고 문이 벌컥 열리더니 주상이 곤룡포를 펄럭이며 뛰어나왔다.

"검아, 네가 돌아왔구나. 드디어 돌아왔어!"

완얼을 얼싸안은 젊은 지존 이율의 목소리가 한껏 들떠 있었다.

"누가 왔다고요?"

앙칼지게 물으며 한 여인이 밖으로 모습을 드러냈다. 그리고 완얼을 본 경국지색의 얼굴이 차갑게 굳었다. 핏빛 붉은 입술과 살짝만 치켜 떠도 요염함이 뚝뚝 떨어지는 고양이 같은 눈매, 속살이 설핏 비치는 하늘하늘한 비단저고리 아래 관능적인 몸매가 과연 조선 제일의 요부라 할 만하다.

"접니다, 완얼군 이검!"

완얼 역시 싸늘한 눈빛으로 숙빈 장씨에게 대꾸했다.

"이거 봐라, 숙빈! 나는 틀림없이 온다 하였는데 숙빈은 완얼군이 오늘 밤 오지 않을 거라 했었지? 아니, 영영 오지 않을지도 모른다 하였지? 한데 내 아우가 이렇게 돌아오지 않았느냐?"

안으로 들어와 완얼과 마주 앉은 이율이 혼자 흥에 겨워 떠들어댔다. 하지만 옆자리의 숙빈도, 마주앉은 완얼도 표정이 편치 않았다. 희고 갸름한 얼굴에 타오르는 눈을 가진 옥좌의 주인은 완얼 만큼이나 보기 드문 미남이었다. 하지만 웃음기 감도는 얇은 입술엔 잔혹함이 서려 있었다.

사화를 일으켜 수많은 신료들을 죽이고 선왕의 후궁들을 내친 것도 모자라 할머니인 대비마마까지 겁박하여 죽인 광포한 주상이다. 완얼이 산천을 떠돌다 뒤늦게 소식을 들었을 땐 이미 국상이 끝나 있었다. 임금의 할머니이자 일국의 대비의 초상이 이일역월제(以日易月制, 하루를 한 달로 계산하여 27일 동안 상을 치름)로 한 달도 안 되어 끝난 것이다. 있을 수 없는 패륜이었다. 그러나 광기 어린 임금 앞에서 아무도 그 말을 입 밖에 내지 않았다. 아니, 입 밖에 내지 못했다.

"내가 내기에서 이겼으니 오늘 밤 말놀음에서 마부는 나다. 숙빈이 말 노릇을 하면 내가 냉큼 올라타 이랴이랴 엉덩이를 두드려 주마, 하하하!"

이 도령과 춘향의 첫날밤 말놀음이 대궐에까지 전해진 모양이다. 실로 대단한 작품이다.

"아이 참, 전하도. 완얼군 대감도 계신데 부끄럽사와요."

숙빈이 붉디붉게 칠한 입술로 임금의 귓가에 속삭이며 부끄럽다는 말이 무색하게 목덜미를 핥아 내려갔다. 완얼이 보든 말든, 아니, 오히려 보란 듯이 섬섬옥수가 율의 바지 속으로 들어가 은밀한 곳을 파고들었다. 절색 중의 절색이 피워내는 붉은 색기가 사내의 춘심을 어지럽게 자극했다. 숙빈 장씨는 닥치는 대로 여색을 탐하는 율이 유일하게 오랫동안 곁에 두고 있는 여인이었다. 강녕전에 무시로 드나들 만큼 총애를 받으며 정사까지 좌지우지할 정도로 큰 권세를 누리고 있었다.

"완얼군은 나보다 더할 터인데? 저 해사한 얼굴로 얼마나 많은 전국 팔도 기녀들과 말놀음을 벌였겠느냐? 안 그러냐?"

숙빈의 능숙한 손놀림에 율이 기분 좋게 실눈을 뜨며 완얼을 내려다보았다. 임금은 무치(無恥)다. 임금에겐 부끄러움이 없다. 그것을 본 신하가 부끄러워해야 하는 것일 뿐.

"전하, 어찌 그리 민망한 말씀을 하시옵니까?"

완얼이 얼굴을 붉히며 고개를 돌렸다.

"이십팔색기가!"

"예?"

'내가 또 형님의 심기를 건드린 것일까?'

완얼의 얼굴에 핏기가 사라졌다.

"하하하! 뭘 그리 놀라느냐? 작자 미상의 기막힌 소설 말이다. 이십 팔색기가(二十八色妓家), 전국 이십팔 곳의 색주가를 돌며 이십팔 명의 기녀들과 사랑을 나누는 대물 선비의 기방 열애사! 그것을 읽을 때마다 도성을 떠나 버린 나의 아우가 떠올라 얼마나 그리웠는지 모른다."

"제가 그 정도로 대물은 아니오나……."

"겸손하긴. 명색이 왕가의 혈통이니 어디다 내놔도 섭섭잖을 정도는 될 터인데?"

'대체 그걸 어디다 내놓는단 말입니까?'

도무지 무슨 대답을 해야 할지 몰라 완얼은 무작정 몸을 낮추고 머리를 조아렸다.

"그렇기는 하오나 아무튼 저를 그리 생각해 주셨다니 성은이 망극할 따름이옵니다."

"성은이 망극할 것까지야. 당연한 것이지. 스물한 명이나 되는 형제들 가운데서도 너는 내가 유독 아끼는 아우가 아니냐? 선왕께서도 너를 참 아끼셨더랬지. 진정한 왕의 재목은 완얼이라고."

순식간에 용안에서 웃음기가 사라지고 눈빛이 광기로 물들어갔다.

'올 것이 왔구나!'

완얼의 등에 식은땀이 흘렀다.

완얼군 이겸.

그는 일곱 살 나이에 사서삼경을 뗄 만큼 어려서부터 총명함과 재주가 남달랐다. 승하하신 선왕께선 몹시 정력적인 분으로 밤마다 후궁전을 돌며 슬하에 스물한 명이나 되는 왕자와 일곱 공주를 두셨다. 그런 면은 형님이 제대로 빼다 박은 듯하다.

여하튼 그 많은 왕자 중에서도 완얼은 그 빼어남으로 유독 선왕의 총애를 받았으나 세력이 미약한 후궁의 소생에게 왕의 총애는 목숨을 위협하는 독일 뿐이었다. 그래서 그는 이겸이 아니라 점쟁이 완얼 선생으로서의 삶을 택할 수밖에 없었다. 왕자들이 수두룩한 데다 완얼은 점쟁이를 자처하며 신분을 좀처럼 드러내지 않아 백성들에게 '완얼군'이라는 존재가 잘 알려져 있지 않았다. 다만, 엄청나게 잘생긴 왕자가 있다더라 하는 소문이 궁녀들 사이에서 흘러나와 전설처럼 떠돌 뿐. 그나마 그런 소문도 삼 년간 도성을 떠나 있던 사이 희미해지고 이제 왕자라는 신분을 감추고 사는 것에 익숙해졌다.

"당치 않은 말씀이십니다. 점쟁이가 용상에 오르는 나라도 있습니까? '군'의 자격을 박탈당하지 않은 것만 해도 성은에 감복할 따름입니다."

"흐음, 그래? 내가 참으로 궁금한 것이 하나 있는데……. 그 신기라는 게 말이다, 정말 있는 것이냐?"

은근히 물어오는 목소리에서 살기가 선명하게 느껴진다. 이것이 신기 때문인지 굳이 신기가 아니어도 느껴질 만큼 노골적이어서인지는 완얼도 헷갈렸다.

"전하, 뉘 앞이라고 거짓을 고하겠습니까?"

신기는 없더라도 있는 것이어야 했다. 그래야 그가 살 수 있었다. 유교의 나라에서 점쟁이가 옥좌에 오를 일은 없을 터이니 제거 대상이 되진 않을 것이다. 그래서 그 많은 대신들과 왕실의 종친들이 죽어 나가는 동안 그는 목숨을 부지할 수 있었다.

"누가 거짓을 말한다 했느냐? 네게 정말 신기가 있냐고 물은 것이지. 내가 긴히 부탁할 것이 있어서 그런다."

율의 한 마디 한 마디가 뱀처럼 완얼의 목에 감겨 숨통을 죄어왔다.

"산점을 보고 싶으십니까?"

"산점은 됐고, 그보다 몹시 찾고 싶은 사람이 있다. 너의 신기로 그 사람을 꼭 찾아와 다오."

"그 사람이 누구입니까?"

"춘향이다."

"예?"

'내가 잘못 들은 것인가? 아니면 농이신가?'

완얼이 황망히 임금을 바라보았다. 잘못 들은 것도 아니고 농이라 하기엔 율의 표정이 너무나 진지했다. 형제간의 따뜻한 재회를 바란 건 아니지만 혹시나 하는 가느다란 기대는 있었다. 하지만 형님은 지난 삼 년간 전혀 변하지 않았다.

"전하, 미상의 글을 너무 많이 읽으신 게 아니옵니까? 소설 속 여인을 어찌 찾아온다는 말입니까? 아리따운 계집이라면 죽은 양귀비도 살려오라 하시겠습니다."

숙빈이 새침하게 토라져 돌아앉았다. 그러는 자기는 소설 속 여인에게 투기를 하면서.

"내가 이래서 숙빈을 총애하는 게야. 토라질 때가 가장 요염하거든. 어명이다! 꼭 찾아서 내 앞에 데려와라. 그러면 내 너에게 상으로……."

율이 숙빈의 어깨를 끌어안으며 완얼을 찬찬히 내려다보았다.

"조금 더 살게 해주마."

도자기처럼 매끄러운 율의 얼굴에 미소가 어렸다. 그 미소에서 비릿한 피 냄새가 풍겨왔다. 삼 년 전 완얼을 도성에서 내몰았을 때처럼.

"별일 없으셨습니까?"

밤이 깊어서야 완얼이 침전에서 나오자 밖에서 초조하게 기다리고 있던 량주와 숙휘가 누가 먼저라 할 것 없이 물었다.

"전하께서 남원에 갔다 오라 하시는구나."

"남원엔 왜요?"

성질 급한 량주가 바짝 다가왔다.

"춘향이를 찾아오라신다."

"춘향뎐의 춘향이요? 소설 속 여인을 데려오라니, 전하께서 드디어 미치신 거 아닙니까?"

"말을 삼가라! 네놈이 역적으로 몰려 죽고 싶은 게냐?"

호되게 꾸지람을 하지만 완얼의 마음도 무겁기는 마찬가지다. 이한림이 걱정하던 일이 벌어진 것이다. 그가 절대 가서는 안 된다고 했던 '그곳'은 남원이었다. 임금이 남원으로 보낸 이는 완얼이 처음이 아니었다.

"안 됩니다. 춘향이를 찾으러 갔던 이들은 모두!"

좀처럼 당황하지 않는 숙휘의 안색이 하얗게 질렸다. 그도 알고 있는 것이다. 춘향을 찾으러 갔던 이들은 모두…… 죽었다는 것을. 아무도 살아 돌아온 사람이 없었다. 남원은 사지(死地)였다. 찾아오면 살려주겠다는 것은 못 찾으면 죽이겠다는 말이다. 하지만 찾으러 가도 죽는다.

'결국 형님은 내가 살아 돌아오는 것을 바라지 않는 것이다. 역시 도성으로 돌아와서는 안 되는 것이었을까?'

씁쓸하게 궐을 나서던 완얼이 갑자기 우뚝 멈춰 섰다.

"나를 불렀느냐?"

뒤따르던 량주와 숙휘 모두 고개를 절레절레 저었다.

"아니요. 또 환청이 들리시는 겁니까?"

량주의 우렁찬 목소리가 쩌렁쩌렁 울렸다. 방금 그를 부른 목소리가 저 목소리가 아닌 것은 확실하다.

"환청이 아니라 이건……."

— 완얼!

그때 또다시 묘령의 목소리가 벼락처럼 귓가에 내리꽂혔다. 정확히 말하자면 귀로 들었다기보다는 그를 애타게 부르는 목소리가 심중을 파고들어 온몸을 뒤흔들었다는 것이 맞을 것이다. 그제야 그것이 낯익은 여인의 목소리임을 깨닫는다. 그러나 그 목소리는 이내 힘을 잃고 멀어져 가고 있었다.

— 살려주세요! 살려주세요……. 살려…….

완얼이 먼 하늘을 바라보았다. 그의 흑수정 같은 눈동자에 붉은 달이 가득 찬다. 적월이다.

피를 부르는 달.

"앗! 변씨 부인이 죽는다!"

그가 붉게 물든 천지를 뒤흔들며 내달리기 시작했다.

인정이 가까워질 무렵, 외출 차비를 마친 백영이 사라락사라락 치맛자락 스치는 소리조차 죽여가며 뒷문으로 향했다. 떠벌네의 시신은 아직 발견이 되지 않았는지 아니면 은밀히 덮기로 한 것인지 집 안은 아무 일 없다는 듯 고요하기만 했다. 하나 뒷문 빗장을 막 벗기려는 순간, 뒤에서 서슬 퍼런 목소리가 들려왔다.

"이 시각에 어딜 그리 살금살금 나가려는 게냐? 야반도주라도 할 참이냐?"

"어머님!"

뒤를 돌아보자 가복 두 명을 거느린 시어머니가 그녀를 싸늘하게 노려보고 있었다.

"네 이년! 드디어 꼬리가 밟혔구나! 네가 그간 밤이슬을 맞고 다닌 것을 영영 모를 줄 알았더냐? 필시 사내가 있는 게지."

"사내라니요? 오해이십니다. 하늘이 알고 땅이 압니다. 수절하는 몸으로 어찌 제가 그리 음란한 짓을……."

채 말을 마치기도 전에 눈앞이 번쩍한다. 고개가 휙 돌아갈 정도로 매서운 따귀에 백영이 바닥으로 쓰러졌다.

"닥쳐라! 그동안은 네 친정 가문을 생각해 참아왔지만 그 더러운 몸뚱이로 이씨 가문에 먹칠을 하는 것을 더는 두고 볼 수가 없다! 끌고 가라!"

시모의 불호령에 머슴들이 달려들어 거칠게 백영의 양팔을 잡아챘다. 그리고 저택에서 가장 깊숙한 곳에 있는 창고로 끌려갔다. 겉옷이 모두 벗겨져 속치마와 홑적삼 차림이 된 백영은 천장에 두 팔이 매달린 채 모진 채찍질을 당하였다.

"말해라! 그 사내가 누구냐?"

시어머니의 음성이 채찍질만큼이나 날카롭다. 하나 사내가 있어야 말을 할 것이 아닌가? 그때 몽롱한 백영의 의식 속에 퍼뜩 이름 하나가 떠올랐다.

'완얼!'

"네가 지금 만나러 가려는 사내가 누구냐고 묻지 않느냐?"

시어머니가 백영에게 재차 물었다. 하지만 그녀는 고개를 절레절레 내저었다. 아무리 고통스러워도 무고한 자의 이름을 팔 순 없었다. 그리고 그의 이름을 말한들 백영을 살려주진 않을 것이다.

"죽어도 그놈을 감싸겠다는 것이냐? 이러고도 네가 살기를 바라는 건 아니겠지?"

백영의 몸 위로 차디찬 물이 뿌려졌다. 그러자 흰 속치마가 살갗에 찰싹 달라붙으며 가늘고 질긴 채찍이 등으로, 허벅지로, 엉덩이로 찢긴 생살을 다시 찢고 더욱 날카롭게 파고들었다. 그것은 아들을 잡아먹은 며느리에 대한 시모의 잔인한 분풀이기도 했다.

'살려주세요! 살려주세요……. 살려…….'

백영이 몸부림치며 간절히 염원했다. 그러나 점점 눈앞이 흐려지면서 더 이상 견디지 못하고 정신을 잃고 말았다.

"독한 년! 여봐라, 이년을 당장 끌어내라!"

시모의 부름에 가노들이 재빨리 안으로 들어왔다.

"어찌해야 할지는 알고 있겠지?"

"예, 마님! 분부대로 하겠습니다."

고개를 깊이 조아린 뒤 혼절한 백영을 떠메고 밖으로 나갔다. 그리고 후원의 커다란 연못으로 향했다.

첨벙!

밤공기를 뒤흔드는 소리와 함께 백영이 연못으로 내던져졌다. 정절녀가 세상을 떠난 지아비를 그리며 대들보에 목을 매거나 연못에 몸을 던지는 것은 그리 드문 일이 아니었다. 아마 백영도 세상에 그리 알려져 가문의 명예를 드높일 것이다.

"가세."

수면 아래로 백영의 몸이 가라앉은 걸 확인한 머슴들이 발걸음을 돌렸다. 그들이 사라지자마자 어둠 속에서 한 사내가 내달려와 조금의 망설임도 없이 연못으로 뛰어들었다. 그리고 그를 부르는 소리를 향해 나아갔다.

— 완얼…… 완얼…… 완얼…….

차가운 물이 맨살에 와 닿는 섬뜩한 느낌 외엔 너무 어두워서 아무
것도 보이지 않았지만 완얼의 귀엔 들렸다. 시커먼 심연 속으로 가라
앉아 가는 백영이 부르짖는 소리가. 육체는 움직임을 멈췄지만 그녀의
무의식은 외치고 있었다. 살려 달라, 살려 달라, 간절히 그를 부르고
있었다. 완얼은 그 목소리를 향해 집요하게 헤엄쳐 나갔다. 그리고 마
침내 그녀에게 닿았다. 그는 품 안에 백영을 꼭 안고 수면 위에 흔들
리는 붉은 달빛을 향해 나아갔다. 실제로는 그리 길지 않은 시간이었
을지 모른다. 하지만 완얼에겐 마치 저승에서 이승으로 넘어가는 길고
긴 강을 헤엄쳐 나가는 것처럼 한없이 멀게 느껴졌다.

마침내 완얼이 연못 밖으로 나와 백영의 축 늘어진 몸을 무릎 위에
누였다. 하얀 속치마와 홑적삼이 흠뻑 젖어 살갗에 달라붙자 붉은 달
빛 아래 그녀의 맨몸이 고스란히 드러났다. 아침 햇살에 뽀얗게 빛나
는 둔덕처럼 봉긋하게 솟아올라 있는 젖가슴, 한 줌밖에 안 되는 가녀
린 허리와 그 아래 길게 쭉 뻗어 있는 날씬한 다리……. 몸의 굴곡이
그대로 드러나 있는 여체에 평소 같았으면 얼른 고개를 돌렸겠지만 지
금은 그런 것에 신경 쓸 겨를이 없었다. 백영이 파랗게 질린 얼굴로 숨
을 쉬지 않고 있었기 때문이다.

"눈을 떠보십시오! 내 말이 들리십니까? 이렇게 떠나선 아니 됩니
다!"

완얼이 그녀를 끌어안고 애타게 외쳤다. 가슴팍에 와 닿는 그녀의
뺨이 너무나 시리다. 숨이 느껴지지가 않는다.

"백영!"

'돌아오시오, 제발.'

간절히 빌며 그녀의 입술에 제 입술을 포개어 숨을 불어넣었다.

한 번, 그리고 또 한 번, 또 한 번.

그의 숨이 백영의 안으로 들어가 그녀를 깨운다. 파랗게 질린 입술에 서서히 붉은빛이 돌아오기 시작했다. 그리고 완얼이 다시 그녀에게 깊은 숨을 불어넣으려는 순간, 백영이 스르르 눈을 떴다. 닿을 듯 말 듯 멈춰 버린 입술 위로 뜨거운 숨이 쏟아지고 두 사람의 눈동자에 서로의 얼굴이 비쳤다.

"저를…… 부르셨습니까?"

그의 눈동자 속에서 그녀가 꿈결처럼 물었다. 그녀의 눈동자 속에서 완얼이 고개를 끄덕인다.

"저도 불렀습니다, 당신을."

백영은 칠흑 같은 어둠 속을 걷고 있었다. 한데 누군가 애타게 '백영!' 하고 그녀의 이름을 부르는 소리가 들려왔다. 그래서 뒤를 돌아보니 눈부신 완얼의 얼굴이 눈앞에 다가와 있었다. 그녀가 천천히 한 손을 들어 올렸다. 그리고 완얼의 뺨을 어루만졌다. 그 따듯한 온기에 살아 있음을 실감한다.

"당신이 내 뺨에 세 번이나 손을 대게 놔두진 않을 겁니다!"

그리 외친 게 불과 한나절 전이건만 그녀의 손길에 완얼이 다시 무너진다. 하지만 그의 뺨을 쓸어내리는 세 번째 손길은 정처 없이 떠돌던 지난 삼 년간 단 하루도 평온한 적 없었던 지친 마음을 어루만져 주기라도 하듯 더없이 부드러웠다.

"나도 들었습니다, 당신의 목소리를."

도움을 줄 때마다 뺨을 내어주는 남자, 그가 답했다. 그러자 백영
이 희미하게 웃으며 그의 품에서 다시 눈을 감았다.

백영은 깨어났다 잠들기를 반복하며 이틀을 꼬박 앓아누웠다. 마침
내 긴 잠에서 깨어나 온전히 정신이 돌아온 그녀가 가장 먼저 느낀 것
은 짙은 난의 향기였다.

"이제 정신이 드십니까?"

완얼이 환하게 웃으며 머리맡에 앉아 있었다.

"이곳은⋯⋯."

그녀가 몸을 일으키자 덮고 있던 이불이 젖혀지며 얇은 홑적삼 차림
이 드러났다.

"어머나!"

백영이 몹시 당황해 속살이 훤히 비치는 앞가슴을 두 팔로 가렸다.

"저, 저는 아무것도 못 봤습니다!"

완얼이 더 놀라 황급히 뒤로 돌아섰다. 그리고 밖으로 나가며 빠르
게 몇 마디 덧붙였다.

"이부자리 옆에 갈아입을 옷을 두었습니다. 급하게 준비한 것이라
잘 맞을지 모르겠습니다."

그의 말대로 방 한편엔 화사한 다홍치마와 연두저고리가 곱게 개켜
져 있었다. 그리고 옷가지 위엔 옥비녀와 꽃신까지 세심하게 놓여 있
었다. 갑자기 울컥 목이 메었다. 열여섯에 청상과부가 된 이후로 이리
고운 색의 옷을 입어본 적이 없었다.

"참으로 곱구나. 평생 다시는 이런 옷을 입을 일이 없을 줄 알았는
데."

백영이 믿기지 않는 얼굴로 몇 번이고 옷을 쓸어내렸다.

"이제 들어가도 되겠습니까?"

잠시 후 옷을 갈아입고 머리까지 매만지고 나자 때맞춰 완얼이 문밖에서 물었다.

"예, 들어오시지요."

그러자 완얼뿐만 아니라 량주와 숙휘까지 우르르 방으로 들어왔다. 녹의홍상 백영을 본 량주의 입이 떡 벌어졌다. 환한 색으로 차려입으니 수척해진 얼굴이 한결 밝아지며 열아홉 소녀다운 싱그러움이 느껴졌다. 복숭앗빛 두 뺨과 분홍빛 입술이 활짝 피어난 진달래꽃 같다.

"우와! 옷이 날개라더니, 정말 날개옷을 입은 선녀 같으십니다. 조선 최고 미인이시라는 숙빈마마가 경국쥐색이라기에 쥐색으로 할까 했는데 역시 홍색으로 골라오길 잘했습니다. 이리 잘 어울리실 줄 알았습니다. 경국쥐색도 울고 갈 경국홍색이십니다!"

제 안목에 스스로 자랑스러워하며 량주가 엄지를 척 치켜들었다.

"경국홍색이요?"

듣도 보도 못한 말에 백영이 어리둥절해하자 숙휘가 매우 창피한 얼굴로 조용히 량주에게 일렀다.

"경국'지'색(傾國之色)! 나라를 기울게 할 만큼의 미인이라는 뜻이다. 제발 책 좀 읽어라."

"내버려 둬라. 하루 이틀도 아니고. 무식하다고 죽는 건 아니니."

완얼이 혀를 끌끌 찼다.

"무예 연습을 하느라 책 읽을 시간이 있어야지요. 경국지색이나 쥐색이나 그게 그거구먼……"

량주가 머쓱하게 변명을 늘어놓으며 뒤통수를 긁적였다.

"여기는 완얼 선생의 댁입니까?"

덩달아 무안해진 백영이 슬쩍 말을 돌렸다. 얼마 전 완얼에게 거지 같다고 내뱉었던 말이 무색하게 난초로 가득한 방 안은 참으로 격조가 있었다. 고고한 백색과 요요한 홍색, 화려한 자색 등 형형색색의 꽃을 피우고 있는 향기로운 난들은 문외한인 백영이 보기에도 품격 있고 진귀해 보였다. 완얼의 몸에서 그윽한 난향이 풍겨온 것이 이 때문인가 싶기도 하고, 그 향은 어딘가에서 밴 것이라기보다는 날 적부터 몸에서 우러나오는 것이 아닌가 하는 엉뚱한 생각이 들기도 했다.

난향을 품은 사내.

백영이 완얼에게 시선을 돌렸다. 그러고 보니 완얼의 차림새도 바뀌어 낡은 의관을 벗고 은은한 미색 도포에 호박 갓끈을 늘어뜨린 모습이 기품 있어 보였다.

"예, 저의 집입니다. 이곳에 오신 뒤 이틀이나 앓아누워 계셨습니다. 무슨 일이 있었는지 전혀 기억이 나지 않으십니까?"

완얼이 조심스레 물었다.

"몰래 밖으로 나가려는 걸 시어머님께서 보셨습니다. 밤이슬을 맞고 다니는 며느리를 어떤 집안에서 가만히 두겠습니까?"

"그렇다고 사람을 이 지경으로 만들다니요!"

"그것이 과부의 운명입니다."

백영이 씁쓸하게 웃어 보인다. 슬프진 않았다. 그저 허탈한 것뿐이다. 그녀 성격에 어차피 열녀 흉내를 내며 사는 덴 한계가 있었을 것이다.

"한데 우리 점순이는 어떻게 되었습니까?"

"뒤늦게 부용정으로 가보았으나 아무도 보이지 않았습니다."

"점순이가 아직…… 살아 있을까요?"

이리 묻는 것이 너무 두려웠다. 그렇지 않다는 대답이 들려올까 봐.

"이용 가치가 있다고 판단한 이상 그 목적을 이룰 때까진 살려둘 것입니다. 천천히 다른 방도를 생각해 보도록 하지요."

백영이 아랫입술을 깨물었다. 점순이에게 마지막으로 한 말이 '염병에 땀도 못 낼 년'이었다. 늘 가까이 있었기에 좋은 말을 해줄 날이 많이 남아 있을 줄 알았다. 그래서 좋은 말을 해준 적이 없었다. 그 생각을 하니 마음이 찢어지는 것만 같아 어떡하든 꼭 구해내리라 다짐했다.

"우선 몸부터 추스르시고……."

우당탕!

갑작스레 마당에서 들려오는 요란한 소리에 완얼의 말이 끊겼다.

"웬 놈이냐?"

량주가 반사적으로 검을 뽑으며 문을 박차고 달려 나갔다. 그러나 이내 껄껄 호탕한 웃음소리가 들려왔다.

"개똥이 요 녀석! 뭐 그리 급한 일이 있다고 이리 미친 망아지처럼 뛰어다니느냐?"

백영이 흘끔 밖을 내다보니 애기 머슴 하나가 마당에 나동그라져 있었다. 한데 아이가 모기만 한 소리로 무어라 고하자 량주의 얼굴에 웃음기가 사라지며 칼집에 검을 꽂을 새도 없이 다시 뛰어들어 왔다.

"나리, 큰일 났습니다!"

"너는 하루에도 수십 번씩 큰일이 나느냐? 덩칫값 좀 하여라."

"이번엔 진짜 큰일입니다. 궐에서 사람이 나왔답니다!"

그러자 완얼의 안색이 대번에 변했다.

"일단 제가 나가보겠습니다."

눈빛이 날카로워진 숙휘가 량주를 데리고 방을 나섰다.

"아니다. 나를 찾아온 것인데 내가 나가봐야지."

완얼도 같이 자리에서 일어나며 백영에게 일렀다.

"궐에서 나온 사람을 만나고 다시 오겠습니다. 잠시만 기다려 주십시오."

'궐로도 점을 봐주러 가는구나. 생각보다 훨씬 더 유명한 점쟁이인가 보다.'

백영이 내심 놀랐다. 그리고 그가 이런 부를 쌓은 것도 이제야 납득이 되었다.

"저기!"

그녀가 황급히 부르는 소리에 문밖으로 나서던 완얼이 돌아보았다.

"왜 그러십니까?"

"고맙…… 습니다."

그녀의 뺨이 어느새 붉게 물들었다. 고맙다는 말 한마디 하는 것이 왜 이리 어려운지.

"처음으로 구해주고 뺨을 맞지 않았습니다. 하하하!"

완얼이 저렇게 환하게 웃는 모습은 처음 보았다. 절대로 곁에 두어선 안 될 사내다. 저 미소를 매일 본다면 볼 때마다 심장이 내려앉아 머지않아 죽어버릴 테니까.

"오래 걸리진 않을 것이니 쉬고 계십시오."

"예, 다녀오십시오."

백영이 고분고분 고개를 끄덕였다. 하지만 그녀는 그 약속을 지키지 않았다. 완얼이 궁에서 나온 내관을 만나고 다시 돌아오자 백영은 어디에도 보이지 않았다. 처음 만난 날처럼 또다시 홀연히 사라진 것이다.

"기다리라 말했건만."

완얼이 허탈하게 방 안을 둘러보았다. 아무리 살펴봐도 깔끔하게 개켜진 이불만이 텅 빈 방 안에 덩그러니 놓여 있을 뿐이었다.

"더 이상 폐를 끼치고 싶지 않아서이겠지요. 이쯤 했으면 나리께선 최선을 다하신 겁니다."

숙휘가 냉정할 정도로 차분하게 답했다.

"형님도 참, 어찌 그리 매정하십니까? 딱히 갈 곳도 없으실 텐데 아씨께서 대체 어디로 간 건지 걱정도 안 되십니까?"

오지랖 넓고 잔정이 많은 량주의 얼굴에 근심이 가득했다.

"내가 걱정하는 이는 오직 완얼군 대감 한 분뿐이시다. 대감께서 지금 그분을 거둘 수 있는 상황도 아니지 않느냐? 속히 어명을 받들지 않으면 대감과 우리부터 먼저 죽을 것이다."

말은 량주에게 하고 있지만 숙휘의 눈은 완얼을 보고 있었다. 평소엔 완얼의 신분을 감추기 위해 나리라 부르지만 꼭 해야 될 간언이라고 생각하면 숙휘는 정색을 하며 완얼군 대감이라 불렀다. 아마 완얼에게 하고 싶은 말이었을 것이다. 그러나 얄미울 정도로 옳은 말만 하는지라 반박을 할 수가 없었다.

"알았다. 전하께서 찾으신다니 일단 사냥터로 가자."

이번에도 숙휘의 말이 맞다. 이미 이틀이나 시간을 끌었으니 남원으로 가는 것을 더는 미루기 힘들었다. 백영이 떠나지 않았어도 어차피 곧 헤어져야 할 인연이었다. 그는 곧 사지(死地)로 떠날 테니까.

백영은 보갑을 찾으러 시댁으로 향했다. 위험하다는 건 알지만 점순이의 귀가 담긴 보갑을 그곳에 그대로 둘 순 없었다. 보갑을 손에 넣은 뒤 곧장 남원으로 갈 생각이다. 그곳에 춘향이가 아직도 살고 있을지 모르겠지만, 그녀를 찾으면 '춘향의 서신'이라는 것에 대해서도 알 수 있을 것이다.

생각에 잠겨 옮기는 걸음걸이 그윽한 향기가 피어오른다. 백영에게도 어느새 난향이 배었나 보다. 코끝을 스치는 향에 그가 떠올랐다. 점순이를 어디서 찾아야 할지 막막해진 마당에 완얼에게 무작정 도와 달라 말할 염치도 없고, 처자가 있는 것 같진 않았지만 과부를 집에 들였다 소문이라도 나면 그의 앞길에 좋지 않을 것이다. 그리고 무엇보다 그곳에 더 있으면 계속 머물고 싶은 헛된 바람이 생길 것 같아 두려웠다. 그래서 그의 얼굴을 보면 발걸음이 떨어지지 않을까 봐 서둘러 나온 것이었다.

"길을 비켜라!"

갑자기 등 뒤에서 우렁찬 고함 소리가 들려왔다. 놀라 돌아보자 말한 필이 쏜살같이 달려와 그녀를 아슬아슬하게 비켜갔다. 그 바람에 백영이 길 한가운데로 나뒹굴어 뒤따라오던 마차가 멈춰 섰다.

"웬 년이 길을 막아서는 게냐?"

마차를 몰던 병사가 뛰어내려 백영의 목덜미를 잡더니 길가로 끌어냈다.

"이 손 놓지 못할까! 감히 누구 몸에 손을 대는 것이냐!"

백영이 앙칼지게 소리치며 병사의 손을 뿌리쳤다.

"감히? 너야말로 이 행렬이 어떤 행렬인지 알고 감히 방해를 하는 것이냐!"

병사가 잡아먹을 듯이 눈을 부라렸다.

그러고 보니 말 네 필이 끄는 화려한 마차엔 창마다 값비싼 붉은 비단이 드리워져 있었고, 대단한 사람이라도 타고 있는지 무장한 기병들이 주위를 에워싸고 있었다.

"잠깐!"

실랑이를 벌이는 병사와 백영의 앞으로 조금 전 말을 타고 지나갔던 관복 입은 사내가 되돌아왔다. 그리고 백영을 유심히 훑어보더니 병사에게 명했다.

"계집을 마차에 태워라."

"제가 왜 이 마차에 탑니까?"

뭔가 일이 꼬이고 있음을 직감한 백영이 뒷걸음질 치며 물었다. 그러나 관리는 그녀의 물음엔 대꾸도 없이 병사에게 호통을 쳤다.

"뭣들 하느냐, 서두르지 않고!"

그러자 병사들이 달려와 그녀를 우악스럽게 마차로 끌고 갔다.

"네 이놈! 이 손 놓지 못할까!"

백영이 손목을 뿌리치려 했으나 막무가내로 끌고 가는 억센 사내의 힘을 당해내기엔 역부족이었다. 그렇게 떠밀려 들어간 마차 안은 온통 화려한 붉은 비단으로 꾸며져 있었다. 그리고 역시 붉은 비단으로 만든 방석 위엔 뜻밖에도 곱게 단장한 젊은 여인들이 앉아 있었다. 그것도 네 명이나. 거울을 보며 열심히 분을 칠하고 있는 기녀 차림의 여인 외엔 다들 몹시 어두운 표정이었다. 심상치 않은 분위기에 더럭 겁이 났지만 이럴 때일수록 정신을 바짝 차려야 한다는 생각에 마음을 다잡았다. 호랑이 굴에 잡혀가도 정신만 바짝 차리면 산다 하지 않는가? 이곳에서 빠져나갈 방법이 있을 것이다.

"이 마차가 대체 어디로 가는 겁니까?"

일단 상황 파악부터 해야겠다 싶어 딱히 누구에게라고 할 거 없이 여인들을 바라보며 물었다.

"모르셨습니까? 이것은 채홍사 행렬입니다. 전하의 사냥터로 간답니다."

빨간 댕기를 맨 어린 처자가 힘없이 대꾸했다.

채홍사란 조선팔도의 미녀를 궁으로 들이기 위해 전국에 파견한 관리로 호색한인 임금의 총애를 등에 업고 횡포가 극심했다. 채홍사에게 뽑혀 진상된 여인들 중 임금을 가장 가깝게 모시는 이들을 흥청이라 하였는데, 임금이 밤낮 없이 흥청과 함께 어울리며 퇴폐와 향락이 극에 달해 '흥청망청'이라는 말이 생길 정도였다. 그러니까 이 화려한 마차 행렬은 임금에게 바칠 여인을 '운반'하는 행렬이었다.

"채홍사라고요? 하지만 저는 기녀가 아닙니다. 길을 가던 아녀자를 어찌 이렇게 함부로 잡아간단 말입니까?"

"요즘엔 기녀들뿐만 아니라 양가집 규수건 과부건 심지어 유부녀까지도 가리지 않고 마구잡이로 끌고 간다 합니다."

"전하께서 사촌인 월강군의 부인을 겁탈하였다는 소문까지 도는 마당이니 말 다 했지요."

분칠하던 기녀도 한마디 거들었다.

"어찌 그런 개돼지만도 못한 짓을!"

백영의 얼굴에 핏기가 가셨다. 금상이 폭군이라는 풍문은 익히 들어 알고 있었지만 그 정도로 색정증(色情症)이 심할 줄은 상상도 못했다.

"요즘엔 일부러 주상전하의 눈에 띄기 위해 사냥터 근처를 얼쩡거리는 여인들도 수두룩하답니다. 눈에 들기만 하면 팔자 피는 건 한순간이니까. 어차피 첩실일 거면 임금의 첩실이 낫지 않겠습니까? 기왕에 이리된 거 단장이나 열심히 하십시오. 또 압니까? 이 중에서 숙빈마마나 희빈마마라도 나올지."

"숙빈이든 희빈이든 나는 그런 거 관심 없습니다. 여기서 당장 내릴 것입니다!"

백영이 벌떡 일어나 문을 두들기기 시작했다.

"이것들 보시오! 나를 내려주시오. 내려주시오!"

하지만 마차는 멈추지도, 누군가 답을 하지도 않았다.

"소용없다니까요. 내려줄 것이라면 태우지도 않았겠지요."

분칠을 마친 기녀가 커다란 젖가슴이 돋보이게 저고리 고름을 고쳐 맸다. 그러나 백영은 포기하지 않고 몇 번이고 목청껏 소리쳤다.

"네 이놈들! 당장 나를 내려놓지 못할까! 내려달라고!"

그러자 마침내 문이 벌컥 열리며 관리가 나타났다.

"내리시오!"

드디어 풀려나는구나 싶어 뛸 듯이 기뻐하며 밖으로 나왔다. 하지만 그건 그녀의 착각이었다. 그곳은 임금의 사냥터였다. 풀려난 것이 아니라 목적지에 도착한 것이다. 사방이 검과 활을 든 사내들로 가득한 사냥터에서 도망치는 것은 불가능해 보였다. 궁녀들 몇몇이 다가와 여인들의 몸을 샅샅이 뒤졌다. 전하게 해를 가할 수 있는 물건을 가지고 있는지 검사를 하는 것이었다. 몸 뒤짐이 끝나자 그녀는 다른 여인들과 함께 임금이 있는 누각 쪽으로 끌려갔다.

민가 백여 채를 허물어 만든 임금의 사냥터에선 잡아들인 노루와 멧돼지로 질펀하게 술판이 벌어지고 있었다. 율은 오색 차양이 드리워진 누각에 올라 신료들과 함께 술에 흠뻑 취해 있었다. 그리고 그 옆에서 책비 노릇을 하는 궁녀가 낭랑한 목소리로 춘향뎐을 읽고 있었다.

"태을선인은 학을 타고, 대국천자는 코끼리를 타고, 우리 전하는 연을 타고, 남원부사는 별연을 타고, 늙은 어부는 일엽편주 타는데 이 도령은 탈 것이 없어 춘향의 배를 빌려 타고 놀제, 홑이불로 돛을 달아 도령의 다리 사이 방망이로 노를 저어 순풍에 음양수를 건너니 이 황홀한 극락은 어디인고? 오호라, 춘향의 다리 사이 오목섬이로구나!"

"흠흠!"

누군가의 민망한 헛기침 소리가 들리며 낭송하는 궁녀의 얼굴도 벌젖게 달아올랐다. 그러자 그들을 짓궂게 지켜보던 율이 자지러지게 웃음을 터뜨렸다.

"어떠냐? 들으면 들을수록 재미나지 않느냐? 고매한 신하들이 저리 쩔쩔매는 것도 구경하고. 날이 갈수록 더더욱 춘향이를 만나보고 싶어지는구나. 한데 너는 어찌 아직 도성에 있는 것이냐? 내 명을 거역하겠다는 뜻이더냐?"

율의 눈빛에 점점 날이 서더니 술상 앞에 부복해 있는 완얼을 쏘아봤다.

"천부당만부당하신 말씀입니다. 감히 어찌 전하의 명을 거역할 수가 있겠습니까? 이야기책에서 춘향이를 꺼내올 방도를 고심하다 보니 며칠 늦어진 것입니다."

납작 엎드려 고하고 있지만 말에는 뼈가 있었다. 하지만 이리 소심하게 저항을 해봤자 결국엔 형님의 뜻대로 할 수밖에 없음도 잘 알고 있었다. 형님은 그 누구도 거역할 수 없는 이 나라의 지존이시니까.

"그래서, 방도를 구했느냐?"

"그것이……."

"아직이냐? 필요한 것이 있으면 개의치 말고 말해보아라. 춘향이만 데려올 수 있다면 뭐든 마련해 줄 터이니. 하지만 더는 지체해선 안 될 것이다. 알겠느냐?"

완얼이 아무 말 못 하고 머리를 조아렸다. 벼랑 끝에서 등이 떠밀리는 기분이었다. 등을 떠미는 형님의 손길에 자비란 없었다.

"전하, 채홍사 홍두겁이 돌아왔사옵니다."

잠시 말이 끊긴 틈을 타 누각 아래서 내관이 고했다.

"그래? 그거 마침 잘되었다! 주색잡기가 한창인데 제일 중요한 색이 빠져 있지 않느냐?"

율이 고개를 끄덕이자 채홍사가 네댓 명의 여인을 이끌고 의기양양하게 누각 앞으로 나섰다.

"전하! 흥을 돋울 미색들을 대령하였습니다. 이번엔 흡족하실 것입니다."

"어디 보자. 춘향이 뺨치는 미색이 있을지. 모두 고개를 들라!"

하지만 두려움과 긴장감에 굳어버린 여인들은 모두 땅바닥에 바짝 엎드린 채 쉽사리 고개를 들지 못했다.

"고개를 들래도!"

재차 호령하자 바들바들 떨고 있던 여인 중 하나가 고개를 들었다. 무표정하게 내려다보고 있던 완얼의 눈에 낯익은 얼굴이 들어왔다.

'변씨 부인!'

백영도 그를 알아보고 눈이 번쩍했다. 절박한 순간 뜻밖에도 완얼을 만나자 너무 흥분한 나머지 벌떡 일어나 소리쳤다.

"나리!"

그녀의 갑작스러운 행동에 모두의 시선이 쏠렸다.

"나리? 나를 보고 하는 말이냐? 곤룡포를 입지 않아서 못 알아보는 것인가? 보아라, 내가 바로 이 나라 조선의 임금이다!"

율이 흥미로운 얼굴로 친히 누각에서 내려와 백영의 앞에 섰다.

'내가 지금 무슨 짓을 한 것인가!'

잔뜩 겁을 먹은 백영이 다시 바닥에 납작 엎드렸다.

"전하! 죽을죄를 지었습니다."

"그래? 그럼 죽겠느냐?"

"예?"

"죽을죄를 지었으면 죽어야 마땅하지 않겠느냐?"

"아, 아니, 그것이 아니오라……. 살려주시옵소서!"

"재미있는 계집이로구나. 고개를 들어 나를 봐라."

하지만 백영은 고개를 들지 못했다. 마음에 들면 길바닥 어디서라도 일을 벌이는 호색한에, 마음에 안 들면 누구라도 그 자리에서 때려죽인다는 살인귀로 소문이 무성한 임금이다. 눈이 마주치는 순간 무서운 일이 벌어질 것만 같았다.

"나를 보라 하지 않느냐!"

추상같은 호령에 하는 수 없이 그를 바라보았다. 붉은색 전복에 남색 전대를 두르고 큰 검을 찬 채 앞에 서 있는 율을 본 백영이 크게 놀랐다. 천인공노할 짓을 일삼는 짐승 같은 임금은 뜻밖에도 젊고 매력적인 사내였다. 흠잡을 데 없이 잘생긴 얼굴과 건강한 육체에서 뿜어져 나오는 강렬한 기운으로 좌중을 압도하고 있었다.

"이 계집이 마음에 든다. 닮았어, 아주 많이 닮았어……. 여봐라! 내 이 아이를 당장 궐로 데려가야겠다!"

'나를 궐로 끌고 간다고?'

그 말에 천둥번개를 맞은 것처럼 순간 아찔해졌다. 그것이 무엇을 뜻하는지 알기 때문이다.

임금의 노리개가 되는 것이다. 그들 중 첩지를 받는 건 극소수, 나머지는 수많은 노리개들 중 하나로 살아가다 비참하게 버려졌다.

"전하, 저는 과부이옵니다. 부디 명을 거두어 정절을 지킬 수 있게 해주시옵소서!"

백영이 다급하게 아뢰었다. 설마 이 많은 사람들 앞에서 대놓고 과부를 취하겠는가 싶었다.

"정절? 아, 열녀문 말이냐? 그럼 열녀문을 내려줄 터이니 내 침소에 들겠느냐? 가는 게 있으면 오는 게 있어야지. 나는 참으로 공명정대한 왕이니라!"

잠시나마 번듯한 외모에 현혹되어 상식이 통할 거라고 생각했다. 하지만 역시 임금은 소문 그대로였다.

조선의 임금은 미치광이다.

'이대로 끌려가 저런 색정광과 동침을 하란 말인가?'

백영이 파르르 떨며 완얼을 쳐다봤다. 완얼 역시 안색이 파랗게 질려 있었다.

'하긴 완얼 선생인들 한낱 점쟁이가 절대 지존 앞에서 무슨 힘이 있겠는가?'

어명을 받든 궁녀들이 재빨리 다가와 양쪽에서 그녀의 팔을 잡아끌었다.

"전하! 제발……."

백영이 발버둥을 치며 필사적으로 애원했다.

'이대로 끌려가면 끝이다!'

오직 그 생각뿐이었다.

그런 백영을 보며 완얼은 갈등했다. 그녀를 구하겠다고 지금 나서는 것이 얼마나 위험한 일인지 안다. 그리고 괜히 그가 나서서 오히려 상황이 악화될 수도 있었다. 하지만 만일 다른 곳에서 이런 상황을 보았다면 발버둥 치며 끌려가는 여인을 모른 척할 수 있을까?

'이것은 승은이 아니라 겁간이다!'

그렇게 생각하자 도저히 가만히 있을 수만은 없었다.

"전하, 이 여인은 아니 되옵니다!"

완얼이 누각에서 뛰어 내려와 율의 앞을 가로막고 엎드렸다.

"무슨 짓이냐? 너 따위가 감히 내게 아니 된다고 말하는 것이냐?"

"전하!"

"정말 지긋지긋하다! 그놈의 아니 된다, 아니 된다! 과부건 뭐건 상관없다. 나는 이 계집을 데려가야겠다. 내가 임금이고 내가 곧 법이다!"

완얼의 행동을 자신에 대한 도전이라고 생각한 율의 눈빛이 순식간에 붉게 물들었다.

"그것이 아니오라 이 여인은……."

"그것이 아니라면!"

임금이 허리에 차고 있던 검을 뽑아 들었다. 그리고 시퍼런 살기를 띠고 완얼의 목에 칼끝을 겨누었다.

"너의 여인이냐? 오호라, 그러고 보니 아까 저 계집이 나리라 부르짖던 것이 네놈이었구나!"

검을 잡은 율의 손에 핏줄이 돋는다. 그러자 날카로운 칼날이 완얼의 목 깊숙이 파고들어 피가 맺혔다.

"왜 아무 대답이 없느냐? 다시 한 번 묻겠다. 이 계집이 누구냐?"

"이 여인은…… 저와 함께 남원으로 갈 사람입니다."

완얼이 덥석 답했다. 엉겁결에 입에서 튀어나왔다는 표현이 더 맞을 것이다.

"뭐라? 내가 춘향이를 찾아오라 명했지 계집을 끼고 팔도유랑을 다녀오라 했느냐?"

"전하, 그런 것이 아니옵고, 이 여인은 춘향이를 찾는 데 꼭 필요한 여인입니다. 방금 전 그러시지 않았습니까? 춘향이를 찾기 위해 필요한 것은 무엇이든 내어주신다고."

오들오들 떨면서 두 사람의 한 마디 한 마디에 온 신경을 곤두세우고 듣던 백영이 아연실색했다.

'전하께서 완얼 선생에게 춘향을 찾아오라고 명을 내리셨다고?'

그리고 확신했다.

'오탁후다!'

오탁후(五柝嗅)란 '다섯 번 펼쳐 냄새까지 맡다'라는 뜻으로, 그 정
도로 책을 펼쳐보고 또 펼쳐볼 만큼 광적인 독자를 칭하는 말이었다.
임금은 소설인지 현실인지 구분이 안 될 만큼 춘향뎐에 푹 빠져 힘없
는 점쟁이에게 춘향이를 찾아오라 지랄발광을 하고 있는 것이다.

"저 계집이 뭔데 춘향이를 찾아올 수 있다는 것이냐?"

"그것은……."

완얼의 말문이 막혀 버렸다. 생각나는 대로 어찌어찌 둘러대긴 했으
나 더 이상 대답할 말이 없었다.

'이제 둘 다 죽겠구나.'

눈을 질끈 감는데 백영의 다급한 부르짖음이 들려왔다.

"그것은! 제가 춘향뎐을 지었기 때문입니다!"

율의 시선이 대번에 백영에게로 옮겨갔다.

"그렇다면 네가 미상이냐? '춘향뎐'과 '이솔낭자뎐-아오, 이솔아',
'선녀와 나무꾼-완전한 사육', '이십팔색기가' 등등을 지은 바로 그 작
자 미상?"

역시 오탁후답게 임금은 미상의 작품을 줄줄이 꿰고 있었다.

"예, 그러하옵니다. 미천한 소인의 작품을 전하께서 알고 계시다니
성은이 망극할 따름이옵니다."

"미상이 이렇게 어린 계집이었단 말인가? 한데 네가 미상이라는 걸
어떻게 믿지? 허언일 수도 있지 않느냐?"

하지만 이렇게 묻는 율의 얼굴엔 노여움 대신 호기심이 어리기 시작
했다. 그 호기심이 두 사람을 위기에서 벗어나게 해줄지도 모른다는
한 가닥 희망을 품고 백영이 마지막 승부수를 던졌다.

"그러니 제가 함께 춘향이를 찾아오겠습니다. 춘향이는 소설 속 여

인이 아닙니다. 실제로 존재하는 여인입니다!"

뜻밖의 말에 율도, 완얼도 그 자리의 모두가 놀라 한순간 정적이 흘렀다.

"춘향이가 정말 실존 인물이라고?"

고요 속에서 푸드득 한 마리 새가 날아오르자 기다렸다는 듯 율이 하문했다.

"어찌 전하께 거짓을 고하겠습니까? 춘향이는 존재합니다. 그리고 실제로도 천하절색이옵니다. 저따위는 비교도 안 될 만큼."

"그거 참 재미있구나!"

율이 씨익 웃으며 아우에게 겨누었던 검을 거두었다. 백영의 눈에 그 웃는 모습이 얼핏 완얼과 닮아 보였다. 둘 다 눈에 번쩍 띄는 미남이라 그런 것일까? 하지만 닮은 듯 분명 달랐다. 임금과 완얼 모두 뚜렷한 이목구비에 도자기처럼 매끄러운 피부가 눈부시게 빛났지만, 완얼이 따뜻한 햇살같이 부드러운 인상이라면 율은 이글이글 타올라 모든 것을 불살라 버릴 것 같은 태양이었다. 특히 날카로운 눈매가 붉게 물들 때면 짙은 피비린내가 풍겨오는 것 같았다.

"좋다. 너희 둘이 함께 춘향이를 찾아오너라. 보름의 시간을 주겠다. 그 안에 찾아오지 못한다면 너는!"

율이 다시 검을 높이 치켜들었다. 그리고 백영을 향해 거침없이 휘둘렀다.

"아악!"

백영의 비명이 칼날처럼 날카롭게 허공을 갈랐다. 검에 베인 백영의 저고리 고름이 후두둑 바닥으로 떨어지며 감춰져 있던 뽀얀 속살이 드러났다.

"너는 죽는다. 그래도 가겠느냐?"

율이 먹잇감을 앞에 둔 육식동물의 눈빛으로 풀어헤쳐진 저고리 사이로 훤히 드러난 젖무덤을 내려다보며 물었다. 그것을 본 완얼의 가슴이 덜컥 내려앉았다. 치맛말기 위로 봉긋이 솟아오른 오른쪽 젖무덤에서 피가 흐르고 있었다. 그리고 그 가슴엔 '乙'이란 칼자국이 선명하게 아로새겨 있었다.

그것은 표식이었다. 율의 것이라는. 그러니 그 누구도 건드려선 안 된다는.

독사처럼 섬뜩한 살기를 내뿜는 율은 자신이 소유하고자 하는 모든 것에 뱀을 풀어놓은 형상을 새겨놓곤 했다. 그가 갖고자 한 것을 갖지 못한 적도 없었고, 그의 소유물을 건드렸다가 살아남은 이도 없었다. 율이 완얼에게 번뜩이는 시선을 옮겼다. 그것은 완얼에게 보내는 경고장이기도 했다.

'이것은 지금부터 나의 소유다.'

어려서부터 완얼의 것을 빼앗을 때마다 짓던 익숙한 저 표정. 포식자의 얼굴. 머리에서 피가 빠져나가는 듯한 서늘한 느낌에 완얼은 몸을 부르르 떨었다. 이제 백영은 왕의 여인이다.

"예, 갈 것입니다!"

아무것도 모르는 백영은 앞섶을 여밀 생각도 안 하고 고개를 들어 율을 똑바로 마주 보았다. 오기에 가득 찬 시선이다. 분노와 모욕감이 두려움을 잊게 한 것이다. 완얼이 급히 도포를 벗어 그녀의 어깨에 걸쳐주었다. 그리고 옷깃을 여며 율의 비뚤어진 욕망에 고스란히 드러난 백영의 속살을 가렸다.

"하하하하하!"

광기 어린 율의 웃음소리가 사냥터에 울려 퍼졌다. 그 자리에 있는 그 누구도 임금에게 감히 단 한 마디도 할 수 없었다.

"물러가라."

율이 검을 내던지며 차갑게 내뱉었다. 그리고 완얼을 쏘아보며 덧붙였다.

"명심해라. 보름이다!"

"예, 잊지 않겠습니다. 그리고 반드시 찾아오겠습니다, 춘향이를!"

완얼이 처음으로 형님 앞에 당당하게 허리를 펴고 외쳤다. 그것은 율이 보낸 경고장에 대항하는 완얼의 경고장이었다. 그리고 백영의 손목을 바스러져라 부여잡고 사냥터를 나왔다.

'내 눈앞에서 더 이상 누구도 죽게 내버려 두지 않을 것입니다, 형님!'

완얼과 백영이 눈앞에서 사라지자 율이 술상에 앉아 나직이 늙은 내관을 불렀다.

"이보게, 상선."

"예, 전하."

어린 세자이던 시절부터 임금을 모셔왔던 백발의 상선이 한 발짝 가까이 다가갔다.

"상선은 나의 어머니를 기억하는가? 아주 오래전, 내 어머니가 중궁전에서 쫓겨나 사약을 받고 돌아가시기 전의 모습을 말이다."

율이 연거푸 술을 마시더니 물었다. 임금의 생모인 폐비 얘기가 나오자 자리에 앉아 있던 신료들의 얼굴이 흙빛으로 변했다. 임금이 모후의 얘기를 꺼낼 때마다 얼마나 많은 사람들이 죽어 나갔던가?

"예, 전하."

답하는 상선의 주름진 뺨에도 부르르 경련이 일었다.

"어떠냐? 닮지 않았느냐? 아까 그 계집 말이다. 밤마다 꿈에서 뵈었던 나의 어머니를 꼭 닮았어."

"전하……."

"그렇지? 상선이 봐도 닮아 뵈지? 근데 왜 내가 탐내는 건 모두 그 녀석이 먼저 갖는 걸까? 비상한 머리도, 아버님의 총애도, 하늘의 가호도 그리고 여인도. 내가 이 나라의 왕인데 왜, 왜!"

율이 난폭하게 술잔을 집어 던졌다. 책비 노릇을 하던 궁녀가 이마에 술잔을 맞고 피를 철철 흘리며 쓰러졌다.

"뭣들 하는 게냐! 저 흉물을 당장 끌어내지 않고!"

앙칼진 목소리가 누각 위로 울려 퍼졌다. 그리고 독살스럽게 눈을 치켜뜬 숙빈이 모습을 드러냈다. 그 말에 내관들이 재빨리 달려가 공포에 질려 신음조차 내지 못하는 책비를 끌어냈다.

"전하, 마음에 드는 계집을 보셨다고요? 그런데 왜 완얼군과 함께 보내셨습니까? 전하답지 않게요."

숙빈이 금세 표정을 바꿔 간드러지게 교태를 부리며 율의 옆에 앉았다. 붉게 칠한 입술에 폭 넓은 붉은 치마를 두르고 값비싼 장신구로 한껏 치장한 숙빈은 한낮의 태양 아래 그 어느 때보다 화려하게 빛났다. 대전을 무시로 드나드는 것도 모자라 사냥터까지 쫓아오다니, 좌정해 있던 대소신료들이 눈살을 찌푸렸으나 그런 말을 입 밖에 내는 이는 아무도 없었다.

"그 계집이 춘향이를 데려오겠다 큰소리를 쳐대더구나. 몹시 심심하던 차인데 재미있을 것 같지 않느냐? 완얼군에게 내준 것이 아니다. 잠시 시험해 보는 것이지. 그 녀석에겐 그 무엇도 내주지 않을 것이다. 그 계집도 춘향이도 모두 내가 가질 것이야!"

그러자 숙빈이 짐짓 토라진 척 고개를 모로 틀었다.

"그럼 저는 곧 쓸모없어지겠군요. 모두 남원에서 돌아오지 못하게 해야겠습니다."

"사냥터까지 기껏 쫓아와서 투기를 하는 게냐? 너는 어찌하여 궐의 법도란 법도는 죄다 거스르는 것이냐?"

"그래서 저를 총애하시는 것 아닙니까?"

"하하하! 네 말이 맞다. 내 어찌 너를 말로 당하겠느냐? 역시 나를 기분 좋게 해주는 건 조선팔도에 숙빈 하나뿐이로다."

감정 기복이 심한 율은 언제 피를 봤냐는 듯 박장대소하며 술잔을 들었다.

"두고 보십시오, 전하."

율의 잔에 술을 가득 채우는 숙빈의 눈빛이 표독스럽게 빛난다. 그리고 나긋나긋 말을 이었다.

"저들이 남원에서 살아 돌아올 수 있는지 없는지."

"아픕니다. 놔주세요."

백영이 얼굴을 찡그리며 손을 뒤로 뺐다. 완얼은 사냥터 밖으로 나와서도 흥분을 가라앉히지 못하고 그녀의 손목을 꽉 쥔 채 막무가내로 끌고 가고 있었다.

"아……. 미안합니다."

그제야 아차하며 완얼이 손을 놓았다. 어찌나 세게 쥐고 있었는지 그녀의 손목에 빨갛게 손자국이 남아 있었다.

"검에 베인 곳은 어떻습니까? 어서 의원부터 찾아갑시다."

"괜찮습니다. 신경 쓰지 마십시오."

답은 그리 하면서도 백영의 얼굴은 핏기 하나 없이 창백했다. 아직 시어머니에게 당한 매질도 채 아물지 않은 상태에서 또 이런 상처를 입었으니 괜찮을 리가 없었다. 치료를 한다 하여도 흉터는 남을 것이다. 그녀는 평생 가슴에 '乙'이라는 주홍빛 흉터를 새긴 채 살아가야 한다.

율의 소유물로. 그러다 싫증이 나 버려져도 흥은 사라지지 않는다.

"괜찮기는요! 다 죽게 생겼는데 뭐가 괜찮다는 말입니까? 그러게 어쩌자고 겁도 없이 전하 앞에 나서셨습니까? 주상 전하가 얼마나 무서운 분인지 모르십니까?"

점점 언성이 높아졌다. 화가 나 참을 수가 없었다.

'아무리 무자비한 성정이라도 여인에게 이런 몹쓸 짓을 하다니!'

형님은 완얼이 좋아하는 모든 것에 자신의 표식을 남겼다. 그가 좋아했던 서책에도, 어머니의 유품인 난이 수놓인 향낭에도, 아바마마께 하사받은 담비 가죽으로 만든 난모(煖帽)에도 율은 날카로운 검으로 乙이라 새겨놓았다. 형님은 그렇게 기어이 빼앗아간 뒤 아무렇게나 버렸다. 하지만 사람에게 그 표식을 남긴 것은 처음 보았다. 그 많은 여인들을 탐한 주상이지만 그녀들에게 '乙' 표식을 새겼다는 얘기는 들은 적이 없었다.

'왜? 왜 백영에게만 유독……. 그녀가 춘향뎐을 지은 작자 미상이라?'

하지만 그것만으로는 뭔가 석연치가 않았다. 형님은 백영이 이한림 대감의 며느리라는 사실도 모를 것이다. 비록 그 댁에서 끔찍하게 내쳐지긴 했으나 어쨌든 그걸 알았다면 상황은 또 달라졌을 것이다. 가뜩이나 주상에게 적대적인 사림파 수장의 며느리를 취하겠다는 건 사림파와 정면 대결을 하겠다는 것과 마찬가지이니.

"전하의 앞을 먼저 막아선 것은 나리가 아닙니까? 그 상황에선 같이 죽거나 같이 살거나 둘 중에 하나였습니다!"

백영의 카랑카랑한 목소리가 완얼의 상념을 끊었다. 당차게 대꾸는 했으나 통증으로 인해 입술이 파르르 떨렸다. 그녀의 모습에 불현듯 어릴 적 그가 아끼던 앵무새가 떠올랐다. 어느 날 아침 모이를 주러 가

보니 작은 배에 乙이라 칼자국이 난 채 피를 흘리고 있었다. 결국 그 새는 얼마 뒤 죽어버렸다.

"정말 죽고 싶지 않으면 당장 멀리 떠나십시오."

"그럼 완얼 선생께서는요? 같이 남원에 가겠다고 전하께 아뢰지 않았습니까?"

"그건 내가 어떻게든 할 터이니 더 이상 이 일에 관여치 말란 말입니다!"

완얼이 또다시 고성을 지르고 말았다. 두려워서인지도 모른다. 힘없는 짐승이 털을 곤두세워 두려움을 감추듯이. 형님이 그의 목에 검을 겨누었을 때의 어두운 눈빛도, 백영을 향한 욕망의 눈빛도, 두 가지 모두 두려웠다.

"그럴 순 없습니다. 비록 무늬만 열녀이긴 해도 저 살자고 남을 죽일 정도로 파렴치한은 아닙니다. 그리고 어차피 가야 할 곳입니다."

"어차피 가야 할 곳이라니요?"

완얼이 물음과 동시에 량주와 숙휘의 목소리가 들려왔다.

"무사하신 겁니까?"

인근에서 기다리고 있던 두 사람이 완얼을 향해 헐레벌떡 달려왔다. 왕자의 사병을 사냥터 안으로 들일 수 없다 하여 출입을 저지당한 터였다.

"귀, 귀신이다!"

백영을 보자마자 량주가 소스라치게 놀라 비명을 질렀다. 산만 한 덩치에 어울리지 않게 량주는 귀신을 몹시 부서워했다. 그래서 밤이면 혼자 측간도 못 가 숙휘나 완얼의 손을 꼭 붙들고 갈 정도였다.

"멀쩡하게 살아 있는 사람한테 귀신이라니요? 무슨 말씀을 그리 하십니까?"

백영이 퉁명스레 쏘아붙이고는 도포를 다시 여미었다. 검에 베인 것을 알고 하는 소리인가 싶었지만 겉으로만 봐선 알 리가 없었다. 하지만 백영의 안색은 그새 더욱 창백해져 있었다.

"정말 사람이 맞습니까?"

량주가 주춤주춤 다가와 슬쩍 그녀의 신을 확인했다. 귀신은 발이 없다는 말을 들은 것 같아 두 발이 달려 있나 확인하는 것이었다.

"그렇다니까요!"

"하지만 분명 돌아가셨다고 들었는데…….."

"예? 누가 그런 소리를 합니까?"

"저기 저쪽에…….."

량주가 산으로 이어지는 길 쪽을 가리켰다. 그의 손가락을 따라 시선을 옮기던 백영이 순간 숨을 멈추었다.

"이럴 수가!"

백영의 눈에 들어온 것은 상여였다. 수십 명의 장정이 둘러멘 화려한 꽃상여 행렬이 인왕산으로 이어진 길을 지나가고 있었다. 그리고 상여를 멘 장정들은 모두 시댁의 가복들이었다.

"이한림 대감 댁 며느리라지? 절개가 높다 그리 소문이 자자하더니만, 삼년상을 다 치르고선 지아비를 따라가겠다며 기어이 연못에 몸을 던졌다는구먼."

"그러게. 얼굴을 알아볼 수 없을 정도로 시신이 물에 퉁퉁 불어서 떠올랐다지 뭐야?"

"열녀문이 백 개가 내려진들 다 무슨 소용이래. 저 죽으면 그만인 것을."

지나가던 아낙들이 하나둘 멈춰 서서 속닥거리며 혀를 찼다.

"내가…… 죽었다고?"

백영이 넋이 나간 사람처럼 중얼거렸다. 살아서 자신의 장례를 보는 이가 몇이나 될까? 아니, 있긴 있을까? 시어머니가 그리 모진 매질을 할 때부터 그녀를 살려둘 생각이 없다는 건 짐작했다. 하지만 빈 관으로 장례까지 치를 줄은 몰랐다. 그것은 그녀에게 보내는 경고이리라. 살아서 시댁으로 돌아오지 말라는.

"저것은 필시 빈 관이 아닐 겁니다. 저 상여 속에 누워 있는 건 떠벌네가 분명합니다. 연못에 부인의 시신이 없어 몹시 당황했겠지요. 그렇다고 수절하던 며느리가 도망쳤다고 하자니 가문의 체면이 엉망이 될 테고, 그리 곤란하던 차에 떠벌네의 시신이 발견되니 연못에 불려서 알아보지 못하게 만든 후 자결한 며느리로 둔갑시킨 것입니다. 열녀문도 타내고 귀찮은 시신도 처리하고 일석이조 아니겠습니까?"

속이 빤히 보이는 수작에 완얼이 눈살을 찌푸렸다. 이런 협잡에 집안의 큰 어른인 이한림 대감이 관여하지 않았을 리가 없다. 이한림이 명망 높은 유학자이기는 하나 그러기에 더욱 과부 며느리에게 가혹했을 것이다. 그의 며느리는 열녀여야만 할 테니까.

"세상에, 그리 인자해 보이는 이한림 대감께서 이런 짓을 꾸미다니. 하여튼 양반들이 하는 짓거리란, 똥구멍이 막혀 뒈질 것들!"

분개한 량주의 입에서 욕이 튀어나왔다. 하지만 이 모든 것이 남의 얘기인 양 백영은 그저 멍하니 자신의 상여를 바라보고 있을 뿐이었다. 한데 상여 행렬을 따라 고개를 돌리던 백영의 눈앞이 갑자기 흐려지며 몸이 크게 휘청거렸다.

"아씨, 피가!"

그것을 본 량주가 고성을 지르며 다가왔다. 백영이 걸치고 있는 미색 도포의 앞섶이 벌겋게 물들어 있었다. 상처에서 피가 계속 흘러 저고리를 흠뻑 적시고 도포에까지 배어 나온 것이다.

"아무래도 괜찮지 않은가 봅니다. 의원으로……."

피를 많이 흘려서인지 현기증이 일어 량주의 팔목을 붙들었다. 그러자 량주가 두 팔로 그녀를 번쩍 안아 들었다.

"대체 어쩔 셈이냐?"

완얼이 걱정스러운 얼굴로 물었다.

"뛰어야죠!"

단순한 성격처럼 대답도 단순명료하다. 그리고 그 말에 숙휘 역시 동의했다.

"지금 량주보다 의원까지 더 빨리 달려갈 수 있는 사람은 없을 겁니다."

과연 맞는 말이었다. 량주는 무쇠 같은 팔로 그녀를 단단히 안고 말 근육 같은 다리로 정말 말처럼 달리기 시작했다.

"다 비켜!"

량주가 앞을 가로막는 느릿한 상여 행렬을 향해 특유의 으르렁으르렁 고함을 질렀다. 가짜 장례를 치르느라 살아 있는 백영을 가로막고 있는 것이 더없이 괘씸했다. 상여 앞으로 뛰어든 들짐승 같은 량주로 인해 행렬이 멈추었다. 량주의 뒤를 이어 완얼과 숙휘도 행렬 한복판으로 뛰어들었다. 가복 중 혹시 누군가는 백영의 얼굴을 보았을지도 모른다. 하지만 백영은 이제 그게 무슨 상관이랴 싶었다. 오히려 세 사내가 자신의 상여 행렬을 깨부수고 달려 나가자 통증을 잠시 잊을 정도로 속이 후련했다.

"아씨, 조금만 더 참으세요!"

량주가 더욱 속도를 내며 외쳤다. 그리고 저 뒤에서 메아리처럼 숙휘와 완얼의 목소리가 번갈아 들려왔다.

"꽃신 떨어졌습니다!"

"제가 주웠습니다!"

"또 떨어졌습니다!"

"제가 또 주웠습니다!"

그 모습을 보며 백영은 믿었다. '이들과 함께 있으면 나는 절대 죽지 않을 것이다'라고. 량주가 빨라질수록 백영의 몸도 마구 흔들렸지만 그녀는 평온해진 마음으로 거북이 등껍질처럼 탄탄한 량주의 가슴에 머리를 기대었다. 조선땅 끝까지 달려도 이 야생마는 지치지 않을 것 같다.

량주가 온 힘을 다해 달려 의원에 도착한 보람도 없이 백영의 치료는 금방 이뤄지지 않았다. 아무리 의원이라도 사내 앞에서 절대로 저고리를 벗을 수 없다고 백영이 고집을 부려 의녀를 불러와야 했기 때문이다. 발이 길게 드리워진 방 안쪽에서 하얀 어깨를 드러낸 백영에게 의녀가 약초를 붙였다.

"하아……."

벌어진 상처에 약초가 스며들자 앙다문 입술 사이로 신음이 흘러나왔다. 그 소리에 문발 뒤에서 초조하게 기다리던 완얼이 고개를 돌려 바라보았다. 완얼도 임금이 겨눈 검으로 인해 목을 베긴 했으나 살짝 스친 정도라 금방 치료가 끝났다.

하늘하늘 얇은 천 뒤로 백영의 뒷모습이 어른거린다. 그리고 사슴처럼 가늘고 긴 목에서 부드럽게 이어지는 둥그스름한 어깨선에 그만 넋을 잃었다.

'세상에 저렇게 아름다운 선이 존재하는구나!'

목욕하는 선녀를 훔쳐보는 나무꾼처럼 가슴이 두근거리며 희디흰 백영의 어깨에서 눈을 떼지 못했다. 그때, 잠시 밖에 나갔던 량주가 불쑥 안으로 들어왔다.

"뭘 그리 보십니까?"

"어이쿠, 깜짝이야!"

완얼이 소스라치게 놀라자 뒤따라 들어온 숙휘도 고개를 갸웃하며 문발 안쪽을 들여다봤다.

"어허, 어딜 들여다보느냐!"

정색을 하며 문발 앞을 가로막자 량주가 핀잔을 놓았다.

"꽃신이나 내려놓으시지요. 뭐 그리 꼭 끌어안고 계십니까?"

"아, 내가 그랬나?"

길에 떨어진 백영의 꽃신을 주워와 무의식중에 아직도 품에 꼭 안고 있었다.

"변씨 부인에게 흑심 같은 게 있어서 그런 것이 아니라 내가 원래 꽃신 성애자다! 장인이 한 땀 한 땀 수놓은 꽃을 좀 보아라! 얼마나 아름다우냐?"

"누가 뭐라 했습니까요?"

량주가 시큰둥하니 답했다.

"그, 그러게……."

갑자기 말문이 턱 막혀 슬그머니 꽃신을 방문 밖에 내려놓았다. 그리고 이내 발이 걷히며 백영이 걸어 나왔다. 치료받는 사이 의원 댁 여종이 저고리 고름도 다시 달아놓아 옷도 제대로 갖춰 입고 있었다.

"오래 기다리셨지요?"

"이제 괜찮으십니까?"

"예. 다행히 상처가 그리 깊지는 않답니다. 흉은 좀 남겠지만 덧나지는 않을 거라 했습니다."

"그거 정말 다행입니다."

하지만 흉이 남을 거라는 말이 완얼의 마음에 남았다. 형님의 흔적은 역시 지워지지 않았다.

"예. 천만다행이고말고요!"

량주도 커다란 덩치를 좌우로 흔들며 기뻐했다.

"이 백골난망한 은혜는 잊지 않고 꼭⋯⋯."

그러자 량주가 흠칫하며 백영이 부끄러워하지 않게 슬쩍 귀띔을 했다.

"아씨, 색골난망. 잠시 헷갈리셨나 봅니다."

속삭이는 소리가 어찌나 우렁찬지 옆에 있던 숙휘가 듣고 몹시 창피하여 조용히 일렀다.

"백골난망 맞다."

"백골난망? 뭔가 어색한데⋯⋯. 확실한 겁니까?"

량주가 오히려 숙휘를 의심스럽게 흘겨보았다. 경국쥐색도 모자라 색골난망까지, 그럼에도 저리 당당함에 숙휘는 더욱 창피해졌다.

"이 몸이 죽고 죽어 일백 번 고쳐 죽어 '색골'이 진토되어 넋이라도 있고 없고 임 향한 일편단심이야 가실 줄이 있으랴. 이게 더 어색하지 않느냐?"

보다 못한 완얼이 나름대로 쉽게 설명을 해주었다.

"자연스러운데요? 색골도 순정은 있지 않겠습니까?"

설마 정몽주의 단심가 정도는 알겠지 싶었는데 량주는 도통 뭐가 문제인지 모르겠다는 듯 고개를 갸우뚱했다.

"백골난망(白骨難忘)! 백골이 되어서도 잊을 수 없는 큰 은혜라는 뜻이다. 무식하면 용감하다더니 모르면 제발 가만이라도 있어라, 이 용감한 형제여!"

침착한 숙휘도 마침내 울화통을 터뜨렸다.

"형님은 제가 그렇게 창피하십니까?"

"정말 창피하게 왜들 이러느냐!"

량주와 완얼까지 서로 발끈하며 일곱 살 학동들처럼 티격태격한다. 사내들은 나이를 먹어도 아이라더니, 백영이 속으로 혀를 끌끌 차는데 때마침 의원이 안으로 들어와 유치한 실랑이가 멈췄다.

"약이 다 되었습니다."

나이가 지긋한 의원이 백영에게 한지로 꼼꼼히 싼 작은 꾸러미를 건넸다.

"먼 길을 가신다 하여 고약으로 만들어 왔으니 아침저녁으로 꼭 바르셔야 됩니다."

"고맙습니다. 일러주신 대로 잘 따르겠습니다."

백영이 공손히 고개를 숙였다.

"이리 신경을 써주시니 정말 고맙소이다. 그간 어려운 일이 많으셨다 들었는데 그래도 삼 년 전 뵈었을 때나 지금이나 여전하십니다."

언제 옥신각신했냐는 듯 완얼도 점잖게 의원에게 인사를 건넸다. 본시 내의원의 의관이었던 터라 그와는 어려서부터 인연이 있었다. 하나 완얼이 도성을 떠나 있던 사이 임금의 횡포를 견디지 못하고 내의원에서 나와 의원을 차렸다 들었다.

"다들 힘든 시절이지요."

의원이 모든 것을 내려놓은 표정으로 평온하게 웃었다.

"의원님! 의원님! 위급한 병자가 실려 왔습니다!"

문이 벌컥 열리며 머슴이 헐레벌떡 안으로 뛰어 들어왔다.

"위급하다니? 얼마나? 사고라도 당했다하더냐?"

의원이 급히 일어서며 물었다.

"조임근 파열이라 합니다."

"또냐?"

맥이 탁 풀린 의원이 혀를 끌끌 차며 구시렁거리기 시작했다.

"쯧쯧, 춘향뎐이 멀쩡한 사람 여럿 잡는구먼. 이러다 조임근 전문 의원이 될 판이로군! 춘화보다 야하다 하더니만 도대체 이부자리에서 그런 기괴한 동작은 왜 따라 하는 건지. 이래서 첫날밤을 글로 배우면 안 된다니까. 소설 속에서나 가능하지 사람은 안 되는 동작이라고 그리 일렀건만. 거시기가 말 정도 되면 몰라도."

백영이 속으로 움찔했다. 어떤 동작을 따라 하다 조임근 파열 부상을 당했는지 내심 짐작이 되었다. 일명 이단합체 회전물레방아. '절대 따라 하지 마시오' 하고 경고문을 달아놓았어야 했는데 설마 따라 하는 사람이 있으랴 싶었다.

첫날밤조차 치러본 적이 없는 그녀가 남녀의 이부자리 속을 제대로 알 리가 없었다. 그저 처녀 시절 오라비의 방에서 춘화를 몇 번 훔쳐보고, 과부가 된 후엔 음란서생으로 유명한 추월색이나 쌍봉거사의 작품들을 보면서 외로운 밤마다 상상의 나래를 펼쳐봤을 뿐이었다. 신체의 한계를 두지 않은 그녀의 상상력은 창조적인 자세들을 고안해 냈으나 인간이 가능한 것인지는 검증해 보지 못했다. 게다가 그녀는 사내라면 '물건'이 모두 말 정도 크기는 되는 줄 알고 있었다. 그녀 역시 과장된 춘화도의 피해자인 셈이다.

"죄송합니다."

작가로서 책임을 통감하며 깊이 고개를 숙였다.

"아씨가 뭘요?"

그녀가 미상인지 모르는 의원이 의아하게 물었다. 그제야 아차 싶은 백영이 얼른 둘러댔다.

"바쁘신데 시간을 많이 빼앗아 죄송해서요."

"별말씀을요. 참, 고약을 바를 때마다 환부를 감싼 면포도 갈아주시고 완전히 아물 때까진 물에 닿지 않게 조심하십시오. 보름쯤 걸리신다 하여 넉넉히 넣어왔으니 약이 모자라지는 않을 것입니다."

의원이 백영에게 다시 한 번 이르고는 방을 나갔다.

"어디 멀리 가십니까?"

여태 조용히 듣고만 있던 숙휘의 표정이 심각해졌다. 뭔가 예감이 좋지 않았다. 그녀 때문에 완얼이 자꾸만 위태로운 일에 얽혀드는 것 같은 기분이다.

"저도 함께 남원으로 가라는 어명을 받았습니다."

"예에? 아씨까지 그런 말도 안 되는 일에 휘말리셨단 말입니까?"

가뜩이나 커다란 량주의 목소리가 더욱 쩌렁쩌렁하게 방 안에 울려 퍼졌다.

"괜찮습니다. 어명이 아니더라도 저 혼자서라도 가보려던 참이었습니다. 세 분과 함께 가게 되었으니 저야 더 든든하고 좋지요."

"근데 아까부터 궁금했던 건데, 전하의 사냥터에는 왜 가신 겁니까?"

"그건 저도 예상치 못한 일이었습니다. 길을 가던 중에 채홍사에게 잡혀서 그만……."

"이런 처죽일 놈들! 길바닥에서 부녀자를 마구 잡아가다니."

"제 생각엔, 마구 잡아가는 건 아닌 것 같습니다."

백영의 얼굴이 자못 심각해졌다.

"그럼요?"

"예쁘니까요."

그러자 갑자기 침묵이 흘렀다. 세 사내 모두 '아……' 하며 뭐라 말을 잇지 못했다.

'분위기가 왜 이러지?'

사실을 말했을 뿐인 백영이 토끼처럼 눈을 동그랗게 뜨고 모두를 쳐다봤다.

"아무튼 이 모든 게 망할 놈의 춘향뎐 때문입니다. 도대체 어떤 찢어 죽일 놈이 그딴 책을 써서는!"

단순한 량주가 이 모든 사태의 책임을 미상에게 떠넘겼다.

"제가 그 찢어 죽일 년입니다. 막장 작가 미상."

어차피 해야 할 얘기인지라 말이 나온 김에 백영이 정체를 털어놓았다.

"예에? 아씨가요?"

이번엔 량주뿐만 아니라 숙휘의 얼굴에도 당혹감이 스쳤다. 그도 그럴 것이 미상의 글은 춘화 못지않게 음란한 것으로 유명해 아까 봤다시피 소설 속 갖가지 기기묘묘한 자세들을 흉내 내다 허리나 조임근에 부상을 당하여 의원을 찾는 부부와 기녀들이 한둘이 아니고, 첫날밤에 말놀음을 하는 것이 유행되었을 정도이다. 하지만 그가 어떤 사람인지 알려진 것도, 그를 보았다는 이도 없었다. 한데 그리 파격적인 남녀상열지사 작가가 열아홉 과부였다니, 누가 상상이나 했겠는가?

"왜 그리 빤히 보십니까? 막장 작가라고 못마땅해하시는 겁니까?"

누가 뭐라 한 것도 아닌데 괜히 혼자 지레짐작으로 톡 쏘아붙였다.

"아닙니다, 못마땅해하다니요? 우리 완얼 나리께선 미상의 열렬한 오탁후신걸요?"

량주가 강력하게 손사래를 치며 완얼을 끌어들였다.

"오탁후는 무슨! 내가 워낙 서책을 좋아하다 보니 그냥 몇 권 좀 본 거지."

완얼이 급히 정색을 했다. 하지만 미상을 좋아하는 건 사실이었다.

고상한 척과 위선에 신물이 난 그에게 미상의 소설들은 통쾌하기 그지 없었다. 겉으로는 욕하면서도 쉬쉬하며 모두가 보고 있지 않은가? 그리고 욕을 하면서도 빨려들어 보게 하는 뛰어난 흡입력이 있었다. 그런 면에서 미상은 천재였다. 그래서 죽기 전에 딱 한 번만이라도 미상을 만나봤으면 좋겠다고 생각했었다.

"아하! 그냥 몇 권 좀 보시느라 그리 밤을 새워 울고 짜고 하신 겁니까?"

"어허! 내가 언제 울고 짜고 그랬느냐!"

"전에 '이솔낭자뎐'인가 뭔가 보면서 통곡을 하지 않으셨습니까? '아오, 이솔아! 아오, 이솔아! 죽으면 아니 된다, 이솔아!' 하면서."

"도통 무슨 소리를 하는 건지 원. 자다 꿈이라도 꾼 것이냐?"

"아참! 끝내 이솔 낭자를 죽여 버린 작가한테 온갖 욕을 다 하면서 '이놈의 자식 만나기만 하면 목을 비틀어 버리겠다!'라고도 하셨지요?"

"중요한 일은 죄다 잊어버리는 녀석이 그런 건 잘도 기억하는구나!"

완얼이 마침내 두 손 두 발 다 들고 시인을 했다.

"이래저래 제가 찢어 죽일 년이로군요."

'맙소사, 폭군 오탁후도 모자라 점쟁이 오탁후까지! 점입가경이로구나.'

백영이 한탄을 하면서도 미상이 뜨긴 떴나 보다 한편으론 우쭐해졌다. 그리고 자신이 저 아름다운 사내의 눈에서 눈물이 흐르게 했다는 사실에 묘한 흥분과 만족감을 느꼈다.

"한데 아무리 춘향뎐 작가라 해도 소설 속 여인을 어떻게 찾아온단 말입니까?"

심각하기 위해 태어난 듯한 숙휘가 숙명처럼 심각하게 물었다.

"춘향이가 실존 인물이란다."

화제를 돌릴 기회가 오자 완얼이 옳다구나 대꾸했다.

"예, 그렇습니다. 춘향이는 정말 있습니다. 제 서방님의 정인이었으니까요."

다시 한 번 모두가 놀라 백영을 쳐다보았다. 그녀가 조용히 한숨을 내쉬며 잠시 눈을 감았다.

"나는 이미 정혼한 몸이요."

인생에서 가장 행복해야 할 날, 수줍게 설레던 가슴에 서늘한 바람을 불러일으킨 새신랑의 첫 마디. 아직도 눈을 감으면 어제 일처럼 생생하게 그날 밤이 떠올랐다. 하지만 이미 지난 일, 마음을 다잡은 그녀가 다시 눈을 뜨고 첫날밤 있었던 이야기를 세 사람에게 담담하게 풀어냈다.

"과거 공부를 하러 화엄사로 가던 길에 남원을 지나다 퇴기의 딸인 춘향을 보고 한눈에 반했던 모양입니다. 집안 몰래 혼인까지 했더군요. 둘 다 혈기왕성한 열여섯 이팔청춘이었으니까요. 저의 이팔청춘은 소복만 입다 지나갔지만 말입니다. 명망 높은 이씨 가문에 시집을 보낸다고 친정집에서 그리도 좋아하셨는데 알고 보니 재취 자리와 다름없었던 셈이지요."

한참 동안 이어졌던 그녀의 긴 이야기가 이렇게 마무리되자 완얼이 무겁게 입을 열었다.

"많이 힘드셨겠습니다."

이 말밖엔 그가 지금 해줄 수 있는 것이 없었다.

"다 지난 이야기인데요, 뭐. 괜찮습니다."

하지만 괜찮다 말하는 백영의 얼굴엔 쓸쓸한 빛이 스쳤다.

"그렇게 서방님께서 세상을 뜬 후 사랑채를 치우다 일기 같은 것을 발견했습니다. 대부분이 남원에 두고 온 정인을 몹시 그리는 내용이었습니다. 그리고 그 내용을 바탕으로 춘향뎐을 쓴 것입니다."

'이럴 줄 알았으면 춘향뎐이라 이름 짓지 말 것을……'

제 신분이 노출될까 봐 이몽룡의 이름은 이 도령이라고만 언급하고선 춘향의 이름은 그대로 소설에 써버린 것은 일종의 복수였다. 물론 춘향이가 백영에게 직접 잘못한 것은 없다. 백영과 혼인하기 전에 두 사람이 만난 것이고, 잘못을 따지자면 그토록 사랑하는 여인을 두고 혼례를 올린 이몽룡이 나쁜 놈이지 춘향이의 잘못은 아니다. 하지만 그래도 백영은 춘향이 미웠다. 이미 죽어버린 이몽룡을 미워하는 것보단 춘향을 미워하는 것이 훨씬 속이 풀렸다. 그러나 그로 인해 이런 엄청난 일들이 벌어질 줄은 몰랐다. 하나 이제 와 후회해 봤자 이미 돌이킬 수 없는 일이다.

"그리 눈에 띄는 미색이었으면 채홍사가 가만두질 않았을 터인데 춘향이가 아직도 남원에 살고 있을까요?"

량주가 고개를 갸우뚱했다.

"그거야 가보면 알겠지요. 남원까지는 얼마나 걸립니까?"

"부지런히 말을 달려 가면 엿새쯤?"

"엿새나요? 전하께서 보름 안에 다녀오라 명하셨으니 오며 가며 열두 날을 빼고 남원에서 춘향이를 찾을 시간은 사흘밖에 없겠군요."

"보름이요? 그게 가능하겠습니까?"

숙휘가 미간을 잔뜩 찌푸렸다.

"가능하게 할 것이다."

형님이 백영을 갖고자 하는 것인지, 아니면 정말 죽일 생각인 것인지 그 속을 알 수는 없으나 적어도 백영을 죽일 빌미를 주진 않겠다.

그리고 나 역시 호락호락 죽어주진 않을 것이다. 완얼이 다시금 다짐했다.

"좋습니다. 그럼 시간이 없으니 지금 당장 출발하시지요!"

백영이 언제 다쳤냐는 듯 자리를 박차고 일어났다.

"허참, 어찌 그리 기운차십니까?"

'당신은 몸도 성치 않고, 보름 뒤 어떤 일이 벌어질지 모르는데요' 하며 완얼이 속으로 말을 이었다. 저 여린 체구 어디에 저런 강단이 숨어 있는 건지 볼수록 신기하다 못해 감탄이 나왔다. 어쩌면 이 여인에게서 고독하고 고단한 자신의 모습을 보고 있는 건지도 모르겠다. 그래서 막연히 도와주고 싶어지는 건지도. 살아 있기를 바라는 이보다 그녀가 죽기를 바라는 이들에게 둘러싸여 있으면서도 질기게 목숨을 이어나가는 모습이 자꾸만 완얼 자신을 보는 것만 같았다.

"어차피 장례까지 치르고 한 번 죽은 몸 아닙니까? 새삼 두려울 게 뭐 있겠습니까?"

그녀가 씩씩하게 답하며 앞장서 나갔다. 하나 난관은 생각보다 일찍 찾아왔다.

"말을 타고 가는 겁니까?"

치료를 받는 동안 마당에 미리 준비해 둔 말을 본 백영이 깜짝 놀라 물었다.

"부지런히 말을 달려서 엿새라 하지 않았습니까? 설마 그 먼 길을 걸어가시려고요?"

"하지만 저는 말을 탈 줄 모릅니다."

"말을 못 타신다고요? 하긴, 규방의 여인이 말을 배울 일이 있었겠습니까. 그럼 이제 어쩐다……."

어쩐다 하며 말끝을 흐리긴 했지만 완얼도 방법이 하나뿐이라는 걸 알았다. 백영이 셋 중 한 명과 말을 같이 타고 가는 것이다. 하지만 짧은 시간에 이 일 저 일 많이 겪은 사이긴 하나 남녀가 몸을 맞대고 말을 같이 타고 가자는 말이 선뜻 나오질 않았다. 그것도 수절하는 여인에게. 그러자 성질 급한 량주가 '어쩌긴요!' 하고 시원하게 대신 외쳐준다.

"아씨는 우리 중 한 명과 같이 타고 가셔야지요. 혼자 걸어가실 수는 없지 않겠습니까? 아씨, 저희 셋 중 누구와 말을 타고 가시겠습니까?"

"예? 하지만 어찌 그럴 수가……."

사내와 말을 함께 타다니! 백영이 난감해하면서도 눈은 이미 앞에 서 있는 세 사람을 훑고 있었다.

"저는 싫습니다."

그때 숙휘가 딱 잘라 말했다. 듣는 사람이 무안할 정도로 단호한 말투다.

"불편한 건 딱 질색이라."

"저도 싫거든요?"

백영이 발끈해 바로 응수했다. 그러자 완얼이 선뜻 먼저 나섰다.

"저와 같이 타시지요. 량주 저 녀석은 말을 거칠게 몰아서 함께 타기 힘드실 겁니다. 아직 몸도 성치 않으신데."

"아닙니다! 아씨가 타신다면 천천히 갈 수도 있습니다!"

량주가 억울하다는 듯 발을 쿵쿵 구르며 으르렁대자 말들이 놀라 앞발을 들고 요동을 쳤다. 그 모습만 봐도 백영은 량주의 말을 타기가 두려워졌다.

"이놈아, 너 하나 태우고 가기도 허리가 휠 텐데 말은 무슨 죄냐?"

완얼도 량주의 말이 측은해 보였는지 퉁을 놓았다.

"쳇, 아씨랑 같이 타고 싶으셔서 괜히 말 핑계 대시는 거 아닙니까?"

"어허, 이 녀석이! 내가 넌 줄 아냐?"

"제가 뭘요?"

완얼과 량주가 투덕거리자 백영이 얼른 끼어들었다.

"저기요, 저는 그냥 완얼 선생의 말에 같이 타겠습니다."

그러자 량주가 손에 든 곶감을 빼앗긴 아이처럼 시무룩해졌다. 정말 백영과 함께 말을 타고 싶었나 보다.

"여인들은 왜 다들 나리만 좋아하는 걸까요?"

"아닙니다! 제가 완얼 선생을 좋아해서 그런 것이 아니라 그저 저쪽 말이 더 편안할 것 같아서……."

백영이 두 손을 내저으며 정색을 했으나 량주는 여전히 부루퉁하여 말에 올라탔다. 이어서 숙휘도 긴 머리를 휘날리며 날렵하게 말에 올랐다.

"일단 목적지는 남태령 주막으로 하자. 혹시 내가 조금 뒤처지거든 그곳에서 기다리도록 하여라."

"예, 알겠습니다!"

량주와 숙휘가 힘차게 답하며 출발했다.

"부인께서 앞에 타시고 제가 뒤에서 잡아드리는 게 낫겠지요?"

완얼이 조심스럽게 물었다. 그러자 그녀의 얼굴이 다시 확 달아올랐다. 도망갈 곳도 없이 긴 시간을 그의 품에 안겨서 가야 한다는 것이 아닌가?

"제 손을 잡으시지요."

말에 먼저 올라탄 완얼이 손을 내밀었다. 백영이 그 손을 잡자 말 위로 훌쩍 끌어 올려 고삐를 쥐어 주었다. 그리고 그녀의 손 위로 자신의 손을 포갰다. 그러자 추운 날도 아닌데 백영의 손이 가늘게 떨려왔다.

"무슨 일이 있어도 고삐를 꼭 붙들고 계셔야 합니다. 절대 놓치시면 안 됩니다."

혹시나 백영이 고삐를 놓칠세라 그녀의 손을 단단히 쥔 완얼이 재차 일렀다.

"예, 그리하겠습니다."

"자, 그럼 이제 출발하겠습니다! 이랴!"

우렁찬 구령과 함께 말이 달리기 시작했다.

남원을 향해.

춘향이가 있는 곳으로.

3.

색골이 진토되어 넋이라도 있고 없고

　남대문 인근에서 출발한 완얼 일행은 칠패, 팔패, 도제골, 쪽다리 지나 배다리, 돌모루, 밥전거리와 동자기를 건너 남태령 고개로 향했다. 남태령은 한양을 벗어나는 관문으로 남도 지방으로 가려면 꼭 넘어야 하는 고개였다. 량주와 숙휘는 벌써 저만치 내달려가고 두 사람을 태운 완얼의 말은 점점 뒤처져 간격이 벌어졌다. 특히 미친 듯이 질주하는 량주의 말을 보며 저 말을 안 타길 잘했다 하고 백영이 안도의 한숨을 내쉬었다.

　하지만 완얼과 말을 타는 것도 그다지 편치만은 않았다. 그녀는 최대한 몸이 닿지 않도록 허리를 꼿꼿이 세우고, 앞뒤로 흔들릴 때마다 밀착되는 엉덩이와 허벅지에 신경 쓰느라 자세가 매우 불안했다. 춘향뎐의 업음질, 말놀음, 이단합체 회전물레방아나 선녀와 나무꾼에서 선녀탕을 배경으로 한 물 위의 하룻밤은 거침없이 써내려간 그녀이지만 실제로는 첫날밤도 치러보지 못한 부끄러움 많은 처녀일 뿐이었다.

그렇게 한참을 가다 말이 비탈길에서 살짝 방향을 트는 순간 백영의 몸이 중심을 잃고 아래로 기우뚱했다.

"앗, 조심하십시오!"

완얼이 다급하게 외치며 한 팔로 그녀의 허리를 와락 끌어안았다.

"어머나!"

낙마할 뻔하여 놀라고 그의 거친 포옹에 두 번 놀란 백영이 외마디 소리를 질렀다.

"큰일 날 뻔하셨습니다! 괜찮으십니까?"

"예, 괜찮습니다."

그녀의 목소리가 가늘게 떨렸다. 놀란 가슴이 마구 뛴다. 완얼이 숨 막히도록 강렬하게 그녀를 안고 있기 때문이었다.

"힘을 빼고 제게 몸을 맡기십시오."

"예?"

"이대로 가다간 둘 중 하나가 떨어지고 말 겁니다. 아니면 우리 둘 다 낙마하든가요."

맞는 말이다. 백영도 이대로는 안 되겠다 싶었다. 그저 운송 수단을 함께 이용하는 것뿐이다 하고 날뛰는 심장을 진정시키며 상체에 힘을 뺐다. 그리고 살포시 뒤로 기대었다. 온전히 자신에게 기대온 작고 가녀린 몸을 완얼이 감싸 안았다. 언젠가 후원에서 완얼이 그녀의 두 눈을 가렸을 때처럼 그의 가슴이 등에 온전히 와 닿았다.

두근두근.

그의 심장에서 편안한 울림이 전해져 온다. 인간의 체온이란 왜 이리 따듯한 것일까? 백영의 몸도 마음도 한결 편안해지자 완얼이 속력을 내기 시작했다. 하늘을 담은 푸른 내와 구름을 얹은 봄의 뫼를 지나 쏜살같이 달리는 말 위에서 마치 한 몸처럼 흔들리며 꼭 잡은 두 손과 두근거리는 가슴 그리고 귓가에 와 닿는 그의 숨소리……. 백영은 이대로 남원까지라도 쉬지 않고 달릴 수 있을 것만 같았다. 한데 얼마 가지 않아 어느새 어둑해진 하늘에서 후두둑 빗방울이 떨어지기 시작했다. 그리고 순식간에 빗줄기가 굵어졌다.

"이런, 소나기인 것 같습니다."

그러나 완얼의 말과는 달리 비는 쉬 그치지 않았다. 백영이 점점 비에 젖어가자 완얼이 초조하게 주위를 둘러봤다. 량주와 숙휘의 말은 빗속으로 사라져 이젠 아주 보이지 않았고 대신 숲길 저편으로 성황당이 눈에 띄었다.

"안되겠습니다. 저기서 잠시 비를 피하고 가시지요."

"우리 둘이서요?"

그녀의 눈엔 외진 곳에 덩그러니 놓여 있는 작은 성황당이 몹시 음산해 보였다.

"상처에 고뿔까지 겹치면 몸이 견뎌내지 못할 겁니다. 몸이 성해야 남원까지 갈 것 아닙니까?"

그녀 역시 비를 더 맞고 싶진 않았다. 으슬으슬 몸이 떨려왔다.

"그럼 비가 그칠 때까지만 쉬었다 가지요."

그렇게 두 사람은 성황당 쪽으로 말고삐를 틀었다.

말은 처마 밑에 매어놓고 성황당 안으로 들어갔다. 색색의 헝겊 조각이 엮여 있는 새끼줄이 천장에 걸려 있고 작은 제단이 놓여 있는 실내는 그리 넓은 공간은 아니었지만 바닥엔 새로 짠 멍석까지 깔려 있어 제법 아늑한 느낌이었다. 비가 새는 곳도 없고 마침 화로도 있어 두 사람이 잠시 머무르기에 손색이 없었다.

"정말 다행입니다! 누군가 다녀간 지 얼마 되지 않았나 봅니다."

완얼이 화로의 뚜껑을 열어보자 아직 숯에 불씨가 살아 있었다. 백영의 앞에 화로를 놓고 부젓가락으로 불씨를 키우는 동안 그녀의 어깨는 계속 가늘게 떨렸다.

"옷이라도 벗어드리면 좋겠는데 제 옷도 젖어버렸으니……."

완얼이 안타까워하며 젖은 갓을 벗어 바닥에 놓았다.

"저는 괜찮습니다. 흠뻑 젖은 것은 아니니 화롯불을 좀 쬐면 금방 마를 것입니다. 한데 아무래도 금방 지나갈 비가 아닌 것 같습니다."

이제 사방이 완전히 어두워졌건만 빗소리는 그치기는커녕 점점 거세져 갔다.

"그러게요. 큰일입니다."

작게 흔들리는 화롯불 앞에 앉은 백영의 젖은 머리칼에서 물방울이 톡톡 떨어져 앞섶을 적셨다. 환부가 물에 닿지 않게 조심하라 했던 의원이 말이 떠올라 완얼이 가죽으로 만든 큼직한 주머니를 열었다. 고약과 면포를 넣어 안장에 매달아 온 것으로 가죽 안쪽으론 빗물이 스며들지 않아 다행히 하나도 젖지 않았다.

"상처에 감은 면포를 가는 것이 좋겠습니다. 약도 다시 바르시고요."

"아직 괜찮을 것 같은데요."

"저고리 앞섶이 많이 젖었으니 면포도 젖었을 겁니다. 상처에 계속 물기가 닿아 있으면 덧나기 십상입니다. 혹여 저 때문에 신경 쓰이셔서 그런 거라면 걱정 마십시오. 돌아앉아 저쪽 벽만 쳐다보고 있겠습니다."

완얼이 냉큼 벽을 보고 돌아앉았다.

"그럼 절대 돌아보시면 안 됩니다?"

망설이던 백영이 옷고름을 풀며 재차 다짐을 받았다.

"예. 저 그렇게 파렴치한 사내는 아닙니다!"

사락사락 옷자락 스치는 소리가 들리더니 바스락바스락 가죽 주머니에서 천을 꺼내는 소리가 후드득후드득 빗소리에 섞여 들려왔다.

사락사락. 바스락바스락. 후드득후드득.

소리들이 완얼의 어깨를 넘어 점점 크게 귓가에 파고들었다. 눈으로 보지 못하는 대신 온몸이 귀가 되어버린 듯했다.

'옷고름을 풀어 저고리를 벗고, 어깨와 가슴을 가로질러 칭칭 감은 면포를 풀어낸 뒤 내게 하얀 등을 보이며 돌아앉겠지…….'

백영의 모든 행동이 환영처럼 그의 머릿속에서 펼쳐진다. 갑자기 단전이 뜨겁게 달아오르며 앉은 자세가 불편해지고 무릎 위에 놓인 꽉 쥔 주먹에 땀이 찬다.

'아, 내가 왜 이러는 걸까. 이러고도 공맹의 도를 배운 자라 하겠는가?'

완얼이 자신을 꾸짖으며 생각을 다른 곳으로 돌리려 엄숙하게 시조를 암송했다.

'이 몸이 죽고 죽어 일백 번 고쳐 죽어 색골이 진토되어……. 아차, 이게 아닌데!'

량주 녀석 때문에 절개를 상징하는 정몽주의 단심가가 도발적으로 변해 버렸다.

'이런들 어떠하리. 저런들 어떠하리. 만수산 드렁칡이 얽혀진들 어떠하리. 우리도 이같이 얽혀……. 우리도 이같이 얽혀? 칡뿌리처럼 마구 얽혀? 하여가가 이렇게 음란한 시조였던가?'

또다시 엉뚱한 곳으로 빠지는 생각에 고개를 세차게 저었다.

'태종 왕이시여, 이 못난 후손을 용서하여 주시옵소서!'

그러고 보니 여인과 이렇게 단둘이 마주 있어본 지가……. 완얼이 아련하게 기억을 더듬었다.

팔 년.

무려 팔 년 만이었다. 그의 나이 열다섯 '그날' 이후, 완얼은 두 번 다시 여인을 마음에도, 몸에도 품지 않았다. 오늘 밤에 죽을지, 아니면 내일 아침에 죽을지 모르는 세월 동안 그는 살아남는 것만으로도 벅찼다. 그리고 그날, 그의 뜨거운 가슴에 품었던 그녀의 싸늘히 식은 몸이 뇌리 속에서 지워지지가 않았다.

한참이 지난 것 같은데 백영이 아무 말도 없어 흘끗 고개를 돌려 봤다. 뭔가를 훔쳐보려는 의도는 아니었다. 무슨 일이 있는 건가 싶어 저도 모르게 고개가 먼저 돌아가 버렸다.

"나리!"

그러자 백영이 대번에 그를 불렀다.

"절대 안 봤습니다!"

얼른 다시 앞을 보며 지레 찔려 고함치듯 대답했다. 그리고 정말 아무것도 못 봤다.

"그게 아니라 저 좀 도와주시겠습니까?"

완얼이 천천히 고개를 돌려 보니 머릿속에 그렸던 것처럼 그녀가 하얀 등을 내보이며 돌아앉아 있었다.

"한 손으로 어깨에 붕대를 감으려니 잘 되지 않습니다."

표정은 보이지 않았지만 그녀가 얼마나 난감해하고 있는지 목소리만 들어도 알 수 있었다.

"아…… 예."

그가 다가가 백영의 등 뒤에 앉았다. 그러곤 면포를 받아 들어 등에서 상처가 난 가슴 쪽으로 감아 나가기 시작했다.

"어깨 너머는 보지 않을 것이니 긴장하실 것 없습니다."

하지만 백영보다 더 긴장한 건 그였다. 약방에서 넋을 잃고 바라보았던 그녀의 희고 둥근 어깨선이 숨을 내쉴 때마다 화롯불에 희미하게 흔들리고, 저도 모르게 손을 뻗어 솜털 같은 귀밑머리를 쓸어볼까 봐 심장이 죄어오는 것 같았다. 그녀를 마주 보지 않아 다행이다 싶다. 지금 그의 표정을 본다면 이런 마음을 읽혀 버릴 것만 같았다. 숨 막히는 침묵 사이로 지붕을 내리치는 빗소리는 왜 이리 크게 들려오는지.

"이제 다 되었습니다."

면포를 감고 매듭을 지으며 그제야 참아왔던 숨을 한꺼번에 내쉬었다. 그리고 백영이 저고리를 입을 동안 다시 돌아앉았다. 단정하게 옷고름을 맨 그녀가 화로를 사이에 두고 완얼의 맞은편에 앉아 벽에 등을 기대었다. 그리고 기댈 곳도 없이 허리를 곧게 세우고 앉아 있는 그의 모습이 불편해 보였는지 제 옆자리를 가리키며 말했다.

"나리께서도 힘드실 텐데 이쪽으로 오셔서 몸을 좀 기대시지요."

"아닙니다. 괜찮습니다."

"저만 편히 앉아 있기 미안해서 그럽니다."

"정말 그래도 괜찮겠습니까?"

"그럼요. 그게 뭐 대단한 일이라고요."

완얼이 더 이상 사양치 않고 백영의 옆에 앉았다. 그러고는 그녀의 어깨에 살며시 몸을 기대었다. 평온하다. 이렇게 아늑한 기분이 얼마 만이던가?

"아니요. 제게 기대시라는 게 아니라 벽에 몸을 기대시라는 거였는데……."

백영의 당황한 목소리에 완얼의 얼굴이 확 달아올랐다.

"어이쿠, 제가 잠시 착각을 했나 봅니다. 절대 다른 뜻이 있어서 그런 것이 아니라……."

그가 얼른 몸을 바로 세우자마자 우르릉 쾅쾅 엄청난 천둥번개가 성황당을 뒤흔들었다.

"어머나!"

겁에 질린 백영이 그의 가슴팍으로 와락 뛰어들었다.

"백영……."

완얼이 너무 놀라 말을 제대로 잇지 못하였다. 숨이 멎어버리는 것만 같았다. 성난 천둥이 또 한 번 '우르릉!' 천지를 울리자 백영이 더욱 겁을 먹고 온몸을 부들부들 떨었다.

'이럴 때 보니 영락없이 어린 소녀로구나.'

완얼이 잔뜩 겁먹은 백영의 어깨를 부드럽게 감싸주었다. 그리고 '그 사람'을 잃은 후 팔 년 만에 처음으로 생각했다.

'지켜주고 싶다.'

연이은 우뢰가 지나가고 빗소리가 잦아들자 완얼의 품에 파고들었던 그녀가 얼굴이 새빨개져 몸을 일으켰다.

"제가 천둥번개를 몹시 무서워하여 저도 모르게……. 절대 다른 뜻이 있어서 그런 것이 아니라……."

"예, 압니다."

그리 말하면서도 완얼의 얼굴 역시 백영 못지않게 붉어져 있었다. 두 사람이 나란히 벽에 기대어 앉자 또다시 어색한 침묵이 흘렀다. 백영은 공연히 옷고름을 꼬았다 풀었다 하고, 완얼은 애꿎은 화로만 부젓가락으로 들쑤셨다.

"량주 무사님과 숙휘 무사님은 괜찮으실까요?"

어색한 분위기를 바꾸려 그녀가 먼저 입을 열었다.

"우리보다 앞장서 갔으니 어딘가에서 비를 피하고 있겠지요."

"예에."

또 말이 끊겼다. 빗소리만이 공간을 가득 채울 뿐.

"상처는 괜찮으십니까?"

이번엔 그가 먼저 침묵을 깬다.

"예, 한결 낫습니다. 근데 말입니다, 상처가 마치 을(乙)이란 글자처럼 보이는 것 같습니다."

백영이 일부러 더 명랑하게 말했다. 그러나 그 질문에 잠시 잊고 있던 형님이 떠올라 완얼의 안색이 어두워졌다.

'그것은 뱀 같은 나의 형님의 형상, 당신은 이제 이 나라 임금의 소유물이라는 표식입니다.'

말을 해주어야 하나 망설였다. 하지만 안다고 당장 바뀔 것도 없는데 먼 길 떠나는 사람 괜히 마음만 무겁게 하고 싶지 않았다. 가슴에 바위를 얹고 살아가는 건 그 하나만으로도 족하다. 그리고 그의 신분도 밝히고 싶지 않았다. 언젠가는 알게 되겠지만 아직은 싫었다. 백영은 완얼이 신기(神氣)로 그녀의 목소리를 듣고 연못으로 달려와 목숨을 구해준 이후 그가 점쟁이라고 철석같이 믿었다. 함께 임금을 알현하고도 완얼이 왕자라고 전혀 눈치채지 못했다. 하긴, 그런 살벌한 분위기에선 누구라도 임금과 완얼이 형제란 생각을 못 했을 것이다.

"글쎄요. 자세히 보지 않아서."

완얼이 시치미를 뗐다. 가슴에 평생 지울 수 없는 상처를 남긴 잔혹한 폭군의 아우라는 것을 알면 백영은 그를 멀리할 것이다. 사람들은 형님 때문에 늘 그를 멀리했으니까. 완얼은 백영과 지금처럼 격의 없이 지내고 싶었다. 남원에 다녀올 때까지만이라도.

"하긴. 자세히 봤다면 더 이상한 거겠네요."

머쓱해진 백영이 얼른 말을 돌렸다.

"이렇게 천둥번개가 심하게 치는 날이면 산에서 실족하여 목숨을 잃는 사람도 있겠지요? 혹여 그렇게 죽어가는 것도 느껴지십니까?"

"아니요. 오직 사람이 사람의 목숨을 해하려는 살기만 느낄 수 있습니다. 인간이 마음속 깊이 강한 살기를 품고 타인의 생명을 빼앗으면 보통 사람들은 느끼지 못하지만 그 악독한 기운이 천지만물을 뒤흔든답니다. 조금 전 천둥번개가 치듯이."

"그런 기운이 느껴지면 항상 달려가십니까?"

"다행히 자주 있는 일은 아닙니다."

완얼이 농담처럼 말하며 설핏 웃었다.

"실은 저도 모른 척하고 싶습니다. 모른 척해보기도 했습니다. 하지만 외면하려고 할수록 점점 더 크고 집요하게 귓가에 울려 퍼집니다. 살려 달라, 구해 달라 아우성치는 처절한 절규들이. 지난 삼 년간 필사적으로 도망쳐 봤지만 단 하루도 제대로 잠들어본 적 없습니다. 눈만 감으면 그 절규와 비명이 벼락처럼 울려 퍼져서 매일 밤 괴롭게 신음하며 잠에서 깨어나곤 합니다. 하룻밤만이라도 편하게 잠들 수 있다면 얼마나 좋을까요……. 아, 제가 너무 실없이 떠들어댔지요?"

비 때문일까. 이렇게 누군가에게 속마음을 털어놓을 수 있는 것은. 완얼이 멋쩍게 입을 다물었다.

"아닙니다. 그렇게 치면 저도 아까 부끄러운 줄도 모르고 첫날밤에 소박맞은 이야기까지 털어놓지 않았습니까?"

"그럼 숙휘가 전에 한 말처럼 서로 퉁 친 셈 칠까요?"

"그러지요."

두 사람이 마주 보며 피식 웃었다. 서로 자기 얘기를 조금씩 털어놔서일까. 어색함은 어느새 사라지고 조금씩 친숙해져 간다.

"한동안 비가 그치지 않을 것 같으니 잠시 눈 좀 붙이시지요."

"나리께서는요?"

"저는 어차피 편히 자지 못한다니까요. 옆에서 부인을 지켜 드릴 것이니 마음 놓고 한숨 주무셔도 됩니다."

"백영이라고 불러주십시오. 아까 저를 그리 부르셨던 것처럼."

변씨 부인이라는 말은 들을 때마다 과부라는 것이 상기되어 싫었다. 그리고 완얼이 '백영!' 하고 그녀의 이름을 불러주면 혼인하기 전 행복했던 그 시절로 돌아가는 것 같은 기분이 들었다.

"그리고 저의 작은 어깨라도 괜찮으시다면, 잠시 기대어 눈을 붙이시지요."

백영이 큰 용기를 내어 말해본다. 하룻밤만이라도 편히 자보고 싶다는 완얼의 간절한 목소리가 귓가에서 떠나질 않았다.

"괜찮습니다. 사내가 어깨를 빌려 드려야지요, 어찌……."

"아까는 잘만 기대시더니."

"그건……."

"누가 어깨를 아주 드린답니까? 빌려 드리는 겁니다. 그리고 만약에 제 어깨를 빌려 가셔서 편히 주무신다면."

"그렇다면요?"

"말 타는 법을 가르쳐 주십시오."

"혼자 말을 타시겠다는 말입니까?"

"언제까지 얻어 타고 다닐 순 없지 않겠습니까? 전 뭐든 금방 배우니 오래 걸리지 않을 겁니다!"

백영이 씩씩하게 말했다. 그러자 완얼도 시원스레 답했다.

"좋습니다."

그녀는 다른 여인들과 달랐다. 이렇게 당당한 과부는 처음 봤다. 충분히 비극적인 상황에서도 자신을 비련의 여인으로 만들지 않았고, 자신이 할 수 있는 일엔 도움을 청하지 않았으며 도움을 청할 일엔 자존심을 내세우지 않았다.

멋진 여인이다. 멋진 거래다.

"자, 그럼 거래가 성사되었으니 기대시지요."

백영이 장난스럽게 제 어깨를 툭툭 쳤다.

"그럼 거래는 거래이니 사양하지 않겠습니다."

완얼이 그녀의 어깨에 몸을 기대었다. 눈을 감자 어둠 속에서 지난 날이 스쳐 지나갔다. 삼 년 전 사화 때, 역적으로 몰린 선비들의 살려 달라는 처절한 울부짖음을 외면하고 숙빈 일파에게 쫓겨 한양을 떠났 다. 비겁하게 도망을 친 것이다. 늘 누군가 죽어 나가는 궐에서 더는 버티기 힘들었다. 그리고 그를 향한 형님의 끊임없는 살기. 편안히 잠 들기엔 너무 버거운 현실이다.

한데 갑자기 부드러운 손이 그의 이마를 쓸어내렸다. 그 느낌이 참 으로 평온하여 가만가만 쓸어내리는 손길에 몸을 맡긴 채 꿈이라 생 각했다. 아주 좋은 꿈. 눈을 뜨면 이 꿈에서 깨어날까 봐 그대로 감은 눈을 뜨지 않았다.

'속눈썹이 참으로 길구나.'

백영이 완얼의 옆얼굴을 홀린 듯 바라보았다. 밤새 그리 들여다보고 있어도 질리지 않을 것 같다.

'저는 과부입니다. 이러면 안 되는 줄 알지만 당신을 눈에 담고, 마 음에 담고, 당신의 체온을 기억 속에 담고 싶어졌습니다. 하지만…… 안 되겠지요?'

백영이 쓸쓸히 되뇌었다. 그래도 손끝에 감촉 하나쯤은 남기고 싶 어 가만히 그의 이마를 쓸어내렸다. 그 편안한 손길에 완얼이 실로 오 랜만에 잠에 빠져들었다. 그리고 그를 바라보던 백영도 어느새 스르륵 잠이 들어버렸다.

"으아악!"

얼마나 시간이 흘렀을까? 백영이 천둥번개 같은 비명 소리에 놀라 잠에서 깨었다. 한번 잠들면 호랑이가 물어가도 모르게 깊이 자는 편인데 그녀가 깰 정도면 어지간히 큰 소리였나 보다. 어느새 비가 그치고 아침 햇살이 문틈으로 쏟아지고 있었다.

"아악! 안 돼!"

그녀의 어깨에 기댄 완얼이 몹시 괴로워하며 고함을 질러댔다.

'잠꼬대인가? 나쁜 꿈을 꾸나 보다. 무엇이 저리도 괴로운 것일까?'

깨워야 할지 그냥 두어야 할지 몰라 안쓰러운 마음에 옷소매로나마 이마에 맺힌 땀을 닦아내는데 완얼이 눈을 번쩍 뜨더니 그녀의 손목을 낚아챘다. 억세게 끌어당기는 힘에 백영의 몸이 그의 몸 위로 와락 쓰러졌다. 그리고 그의 거친 숨이 피부에 느껴질 만큼 얼굴이 가깝게 맞닿았다.

"내게서 도망쳐라, 당장!"

완얼이 달뜬 눈으로 그녀를 쏘아보며 싸늘하게 내뱉었다. 시간이 멈춘 듯 정적이 흘렀다.

"아씨!"

"나리!"

정적을 뚫고 량주와 숙휘의 고함 소리가 들렸다. 그리고 성황당 문이 벌컥 열렸다. 그 소리에 완얼이 주문에서 깨어난 사람처럼 으스러져라 쥐고 있던 백영의 손목을 놓았다.

"괜찮으십니까?"

숙휘가 허둥지둥 달려와 백영을 밀치다시피 하고 완얼의 몸을 일으켰다.

"괜찮다마다. 너답지 않게 웬 호들갑이냐?"

완얼이 아무렇지도 않은 표정으로 대꾸했다. 지금 막 잠에서 깨어난 것처럼 방금 전 그녀에게 한 말은 전혀 기억하지 못하는 눈치다.

"아씨도 괜찮으십니까?"

량주가 엉덩방아를 찧은 백영에게 물었다.

"괜찮지 않습니다! 이런 상황이면 여인에게 먼저 괜찮으냐고 물어보아야 하는 거 아닙니까? 근데 오히려 떠밀다니요?"

백영이 숙휘에게 쏘아붙였다.

"아씨께서 나리를 덮치고 계셨는데 왜 아씨께 괜찮으냐고 묻겠습니까?"

"덮치다니요? 대체 저를 뭐로 보시고!"

"그럼 아까 그 상황은 뭡니까?"

"그건……."

완얼이 잠결에 한 돌발 행동을 어찌 설명해야 할까?

"잠시 비를 피하려다 내가 잠이 들어버렸나 보다."

백영의 곤란한 표정에 완얼이 대신 대꾸했다.

"나리께서 밤새 주무셨다고요? 아침까지 깨지 않으시고요?"

량주가 믿어지지 않는다는 눈으로 되물었다.

"그러게 말이다. 꿈 한 번 안 꾸고 오랜만에 정말 잘 잤구나."

'아니, 분명 꿈을 꾸었을 것이다. 그것도 고래고래 비명을 지를 만큼 몹시 끔찍한 꿈을.'

정말 기억을 못 하는 것인지 아니면 기억을 못 하는 척하는 것인지 백영이 그의 표정을 유심히 살폈지만 아무것도 읽어낼 수 없었다.

"너희들은 여기까지 어떻게 찾아온 것이냐?"

"폭풍우는 몰아치고 주막에서 아무리 기다려도 소식이 없어서 뜬눈으로 밤을 새웠습니다."

량주가 답했다. 그러자 숙휘가 차분하게 말을 받았다.

"너는 밤새 푹 자고 일어나지 않았느냐? 밤을 샌 건 나지."

셋 중 가장 이성적이고 옳은 말만 하는데도 듣다 보면 몹시 얄미워지는 신묘한 재주를 지닌 자이다. 분명 여태껏 여인과 깊은 정을 나눠본 적도 없을 것이다. 그리 생각하며 백영이 속으로 혀를 찼다.

"제 마음은 뜬눈으로 밤을 새웠다 이 말입니다! 뜬눈으로 밤을 새운 마음으로 푹 자고 첫닭이 울자마자 벌떡 일어나 근방을 샅샅이 뒤지고 다녔습니다. 그러다 성황당 앞에 나리의 말이 매여 있는 것을 보고선 당장 달려 들어온 겁니다. 혹시나 또 무슨 일이 생긴 줄 알고 얼마나 걱정을 했는지 아십니까?"

"윗사람이 되어서 아우들에게 걱정을 끼치다니 미안하게 됐구나."

"그럼 여기서 밤새 계셨던 겁니까? 두 분이서만?"

량주가 의혹에 찬 시선으로 두 사람을 번갈아 보았다.

"이 녀석이, 대체 무슨 상상을 하는 게냐? 정말 아무 일도 없이 잠만 잤다."

그러자 이번엔 숙휘까지 묘한 눈빛으로 완얼을 쳐다본다.

"왜들 그렇게 보는 게냐? 정말이래도!"

그가 더욱 펄쩍 뛰며 소리쳤다.

"누가 뭐랍니까? 그러니까 더 수상하네. 무사하셨으니 됐죠 뭐."

량주가 구시렁대며 밖으로 나갔다.

"옛 성현의 말씀에 강한 부정은 강한 긍정이라 하였습니다. 나리, 부디 자중하시지요."

그리고 오늘 중으로 남태령 고개를 넘어 수원까지 가려면 서둘러야 한다는 말을 남기고서 숙휘도 성황당을 나섰다.

"옆에서 몇 마디 거들지 않고 가만히 계시면 어떡합니까? 오해받기 딱 좋지 않습니까?"

지아비가 제 편을 들어주지 않아 토라진 부인네처럼 완얼이 백영에게 투덜거렸다.

"자중한 겁니다. 저까지 난리 치면 오히려 더 이상하지 않겠습니까?"

"허참!"

"근데 나리, 정말 기억이 나지 않으십니까?"

"뭐가요?"

정말 삐치기라도 했는지 완얼이 퉁명스럽게 되물었다.

"무사님들이 오시기 전에 제게 했던 말이요."

"제가 잠꼬대라도 했습니까?"

"됐습니다. 아무것도 아닙니다."

기억이 나지 않는 것이든 말하기가 싫은 것이든 어쨌든 지금은 답을 들을 수 없겠다 싶어 얘기를 관둔다.

"무슨 말을 하려다 마십니까? 궁금하게."

"계속 궁금해하십시오. 그러다 혹시 기억나면 말씀해 주시고요."

약을 올리듯 슬쩍 말을 던져 놓고 백영도 밖으로 나갔다. 그런 그녀의 귓가에 '내게서 도망쳐라, 당장!' 하고 외치던 싸늘한 완얼의 목소리가 자꾸만 맴돌았다.

완얼 일행은 다시 말을 달려 남태령 고개를 넘었다. 한바탕 내린 비가 걷히자 하늘이 청명하고 바람이 상쾌한 것이 말을 달리기에 참 좋은 날이었다. 그렇게 인덕원을 지나 과천에서 점심을 먹고 갈미, 사근내, 군포내, 미륵당이를 지나 오봉산 바라보고 지지대를 올라서서 참나무정이 냉큼 지나 교구정을 돌아들어 팔달문을 숨 가쁘게 내달아 사방이 캄캄해져서야 수원에 도착했다.

"주모, 여기 방 두 개만 내주시오!"

목소리 큰 량주가 주막에 들어서며 소리치자 주모가 달려 나와 난처한 듯 대꾸했다.

"이를 어쩌나. 오늘 사당패들이 들어서 온 방을 다 차지하고 하나밖에 안 남았는데."

"그럼 우리 넷이 한 방에서 자란 말입니까? 여기 아씨도 한 분 계신데?"

"그럼 어쩝니까? 이 밤에 다른 주막까지 가다간 동이 터올걸요? 그냥 오늘 하룻밤만 그리 묵고 가시지요."

"어쩌지요……."

완얼이 곤란한 얼굴로 백영을 돌아봤다.

"사정이 이런 걸 어쩔 수 없지요."

노상에서 밤을 새우는 것보단 낫겠다 싶어 백영이 그리 답하자 수완 좋은 주모가 때를 놓치지 않고 그들의 등을 떠밀었다.

"아씨도 괜찮다 하지 않으십니까? 자자, 들어가시지요! 대신 제가 막걸리 한 사발 공짜로 드리겠습니다."

그렇게 안채에서 뚝 떨어진 뒷방으로 떠밀려 들어가 보니 네 명이 앉아만 있기에도 꽉 들어찰 만큼 협소한 데다 이부자리도 변변치 않았다.

"아무래도 안 되겠습니다. 시간이 좀 걸리더라도 다른 주막으로 가시지요. 저희야 팔도를 유랑하며 별별 곳에서 다 묵어봤지만 규방에서 곱게 지내시던 분이 주무시기엔 편치 않으실 겁니다."

"저도 괜찮습니다. 어제는 아무것도 없는 성황당에서도 잤는데요 뭐. 그에 비하면 궁궐이시요. 궐에 살아본 적은 없지만."

"궐도 그리 편히 잘 수 있는 곳은 아닙니다."

완얼이 쓰게 웃었다.

"아무튼 내일도 이 정도 속도로 간다면 엿새 안에 남원에 도착할 수 있겠습니다."

"지금부터 엿새라 해도 이미 하루를 까먹었으니 남원에서 머물 시간은 이틀뿐입니다. 춘향뎐이 남원에까지 널리 퍼졌을까요? 그랬다면 춘향이가 그 이름으로 남원에 계속 살기는 힘들었을 것 같은데."

"어느 지방에까지 소설이 팔렸는지 작가도 모르는 겁니까?"

"정확히는 알 수가 없지요. 필사본으로 베껴서 보는 이들도 워낙 많으니까. 천가네 유기전으로 은밀히 날아오는 독자들의 서신을 보고 어느 지방까지 퍼져 있구나 짐작할 따름이지요."

"우와, 독자들이 서신도 보냅니까?"

신기한지 량주가 입을 떡 벌렸다.

"그럼요. 전국팔도에서 미상에게 서신을 보내옵니다. 이래봬도 열혈 오탁후들을 많이 거느리고 있는 매설가랍니다."

우쭐해진 백영이 '자랑은 아니지만' 하며 자랑을 늘어놨다.

"'이솔 낭자뎐─아오, 이솔아' 때는 이솔 낭자를 살려 달라는 독자들의 서신이 빗발쳐 한바탕 난리가 났었지요. 아! 이제 와 생각해 보니 패완얼이라는 이름의 서신을 본 것도 같습니다. 살려내지 않으면 목을 비틀어 버리겠다는 협박장 같은 것이었나?"

백영이 고개를 갸우뚱하며 완얼을 보았다.

"흠흠, 그럴 리가요. 비슷한 이름이겠지요."

완얼이 뜨끔하여 오리발을 내밀었다. 실은 욱한 마음에 서신을 보내긴 했었다. 근데 그게 정말 미상에게 전달될 줄은 몰랐다.

"아무튼 하도 난리가 나서 결국 속편을 써서 이솔 낭자를 살려냈지 뭡니까?"

"어떻게요?"

량주가 눈을 초롱초롱하게 뜨고 얘기를 재촉했다.

"죽을 뻔한 이쁜 낭자를 우연히 지나가던 인물 좋고 집안 좋고 돈도 많은 정승판서 아들이나 왕자가 구해줘서 살아난 뒤 눈 옆에 점이라도 찍고 새로 태어났다면서 복수하러 돌아온답니까?"

여태 조용히 듣고 있던 숙휘가 한마디 툭 내뱉었다.

"어머, 그걸 어떻게 아셨습니까? 제 작품을 읽으신 겁니까? 패설 같은 건 관심도 없어 보이시는데."

백영이 의외라는 듯 눈이 휘둥그레졌다.

"허참, 정말 그런 내용이란 말입니까? 보나마나 결국엔 왕자님과 결혼하겠지요. 쯧쯧, 그러니 막장 소리를 듣지. 이래서 내가 요즘 소설을 안 읽는다니까. 눈 버릴까 봐."

숙휘가 백영을, 아니, 미상을 경멸하는 눈빛으로 보며 혀를 끌끌 찼다. 그러자 그녀가 발끈해 소리쳤다.

"막장이라고요? 예, 저 막장 작가입니다! 그래서 이번 춘향뎐 완결 편으로 막장의 진수를 보여드리려고 합니다! 춘향이 그 계집이 신관 사또의 수청을 거부한 열녀인 줄 아십니까? 웃기지 마십시오!"

"춘향뎐 완결편을 완성하신 겁니까? 정말이요?"

이 와중에 완얼이 완결편이라는 말에 흥분해 벌떡 일어났다.

"완성하긴 했지요. 한데 불에 타버렸습니다. 그날 유기전에서요. 그리고 그것이 유일한 원본이었습니다."

"아아, 이럴 수가! 세상에서 단 하나뿐인 춘향뎐 완결편이 재가 되다니!"

완얼이 애통한 표정으로 깊은 탄식을 내뱉었다.

"그럼 결말이라도 살짝 알려주실 수 없습니까? 기다리다 목이 빠지겠습니다. 이 도령과 춘향은 혼인하는 거지요? 미상의 소설은 늘 모든 난관을 극복하고 사랑을 이루며 끝맺지 않습니까? 그렇지요?"

그가 행복한 결말을 원하는 독자의 간절한 갈망이 담긴 눈으로 백영을 바라보았다. 두 손까지 가슴에 꼭 모으며.

"나리, 방금 한 말 못 들으셨습니까? 막장의 진수를 보여주겠다며 춘향이 '그 계집'이 신관 사또의 수청을 거부하지 않았다고 하지 않습니까?"

숙휘가 백영의 말을 살짝 비꼬면서 끼어들었다.

"거부하지 않았다곤 말 안 했습니다. 모두의 예상과는 달리 열녀가 되지 않는다고 했지요."

"그럼 어떻게 된다는 겁니까?"

완얼이 몸이 달아 재촉한다.

"그게 말입니다……."

그가 너무나 기대에 찬 눈빛으로 그녀를 바라보고 있어서 소설 속에서라도 이 도령과 성춘향이 잘되는 꼴은 죽어도 보기 싫어 비극도 그런 비극이 없이 끝내 버렸다는 말이 차마 나오지 않았다.

춘향이는 이 도령을 기다리지 않았다. 이씨 가문의 명성이 탐나긴 했지만 그녀의 야망은 과거에 실패한 이 도령을 버리고 새로운 동아줄을 잡았다. 그리하여 신관 사또와 대담한 거래를 하는데…….

이런 내용을 쓰면서 백영은 전혀 예상치 못했다. 이 완결편으로 인해 수많은 목숨이 죽어 나갈 것이라는 걸. 아니, 이미 목숨이 위태로워져 있다는 걸.

"완결편이 나오면 직접 사보십시오. 어떤 작가가 나오지도 않은 책 이야기를 다 해준답니까?"

"어휴, 정말 이러시깁니까?"

성난 오탁후 한 마리가 폴짝폴짝 뛰며 궁금해서 미쳤다. 하지만 백영은 조개처럼 입을 꽉 다물어 버리고 더 이상 아무 얘기도 하지 않았다. 그리고 때마침 주모가 국밥과 함께 막걸리 한 동이를 방으로 들여왔다.

"에계, 요거 한 동이를 뉘 코에 붙이라고. 숙휘 형님이랑 나랑 둘이서만 마셔도 모자라겠구먼."

술깨나 할 것 같은 느낌의 고량주는 역시나 술깨나 하는 것 같다. 한데 량주는 그렇다 쳐도 흐트러진 모습 한 번 본 적 없는 위숙휘까지 그리 주당이라니 의외였다. 완얼은 주량이 약한 것인지 아니면 아우들에게 양보한 것인지 목만 축이고는 말았다. 고량주, 위숙휘가 시끌벅적 유쾌하게 막걸리를 마시는 모습에 술이라면 일가견이 있는 그녀도 함께 술잔을 부딪치고 싶은 마음이 간절했다. 하지만 상처가 아물 때까지 술은 금기인지라 그저 군침을 흘리며 바라만 볼 수밖에 없었다.

"아씨는 소설을 언제부터 쓰기 시작하신 겁니까?"

막걸리 한 사발을 시원하게 들이켠 량주가 물었다.

"청상이 되고 난 후부터요. 밤마다 시간이 많았거든요. 소설들을 읽다 보니 내가 이거보다는 더 잘 쓸 수 있겠다 싶더라고요."

서방 잡아먹은 년이라 하여 시어머니는 백영을 몹시 핍박했다. 눈만 조금 치켜떠도 음기를 풍긴다며 불호령이 떨어졌고, 숨조차 크게 쉬지 못하고 죽은 듯이 살아야 했다. 백영은 이런 시집살이와 청상과부의 설움을 미상이라는 이름으로 이야기를 지으며 견뎌냈다.

"다른 소설들은 대체 얼마나 더 엉망이기에! 글을 뇌로 쓰지 않고 발로들 쓰니 그런 게지."

숙휘가 혼잣말처럼 중얼거렸다. 하지만 마치 백영이 들으라고 일부러 하는 말 같았다.

"제가 발로 쓰는 걸 보셨습니까? 그리고 글은 차가운 머리만으로 쓰는 것이 아닙니다! 뜨거운 가슴으로 쓰는 것이지요!"

"뜨거운 가슴이 아니라 뜨거운 몸만 있는 소설이겠지요. 그렇게 자신을 모르십니까? 자고로 지인자지 자지자명이라 하였습니다."

언성 한 번 높이지 않고 숙휘가 사람을 잡는다. 그 말에 백영보다 량주가 먼저 '헉!' 하고 뒷목을 잡고 쓰러졌다.

"맙소사! 지인의 뭐라고요? 형님, 겨우 요거 마시고 벌써 취하신 겁니까? 생전 어디서 다툼 한 번 안 하시는 분이 언쟁을 벌이시지 않나, 입에 담지도 않던 그런 음란한 말씀까지 하시다니……. 그것도 아씨 앞에서요!"

"음란한 말이라니? 이건 노자님의 말씀이니라."

"예에? 그 유명한 노자 어르신이요? 어허, 그 어르신, 고지식한 분인 줄 알았더니 상당히 노골적인 분이셨군요!"

"노자 도덕경 제33장, 지인자지 자지자명(知人者智 自知者明). 다른 사람의 잘잘못을 분별하는 것은 슬기이며, 자신을 아는 것은 마음에 한 점의 티끌도 없는 밝음인데, 이는 남을 아는 슬기보다 월등히 명철하다는 뜻입니다."

옆에서 듣고 있던 백영이 답답한 마음에 구절을 설명해 주었다. 한마디로, 숙휘가 백영에게 '너 자신을 알라' 하고 노자를 인용해 핀잔을 준 것이었다.

"부인께서 노자의 도덕경을 읽으셨습니까?"

완얼이 내심 놀라 물었다.

"어깨너머로 사서삼경 정도는 뗐습니다."

"사서삼경 정도요? 여인이 노자에 사서삼경까지 읽다니! 역시 매설가는 뭔가 다르시군요."

미상의 글에서 종종 작가의 학문적 깊이가 예사롭지 않다는 것이 느껴졌었는데 역시나 예상이 맞았다. 알면 알수록 새로운 면을 발견하게 되는 참으로 남다른 여인이었다.

"아하, 그렇게 좋은 말씀이었습니까? 아무래도 제 영혼이 썩었나 봅니다."

량주가 멋쩍게 뒤통수를 긁었다.

"대체 그 무식의 끝이 어디인지 이젠 경탄스럽기까지 하구나! 누누이 말하지만 책 좀 보아라, 제발. 내가 누군가에게 이리 간청해 보기는 처음이다."

량주의 귀에 딱지가 얹을 정도로 숙휘가 늘 하는 말이었다.

"안 그래도 지금부터 미상의 소설을 좀 읽어볼까 합니다. '이슬낭자던' 얘기를 들으니 정말 재미있을 것 같아서요."

"미상 것만 빼고 다른 책은 다 괜찮다."

그 말에 백영이 크게 기분이 상해 삐딱하게 비아냥거렸다.

"그리 학식이 높고 깊으신 분이 벼슬길에 나가지 않고 왜 이렇게 썩고 계십니까? 과거를 보기만 하면 당장 장원급제일 텐데요!"

그러자 어지간하면 흥분하지 않는 숙휘가 얼굴이 시뻘게져 자리에서 벌떡 일어났다.

"이래서 저는 과부가 싫습니다!"

백영에게 사납게 쏘아붙인 숙휘가 문을 박차고 밖으로 나가 버렸다.

"제가 싫으시면 그냥 싫다고 하시면 될 것이지, 굳이 과부 얘기는 왜 들먹이십니까? 제가 과부가 되고 싶어 된 것입니까?"

소설을 논하다 난데없이 인신공격을 받은 백영도 격분해 문밖을 향해 쏘아붙였다. 그러나 닫힌 문은 다시 열리지도, 문 너머에서 그 어떤 대꾸가 돌아오지도 않았다.

"진정하십시오. 이번엔 숙휘가 말이 좀 심했습니다. 제가 아우를 대신해 사과드리겠습니다."

완얼이 난처함을 감추지 못하며 정중하게 사과했다.

"사죄는 본인이 해야지 남이 하는 것이 무슨 소용입니까?"

"숙휘가 학문이 깊고 냉철한 성격이긴 하지만 그 녀석에게도 아픈 곳은 있습니다."

"뭐가요? 온갖 박식한 척은 다 해놓고 막상 과거만 보면 뚝 떨어지신답니까?"

"개인사이니 나중에 본인에게 직접 들으시는 것이 좋을 듯합니다. 깊은 사연이 있겠거니 하고 이해해 주십시오."

'사연은 무슨. 경서 좀 읽었다 하는 잘난 유생들처럼 과부를 사람 취급하지 않는 게지.'

백영이 속으로 콧방귀를 뀌었다. 그녀의 시아버지 이한림도 사림들에게 존경받는 유학자이지만 그의 빛나는 인격은 같은 선비들에게만 적용되는 것이었다. 기득권으로 태어나 엄격한 신분제도가 유지되어야 세상에 질서가 잡힌다고 굳게 믿는 그는 노비나 천민, 여인은 같은 사람이라 여기지 않았다. 그들에게 베푸는 그의 아량은 불쌍한 짐승들에게 가지는 동정, 딱 그 정도였다. 그러니 멀쩡하게 살아 있는 며느리의 장례를 치르지 않았겠는가? 백영은 숙휘 역시 그와 다를 바 없는 부류일 것이라 생각했다.

"가재는 게 편이라고, 역시 숙휘 무사님 편만 드시는군요."

"그런 건 절대 아닙니다. 숙휘야 워낙 고지식한 녀석이라 요즘 유행하는 패관소설들을 탐탁지 않아 합니다만, 전 미상의 소설도 충분히 가치가 있다고 생각합니다. 그간 조선팔도를 떠돌아다니면서 고단할 때마다 미상의 글을 보며 위안을 삼았습니다. 제가 나무꾼도 되었다가, 춘향이를 업고 노는 이 도령도 되어봤다가, 언감생심 임금도 되어봤습니다. 아우들은 그걸 보고 오탁후질이라 놀리긴 하지만 저는 아무 생각 없이 소설 속에 빠져 있는 그 시간이 가장 행복했습니다.”

그리 말하는 완얼의 얼굴엔 진심이 담겨 있었다.

‘나의 소설을 읽을 때가 가장 행복했다니!’

그 말에 잔뜩 화가 나 있던 백영의 마음이 단박에 사르르 녹아내렸다. 하루하루 힘겨운 날들을 버텨내며 소설을 쓰는 것이 유일한 희망이었다. 한데 그녀의 희망이 누군가에게도 희망이 되었다니 몹시 뿌듯했다.

“이런 칭찬은 처음 받아봅니다. 과연 제가 이런 칭찬을 받을 자격이 있는 건지…….”

“있고말고요. 부인께선, 아니, 백영 아씨께선 하늘이 내린 귀한 재능을 타고나신 분입니다.”

완얼이 그녀의 부탁대로 백영이라 이름을 불러주었다. 이한림 대감 댁의 며느리도, 이몽룡의 미망인도, 변씨 부인도 아닌 ‘백영’이란 한 인간으로 그녀를 봐준 것이다. 그녀의 두 뺨이 발그레하게 달아올랐다.

콩닥콩닥.

요즘 들어 심장은 왜 이리 시도 때도 없이 백영의 마음을 두드려 대는지. 아무리 아니 된다 타일러 보아도 손가락 사이로 빠져나가는 봄바람처럼 잡을 수 없는 마음은 제멋대로 흘러가 버렸다.

드르렁드르렁!

그때 콩닥콩닥은 한 방에 날려 버릴 만큼 압도적인 소리가 방 안을 뒤흔들었다. 그새 혼자 막걸리를 다 마셔 버린 량주가 큰대자로 뻗어 코를 골고 있었다.

“녀석 참, 이불도 깔지 않고 저리 맨바닥에서 뻗어버리면 허리가 배

길 텐데."

"량주 무사님은 으르렁으르렁 하시지 않으면 드르렁드르렁 하시는
군요."

참으로 속 편해 보이는 량주의 모습에 백영이 풋 하고 웃음을 터뜨
렸다.

"밤새도록 저 소리를 들으시면 웃음이 쏙 들어갈걸요? 제가 잠을
잘 못 이루는 것이 저의 신기 때문이긴 하지만 량주의 코골이도 한몫
합니다."

완얼이 깊이 한숨을 내쉬었다.

"그리고 숙휘도 지금쯤 몹시 후회하고 있을 것입니다. 이리 흥분하
는 일이 평생에 몇 번 있을까 말까 한 녀석이니까요. 바람 좀 쏘이다
돌아올 것 같으니 아씨도 먼저 주무시지요."

"저는 괜찮습니다. 그냥 벽에 기대 잠시 눈만 붙이면 됩니다."

노상보다는 나을 것 같아 한 방에 있겠다고는 하였으나 그렇다고 사
내들 옆에 떡하니 드러누워 잠까지 청할 수는 없는 노릇이었다.

"아직 몸도 성치 않으신데 앉아서 밤을 새우고선 다음 날 어찌 종일
말을 타겠습니까?"

"괜찮다니까요. 걱정하지 마십시오."

백영이 극구 사양하며 벽에 기대앉았다.

"허참, 어찌 그리 고집이 세십니까?"

완얼이 이불을 꺼내 량주에게 덮어주며 말을 이었다.

"하긴, 미상의 소설도 고집스러운 면이 있지요. 이 말 저 말에 일일
이 휘둘리기 시작하면 처음에 쓰려던 의도와는 달리 죽도 밥도 아닌
글이 나오게 될 테니까요. 어떤 이들에겐 막장이네 뭐네 욕을 먹고,
또 다른 이들은 천재라고 칭송하고, 이렇게 보는 이들마다 시각이 다

른데 작가가 확고한 소신을 가지고 중심을 지키는 것이 중요하지 않겠습니까? 그게 작가로서의 고집이겠지요. 안 그렇습니까?"

물으며 고개를 돌려보니 백영이 어느새 옆으로 고꾸라져 곯아떨어져 있었다. 말을 타고 오느라 어지간히 피곤했나 보다. 행여 백영이 깰세라 조심스럽게 다가가 이불을 덮어주었다. 그리고 곤히 잠든 얼굴을 가만히 들여다보고 있으려니 저도 모르게 입가에 잔잔한 미소가 어렸다. 하지만 이내 그의 미소는 씁쓸한 한숨으로 바뀌었다.

'다른 시간, 다른 장소, 다른 이로 만났더라면……. 그랬더라면…….'

세상모르고 깊은 잠에 빠져 있던 백영은 갑자기 옆구리를 둔탁한 방망이로 후려치는 듯한 강한 충격에 눈을 번쩍 떴다. 어슴푸레한 달빛 속에서 살펴보니 량주의 무쇠 같은 다리가 그녀의 옆구리를 강타한 것이었다. 잠버릇이 어찌나 험한지 온 방 안을 헤집고 다니며 발버둥을 치고 있었다. 꿈에서 십칠 대 일쯤으로 검투라도 벌이고 있는 모양이다.

'몇 시나 되었을꼬?'

어느새 완얼도 설핏 잠든 것 같아 백영은 발소리를 죽여 밖으로 나갔다. 이미 잠이 홀딱 깨어버려 바람이라도 쏘여볼까 싶었다. 그런데 문을 열고 나가자 숙휘가 대청마루에 홀로 앉아 있는 것이 아닌가? 기울어가는 달을 보고 있는 것인지, 반짝반짝 흩뿌려 놓은 별을 보고 있는 것인지, 벽에 기대어 물끄러미 밤하늘을 바라보고 있는 숙휘의 옆모습이 가슴이 짠할 만큼 쓸쓸해 보였다. 인기척을 느꼈는지 숙휘도 고개를 돌려 백영을 보았다.

"들어가서 주무시지 않고 왜 여기서 이러고 계십니까? 성질은 먼저 부려놓고선 저와 한 방에 있기 싫다고 시위라도 하시는 겁니까?"

막상 눈이 마주치자 아까 일이 다시 떠올라 말이 곱게 나가지 않았다.

"밤공기가 좋아 바람도 쏘일 겸 불침번을 서는 것입니다. 그리고 아까 함부로 말을 한 것은 사죄드립니다. 제가 이성적이지 못했습니다."

숙휘가 순순히 잘못을 인정하고 사과를 건넸다. 가뜩이나 차분해 보이는 얼굴에 우수마저 깃들자 쓸쓸함이 더욱 짙어진다. 백영이 말없이 숙휘 옆에 자리 잡고 앉았다. 바람 한 점 불지 않는 포근한 봄날의 밤이었다.

"그래도 어지간하면 재가(再嫁)할 생각은 하지 마십시오. 아씨를 생각해서 하는 말이기도 합니다."

바로 이어지는 숙휘의 말에 백영이 또다시 속이 뒤집어졌다.

"저를 생각해서라고요? 그렇게 치자면 저희 시댁에서 장례를 치러준 것도 다 저를 위해서였겠군요. 열녀로 칭송받으며 명예롭게 죽을 수 있도록 말입니다! 그리고 제가 언제 재가하고 싶다고 한 적 있습니까?"

"열녀가 되라는 뜻이 아닙니다. 또 다른 불행을 막기 위해서입니다."

"또 다른 불행이라니요?"

"'재가녀 자손금고법'이라고 아시지요?"

숙휘가 착잡한 표정으로 물었다. 그것은 바로 성종 임금(성종 16년, 1485년) 때부터 시행된 것으로, 재혼한 양반가 여인의 자식은 대소과거에 응시할 수 없게 하여 관리로 등용하지 않는다는 법이었다. 이는 개가한 여인에게 직접적으로 처벌을 내리는 법은 아니었으나 그 자식의 앞날을 막아버림으로써 결과적으로는 수절을 강요하는 것이었다.

"저희 어머니께서 재가녀이십니다."

완얼이 숙휘에게 직접 들으라 말했던 아픈 개인사가 바로 이것이었다. 백영은 아차 싶었다. 그는 아무리 학문이 뛰어나도 문신(文臣)은 될 수 없는 재가녀의 자식이었다. 한데 그런 사람에게 왜 과거를 보지 않냐고 빈정거렸으니 그녀가 숙휘의 가장 아픈 곳을 건드린 것이다. 숙휘는 날개가 꺾여 버려 다시는 날 수 없게 되어버린 새였다.

"그런 줄도 모르고 제가 아까 큰 말실수를 했군요."

"아닙니다. 제가 아무 상관 없는 아씨에게 화풀이를 한 셈이지요. 그 얘기만 나오면 제 자신을 다스리지 못하고 폭발해 버리곤 합니다. 제가 아직 수양이 많이 부족한 탓이겠지요."

제 속을 잘 드러내지 않는 숙휘인지라 시시콜콜 말을 하지는 않았지만 혈육 같은 완얼과 량주를 제외하고 누군가에게 이런 말을 꺼낸 건 처음이었다. 그것도 여인에게.

어릴 때부터 신동 소리를 듣던 그는 참 하고 싶은 게 많았었다. 그래서 조정에 나가 이 세상을 바꾸고 싶다는 원대한 꿈을 안고 공부를 정말 열심히 했었다. 하지만 철들 무렵 어머니가 재가녀라는 걸 알게 되자 온 세상이 무너져 내리는 기분이었다. 앞으로 어찌 살아가야 하나, 재가를 했으면 차라리 자식을 낳지 말지, 막막함과 원망으로 정말 미칠 것 같은 시간들이었다. 그렇게 더 이상 살아갈 희망을 잃고 죽음의 문턱에 섰을 때 완얼을 만났다.

"완얼 나리를 만나지 못했더라면 아마 지금쯤 저는 세상에 없을지도 모릅니다. 이렇게 무예를 닦을 생각도 못 했을 것이고요. 나리께선 겉으로는 허허실실 한량 같으시지만 알고 보면 누구보다 생각이 깊으시고 심지가 굳으신……."

"으아악!"

그때 방 안에서 완얼의 비명 소리가 들려왔다. 그 바람에 숙휘의 말이 끊겼다.

"또 악몽을 꾸셨나 봅니다."

백영의 얼굴이 흐려졌다. 그녀에게 도망치라 말하던 그의 절박한 눈빛이 떠올랐다.

"거의 매일 밤 있는 일입니다. 잠시 잠깐 잠이 들었다가도 이내 저렇게 깨곤 하시지요. 편히 주무시는 날이 없습니다."

"아무래도 들어가 봐야겠습니다."

걱정이 된 그녀가 황급히 몸을 일으키자 숙휘가 손목을 붙들었다.

"잠시만 있다 들어가시지요. 괴로워하는 모습을 보이고 싶지 않으실 겁니다."

그때 문이 벌컥 열리더니 안색이 파리해진 완얼이 밖으로 나왔다. 그러다 눈이 번쩍하며 멈춰 선다. 백영과 숙휘를 본 것이다. 깊은 밤 별빛 아래 백영의 손목을 붙들고 있는 숙휘의 모습이 예사로워 보이지 않았다. 완얼의 가슴에 묘한 파문이 일었다.

"이 밤에 둘이서 뭘 하시는 겁니까?"

버럭 소리를 질러놓고 완얼 자신도 흠칫 놀랐다. 그렇게 큰 소리가 나올 줄은 몰랐다. 그리고 그보다 더 놀란 건 자신이 화가 났다는 것이다. 그녀의 손목을 다른 사내가 잡고 있다는 사실에. 그 사람이 숙휘일지라도.

"별거 아닙니다. 잠이 안 와서 잠시 바람을 좀 쏘이고 있었습니다."

백영이 얼른 숙휘의 손을 뿌리치며 말했다. 아니, 그전에 숙휘가 먼저 손목을 놓았는지도 모르겠다. 아무튼 두 사람의 당황한 모습에 완얼이 더욱 심통이 났다.

"손목을 붙들었으면 바람을 쏘이는 것이 아니라 바람이 난 것이 아닌가?"

"그건 아씨가 잠시 어지럼증이 일어서 붙들어 드린 겁니다."

숙휘가 난처한 기색으로 둘러댔다.

"흥, 애정패설에 흔히 나오는 것처럼 티격태격하다가 정분이라도 난 건가?"

혼잣말인 듯 실은 대놓고 콧방귀를 뀌었다.

"어머, 혹시 질투라도 하시는 겁니까?"

"질투라니요! 제가 왜요? 원하신다면 자리를 비켜 드리기라도 할까요?"

"그거 좋지요."

약 올라 하는 완얼의 모습이 재미있어 백영이 짓궂게 대꾸했다.

"싫습니다!"

그러더니 다짜고짜 숙휘와 백영 사이에 엉덩이를 비집고 들어와 끼어 앉았다.

"숙휘 무사님, 아까 완얼 나리가 어떻다고 하셨지요? 알고 보면 누구보다 생각이 깊으시고 심지가 어떠하시다고요?"

'저렇게 유치하신 양반이?'

백영이 혀를 차며 숙휘를 바라봤다.

"참으로 부끄럽습니다."

완얼을 보는 숙휘의 표정이 정말 창피해 보였다.

"이제 보니 내 욕을 하고 있었던 게로구먼! 어쩐지 꿈자리가 뒤숭숭하더라니."

"알면 됐습니다!"

백영이 새침하게 대꾸하면서도 그래도 내심으론 걱정이 되어 슬그머니 물었다.

"악몽을 꾸신 겁니까?"

"늘 있는 일인데요, 뭐."

대수롭지 않은 대구에 왠지 더 가슴이 찡해진다. 유치하고 늘 투덕 거리지만 참으로 안쓰러운 사내들이다. 아릿한 눈으로 보아서 그럴까. 완얼과 숙휘의 모습에서 슬픈 달빛이 아련하게 배어 나오는 것 같다.

"별이 참 많기도 하군요."

완얼이 고개를 젖혀 하늘을 보았다.

"하나 따다 주시렵니까?"

그들의 밝은 모습을 보고 싶어 일부러 장난스럽게 물었다.

"거참, 여인들은 왜 별을 따다 달라고 하는 겁니까? 안 되는 거 뻔히 알면서."

다시 이성적이고 논리적으로 돌아온 숙휘가 진짜 이해가 안 된다는 표정으로 중얼거렸다. 그러자 갑자기 완얼이 한 손으로 백영의 턱을 살짝 들어 올리더니 그녀의 눈을 깊이 들여다보았다. 그리고 온몸이 녹아버릴 정도로 달콤하게 속삭였다.

"별이라면 지금 그대의 두 눈에서 빛나고 있지 않습니까?"

"어휴, 유치해! 그런 말에 누가 넘어가겠습니까?"

숙휘가 손을 내저으며 비웃는데, 그 비웃음이 무색하게 눈앞에서 놀라운 광경이 펼쳐졌다. 그런 말에 누가 넘어간 것이다!

"나리……."

얼굴이 확 달아오른 백영이 완얼의 강렬한 시선에 사로잡혀 헤어나 오지 못하고 있었다.

"보았느냐? 바로 이렇게 하는 것이다! 여인들이 원하는 건 정말 하늘의 별을 따오라는 것이 아니란 말이다."

훌륭히 시범을 보인 완얼이 숙휘에게 고개를 돌리며 큰소리를 땅땅 쳤다.

"뭡니까? 제가 무슨 실험 대상입니까?"

좋다가 만 백영이 눈을 부라리며 쏘아붙였다. 하지만 그럼에도 쿵쾅대는 가슴은 쉬이 진정되지 않았다.

"아닙니다. 숙휘에게 보여주기 위해 한 것이긴 하지만 백영 아씨께선 정말 눈이 예쁘십니다. 제가 본 여인들 중에 제일로요. 자꾸만 그 맑은 눈에 제 얼굴을 비춰보고 싶을 정도로."

완얼이 눈을 맞추며 그녀의 일렁이는 눈동자 속에 자신을 담는다.

"눈이 예쁘다는 말을 종종 들어보긴 했습니다만⋯⋯."

또다시 발갛게 달아오른 두 뺨을 손으로 감싸며 백영이 어쩔 줄을 몰라 했다.

"또 먹히는군요! 여인들이란, 책을 아무리 읽어도 도무지 모르겠습니다."

숙휘가 무릎을 탁 치며 감탄했다.

"이번엔 진심이다."

완얼의 얼굴도 어느새 붉게 물들어 있었다. 그때, 마루에 놓인 두 사람의 새끼손가락 끝이 살짝 스치며 맞닿았다. 세상 아무도 모르게, 옆에 앉은 숙휘조차 눈치채지 못할 만큼 작은 스침이었다. 하지만 그 작은 맞닿음이 마치 두 사람을 하나로 연결시켜 주고 있는 것 같아 그의 모든 신경이 새끼손가락 끝으로 몰렸다.

백영 역시 세상 모든 것이 멈춰 버린 것만 같았다. 정지된 세상에서 오직 그녀의 두근거리는 심장만이 온몸을 뒤흔들고 있었다. 그런 심장의 박동이 손가락 끝으로 전해져 파르르 떨린다. 그 떨림이 둘 중 누구의 것인지 모를 정도로 그 작은 스침은 두 사람의 몸을 뒤흔들었다. 그리고 마음까지도.

어느새 저 멀리 어딘가에서 새벽닭 우는 소리가 들려왔다. 그리고 숙휘의 목소리가 두 사람 사이로 비집고 들어왔다.

"그럼 저는 아침 해를 따오겠습니다."

"해님은 따다 달라 안 하였는데요? 그럼 어두운 밤만 계속될 것 아 닙니까?"

백영이 완얼과 맞닿았던 손을 얼른 거두며 말했다. 아주 좋은 꿈을 꾸다 깨어난 것 같은 기분이다.

"아니오. 새로운 태양이 떠오를 것입니다. 온 세상을 더 밝게 비출 따사로운 태양이요."

숙휘가 확신에 차 완얼을 바라봤다. 첫닭이 울었지만 아직도 어두 운 하늘.

'암흑천지의 조선. 그러나 어둠이 깊을수록 새벽이 가깝다. 그리고 광기 어린 태양이 사라지면 새로운 태양이 떠오를 것이다.'

완얼 역시 숙휘의 말이 어떤 뜻인지 너무도 잘 알았지만 아직 확신 이 없었다. 한 여인의 태양이 되어주기에도 벅찬 작은 그릇일 뿐이다 하며 속으로 쓴웃음을 삼킬 뿐.

량주가 꿈속에서 십칠 대 일로 악의 무리와 싸우다 벽을 뻥 걷어차 고 잠에서 깨어보니 방 안엔 아무도 없었다.

"다들 어디로 간 거지?"

어리둥절해 밖으로 나간 량주는 대청마루를 보고선 화들짝 놀랐 다. 따뜻한 아침 햇살을 받으며 세 사람이 나란히 앉아 자고 있는 것 이 아닌가? 숙휘는 완얼에게, 완얼은 백영에게 머리를 기대고 잠들어 있는 모습이 그 어느 때보다 평화로워 보였다. 게다가 완얼은 백영의 한 손을 꼭 쥔 채 좋은 꿈이라도 꾸고 있는지 입가에 미소마저 머금고 있었다. 하지만 자기 혼자만 쏙 빼놓고 지들끼리만 그림같이 어우러져 있는 꼬락서니에 량주는 몹시 심통이 났다.

"대체 여기서 뭣들 하시는 겁니까?"

으르렁으르렁!

영락없는 호랑이의 울부짖음이었다. 깜짝 놀란 세 사람이 동시에 잠에서 깨어났다.

"이제 일어나셨습니까? 어쩐지 방 안이 조용한 것 같더라니."

백영이 눈을 비비며 애매하게 아침 인사를 건넸다.

"저만 혼자 방에 버려두고 셋이서 딱 달라붙어서 이러실 수 있는 겁니까?"

"버려두다니? 우리가 쫓겨난 것이다. 네 코 고는 소리에 고막이 터질 것 같아 잠을 잘 수가 있어야지."

완얼이 입이 찢어져라 하품을 하며 기지개를 켰다.

"말도 마십시오. 저는 자다가 량주 무사님 발에 걷어차였습니다."

그 생각을 하자 백영은 다시 옆구리가 아파오는 것 같아 미간을 찌푸렸다.

"제가 백영 아씨를 걷어찼다고요? 설마요."

"원래 설마가 사람을 잡는다. 말을 안 해서 그렇지, 나도 자다가 몇 번이나 량주 네 발에 걷어차인 적이 있다. 온 방을 돌아다니면서 어찌나 잠을 험하게 자던지. 잠결에 멱살잡이 안 당한 게 어디냐 싶더라."

지난 삼 년간 함께 팔도를 떠돌며 위험한 순간들이 많았지만, 숙휘가 가장 생명의 위협을 느꼈을 때는 자다가 량주에게 복부를 강타당했을 때였다. 창자가 터지는 악몽에 벌떡 일어나 보니 량주가 두 번째 발길질을 하기 직전이었다. 그때 마침 잠이 깨서 피했기에 망정이지 두 번 연속으로 복부를 걷어차였다면 정말 창자가 터져 죽었을지도 모른다. 그 뒤로 그는 어지간하면 량주의 옆자리에서 자지 않았다.

"저도 량주 무사님 덕분에 장례 두 번 치르는 줄 알았습니다."

"이런. 정말 큰일 날 뻔하셨습니다! 오늘은 꼭 방을 하나 더 구해 드리겠습니다."

완얼이 주먹을 불끈 쥐며 굳게 다짐했다.

"오늘 밤엔 제가 잠들면 밧줄로 꽁꽁 묶어두십시오."

괜히 말을 꺼냈다 본전도 못 찾은 량주가 시무룩하게 말했다.

"그게 무슨 소용이냐? 그까짓 밧줄 따위는 잠결에라도 식은 죽 먹기로 끊어버릴 터인데. 네 힘이 어디 보통 힘이더냐? 너도 이제 약관의 나이인데 그리 잠버릇이 험해서 장가나 들 수 있을지 걱정이구나. 첫날밤에 함께 잠자리에 들었다가 신부가 기함하고 도망갈 게다."

"도망갈 수 있으면 다행이게요? 잠결에 걷어차여 창자나 안 터지면 다행이지요."

"그까짓 장가 같은 거 안 가면 그만이지요! 저는 평생 나리 모시고 숙휘 형님과 셋이 살 것입니다!"

완얼과 숙휘가 번갈아 놀려대자 량주가 발끈해 소리쳤다. 마치 '저는 시집 안 가고 평생 아부지랑 같이 살 거예요!' 하고 외치는 어린 계집아이처럼. 덩치는 산만 해도 감성만큼은 소녀와 같은 사내다. 량주가 그리 말하더니 얼굴에 홍조를 띠며 백영에게 시선을 옮겼다.

"거기에 백영 아씨까지 함께 계시면 좋을 텐데. 우리 넷이 사이좋게 전국팔도 산천 유람이나 하면서요."

그리 사는 것도 나쁘지 않겠구나. 백영의 머릿속에 문득 그런 생각이 스쳤다. 하지만 그녀도 알았다. 그런 건 소설 속에서나 가능한 일이라는 걸.

"네 녀석이랑 평생 같이 살기 싫어서라도 장가를 들어야겠구나!"

숙휘가 질색을 하며 방 안으로 들어갔다.

"에이, 형님이 무슨 수로 장가를 드십니까? 평생 여인의 손목 한 번 못 잡아보셨으면서."

량주가 넉살 좋게 대꾸하며 따라 들어갔다. 그런 아우들의 모습에 완얼이 멋쩍은 듯 웃었다.

"사내 셋이 여섯 해 가까이 붙어 다니다 보니 이렇게 됐습니다."

"여섯 해나요? 나리께선 스물셋, 숙휘 무사님께선 스물둘, 량주 무사님께선 스물, 세 분 다 혼인할 나이가 훨씬 지났는데 왜 여태 다들 혼자이십니까?"

"언젠가 둘 다 짝을 지어줘야겠지요."

"나리께서는요?"

"저는……."

순간 완얼의 눈빛이 깊어지며 망설인다. 그리고 늘 그를 괴롭혀 온 팔 년 전 어느 날에 대해 털어놓으려는데 '나리!' 하고 외치며 안에서 량주가 튀어나왔다.

"아침 진지 드셔야지요? 제가 가서 주모에게 국밥을 말아달라고 할까요?"

"그러려무나."

적기를 놓친 완얼은 다시 입을 다물어 버렸다.

'숙휘 무사님처럼 마음 깊이 품고 있는 말 못 할 사정이라도 있는 것일까?'

백영은 몹시 궁금했지만 언젠가 먼저 말해주기를 바라며 무리하게 묻지는 않았다. 다만 결정적인 순간에 튀어나와 돼지국밥 같은 소리를 한 량주가 살짝 미워져 그의 국밥을 몇 숟갈 뺏어 먹었고, 량주는 처음으로 그녀에게 정색을 하며 화를 냈다.

수원을 출발해 대황교, 떡전거리, 진개울, 중미고개를 넘어 진위읍, 칠원, 소사, 애고다리를 거쳐 성환역에서 눈을 붙인 뒤, 이튿날 새벽 일찍 다시 길을 나서 상류천, 하류천, 새술막을 지나 천안에 도착해 요기를 하였다. 쉴 틈 없는 강행군이었지만 지칠 수는 없었다. 한시라도 빨리 남원으로 가서 춘향이를 찾고 점순이를 구할 수 있는 유일한 단서인 '춘향의 서신'을 손에 넣어야만 했다.

오늘 밤 안에 김제역을 지나 원터까지 가야 하므로 서둘러 국밥 한 그릇을 말아먹고 천안을 나섰다. 늘 그렇듯 량주와 숙휘가 앞장서 달렸지만 이젠 완얼과 백영의 말도 많이 뒤처지진 않았다. 제법 승마에 익숙해지자 백영은 이제 혼자서 타도 되겠다 싶어 완얼에게 청했다.

"말 타는 걸 가르쳐 주신다 하셨지요?"

"다친 곳이 아직 다 낫지 않았는데 괜찮으시겠습니까?"

"벌써 며칠이나 지났는걸요? 명의가 지어주신 약이라 그런지 잘 아물고 있습니다. 제가 어서 말 타는 법을 배워야 더 빨리 갈 수 있지 않겠습니까?"

"그럼 고삐에서 한 손을 떼겠습니다. 그리고 그것이 익숙해지면 나머지 손도 떼겠습니다. 아씨께서 혼자 고삐를 잡으시고 말을 모는 겁니다. 상처 난 곳이 조금이라도 아프면 얼른 얘기하시고요. 절대 무리하지 마시고 천천히 달리십시오. 평지라 그리 어려울 것은 없을 겁니다."

"예! 한번 해보겠습니다."

의욕에 넘치는 대답을 듣고 완얼이 고삐에서 한 손을 떼었다. 그리고 그 손은 백영의 허리에 감았다.

"제가 아씨의 몸을 받치고 있을 것이니 걱정 마십시오."

'이것 보시오, 완얼 선생. 그리 허리를 안으시면 말에서 떨어질까 봐 걱정되는 게 아니라 심장이 내려앉을까 더 걱정이 되지 않겠습니까?'

이리 말하고 싶을 정도로 그의 팔은 백영의 허리를 강하게 휘감고 있었다. 행여나 백영이 낙마라도 하지 않을까 싶어 단단히 안은 것이겠지만 그걸 알면서도 심장이 발등으로 쿵 내려앉는 느낌이었다.

'이건 병이다, 병. 지랄염병보다 무서운 지랄염통병!'

시도 때도 없이 심쿵심쿵 하는 제 염통을 탓하며 말을 모는 데 온 신경을 모았다.

"이랴!"

그녀의 힘찬 목소리에 말이 속력을 내기 시작했다.

"좋습니다! 아주 잘하고 계십니다!"

처음엔 다소 두려운 생각도 들었지만 완얼이 뒤에서 계속 용기를 불어넣어 주자 이내 자신감이 붙기 시작했다. 제법 소질이 있는지 백영은 곧잘 말을 몰았다. 그녀가 생각보다 안정적으로 달리자 완얼이 고삐에서 나머지 한 손도 떼어 양팔로 그녀의 허리를 안았다.

"이제부터는 백영 아씨께서 저를 태워주시는 겁니다."

늘 타던 자세 그대로인데 자신이 완얼을 태우고 달리는 것이라 생각하니 기분이 달랐다. 한 사내가 그녀를 믿고 몸을 맡긴 것이다. 그리고 완얼에게 해낼 수 있다는 것을 보여주고 싶었다. 백영은 허리에 감긴 그의 팔에서 무언의 안정감을 느끼며 자신 있게 달려 나갔다.

"이 정도면 조만간 저 없이 혼자서 타실 수도 있겠습니다!"

완얼이 감탄해 마지않으며 칭찬을 했다. 한데 그 말이 떨어지자마자 어디선가 커다란 벌 한 마리가 날아와 백영의 주위를 위협적으로 날아다녔다. 완얼이 벌을 쫓으려 한쪽 팔을 휘두르자 화가 난 벌이 말 머리로 도망가 콧잔등을 쏘아버렸다. 그러자 놀란 말이 앞발을 높이 치켜들고 울부짖어 두 사람은 순식간에 바닥으로 굴러 떨어졌다. 그 와중에도 그녀의 허리를 안고 있던 완얼이 제 몸이 먼저 땅에 닿도록 재빨리 몸을 틀었다. 덕분에 그의 몸 위로 떨어진 백영은 충격이 덜했지만, 그녀의 무게까지 떠안은 채 땅바닥에 패대기쳐진 완얼은 정신을 잃고 말았다.

"나리! 정신 차리십시오!"

몸을 일으킨 백영이 제 몸은 어디가 아픈지 미처 살필 겨를도 없이 완얼을 부여잡고 절규했다. 하지만 목청껏 불러보아도 완얼은 아무 반응이 없었다. 황급히 품에 안아 들자 완얼의 목이 옆으로 툭 꺾인다. 지아비가 죽던 날 힘없이 툭 떨어지던 손처럼.

"나리! 나리!"

백영의 울부짖음에 량주와 숙휘가 바람처럼 달려왔다. 완얼의 말이 혼자 달리는 것을 보고 무슨 일이 일어났구나 싶어 돌아온 것이다.

"앗! 나리!"

두 사람은 누가 먼저라고 할 것 없이 말에서 뛰어내렸다.

"어떻게 된 겁니까?"

숙휘가 침착함을 잃지 않으려 애쓰며 물었다.

"벌에 쏘인 말이 요동을 쳐서 낙마를 하셨습니다. 저를 보호하려다 나리께서 더 크게 다치신 것 같습니다. 어떡하면 좋습니까?"

백영의 커다란 눈에서 눈물이 뚝뚝 떨어졌다. 만약에 완얼이 잘못된다면, 그가 이대로 눈을 뜨지 못한다면…….

'나 때문이다. 시어머니 말씀처럼 재수 없는 내가 주변 사람들을 잡아먹는 것이다. 나 때문이다. 나 때문이다!'

"제발 눈을 떠보세요! 제발!"

"아씨, 제가 나리를 의원에게 모시고 가겠습니다."

기절한 완얼을 말에 태울 수가 없어 발이 빠른 량주가 들쳐 업고선 인근 민가로 내달렸다. 불행 중 다행히도 머지않은 곳에 마을이 있었다. 그리고 명의와는 거리가 먼 것 같으나 어쨌든 의원이라고 주장하는 영감의 집으로 데려가 완얼의 상태를 살폈다.

"어디 부러진 곳은 없는 것 같은데."

"근데 왜 이렇게 못 깨어나시는 겁니까?"

량주가 미심쩍은 눈으로 의원을 훑어봤다. 천장에 주렁주렁 약재가 매달려 있고 의서들이 꽂혀 있는 걸 보면 의원 같기는 한데, 손을 계속 달달 떠는 것이 본인 수전증부터 먼저 고쳐야 할 것 같다.

"떨어질 때 충격으로 잠시 정신을 잃은 것뿐일 게요. 먹으면 정신이 번쩍 나는 약으로 하나 달여주리다!"

의원이 호기롭게 큰 소리를 땅땅 쳤다.

"말에서 떨어질 때 혹시 머리를 잘못 부딪친 거 아닐까요?"

의원까지 달려오는 내내 계속 울어서 눈자위가 발갛게 물든 백영이 물었다. 어딘가 크게 잘못된 게 아닐까 싶은 생각에 애가 끓고 가슴이 타들어갔다.

"그럴 수도 있고."

"그럴 수도 있다니요? 의원이시라면서요? 병자의 상태를 정확히 말씀해 주셔야지요!"

"음……. 죽지는 않을걸?"

의원이 완얼의 눈을 다시 한 번 까뒤집어 보더니 엄숙하게 선언했다.

"이놈의 영감탱이가!"

얼마 안 되는 인내심이 한계에 다다른 백영이 멱살잡이라도 할 기세로 소리쳤다.

"진정하십시오, 아씨. 근방에 하나뿐인 의원입니다. 그나마 이 의원이라도 있어야 약이라도 처방받을 것 아닙니까?"

이런 와중에도 숙휘는 침착하고 상황 판단이 정확했다.

"저 영감탱이가 지어온 약이 제대로 된 약인지 어찌 알겠습니까?"

"어허, 내가 이래봬도 약재에 관해선 도성 의원들 뺨을 치고도 남아! 젊은 여편네가 말본새하고는! 여인이 저리 기가 세서야, 척 보기에도 영락없이 서방 잡아먹을 상일세!"

재차 영감탱이라 불린 의원도 크게 기분이 상해 받아쳤다.

"뭐라고요? 제가 서방 잡아먹는 걸 보셨습니까?"

그녀의 가장 아픈 곳을 찌르는 소리에 눈에서 불꽃이 튀었다. 그러자 의원이 완얼을 턱짓했다.

"바로 저기 누워 있지 않은가?"

"예에?"

서방을 잡아먹었다는 말보다 그 잡아먹은 서방이 완얼인 줄 알았다는 것이, 그러니까 백영과 완얼이 부부로 보였다는 것이 더 놀라워 입이 떡 벌어졌다. 쪽 찐 머리의 부인네가 정신을 잃은 사내 곁에서 눈물을 흘리고 있으니 당연히 안사람이라 생각한 모양이다.

"일단 약을 지으러 가시지요, 의원님."

백영과 의원을 계속 한 방에 두면 엄청 시끄러워지겠다 싶었는지 숙휘가 의원의 등을 떠밀어 밖으로 나갔다. 그리고 얼마 후 탕약을 들고 돌아왔다.

"제가 하겠습니다."

백영이 약사발을 받아 들었다. 그리고 숟가락으로 떠서 천천히 완얼의 입으로 흘려 넣었다. 한 숟갈 한 숟갈 오랜 시간에 걸쳐 정성껏 탕약 한 사발을 모두 떠먹인 뒤 기다렸다. 이젠 그가 깨어날 때까지 기다리는 것밖엔 그녀가 할 수 있는 일이 없었다.

어느새 해가 지고 량주와 숙휘는 다시 탕약을 달이는 의원을 돕기 위해 마당에 나가 있었다. 정확히 말하자면 돕는다기보다는 수전증이 있는 영감탱이 의원이 약탕관을 맡겨놓고 어디론가 사라져 대신 달이고 있다는 게 더 맞을 것이다. 백영은 물 한 모금 마시지 않은 채 완얼의 곁에서 한시도 떨어지지 않았다. 그리고 그의 손을 꼭 쥐고 간절히 빌고 또 빌었다.

"제발, 눈을 뜨십시오. 이대로 잘못되시면 제가 그 죄책감을 안고 어찌 살 수 있겠습니까? 눈만 떠주신다면 나리가 원하시는 건 뭐든 다 해드리겠습니다. 그러니 제발…… 제발……."

그때 갑자기 완얼이 그녀의 손목을 거칠게 휘어잡았다. 그리고 눈을 번쩍 뜨는 게 아닌가?

"나리! 정신이 드십니까?"

백영이 왈칵 눈물을 쏟으며 완얼의 몸 위로 무너졌다.

"고맙습니다! 깨어나 주셔서 정말 고맙습니다, 나리!"

가슴팍에 얼굴을 묻고 목이 메어 외치는 그녀에게 완얼이 시선을 옮겼다. 하지만 그의 흑수정같이 까만 눈동자엔 다른 세상이 담겨 있었다. 백영을 보고 있으나 눈앞의 그녀가 전혀 보이지 않는 것처럼 그의 시선은 어딘가 먼 곳을 향해 있었다. 그러더니 오랜 시간 정신을 잃고 있던 사람답지 않게 또렷하게 외쳤다.

"누군가 죽는다!"

"예?"

백영이 놀라 고개를 들자 그가 아직 온전치 않은 몸을 힘겹게 일으켰다. 그리고 그제야 그녀를 알아봤다는 듯 입을 열었다.

"누군가 살려 달라 부르고 있습니다. 그 간절한 목소리가 깊은 어둠 속에서 저를 깨웠습니다. 가봐야 합니다."

그가 이부자리에서 일어서려 하자 백영이 황급히 그의 손목을 붙들었다.

"가지 마십시오!"

그녀의 갑작스러운 행동에 완얼이 놀라 주저앉았다.

"그 몸으로 누굴 구하러 가신단 말입니까? 이럴 때 한 번 모른 척하신다 해도 아무도 나리를 욕할 순 없을 것입니다."

"그럼 사람이 죽어가는 것을 그냥 내버려 두란 말입니까?"

"자신부터 돌보셔야지요. 특별한 능력을 갖고 계신다 하여 목숨이 두 개는 아니지 않습니까?"

"가야 합니다. 그게 저의 숙명이니까요."

그가 쓸쓸히 백영의 손을 밀어냈다.

"혼자서 만백성을 구하실 순 없지 않습니까? 제발 가지 마십시오."

그녀의 커다란 눈동자가 다시 물에 잠기며 두 뺨으로 또르르 눈물이 흘렀다. 그 눈물에 완얼의 마음이 흔들린다. 그를 위해 울어주는 사람이 너무나 오랜만이었기에. 울고 있는 그녀가 슬프도록 아름답기에. 그도 모른 척 눌러앉고 싶었다. 몸은 천근만근 같고 그녀와 함께 있는 방 안은 참으로 안락했다. 그냥 이곳에서 그녀와 도란도란 얘기나 나누며 좀 더 몸을 누이고 싶었다.

"미안합니다."

하지만 그는 이렇게 말하며 산통을 메고 방을 나섰다. 사화 때 외면했던 무수한 선비들의 목소리, 그리고 지난 삼 년간 애써 외면하려 했던 죽어가는 사람들의 절규, 그렇게 숙명을 거스른 벌로 그는 밤마다 끔찍한 악몽에 시달리며 몇 배의 대가를 치러야 했다. 어찌 보면 죽어가는 사람들을 위해서라기보다는 그 자신을 위해서였다. 더 이상 고통 받지 않기 위해.

"나리! 깨어나셨습니까?"

"나리! 이제 괜찮으신 겁니까?"

완얼이 밖으로 나오자 약탕관 앞에 쭈그려 앉아 부채질을 하던 량주와 숙휘가 벌떡 일어났다.

"서남서 방향 백 보!"

완얼이 서남서 쪽을 바라보며 날카롭게 외쳤다. 그러자 기다렸다는 듯 그 방향에서 '꺄아악!' 하는 여인의 처절한 비명 소리가 이곳까지 울려 퍼졌다.

"저기다!"

그가 지체 없이 대문 밖으로 달려 나갔다.

"앗! 어딜 가시는 겁니까?"

량주와 숙휘도 부채를 내팽개치고 쫓아가자 백영도 일단 따라 뛰기 시작했다. 도대체 이런 일이 얼마나 자주 있었던 걸까? 스물세 해를 살아오며 그 오랜 세월 동안 자다가도 뛰쳐나가고, 아파도 뛰쳐나가고, 좋은 사람과 함께일 때도 열이 나도 힘들어도 추워도 더워도 그는 살려 달라는 사람들의 외침에 목숨을 걸고 달려갔던 것이다. 연못에 빠져 죽어가는 그녀에게도 그렇게 달려와 줬던 것이다. 그녀는 완얼을 뒤따라가며 소매로 눈가를 훔쳤다. 술도 안 마셨는데 계속 눈물이 나오다니, 울보가 되어버렸나 보다.

"멈추시오!"

비명 소리가 들려온 주막으로 뛰어 들어가며 완얼이 소리쳤다. 마당 한가운데 관리 하나가 쓰러져 있고 초로의 사내가 그 위에 올라타고선 부엌칼로 목을 겨누고 있었다. 그리고 그 옆에는 빨간 댕기를 길게 드리운 앳된 낭자가 반쯤 벗겨진 저고리 사이로 덜 여문 앞가슴을 드러낸 채 혼이 나가 있었으며 나머지 관리 둘은 당황한 기색이 역력해 우왕좌왕하고 있었다. 주막에서 술을 마시던 손님들 역시 느닷없이 벌어진 상황에 누구 하나 선뜻 나서지 못하고 눈치만 살피며 구석에 몰려 있었다.

"모두 물러서라! 눈에 뵈는 거 없는 놈이 무슨 짓을 못 하겠느냐?"

사내가 고함을 치며 관리의 목에 칼을 내리꽂았다.

"안 돼!"

완얼이 재빨리 어깨에 멘 산통에서 산가지를 꺼내 날렸다. 금속으로 만든 이 산가지는 특이하게도 끝이 화살촉처럼 뾰족했다. 이는 완얼이 고안해 낸 비밀 무기로, 그 때문에 산통을 한시도 몸에서 떼지 않고 가지고 다녔던 것이다. 그 아무도 점쟁이의 산통에 표창이 들어 있을 것이라고는 생각하지 못할 테니까.

표창은 한 치의 오차도 없이 부엌칼을 맞혔고 그 바람에 사내는 손에서 칼을 떨어뜨렸다. 그러자 가까스로 목숨을 구한 관리가 완얼에게 고맙다는 인사도 없이 무기를 잃은 사내를 사정없이 발로 걷어찼다.

"이 새끼가 뒈질라고 환장을 했나!"

부하인 듯한 두 명의 관리까지 합세해 세 사람은 초로의 사내를 무자비하게 짓밟기 시작했다.

"아버지!"

소녀가 달려들어 온몸으로 발길질을 막아보려 했으나 우악스러운 손길에 목덜미가 잡혀 마당 저편으로 내동댕이쳐졌다.

"이게 뭐 하는 짓이오!"

전혀 예상치 못한 상황에 완얼이 관리들을 만류했다. 뒤따라 들어온 량주와 숙휘도 합세해 같이 막아서자 두꺼비처럼 두턱두턱하게 생긴 관리가 못생긴 잇몸을 드러내며 격분했다.

"목숨을 구해준 것은 이따 섭섭잖게 사례를 할 터이니 그쪽은 물러나 있으시오! 나는 채홍사요. 어명을 받들어 하는 일에 칼을 들고 날

뛰었으니 이는 역적이 아니겠소?"

"이놈들! 이제 열네 살밖에 안 된 계집아이를 벌거벗겨 끌고 가는 것이 어찌 사람이 할 짓이란 말이냐!"

소녀의 아버지가 고래고래 소리쳤다.

"앞도 못 보는 병신 주제에 딸을 거둬주겠다는데 감사하지는 못할망정! 열넷밖에 안 되었으니 잘 여물었는지 아닌지 벌거벗겨 확인을 해봐야 어전에 진상할 것이 아니냐?"

관리가 악을 쓰는 사내의 복부를 세차게 걷어찼다. 그러고 보니 사내의 눈은 초점이 없이 허공을 떠돌고 있었다. 식칼을 휘두르며 눈에 뵈는 거 없는 놈이라 소리쳤던 말 그대로였다. 격분한 완얼이 관리를 노려봤다. 살려 달라고 그토록 간절히 외치던 목소리는 인간 쓰레기의 것이었다. 온전치 못한 몸으로 열심히 달려왔건만 그냥 죽도록 놔뒀어야 하는 인간이었다.

'내가 대체 무슨 짓을 한 것인가! 저 어린 소녀가 임금의 노리개가 되도록 도와준 것이 아닌가?'

"꺼져."

산통으로 손을 가져가며 완얼이 관리에게 뇌까렸다.

"뭐요?"

분노로 응축된 나직한 그의 목소리를 제대로 알아듣지 못하고 관리가 돌아본다.

"내 눈앞에서 꺼지라고! 내가 네놈의 사지를 찢어발기기 전에."

그러자 관리는 패악의 대상을 바꾸어 완얼에게 다가왔다.

"생명의 은인 대접을 해주려고 했더니 젊은 놈이 방자하기 그지없구나! 네놈도 역적이 되고 싶은 게냐?"

역적!

관리의 말에 산가지 표창을 잡은 완얼의 손이 순간 멈칫했다. 그러는 사이 백영이 뒤늦게 헐레벌떡 주막으로 뛰어 들어왔다.

"나리, 괜찮으십니까?"

그러자 관리가 툭 불거진 눈으로 완얼과 백영을 번갈아 보더니 그녀의 팔을 낚아챘다.

"아니면 대신할 계집을 바치든가!"

개돼지만도 못한 놈이 그 더러운 손으로 백영의 하얀 손목을 쥐고 있는 모습에 완얼의 눈이 뒤집혔다.

"그 손 놓지 못하겠느냐!"

"내가 왜?"

"내 여인이니까! 내 여인에게서 당장 떨어져!"

완얼이 한 치도 망설이지 않고 소리쳤다. 그 말을 듣는 순간 백영의 심장에 폭약이 떨어진 것처럼 온몸이 뒤흔들렸다. 내 여인. 완얼이 그녀에게 '내 여인'이라 하였다. 백영의 귀엔 그 말밖에 들리지 않았다.

"여인은 힘 있는 자가 갖는 것이다!"

채홍사는 완얼이 보란 듯이 백영의 팔을 더욱 거칠게 움켜쥐었다. 신중하게 지켜보던 숙휘와 이미 얼굴이 붉으락푸르락해져 있는 량주가 더 이상 참지 못하고 검을 빼들었다. 하지만 그보다 먼저 완얼의 표창 세 개가 세 명의 채홍사를 향해 동시에 날아갔다. 그리고 잠시 후, 후드득 세 사람의 허리끈이 동시에 끊어지면서 바지가 훌렁 벗겨져 발등으로 떨어졌다. 어찌나 정확하고 예리하게 표창이 베고 지나갔던지 몸엔 생채기 하나 남기지 않고 바지와 속옷 끈만 끊어버려 사내들의 아랫도리가 적나라하게 드러났다. 혼이 나간 채홍사가 그녀의 손을 스르륵 놓침과 동시에 백영이 눈앞에 펼쳐진 민망한 광경에 화들짝 놀라 손바닥으로 얼굴을 가렸다.

"에구머니나!"

하나 가린다고 가렸건만 살짝 벌어진 손가락 사이로 볼 건 다 보였다.

"에계계, 번데기가 형님 하겠소!"

"양반 물건이라고 해서 별반 특출할 것도 없구먼!"

"번데기는 맛이라도 좋지. 저 번데기는 뭐에 쓰나?"

구경하던 사내들이 왁자지껄 웃음을 터뜨렸다.

"이제야 한낱 번데기만도 못한 너희들의 주제를 알겠느냐? 다시 한 번 이곳에 얼쩡거리면 그땐 아예 반으로 뚝 잘라 버리겠다!"

완얼이 쩌렁쩌렁한 목소리로 준엄하게 꾸짖었다.

"바로 이거로구나! 지인자지 자지자명!"

량주가 그제야 노자의 말씀을 온전히 이해하며 무릎을 탁 쳤다. 이렇게 현장학습으로 각인된 도덕경 33장 '너 자신을 알라'는 이제 그의 머릿속에서 평생 지워지지 않을 것이다.

"네놈의 얼굴을 똑똑히 기억해 두겠다!"

백성들 앞에서 아랫도리를 내놓고 웃음거리가 된 양반님네들은 바지춤을 잡고 줄행랑을 쳤다.

"흥! 나도 네놈들의 얼굴을 똑똑히 기억해 둘 것이다! 다음번에 또 그 흉한 낯짝이 내 눈에 띄면 단칼에 모가지를 날려 버리겠다!"

량주가 이를 드러내며 십 리 밖까지 들리도록 모처럼 제대로 으르렁거렸다. 완얼 역시 분이 제대로 풀리지 않아 지그시 이를 악물었다. 그들을 죽일 수도 있었다. 몹시 죽이고 싶었다. 하지만 이 많은 사람들 앞에서 나라의 녹을 먹는 관리를, 그것도 임금의 직속 기관에 속한 채홍사를 죽였다가 혹시 형님의 귀에라도 들어가는 날엔 관리의 말처럼 역적으로 몰리는 빌미를 줄 수도 있었다.

"고맙습니다. 정말 고맙습니다, 나리!"

봉사가 더듬더듬 걸어와 완얼의 손을 꼭 붙들고 연신 허리를 숙였다.

"이러지 마시게. 나는 그런 인사를 받을 자격이 없는 사람이네."

'형님, 어찌하여……. 어찌하여 힘없고 가엾은 백성들에게 이렇듯 고통을 주시는 겁니까?'

완얼이 율을 향해 원망스럽게 부르짖었다.

"자격이 없다니요, 어찌 그런 말씀을 하십니까? 청아, 너도 어서 와서 나리께 감사 인사를 드려라!"

봉사가 딸을 부르자 저고리를 여민 계집아이가 부끄러운지 머뭇머뭇 다가와 깊이 고개를 숙였다.

"심청이라 하옵니다. 저와 제 아버지를 구해주신 은혜를 어찌 다 갚아야 할는지요."

"저는 청이의 어미 뺑덕입니다. 비록 제 속으로 낳은 자식은 아니지만 제겐 금지옥엽 같은 딸아이입니다. 우리 세 식구 코가 땅에 닿도록 수백 번 절을 한들 이 감사한 마음을 다 표현할 수 있겠습니까?"

청이 옆에 선 주모도 연신 고개를 숙이며 앞치마로 눈물을 훔쳤다. 심통 맞게 생긴 인상과는 달리 정이 많은가 보다. 그러더니 그녀의 형편 내에서 할 수 있는 최대한 성의를 표했다.

"보아하니 길손 같으신데 제가 해드릴 건 없고 이곳에서 하루 묵었다 가시지요. 가장 좋은 방을 내드리겠습니다."

"마침 묵을 곳을 찾고 있던 참인데 그래주면 감사하지!"

량주가 한 번 사양도 않고 덥석 받아먹었다. 그러자 몹시 기분이 좋아진 뺑덕이 손님들을 향해 호탕하게 외쳤다.

"주모 생활 이십 년 만에 이리 속이 후련하고 기쁘기는 처음입니다!

해서 여기 계신 모두에게 막걸리 한 동이씩 돌리겠습니다!"

"와아!"

술꾼들의 환호성에 주막 앞마당은 순식간에 잔칫집으로 변하였다.

"참, 아무래도 방이 두 개가 필요하겠지요?"

눈치 빠른 뺑덕이 완얼에게 물었다.

"물론이네."

"그럼 젊은 부부께서는 뒤채 방을 쓰시지요."

뺑덕이 의미심장하게 웃음을 짓는다.

"나는 그런 뜻으로 방을 두 개 달란 것이 아니라……."

완얼이 난감한 표정으로 손을 내저었다. 아까 채홍사에게 내 여인
이라 소리친 말을 듣고 부부라 생각한 모양이다. 그러자 뺑덕은 부끄
러워 그러는 줄 알고 목소리를 죽여 은밀히 속삭였다.

"뚝 떨어져 있어 조용한 데다 온갖 소리를 질러도 안채에선 들리지
않는답니다. 마음 푹 놓고 밤새 일을 도모하실 수 있을 것입니다. 젊
은 부부가 묵기엔 안성맞춤이지요. 저도 심 봉사와 첫날밤을 그 방에
서 보냈습니다요."

대체 밤새 소리를 지르며 무슨 일을 도모하라는 것인지. 완얼이 당
황해 우물쭈물하자 백영이 냉큼 나섰다.

"그러지. 그 방을 쓰겠네."

"예, 아씨! 청아, 두 분을 뒤채로 안내해 드려라."

뺑덕의 말에 청이가 공손히 고개를 숙인 뒤 앞장을 섰다. 그러자 완
얼이 백영에게 난감하게 물었다.

"어쩌시려고 그럽니까? 우리가 그 방을 쓰겠다니요?"

"제가 언제 '우리가' 그 방을 쓴다 했습니까? 제가 그 방에서 묵겠다
고요."

무슨 음흉한 생각을 하느냐는 듯 완얼을 살짝 흘겨보더니 청이를 따라갔다.

"아, 예……."

머쓱해진 완얼의 얼굴이 붉어지자 량주가 크게 웃어젖혔다.

"떡 칠 사람은 생각도 않는데 김칫국부터 마신다더니. 하하하!"

"시끄럽다! 그리고 떡 칠 사람이 아니라 떡 줄 사람이다, 이 무식한 녀석아!"

완얼이 버럭 하더니 황급히 발걸음을 옮겼다.

"한 끗 차인데요, 뭐. 근데 어디 가십니까?"

"백영 아씨가 주무실 곳이 어떤지 살펴는 봐야 할 것 아니냐? 먼저 한술 뜨고 있어라!"

완얼이 아우들에게 이르고선 앞장서 가고 있는 그녀를 불렀다.

"백영 아씨!"

"왜 그러십니까?"

"안채와 떨어져 있는 방이라는 게 아무래도 마음에 걸립니다. 무슨 일이 생겨 비명을 질러도 잘 안 들릴 것이 아닙니까?"

"아무리 멀리 떨어져 있어봤자 주막 안이지요. 그리고 만일 자객이 든다 쳐도 살기를 느끼고 나리께서 바로 뛰어오실 터인데 뭐가 걱정입니까?"

"그야 그렇지만. 차라리 저희가 뒤채에 묵고 아씨께서 안채 방에서 주무시는 게 어떻겠습니까?"

"지금 한창 술잔치가 벌어졌는데 언제 끝날지 알고요. 피곤해서 일찍 자고 싶습니다. 한양을 떠난 뒤로 아무 일도 없었으니 너무 염려 마십시오."

이야기를 주고받는 동안 어느새 뒤채에 도착해 버렸다. 생각했던 것보단 안채에서 멀지도 않았고 방문도 튼튼하고 창도 단단히 잠겨 있어 다소 안심이 되었다.

"듣던 대로 조용하고 아늑해 보이는군요. 그럼 편안히 주무시고 혹시라도 무슨 일이 생기면 저를 부르십시오. 아씨의 목소리라면 아무리 먼 곳에서 부르셔도 제게 들릴 것입니다."

'제가 연못에 빠졌을 때도 그랬었지요.'

백영이 그리 생각하며 고개를 끄덕였다.

"그럼 저는 이만 아우들이 자고 있는 방으로……."

완얼이 자리를 뜨려는데 뺑덕이 주안상을 들고 나타났다.

"나리, 어딜 가시려고요? 양반님네들은 내외간에도 내외를 한다더니, 이리 고운 부인을 뒤채에 덩그러니 혼자 두고 가시다니요? 부부가 한 이부자리에서 자는 것이 부끄러울 게 뭐 있다고."

"아니, 그런 것이 아니라……."

"주안상을 이리 거하게 준비해 온 제 정성을 봐서라도 부디 사양치 말아주십시오. 예? 예?"

"이거 참."

뺑덕의 간곡한 청에 못 이겨 거의 떠밀리다시피 두 사람이 방으로 들어갔다. 뺑덕은 이부자리까지 깔아놓고선 방문을 닫고 나갔다. 주안상을 두고 마주 앉은 완얼과 백영 사이에 어색한 공기가 흘렀다.

"주모의 성의도 있으니 잠시만 머물다 아우들에게 가겠습니다."

"예. 그러시지요."

성황당에서도 단둘이 밤을 지새웠었지만 이불까지 펴 있으니 그때와는 비교도 안 되게 긴장이 되었다. 바짝바짝 타들어가는 목을 축이기 위해 완얼이 술 주전자를 들었다.

"술을 드셔도 괜찮으시겠습니까?"

백영이 걱정스레 물었다.

"이 정도야 뭐. 한두 잔은 약술이라 하지 않습니까?"

완얼이 웃으며 답했다. 그러자 백영이 그의 손에서 주전자를 받아 들었다.

"혼자 따라 드시는 술이 무에 맛이 나겠습니까? 제가 한 잔 올리겠습니다."

그녀는 알았다. 혼자 따라 마시는 술이란 술잔에 눈물이 차오르는 것이라는 걸. 잠 못 드는 깊은 밤, 어둠보다 더 깊은 외로움을 잊기 위해 홀로 술을 마셔왔기에.

"몸은 좀 어떠십니까? 의원의 말로는 뼈가 부러진 곳은 없다 하지만 그래도 정신이 드시자마자 이리 무리를 하셨으니."

"걱정 마십시오. 그까짓 낙마로 죽을 완얼 선생이 아닙니다. 하도 명이 질겨서 나라님이라도 쉬이 못 죽이실 겁니다. 하하하!"

완얼이 술잔을 내려놓으며 너털웃음을 터뜨렸다. 그가 타고난 강골인 건 맞지만 아주 아무렇지도 않은 건 아니었다. 웃을 때마다 뒷골이 울려서 미간에 주름이 잡혔으나 그 정도 고통쯤이야 이젠 아무렇지도 않았다.

"그 어설픈 의원의 탕약이 신기하게도 효과가 있긴 있나 봅니다. 한데 아까 그 표창은 대체 뭡니까? 산가지를 변형해서 만든 것 같던데."

"눈썰미가 좋으시군요. 예, 산가지 끝을 뾰족하게 갈아 만든 표창입니다. 그러면 누구에게도 의심받지 않고 어느 곳이든 무기를 가지고 들어갈 수가 있지요. 겉보기엔 그저 산통을 멘 점쟁이일 뿐이니까요."

"아주 멋졌습니다."

"표창이요?"

"나리가요."

불쑥 말해놓고 나니 부끄러워져 백영이 고개를 숙였다.

"그렇습니까?"

완얼도 왠지 쑥스러워 흠흠 헛기침을 했다.

"예. 표창을 던지시는 모습이 참으로 사내답고 용맹스러워 보이셨습니다. 누가 봐도 그리 보였을 것입니다."

늘 무사들의 등이나 떠미는 줄 알았는데 그리 표창의 명수인지는 몰랐다. 채홍사에게 한 치의 망설임도 없이 표창을 날리던 모습이 백영의 마음속 깊이 각인되었다.

"많이 던지다 보니 손에 익은 거지요, 뭐."

대수롭지 않게 말하면서도 입가엔 미소가 걸렸다.

"그렇게 무기를 쓸 일이 많으십니까?"

'그럼요. 지금껏 얼마나 많은 죽을 고비를 넘겨가며 목숨을 연명해온지 아십니까?'

완얼이 이리 답을 하려다 만다. 제 신분을 밝히지 않은 상태에서 그런 말을 해봤자 무슨 소용이랴 싶어서였다.

"세월이 하 수상하지 않습니까? 여기저기서 도와 달라 아우성치는 소리가 들려오고 가는 곳마다 채홍사가 판을 치니까요."

"저기……."

채홍사라는 말에 문득 아까 일이 떠올라 궁금해졌다. 하지만 선뜻 말이 나오지 않아 잠시 망설인다.

"말씀해보십시오."

"아까 채홍사에게 저를 '내 여인'이라고 하셨던 것 말입니다."

'진심이십니까?'

그리 물으려 했다. 하지만 채 말을 맺기도 전에 완얼이 선수를 쳤다.

"아! 그거요. 신경 쓰지 마십시오. 아무리 채홍사라 해도 지아비가 코앞에 있는 여인을 잡아가진 않는다 하여 그리 말한 것뿐입니다. 하지만 아까 그놈들을 보니 꼭 그런 것도 아닌 듯합니다. 이 나라가 대체 어찌 되려는 건지……. 제가 괜히 그런 말을 해서 내외라 오해받아 이리 난처한 상황이 벌어진 것은 정말 죄송합니다."

"예, 그렇군요."

백영이 맥없이 대꾸했다. 그런 답을 바란 것이 아닌데. 그가 '내 여인에게서 당장 떨어져!' 하고 소리쳤을 때 어쩌면 기적이 벌어지지 않을까 기대했었다.

'저의 마음이 조금씩 당신으로 물들어가는 것처럼 당신도 혹시 그렇지 않을까 하고 잠시나마 기대를 했었습니다. 하지만 역시나 혼자만의 착각이었나 봅니다.'

완얼은 그런 마음도 모른 채 애꿎은 술만 한 잔 더 따라 마셨다. 왠지 자꾸만 목이 탔다. 긴장해서일까? 술을 그리 많이 마신 것도 아닌데 갑자기 얼굴이 불쾌하게 달아올랐다. 아니, 온몸이 뜨겁게 끓어오르는 느낌이었다. 펄펄 끓는 피가 상단전을 지나 중단전을 거쳐 하단전으로 몰려 내려가 사내의 본능을 뜨겁게 일으켜 세운다.

"덥지 않습니까?"

완얼이 뜨거운 숨을 내뿜으며 물었다.

"글쎄요. 저는 그다지."

그녀는 괜찮다 하지만 그는 백영이 입을 열 때마다 방 안이 더욱 달아오르는 것만 같았다.

"나리, 어디가 불편하십니까?"

"아닙니다. 몸에서 좀 열이 나서요."

그러자 백영이 걱정스레 보더니 힘없이 말을 꺼냈다.

"저를 가까이하는 이들은 모두 해를 입는가 봅니다. 서방님을 잡아

먹고, 점순이를 잡아먹고, 그리고 나리께도 자꾸만 나쁜 일이 일어나
니……."

"그래서 백영 아씨를 멀리하라고요?"

완얼이 그녀의 마음을 읽기라도 하듯 되물었다. 그리고 대답 따위
기다리지도 않고 소리쳤다.

"싫습니다!"

'아아, 내가 왜 이러는 걸까?'

사내의 본능이 점점 뜨겁고 힘차게 고개를 들었다. 아롱아롱 흔들
리는 화촉 불빛에 그녀의 입술이 붉게 도드라져 보이고, 원앙금침이
짙은 난향을 내뿜으며 그를 유혹하는 것만 같다. 주먹을 꽉 움켜쥔다.
참을 수 없이 그녀를 안고 싶어진다. 입술이, 손이, 남성이 강렬하게
그녀를 원한다. 그녀를 안기 위해서라면 무슨 짓이라도 할 수 있을 것
같다.

"어디선가 난꽃의 향기가 풍겨오는 것 같지 않습니까?"

욕정인지 애정인지 모를 달뜬 열기가 마구 뒤엉켜 완얼이 가쁜 숨을
내쉬었다.

"나리의 몸에선 항상 난향이 납니다."

백영이 아련하게 미소 지었다. 그녀는 그렇게 웃지 말았어야 했다.
그렇게 짙은 향기를 풍겨서는 아니 되는 것이었다. 완얼의 눈앞이 어
지러이 흐트러지며 애써 붙들고 있던 이성의 끈이 탁 끊어져 버렸다.
그리고 광기처럼 그녀의 팔을 거세게 잡아당겼다. 그녀가 그의 품에
와락 안겨온다. 이제 멈출 수 없다.

"흡!"

갑작스럽게 그녀의 입술을 빨아들이는 불덩이처럼 뜨거운 입술에
백영이 숨을 멈췄다. 그의 입술이 그녀의 입술을 탐한다. 그녀의 몸을

탐한다.

'이것은 꿈이다. 현실이 아니다. 꿈이다.'

하지만 완얼의 혀는 백영의 머릿속까지 헤집고 들어와 그 어떤 생각도 허용하지 않았다. 입술이 열리고 정신이 아득해진다. 부드럽지만 집요하게 파고드는 그의 입맞춤에 백영은 변변한 저항 한번 못 해보고 온몸에 힘이 풀렸다. 그는 평소의 완얼과는 전혀 다른 사람 같았다. 그녀의 아랫입술을 깨물고 목덜미를 핥아 내려가는 그는 백영이 알던 완얼이 아니다. 그의 눈동자는 무언가에 잔뜩 취해 있는 듯 몽롱했고 그녀의 저고리 고름을 푸는 손길은 다급했다.

"하아……."

저고리가 벗겨져 나가자 백영의 입에서 탄식 같은 신음이 새어 나왔다. 살짝 감긴 두 눈에서 속눈썹이 파르르 떨려온다. 그녀에겐 이 모든 것이 첫 순간이건만, 지금 그녀는 마치 완얼에게 몸을 열어주기 위해 태어난 여인 같았다.

'이러시면 아니 되어요. 이러시면…….'

속으론 이리 되뇌고 있었지만 몸이 그녀의 말을 듣지 않았다. 머리가 무언가를 판단하기도 전에 그의 뜨거운 숨결이 스치는 곳마다 몸이 녹아내려 거부할 수도, 저항할 수도 없었다. 그의 입술이 그녀의 귓가를 간질이고, 길고 흰 목덜미를 지나 어깨를 범했다. 한데 그렇게 거침없이 젖무덤 쪽으로 내려가던 완얼이 갑자기 동작을 멈췄다.

乙!

이제 흉터로 변해가기 시작한 상처가 또렷한 주홍빛 글자로 그 존재감을 알리고 있었다.

'이율의 여인!'

깊은 최면에서 깨어난 사람처럼 완얼의 눈이 번쩍한다.

'내가 지금 무슨 짓을 하고 있는 건가!'

힘으로 백영의 몸을 탐하려 했던 부끄러움과 그가 처해 있는 현실이 한꺼번에 몰려왔다. 그의 몸은 여전히 불덩이처럼 타오르고 있었지만 그녀와 완얼 사이에 투명한 벽이 돌연 솟아올라 가로막혀 버린 것 같았다.

이율이라는 보이지 않는 벽.

더 이상은 안 된다는 형님의 강렬한 경고, 乙의 장벽!

"미…… 미안합니다."

완얼이 더 이상 그 자리를 견디지 못하고 자리를 박차고 나갔다. 백영은 한동안 꼼짝도 안 하고 그렇게 멍하니 있다가 떨리는 손으로 저고리를 집어 들었다. 저고리에 팔을 끼우며 울지 않으리라 이를 악문다. 삼 년 전 첫날밤처럼. 그날 밤처럼 그녀는 또다시 원앙금침 옆에서 버려졌다. 하지만 차라리 그녀를 뿌리치고 나가 버린 지아비가 더 나았다. 사내들은 왜 모르는 것일까. 미안하다는 말이 더 비참하게 만든다는 것을.

"으아아아아!"

완얼이 어둠 속을 달리며 들짐승처럼 절규했다. 그러지 않으면 몸이 터져 버릴 것만 같았다. 그 가련한 여인에게 몹쓸 짓을 저질렀다는 자신에 대한 혐오와 형님에 대한 원망, 그리고 또 하나의 감정.

'지켜주고 싶다.'

처음 시작은 그런 마음이었다. 그것은 연민이었다. 하지만 그 연민이란 조그만 씨앗이 마음속에서 자라나 어느새 연모라는 아련한 싹을 틔워 버렸다.

'형님! 형님! 형님!'

혐오, 원망, 연민과 연모, 감당하기 힘든 이 모든 감정이 그의 몸 안에서 회오리처럼 휘몰아쳐 그를 산산조각 내고 있었다.

'왜 자꾸만 빼앗아가려 하십니까? 이미 모든 것을 다 갖지 않으셨습니까? 왜요? 왜!'

"으아아아아!"

저 멀리서 완얼의 울부짖는 소리가 어둠을 뚫고 백영에게까지 들렸다.

'괜찮다.'

그녀가 상처 난 마음 위로 단단한 갑옷을 입혔다.

'저는 괜찮습니다. 저는 괜찮습니다……. 저는 괜찮지 않습니다!'

갑옷을 입어도 상처에선 피가 흘렀다. 또르르 기어이 눈물 한 방울이 뺨을 타고 흘러내렸다.

다음 날 아침, 량주는 지독한 두통에 시달리며 눈을 떴다. 스스로 눈을 떴다기보다는 완얼과 숙휘가 흔들어 깨워 늪과 같은 잠에서 깨어난 것이다.

"어떻게 된 겁니까?"

량주가 깨질 것 같은 머리를 부여잡고선 몸을 일으켰다.

"이제야 정신이 돌아오느냐? 그건 내가 묻고 싶은 말이다. 대체 어제 술을 얼마나 마신 게냐?"

완얼이 걱정스럽게 바라보며 답했다.

"제가 얼마나 잔 겁니까?"

"밤새도록. 아무리 깨워도 절대 안 깨어나더구나."

"정말 이상하군요. 그리 많이 마시지도 않았는데 정신을 잃고 쓰러지다니요."

량주가 오만상을 찌푸리며 두리번거렸다. 그러자 옆에 있던 백영이 눈치 빠르게 물 한 사발을 건넸다.

"역시 아씨밖에 없습니다. 어휴, 뭔 놈의 숙취가 이렇게 지독하대."

벌컥벌컥 냉수를 들이켜는 량주를 보며 숙휘가 골똘히 생각에 잠겼다.

"형님, 뭘 그리 빤히 보십니까? 냉수 마시고 속 차리는 거 처음 보십니까?"

"이건 그저 숙취가 아닌 듯하다."

"숙취가 아니라니, 그럼 누가 술에 뭘 타기라도 했단⋯⋯."

무심코 내뱉던 완얼이 정말 그럴지도 모른다는 생각에 놀라 말을 잇지 못했다.

"틀림없습니다. 나리께선 새벽이 되어서야 방으로 돌아오셨고, 저는 혹시나 앙심을 품은 채홍사들이 패거리를 몰고 다시 찾아올까 싶어서 술을 마시지 않고 량주 혼자서만 마셨습니다. 근데 잠시 측간에 다녀오니 량주가 어느새 쓰러져 잠들어 있었습니다. 평소엔 밤새도록 마셔도 끄떡없는 녀석이 말입니다. 게다가 량주의 저 지독한 두통, 저건 분명 수면약입니다. 누군가 어젯밤 우리가 먹은 술에 약을 탄 것입니다."

숙휘가 분한 얼굴로 입술을 깨물었다.

"대체 누가 그런 짓을 했단 말이냐?"

"글쎄요. 주모 뺑덕일 수도 있고, 어젯밤 함께 술을 마신 이들 중 누구라도 그럴 수 있지요. 모두 저의 불찰입니다. 조금 더 주의를 기울였어야 했는데 제가 부주의했습니다."

"하지만 이상하지 않습니까? 밤새 아무 일도 없지 않았습니까? 우리 중 누구 하나 다친 사람도 없고 도둑맞은 것도 없고. 훔쳐갈 만한 것도 없지만. 게다가 나리와 아씨는 멀쩡하시지 않습니까?"

량주의 말에 완얼과 백영의 시선이 마주쳤다. 둘 다 머릿속에 똑같은 생각이 떠오른 것이다.

'최음제!'

어젯밤 완얼의 이상 행동은 분명 '발정'이었다. 그리고 그 발정은 의도된 것이었는지 모른다. 량주가 기절하듯 잠들어 버린 것이 누군가가 고의로 탄 수면약 때문이라면, 완얼에게도 최음 효과를 일으키는 미약(媚藥)을 먹인 것이라 짐작해도 무리가 아닐 것이다. 완얼은 확신했다. 여인의 몸을 취하고 싶은 비정상적으로 강렬한 욕망, 그것이 약 때문이었음을. 하지만 그렇다고 해도 도무지 납득이 되지 않았다.

'왜, 어째서 내게 그런 약을 먹인 것인가? 아우들을 재워놓고 내게 그런 약을 먹여서 얻고자 하는 것이 무엇이지?'

그때, 밖에서 사람들이 몰려와 웅성대는 소리가 들려왔다. 그러더니 벌컥 문이 열리며 구릿빛으로 그을린 뱃사람 네댓 명이 신도 벗지 않은 채 방 안으로 들어왔다.

"이 계집이다! 잡아라!"

사내들 중에서도 가장 험상궂은 사내가 백영을 가리키며 외쳤다. 그러자 사내들이 우르르 백영에게 달려들었다.

"웬 놈들이냐!"

완얼의 눈빛이 베일 듯이 날카로워지며 표창을 뽑아 들었다. 량주와 숙휘도 사내들의 앞을 막아서며 검을 들었다.

"계집을 내놓지 않겠다는 것이냐? 받아먹을 건 다 받아먹고 이제 와서 약조를 지키지 않겠다는 겐가?"

"약조라니?"

"공양미 삼백 석에 계집을 팔지 않았느냐?"

"공양미 삼백 석?"

처음 듣는 얘기에 어리둥절해 서로의 얼굴을 바라봤다. 그러자 뱃사람도 무언가 이상하다고 느꼈는지 다시 물었다.

"네가 심청이 아니냐?"

"난 변씨 부인인데?"

"어쩐지, 열넷이라 들었는데 늙어 보이더라니……."

"뭐야? 늙어 보여? 내 이제 열아홉밖에 안 되었거늘! 그리고 감히 양반가의 아녀자에게 하대를 하느냐!"

"허이고, 이거 몰라 뵈어서 죄송합니다요. 한데 혹시 심청이라는 어린 계집아이 못 보셨습니까?"

빈정거리는 듯한 말투에 한바탕 지랄을 부리려는데 밖에서 뺑덕의 목소리가 들려왔다.

"심청이 여기 있습니다!"

일제히 고개를 돌리자 심청을 앞세운 뺑덕이 심 봉사와 함께 마당에 서 있었다.

"우리 청이가 정갈한 마음으로 치성을 드리느라 마을 어귀 성황당에 다녀오는 길입니다."

개나리처럼 노란 저고리에 진달래빛 치마로 곱게 차려입은 심청이 사내들을 향해 다소곳이 인사했다. 아직 솜털이 보송보송한 앳된 얼굴엔 나이답지 않은 처연함이 깃들어 있었다. 그리고 그 표정이 이상하게 완얼의 마음에 걸렸다.

"이 사람들이 너를 어디로 데려간다는 게냐?"

"동쪽 바다로 갑니다. 용왕님이 노하셔서 뱃사람들이 그곳 바다를 건널 수 없다 하여 제가……."

심청이 차마 말을 잇지 못하고 말끝을 흐렸다. 그러나 완얼은 단박에 그 의미를 알아차렸다.

"설마 인신 공양을 하겠다는 겐가? 저 어린 낭자를 제물로 바다에 던지겠다고?"

"우리가 억지로 끌고 가는 것도 아니고 이미 충분한 대가를 지불하였소이다."

그러고 보니 뱃사람들이 마당을 끊임없이 오가며 쌀가마니를 차곡차곡 쌓아 올리고 있었다. 삼백 석이라면 작은 언덕을 쌓을 만큼은 될 것이다.

"설마 애비 어미라는 자들이 공양미 삼백 석을 받고 딸을 팔아먹은 것인가?"

"아니옵니다! 제가 스스로 가겠다고 한 것입니다. 고환(苦患, 괴로움과 번뇌) 스님께서 공양미 삼백 석을 시주하면 아버님이 눈을 뜰 수 있다고 하시기에……."

"고환이라고? 그 땡중 말이냐? 어허, 무고한 백성 하나가 또 그 사기꾼에게 낚였구나!"

그 이름을 듣자마자 완얼이 그답지 않게 오만상을 찌푸렸다.

"사기꾼이라니요?"

"그럼 쌀을 갖다 바치면 봉사가 눈을 뜬다는 게 상식적으로 말이 된다고 생각하느냐?"

"그러니 기적이지요."

"어휴, 답답하긴! 내가 그 땡중에게 직접 당해본 사람이다! 나의 큰 고환을 해결해 준다면서 공양미 백 석을 가져오라 하더라. 그새 이백 석이나 올랐네, 빌어먹을 놈!"

량주가 격분해 눈앞에 고환 스님이라는 작자가 있으면 당장 갈아 마실 기세로 으르렁댔다.

"그래서 주셨습니까?"

백영이 궁금증을 참지 못 하고 물었다.

"당연히 주었지요! 그리고 며칠 있다 다시 찾아가 보니 쌀만 꿀꺽 삼키고선 흔적도 없이 사라져 버렸습니다."

"이럴 수가……."

앞을 볼 수 있다는 꿈이 산산이 깨어진 심 봉사가 바닥에 털썩 주저앉았다.

"하마터면 아까운 공양미 삼백 석만 날릴 뻔했구나. 여봐라, 이 쌀가마니들 죄다 도로 가져가거라. 그리고 저 아이를 데려갈 생각은 하지도 말고! 인신 공양이라니, 내 당장 관아에 발고해 버리고 싶으나 다른 말 없이 곱게 물러간다면 이번 한 번만은 눈감아주겠다!"

완얼이 뱃사람들에게 이르자 인상을 확 쓰며 분위기가 험악해졌다. 그러나 그뿐, 의외로 별다른 말 없이 쌀가마니를 다시 지고 가버렸다.

"아이고, 저 아까운 것들을! 아이고, 아이고, 난 망했네!"

부창부수라더니, 눈앞에서 삼백 석이 흔적도 없이 사라지자 뺑덕도 털썩 주저앉아 땅을 치며 통곡을 했다.

"원래 네 것이었던 걸 빼앗아가는 것도 아닌데 뭐가 망했다는 게냐? 금지옥엽 같은 딸이라면서 그리 귀한 딸의 목숨보다 쌀가마니가 더 중한 것이었냐?"

숙휘의 목소리가 싸늘하기 그지없었다. 그리고 목소리만큼이나 싸늘한 시선으로 심 봉사를 노려봤다.

"아무리 스스로 가겠다 하였어도 그렇지, 심 봉사 당신은 애비라는 작자가 죽으러 간다는 걸 냉큼 허락하였단 말이냐? 딸을 죽여서 눈을 뜨겠다는 것이 말이 되는 소리인가?"

"아닙니다! 저는, 저는 그저 청이가 공양미 삼백 석을 받고 멀리 일하러 가는 줄로만……. 뺑덕, 당신이 그리 말하지 않았소?"

심 봉사가 손으로 더듬더듬 뺑덕을 붙들고 늘어졌다. 그러자 그녀가 냉정하게 치맛자락을 잡아채며 쏘아붙였다.

"요즘 세상에 어느 호구가 저런 계집아이에게 삼백 석을 선뜻 준답니까? 청이가 저 큰돈을 받고 먼 길을 떠난다는데 정말 한 번도 이상하다고 생각하지 않았다고요? 당신, 정말 아무 잘못 없다고 할 수 있습니까? 눈을 뜨고 싶다고 밤낮으로 어린 딸내미를 조른 게 누군데요!"

뺑덕의 말에 심 봉사가 말문이 막혀 아무 대꾸도 못 했다. 모르지 않았을 것이다. 모른 척하고 싶었을 뿐. 그러자 완얼이 분노하다 못해 부들부들 치를 떨었다.

"어제 당신들, 그래서 그런 거였나? 심청이 채홍사에게 끌려가지 않게 필사적으로 막은 것이 딸을 팔아 심 봉사 너의 눈을 뜨려는 것이었냐? 그리 내게 감사한 이유가 뺑덕 너의 주막 마당에 공양미 삼백 석을 쌓을 수 있게 해주어서였냐!"

당장에라도 표창을 날려 눈앞에 보이는 쓰레기 같은 인간들을 모조리 쓸어버리고 싶었다.

"이런 똥구멍이 막혀 뒈질 놈!"

"이런 똥구멍이 막혀 입으로 싸다 뒈질 연놈!"

량주가 분노를 참지 못하고 욕을 내뱉자 욕이라면 빠지지 않는 백영도 곧바로 한마디 거들었다.

"저런 것들도 부모라고! 오늘이야 이렇게 넘어갔다지만 우리가 이대로 가버리면 저 파렴치한 부부가 심청이에게 또 무슨 흉악한 짓을 저지를지도 모르잖습니까?"

정 많은 량주의 얼굴에 근심이 가득해졌다. 그때, 요란한 말발굽 소리가 들리더니 도령 하나가 마당으로 돌진해 왔다. 그리고 훌쩍 말에서 뛰어내리며 우렁차게 소리쳤다.

"이젠 내가 책임지겠소이다!"

열일곱이나 열여덟쯤 되었을까? 심청이보다는 많아 보이지만 아직은 앳된 도령이었다.

"도련님!"

심청이 그를 바라보는 눈빛만 봐도 두 사람이 어떤 사이인지는 대번에 알아챌 수 있었다.

"청아! 네가 공양미 삼백 석에 팔려간다는 소식을 듣고 얼마나 가슴을 졸이며 달려왔는지 모른다. 제발 내가 도착할 때까지만 가지 말고 있어라, 그러면 다시는 너를 놓지 않겠다, 그렇게 수없이 다짐하며 달려왔다."

"도련님……."

"여기 이렇게 있어줘서 고맙구나. 정말 고맙다. 이제 더 이상 너를 혼자 두지 않을 것이다."

그러더니 품에서 가락지 하나를 꺼냈다.

"청아, 나와…… 혼인을 해주겠느냐?"

도령이 잔뜩 긴장한 표정으로 심청의 손에 가락지를 끼웠다. 가락지는 원래 그녀의 것이었던 양 꼭 맞았다.

"하지만 저같이 천한 계집을 지체 높으신 인씨 가문에서 받아주겠습니까?"

"우리 함께 명나라로 가자꾸나!"

"명나라요?"

"이 조선 땅에서 너를 내자로 맞이할 수 없다면 나는 조선을 버릴 것이다. 너와 함께할 수 있는 곳이라면 세상 끝까지라도 찾아가서 너를 나의 내자로 맞을 것이다. 그리고 당당하게 외칠 것이다. 심청은 나 인당수의 여인이라고!"

"당수 도련님!"

청이가 눈물을 글썽이며 인당수를 향해 몸을 던졌다. 인 도령은 그런 심청을 품에 꼭 안고선 말에 올랐다.

"청아, 네가 이렇게 가버리면 나는 어찌 살란 말이냐! 청아!"

심 봉사가 뒤늦게 울며불며 딸을 불렀다.

"아버님, 제가 왜 공양미 삼백 석에 목숨을 판지 아십니까? 돈 몇 푼에 어느 뒷방 노인의 첩살이로 팔려가 구차하게 사느니 아버님 소원이나 풀어드리고 죽자 싶었습니다. 하지만 이젠 살고 싶어졌습니다. 도련님과 함께요. 명나라에서 자리 잡으면 생활비는 꼭 보내 드리겠습니다."

심청이 야무지게 대꾸했다. 그리고 어린 연인은 그들을 기다리고 있는 미지의 세계를 향해 말을 달려갔다. 후에 이들의 이야기는 작자 미상에 의해 '심청뎐'으로 재탄생해 '인당수에 몸을 던진 심청' 하면 모르는 이가 없었다.

"이팔청춘이 좋긴 좋군요."

멀어져 가는 심청과 인당수를 바라보며 량주가 부러운 듯 한숨을 내쉬었다.

"사랑이 좋은 거지요. 한데 왜 이리 코끝이 찡한 걸까요?"

"저도 그렇습니다, 아씨."

눈물 많은 백영은 물론 량주까지도 심청과 인당수의 용기 있는 사랑에 감동받아 눈물을 글썽거렸다.

"이런 일은 제 소설 속에서나 일어나는 줄 알았는데 간혹 현실에서도 소설 같은 일이 벌어지는군요."

"길어봤자 삼 년이면 식어버릴 마음! 우리도 어서 출발이나 하자."

숙휘가 두 사람의 감동의 도가니에 찬물을 확 뿌리고선 말을 가지러 갔다.

"어휴! 가끔 말입니다, 저는 숙휘 형님이 저보다 훨씬 더 무식한 것 같습니다."

"그게 무슨 어처구니없는 소리냐?"

완얼이 콧방귀를 뀌었다.

"숙휘 형님은 사랑을 통 모르시니까요. 그럼 세상의 전부를 모르는 거 아닙니까? 그보다 더 무식한 사람이 어디 있겠습니까?"

"어머나! 량주 무사님께서 이리 사려 깊은 말씀도 할 줄 아십니까?"

전혀 예상치 못한 곳에서 튀어나온 명언에 백영의 입이 떡 벌어졌다.

"그저 생각나는 대로 뱉어본 말인데 유명한 매설가에게 이리 칭찬을 받으니 쑥스럽습니다."

정말 쑥스러운 얼굴로 뒤통수를 긁적인다. 갑자기 고량주라는 사내가 달리 보이며 그가 공양미 백 석을 주고서라도 답을 구하고 싶어 했던 큰 고뇌가 무엇이었는지 궁금해졌다.

"근데 량주 무사님의 큰 고환은 무엇 때문이었습니까?"

"큰 고환이요."

"아……."

잠시 정적이 흘렀다.

"혹시나 오해하실까 싶어 그러는데, 큰 고뇌가 큰 고뇌를 낳았다는 깊은 뜻입니다. 거듭 고뇌를 하다 보면 나중엔 그 이유는 까맣게 잊어버리고 내가 고뇌하는 이유는 고뇌하고 있기 때문이라는 사실을 깨닫게 되지 않습니까?"

완얼이 황급히 말을 덧붙였다. 백영은 그다지 귀담아듣지 않았지만.

"우와! 제 말이 그렇게 멋진 뜻이었습니까?"

량주가 홀로 박수를 치며 기뻐했고, 백영은 두 번 다시 량주를 달리 보지 않기로 결심했다. 고량주는 그냥 고량주였다.

"우리도 출발하죠."

백영이 한숨을 내쉬며 말했다.

"잠시만, 가기 전에 확인할 것이 있습니다."

그러더니 완얼이 뺑덕에게 걸어갔다.

"너냐? 어젯밤 우리가 마신 술에 약을 탄 것이."

"야, 약이라니요? 무슨 말씀을 하시는 건지 모르겠습니다."

그러나 뺑덕의 부들부들 떨리는 손과 하얗게 질린 안색은 그녀가 범인이라고 이미 실토하고 있었다.

"네 이년! 바른대로 대지 못할까? 나는 결코 인명을 해치지 않으나 너처럼 인간의 탈을 쓴 짐승은 예외다!"

완얼이 크게 분노하며 옆에 있던 량주의 검을 뽑아들자 겁에 질린 뺑덕이 납작 엎드려 술술 불기 시작했다.

"아이고, 나리! 한 번만 살려주십시오. 저는 아무 것도 모릅니다. 뒤채로 술을 내가려는데 어떤 사내가 불쑥 나타나서 돈을 준다기에 시키는 대로 했을 뿐입니다. 정말입니다요."

"그 사내가 누구냐? 어찌 생겼더냐?"

"처음 보는 낯선 사내였는데 부채로 얼굴을 가리고 있어서 생김은 보지 못했습니다. 얼핏 눈이 툭 튀어나온 것 같고 보통 체격에 좋은 옷을 입고 있었다는 것 밖에는……."

"그 말에 한 치의 거짓도 없으렷다?"

완얼이 검을 뺑덕의 목에 겨누고 싸늘하게 물었다.

"정말입니다! 정말, 정말입니다! 여기, 받은 돈은 다시 다 내놓겠습니다. 그러니 제발 목숨만은……."

뺑덕이 치마를 걷어붙이고 허리에 차고 있던 돈주머니들을 주섬주섬 풀기 시작했다.

"나리, 저 여인에게선 더 이상 얻어낼 것이 없을 것 같습니다."

숙휘가 뺑덕을 한심하게 쏘아보며 말했다.

"그런 것 같구나."

완얼이 고개를 끄덕이며 검을 거두었다. 그리고 뺑덕에게 일갈했다.

"꼴도 보기 싫으니 썩 물러가거라!"

그러자 뺑덕과 심봉사가 꽁지가 빠지게 내빼 버렸다. 약을 타라고 사주한 자가 가면자객인지 아니면 또 다른 적인지는 모르겠으나 일단 쫓는 자들이 있다는 것을 알았으니 앞으로 더욱 조심하는 수밖에 지금 당장 할 수 있는 일이 없었다.

"이제 그만 출발하자!"

"예, 나리!"

량주와 숙휘가 말에 오르자 완얼이 머뭇거리며 백영에게 물었다.

"저기, 제 말에 함께 타시겠습니까?"

"여태 그랬는데 뭘 새삼 물어보십니까?"

"아직 화가 나 있으실 듯하여……."

"화가 나다니요? 제가 왜요?"

"부인을 지켜주겠다고 결심했었습니다. 한데 오히려 제가 몹쓸 짓을 할 뻔했습니다. 진심으로 사죄드립니다."

아직 제대로 된 사과를 하지 못하였기에 완얼이 깊이 고개를 숙였다.

"정말 시운합니다!"

그러나 그녀는 잔뜩 토라진 얼굴로 고개를 돌렸다. 그 모습에 완얼의 어깨가 축 늘어진다.

"압니다. 이런 말 한마디로 부인의 마음을 풀기엔 부족하겠지요."

색골이 진토되어 넋이라도 있고 없고   161

"그래서가 아니라, 왜 다시 부인이라 부르십니까? 백영이라 부르기로 하지 않았습니까?"

그리 답하는 백영의 목소리에 쓸쓸함이 묻어 나왔다. 지금 그녀의 앞에 서 있지만 왠지 그가 저만큼 멀어진 것 같은 느낌이었다.

"예? 그건……."

"나리의 탓이 아닙니다. 어젯밤 마신 술에 주모가 몹쓸 약을 탔기 때문이지요. 그건 그저 사고였을 뿐이다, 그리 생각하기로 했습니다. 저는 여전히 나리를 믿습니다. 그러니 더 이상 미안해하실 거 없습니다. 다만……."

"뭐든 개의치 말고 말씀하시지요."

"나리께서 자신의 몸을 조금 더 아끼셨으면 좋겠습니다. 실은 저는 잘 이해가 되질 않습니다. 어제 보셨지 않습니까? 살려 달라고 외친다고 다 약하고 불쌍한 사람은 아니라는 걸요. 어제 채홍사를 구해주지 않았다면 그놈은 더 이상 여인들을 괴롭히지 못했을 것이고, 심 봉사 역시 구해주고 보니 제 눈을 뜨고자 딸을 팔아먹는 파렴치한 애비였습니다. 어떤 사람인지도 모르는데 일단 살아 있는 목숨이면 모두 구해야만 하는 겁니까? 악인일지라도요? 대체 무엇을 위해서요? 왜 그 사람들을 위해 나리의 하나뿐인 목숨을 걸어야만 하는 겁니까?"

"하지만 제가 그리 달려간 덕에 백영 아씨의 목숨도 구할 수 있지 않았습니까? 백번 허탕을 치더라도 단 한 번 당신을 구할 수 있었으니 전 그걸로 됐습니다."

그러자 백영이 했던 수많은 말들이 다 무색해져 버렸다. 그녀는 완얼의 이상한 행동이 미약 때문일 거라 짐작한 뒤로 어젯밤 일은 깨끗이 지우자 마음먹었다. 이제 조금씩 서로를 이해하게 되었는데 그 일로 인해 다시금 멀어지고 어색해지는 것이 싫었다. 그리고 부끄러워서 잊고 싶기도 했다. 실은 어젯밤 완얼이 진심이었으면, 완얼이 그녀를 미치도록 갈망해 주었으면, 이런 마음도 있었다. 그래서 백영은 멀쩡한 정신이었는데도 저항을 못 한, 아니, 안 한 건지도 모른다. 그리고 어젯밤 일이 약 때문이었다는 걸 알았을 때 그런 자신이 너무나 부끄러웠다. 하지만 완얼의 한마디에 다시 작은 희망을 갖는다.

'지켜주고 싶다.'

이 말이 백영의 가련한 처지에 대한 연민이라 할지언정 어떤 형태로든 그의 마음 한 귀퉁이에 자신이 자리 잡고 있다는 것만으로도 만족했다.

"두 분이서 무슨 얘기가 그리 많으십니까?"

"어제 원터까지는 갔어야 했는데 일정이 다소 지체되었으니 서둘러야 합니다."

량주와 숙휘가 말에 오르며 두 사람을 재촉했다.

"그래, 알았다. 간다, 가!"

완얼도 힘차게 말에 올랐다. 물론 그의 앞엔 언제나처럼 백영이 함께했다.

"전하, 완얼군 대감 일행이 천안을 지났다고 하옵니다."

사정전에 든 좌승지가 부복해 임금께 아뢰었다. 임금의 총애를 한몸에 받고 있는 숙빈과 손을 잡은 뒤 이십대 후반의 나이에 좌승지까지 오른 자였다. 임금님 입속의 혀처럼 굴며 팔도에서 가장 출중한 미색들을 갖다 바치는 큰 공을 세우고 있었다. 갸름한 얼굴에 항시 미소를 머금고 있어 얼핏 보면 유순해 보이는 인상이었으나 굳게 다문 입술과 툭 튀어나온 이마에선 원대한 야망이 엿보였다. 내세울 거 없는 한미한 집안 출신인지라 오직 제 힘으로 가문을 일으키고 여기까지 올라온 의지의 사내다.

"그래?"

율이 심드렁하게 대구하며 상소에서 눈을 떼지 않았다.

"완얼군 대감과 그 여인이 말을 함께 타고 이동하고 있다 하옵니다."

"남녀가 말을 함께 타고 유람을 다녀? 호시절이로구나."

"신경이 쓰이시면 미상을 끌고 오라 할까요?"

좌승지가 슬쩍 떠보듯이 조심스럽게 물었다. 눈치 빠른 좌승지는 완얼군 일행이 남원으로 떠난 뒤 은밀히 사람을 붙였다. 미상은 임금이 처음으로 표식을 남긴 계집이다. 여인을 포함해 자기 '물건'에 대해선 싫증이 나서 버리기 전까진 탐욕스러울 정도로 집착하는 왕이, 그 계집을 가장 경계하는 왕자인 완얼군과 함께 남원으로 보내다니, 그 의중이 몹시 궁금했다.

"신경이 쓰이다니? 누가 감히 왕이 점찍은 여인을 건드릴 수 있단 말이냐? 완얼군 그놈이 미치지 않고서야 감히 임금의 것을 탐내겠느냐? 그랬다간 어떤 일이 벌어질지 누구보다 잘 알 터인데."

율이 그제야 상소문에서 눈을 돌려 잔혹하게 웃음 지었다.

"나의 계집이 진짜 춘향이를 데려오겠다고 하니 흥미로운 두 계집을 모두 가질 수 있는 기회가 아니더냐? 이런 좋은 구경을 놓칠 수는 없지."

조선 팔도의 모든 미색을 안아보았기에 더 이상 흥미를 끄는 여인은 없을 줄 알았는데 어머니를 닮은 여인과 춘향이가 동시에 그의 품에 안기게 되다니, 모처럼 율의 온몸에 피가 들끓기 시작했다. 하지만 완얼이 미상과 함께 있는 것이 신경이 안 쓰이는 것은 아니었다.

"앞으론 완얼군의 움직임을 하나도 빠짐없이 매일매일 보고하도록 하여라."

"예. 전하."

좌승지가 머리를 조아리며 회심의 미소를 지었다. 말로는 신경이 쓰이지 않는다고 하지만 실은 온 신경이 그쪽으로 가있을 것이다. 다만, 춘향이에 대한 강한 호기심이 그 계집에 대한 색정을 잠시 누르고 있을 뿐이다. 그리고 자신감도 한몫했을 것이고. 임금이 친히 징표까지 남긴 여인을 감히 일개 왕자 따위가 넘볼 엄두도 낼 수 없을 것이라는. 하지만 만일 완얼군이 그 자존심을 건드리는 일이 생긴다면 또다시 한바탕 피바람이 불 것이다.

대전을 나온 좌승지는 곧장 숙빈 장씨의 처소로 향했다.

"어찌 됐습니까? 최음제는 효과가 있었답니까?"

숙빈은 사내가 방에 들었는데도 전혀 개의치 않고 저고리를 벗은 채 보료 위에 엎드려 궁인들에게 안마를 받고 있었다. 그 모습이 어찌나 요염하던지 늘 보는 좌승지도 꿀꺽 마른침을 삼켰다.

"사람을 시켜 완얼군의 술에 미약을 타는 것까진 성공하였으나 두 사람이 깊은 관계를 맺은 것 같진 않습니다."

"그래요? 그거 아쉽군요."

"아시다시피 완얼군을 암살하는 것은 쉽지 않습니다. 살수를 보내봤자 살기를 대번에 알아차리는 데다 늘 데리고 다니는 무사들의 실력 또한 특출하고요."

"그래서 여태 우리가 그 눈엣가시 같은 완얼군을 처리하지 못한 것 아닙니까? 역모로 엮으려 해도 신들린 점쟁이인 척 빠져나가 버리고. 한데 그가 도성으로 돌아오자마자 누굴 찾아갔는지 아시지요? 이한림입니다. 이한림과 그가 이끄는 사람들은 완얼군으로 말을 갈아타려는 것이 분명합니다. 전하가 밀려나면 우리도 다 죽습니다."

"그러니 이번이 절호의 기회라는 겁니다."

"무사들이 수면 약을 먹고 잠들어 있을 때 우선 그들부터 처리하지 그랬습니까?"

"두 무사 중 하나밖에 약을 먹지 않았었습니다. 어설프게 건드렸다가는 완얼군은 남원 행을 포기하고 이한림의 날개 속으로 들어가 버릴 가능성이 큽니다. 자신을 지켜줄 사람이 필요할 테니까요. 전하의 명을 따라 남원으로 내려간 걸 보면 아직까진 이한림과 손을 잡을지 마음을 정하지 못한 것 같은데, 우리가 화근 덩어리 둘이 뭉치도록 등을 떠밀 필요는 없지요."

"그래서, 치정을 이용하자?"

"예. 완얼군과 그 여인이 깊은 관계가 되게끔 만들 것입니다. 그럼 명분이 생기는 겁니다. 왕의 여인을 탐하는 것도 역심이자 패륜이니까요. 그리고 전하의 성정에 여인을 빼앗긴다면 완얼군을 가만두겠습니까? 처음으로 전하의 표식까지 몸에 새겨놓은 여인인데요. 이번엔 빠져나가기 힘들 것입니다."

'전하의 표식, 乙!'

숙빈의 고운 얼굴에 모멸감이 스쳤다. 그것은 궁에서 가장 총애를 받는다는 자신조차 받아보지 못한 표식이었다. 한데 느닷없이 나타난 계집이 그녀의 자존심을 짓밟은 것이다.

"오늘은 실패했지만 조만간 기회를 다시 잡을 수 있을 것입니다."

"어디 한 번 뜻대로 해보십시오. 눈엣가시 같은 연놈을 한꺼번에 처리할 수 있다면 그야말로 일거양득이지요. 하지만 좌승지의 뜻대로 되지 않으면 그땐 내 방식대로 할 것입니다."

숙빈이 나긋나긋하게 답하더니 어깨를 주무르는 궁녀를 흘끗 보았다.

"손이 좀 맵구나."

"송구하옵니다. 숙빈마마!"

궁녀가 파랗게 질려 납작 엎드렸다.

"송구할 짓을 왜 하누? 여봐라, 이년을 당장 끌고 가 손목을 잘라
라!"

숙빈은 비명을 지르며 끌려가는 궁녀를 싸늘하게 바라보았다. 이것
이 그녀의 방식이었다.

4.

제육왕자 이검(第六王子 李劍)

완얼 일행은 금강을 건너 높은 한길 소개문과 어미널티를 지나 경천에서 방을 잡고 하룻밤 묵기로 했다. 백영은 저녁을 먹고 난 뒤 모두가 잠들기를 기다려 조용히 밖으로 나갔다. 목욕을 하기 위해서였다. 그동안 이 먼 길을 달려오면서 세수 외엔 제대로 씻지를 못하여 더 이상은 견디기가 힘들었다.

일각쯤 걸으니 낮에 봐두었던 냇가에 도착했다. 민가와 떨어진 계곡 초입인 데다가 커다란 고목과 풀숲으로 가려져 있어 사람들 눈에 쉬이 띄지 않을 듯하고, 마침 날도 포근해 목욕하기에 안성맞춤이었다. 한데 나무 뒤로 돌아 들어간 순간 백영은 눈앞에 펼쳐진 광경에 온몸이 얼어붙어 버렸다.

그곳엔 이미 목욕을 하고 있는 자들이 있었다. 그리고 그 반라의 사내들은 바로 완얼 선생과 고량주, 위숙휘였다. 환한 달빛 아래에서 넓은 어깨를 드러낸 채 현란한 살 내음을 풍기는 세 사내의 모습에 그녀의 동공이 마구 흔들렸다. 누군가 농담을 던졌는지 동시에 터져 나오는 사내들의 유쾌한 웃음소리와 건강한 젊은 육체가 그녀의 의지와는 상관없이 시선을 강탈해 갔다.

철갑을 두른 듯한 가슴팍과 여섯 조각으로 선명하게 나눠진 다갈색 복근의 량주는 그 누구보다 강인한 수컷의 향기를 내뿜고 있었다. 그와는 다르게 어깨부터 가슴, 하복부에 이르기까지 예술품처럼 세심하게 조각된 완얼의 근육들은 잠시 정신을 놓으면 손을 뻗어 매끈한 복근을 만져 보고 싶을 정도로 매혹적이었다.

'게다가 숙휘 무사님까지!'

온몸이 두뇌인 것처럼 늘 침착하고 냉철한 숙휘의 벗은 몸에서 저렇게 남성미가 뿜어져 나올 줄은 몰랐다. 그의 상체는 성격만큼이나 군더더기라곤 하나도 찾아볼 수 없었고, 한 치의 느슨함도 허용치 않는다는 듯 팽팽하게 긴장된 복근은 칼날이 들어와도 튕겨낼 것만 같다.

'하아!'

백영의 시선이 흐릿해진다. 마치 태양 아래 서 있는 것처럼 눈이 부셔서 제대로 쳐다볼 수가 없었다.

"엇, 아씨!"

량주가 가장 먼저 백영을 알아보고 외쳤다. 그러자 나머지 둘도 일제히 그녀를 쳐다봤다.

"제가, 여기를 오려고 온 것이 아니라, 그러니까 일부러 보려고 본 것이라, 아니, 아니, 일부러 본 것이 아니라……."

딱히 죄지은 것도 없건만 당황한 백영이 횡설수설하며 뒷걸음질을 쳤다. 그러다 고목에 몸을 부딪쳤는데 썩어 들어가던 나무가 순식간에 그녀 쪽으로 기울어졌다.

"위험해!"

세 사내가 동시에 물에서 튀어나와 백영에게 몸을 던졌다. 그리고 그녀의 몸을 자신들의 몸으로 감싸 안고 옆으로 나뒹굴었다.

쿵!

요란한 소리와 함께 간발의 차이로 그녀가 서 있던 자리에 고목이 쓰러졌다. 조금만 늦었어도 꼼짝없이 나무에 깔려 버렸을 것이다. 자욱하게 날리던 흙먼지가 가라앉자 그제야 백영은 눈앞이 제대로 보였다. 한데 자신이 벌거벗은 세 사내의 품속에 푹 파묻혀 있는 것이 아닌가?

"아씨, 괜찮으세요?"

셋 중 누군가, 혹은 셋 모두 동시에 그녀에게 물었다.

"이곳이 극락입니까?"

백영이 몽롱하게 되물었다. 죽어서 극락에 갔거나 이 모든 것이 꿈이거나, 이것이 결코 현실일 리가 없다.

"이런, 아씨께서 머리를 다치셨나 봅니다!"

목소리 큰 근육이 놀라 몸을 일으켰다.

"그러게 말이다. 평소 같았으면 이 무슨 희롱이냐며 구해주고서도 따귀를 석 삼 대는 맞았을 터인데!"

뺨 좀 맞아본 잘생긴 근육이 살짝 경계하며 백영에게서 몇 발짝 떨어졌다.

"눈동자가 완전 풀려 있습니다. 침도 흐르는 것 같은데요?"

냉철한 근육이 가슴팍에 묻은 백영의 침을 닦아내며 미간을 찌푸렸다.

"어머나!"

그제야 정신이 번쩍 든 백영이 부끄러워 어쩔 줄 몰라 하며 줄행랑을 쳐버렸다. 도저히 얼굴을 마주 보고 서 있을 수가 없었다. 단 한 번도 멈추지 않고 단숨에 주막으로 돌아온 백영은 이불을 푹 뒤집어쓰고 드러누웠다. 하지만 눈을 가려도 그녀의 뇌리에 또렷이 찍힌 사내들의 벗은 몸은 눈꺼풀 안쪽에서 여덟 폭 병풍처럼 펼쳐졌다. 그리고 그 병풍은 좀처럼 접히지 않을 듯하다.

'내가 지금 무슨 생각을 하는 거야! 미쳤어! 미쳤어! 당장 내일 아침에 나리와 무사님들 얼굴을 어찌 본담? 정말 머리를 다쳤다고 우기고선 아무 것도 생각이 안 난다고 할까?'

그렇게 한참을 뒤척거리는데 누군가 방문을 조심스럽게 두드렸다.

"주무십니까?"

완얼이다.

"예! 잡니다!"

얼떨결에 답을 하고선 아차 싶었다.

"자는 분이 어찌 대답을 하십니까?"

"그, 그게……."

"아까는 실례가 많았습니다."

"아닙니다. 나리께서 뭘요. 따지고 보면 실수는 제가 한 것이지요."

"아닙니다. 생각해 보니, 우리 같은 사내들이야 가끔 냇가에서 멱도 감고 등목도 하곤 했지만 아씨께선 참으로 불편하셨을 것 같아서요. 제가 거기까진 미처 생각하지 못했습니다."

"저는 괜찮습니다. 정말 괜찮습니다."

"뒷마당에 있는 광에 따뜻한 목욕물을 준비해 두었습니다. 식기 전에 다녀오십시오. 그럼 저는 이만 가보겠습니다."

그러더니 이내 밖이 잠잠해졌다. 잠시 망설이던 백영이 살짝 문을 열어보았다. 방으로 돌아갔는지 완얼의 모습은 보이지 않았다. 밖으로 나와 그가 일러준 대로 광에 가보니 커다란 나무통에 목욕물이 가득 담겨 있었다. 따뜻한 물에 손을 담가본다. 그러자 온몸이 따듯해진다. 그녀를 위해 목욕물까지 준비해 준 완얼의 따뜻한 마음 때문에.

한편 완얼은 너무 멀지도 너무 가깝지도 않은 거리에서 광을 지키고서 있었다. 백영이 목욕하는 중에 행여 무슨 일이라도 생길까 걱정되어서였다. 그런데 그때 '아악!' 하는 백영의 비명소리가 들려왔다.

"백영 아씨!"

안색이 변한 완얼이 양손에 표창을 쥐고선 전속력으로 돌진해 창고 문을 박차고 안으로 뛰어들었다.

"꺄아악!"

백영의 날카로운 비명 소리가 또다시 고요한 밤하늘에 울려 퍼졌다. 그리고 완얼은 머릿속이 하얘지며 표창을 떨어뜨렸다. 백영이 나무통 안에서 막 일어서려던 참이었다. 잘록한 허리 아래로는 물에 잠긴 채 모락모락 솟아오르는 수증기 속에서 앞가슴을 모두 가릴 만큼 긴 머리를 늘어뜨리고 서 있는 모습이 선녀탕에 내려온 선녀 같았다. 얼굴이 새빨개진 백영이 양팔로 탐스러운 가슴을 가리며 나무통 속으로 다시 첨벙 주저앉았다.

"이게 대체 무슨 짓입니까! 나가십시오!"

"저, 저는 비명 소리가 들려서……."

"발이 미끄러져 넘어진 것입니다. 계속 거기 서 계실 겁니까?"

"아닙니다!"

완얼이 허둥지둥 밖으로 나갔다. 그리고 문을 닫으려는데 발로 차고 들어올 때 문이 망가졌는지 제대로 닫히지가 않았다.

"문을 고장 내신 겁니까?"

"그런 것 같습니다. 어쩌지요?"

"어쩌긴 뭘 어쩝니까? 나리가 책임지십시오!"

"책임이요? 어떻게…… 책임을 지면 되겠습니까?"

"문고리를 붙들고서 앞을 지켜주십시오. 최대한 빨리 나가겠습니다."

당찬 줄은 알았지만 당차다 못해 맹랑한 여인이다. 조선 천지에 사내에게 이런 요구를 할 수 있는 여인이 몇이나 될까?

"왜 대답이 없으십니까? 싫으십니까?"

"아닙니다. 그러지요. 안심하시고 마저 하십시오."

문고리를 단단히 붙들고 문 앞을 지키고 선 완얼의 귀에 다시 물소리가 들리기 시작했다. 그저 흔히 들을 수 있는 물소리일 뿐이건만 마치 미약을 탄 술을 마신 그날처럼 몸이 달뜨기 시작했다. 문고리를 잡은 손이 이상하게 뜨거워지고 내뿜는 숨은 더욱 뜨거웠다.

"조금 전엔 정말 죄송했습니다. 저는 정말 아씨가 위험에 처하신 줄 알고."

떨리는 목소리로 백영에게 사과를 했다.

"아까 저도 냇가에서 실수를 하였으니 서로 퉁 치지요."

백영이 시원시원한 성격답게 명쾌하게 답했다.

"그럴까요?"

"근데 제가 왜 느닷없이 냇가에 목욕을 하러 갔는지 궁금하십니까?"

"몸이 많이 가려우셨습니까? 그동안 통 씻지를 못하셨으니."

"아니요! 절대 그런 건 아닙니다!"

정색을 하는 얼굴이 눈앞에 보이는 듯한 목소리다.

"실은 밀리고 싶지 않아서요."

"밀리다니요?"

"남원에 도착하면 춘향이를 만날지도 모르는데 지아비가 사랑했던 정인 앞에서 추레해 보이고 싶지 않습니다. 춘향이 앞에서만큼은 최대한 아름답고 당당하게 보이고 싶습니다. 여인으로서 자존심이라고나 할까요? 게다가 춘향이가 그리 절세미인이라고 하니 더더욱 그렇습니다. 참 유치하지요?"

스스로 유치하다 하지만 완얼은 그 마음이 충분히 이해가 되었다. 그 어떤 여인이 지아비의 정인 앞에서 초라하게 보이고 싶겠는가?

"절대 밀리지 않으실 겁니다. 백영 아씨는 경국쥐색 뺨치시는 경국홍색이지 않습니까?"

그러자 안에서 기분 좋은 웃음소리가 들려왔다.

"나이도 제가 그 여인보다 세 살이나 어립니다. 춘향이가 열여섯에 이 도령을 만나 여섯 해가 지났으니 스물둘이 되었겠지요."

"그렇겠군요."

"한데 말입니다, 스물둘이면 혼인을 했을 수도 있지 않을까요?"

"이 도령과 이미 혼인을 하지 않았습니까?"

"서방님은 돌아가셨지 않습니까? 게다가 둘이서만 올린 혼례인데 누가 알겠습니까? 그냥 시치미 뚝 떼고 다시 시집가 버리면 그만이지요. 아니면 어느 부잣집에 소실로 들어갔을 수도 있고요."

"생각해 보니 그럴 수도 있겠군요."

"만약 그렇다면 우린 어떻게 해야 하는 겁니까? 지아비가 있거나, 아니면 춘향이가 주상 전하껜 죽어도 가고 싶지 않다고 하면요."

"글쎄요. 춘향이를 찾는 데만 몰두해서 그런 생각은 미처 못 해봤군요."

가슴이 철렁했다. 왜 이런 생각을 이제야 한 것일까? 찾는 것도 문제였지만 찾기만 한다고 문제가 모두 해결되는 것은 아니었다. 하지만 백영은 자신의 물음에 이미 답을 정해놓은 것 같았다.

"우리가 살려면 어명을 내세워 억지로라도 끌고 가야겠지요? 저는 절대로 죽고 싶지 않습니다."

"저도 백영 아씨를 죽게 내버려 두지는 않을 것입니다."

"채홍사들을 그리 욕했었는데 우리가 바로 그 채홍사가 되고 말았군요."

마음이 무거워져 잠시 대화가 끊겼다. 백영도 말이 없다. 그때 불쑥 문이 열렸다. 그 바람에 문짝에 떠밀린 완얼이 엉덩방아를 찧었다.

"어이쿠, 나오면 나오신다고 기척이라도 하시지."

"죄송합니다. 이렇게 문에 바짝 붙어 계실 줄은 몰랐습니다."

고개를 들자 백영이 젖은 머리를 늘어뜨린 채 완얼을 바라보고 있었다. 흑단 같은 머리칼에서 물방울을 방울방울 떨어뜨리며 달빛 아래서 있는 백영의 모습이 꿈결인 양 아름다워 손을 뻗어본다. 하지만 백영은 새침하게 붉은 치맛자락을 펄럭이며 돌아서 버렸다.

"동틀 때까지 그리 앉아 계실 겁니까?"

"아닙니다!"

완얼이 벌떡 일어나 호위하듯 그녀의 뒤를 자박자박 따라갔다. 그녀가 사박사박 걸음을 옮길 때마다 길고 탐스러운 머리칼이 가녀린 허리께에서 찰랑찰랑 흔들린다. 나무꾼이 선녀의 날개옷을 훔친 날이 바로 이런 밤이었을 것이다. 이리 달빛이 환하고 봄바람은 향기롭고 그녀의 숨소리가 손에 닿을 듯 가까이 와 닿는 고요한 밤, 당신의 모든 것을 훔치고 싶은 밤.

아침 일찍 출발한 일행은 노성, 풋개, 사다리, 은진, 간치당이, 황화정, 장애미고개를 한달음에 지나 어둠이 내릴 무렵 여산읍에 도착했다.

"이제 드디어 전라도입니다. 내일이면 남원에 도착할 수 있을 것입니다."

주막에 들어 저녁을 먹으며 완얼이 말했다. 그의 목소리엔 긴장과 사고의 연속이었던 엿새 동안의 고단함이 고스란히 녹아 있었다.

"정말 고생들 많으셨습니다. 나리께선 낙마해서 큰일 날 뻔하셨고, 이상한 약을 탄 술을 마시질 않나 아씨께선 나무에 깔려 죽을 뻔하지 않았습니까?"

량주의 말에 냇가에서 목욕을 하던 세 남자의 모습이 떠올라 저도 모르게 백영의 얼굴이 붉어졌다.

"글쎄요. 그땐 하도 놀라서 기억이 잘 나지 않습니다."

"너무 놀라면 그럴 수도 있다더군요. 그리고 죽을 고비를 넘기는 순간 이상한 것들을 보기도 합니다."

백영이 민망해하는 것 같자 완얼이 슬쩍 말을 거들었다. 목숨을 구해준 사람들에게 이따금씩 들은 얘기기도 했다.

"아, 그러고 보니 저는 어렸을 적 강에 빠졌을 때 용궁을 보았습니다!"

량주가 밥을 꿀떡 삼키며 소리쳤다.

"바다에 있는 용궁을 강에서 어찌 본단 말이냐? 바다라고 쳐도 용궁이 있을까 말까인데."

누구보다 논리적인 숙휘가 그냥 넘어갈 리가 없다.

"진짜라니까요. 용궁에 사는 고운 선녀도 보았는걸요?"

"선녀는 옥황상제가 계시는 하늘나라에 사시는 분이고. '선녀와 나무꾼—완전한 사육'도 모르느냐? 선녀들이 목욕을 하려고 하늘에서 내려오지 않느냐?"

이번엔 완얼이 나섰다.

"그래요?"

"물을 걸 물으셔야지요. 저 녀석이 뭘 들 읽어봤겠습니까?"

"아무리 그래도 그렇지, 정말 처음 들어보는 얘기냐? 나무꾼이 사냥꾼에게 쫓기는 사슴을 구해주었더니 그 사슴이 선녀탕을 알려주었다는 그 유명한 이야기를?"

"이런 오라질 놈! 사냥꾼도 다 먹고살자고 하는 짓인데 나무꾼 지가 뭔데 남의 생업을 방해한답니까? 사냥꾼 집에 병든 노모가 계실지도 모르잖습니까? 녹용이 간절히 필요한 사람이었다거나."

오지랖 넓은 량주가 나무꾼에게 크게 분노하여 욕을 했다. 이런 독자의 반응은 처음인지라 백영이 한마디 끼어들지 않을 수가 없었다.

"그게 중요한 게 아니라 그걸 계기로 나무꾼이 선녀를 만나게 되었다는 것이 핵심입니다."

'선녀와 나무꾼'은 그녀의 첫 작품이자 미상의 이름을 널리 알려준 고마운 작품이기도 했다.

그 작품이 어찌나 인기가 많았던지 '선녀와 난봉꾼', '하녀와 나무홋꾼', '색녀와 불꾼불꾼' 등등 한동안 아류작들이 쏟아져 나올 정도였다. 물론 그 어떤 아류작도 '선녀와 나무꾼'의 아성을 뛰어넘진 못했다.

"그래서요?"

슬슬 흥미가 생기는지 량주가 다음 말을 재촉했다.

"가진 건 쥐뿔도 없으면서 눈만 높은 노총각 나무꾼은 밤마다 선녀탕에서 목욕하는 선녀들의 알몸을 훔쳐보지요."

"어이쿠야!"

량주가 무릎을 탁 침과 동시에 완얼의 눈매가 날카로워지며 '쉿!' 검지를 입술에 댔다. 모두가 입을 다물자 방문 밖으로 귀를 기울이던 완얼이 숙휘와 재빨리 눈빛을 주고받았다.

'전방 열다섯 보! 강렬한 살기, 문밖에 자객이 있다!'

"자객입니다. 이야기를 계속하십시오. 최대한 재미있게, 듣는 사람의 혼을 쏙 빼놓을 정도로요."

완얼이 산통에서 산가지 표창을 빼 들면서 낮은 목소리로 백영에게 속삭였다. 그녀가 잔뜩 긴장해 고개를 끄덕였다. 그러자 량주와 숙휘도 검을 뽑아 들고 그림자가 비치지 않게 벽을 따라 문으로 다가갔다.

"그러다 그중 가장 풍만한 선녀에게 혼을 빼앗겨 버립니다. 그래서 그 선녀가 목욕할 때 날개옷을 훔치지요."

"이런 염병할 놈! 훔쳐보는 것도 모자라 도적질까지요?"

량주가 검을 단단히 쥐고선 장단을 맞췄다. 백영도 문밖에서 도사리고 있는 정체불명의 자객에게 잔뜩 신경을 곤두세우며 목소리를 한층 높였다.

"그렇게 날개옷을 빼앗은 나무꾼은 벌거벗은 선녀를 집에 감금시켜 버립니다. 그리고 아이를 셋 낳을 때까지 풀어주지 않겠다며 완전한 사육을 시작합니다. 그것은 사랑이라는 이름의 광기였습니다."

"이런 육시랄 놈! 납치에 감금까지?"

이제 세 사람 모두 문 옆에 붙어 섰다. 방 안엔 팽팽한 긴장감이 흘렀다.

"그의 광적인 집착으로 아이 둘이 연달아 태어났지만 선녀는 결코 나무꾼에게 마음을 주지 않았습니다. 몸은 지키지 못했어도 자존심만은 지키는 것, 그것이 그녀를 버티게 하는 힘이었으니까요. 그리던 어느 날!"

그때 완얼이 문을 박차고 달려 나갔다. 량주와 숙휘도 그 뒤를 따라 나가 엿듣고 있던 검은 형체를 붙잡았다. 그리고 검은 형체를 알아본 완얼이 크게 놀라며 외쳤다.

"네놈은?"

마침 밤하늘을 뒤덮고 있던 구름이 걷히고 밝은 달빛 아래 그의 얼굴이 드러났다.

홍두겁.

눈이 툭 튀어나오고 얼굴 한가운데 커다란 매부리코가 자리 잡은 이 못난 사내는 백영을 임금의 사냥터로 끌고 갔던 바로 그 채홍사였다.

"나를 쫓고 있던 것이냐?"

완얼이 매부리코에 찔릴 정도로 가까이 얼굴을 마주 댔다.

"쫓다니요. 채홍사로서 어명을 받들어 남도로 가고 있었을 뿐입니다."

홍두겁이 일단 시치미를 뗐다.

"그럼 이 밤중에 왜 우리 방문 앞에서 엿듣고 있었던 게냐?"

"엿듣긴 누가 엿들었다고 그러십니까? 뒷간으로 가다 우연히 이 앞을 지났던 것인데……."

"뒷간은 반대쪽인데?"

그러자 홍두겁은 더 이상 우기지 못하고 할 말을 잃었다. 겉보기엔 다소 어설퍼 보이지만 그는 단 한 번도 미행을 들킨 적이 없는 일명 미행 전문가였다. 한데 지금은 어떻게 눈치를 챈 것인지 알 수가 없었다.

"주막에서 술에 약을 타라고 사주한 것도 네놈이렸다?"

"전 모르는 일입니다!"

"나리, 이놈이 바른말을 할 때까지 사지를 하나씩 자를깝쇼?"

량주가 월광에 검을 번뜩이며 높이 쳐들었다. 귀신을 무서워하고 가련한 이를 보면 눈물을 훔치는 감성적인 사내이지만, 싸움에 임해서는 물러섬이 없고 적을 향한 칼끝엔 인정이 없었다.

"그럴 것 없다. 자백을 받은들 이미 다 알고 있는 사실이니. 이 녀석의 낯짝이 바로 자백이 아니겠느냐?"

채홍사 홍두겁은 좌승지의 개였다. 그리고 좌승지의 뒤에는 숙빈이 있었다. 뭘 더 알아낼 것이 있겠는가?

"가서 너의 웃전에게 전하여라. 더 이상 나를 쫓지 말라고. 그리고 다시 한 번 내 눈에 띄면 그땐!"

완얼이 갑자기 몸을 돌려 열 보 떨어진 커다란 느티나무를 향해 표창을 던졌다. 그러자 또 다른 검은 형체가 나무에서 튀어나와 눈 깜짝할 사이에 어둠 속으로 사라졌다.

"자객은 저놈이다!"

완얼이 외쳤다. 그는 아까부터 느티나무 쪽을 주목하고 있었다. 살기는 방 안에서 열다섯 보 떨어진 곳에서 풍겨오고 있었으니 문 바로 앞에 있던 홍두겁은 아니다. 그리고 홍두겁은 미행은 했을지 몰라도 살의는 전혀 느껴지지 않았다. 거리를 착각해 떠벌네를 죽게 했을 때와 같은 실수는 다시 없을 것이다. 량주가 맹렬히 자객의 뒤를 쫓았다. 하지만 숙휘는 또 어디서 누가 튀어나올지 모르는 상황인지라 사방을 경계하며 완얼의 곁을 지켰다.

"저놈도 너와 한패냐?"

"아닙니다! 제 부하들 중엔 저렇게까지 날랜 놈은 없습니다. 정말입니다!"

그러자 완얼의 표창이 또다시 밤공기를 가르며 날아가 이번엔 홍두겁의 목덜미를 아슬아슬하게 스치고 지나갔다. 날카로운 표창이 스친 목덜미에서 한 줄기 피가 흘러내렸다.

"다시 한 번 내 눈에 띄면 그땐! 이 표창이 정말 네 목을 꿰뚫을 것이다. 나도 되도록이면 전하의 신하들을 죽이고 싶지 않으니 당장 꺼져라."

완얼의 서늘한 경고에 홍두겁이 다리를 후들거리며 모습을 감췄다.

"이렇게 보내도 괜찮겠습니까?"

숙휘의 표정이 영 개운치 않았다.

"저놈이 돌아가면 또 다른 놈을 보내겠지. 그러니 그냥 내버려 둬라. 우리가 경계하고 있다는 걸 알았으니 저들도 함부로 행동하진 못할 것이다."

"숙빈 장씨 일파의 소행이겠지요?"

"그렇겠지. 하지만 우리를 죽이려는 의도는 없었던 것 같다. 살기가 있었다면 내가 진즉에 눈치챘을 테니까."

'한데 왜 숙빈 장씨는 내게 최음제를 먹인 것일까? 대체 무슨 의도로?'

무수히 많은 음모와 암투 속에서 살아남아 온 완얼이지만 이리 기괴한 '발정 계략'은 처음이었다. 좌승지와 숙빈, 둘 중 누구의 머리에서 나온 것인지 모르겠으나 교활하기는 마찬가지였다. 그러나 잔혹하기로는 숙빈 장씨를 따라갈 자가 없었으니 꿍꿍이를 알 수 없는 검은 속내가 더욱 불안하게 느껴졌다.

"살기만 없으면 미행 같은 건 눈치 못 채시는 겁니까?"

백영이 조용히 대화를 듣고 있다 입을 열었다.

"제가 느낄 수 있는 건 오직 살기뿐입니다. 한데 홍두겁에겐 살의가 없었지만 열다섯 보 뒤에 몸을 숨기고 있던 자객은 강렬한 살기를 품고 있었습니다. 그래서 제가 눈치챈 것입니다. 홍두겁은 어부지리로 걸려든 것이라 할까요?"

그때 자객을 쫓아갔던 량주가 씩씩거리며 돌아왔다.

"놓쳤습니다. 저도 꽤 많은 무사들을 보았지만 그렇게 날랜 놈은 처음 봤습니다. 그래도 이거 하나는 건져왔습니다."

그가 검은색 반쪽짜리 가면을 들어 보였다.

"앗! 이것은?"

완얼이 가면을 보자마자 대번에 외쳤다. 그것은 백영과 완얼 일행이 처음 만났던 날 쫓아왔던 자객이 쓰고 있던 가면과 똑같은 것이었다.

"자객은 저를 쫓는 자였군요. 아니, '춘향의 서신'이라는 것을 쫓고 있는 겁니다. 대체 그것이 얼마나 대단한 것이기에 이렇게까지……."

백영의 입술이 파르르 떨렸다. 만일 완얼과 두 무사들 없이 홀로 남원으로 향했다면 그녀가 지금쯤 어찌 되었을지 모를 일이었다. 그리 생각하니 좀처럼 겁을 먹지 않는 백영도 온몸에 소름이 확 돋았다.

"사방이 우리를 노리는 적들 투성이군요."

완얼이 깊은 시름에 잠겼다.

"오늘 밤부턴 번갈아가면서 불침번을 서야겠습니다. 우선 제가 먼저 밖을 지키지요."

"그럼 숙휘 형님 다음엔 제가 교대를 하겠습니다. 축시쯤 저를 깨워 주십시오."

"그럼 난 인시에 교대를 하겠다. 그리고 아무래도 다 같이 모여 있는 것이 안전할 테니 불편하시겠지만 백영 아씨도 이 방에서 주무시는 것이 좋겠습니다."

"예, 그렇게 하겠습니다."

그녀가 순순히 고개를 끄덕였다. 백영을 쫓는 정체불명의 가면자객과 완얼을 노리는 숙빈 장씨 일파, 그리고 백영과 완얼의 목숨줄을 동시에 쥐고 있는 조선의 임금 이율.

'과연 이런 호랑이굴 속에서 내 자신의 목숨과 아우들 그리고 백영

아씨를 지켜낼 수 있을까?'

완얼은 오늘 역시 쉽게 잠이 들 수 없을 것 같았다.

"저기, 근데 아씨."

량주가 부리부리한 눈을 꿈뻑거리며 심각하게 불렀다.

"예, 말씀하십시오."

"그러던 어느 날! 그다음은 뭡니까?"

"예?"

"'선녀와 나무꾼—완전한 사육' 말입니다. 나무꾼에게 감금당한 선녀는 아이 둘을 낳았지만 결코 마음을 주지 않았다면서요. 그러던 어느 날, 무슨 일이 생긴 겁니까?"

"너는 목숨이 왔다 갔다 하는 판국에 그게 그렇게 궁금하냐? 나중에 책으로 보든가."

숙휘가 핀잔을 주자 량주의 표정이 금세 시무룩해졌다.

"저는 궁금한 게 있으면 잠이 안 온단 말입니다."

량주가 책을 읽는 것보다 죽은 이몽룡이 살아 돌아오는 게 빠르겠다 싶어 백영은 그냥 말을 해주기로 마음먹었다.

"그러던 어느 날 말입니다, 선녀가 날개옷을 찾아서 아이들과 하늘나라로 올라가 버렸습니다. 그리고 옥황상제의 아들에게 재가하여 행복하게 잘 살았답니다."

"그럼 나무꾼은요?"

"그녀가 꼭 다시 돌아오기를 기다리다 죽어 수탉으로 다시 태어났지요. 그래서 아침마다 하늘을 보며 울어대는 겁니다. '다시 돌아오시오! 꼭이오! 꼭이오!' 하고."

"아하, 그래서 '꼬끼오! 꼬끼오!' 그렇게 들리는 거로구먼. 끝까지 집착을 못 버리고, 쯧쯧."

선녀와 나무꾼을 쓰면서 백영은 그런 생각을 했었다. 사람들은 증오보다 애정 때문에 더 많은 죄를 저지르는 것이 아닐까 하고. 자신이 가진 것을 지키기 위해 인간은 최선을 다한다. 거기에 사랑이란 명목까지 더해지면 그 어떤 짓이든 다 하게 되는 것이다. 나무꾼은 끝까지 생각했겠지. 자신은 사랑이었다고. 한 번도 사랑을 해본 적이 없었던 백영은 선녀와 나무꾼 중 누가 더 힘들었을까 아무리 생각해 보아도 알 수가 없었다.

'증오하는 사람을 용서하는 것이 더 힘든 것일까? 아니면 사랑하는 사람을 떠나보내는 것이 더 힘든 것일까?'

"근데 '이솔낭자뎐'도 그렇고 '선녀와 나무꾼'도 그렇고 여인들은 하나같이 재가하여 잘 사는 걸로 끝나는군요. 작가의 개인적인 소망을 담은 결말입니까?"

숙휘의 날카로운 질문에 백영이 상념에서 깨어났다. 그리고 저도 모르게 완얼을 바라보았다. 갑자기 왜 이리 가슴이 시리는 것일까?

"막장이라 말해도 좋습니다. 소설 속에서라도 이 땅의 여인들에게 희망을 주고 싶었습니다. 현실에선 일어나기 힘든 일이니까요."

백영 자신에게 하는 말이기도 했다. 그리고 그와 동시에 오랫동안 풀지 못한 질문의 답을 얻었다. 그녀에겐 사랑하는 사람을 떠나보내는 것이 더 힘든 일일 거라고.

"그렇다면 '춘향뎐'에서도 춘향이가 이 도령을 버리고 재가하여 잘 사는 걸로 끝납니까?"

"실은 '춘향뎐'은 제 작품들 중 유일하게 비극입니다."

"혹시 춘향이가 죽습니까?"

완얼이 화들짝 놀라 물었다.

"예."

"실제로는 살아 있겠죠?"

량주의 얼굴에 불안한 빛이 역력했다.

"그러기를 바라야지요. 그렇지 않으면 우리가 죽을 테니까요."

도성을 출발한 지 이레째, 땅거미가 질 무렵 일행은 드디어 남원 땅을 밟았다. 박석재에 올라서 사방을 둘러보니 버드나무 늘어선 넓은 길과 광한루, 오작교가 한눈에 내려다보였다.

"이곳이 정녕 남원입니까?"

백영의 가슴 깊은 곳에서 울컥하고 무언가가 올라와 목이 메었다.

"유랑하던 적에 스치듯 지나간 적은 있으나 이리 유심히 보기는 저도 처음입니다. 참으로 아름다운 고을이군요."

'하지만 이제부터 시작이겠지요. 춘향이를 찾으러 남원에 왔다가 살아 돌아간 이는 아무도 없었습니다. 이 아름다운 고을은 얼마나 많은 비밀을 품고 있는 것일까요?'

완얼의 깊은 한숨 소리가 남원 구석구석으로 퍼져나갔다.

산마루에서 내려오니 이미 사방이 어두워져 일단 묵을 곳부터 찾아야 했다. 마침 선비 둘이 얼큰히 취해 어깨동무를 하고 앞장서 가는 것이 보이기에 완얼이 말을 멈춰 세웠다.

"말씀 좀 묻겠습니다."

"그러시지요."

취기가 올라 얼굴이 불그스름한 젊은 선비가 선선히 고개를 끄덕였다.

"초행길이라 그런데 묵을 만한 곳을 찾으려면 어디로 가야 하는지요?"

"묵을 만한 곳? 당연히 십오야지!"

"십오야라니요?"

그러자 옆에 선 다른 선비가 더 불콰해진 얼굴로 술 냄새를 팍팍 풍기며 입을 열었다.

"남원 하면 남원 기생 아니겠소? 우측 길로 오 리쯤 가면 '십오야'라는 기방이 있는데 아주 기가 막히지요. 우리도 지금 게서 나오는 길입니다, 하하하!"

백영도 아주 기가 막혀 선비를 쏘아봤다. 여인이 일행으로 있는 줄 뻔히 알면서 기방으로 가라니, 남원은 난봉꾼의 고을인가?

"물은 김에 하나만 더 물어도 괜찮겠습니까?"

"그러시지요."

"혹시 춘향이라는 퇴기 월매의 여식이 어디 사는지 아십니까?"

그러자 갑자기 선비들의 얼굴이 흙빛으로 변하더니 '으아악!' 비명을 지르며 냅다 도망치기 시작했다. 술에 취해 제 다리에 제가 걸려 넘어지면서도 벌떡 일어나 순식간에 시야에서 사라져 버렸다.

"내가 무슨 말을 잘못한 것이냐?"

밑도 끝도 없는 선비들의 행동에 완얼이 황당한 얼굴로 아우들을 돌아봤다.

"글쎄요. 딱히 잘못 말하신 건 없는 것 같은데요."

"모르면 그냥 모른다고 하면 될 것을 대체 왜 저러는 걸까요?"

량주와 숙휘가 한마디씩 대꾸해 보지만 이해할 수 없기는 마찬가지였다.

"술먹은 개들이지요. 술버릇이 더러워서 그런 겁니다."

술버릇 더럽기로는 둘째가라면 서러운 백영인지라 대수롭지 않게 넘겼다.

"이봐, 젊은이들. 길 좀 터주시게나?"

그때 굵은 지팡이를 짚은 노인이 맞은편에서 걸어오며 완얼 일행을 불렀다.

"말 세 필이 길을 온통 가로막고 있으니 지나갈 수가 있나?"

"어이고, 이런. 죄송하게 됐습니다. 당장 비켜 드리지요."

완얼이 노인에게 깍듯하게 사과를 하며 길모퉁이로 비켜섰다.

"고맙네. 젊은이가 심성도 좋고 생김도 훤한 것이 내 젊을 적이랑 판박이구먼."

노인이 호의적인 반응을 보이자 완얼이 다시 한 번 물어보자 싶었다.

"노인장, 말씀 하나 여쭤도 되겠습니까?"

"두 개 여쭤도 되네. 어차피 할 일 없는 늙은이, 남는 게 시간인데."

"그럼 혹시 춘향이라고 아십니까? 저희가 지금 그 집을 찾고 있는 중……."

말을 채 마치기도 전에 노인이 눈을 까뒤집고 지팡이를 치켜들었다.

"뭐야? 이놈들! 썩 물럿거라!"

머리통을 날려 버릴 기세로 붕붕 휘두르는 무시무시한 지팡이에 놀란 완얼이 냉큼 말을 몰아 줄행랑을 쳤다. 그리고 그 뒤를 량주와 숙휘도 전속력으로 따라갔다.

"뭐 이런 고을이 다 있대? 죄다 미친놈들만 사는 고을 아닙니까? 참내, 기가 막히고 코가 막혀서!"

노인이 보이지 않을 때까지 말을 몰다 멈춰 선 량주가 황당하다 못해 잔뜩 화가 나 입에서 불을 뿜었다.

"네 코야 봄철만 되면 늘 막히지 않느냐?"

완얼도 황당하긴 마찬가지였지만 흥분한 량주를 진정시키기 위해 농처럼 말했다.

"꽃가루 날리는 것을 코가 먼저 아니까요. 저도 은근 예민한 사내입니다!"

"그래. 코라도 예민하니 다행이구나."

숙휘가 얄밉게 끼어들더니 완얼에게 말했다.

"선비들이 일러준 대로 일단 십오야로 가볼까요? 어차피 묵을 곳도 구해야 하고 춘향이 퇴기의 딸이니 기방부터 가보는 게 빠르지 않겠습니까?"

"나도 그리 생각한다. 그렇게 하자꾸나."

완얼이 선선히 고개를 끄덕였다.

"남원 기생들을 보고 싶어서가 아니라요?"

백영의 얼굴이 새초롬해진다. 틀린 말은 아니지만 그래도 기방으로 간다 하니 괜히 심통이 났다. 하지만 완얼은 그 모습이 귀여운 열아홉 소녀처럼 보여 입가에 미소가 번졌다.

"혹시 투기하시는 겁니까?"

"제가요? 왜요?"

"제가 듣기론 여인들은 자기보다 예쁜 여인을 보면 마구 화를 낸다던데요?"

"제가 언제 화를 냈다고 그러십니까!"

"지금 내고 있지 않습니까?"

"이건 화를 내는 게 아니라 소리를 지르고 있는 겁니다!"

완얼은 그게 그거 아니냐고 물으려다 더 이상 놀리면 또 따귀가 날아올까 봐 그쯤에서 입을 다물었다. 그러나 자신을 두고 질투하는 백영의 모습에 왠지 기분이 좋아져 콧노래가 절로 났다. 하나 이를 본 백영은 기방에 간다 하니 아주 그냥 좋아 죽는구나 하고 더욱 열이 뻗쳤다.

남원에서 가장 유명하다는 기방답게 '십오야'는 도성의 기방만큼이나 규모도 크고 화려했다. 대문을 열고 들어가니 대청에 앉아 있던 꽃 같은 기녀 하나가 나비처럼 날아와 완얼을 낚아챘다.

"어머나! 이게 뉘시래?"

몹시 친숙하게 팔짱부터 척 하니 끼는데 완얼은 아무리 봐도 낯선 얼굴이었다.

"나를 아느냐?"

"알다마다요. 조선제일의 미남이시지요! 기녀 생활 십 년 만에 이리 환하게 생긴 선비는 처음 봅니다. 게다가 옆에 계신 무사님들도 어찌나 훤칠하신지!"

"허허, 제가 그리 훤칠합니까?"

온몸이 살살 녹아드는 것 같은 간드러진 기녀의 말에 량주의 입이 헤벌쭉 벌어졌다.

"얘들아, 모두들 이리 좀 나와봐라! 여기 진짜가 나타났다!"

기녀가 콧소리로 제 동무들을 부르자 방방에서 기녀들이 달려 나와 순식간에 완얼과 무사들을 에워쌌다. 혹시 기녀들의 눈엔 여인은 보이지 않는 건가 싶을 정도로 백영에겐 아무도 눈길 한 번 주지 않았다.

"사내들이 이리 눈이 부셔도 되는 겁니까?"

"오늘 밤은 이곳에서 묵어가시지요."

"예, 그러십시오. 저희가 거하게 한 상 올릴 터이니 나리께선 엉덩이만 붙이고 계시면 됩니다."

"얘들아, 오늘은 기방 문 걸어 잠가라! 지금 장사가 문제냐?"

"아아, 눈이 부셔서 나는 쳐다볼 수가 없네!"

기녀들이 서로 완얼의 옷자락을 잡아당기느라 한바탕 난리법석이 벌어졌다.

"어허, 곤란하게 왜들 이러시나?"

말은 그리 하면서도 그의 잘생긴 광대는 눈부시게 승천하여 남원 땅을 마성의 미소로 물들였다. 고량주는 기녀들의 향긋한 분 내음에 이미 영혼을 팔아버린 얼굴이고, 그 진중한 위숙휘마저도 그리 싫지 않은 기색이었다.

"뭐 하나 물어볼 것이 있어서 왔는데 알려줄 수 있겠느냐?"

기회는 이때다 싶어 완얼이 재빨리 질문했다.

"뭡니까? 뭐든 말씀해 보시지요."

기녀들이 저마다 눈웃음을 쳐대며 앞다퉈 대꾸했다.

"혹시 춘향이라고 아느냐? 육년 전쯤 이 근방에 살던 퇴기의 여식인데……."

하지만 춘향이라는 이름을 듣자마자 기녀들의 얼굴에서 순식간에 웃음이 사라지더니 마치 다른 사람이 된 것처럼 쌩하니 돌아섰다. 그리고 모두 방으로 돌아가 문을 걸어 잠갔다.

"저, 저는 아무것도 모릅니다!"

그나마 첫 번째로 그들을 맞아주었던 기녀만이 간신히 한 마디 대꾸해 주었다. 그러나 그녀 역시 황급히 자리를 떠버렸다.

"도대체 여기 사람들은 춘향의 이름만 나오면 다들 왜 저러는 것이냐?"

거듭되는 이상한 행동들에 갈피를 잡지 못하고 서로의 얼굴만 쳐다보고 있는데 뒤에서 탁탁탁 지팡이 짚는 소리가 들려왔다.

"그 이름을 함부로 입에 올려선 안 됩니다."

고운 음성에 고개를 돌려보니 눈먼 기녀 하나가 지팡이를 짚으며 걸어오고 있었다. 여인치고는 큰 편인 키에 호리호리한 기녀는 눈에 띄게 고운 얼굴은 아니나 영민한 인상이었고 누군가 세심하게 돌봐주는 듯 차림새도 깔끔했다. 백영이 얼른 다가가 그녀를 부축해 대청에 앉히자 완얼도 그 옆에 걸터앉았다.

"춘향이에 대해 묻기만 하면 모두들 기겁하며 줄행랑을 치는 이유가 대체 무엇이냐?"

"입에 올리지 말라 하지 않았습니까?"

눈먼 기녀의 얼굴에 두려운 빛이 스쳤다.

"그러니까 이유를 말해달라는 게다."

"죽습니다."

답은 간단명료했다.

"죽다니. 누가 죽는단 말이냐?"

"춘향이를 아는 자, 춘향이에 대해 알려 하는 자, 춘향이를 찾으러 오는 자, 모두 처참하게 죽었습니다. 어차피 춘향이는 이곳에 없습니다. 그러니 돌아가십시오."

"사람 목숨이 달린 일이다. 알아내지 못하면 우리가 죽는다. 그러니 아는 것이 있다면 제발 이야기를 해다오."

완얼이 간곡하게 부탁했다. 보통 여인들 같았으면 완얼의 간절한 눈빛을 보고 거절하긴 힘들 터인데 눈먼 기녀에겐 통하지 않았다.

"돌아가십시오."

그녀가 매정할 정도로 딱 잘라 말하며 일어났다.

"이몽룡이라고 혹시 아십니까?"

절박한 마음에 백영이 그 이름을 꺼냈다. 기녀가 멈춰 섰다. 그녀가 반응을 보이자 백영이 말을 이었다.

"아니면 이 도령이라고 불리었을 수도 있습니다."

"육 년 전이었습니다. 춘향이에겐 아무도 모르게 숨겨둔 정인이 있었더랬지요. 우리끼리는 그분을 이 도령이라 부르곤 했습니다."

"제가 바로 그 이 도령의 부인입니다. 저라면 춘향이에 대해 알 자격이 있지 않겠습니까? 그녀를 만나기 위해 먼 길을 달려왔습니다. 부탁입니다. 같은 여인으로서 제 심정을 조금이라도 이해한다면……."

"헛걸음하셨습니다. 부인께선 절대 춘향이를 만날 수 없을 겁니다."

"해코지를 하려는 게 아닙니다. 그건 약조할 수 있습니다."

"그래서가 아닙니다."

눈먼 기녀가 긴 한숨을 내쉬었다. 그 얼굴에 짙은 그늘이 드리운다.

"춘향이는 이미 사 년 전에 죽었습니다."

"죽었다고요? 그게 정말입니까?"

눈앞이 아득해지며 백영이 몸이 휘청거렸다.

"아씨, 괜찮으십니까?"

량주가 얼른 그녀를 부축했다. 그러나 백영의 머릿속엔 '이제 나도, 점순이도 모두 죽었구나!' 하는 생각뿐이었다.

"정말입니다. 제가 왜 거짓말을 하겠습니까? 그리고 춘향이가 죽은 직후 돌림병이 돌아 고을 사람들이 많이 죽었습니다. 저도 그때 돌림병에 걸렸다가 이렇게 앞을 못 보게 되었지요. 그 뒤로 그때 얘기는 다들 입에 올리지 않습니다. 특히 춘향이 얘기는요. 춘향이의 저주라고 생각하거든요. 억울하게 죽은 춘향이의 피맺힌 영혼이 아직도 남원 땅을 떠돌고 있는 것이라고요."

"춘향이가 대체 어떻게 죽었기에 원혼이 되었다는 게냐?"

무거운 얼굴로 생각에 잠겨 있던 숙휘가 입을 열었다.

"자결하였습니다. 수청을 들라는 신관 사또에게 시달리다가 광한루 연못에 몸을 던졌지요."

"정조를 지키기 위해 목숨을 끊었단 말입니까?"

가슴이 휑해지며 백영은 한없이 허탈해졌다. 죽은 지아비의 정인을 임금에게 바치려 찾아왔는데 열녀가 되어 죽어버렸단다.

'그놈의 열녀! 열녀! 도대체 그 허울을 지키기 위해 앞으로도 얼마나 많은 여인들이 죽어 나갈 것인가?'

"춘향이에 대해 잘 아는 것 같은데 가까운 사이였느냐?"

완얼이 기녀를 유심히 살폈다. 이리 이야기를 해주는 것도 그렇고, 말하는 투로 봐서도 가깝게 지내던 사이가 분명했다.

"저는 향단이라 하옵니다. 춘향 아씨의 몸종이었지요."

기녀가 아련하게 먼 곳을 바라보았다. 그녀의 눈엔 아무 것도 보이지 않겠지만 마치 저 먼 곳에 누군가 있기라도 한 듯한 그리운 표정이었다.

"몸종 향단이? 근데 어찌 여기서 기녀를 하고 있는 것이냐?"

춘향이는 이미 죽었는데 몸종을 만난들 무슨 소용이랴 싶었지만 무슨 말이든 꺼내지 않으면 백영과 눈이 마주칠 것 같았다. 깊은 절망에 빠져 있는 백영의 눈동자를 차마 마주볼 수가 없었다.

"오갈 데 없는 저를 이곳에서 받아주신 겁니다. 사실 기녀라기보다는 식객에 가깝지요. 소경 기생을 찾는 이가 몇이나 되겠습니까? 십오야의 행수님께서 월매 마님과 절친한 기방 동무 사이여서 옛정을 생각해 저를 거둬주신 게지요."

"춘향의 모친은 어찌 살고 있느냐?"

"춘향 아씨께서 돌아가시기 전에 먼저 돌아가셨습니다. 과거 급제하고 다시 돌아오겠다던 이 도령이 감감무소식이자 화병으로 앓아누우셨다가 그만……."

이몽룡은 겨우 열여덟에 급제를 했다. 장원급제는 아니지만 남원에 춘향이를 남겨두고 온 지 두 해 만에, 그 어린 나이에 출사를 했다는 건 실로 대단한 일이었다. 그런 것이 사랑의 힘이라는 것일까? 하지만 기다리는 여인의 입장에서 이 년은 너무나 긴 시간이었을 것이다. 어머니가 돌아가시고, 신관 사또에게 수청을 강요받다 자결을 결심할 만큼 고통스러운 시간들. 백영은 한 번도 생각해 본 적이 없었다. 홀로 남겨진 춘향이는 어떻게 지냈을까 하는 건. 그저 지아비의 정인인 그녀를 미워하기만 했을 뿐이었다.

"춘향이에게 수청을 강요한 신관 사또는 어찌 되었습니까?"

"그 사또가 지금의 사또입니다."

"뭐라? 춘향이는 그리 죽었는데 그놈은 아직도 버젓이 사또질을 하고 있다고?"

량주의 눈에서 불꽃이 튀었다. 워낙 정이 많은 사내인지라 불의를 보면 그만큼 더 분노했다. 특히 연약한 여인을 괴롭히는 놈들은 사람으로 치지도 않았다.

"듣자 하니 조정에 강력한 뒷배가 있는 분이라고 합니다."

"조선 팔도에 썩은 내가 진동하지 않는 곳이 없다더니, 똥구멍으로 창자를 꺼내 목을 졸라 네거리에 매달아도 시원찮을 놈!"

백영까지 격하게 분노하자 언제나 침착한 숙휘가 정색하며 손을 내저었다.

"진정하십시오. 춘향이가 이미 죽었다 하니 앞으로 어찌해야 할지 생각하는 게 먼저입니다."

그 말이 맞다는 것을 머리로는 알겠지만 마음이 쉽게 다스려지진 않았다.

"저도 뭐 하나 물어도 되겠습니까?"

향단이 조심스럽게 말을 꺼냈다.

"물론이지요."

"이 도령은 아마 이 세상 사람이 아니신 게지요?"

그러자 세 사내가 난처한 얼굴로 일제히 백영을 바라보았다. 하지만 백영은 의외로 담담했다.

"예, 그렇습니다."

"역시 그렇군요. 아씨께서 찾아오신 것을 보고 그럴 거라 짐작했습니다."

분위기가 무거워지자 향단이 목소리를 밝게 바꾸어 청하였다.

"오늘 밤 묵으실 곳을 찾는 것 같은데 제가 모시겠습니다. 이 도령의 내자가 찾아왔다고 하면 춘향 아씨께서도 그리하셨을 겁니다."

그러더니 지팡이를 탁탁 짚으며 앞장섰다.

"아참, 혹시 춘향이의 서신이 뭔지 아십니까?"

백영이 퍼뜩 생각이 나 물었다.

"글쎄요. 춘향 아씨와 이 도령이 주고받던 서신이 많긴 했는데 그것들이 아직도 남아 있는지는 모르겠습니다. 춘향 아씨가 돌아가시고 난 뒤 집에 큰불이 나 모두 타버렸거든요. 돌림병이 춘향 아씨의 저주라고 생각한 마을 사람들이 불을 놓은 것이 아닌가 싶습니다."

"예, 그렇군요."

혹시나 했는데 역시나 그리 손쉽게 찾을 수 있는 것이 아니었다. 춘향이는 죽고 춘향이의 서신은 그 존재조차 알 수 없으니, 백영은 임금의 손에 죽는 일만 남았고 점순이는 영영 구할 수 없을지도 모른다.

'두렵다!'

마음을 굳게 먹어보려 하지만 덜컥 겁이 났다. 저도 모르게 손끝이 바르르 떨렸다. 그때, 그런 그녀의 손을 누군가 든든하게 잡아주었다.

"아직 희망을 잃진 마십시오. 제가……."

고개를 돌려보니 어느새 완얼이 곁에 서 있었다. 그리고 그녀의 손을 단단히 붙들고 그보다 더 단단한 목소리로 말을 이었다.

"제가 지켜 드리겠습니다."

백영의 떨림이 멎었다. 하지만 새로운 떨림이 시작되었다. 설사 내일 죽는다 하여도 어리석은 인간들은 오늘 사랑에 빠질 것이다. 백영은 자신의 어리석음이 오늘만큼은 참 다행이라 생각했다. 그 사랑이 이루어질 수 없는 것이라 해도, 드러낼 수조차 없는 것이라 해도, 마음에 품을 수 있는 누군가가 세상에 존재한다는 것만으로도 지금 이 순간 살아 숨 쉬고 있음에 감사했다. 그리고 그 어느 때보다 강렬하게 살고 싶어졌다.

'어떻게 해야 살 수 있을까? 춘향의 시신이라도 데려가야 하나? 내가 살아야 점순이를 구할 방도도 찾을 것이 아닌가?'

백영은 밤새 잠을 이루지 못하고 뒤척이다 아침을 맞았다. 한데 옆방에서 누군가 밖으로 나가는 문소리가 들렸다. 그곳은 향단의 방이었다. 백영도 문을 열고 나가 보니 옷을 차려 입은 향단이 한 손엔 보퉁이까지 들고선 마당을 가로질러 가고 있었다.

"이렇게 일찍 어딜 가십니까?"

"어머, 아씨께서도 일찍 기침하셨군요. 실은 오늘이 춘향 아씨의 기일이라 묘소에 다녀오려 합니다."

안 그래도 춘향의 묘를 찾아가 봐야겠다고 생각하던 터라 그 말에 백영의 귀가 번쩍했다.

"혹시 실례가 안 된다면 저도 함께 가도 되겠습니까?"

"그러시지요. 실례가 될 게 뭐 있겠습니까?"

향단이 순순히 대답을 하는데 불쑥 완얼의 목소리가 끼어들었다.

"이렇게 이른 시각에 여인네 둘이서만 어딜 가겠다는 겁니까?"

"피곤하실 텐데 더 주무시지요. 저희는 괜찮습니다."

"아씨께서도 그런 빈말을 하실 줄 아십니까?"

"예?"

"얼굴에 다 쓰여 있습니다. '빈말입니다' 하고. 똥구멍으로 창자를 꺼내 목을 졸라 네거리에 걸어버린다는 말도 거침없이 하시는 분이 새삼 무슨 내숭이십니까? 같이 가십시다!"

어느새 옆으로 다가온 완얼이 그녀의 손목을 잡고 성큼성큼 걸어갔다.

"어머나!"

이 사내가 이젠 아주 상습적으로 손목을 잡는다.

"같이 가고 싶다고 했지 누가 손을 잡으라 했습니까?"

백영이 새침하게 손목을 뿌리쳤다.

"그러니까 저랑 같이 가고 싶은 건 맞는 거군요!"

완얼이 활짝 웃었다.

"마음대로 생각하십시오! 우린 먼저 가겠습니다."

얼굴이 확 달아오른 백영이 향단을 부축해 앞장서 갔다. 하지만 뒤따라오는 완얼의 발소리를 들으며 그녀의 입가에도 살며시 미소가 어렸다.

춘향의 묘는 기방에서 멀지 않은 뒷산의 야트막한 비탈에 자리 잡고 있었다. 제대로 보살펴 주는 이 없는 보잘것없는 무덤은 잡풀이 무성했지만, 이미 누군가 다녀간 듯 진달래꽃이 한 다발 놓여 있었다.

"꽃이 놓여 있습니다. 싱싱한 걸 보니 갖다 놓은 지 얼마 안 된 것 같은데 우리 말고 누가 올 사람이 있습니까?"

어머니 월매도 죽고, 정인인 이몽룡도 죽었고, 이 고을 사람들은 춘향의 이름만 나와도 벌벌 떠는 판에 누가 춘향의 무덤에 다녀간 것일까? 이상하단 생각에 백영이 물었다.

"글쎄요. 이 묘를 찾는 이라고는 저밖에 없는데……."

향단이 고개를 갸우뚱하며 보퉁이를 풀어 무덤에 술을 한 잔 올렸다.

"춘향이가 죽은 날이 오늘이라고요?"

비석에 쓰인 글귀를 보던 백영이 물었다.

"예, 그렇습니다."

사 년 전 사월에 춘향이가 죽었다. 그리고 이몽룡은 이듬해 일월, 그러니까 춘향이가 죽고 나서 아홉 달 뒤에 죽은 것이다. 그는 알고 있었을까? 춘향이가 죽었다는 것을. 그러다 퍼뜩 머릿속에 그의 유언이 떠올랐다.

"서방님이 숨을 거두기 직전 저를 춘향으로 착각하고 제게 이런 말을 남기셨습니다. '남원의 그곳에, 그네를 뛰던 그곳에 네가 찾는 그것을……'이라고요. 지금에 와 곰곰이 생각해 보니 저는 왠지 그것이 춘향의 서신을 뜻하는 말 같습니다."

"춘향 아씨가 그네를 뛰다 이 도령을 만난 곳은 광한루인데요?"

"바로 거깁니다! 그곳에 가봐야겠습니다."

'왜 여태 그 말을 잊고 있었을까!'

흥분한 백영이 벌떡 일어나 광한루를 향해 발걸음을 재촉했다.

광한루는 박석재에서 내려다보던 것보다 훨씬 더 아름다운 곳이었다. 고색창연한 누각 앞엔 커다란 연못이 펼쳐져 있고, 늘어진 버들가지는 춘풍에 하늘하늘 흰나비와 벌들은 꽃향기를 타고 너울너울 꾀꼬리 날아올라 노래할 제 연못 위에 오작교를 건너 그네가 매여 있는 언덕으로 향하니…….

향기로운 교외의 거리 봄으로 가득하니 (香街紫陌春城內)
보는 자 누구인들 사랑하지 않으리오! (滿城見者誰不愛)

　백영이 춘향면에 인용한 도연명의 시와 같이 이곳에서 이팔청춘 남녀가 사랑에 빠지지 않는 게 더 이상한 일이었다.

　"저쯤에 그네가 매여 있지요? 춘향이의 그네라 하여 저 주변으론 사람들이 얼씬도 하지 않습니다."

　누각에 앉아 연못 맞은편 언덕을 가리키며 향단이 말했다. 향단이는 누각에서 잠시 쉬고, 완얼과 백영은 오작교를 건너가 그네 주변을 샅샅이 살폈다. 혹시나 하여 그네 밑에 땅까지 파보았지만 서신은커녕 종잇조각 하나도 나오지 않았다.

　"여기도 아닌가 봅니다."

　흙투성이가 된 백영이 몹시 실망해 맨바닥에 털썩 주저앉았다.

　'점순아, 여기까지 왔는데 결국 아무것도 찾지 못하였구나. 너를 다시 만나려면 이제 어떻게 해야 하는 것이냐?'

　힘없이 고개를 떨어뜨린 모습이 안쓰러워 완얼은 어떻게든 그녀의 기분을 풀어주고 싶었다.

　"제가 하늘을 날게 해드릴까요?"

　"예?"

　뜬금없는 말에 백영이 어리둥절해 반문했다. 그러자 완얼이 그네를 툭툭 치며 외쳤다.

　"밀어드릴 테니 저 위까지 날아올라 보십시오!"

　"이 와중에 무슨 그네입니까?"

　"그러지 말고 한번 타보십시오."

　"지금 그럴 기분이 아닙니다."

"제 소원입니다, 백영 아씨. 예?"

지금 이 순간, 마치 그녀가 그네 뛰는 것을 보기 위해 존재하는 사람처럼 완얼이 그녀를 바라봤다.

"무슨 소원이 그리 자잘하십니까? 그런 눈빛으로 보셔도 소용없습니다."

통명스럽게 대꾸하며 일어나 그네에 올랐다. 백영은 그렇게 간절하고도 맑은 눈빛을 거절할 만큼 의지가 강하지 못했다.

"꽉 잡으십시오. 밀겠습니다!"

완얼이 제가 더 신이 나 그네를 밀었다. 한 번 밀어 땅을 박차고 두 번 밀어 솟아올라 네 번 다섯 번 마침내 하늘로 날아오르니 안 타겠다고 할 땐 언제고 백영의 입에서 '와아!' 탄성이 터져 나왔다. 하얀 구름을 머리에 이고 언덕 아래 진달래 꽃밭을 내려다보자니 가슴이 탁 트이며 정말 날아오를 듯했다.

완얼의 눈엔 그런 백영이 그네를 타고 하늘에서 내려오는 선녀 같았다. 봄바람이 붉은 치맛자락을 들치며 희롱할 때마다 하얀 속곳이 나풀나풀 펄럭이고, 그보다 더 새하얀 정강이가 얼핏얼핏 눈앞에 스친다. 바람결에 실려 오는 그녀의 체취는 또 얼마나 향기로운지. 그러다 넋을 잃은 완얼이 무의식중에 그네를 너무 힘껏 밀치고 말았다.

"너무 높습니다! 그만, 그만요!"

비명 소리에 퍼뜩 놀라 줄을 잡아채자 그네에서 백영의 몸이 튀어나가 완얼의 품속으로 와락 안겼다. 엉겁결에 포옹하며 눈과 눈이 마주치니 이것이 바로 청춘남녀가 함께 오면 족족 눈이 맞아버린다는 광한루의 마법인가 보다.

"저기, 저쪽 언덕 아래에 진달래꽃이 잔뜩 피어 있습니다!"

귓불까지 빨갛게 물든 백영이 공연히 큰 소리로 외치며 벌떡 몸을 일으켰다. 그러자 완얼이 다짜고짜 진달래 꽃밭을 향해 뛰기 시작했다.

"여기 잠시만 계셔보십시오!"

"나리!"

그러나 완얼은 이미 바람처럼 저 멀리 달려가고 있었다.

"어휴, 정말 못 말린다니까."

말은 그리 하면서도 실은 싫지 않았다. 싫기는커녕 자신에게 꽃을 갖다 주기 위해 달려가는 완얼의 마음이 큰 위로가 되었다. 백영이 그네에 머리를 기대고 기다리고 있으려니 어느새 다가온 향단이 불쑥 묻는다.

"완얼 나리를 좋아하시지요?"

"어이쿠, 깜짝이야! 인기척도 없이 어찌 금세 나타나셨습니까?"

"인기척이 없긴요. 지팡이 소리가 그리 요란했는데 아씨가 다른 곳에 온통 정신이 팔려 못 들으신 게지요. 그런 것이 사랑이라지요?"

"예에? 아닙니다! 과부가 어찌 그런 마음을 품겠습니까?"

"사랑을 눈으로 보신 적이 있습니까?"

"아니요. 사랑을 어찌 눈으로 봅니까?"

"눈으로 보지 못하는 것이니 저 같은 소경이 더욱 잘 안답니다. 사랑하는 이들에게선 달콤한 향내가 나거든요. 지금 아씨에게서 나는 향처럼요."

향단이 빙그레 미소를 머금으며 꽃향기를 맡듯이 크게 숨을 들이쉰다.

'내게 정말 그런 향내가 나는 걸까?'

백영도 크게 숨을 들이쉬는데 향단이 조심스럽게 물었다.

"한데 찾으시는 서찰은 여기에도 없나 보군요."

"서찰을 못 찾은 걸 어찌 아셨습니까?"

'앞도 못 보시는 분이' 하고 말을 이으려다 아차하고 입을 다물었다.

"말씀 나누시는 걸 들었지요. 눈이 보이지 않으니 냄새도 더 잘 맡고 듣는 귀도 더 밝아졌답니다. 제 귀엔 저 멀리 바늘 떨어지는 소리까지 다 들리는걸요?"

향단이 농처럼 말하며 웃음 지었다. 하지만 그 웃음이 몹시도 쓸쓸해 보여 공연히 미안해진다.

"제가 괜한 말을 꺼냈나봅니다."

"아닙니다. 먼저 물은 것은 저인걸요. 근데 그것이 그리 중요한 서찰입니까? 남녀 간에 주고받은 서찰이란 것이 다 거기서 거기, 기껏해야 연모한다는 말밖에 더 있겠습니까?"

"그런 서찰이라면 그걸 찾아 남원까지 내려올 일도 없었겠지요. 꼭 찾아내고야 말겁니다. 서방님의 유언을 잊고 있었던 것처럼 분명 제가 놓치고 지나간 단서가 더 있을 것입니다."

백영이 비장하게 대꾸했다. 그때 갑자기 뒤에서 웬 사내의 목소리가 들렸다.

"춘향아!"

놀라 돌아보니 오작교 건너편에서 한 손에 진달래꽃을 꼭 쥔 양반이 눈물을 글썽이며 그녀를 바라보고 있었다.

"춘향아! 나다!"

꽃을 든 사내는 도포 자락을 마구 휘날리며 달려와 백영을 으스러져라 감싸 안았다. 차림새를 보아하니 행세깨나 하는 집안의 양반 같은데, 아무래도 정신 나간 양반인가 보다.

"이게 무슨 짓입니까?"

백영이 있는 힘껏 그를 밀쳐 냈다.

"저는 춘향이가 아니라 변씨 부인입니다!"

그러자 그가 갑자기 정신이 난 듯 눈을 번쩍 떴다. 그러더니 안색이 확 변해 다짜고짜 그녀의 손을 끌고 가는 것이었다.

"이거 놓아라! 나리! 완얼 나리!"

백영이 끌려가지 않으려 안간힘을 쓰다가 팔뚝을 물어뜯었다.

"으아악!"

사내의 비명과 동시에 어디선가 진달래 꽃다발이 날아와 그의 뺨을 후려쳤다.

"백영아!"

그리고 완얼이 목이 터져라 그녀를 부르며 붕 날아올랐다. 완얼의 긴 다리가 사내의 가슴팍을 부숴 버릴 듯이 걷어찼다. 어마어마한 발차기 한 방에 사내가 땅바닥에 떼굴떼굴 나뒹굴었다. 그리고 혼비백산하여 필사적으로 도망을 쳤다. 하지만 완얼은 사내를 뒤쫓는 대신 백영에게 달려가 그녀를 부축했다.

"다친 곳은 없으십니까?"

"예, 저는 괜찮습니다."

"다행입니다. 참으로 다행입니다."

그가 안도의 한숨을 내쉬며 흐트러진 백영의 머리칼을 귀 뒤로 넘겨주었다. 그 부드러운 손길에 마음까지 사르르 녹아내리는 것 같았다.

"쫓아가서 다리를 확 분질러 버릴 걸 그랬습니다!"

백영이 무사한 것을 확인하자 완얼은 새삼 다시 화가 치밀어 올랐다. 게다가 그녀에게 주려고 만들어온 진달래 꽃다발도 엉망이 되지 않았는가? 꽃을 받고 좋아하는 모습을 꼭 보고 싶었는데.

"대체 저런 놈이 어디서 나타난 건지!"

"사또입니다."

옆에 있던 향단이 차분하게 답을 했다.

"저 미친놈이 이 고을 사또라고?"

"설마요."

완얼과 백영 둘 다 놀라 귀를 의심했다.

"확실합니다. 제 귀는 보통 사람의 눈보다 정확합니다."

"어찌 사또가 다짜고짜 저를 끌고 가려 한단 말입니까?"

"백영 아씨가 그네 옆에 있는 모습을 보고 춘향 아씨로 착각한 것이 아닐까요? 사또는 춘향 아씨에게 아주 집착이 심했으니까요."

"근데 제가 춘향이를 닮았습니까?"

"저야 모르지요. 백영 아씨가 어떻게 생겼는지 보지 못했으니까요. 그리고 이제 이 고을에선 춘향 아씨의 얼굴을 아는 이는 사또밖에 없습니다. 다른 사람들은 모두 죽고 저는 소경이 되었으니까요."

"아무래도 저 사또가 수상하다."

완얼의 눈이 날카롭게 빛났다.

"저도 그렇습니다."

"그렇다면 사또를 다시 한 번 만나보는 게 어떻겠습니까?"

향단이 두 사람에게 말했다.

"어떻게요?"

"오늘 오후에 사또의 생신 연회가 있습니다. 남원의 모든 기녀들이 그 자리에 참석할 것입니다."

"생일잔치라, 그거 좋군요."

백영이 빙그레 웃으며 고개를 끄덕였다.

동헌 마당에선 떠들썩한 연회가 한창이었다. 소를 때려잡아 진수성 찬을 차리고, 온 고을 기녀들을 불러 모아 지화자 좋다 덩실덩실 풍악 을 울렸다. 하지만 가장 상석에 자리 잡고 앉은 사또의 표정은 울적하기 짝이 없었다. 춘향이 하필 그의 생일에 자진한 뒤로 생일날만 되면 기분이 좋지 않았다. 사또가 심드렁하게 연회장을 둘러보는데 기생들 무리에서 몹시 낯이 익은 여인 하나가 튀어나왔다.

"사또, 저를 알아보시겠습니까?"

"너는 오늘 아침 광한루에서!"

사또가 놀라 소리쳤다. 그녀가 좋아했던 진달래꽃을 무덤가에 놓아 주고 정처 없이 걷다 보니 춘향이 몸을 던진 광한루였다. 그리고 거짓 말처럼 춘향이가 그곳에 서 있었다. 그녀를 처음 본 그날처럼 그네에 기대 물끄러미 언덕 너머를 바라보며.

"예, 그렇습니다. 제가 바로 춘향이입니다!"

백영이 소리쳤다. 춘향이란 이름이 나오자 갑자기 풍악이 멈추고 장 내가 술렁거렸다. 사또가 오늘 아침 광한루에서의 일을 다시 떠올렸 다. 눈부신 햇살 아래 펄럭이는 붉은 치맛자락, 단정하게 틀어 올린 쪽 찐 머리, 가녀린 어깨, 영락없는 춘향이었다. 하지만 홀린 듯 달려 가 보니 전혀 닮은 구석이 없었다. 그리고 춘향이는 이곳에 절대로 나 타날 수 없는 사람이 아닌가?

"네년이 지금 나를 놀리는 것이냐?"

버럭 소리를 지르고 보니 아침에 진달래 꽃다발로 얻어맞은 뺨따귀 와 발차기로 맞은 가슴팍이 동시에 아파왔다. 더욱 화가 난다.

"춘향이와 하나도 닮지 않은 주제에 감히 그녀의 그네를 건드리다 니! 저년을 당장 형틀에 묶어라!"

시또의 노성에 나졸들이 형틀을 가져와 백영의 팔다리를 묶었다. 사또가 아직도 그녀를 춘향이라 착각한다면 살살 구슬려 이것저것 알 아내보자 계획을 세웠었는데 아무래도 그 책략은 실패한 것 같다. 정 신이 나가려면 계속 나가 있든가, 들락날락하는 것이 미친놈 중에서도 상 미친놈이었다.

"금잔의 향기로운 술은 만백성의 피요, 옥쟁반의 맛있는 고기는 만백성의 기름이고!"

형틀에 묶인 백영이 눈을 부릅뜨고 사또를 향해 부르짖었다.

두 번째 작전 개시! 그러자 담 밖에서 울림 좋은 목소리가 답을 해 왔다.

"촛농 떨어질 때 백성들의 눈물 떨어지니, 노랫소리 높은 곳에 원망 소리 높더라!"

일순간 연회에 참석한 벼슬아치들의 얼굴이 흙빛으로 변했다.

金樽美酒 千人血 玉盤佳肴 萬姓膏

금즌미쥬 천인혈 옥반가효 만셩고

燭淚落時 民淚落 歌聲高處 怨聲高

촉루락시 민루락 가셩고쳐 원셩고

이것은 암행어사들이 탐관오리를 때려잡기 전에 즐겨 읊는 시조가 아닌가? 아니나 다를까 곧이어 량주의 우렁찬 고함 소리가 관내를 뒤흔들었다.

"암행어사 출두요!"

완얼과 량주와 숙휘가 '와아!' 함성을 지르며 문을 부수고 마당으로 뛰어들었다. 암행어사라는 소리에 기녀들은 비명을 지르며 흩어지고, 벼슬아치들은 버선발로 담을 넘어 줄행랑을 쳤으며 사또는 괴성을 지르면서 주안상 밑으로 기어 들어갔다.

"네 이놈!"

완얼이 거침없이 대청으로 뛰어오르더니 사또의 목덜미를 잡고 끌어냈다.

"살려주십시오! 어사또 나리, 죽을죄를 지었습니다!"

남원에 첫 부임해 왔을 때 이미 암행어사에게 호되게 당한 적이 있는지라 어사또만 보면 울렁증이 심해지는 사또가 벌벌 떨며 애원했다.

"아이고, 어사또 나리! 어사또 나리!"

그러자 완얼이 사또에게 귓속말로 속삭였다.

"실은 내가 지금 마패가 없다."

"예?"

어리둥절해 완얼을 쳐다본다.

"어사또라는 거 공갈이거든. 수하 달랑 둘 데리고 오는 암행어사가 어디 있느냐?"

"뭐라? 그럼 네놈은 누구냐!"

사또가 언제 살려 달라고 애원했냐는 듯 고개를 발딱 들고 대거리했다.

"어허, 말을 삼가라! 어찌 감히 나를 어사또 따위에 비하느냐? 나는 이 나라 조선의 여섯 번째 왕자 완얼군 이검이다!"

완얼이 낮은 목소리로, 그러나 단호하게 일렀다. 그리고 품에서 마패 대신 옥패를 꺼냈다. 이것은 선왕께서 왕자들에게 하사하신 것으로, 마패와 비슷한 둥근 모양에 왕자의 상징인 백택과 이름이 새겨져 있었다.

─ 제육왕자 이검(第六王子 李劍)

옥패에 새겨진 글자를 본 사또는 암행어사라는 말을 들었을 때보다 더욱 새파랗게 질렸다. 머지않아 제육왕자가 내려올 것이라 '그분'께 미리 언질을 받은 터였다. 하지만 이런 식으로 대면하게 될 줄은 몰랐다.

"죽여주시옵소서! 소신이 미처 몰라 뵙고……."

"쉿! 내가 지금 사정이 있어 왕자라는 신분을 밝히기엔 곤란하니 그냥 어사또라 치자. 알겠느냐?"

"예, 완얼군 대감!"

"어허! 어사또 나리라니까!"

"예! 예! 어사또 나리!"

완얼이 사또에게 단단히 이르고는 그를 마당 한가운데 무릎 꿇렸다. 그사이 량주와 숙휘가 백영을 형틀에서 풀어주고 옆으로 왔다.

"이제부터 내가 묻는 말에 한 치의 거짓도 없어야 한다!"

사또가 납작 엎드리자 완얼이 준엄하게 소리쳤다.

"예! 어사또 나리!"

"어명을 받고 춘향이를 찾으러 남원에 왔던 셋은 어떻게 숨을 거두었느냐?"

"귀신을 보고 급사하셨습니다."

"뭐야? 귀신을 보고 놀라 죽었다는 말이냐?"

"예. 제 생각엔 춘향이의 원혼을 목격하고 그 충격으로 돌아가신 것 같습니다."

그러자 잠자코 듣고 있던 백영이 두 사람의 대화에 끼어들었다.

"원혼이 나타난 곳이 어디입니까?"

"관내 사랑채입니다만……."

"그럼 우리가 오늘 그곳에서 묵겠습니다."

"예? 우리가요?"

귀신이라면 벌벌 떠는 량주가 펄쩍 뛰었다.

"그 방에 묵었다가 다음 날 아침 살아 나온 이가 없었습니다."

사또가 어찌나 와들와들 떨고 있는지 목소리까지 마구 떨렸다.

"정말 춘향이의 혼령이 나타난다면 그 원혼을 잡아 전하께 데려갈 것이고, 사람의 짓이라면 완얼 선생께서 그 살기를 막아주실 게 아닙니까?"

"귀신을 궐에 데려가겠다고요?"

농담인가 싶어 완얼이 그녀의 얼굴을 쳐다봤다. 그러나 백영은 그 어느 때보다 진지했다.

"우리가 살 수 있다면 뭔들 못 잡아가겠습니까? 가시지요, 진짜 춘향이를 만나러!"

큰소리치며 오긴 했지만 막상 사랑채에 도착하자 백영도 속으로는 약간 겁이 났다. 하나 계집종이 향초를 켜자 귀신이 출몰하는 곳답지 않게 방 안은 의외로 넓고 산뜻했다. 게다가 사또가 주안상까지 들여 보내 하룻밤 묵어가기에 손색이 없었다.

"먹어도 괜찮은 걸까요?"

백영이 한가운데 놓인 굴비와 눈싸움이라도 하듯 진수성찬을 노려봤다. 허기가 지긴 했지만 미친 사또가 보낸 것이라 선뜻 손이 가지 않았다.

"글쎄요. 주막에서처럼 수면제나 미약을 탔는지는 알 수 없으나 적어도 음식에 독이 들어 있진 않을 겁니다."

"그걸 어찌 아십니까?"

"그것도 살기니까요. 대놓고 눈앞에서 죽이려고 덤벼드는 것은 아니지만 독을 타는 것도 인간이 살의를 품고 한 짓이니 독이 든 음식에서도 어느 정도는 느껴집니다."

"우와, 나리는 천하무적이시겠습니다! 누가 감히 나리를 죽일 수 있겠습니까?"

백영이 감탄하며 좋아했다. 완얼이 쉽게 죽지 않을 거라는 것이 그렇게 좋을 수가 없었다. 그녀를 혼자 두고 먼저 죽진 않을 테니까. 하지만 완얼은 그녀의 말이 왠지 서글프게 들려왔다. 그는 천하무적이 아니다. 천하의 모두가 적이다. 쉽게 죽일 순 없더라도, 어떤 수고를 해서라도 죽이려 드는 자들이 온 사방에 얼마든지 있었다.

"귀신은 못 잡으시지 않습니까? 정말 춘향이 귀신이 나오면 어떡하죠?"

숙휘에게 바짝 붙어 앉은 량주가 오싹한 기분에 슬그머니 그의 팔짱을 끼었다. 겁에 질려 가뜩이나 부리부리한 눈을 더욱 부릅뜨자 백두산 호랑이처럼 안광이 번뜩였다.

"세상에 귀신은 없다."

숙휘가 매몰차게 량주의 팔을 뿌리치며 딱 잘라 말했다. 그는 점이나 운수, 운명 따위를 믿지 않았다. 오직 눈에 보이는 것만을 믿었다. 완얼의 신기는 옆에서 직접 보아온지라 믿긴 하지만 점쟁이라는 호칭이 폭군에게서 완얼을 보호해 주고 있음을 다행이라고 생각할 뿐 신기 자체에 대해선 큰 관심이 없었다. 혹시 오늘 밤 귀신이 나타난다 하더라도 이미 죽은 이에게 순순히 산목숨을 내주진 않을 것이다.

"쯧쯧. 그 덩치가 아깝다, 이놈아! 귀신이 나타났다가도 네놈의 부리부리한 눈을 보고 기겁해서 도망갈 터이니 걱정 말아라. 안 그렇습니까?"

완얼이 혀를 끌끌 차며 백영을 바라봤다. 일렁이는 촛불 아래서 그녀는 물끄러미 허공을 바라보고 있었다. 은은한 빛 때문일까? 아니면 그윽하게 풍겨오는 향내 때문일까? 아련한 그 모습이 그의 가슴을 물들인다. 향기가 몸에 배듯이 그녀가 스며들어 온몸이 백영의 향으로 가득해진다.

'한데 무엇을 보고 있는 것일까?'

시선을 따라 고개를 돌리던 완얼의 얼굴이 사색이 되었다.

'소원아!'

소원이다. 소원이 그의 앞에 서 있었다. 하지만 그저 바라보기만 할 뿐 그에게 한마디 말도, 작은 미소도 건네지 않았다.

'아직도 나를 원망하고 있는 것이냐? 왜 나는 아직도 죽지 않고 염치없이 살아 있느냐고 비난하는 것이냐? 그런 주제에 다른 여인을 마음에 품으려 하냐고 원통하여 찾아온 것이냐?'

완얼이 흔들리는 눈빛으로 그녀에게 손을 뻗었다.

'무엇을 저리 보고 계신 걸까?'

완얼을 돌아본 백영이 고개를 갸우뚱했다. 그리고 그의 시선을 따라 고개를 돌렸다.

"춘향?"

가슴이 덜컥 내려앉는다. 다홍치마에 연둣빛 저고리를 입은 고운 여인이 슬픈 눈빛으로 그녀 앞에 서 있었다.

'드디어 나타났구나!'

백영은 단번에 알 수 있었다, 그녀가 춘향이라는 것을. 호흡이 가빠지고 눈앞이 흔들린다. 하지만 마음을 단단히 다잡고 그녀에게 말을 건넸다.

"당신이 정말 춘향입니까?"

"내가, 내가 대체 무엇을 잘못했느냐? 한 사내를 진심으로 마음에 담은 것이 죽을 만큼 잘못한 것이더냐?"

절규하는 목소리에 깊은 원한이 담겨 있었다. 그녀가 내뿜는 원한이라는 짙은 향에 정신이 아득해질 정도로.

"사랑했다. 그래서 갖고 싶었다. 그를 미친 듯이 갖고 싶었다. 한데 네가! 네가 그 사람을 빼앗아갔어!"

"그건 내 뜻이 아니었습니다. 집안이 정해놓은 혼처였을 뿐. 그리고 나 역시 그로 인해 삼 년이란 시간을 고통 속에서 보냈습니다. 지금도 여전히 그렇고요."

"듣기 싫다! 다른 이에게 세상에 단 하나뿐인 사람을 뺏긴 기분이 어떤지 아느냐? 너도 그 처참한 기분을 느끼게 해줄 것이다. 반드시 그리할 것이다! 너도 결코 가질 수 없어!"

그렇게 부르짖으며 춘향이 완얼을 가리켰다. 그는 혼이 빠져나간 사람처럼 멍한 눈으로 허공을 향해 손을 뻗고 있었다.

"저 사람은 건드리지 마! 완얼 나리를 해한다면 내가 널 죽이고 말 것이다!"

백영이 서슬 퍼렇게 소리쳤다. 춘향의 짙은 향 때문에 머리가 뒤죽박죽 혼란스러워진다. 하지만 그 혼돈 속에서도 한 가지만은 선명하게 떠올랐다.

'완얼을 지킬 것이다! 가질 수 없어도 좋다. 하지만 그가 다치게 내버려 두진 않을 것이다. 그가 나를 지켜준 것처럼 나도 그를 지킬 것이다!'

"이미 죽어 썩어진 몸, 죽는 것이 무에 두렵다고!"

춘향의 귀기 어린 웃음소리가 방 안을 뒤흔들었다.

"한데 네가 나를 죽어서도 편히 쉬지 못하게 만들었다. 업음질과 말놀이 따위로 우리의 사랑을 웃음거리로 만들었지. 네까짓 게 뭘 안다고! 네 년이, 네 년이 감히! 감히! 감히!"

춘향이의 피맺힌 절규가 메아리처럼 울려 퍼졌다. 하지만 백영은 더 이상 생각을 이어갈 수가 없었다.

향.

점점 짙어지는 향이 그녀의 머리를, 그녀의 몸을 점점 마비시켰다.

"아씨! 정신 차리십시오! 정신을 놓으셔선 아니 됩니다!"

아득히 먼 곳에서 누군가의 다급한 목소리가 들려왔다.

'누구지…….. 당신은 누구야……. 여긴 어디…….'

향에 취할 대로 취해 그대로 눈을 감으려는 찰나, 고막을 찢는 듯한 호랑이의 울부짖음에 정신이 번쩍 들었다.

"백영 아씨!"

앞을 보니 량주가 커다란 물동이를 들고 서있었다. 그리고 방에 있던 그녀는 어느새 마당으로 나와 완얼의 무릎을 베고 쓰러져 있었다. 완얼과 백영, 두 사람 모두 물벼락이라도 맞은 듯 몸이 흠뻑 젖어 있고 숙휘 역시 온몸이 젖은 채 그 옆에 주저앉아 있었다.

"이제 정신이 드십니까?"

완얼이 걱정스레 물었다. 하지만 그런 그의 낯빛도 몹시 파리하게 질려 있었다.

"이게 대체 어떻게 된 일입니까? 제가 왜 이곳에서 나리 무릎을 베고…….."

그녀가 얼굴을 붉히며 몸을 일으켰다.

"량주가 아니었으면 우리 모두 큰일 날 뻔했습니다."

"그러게 다들 어떻게 되신 겁니까? 제가 잠시 졸다 깨어보니 세 분 모두 정신 나간 눈으로 허공을 보며 헛소리를 하고 계셨습니다. 당장 끌어다 찬물을 끼얹지 않았으면 떼죽음을 당할 뻔했습니다."

량주가 그제야 긴장이 풀린 듯 털썩 주저앉았다.

"춘향이를 보았습니다. 정말 춘향이의 원혼이 나타났었습니다! 제가 두 눈으로 똑똑히 보았습니다."

귀신에 홀린다는 것이 이런 것인가? 백영이 몸을 부르르 떨었다.

"저는 돌아가신 어머님을 뵈었습니다. 평생 귀신같은 건 없다고 믿었었는데……."

도저히 믿기지 않는 표정으로 숙휘가 말끝을 흐렸다.

"나는……."

완얼이 잠시 망설이더니 불쑥 량주에게 물었다.

"너는 아무것도 못 봤느냐?"

"예. 저는 잠만 잘 오던데요?"

량주가 고개를 갸우뚱하며 코를 훌쩍였다. 그러자 완얼의 눈이 퍼뜩 빛나더니 그가 벌떡 일어났다.

"아직도 코가 막혀 있느냐?"

"말도 마십시오. 제가 어지간하면 자다 깨지 않는데 얼마나 코가 막혔으면 답답해서 깼겠습니까? 남원에 오니 꽃이 많아서 그런지 코가 더 막히는 것 같습니다."

"향이다!"

그 말을 듣자마자 완얼이 정신없이 방으로 뛰어 들어가 향초를 들고 나왔다.

"앗, 이 향은!"

코끝을 스치는 향초의 냄새에 백영도 뭔가 짚이는 것이 있었다. 그것은 바로 춘향이가 짙게 내뿜었던 그 향이었다.

"예. 이것은 환각을 일으키는 향초입니다. 명국에서나 은밀히 구할 수 있는 아주 귀한 것이지요. 처음엔 자신이 원하는 것이나 보고 싶은 것들이 환각으로 보이다가 향의 독성이 점점 강해지면서 결국 죽게 되지요."

완얼이 분한 듯 아랫입술을 깨문다.

"어디선가 살기가 느껴진다 싶긴 했는데, 음식에만 신경 쓰고 미처 향초를 주목하지 않았습니다. 조금만 더 주의를 기울였더라면 되었을 것을! 다 저의 불찰입니다."

그 말에 백영이 골똘히 생각에 빠진다.

'보고 싶은 것, 원하는 것을 본다? 그렇다면 내가 춘향이를 그토록 보고 싶어 한 것인가? 춘향이가 내게 퍼부었던 원망은 그녀의 이야기를 멋대로 써버린 것에 대한 죄책감일까?'

그러다 문득 한 가지가 궁금해졌다. 완얼이 보고 싶어 한 것은 무엇일까?

"한데 나리께선 무엇을 보셨습니까?"

"저는……. 소원을 보았습니다."

완얼의 얼굴에 잠시 망설이는 빛이 스쳤으나 이내 답을 했다.

"소원? 어떤 소원이요?"

"소원은 여인의 이름입니다."

"아! 그럼 그 여인이 누굽니까?"

여인! 순간 가슴이 철렁한다.

'누굴까? 나리께서 그토록 보고 싶어 하는 여인은.'

그때, 완얼의 눈초리가 날카롭게 빛나며 남쪽을 향해 다급하게 외쳤다.

"살기다! 남남동. 칠십오 보!"

완얼과 무사들이 남남동 쪽을 향해 달려갔다. 어느새 이런 일에도 익숙해져 가는지 백영도 반사적으로 그들을 뒤쫓아 뛰기 시작했다. 동헌 한복판을 가로질러 완얼이 어느 방 앞에 멈춰 섰다. 그리고 지체 없이 문을 부수고 안으로 뛰어 들어갔다.

방 안은 어둡고 고요했다. 그리고 전혀 인기척이 느껴지지 않았다.

열린 문으로 달빛이 들어와 부옇게 실내를 밝히자 방 한가운데 누워 있는 이가 보였다. 눈처럼 하얀 이부자리가 붉은 피로 흥건히 젖어 있고, 가슴팍에 단검을 맞고 쓰러져 있는 이는…….

"사또입니다!"

낯익은 얼굴을 알아본 백영이 비명처럼 소리를 질렀다. 그러자 완얼이 황급히 사또에게 달려가 코밑에 손가락을 대보았다.

"죽었습니까?"

옆으로 바싹 다가온 백영이 물었다.

"아직 살아 있습니다!"

금세 끊어질 듯하지만 아직 가느다랗게 숨이 새어 나오고 있었다. 완얼이 그의 귓가에 대고 큰 소리로 외쳤다.

"이보게, 사또! 사또!"

"그분, 그분께서…….'

사또가 입술을 달싹거린다.

"뭐라고? 그분이 누구냐?"

그러자 사또가 힘겹게 눈을 뜨고선 백영을 바라봤다. 자신이 곧 죽는다는 걸 알기 때문일까? 그 눈빛이 참으로 슬퍼 보였다.

"춘향아……. 진심으로 사, 사랑…….'

그가 꺼져가는 마지막 숨을 모아 애절하게 토해냈다. 그리고 그녀에게 손을 뻗으려 했으나 손끝조차 닿지 못한 채 바닥으로 툭 떨어졌다.

"안 돼! 말해라! 그분이 누구냐? 누구냐고!"

완얼이 사또의 몸을 마구 흔들며 소리쳤다.

"나리, 절명했습니다."

숙휘가 완얼의 팔을 잡고 만류했다.

"대체 누가 이런 짓을…….'

백영이 반쯤 넋이 나가 중얼거렸다. 아무리 쓰레기 같은 인간이라 해도 이리 처참하게 죽는 것을 보고 싶진 않았다. 게다가 그녀 역시 바로 직전에 죽을 뻔한 충격에서 벗어나지 못한 채였다.

"심장을 꿰뚫었군요. 깔끔한 솜씨입니다. 그리고 가까운 곳에서 찔렀음에도 불구하고 저항한 흔적이 없는 걸 보니 안면이 있는 사이 같고요."

숙휘가 날카로운 눈초리로 상처를 살펴보았다.

"나리, 혹시 아직 살기가 느껴지십니까?"

홀로 밖에 서 있던 량주가 완얼에게 물었다. 누구라도 튀어나오면 즉시 베어버릴 기세로 검을 뽑아 들고 사방을 경계하고 있었다.

"아니, 이젠 사라졌다. 자객이 멀리 도주했거나 아니면 오늘 밤은 더 이상 누굴 죽일 의도가 없어서 내가 못 느끼는 것이겠지."

완얼이 흥분을 가라앉히고 자리에서 일어났다. 그러고는 무사들에게 힘주어 일렀다.

"아전들과 지금 관내에 있는 모든 이들을 동헌 마당으로 불러 모아라!"

"예! 나리!"

량주와 숙휘가 우렁차게 답을 하고선 사람들을 모으러 달려갔다.

무사들을 보낸 완얼은 깊은 생각에 잠겨 동헌 마당으로 향했다. 그리고 백영은 그의 생각을 방해하지 않으려 조용히 뒤를 따랐다. 춘삼월도 지난 따스한 봄밤인데도 몸이 부르르 떨렸다. 그것은 물벼락을 맞은 탓에 몸이 젖었기 때문만은 아니었다. 살기를 느끼는 신기 같은 것은 없지만 그녀도 알 수 있었다. 무언가 엄청난 음모가 그들의 목숨을 노리고 있다는 것을.

앞장서 걷던 완얼이 발걸음을 멈추었다. 다른 생각에 빠져 있던 백영이 미처 보지 못하고 그의 등에 쿵 이마를 부딪쳤다.

"죄송합니다. 제가 딴생각을 하다 그만."

완얼이 천천히 돌아서 두 손으로 그녀의 어깨를 붙들었다. 그리고 놀라 토끼 눈이 된 그녀를 지긋이 내려다봤다.

"백영."

그가 읊조리듯이 부른다. 백영 아씨도 아니고 백영. 낮에도 한 번 그렇게 불렀었다. 사또가 그녀를 끌고 가려고 했을 때 '백영아!' 하고 외치며 구하러 달려왔었다. 그 생각을 하자 또다시 불안해진다. 그도 느끼고 있는 것일까? 그들을 향해 거대한 어둠이 다가오고 있다는 것을.

"예."

긴장한 백영의 목소리가 작게 흔들렸다.

"전에 제가 낙마하여 정신을 잃었을 때를 기억하십니까?"

"예, 기억하고 있습니다."

"그때 그러셨지요? 제가 깨어나기만 하면 뭐든 들어주겠다고."

"그 말을 어찌 기억하십니까? 못 들으신 줄 알았는데……."

"청이 하나 있습니다. 꼭 들어주시겠다고 약조해 주십시오."

완얼의 아름다운 눈동자가 검은 파도처럼 일렁인다. 그의 눈동자 속에 담긴 그녀의 얼굴이 격랑 속에서 애처롭게 일그러졌다.

"무엇인데 그리 무서운 표정으로 말씀하시는 겁니까?"

"약조하십시오. 뭐든 들어주신다 하지 않았습니까?"

그가 고집스럽게 말했다. 하는 수 없이 백영이 고개를 끄덕였다.

"알겠습니다. 대체 뭔데 그러십니까?"

"제게서 도망치라 말하면 지체 없이 도망가십시오."

비 오는 날의 성황당, 그날도 그는 악몽처럼 그리 외쳤었다.

"내게서 도망쳐라, 당장!"

그때 완얼의 달뜬 눈과 싸늘한 목소리, 그녀의 손목을 부러져라 움켜쥐던 거센 힘이 아직도 기억 속에 생생했다. 왜 그는 자꾸 그녀를 밀어내려 하는 것일까? 한 발짝 더 가까이 다가가겠다고 한 적도 없는데, 그저 딱 이만큼의 거리에서 바라보고 싶은 것뿐인데 왜!

"싫습니다! 제가 왜 그래야만 합니까?"

그녀가 서러움에 복받쳐 그의 팔을 뿌리쳤다.

"당신을 지키고 싶어서입니다. 다시는 사람을 잃고 싶지 않습니다."

그 다음 말을 하고 나면 후회할 것 같았다. 하지만 하지 않을 수가 없었다.

"나의 사람을!"

무언가에 홀린 사람처럼 말을 내뱉고 난 뒤 그가 돌아섰다.

'내가 귀히 여기면 모두 다칩니다. 어릴 적 아꼈던 작은 앵무새처럼, 처음으로 마음에 담았던 소원이처럼. 그녀의 가족들처럼, 내가 아끼던 이들은 모두 이 세상에 없습니다.'

슬프게 되뇌며 무거운 발걸음을 옮겼다. 하지만 완얼의 말을 들은 백영은 가슴이 터져 버릴 것만 같았다.

'나의 사람!'

믿어지지가 않았다, 그의 고백이. 그리 길지도, 그리 화려하지도 않은 고백이었지만 단 한 마디 말만으로도 충분했다. 한 발 한 발 멀어져 가는 완얼의 뒷모습을 바라보며 그녀도 용기를 내어본다. 지금이 아니면 다시는 이런 용기를 낼 수 없을 것 같아 그를 향해 달려갔다. 그리고 힘껏 그의 허리를 끌어안았다. 그가 멈춰 섰다.

"돌아보지 마십시오!"

백영이 그의 등에 얼굴을 묻었다.

"잠시만. 잠시만 이렇게……."

두 사람은 그렇게 멈춰 서 있었다. 달도 멈추고, 별도 멈추고, 밤새도 울기를 멈추고, 온 세상이 그들을 위해 멈추었다.

"나는 당신을 지킬 것입니다. 하지만 내가 당신을 지키다 지키다 힘이 모자라 힘껏 도망가라 외치면 내게서 최대한 멀리 떠나십시오. 제발."

멈춰 버린 세상 속에서 그의 한숨만이 아련하게 허공을 떠돌았다.

"절대로 죽지 않겠습니다, 당신을 위해서. 절대로요."

멈춰 버린 세상 속에서 그녀의 눈물만이 조용히 뺨을 타고 흘러내렸다.

깊은 밤, 대낮처럼 횃불을 밝힌 동헌 마당은 아전과 관비들로 순식간에 가득 찼다.

"한 사람도 빠짐없이 다들 모였느냐?"

동헌 대청의 가장 높은 곳, 사또의 자리에 앉은 완얼이 좌중을 둘러봤다. 량주, 숙휘와 함께 완얼의 곁에 선 백영이 조금 전 포옹의 여운이 가시지 않은 눈으로 그를 바라봤다. 우리는 앞으로 어떻게 되는 것일까 그런 생각은 하지 않기로 했다. 그저 잠시의 격정이었을 뿐 아무 일 없었다는 듯 예전처럼 지낼지도 모른다. 하지만 혼자만의 마음이 아니라는 것을 확인했다는 것만으로도 그녀는 충분했다. 완얼이 지금 이렇게 그녀의 곁에 있으니 더 이상 두려울 것도 없었다.

"반 시진 전 사또가 죽었다. 그래서 지금부터 그 범인을 밝히고자 한다!"

완얼이 매섭게 소리쳤다. 그러자 장내가 크게 술렁였다. 암행어사로서 상석에 앉은 완얼은 손짓 하나, 눈빛 하나, 숨소리까지 달라져 있었다. 그가 왕자임을 모르는 백영은 진짜 암행어사보다도 더욱 압도적인 위엄과 기품을 내뿜는 완얼의 전혀 다른 모습에 그저 놀랄 따름이었다.

"저희는 아니옵니다, 어사또 나리! 소인은 호방, 병방, 공방, 형방과 함께 십오야에 있었습니다. 그곳 기녀들이 증인입니다!"

기방에 있다가 끌려온 이방이 납작 엎드려 고하였다. 그러자 이방을 비롯한 호방, 병방, 공방, 형방, 예방 이들 육방 중에 예방을 뺀 모두가 납작 엎드렸다. 멀찍이 떨어져 있는데도 그들에게서 술 냄새가 진동을 했다.

"암행어사가 출두했는데 아전들은 기방에서 술이나 퍼마시고 있었다? 평소에 이 관아가 어떻게 굴러가고 있었는지 안 봐도 뻔하구나!"

"아니옵니다! 저희가 가려고 해서 간 것이 아니라 사또께서 잔치를 하다 말았으니 따로 생신 턱을 내신다며……. 괜찮다고, 괜찮다고 하는데도 굳이, 굳이 가라고 하셔서서 하는 수 없이……."

사또가 일부러 아전들을 기방으로 보내고 관아를 비웠다? 완얼의 눈초리가 날카롭게 빛났다.

"전에도 그런 적이 있었느냐?"

"자주는 아니지만 전에도 두어 번 그런 적이 있긴 있었습니다."

"딱 세 번이었네."

기억력이 총총해 보이는 호방이 이방에게 귀띔했다.

"세 번? 혹시 그때마다 도성에서 춘향이를 찾으러 사람이 내려오지 않았느냐?"

완얼이 퍼뜩 짚이는 것이 있어 이번엔 호방에게 물었다.

"예. 그리고 보니 그런 것 같습니다. 아니, 맞습니다!"

제육왕자 이검(第六王子 李劍)　221

'그런 것까지 어사또가 어찌 알았을꼬?' 하고 속으로 놀라며 호방이 재차 머리를 조아렸다. 완얼의 짐작대로였다. 그들의 죽음엔 사또가 깊이 연관되어 있는 것이 분명하다.

"한데 예방은 왜 오늘 밤 술자리에서 빠졌느냐? 네놈은 뭘 하고 있었느냐?"

그러자 안절부절못하고 서 있던 젊은 아전의 얼굴이 새파랗게 변해 나머지 오방들 옆에 엎드렸다.

"어사또 나리! 소인은……. 소인은…….."

"왜 대답을 못 하느냐? 혹시 네놈이!"

그때, 관비들 사이에서 예쁘장한 계집종 하나가 튀어나와 엎드리며 흐느꼈다. 완얼 일행을 사랑채로 안내해 향초를 켜준 바로 그 계집종이었다.

"어사또 나리, 이년을 죽여주시옵소서! 예방 나리는 아무 잘못이 없습니다."

"이쁜아! 너는 나서지 마라!"

예방이 계집종에게 소리쳤다. 그러나 이쁜이라 불린 여종은 물러서지 않았다.

"실은 어떤 책쾌가 춘향뎐의 작가와 매우 절친하다며 미리 춘향뎐 완결편을 입수했다 하였습니다. 그래서 제가 예방 나리를 졸라 그 서책을 사러 갔다 오는 길이었습니다. 그깟 패관소설 때문에 나리를 곤경에 빠뜨리다니……. 부디 저를 죽여주시고 나리는 용서해 주십시오!"

정인을 보호하고자 하는 이쁜이의 눈물겨운 호소에 백영은 눈이 휘둥그레졌다.

"뭐라? 춘향뎐 완결편?"

신분을 감추고 소설을 쓰는 처지에 절친한 책쾌도 없을 뿐더러 분명 완결편은 그날 유기전에서 불타 버렸는데 어찌 된 일인가?

"그래서 그 서책을 구했는가?"

백영의 물음에 예방이 머뭇거리며 품에서 서책 하나를 꺼냈다. 그녀가 계단을 내려가 서책을 잡아챘다.

― 춘향뎐, 대망의 완결편

표지엔 분명 그리 쓰여 있었다. 백영이 황급히 책장을 넘겨봤다. 그러나 이내 실소가 터져 나왔다. 일단 결말이 '이 도령과 춘향이 혼인하여 아들딸 주렁주렁 낳고 천년만년 잘 먹고 잘 살았다'였다. 이런 엉터리 같은 결말도 모자라 그녀가 혐오해 마지않는 '이런 여인은 처음이야!' 같은 식상하고 유치한 대사들 남발에 발로 쓴 듯한 조악한 문장까지, 어찌 이따위 것을 미상의 춘향뎐이라고!

"가짜일세!"

백영이 기막히단 표정으로 내뱉었다.

"예? 그럴 리가요. 틀림없는 진본이라 하였습니다. 서로 앞다퉈 사겠다고 하여 비싼 값을 치르고 간신히 구한 귀한 책인데……."

"춘향뎐을 제대로 읽어보기나 한 것인가? 다른 것도 다 엉터리지만 특히 이 부분, '이단합체 파전물레방아'라니! 떡을 치다 말고 전 부쳐 먹을 일 있나? 파전이 아니라 회전이다. 이단합체 회전물레방아! 춘향뎐을 한 번이라도 제대로 읽어본 사람이라면 이런 것에 속을 리가 없는데, 성독을 하지 않은 게지!"

하마터면 울화통이 터져 예방에게 '내가 춘향뎐의 작자 미상이다!'라고 질러 버릴 뻔했다. 그러다 퍼뜩 어떤 생각이 스치고 지나갔다. 예방? 예방이라면…….

"예방이면 빈객 업무 담당이 아닌가?"

"예, 그렇습니다만……."

"그렇다면 사랑채에서 쓸 향초를 예방 당신이 이쁜이라는 계집종에게 준 것인가?"

그러자 예방이 두 손을 내저으며 부정했다.

"아닙니다. 그 향초는 사또께서 직접 주신 것입니다. 도성에서 높은 분들이 내려오실 때마다 음식도, 이부자리도, 초도 제일 좋은 것들로만 마련해 드려야 한다며 손수 챙기시곤 했습니다."

백영과 완얼의 눈이 마주쳤다. 두 사람 모두 같은 생각이었다.

'춘향을 찾으러 온 사람들은 원혼을 보고 죽은 것이 아니다. 사또가 일부러 아전들을 내보내고, 향초를 이용해 교묘하게 그들을 죽인 것이다. 급사한 것처럼 보이도록. 그리고 우리 역시 그렇게 죽이려고 했다. 하지만 왜 그런 것일까? 그리고 사또를 죽인 사람은 누구일까?'

아직도 풀리지 않은 의문이 너무나 많았다.

"어사또 나리, 외람된 말씀이오나 사또를 죽일 만한 사람은 저희가 아니라도 고을에 널리고 널렸사옵니다. 워낙 토색질도 심하고 호색도 심하였던 터라 허구한 날 백성들의 고혈을 쥐어짜 잔치를 벌이고, 뻑하면 춘향이를 닮았다며 처자들을 끌고 와 몸을 버려놓기 일쑤니 원한 가진 백성이 어디 한둘이겠습니까?"

이방이 제법 정의로운 얼굴로 앞으로 나서 열변을 토했다.

"이런 육방할 육방 놈들이 뭘 잘했다고! 그러는 육방 너희들도 그 콩고물로 기방에서 질펀하게 술타령을 하지 않았느냐?"

완얼의 준엄한 호통에 이방을 비롯한 육방의 목이 자라처럼 쏙 기어들어 갔다. 그때, 나졸 하나가 젊은 여인을 끌고 동헌 마당으로 들어왔다.

"어사또 나리! 여기 좀 보십시오!"

겁에 잔뜩 질려 나졸에게 멱살 잡혀 오는 여인은 뜻밖에도 향단이었다. 그리고 더 놀라운 건 그녀의 저고리와 치마에 온통 피가 튀어 있었다.

"이 소경 계집이 피투성이가 되어 사또의 처소 근처에 숨어 있기에 잡아왔습니다!"

나졸이 무시무시한 범인이라도 잡아온 양 흥분해 소리쳤다. 험하게 끌려왔는지 향단의 저고리 끈이 아무렇게나 풀려 있고 지팡이도 손에 들려 있지 않았다.

"앞도 못 보는 이를 어찌 이리 우악스럽게 끌고 오느냐?"

백영이 얼른 달려가 나졸을 밀치고 향단의 저고리 끈을 매어주었다. 어찌 된 일인지는 모르겠지만 부들부들 떨고 있는 향단을 보니 안쓰러운 마음에 코끝이 찡해진다.

"변씨 부인이시군요. 감사합니다."

백영의 목소리를 알아들은 향단이 그제야 다소 안심한 표정을 지었다.

"어찌 이 시각까지 여기 있는 겁니까?"

"실은 사또의 수청을 들러 왔다가……."

"수청이요?"

"예. 사또께선 이따금씩 은밀하게 저를 찾곤 했습니다. 그리고 밤새도록 춘향 아씨에 대해 물은 것을 묻고 또 묻고 하셨지요. 수청이라기보다는 춘향 아씨의 대용품인 셈이지요."

방법이 잘못되긴 했지만 사또가 춘향이를 정말 사랑하긴 한 것 같다. 게다가 죽어가면서까지 그녀의 이름을 부른 것을 보면.

'서방님도 그렇고 사또도 그렇고, 도대체 춘향이는 어떤 여인이었기

에 사내들이 마지막 순간까지 그토록 애타게 부르짖은 걸까?'

춘향은 죽어서도 백영의 마음을 끊임없이 어지럽혔다.

"한데 그 피는 무엇이냐? 혹시 사또가 살해당할 때 옆에 있었던 것
이냐?"

완얼이 날카롭게 눈을 빛내며 물었다.

"그건⋯⋯."

그러자 다시 공포가 밀려오는지 향단이 파르르 떨면서 말을 제대로
잇지 못했다.

"겁먹을 필요 없습니다. 이젠 안전합니다. 그저 아는 대로만 말씀해
주십시오."

백영이 부드럽게 말하며 손을 꼭 잡아주었다. 그러자 향단의 떨림
이 어느 정도 가라앉더니 천천히 고개를 끄덕였다.

"예⋯⋯. 옆에 있었습니다."

"그래? 그 방 안에서 무슨 일이 있었는지 소상히 말해보아라."

범인에 대한 실마리를 잡을 수 있을지도 모른다는 기대감에 완얼이
말을 재촉했다.

"그게 그러니까, 수청을 들러 방으로 들었는데 갑자기 귓가에 바람
이 스치는가 싶더니 사또의 몸이 제게 와락 쏠렸습니다. 따듯한 액체
가 저고리 앞섶을 적셨는데 그것이 피라는 것을 깨닫고 비명을 지르려
는 찰나, 사내의 손이 제 입을 막고 속삭였습니다. 소리를 내면 죽는
다고. 처음 듣는 낯선 목소리였습니다."

"한데 왜 너는 죽이지 않은 것일까? 앞을 보지 못해서?"

완얼이 골똘히 생각에 잠겨 자문자답하듯 중얼거렸다.

"그렇겠지요. 만약 제가 장님이 아니었다면 저도 함께 죽였을 겁니
다. 놈을 보았을 테니까요. 제가 심하게 몸을 떨자 사내가 한마디 더

속삭였습니다. '불필요한 살육은 나도 원치 않는다'라고요. 그리고 순식간에 바람처럼 사라져 버렸습니다. 겁에 질린 저는 반쯤 정신이 나간 채 뛰쳐나와 무작정 숨어 있었습니다."

순간 완얼의 귀가 번쩍 띄었다.

"불필요한 살육은 나도 원치 않는다!"

그건 백영을 처음 만났던 날, 그녀를 쫓던 가면자객이 완얼에게 한 말과 똑같았다. 어느 정도 예상은 하고 있었다. 확신이 없었을 뿐. 사또의 심장 한복판을 꿰뚫은 단검을 보았을 때, 똑같이 단검을 맞고 쓰러진 떠벌네의 모습이 머릿속에 스쳐 지나갔다. 그리고 향단이의 말에 이젠 확신이 생겼다.

'사또를 죽인 것은 가면자객이다. 그렇다면 사또가 죽기 직전 말한 그분이란 그 가면자객일까? 아니면 그 뒤에 또 다른 그분이 있는 것일까?'

살인자가 누구인지 밝혀졌지만 의문은 오히려 더 늘어만 갔다.

"모두들 이것을 보아라!"

완얼이 우렁차게 외치며 품에서 무언가를 꺼내 들었다. 모두의 시선이 일제히 그의 손으로 향했다. 그것은 향초였다.

"춘향이의 원혼은 없다. 있었다면 가장 먼저 사또부터 죽였겠지! 원혼을 보고 급사했다는 사람들은 실은 이 독성 있는 향초에 중독되어 죽은 것이다. 그리고 이는 모두 사또의 소행이었다. 춘향의 저주는 모두 조작된 것이다. 춘향이에 대해 아무도 입을 열지 못하도록! 그리고 나는 그 진상을 반드시 밝혀낼 것이다!"

장내가 술렁거렸다. 수년간 춘향의 '춘' 자도 입에 올리지 못하고 공포에 떨게 했던 저주가 모두 가짜였다니! 완얼이 대청에서 내려와 향단의 앞에 바싹 다가가 섰다.

"사또는 죽기 직전 춘향이의 이름을 부르면서 '그분'이라는 말도 했었다. 뭔가 집히는 것이 없느냐?"

"아니요. 전혀 짐작되는 것이 없습니다."

향단이 힘없이 고개를 저었다. 도움이 되지 못해 몹시 안타까운 표정이었다.

"그럼 사또 말고 춘향이를 탐내던 이가 또 누가 있었느냐?"

"사내라고 생긴 자들은 모두가 춘향 아씨를 탐을 냈지요."

그러자 잠자코 엎드려 있던 이방이 갑자기 손을 번쩍 들었다.

"저기……."

"무어냐?"

중요한 대화 중에 이방이 끼어들자 완얼이 탐탁잖은 목소리로 쏘아붙였다.

"역병이 돌 때 급사한 전임 이방이 제 매부였는데 말입니다, 매부가 죽은 뒤 이방을 맡을 만한 인재가 없다 하여 타지에 있던 제가 와서 이 자리를 물려받은 셈이지요. 그 뒤로 아전들도 모조리 바뀌어서 여기 있는 육방들 중엔 제가 제일 이 관아에 오래 있었습니다."

"그런데?"

"매부가 죽기 전에 전해들은 말인뎁쇼, 춘향이에게 수청을 강요했던 권력자가 사또 말고 한 명 더 있었답니다."

"그래? 대체 그게 누구냐?"

뜻밖의 이야기에 완얼이 성큼성큼 이방에게 다가갔다.

"사또가 부임한 지 얼마 안 되어 남원에 출두했던 어사또입니다."

"뭐야? 어사또가?"

"사 년 전 사또의 생일잔치 날 암행어사가 출두했었는데, 근데 그 어사또도 춘향이를 보더니 몹시 탐을 냈다고 합니다. 수청을 들라고 했다더군요. 그래서 사또가 어사또에게 춘향이를 진상하려고 하자 이 놈 저놈에게 시달리던 춘향이가 견디다 못해 광한루에 몸을 던진 것입니다. 초록은 동색이고 똥색은 변색이라더니, 하는 짓들이 어찌 그리 똑같은지."

"그 어사또의 이름이 무엇이라고 하더냐?"

사 년 전 남원의 암행어사. 똥색은 변색.

이방의 이야기를 듣던 백영이 '설마' 하는 생각에 다급하게 물었다.

"변 무슨 어사또라 한 것 같은데……."

순간 백영의 얼굴이 흙빛으로 변했다. 하지만 그녀보다 먼저 완얼이 신음처럼 내뱉었다.

"설마, 변학도?"

"예. 맞습니다! 변학도!"

"예나 지금이나 탐관오리 짓거리는 여전하구나! 그렇다면 변학도 그 자도 춘향이의 죽음에 일조를 한 것이 아닌가?"

완얼의 강경한 어조에 백영이 발끈해 외쳤다.

"아닙니다! 그럴 리가 없습니다!"

"아씨, 왜 그러십니까?"

그녀의 돌발행동에 놀란 완얼이 어리둥절해 물었다.

"이건 뭔가 잘못된 것입니다……. 이건 뭔가……."

"혹시 아씨께서도 변학도 그자를 아십니까?"

백영이 선뜻 답을 못 하자 숙휘가 무언가 짚이는 것이 있는 듯 얼른 앞으로 나섰다.

"사또를 죽인 것이 가면자객으로 추정된 이상, 이 자리에서 밝힐 수 있는 것은 여기까지인 것 같습니다. 이제 그만 들어가서 우리끼리 뒷일을 논의하도록 하지요."

"그래. 그러는 것이 좋겠구나."

완얼 역시 좋지 않은 예감에 향단이를 비롯해 동헌에 있던 사람들을 일단 거처로 돌려보냈다. 사또의 시신은 아전들에게 처리를 맡기고 완얼 일행은 동헌에 딸린 방에서 아침이 올 때까지 잠시 머물기로 했다.

"백영 아씨, 혹시 그분이 아씨의……."

방으로 들어오자마자 숙휘가 무겁게 말을 꺼냈다.

"예, 저의 오라버니입니다."

"예? 누가 아씨의 오라버니라고요?"

완얼이 믿기지 않는, 아니, 믿고 싶지 않은 눈으로 백영을 보았다. 그야말로 하늘이 무너져 내리는 소리가 귓가에 들려오는 것 같았다.

"변학도. 그분이 저의 오라버니십니다."

"이럴 수가……. 당신이 좌승지의 누이라니!"

그렇다. 변학도는 숙빈 장씨와 손을 잡고 끊임없이 완얼의 목숨을 위협하고 있는 좌승지였다. 한데 백영이 바로 그자의 누이였던 것이다.

변학도, 변백영.

지금 생각해 보니 변학도라는 이름을 듣고도 변씨 부인과 연관 지어 생각하지 않았다는 것이 오히려 이상한 일이었다. 하지만 숙빈과는 앙숙인 사림파 영수 이한림이 설마 좌승지 변학도와 사돈을 맺었으리라고는 상상조차 하지 못했다. 이한림 대감 댁의 혼례는 완얼이 모든 것을 등지고 도망치듯 도성을 떠난 뒤에 치러져 소식을 듣지 못했다. 그리고 그가 도성에 돌아와 이한림의 며느리가 변씨 부인인 것을 알게 되었어도 같은 사림파인 변 참판 댁이나 평안관찰사로 가 있는 변강쇠 영감 댁의 여식이겠거니 했다.

'좌승지 그자와 어디가 닮았는가? 이마? 코? 입? 아니면 내가 가장 아름답다 말했던 저 눈일까?'

그녀를 바라보는 완얼의 눈빛이 고통으로 가득 찼다.

"저는 도저히 믿을 수가 없습니다. 오라버니가 춘향이에게 수청을 강요한 파렴치한 사내라니, 아닐 겁니다. 우리 오라버니는 그런 사람이 아닙니다."

백영 역시 괴롭게 입을 열었다. 약관의 나이에 장원급제한 오라비는 뛰어난 재주를 인정받아 어사또로 팔도를 누비며 큰 공을 세웠다. 쓰러져 가는 가문을 그렇게 혼자 힘으로 일으킨 더없이 자랑스러운 오라버니였다.

"아씨가 아는 오라버니와 다른 이들이 아는 오라버니는 참으로 다르군요."

완얼이 저도 모르게 차갑게 내뱉었다.

"저희 오라버니가 나리께 크게 잘못한 것이 있습니까?"

좌승지와 점쟁이가 어찌 알게 된 것인지는 모르겠지만, 자신을 바라보는 완얼의 눈빛에서 싸늘함을 느낀 백영이 불안하게 물었다. 이제 간신히 서로의 마음을 확인했건만.

"그건 한양에 가서 좌승지에게 직접 물어보시지요."

"한양에 가다니요?"

"춘향이는 이미 죽었고, 무언가 큰 비밀을 알고 있는 사또 또한 죽었습니다. 사또가 임무에 실패하자 윗선에서 꼬리를 잘라 버린 것이겠지요. 그러니 더 이상 여기 머물 이유가 없지 않습니까? 그리고 내일 일찍 한양으로 출발해야 보름 안에 돌아갈 수 있습니다. 춘향이를 찾지 못하였지만 전하께서 아씨를 죽이시진 않을 것입니다."

"어째서요?"

"죽은 줄 알았던 누이가 이렇게 살아 돌아오면 좌승지께서 얼마나 기뻐하시겠습니까? 무슨 수를 써도 쓰시겠지요. 그리 대단한 오라비가 있었는데 진즉 도움을 청하지 그러셨습니까?"

이러려는 것은 아닌데 자꾸만 말이 비틀려 나간다.

"저는 이미 죽은 사람입니다. 자랑스러운 열녀로 죽어 열녀문까지 내려질 것이라 알려졌는데 어찌 오라버니를 찾아갈 수 있었겠습니까? 저로 인해 친정에 해를 끼치고 싶진 않았습니다."

백영이 힘없이 고개를 떨궜다. 완얼은 그제야 백영의 장례가 단순히 열녀문만을 위한 것이 아니라는 걸 깨달았다. 그건 이한림이 좌승지에게 선언한 것이었다. '이로써 우리의 사돈 관계는 끝났다. 우리의 동맹도 끝났다'라고. 그리고 완얼에게 손을 내민 것이었다. 결국 백영은 정치판 이합집산의 희생양이었다. 그리 생각하자 문득 딱하다는 생각이 들었다. 좌승지의 누이로 태어난 것이 백영의 잘못은 아니지 않은가?

"일단 눈 좀 붙이십시오. 내일 떠나려면 쉬어두는 것이 좋을 겁니다."

그리 말하고선 완얼이 먼저 누워 눈을 감아버렸다.

'한양으로 올라가면 좌승지에게 내가 누구인지 듣게 되겠지. 그럼 우리는…… 끝이다.'

좌승지의 누이이자 형님이 표식을 남긴 여인.

완얼과 백영은 절대로 이루어질 수 없는 사이다. 갑자기 가슴이 뻐근해진다. 그리고 그것이 슬픔이라는 것을 깨닫는 덴 그리 오래 걸리지 않았다.

이른 새벽, 조용히 몸을 일으킨 완얼이 그들과 멀찍이 떨어져 한쪽 구석에서 웅크리고 잠들어 있는 백영을 보았다.

'이불도 덮지 않고선⋯⋯.'

완얼이 제 이불을 걷어 백영에게 조심스럽게 덮어주었다. 그리고 잠든 그녀의 모습을 물끄러미 바라보다 흐트러진 머리카락을 부드럽게 쓸어 넘겨주었다. 그녀의 까만 머리카락, 반듯한 이마, 복숭앗빛 두 뺨, 그리고 잔잔하게 숨을 내뱉는 저 입술. 백영의 모습을 고스란히 눈동자에 담아 기억 속에 새긴다.

"마음에 너무 깊이 들이지 마십시오. 어차피 아니 될 일입니다."

등을 돌리고 누워 있던 숙휘가 조용히 말했다. 마치 그의 마음을 읽기라도 한 듯이.

"이미 깊이 들여 버렸다, 어리석게도. 이 여인이 어느새 나의 심장 아래에 살고 있구나. 그래서 심장이 뛸 때마다 이 여인에게 닿는다. 그렇다고 심장을 멈출 수는 없지 않느냐⋯⋯."

백영에겐 영영 전하지 못할 말이겠지. 또다시 그의 가슴이 뻐근해진다.

"숙휘야, 홍두겁에게 연통을 넣어라. 아마 인근에서 우리를 계속 뒤쫓고 있을 것이다."

완얼이 잠시 풀어놓았던 마음을 도로 접으며 지시했다.

"무슨 뜻인지 잘 알겠습니다."

그의 심중을 헤아린 숙휘가 지체 없이 일어나 밖으로 나갔다. 그리고 완얼이 세상모르고 잠들어 있는 량주를 두들겨 패듯이 깨워 백영을 지키고 있으라 부탁했다.

"이렇게 이른 시각에 어딜 가시게요? 숙휘 형님은요?"

량주가 눈을 비비며 물었다.

"숙휘도 나도 긴히 갔다 올 곳이 있어 그런다. 오래 걸리진 않을 것이다."

그러더니 더는 말없이 방을 나섰다.

잠시 후 백영도 잠자리에서 일어났다. 그리고 나간 지 한 식경이 넘었는데 아직도 돌아오지 않은 완얼이 걱정되어 마당으로 나갔다. 때마침 대문 안으로 들어서던 완얼이 그녀를 보고 매우 당황해 멈춰 섰다.

"뭘 그리 놀라십니까? 나쁜 짓이라도 하다 들킨 사람처럼."

"아무것도 아닙니다."

완얼이 정말 별일 아니라는 듯 뒷짐을 지고 걸어왔다. 그리고 망설이며 입을 열었다.

"저기……."

"예?"

"어젠 제가 말이 좀 심했습니다."

"괜찮습니다. 벌써 다 잊어버렸는걸요?"

백영이 명랑하게 대꾸했다. 실은 그녀는 밤새 잠을 이루지 못하였다. 그래서 쭉 깨어 있었다. 완얼이 그녀에게 이불을 덮어주고, 그의 심장 아래 그녀가 살고 있음을 고백했을 때에도. 그리고 이제야 그녀가 알던 완얼로 돌아온 것 같아 마음이 놓였다.

"저기……."

"또 왜요?"

그러자 뒷짐을 지고 있던 완얼이 등 뒤에서 무언가를 꺼내 그녀에게 불쑥 안겼다. 그것은 광한루에서 보았던 진달래였다.

"어머나! 저 주시는 겁니까?"

진달래 꽃다발을 한 아름 품에 안은 그녀가 좋아서 어쩔 줄 모르며 물었다.

"정말, 정말 예쁩니다! 처음입니다, 이렇게 꽃을 받아보는 건."

"생각해 보니 그간 고생만 시키고 아무것도 해드린 것이 없어서 무언가 해드리고 싶었습니다. 처음이자 마지막으로."

그 역시 여인에게 꽃을 주어본 적은 처음이라 어색함에 얼굴을 살짝 붉혔다.

"마지막이라니요?"

백영이 의아한 표정으로 물었다. 그때 숙휘가 마당으로 들어섰다.

"나리, 다녀왔습니다."

그리고 뜻밖에도 그 뒤로 홍두겁이 수하들과 함께 가마까지 마련해 따라 들어왔다.

"모시러 왔습니다, 아씨."

홍두겁이 백영에게 깍듯이 인사를 올렸다. 인근 민가를 빌려 묵고 있었는데 어찌 알았는지 이른 아침에 숙휘가 그를 찾아왔다. 그리고 숙휘에게 모든 사실을 들은 홍두겁은 소스라치게 놀랐다. 완얼군과 붙어 다니는 계집이 좌승지 영감의 누이였다니, 상상조차 못한 일이었다.

"아씨를 좌승지에게 무사히 모셔다 드려라."

완얼이 긴말하지 않고 일렀다.

"예. 그건 걱정 마십시오."

홍두겁도 짧게 답했다. 좌승지의 말이라면 죽는시늉이라도 하는 자이니 백영을 잘 지킬 것이다. 완얼은 그리 믿었다.

"그게 무슨 말입니까? 절더러 이자를 따라가란 말입니까?"

백영의 언성이 높아졌다.

"이자는 좌승지의 충직한 수하입니다. 아씨를 한양까지 잘 모시고 갈 것입니다."

"싫습니다! 가지 않을 것입니다. 저는 나리와 함께……."

"우리는 더 이상 함께할 수 없는 사람들입니다. 왜냐하면 좌승지와 저 둘 중 하나는."

완얼이 선뜻 말을 잇지 못하고 망설이자 홍두겁이 대신 답했다.

"죽어야 하기 때문입니다."

그 말을 듣는 순간 백영의 손에서 진달래 꽃다발이 힘없이 떨어졌다. 그녀의 손이 파르르 떨렸다.

"도대체 왜? 어째서요?"

"한양에 도착하면 알게 되실 겁니다."

"저를 지켜주신다 하지 않았습니까?"

"제가 주제넘었습니다. 오라버니에게 가십시오. 그래야 아씨가 삽니다. 그리고 이제 다신…… 볼 일이 없을 것입니다."

"나리……."

백영의 커다란 눈에서 후드득 눈물이 떨어졌다. 저도 모르게 손을 뻗어 그 눈물을 닦아줄까 봐 완얼이 매몰차게 돌아섰다. 아침 햇살이 너무나 밝아 눈이 시렸다. 참으로 잔인하도록 밝은 날이었다.

"그럼 조심히 가십시오."

그 한마디를 끝으로 이젠 정말 더는 볼 일이 없다는 듯 방으로 들어가 버렸다.

"나리!"

백영이 부르짖었다. 하지만 그는 돌아보지 않았다.

"가시지요. 지체할 시간이 없습니다."

그런 백영을 홍두겁이 서둘러 가마에 태웠다.

"왜 하필 좌승지 댁의 아씨람……."

어느새 밖으로 나온 량주도 더는 말을 잇지 못하고 고개를 숙였다. 백영을 태운 가마가 빠르게 마당을 벗어났다. 량주도, 숙휘도 착잡한 얼굴로 그 자리에서 발을 떼지 못하고 있는데 갑자기 방문이 벌컥 열리더니 완얼이 달려 나왔다.

"백영 아씨!"

"이미 떠나셨습니다."

량주가 그답지 않게 길고 무거운 한숨을 내쉬며 답했다. 그의 말처럼 사방을 둘러봐도 백영의 모습은 보이지 않았다. 그녀가 떨어뜨리고 간 진달래꽃만 마당에 무심히 흩어져 있을 뿐.

"백영아…… 백영아…… 백영아!"

가슴이 뻐근하다. 그리고 그제야 완얼의 두 뺨 위로 눈물이 흘러내렸다. 그리고 이젠 더 이상 그녀가 들을 수 없는 말을 아프게 꺼낸다.

"연모한다."

나의 백영아.

5.

야화(夜話) 읽는 야화(夜花),
밤의 여인 책비

눈물마저 말라 버린 백영은 가마 안에서 멍하니 앉아 있었다. 지아
비가 죽었을 때에도 이렇게 절망적이진 않았다. 그녀는 소설 속에서
무수히 많은 이별을 가슴 절절하게 써왔다. 애달픈 이별 장면을 쓰면
서 우는 작가들도 있다고 하지만 그녀는 단 한 번도 그런 적이 없었다.
당신과의 가장 아름다운 기억이 날카로운 칼날이 되어 심장을 갈가리
찢는 것 같은, 가슴에서 피가 흐르는 그런 이별들은 그저 현란한 언어
의 유희였을 뿐 그녀는 슬픔을 몰랐다. 사랑을 몰랐기 때문이다. 막상
완얼이 눈앞에서 사라지자 여태 자신이 써왔던 수많은 말들이 다 개소
리였다는 것을 깨달았다. 아무 말도 할 수 없었다. 아무것도 할 수 없
었다. 그저, 살아 있었다. 죽지 않았기 때문에 그저 숨을 쉬고 있을
뿐이었다.

'한시라도 빨리 오라버니를 만나야 한다. 그리고 묻겠다, 왜 나리와

오라버니 둘 중 하나가 죽어야 하는지.'

그녀의 얼굴에 짙은 그늘이 드리웠다.

"저기, 아씨."

가마 밖에서 홍두겁이 부르는 소리가 들렸다.

"무슨 일이냐?"

"다름이 아니오라, 요 전날 노상에서 아씨를 마차에 태워 사냥터로 끌고 갔던 일 말입니다. 부디 너그러이 이해해 주십시오. 채홍사 직무에 충실하다 보니 그런 것이라 생각하시고, 좌승지 영감께 말씀 좀 잘 올려주십시오."

"알았다."

구구절절 말을 섞고 싶지 않아 차갑게 쏘아붙였다.

'오라버니는 왜 저리 아둔하고 비열한 자를 수하로 두셨을까? 오라버니는 내가 살아서 완얼 나리와 함께 남원으로 갔다는 것을 모르고 있었을 것이다. 그러니 저런 자를 보내 미행을 시켰겠지.'

"한데, 나와 함께 도성으로 돌아간다고 연통을 넣었느냐?"

"이제 곧 좌승지 영감께 서신을 보내려 합니다."

"그래? 그렇다면 내가 직접 쓰겠다. 오라버니께서 내 필체를 알아보실 것이야."

"그러시겠습니까? 마침 저 앞에 정자가 보이니 잠시 쉬었다 가시지요. 지필묵을 갖다 드리겠습니다."

백영이 가마에서 내려 정자에 자리를 잡자 홍두겁이 지필묵을 가지고 왔다. 막상 오라버니께 서신을 보내려 하자 어디서부터 어떻게 이야기를 꺼내야 할지 막연했다. 한참을 궁리한 끝에 마침내 손바닥만한 크기로 또박또박 일곱 글자를 적어 나갔다.

"정말 이리 보내실 것입니까?"

백영의 글을 본 홍두겁이 안색이 변해 물었다. 그의 임무는 완얼과 동행한 여인을 깊은 관계에 빠뜨리는 것이었다. 하지만 그가 강력한 최음 효과가 있는 미약을 술에 타 먹이며 일을 꾸몄던 상대는 좌승지의 누이였다. 좌승지 역시 꿈에도 몰랐을 터이니 백영에게 이 서신을 받는다면 심장이 얼어붙어 버릴 것이다. 만사에 빈틈이 없는 변학도 영감이 이런 실수를 할 때가 있다니.

"이대로 보내라."

백영이 딱 잘라 말했다. 모든 인연이 그러하듯 완얼을 만난 건 하늘의 뜻이었다고 생각한다. 하지만 그를 잊는 건 그녀의 뜻이다. 그리고 백영은 그를 지울 생각이 없었다.

'한양에 돌아가면 어떻게 될까?'

복잡해 보이지만 실은 단순했다. 죽거나 아니면 살거나. 그리고 당연히 살아야만 했다. 완얼은 다시 만날 일이 없을 거라 했지만 그녀는 믿지 않았다. 같은 하늘 아래 살아 있으면 언젠간 꼭 다시 만날 수 있다.

'그러니까 나도, 당신도 죽어선 아니 됩니다.'

그녀는 마음속 깊이 다짐했다.

끼니때를 놓친 량주가 주막에 자리 잡고 앉기가 무섭게 쩌렁쩌렁 소리쳤다.

"여기 국밥 네 그릇! 아니, 세 그릇만 주시오!

얼른 말을 고친 량주가 시무룩하게 중얼거렸다.

"네 그릇씩 시키던 게 고새 버릇이 됐나 봅니다. 이렇게 갑자기 헤어지게 될 줄 알았으면 좀 더 잘해 드릴걸……."

"거참, 유난은. 언제부터 우리가 넷이 다녔다고. 삼 년 내내 우리 셋이서도 별일 없이 잘 다니지 않았느냐?"

숙휘가 마주 앉은 완얼의 눈치를 살피며 나직이 나무랐다. 하지만 그 역시 마음 한구석 허전함을 느꼈다.

"너무 뭐라 하지 마라. 옛말에 든 자리는 몰라도 난 자리는 안다 하지 않느냐?"

완얼이 쓸쓸히 말했다. 그리 말하면서도 머릿속은 온통 백영으로 가득 차 있었다.

'연모한다.'

그녀를 떠나보내고 난 뒤에야 완얼은 말할 수 있었다. 입 밖에 내버리면 그녀를 잃을 것 같아 그저 마음속에 귀히 접어놓았던 그 말. 하지만 결국 이렇게 잃고 말았다. 여러 번 죽을 고비를 함께 넘기며 짧은 시간이었지만 그녀가 성큼성큼 그의 마음속으로 걸어 들어왔다. 아니, 달려 들어왔다. 그리고 마침내 그것이 사랑이라는 걸 깨닫자마자 뭐 하나 잘해준 것도 없는데 해시신루처럼 사라져 버렸다.

"한양으로 돌아가면 어찌하실 겁니까? 좌승지야 워낙 수완이 좋고 전하의 비위를 잘 맞추는 자이니 백영 아씨는 그가 어떻게든 해볼 터이지만, 나리께선 춘향이가 죽었다는 걸 사실대로 아뢰더라도 전하께서 순순히 납득하실 리가 없을 텐데요."

숙휘의 명석한 머리로도 쉬이 방도가 떠오르지 않는 모양이다.

"어차피 다 죽어버리고 이제 춘향이 얼굴을 아는 사람도 없는데 아무나 예쁜 여자 하나 데려갑시다! 전하께서야 뭐, 예쁘면 장땡 아니십니까? 말씀만 하시면 제가 당장 온 동리를 뒤져서 어여쁜 처자를 한 명 구해오겠습니다."

량주가 참으로 그다운 해결책을 제시한다.

"이놈아! 우리가 채홍사더냐? 그리고 그러다 후에 들통이 나면 그땐 정말 죽는다. 죽을 때까지 완벽하게 속이지 못할 거면 하지 않는 것이 좋다."

완얼이 단호하게 고개를 내저었다. 광기가 있긴 했어도 형님은 명석하고 날카로운 사람이다. 그런 미봉책이 통할 거였으면 애초에 수고롭게 남원까지 내려가지 않았을 것이다.

"어휴, 대체 뭐가 이렇게 복잡한 겁니까?"

량주가 울화통을 터뜨렸다.

"그리고 정말 이렇게 아씨를 보내실 겁니까? 변학도의 누이면 어떻습니까? 아씨가 변학도는 아니지 않습니까? 우리 그냥 다 버리고 아씨와 함께 멀리 도망치면 안 됩니까? 지금도 늦지 않았습니다. 당장 내달려 가면 눈 깜짝할 사이에 따라잡을 수 있습니다. 아니면 제가 먼저 횡하니 달려가서⋯⋯."

"량주야!"

완얼이 흥분해 지껄이는 량주의 말을 끊었다. 그리고 무거운 눈빛으로 두 아우를 번갈아 바라보았다.

"을(乙)의 표식을 아느냐?"

"알다마다요. 전하의 표식 아닙니까요? 왕의 것이니 감히 손대지 말라는."

"전하께서 백영 아씨의 몸에 그 표식을 남기셨다. 그분은 이미 왕의 여자다."

량주가 헉 소리조차 내지 못한 채 숨을 멈췄다. 여간해선 흔들림 없는 숙휘의 낯빛도 표 나게 바뀌었다. 한동안 침묵이 흘렀다.

"그걸 왜 이제야 말씀하시는 겁니까? 지금 좌승지가 문제가 아니군요. 제가 미리 알았다면 무슨 수를 써서라도 남원으로 함께 가지 못하게 했을 겁니다. 저도 백영 아씨가 좋은 분이라는 거 압니다. 하지만 좌승지의 누이에 임금의 여인은 안 됩니다. 그럼 두 분 다 죽습니다.

본인 입으로 직접 말씀하셨듯이 절대 다시는 아씨를 만나선 안 됩니다, 완얼군 대감. 아씨를 위해서 라도요."

완얼군 대감. 숙휘가 간곡히 청을 할 때 나오는 호칭이다. 그리고 그의 간곡한 말은 언제나 옳았다.

'그래. 다시 볼 수 없다 해도 괜찮다. 그녀를 위해서라면.'

하지만 만일 백영의 곁에서 살기가 느껴지면 그는 한달음에 달려갈 것이다. 그러기 위해서 길손을 뒤따르는 밤하늘의 달처럼 이렇게 그녀의 뒤를 지킬 것이다.

"드디어 내일이군요. 완얼군과 그 계집이 춘향이를 데리고 돌아오기로 한 날이."

쾌청한 날이다. 숙빈이 봄볕 아래 요요한 자태를 한껏 뽐내며 근정전까지 산책 삼아 걸어가기엔. 그리고 그 곁을 좌승지 변학도가 지키고 있었다.

"아……. 그렇습니까?"

늘 명료한 그답지 않게 주춤거리며 답을 한다.

"'그렇습니까?'라니요? 완얼군과 그 계집을 엮어서 전하 앞에 먹잇감으로 던져주겠다는 야심찬 계획이 영 틀어졌나 보지요? 이번 일은 좌승지답지 않게 웬일인지 허술하십니다. 무슨 다른 이유라도 있습니까?"

"송구하옵니다."

그 계집이 저의 누이라 하옵니다. 학도가 속으로 쓰디쓰게 말을 삼켰다. 제 누이를 덮치라고 완얼군에게 미약을 먹인 셈이니 얼마나 기막힌 일인가? 그의 품엔 홍두겁을 통해 누이가 보낸 서찰이 있었다.

一 婉藥之女 卞白榮

완얼지녀 변백영. 단 일곱 글자뿐이었다.

'완얼의 여인 변백영이라니! 둘의 사이가 어느새 이리 깊어졌던가?'

어찌 보면 완얼군을 치정의 함정으로 몰아넣겠다는 그의 계획은 성공한 것이었다. 하지만 그 계획에 백영은 들어 있지 않았다. 이한림에게 백영이 죽었다고 들었을 때 그 음흉한 늙은이의 말을 곧이곧대로 믿은 건 아니었다. 그래서 은밀히 행방을 찾고 있었으나 누이의 흔적을 찾을 수 없었다. 한데 어찌 된 영문인지 누이는 완얼군의 곁에 있었다. 그것도 스스로를 완얼의 여인이라 칭하며.

"그럼 이젠 제 뜻대로 해도 되겠습니까?"

숙빈이 싸늘하게 웃는다. 저 여인의 미소는 어찌 저리도 사내의 혼을 빼놓는 것일까? 하지만 학도는 그녀가 저리 웃을 때가 가장 가슴이 서늘했다. 그녀의 잔혹한 성정을 너무도 잘 알기에.

"어찌하시려고요?"

학도가 불안하게 물었다. 그때 맞은편에서 이한림 대감과 변강쇠 평안도 관찰사가 경내로 들어오는 것이 보였다.

"두 분 모두 정말 오랜만입니다. 그동안 왜 이리 격조하셨습니까?"

숙빈이 한달음에 달려가 반갑게 맞이했다.

"전하께서 평안도에서 돌아온 관찰사 영감과 저를 함께 부르셔서 오랜만에 입궐하였습니다."

이한림이 예를 갖춰 숙빈에게 인사를 올렸다.

"관찰사 영감께서 한양으로 복귀하신다고요? 이 대감께서 참으로 든든하시겠습니다."

숙빈의 말에 뼈가 박혔다. 이한림의 사림파들이 속속 도성으로 모여들고 있었기 때문이다. 백영의 죽음으로, 아니, 정확히 말하면 위장된 자결로 변학도와의 관계를 말끔히 청산한 이한림은 서서히 그들과의 진검승부를 준비하고 있었다.

"이게 다 전하께서 잊지 않고 불러주신 덕분이지요. 그리고 이번에 이 대감 댁에 열녀문이 내려진다 합니다. 참으로 감축드릴 일이 아닙니까?"

변강쇠의 말에 학도의 이마에 핏대가 불거졌다. 이한림의 죽은 며느리가 학도의 누이임을 모르지 않을 것이다. 그런데 그의 누이의 죽음으로 내려진 열녀문에 감축이라니! 이는 학도를 도발하는 것이었다. 학도가 빈주먹을 움켜쥐었다. 어떡해서든 사림파와 완얼군을 처치해야만 한다. 임금이 좋아서가 아니다. 임금이 무너지면 숙빈과 그도 무너진다.

"대감, 감축 드리옵니다."

학도가 만면에 웃음을 가장하고 인사를 건넸다. 속으로는 칼을 갈면서. 이제 남은 방법은 하나다. 그리고 지금쯤 그의 집에 모두를 살릴 해결책이 도착해 있을 것이다.

"오라버니!"

그가 퇴청을 하고 돌아오자 낯익은 목소리가 그를 반겼다. 가슴이 쿵 내려앉는다. 다홍치마에 연두저고리, 삼 년 전 시집가던 날 어여쁜 모습 그대로 누이가 마당에 서 있었다.

"백영아!"

학도의 부름에 누이가 달려와 와락 그의 품에 안겼다.

"얼마나 고생이 많았느냐?"

"이런 모습으로 돌아와 송구합니다. 귀신이 되어서도 돌아와선 안 되는 것인데……."

"무슨 말을 그리하느냐! 이 오라비가 너를 얼마나 찾아 헤맸는지 아느냐? 시댁에서 나왔을 때 당장 집으로 돌아오지 않고."

'그랬다면 이렇게까지 하지 않아도 되었을 터인데. 누이야, 나의 하나뿐인 누이야.'

세상에 둘도 없는 남매는 한동안 말이 없었다. 목이 메어서 말을 이을 수가 없었다.

"백영아."

이윽고 학도가 격한 마음을 추스르고 누이를 불렀다.

"예, 오라버니."

"너는 이미 죽은 사람이다. 알고 있지?"

"예……."

"죽은 네가 살길은 단 한 가지뿐이다."

"그것이 무엇입니까?"

백영이 젖은 눈을 들어 오라비를 바라본다.

'누이야, 나의 하나뿐인 누이야.'

학도가 가녀린 누이를 아프게 바라본다.

"왕에게 가라."

"왕에게 가라니요, 그 색정광에게 말입니까?"

놀란 백영이 오라비에게서 한 발짝 물러섰다. 그녀의 눈동자는 폭풍우 부는 밤의 물결치는 호수처럼 마구 흔들렸다.

"그 임금이란 작자가 제게 무슨 짓을 했는지 아십니까, 오라버니!"

"안다."

너무나 명료한 대답에 백영이 순간 할 말을 잃었다.

"그래서 가라는 거다. 네겐 그 표식이 있으니까."

학도가 손가락을 뻗어 누이의 가슴팍을 가리켰다. 전하를 모시는 내관에게 그날 사냥터에서 있었던 일을 소상히 전해들은 터였다. 그 얘기를 들었을 땐 왕의 표식을 받은 여인이 누이라는 것은 몰랐지만.

"표식이라니요? 이건 전하께서 광증이 돋아 제게 함부로 칼을 휘두른 흔적일 뿐입니다."

"을(乙)이라 새겨져 있겠지?"

"오라버니께서 흉터의 모양까지 어찌 아십니까?"

"그것이 아무렇게나 칼을 휘둘러 만들어진 상처라 생각하느냐? 그것은 전하의 것이라는 표식이다. 그 표식이 새겨진 것은 그게 무엇이든 아무도 손을 대선 안 된다. 너는 왕의 여인이다!"

머리 위로 하늘이 무너졌다. 아니, 발밑으로 땅이 꺼졌다. 백영의 머릿속은 그녀를 죽이겠다고 날뛰던 왕의 광기 어린 웃음소리로 가득 찼다.

"그 누구도 몸에 직접 그 표식을 받은 이는 없었다. 총애를 한 몸에 받고 있는 숙빈마마조차도. 너는 선택된 여인이다. 네가 원하든 원하지 않든 그것은 중요하지 않다. 전하의 선택만이 중요할 뿐."

"하지만 전하께선 보름 안에 춘향이를 찾아오지 못하면 저를 죽이겠다고 하셨습니다. 근데 어찌 제가 전하의 여인이 될 수 있단 말입니까?"

"그러니 더더욱 전하께 안겨야 한다. 그래야 살 수 있다. 어떡해서든 살고 봐야 하지 않겠느냐?"

그제야 자신의 가슴팍에 새겨진 상처가 무슨 의미인지 분명히 깨달은 백영이 치를 떨었다. 가슴을 도려내서라도 미친 임금의 표식을 몸에서 지우고 싶었다.

'완얼 나리도 알고 있었을까? 만일 그가 모른다 한들 이 표식을 몸

에 지닌 채 나리에게 갈 수 있을까?'

그런 생각을 하니 가슴의 흉터가 뜨겁게 타들어가는 것 같다. 타오르는 열기에 온몸이 재가 되어 다시는 그의 앞에 설 수 없을 것만 같다.

"안색이 좋지 않구나. 일단 안으로 들어가자."

누이의 얼굴을 안쓰럽게 바라보던 학도가 그녀를 별채로 데리고 들어갔다. 그곳은 백영이 시집가기 전에 거처했던 곳으로 학도가 살뜰히 치워놓아 오래 비워둔 방 같지 않게 온기가 돌았다.

"하아."

제 방에 들어오자 그제야 집에 돌아온 것이 실감나며 긴장이 풀려 주저앉았다. 규수의 방에 어울리지 않게 서책이 가득 꽂혀 있는 책장하며 오라버니와 마주 앉아 이야기책을 읽던 서안과 그 위에 놓인 벼루 하나까지 모든 것이 그대로였다.

"이 모든 게 오라비의 탓이다. 너를 이한림 대감 댁에 시집을 보내는 게 아니었는데. 다 내 욕심이었어. 하지만 그런 대가댁의 며느리가 되면 너에게도 좋은 일이라 생각했다. 이 서방이 그리 일찍 세상을 떠나고 일이 이렇게 될 줄이야……."

"오라버니 탓이 아닙니다. 서방을 잡아먹었다 하여 제 탓이란 생각도 하지 않기로 했습니다. 그 누구의 탓도 아닙니다. 그저 벌어진 일일 뿐입니다. 꽃이 피면 언젠가 떨어지고 달이 차면 기우는 것이 누군가의 탓은 아니지 않습니까?"

백영이 자책하는 학도를 오히려 위로했다. 그리고 야무지게 말을 이었다.

"하지만 오라버니, 같은 실수를 두 번 하고 싶진 않습니다. 또다시 마음에도 없는 이에게 가고 싶지 않습니다. 저는 이미 마음에 품은 이가 있습니다."

"완얼지녀 변백영."

학도가 신음처럼 중얼거렸다. 완얼의 여인 백영. 아무리 되뇌어도 낯선 그 말.

"그자는 안 된다."

그의 대답은 단호했다. 그런 오라비의 모습을 백영이 서글프게 바라보았다.

'왜입니까? 정말 오라버니께서 완얼 나리에게 흉측한 짓을 하신 겁니까? 정말 오라버니께서 백성들의 손가락질을 받는 탐관오리인 것입니까?'

허울만 양반이지 몇 대째 벼슬을 하지 못해 기울대로 기운 집안에 설상가상 아버님은 일찍 돌아가시고 어머님은 병약하셨다. 오라버니는 늘 앓아누워 계신 어머니 대신 아홉 살 아래의 누이를 업어 키우다시피 하였다. 지독하게도 가난했던 어린 시절, 남들은 과거 준비하는 것만으로도 벅찬데 오라버니는 가족의 생계까지 책임져야 했다. 그녀는 알고 있었다. 오라버니의 방에서 이따금씩 훔쳐보던 춘화도와 음란소설들이 그저 사내의 호기심만으로 갖다 놓은 게 아니라는 걸.

쌍봉거사.

아직도 회자되는 그 이름으로 오라버니는 남몰래 음란소설을 썼다. 그리고 '수박부인 겉핥기', '호박부인 넝쿨째 굴러 핥기', '광박부인 흔들고 핥기' 단 세 편으로 흑곡비사로 유명한 추월색과 더불어 음란서생의 양대 산맥으로 불렸다. 오직 어린 누이를 굶기지 않기 위해 자존심 강한 오라버니가 그 뛰어난 문장을 그런 곳에 판 것이다. 피는 못 속인다고 지금 그녀가 미상이란 이름으로 소설을 쓰고 있는 것도 그런 오라비의 영향인지도 모른다.

그렇게 갖은 고생을 하며 약관의 나이에 장원급제하였을 때 방방례에서 하사받은 음식과 과일을 모두 싸가지고 돌아와 어머니와 누이를 먹인 그런 오라비였다. 자신은 몇 년째 해진 도포를 걸치고 다니면서도 제 밥그릇을 팔아 가장 좋은 붉은 댕기를 사주고, 하나뿐인 누이를 끔찍이 예뻐해 어디든 백영의 손을 잡고 다녀 오라버니의 벗들이 '누이바보'라 놀렸을 정도였다.

'그래, 그럴 리가 없다. 세상에 둘도 없이 어진 오라버니가 춘향이에게 수청을 강요하고 완월 선생과 죽고 죽여야 할 원수를 맺었을 리가 없다. 뭔가 잘못된 것이야!'

백영이 세차게 고개를 저었다.

"오라버니, 한 가지 꼭 물어볼 것이 있습니다."

"무엇인데 표정이 그리 심각한 것이냐?"

"남원의 춘향이를 아시지요?"

그러자 학도의 얼굴이 차갑게 굳었다.

"어찌 모를 수가 있겠느냐?"

"제가 남원에서 오는 길이라는 것도 아시지요? 거두절미하고 묻겠습니다. 정말 오라버니께서 춘향이에게 수청을 들라고 하셨습니까?"

'제발 아니라고 해주십시오. 오라버니, 아니지요? 그런 거 아니지요?'

백영은 속으로 간절히 빌고 또 빌었다.

"그렇다."

그 말을 듣는 순간 온몸에 힘이 탁 풀리며 온 세상이 암흑이 된 것처럼 눈앞이 캄캄해졌다.

"오라버니가 어떻게 그럴 수 있습니까? 사람들이 무슨 말을 해도 오라버니를 믿었는데, 우리 오라버니는 절대 그런 사람이 아니라고 믿었는데……."

"내게 수청을 들라는 것이 아니었다. 이왕 양반 놈들 중 누군가에게 수청을 들 거라면 큰물에서 놀라고 그리 말했다."

전혀 예상치 못한 말에 백영이 의혹에 가득 찬 눈빛으로 오라비를 바라봤다.

"막상 출사를 하고 보니 조정엔 온통 한다하는 집안의 자식들뿐이더구나. 장원급제로는 잠시 반짝 관심을 끌 수 있을 뿐 든든한 배경도 없고, 성균관 출신도 아니고, 아무 연줄도 없는 나는 점점 전하의 관심에서 멀어져 갔다. 어찌해서 오른 벼슬인데, 그렇게 시시하게 지방을 전전하다 잊힐 순 없었다."

"그래서요?"

오라버니가 과거에 급제했어도 집안 형편이 단번에 나아진 건 아니었다. 그저 꼬박꼬박 나오는 녹봉으로 호구 걱정은 하지 않게 되었을 뿐 가문은 여전히 쇠락해 있었다.

"그래서 나는 꼭두각시를 구하고 있었다. 나와 손을 잡고 임금을 움직일 수 있는 천하제일의 미색. 그래서 저 높은 자리까지 올라 우리 남매를 무시했던 사람들에게 보여주고 싶었다. 눈에 넣어도 안 아플 나의 누이를 돈푼 있는 중늙은이나 말단 관리 따위에게 시집이랍시고 보내지 않을 만큼 힘을 키우고 싶었다. 그래서 춘향이를 선택했다. 그 아이의 미색이라면 나와 함께 나라를 뒤흔들 수 있겠다 싶어서."

늘 미소를 머금고 있는 학도의 눈이 이글이글 타올랐다.

"한데 춘향이는 그 유혹을 뿌리치고 그날 밤 광한루에 몸을 던진 것이로군요. 그리고 오라버니는 또 다른 꼭두각시로 숙빈 장씨를 내세우신 거고요."

"그래, 이 오라비는 어사또를 가장한 채홍사였다. 실망하였느냐?"

학도가 씁쓸하게 고개를 숙인다. 누이에게는 강인하고 멋진 오라비의 모습만 보이고 싶었는데 세상에 영원히 밝혀지지 않는 비밀은 없나 보다.

"그래서 이번엔 이 누이를 임금께 바치시려는 겁니까? 채홍사 놀음에 재미 들리셔서요?"

'결국 나 때문이었다. 오라버니가 그런 무리한 일들을 벌인 것은 나를 더 좋은 집에서 살게 하고, 더 좋은 곳에 시집보내기 위해서!'

그걸 알면서도 원망스러운 마음에 가시 박힌 말을 내뱉고 만다.

"백영아……."

'나라고 너를 그런 광인에게 보내고 싶겠느냐? 한데 네가 전하의 모후를 닮았다고 한다. 임금이 제 입으로 상선에게 분명 그리 말하였다고 했다. 어쩌면, 어쩌면 네가 그를 바꿀 수 있을지도 모른다. 숙빈도 하지 못한 일을 네가 할 수 있을지도.'

학도가 한 가닥 희망을 걸어본다. 이미 망자의 신분이 되어버린 백영이 멀리 명나라로 도망치지 않는 이상 이 조선 땅에서 선택할 수 있는 길도 그뿐이었다. 누이를 낯선 땅에 덩그러니 혼자 보내느니 차라리 눈에 보이는 곳에 두고 지켜보는 것이 낫지 않을까? 하지만 그는 이모든 얘기를 마음에 묻고 그저 누이의 이름을 슬프게 부를 뿐이었다.

'학도 오라버니.'

백영도 속으로 간절히 오라버니의 이름을 불렀다.

'조선 천지에 혈육이라고는 병든 어머니와 오라버니 단둘뿐. 설사 세상 사람들이 모두 변학도 이름 석 자에 침을 뱉고 욕을 한다 해도 나만은 그래선 안 된다.'

그녀가 아프게 아랫입술을 깨물었다.

"완얼 선생은 안 된다고 하셨지요? 완얼 선생도 제게 같은 말을 하셨습니다. 그리고 그 연유는 오라버니에게 물으면 알 거라 하더군요. 왜입니까? 두 분 사이에 대체 어떤 일이 있었던 겁니까?"

이리 물으면서도 두려웠다. 너무나 엄청난 얘기를 들어버리면 어쩌나, 그래서 그를 포기할 수밖에 없구나 하고 수긍하게 되면 어쩌나 두려웠다.

"그가 누군지 정말 모르느냐?"

"점쟁이…… 아닙니까?"

오라버니의 심각한 표정에 백영이 자신 없게 답을 했다.

"그는."

그때 밖에서 학도를 부르는 소리가 들렸다.

"영감마님! 사랑채에 손님이 드셨습니다. 늦은 시각이라 영감마님께 여쭤보고 들이겠다고 하여도 급한 일이라고 하도 성화를 해대서……."

머슴이 주저리주저리 말을 늘어놓았다.

"그래서, 누구라 하더냐?"

"완얼 선생이라고 전하면 아신다고."

그 말에 학도가 자리에서 벌떡 일어났다. 백영도 안색이 변해 황급히 몸을 일으켰다.

"너는 여기 있어라!"

"하지만 오라버니……."

"절대, 절대 나와선 안 된다!"

학도가 한 번도 본 적 없는 엄한 얼굴로 대답도 듣지 않은 채 문을 쾅 닫고 나가 버렸다.

'나리가 왜 오라버니를 찾아오신 걸까? 혹시 나를 찾아오신 걸까?'

백영이 초조하게 방 안을 서성거리다 결국 참지 못하고 밖으로 뛰쳐나갔다.

좌승지 변학도의 사랑채는 화려하기 그지없었다. 기십 명은 넉넉히 들어앉을 만한 넓은 방 안엔 고급스러운 명나라 집기와 분재가 돈 냄새를 풀풀 풍기며 놓여 있었다. 한데 완얼이 한참을 기다려도 학도는 좀처럼 모습을 나타내지 않았다.

"어찌 된 일인지 제가 나가 보고 오겠습니다."

숙휘와 함께 완얼의 뒤편에 앉아 있던 량주가 성큼성큼 문으로 걸어갔다.

"기별이 있겠지. 조금 더 기다려 보자."

그러나 성미 급한 량주는 문을 벌컥 열어버렸다. 그리고 마치 기다렸다는 듯이 문 앞에 학도가 서 있었다.

"제 기척이 요란했나 보군요. 이리 문까지 열어주러 나오신 걸 보니."

학도가 만면에 웃음을 띠고 안으로 들어왔다.

"오랜만입니다, 좌승지."

완얼이 자리에 앉은 채 먼저 인사를 건넸다.

"완얼군 대감! 어찌 그리 앉아 계십니까? 당연히 상석에 자리하셔야지요!"

학도가 황급히 다가와 화려한 보료가 깔린 상석을 권했다.

"듣고 보니 그렇군요."

완얼이 사양치 않고 상석에 자리를 잡았다.

"한 삼 년 만이지요?"

학도가 완얼의 맞은편에 앉으며 물었다.

"덕분에 산천유람 한번 잘했습니다."

삼 년 전 사화 때 도성을 떠났던 일이 어제 일처럼 생생하게 떠올랐다. 좌승지와 숙빈의 모략으로 사림파의 젊은 선비들이 완얼군을 새

왕으로 옹립하려 한다는 누명을 쓸 뻔했다. 그러나 완얼이 신기를 발휘, 점쟁이 왕자라 하여 옥좌를 물려받을 서열에서 완전히 제외되면서 간신히 목숨을 건질 수 있었다. 그러고는 곧장 산통을 메고 떠나 지금껏 돌아오지 않은 것이다.

"달랑 무사 둘을 데리고 왔을 뿐인데 웬 살수를 이리 많이 깔아두고 오셨습니까? 사랑채가 아주 그냥 살기로 가득해서 조임근이 다 움찔움찔합니다."

완얼이 엉덩이를 들썩거리며 너스레를 떨었다.

"살수라니요? 그저 요즘 세월이 하 수상하여 보초 몇을 세워뒀을 뿐입니다."

말은 그리 했지만 속으로는 완얼의 살기를 느끼는 신기에 새삼 혀를 내둘렀다. 밖엔 십여 명의 살수가 언제든 완얼의 목을 벨 태세로 강렬한 살기를 내뿜으며 사랑채를 에워싸고 있었다. 물론 이 집에서 완얼군이 죽는다면 학도 역시 무사하지 못할 것이다. 학도는 그의 신기를 시험해 보고자 한 것이었다. 그리고 완얼군을 암살하는 것은 어렵겠구나 하고 다시금 확인했다. 하지만 이자는 살려두기에 너무나 위험한 자이다. 임금에게도, 숙빈에게도 그리고 이제 백영에게도 그의 존재는 위협이 되고 있었다.

"남원엔 무탈하게 다녀오셨습니까?"

속마음을 감추고 언제나처럼 온화한 미소를 머금고선 묻는다.

"보시다시피 죽지 않고 용케 살아 돌아왔지 뭡니까? 비록 춘향이는 데려오지 못했지만요. 춘향이가 이미 죽은 이라는 걸 좌승지께선 알고 계셨지요? 남원에 어사또로 가신 적이 있으니까요."

"예, 알고 있었습니다. 광한루 연못에서 춘향이의 시신을 건져 두 눈으로 확인한 것이 바로 저니까요."

"여전히 뻔뻔하십니다. 춘향이 누구 때문에 연못에 몸을 던진 것인지 누구보다 잘 아실 텐데요?"

"저와는 관계없는 일입니다."

학도가 딱 잘라 말했다. 그러자 완얼이 그럴 줄 알았다는 듯 쓴웃음을 지었다.

"참으로 좌승지다운 대답이십니다. 그리고 한 가지 더, 왜 전하께 춘향이가 죽었다는 사실을 고하지 않았습니까? 그랬더라면 전하께서 춘향이를 찾아오라 성화를 하지도 않으셨을 것이고, 남원으로 간 사람들이 죽지도 않았을 터인데요."

"그런 골치 아픈 일에 휘말려서 좋을 게 뭐 있다고 섣불리 나서겠습니까?"

"남원 사또가 누군가에게 살해당했습니다. 그리고 그 사또는 누군가의 명에 의해 춘향이를 찾으러 남원에 오는 이들을 죽여왔다는 것이 밝혀졌습니다. 그 배후에 누가 있는 건지 짐작되는 사람 없으십니까?"

"글쎄요. 그 사또 참 오래 해먹는다 했더니 엄청난 뒷배가 있었나 보군요. 여전히 진달래꽃을 들고 광한루를 돌아다니고 그런답니까?"

한껏 심각한 완얼과는 달리 학도가 심드렁하게 대꾸했다.

"엄청난 뒷배가 있는 자라 어사또로 갔을 때에도 그런 탐관오리를 못 본 척한 것입니까? 좌승지께서 어떤 형태로든 춘향이의 죽음과 관련이 있다는 것을 안 이상 이대로 그냥 넘어가지는 않을 것입니다."

"이제 와서 정의로운 척이라도 하고 싶은 겁니까? 그러는 대감께서도 거대한 힘 앞에서 비겁하기는 마찬가지 아닙니까?"

그제야 눈빛이 날카로워진 학도가 쏘아붙였다. '당신이야말로 지존의 거대한 힘 앞에서 언제나 도망치기 바쁜 인간이 아닌가?' 하고 완얼을 비난하는 말이었다.

"피차 오래 대화를 나눠봤자 좋을 것 없으니 간단히 용건을 말하지요. 오늘 제가 이곳에 온 이유는 그대의 누이 때문입니다. 변씨 부인이 내일 궁으로 오지 못하게 하십시오. 나머지는 제가 알아서 할 터이니."

"제 누이는 제가 알아서 하겠습니다."

"잠시 명나라로 보내는 것은 어떻겠습니까? 잠잠해지면 다시 불러 조용한 곳에 거처를 마련해 주면."

"백영이는 전하를 모실 겁니다."

학도가 딱 잘라 말했다.

"뭐라고요?"

"이미 대감께서도 아실 텐데요. 제 누이가 '그 표식'을 받은 것을요."

"형님이 어떤 분인지는 좌승지가 더 잘 알지 않습니까? 그런데도 누이를 보내겠다고요? 그러고도 오라비라 할 수 있습니까!"

완얼이 목청을 높였다. 좌승지 변학도는 쓰레기 같은 인간이지만 오라비 변학도는 다를 줄 알았다. 근데 얼씨구나 왕에게 누이를 들여보내는 꼴이라니!

"완얼군 대감께서도 제 누이를 마음에 두고 계십니까?"

학도가 무겁게 물었다.

쨍그랑!

느닷없이 문밖에서 그릇 깨지는 소리와 함께 쿵 하고 무언가 무너지는 소리가 들려왔다.

"누구냐!"

학도가 자리에서 벌떡 일어나 문을 열어젖혔다.

"백영아!"

산산조각 난 탕관 옆에 백영이 하얗게 질려 주저앉아 있었다.

"백영 아씨!"

완얼이 달려가 그녀를 부축해 일으켜 세웠다. 그의 어깨에 기대 한동안 아무 말도 못 하던 백영이 간신히 몸을 일으켜 세웠다.

"저는 그냥, 차를 가져다 드리려고……."

반쯤 넋이 나간 상태에서 허둥지둥 깨진 조각들을 줍다가 '아얏!' 하고 외마디 비명을 지른다. 손가락을 베인 것이다. 붉은 피가 붉은 치마에 톡톡 떨어지는데 이상하게 아픈 것을 모르겠다. 남의 손에서 피가 나는 걸 구경하는 것처럼 고통을 느끼지 못한 채 그저 멍하니 바라볼 뿐이었다.

"피가 나지 않습니까?"

완얼이 무의식중에 베인 손가락을 입으로 가져갔다. 그리고 피를 빨아 지혈했다. 그의 입술이 닿자 백영은 그제야 상처가 아프다고 느꼈다. 아프다. 피가 난다. 손가락에서. 그리고 가슴속에서.

"이제 됐습니다. 나머지 치료는 저희가 하겠습니다."

학도가 완얼을 밀치듯이 누이의 어깨를 감싸 안고 돌아섰다. 외간 사내가 누이의 몸을 만지도록 내버려 둘 순 없었다.

"완얼군 대감이 누구입니까?"

그녀가 발걸음을 멈추고 떨리는 목소리로 물었다. 하지만 완얼은 선뜻 대답을 못 하고 그저 백영을 바라보기만 했다. 엿새 만이었다. 십여 일간 밤낮없이 붙어 다니다 갑작스럽게 떨어져 지낸 엿새가 마치 여섯 해만큼이나 길게 느껴졌더랬다. 괜찮은지 묻고 싶었다. 잘 지냈는지, 아픈 데는 없는지, 잠은 잘 잤는지, 밥은 잘 먹었는지, 혹시…….

'혹시 나를 그리워했는지.'

한데 지금은 그녀가 묻는 말에 대답조차 할 수 없었다.

"제육왕자 완얼군 이겸, 전하의 아우님이시다."

완얼 대신 학도가 답했다.

왕자. 임금의 아우. 완얼군. 이겸.

단어들이 깨진 그릇의 파편처럼 조각조각 백영의 머릿속에서 부유했다. 점쟁이 완얼 선생은 조선의 왕자 완얼군 이겸이었다. 그리고 그녀는 왕의 여인. 왕의 아우를 마음에 품은 乙의 표식을 지닌 여인.

"왜 말씀해 주시지 않았습니까? 왜 저를 속이신 겁니까?"

'乙의 표식이 무엇인지 아셨지요? 근데 왜 형님의 여인이 될 사람에게 입을 맞추고, 손을 잡고, 함께 말을 타고, 함께 웃고 울고 구해주고 지켜주셨습니까? 그래서 도망치라 하신 것입니까? 결국 이렇게 될 줄 알고요?'

미처 못 다한 말들이 그녀의 가슴속에서 소용돌이쳤다.

"미안합니다."

완얼이 힘없이 고개를 떨어뜨렸다. 그저 백영과 평범한 사람으로 조금 더 함께 있고 싶었을 뿐이었는데 그것이 그녀에게 상처를 주고 말았다.

"그러게 내가 별채에서 나오지 말라고 하지 않았느냐? 금방 따라갈 터이니 방으로 돌아가 있어라."

학도가 단호하게 일렀다. 백영이 아무 말 없이 돌아서 발걸음을 옮겼다.

"이미 아시겠지만 제 누이는 죽은 사람입니다. 그러니까 저 아이는 이제 변백영이 아닙니다."

"그게 무슨 뜻입니까?"

"완얼군 대감께서 저 아이를 마음에 품으셨든 아니든 이젠 잊어달라는 뜻입니다. 그게 두 사람 모두에게 좋습니다. 그리고 오늘은 이만 돌아가 주시지요."

"내일 입궐하여 전하께 춘향이가 죽었다고 아뢸 것입니다. 그리고 함께 갔던 여인도 다른 사람들처럼 춘향이의 원혼을 보고 충격을 받아 죽었다고 할 것입니다. 그러면 전하께서도 더 이상 찾지 않으실 겁니다."

학도의 표정이 흔들리기 시작했다.

'그런 방법이 있었구나!'

누이를 명나라로 보내거나 왕에게 보내지 않고도 살릴 수 있는 세 번째 방법.

"그러니 변씨 부인을 절대 궁으로 데려오지 마십시오. 그리고 꽁꽁 숨겨두십시오. 아무도 찾지 못하게. 제가 부인과 함께 있으면 위험할 듯하여 가장 믿을 만한 혈육에게 맡긴 것입니다. 임금의 신하로서가 아니라 오라비로서 잘 생각해 보십시오. 어찌 하는 것이 누이가 더 행복할지."

이쯤 말했으면 충분히 알아듣겠지 하고 사랑채를 나섰다. 한데 그가 갑자기 멈춰 섰다.

"잠깐!"

살수들이 워낙 많은 탓에 살기가 여기저기서 느껴져서 잠시 착각을 하였다. 그를 지켜보고 있는 살수들과는 동떨어진 강한 살기 하나가 남남동 쪽에서 느껴졌다.

"남남동 쪽에 뭐가 있습니까?"

"별채가 있습니다. 지금 백영이가 거처하고 있는."

그러자 순식간에 안색이 흙빛으로 변한 완얼과 무사들이 남남동 별채 쪽으로 마구 뛰어가기 시작했다.

백영이 중문을 지나 힘없이 별채 마당으로 들어섰다. 앞으로 어찌 해야 할지 아무 생각도 들지 않았다. 그때 뒤에서 누군가 달려오는 기척이 느껴졌다.

"점순아!"

뒤를 돌아본 백영이 놀라 부르짖었다. 하지만 점순이의 모습은 너무나 처참했다. 오른쪽 귀가 떨어져 나간 자리는 썩어가고, 아무렇게나 흐트러진 머리칼에 찢겨진 옷, 맨발로 얼마나 달려왔는지 발은 온통 갈가리 찢겨져 있었으며 그리고……. 그녀의 가슴팍엔 단검이 꽂혀 있었다.

"아씨……."

점순이가 힘없이 백영을 부르며 그 자리에서 푹 쓰러졌다. 미친 사람처럼 달려가 점순이를 품에 안아 드니 그녀가 피눈물이 맺힌 눈으로 올려다보았다.

"대체 누가 이런 것이냐? 어디 있다 도망쳐 온 게야? 점순아! 점순아!"

하지만 점순이는 죽기 전에 그녀를 다시 본 것만으로도 만족이라는 듯 서서히 눈을 감았다. 힘겹게 들썩이는 가슴팍에서 피가 너무나 많이 흐르고 있었다. 점순이를 안아 든 두 팔로 생명이 사그라지는 느낌이 너무나 또렷이 전해졌다.

"안 돼! 가면 안 돼! 내가 잘못했다. 네 말을 듣지 않고 허구한 날 술 퍼마신 것도 잘못했고, 욕한 것도 잘못했고, 다 잘못했어. 그러니까 혼자 가지 마라! 이렇게 허무하게 죽으면 안 된다. 점순아, 제발!"

제 가슴팍이 피로 물드는 것도 아랑곳 않고 점순이를 끌어안으며 부르짖었다. 오라버니가 급제한 뒤 열한 살 어린 나이에 그녀의 집에 노비로 들어온 아이였다. 그리고 그때부터 팔 년을 함께한 유일한 백영의 동무였다.

"아씨, 괜찮으십니까?"

그때 완얼이 중문으로 뛰어 들어오며 외쳤다. 그 뒤로 량주와 숙휘, 학도가 쫓아왔다.

"우리 점순이가 돌아왔습니다. 한데……."

말을 채 맺지 못하고 왈칵 눈물을 쏟아냈다. 완얼의 시야에 점순의 가슴 한복판에 꽂힌 단검이 들어왔다. 살기는 바로 저기서 뿜어져 나오는 것이었다. 그것은 별채로 들어오기 직전 날아와 점순이의 가슴팍을 꿰뚫었을 것이다. 풀어주는 척 놔줬다가 백영이 있는 곳으로 가게끔 유도한 다음 점순이 별채 문턱을 넘을 때쯤 단검을 날렸을 것이다. 그래서 이제야 완얼이 살기를 느낀 것이다.

단검은 이번에도 가슴 한복판을 꿰뚫었다. 떠벌네나 사또처럼. 그렇다면 단검을 던진 자는 가면자객일 것이다. 그리고 지금쯤이면 그 날랜 몸으로 흔적도 없이 사라졌겠지. 번번이 이렇게 한발 늦게 놈을 놓치고 마는 것이 분하여 피가 나도록 입술을 깨물었다.

"반……."

점순이 헐떡거리면서도 무언가 말을 전하려 애를 썼다.

"뭐라고?"

"반달……."

간신히 그리 말한 뒤 눈조차 다 감지 못한 채 숨이 멎어버렸다. 이제 겨우 열아홉, 한창 꽃다울 나이에 그녀는 이렇게 처참한 모습으로 고단한 인생을 마쳤다.

"아아악! 안 돼!"

백영의 입에서 애간장이 끓는 통곡이 터져 나왔다. 지아비가 죽었을 때도 이리 원통하고 슬프진 않았다. 학도 역시 오래 정들었던 점순이의 시신을 차마 보지 못하고 애통한 시선으로 하늘을 바라볼 뿐이었다.

"아씨, 진정하십시오."

완얼이 몸부림치며 울부짖는 백영의 어깨를 붙들었다.

"그까짓 서신이 뭔데! 그것 때문에 사람을 이토록 잔혹하게 죽인단 말입니까?"

"그러게 말입니다. 사지를 찢어 죽여도 시원치 않을 놈! 대체 어떤 놈이 사람을 저 지경으로!"

옆에 선 량주도 분노를 금치 못하며 말했다.

"잠시만요. 단검 끝에 무언가 매달아놓은 것 같습니다."

감정에 휩쓸리지 않고 침착하게 점순이의 시신을 살펴보던 숙휘가 단검을 가리켰다. 그 말을 듣고 유심히 살펴보니 가슴팍에 깊이 박힌 단검의 끄트머리에 흰 헝겊 조각이 살짝 튀어나와 있었다.

"검을 빼주어야 합니다! 죽어서도 우리 점순이가 얼마나 가슴이 아프겠습니까?"

백영이 하염없이 눈물을 흘리며 단검으로 손을 가져갔다. 하지만 얼른 뽑아내지 못하고 손끝이 파르르 떨렸다.

"제가 하겠습니다."

완얼이 백영을 대신해 칼자루를 잡았다.

"점순아, 검을 빼려는 것이니 이해해 다오."

망자에게 양해를 구한 뒤 한 손으로 점순이의 가슴을 누르고 단검을 쥔 손에 힘을 줘 쑥 뽑아냈다. 그러자 뻥 뚫려버린 가슴에서 피가 쏟아져 나왔다. 그리고 단검과 함께 살 속에 묻혀 있던 헝겊이 피로 벌겋게 물들어 딸려 나왔다. 하지만 헝겊에 쓰인 글자는 선명하게 알아볼 수 있었다.

— 不入龍之宙

"불입용지주. 용의 보금자리에 들어가지 말라?"

완얼의 미간에 주름이 잡혔다. 용은 임금. 그렇다면 용의 보금자리는 궁궐.

"궐입니다. 궐에 가지 말라는 경고문 같습니다."

숙휘 역시 같은 생각이었다.

"왜 이런 경고를 보냈을까요? 그렇다면 역으로 궐에 가면 무언가 놈에 대해 알 수 있다는 말이군요."

"궐이라고요……."

백영이 넋 나간 듯 중얼거렸다.

"한데 아씨, 망자의 눈을 감겨주어야 하지 않겠습니까?"

아까부터 점순이의 반쯤 뜬 눈을 짠하게 보고 있던 량주가 조심스럽게 말했다.

"그렇군요. 우리 점순이가 아직 눈도 감지 못하고 있었군요."

백영이 눈물을 훔치고선 점순이의 눈을 감겨줬다. 하지만 점순이는 쉽사리 눈을 감으려 하지 않았다.

"점순아, 너를 이리 만든 놈을 반드시 찾아낼 것이다. 그리고 몇 배로 갚아주겠다. 약속하마. 그러니 이제 편히 눈을 감아라."

백영이 간곡하게 속삭였다. 그리고 다시 한 번 천천히 눈을 감기자 드디어 그녀가 평온하게 눈을 감았다.

'그래, 더 이상 울고만 있진 않겠다. 반드시 놈을 찾아내리라. 그래서 내 손으로 점순이의 한을 풀어줄 것이다!'

점순이의 시신 앞에서 그녀는 굳게 결심하였다.

창경궁의 춘당대, 사대에 선 임금이 저 멀리 과녁을 향해 과감하게 활시위를 당겼다. 그의 모든 동작엔 망설임이란 없었다. 붉은 고전기가 과녁 앞에서 힘차게 흔들렸다. 붉은 깃발은 화살이 명중했다는 뜻이다. 밝은 아침 햇살 아래 율의 얼굴이 모처럼 활짝 피었다. 사냥을 광적으로 좋아하는 율은 어느 무인 못지않은 명궁이었다. 보통 한 번에 한 획(오십 발)을 쏘아 마흔다섯 발 이상은 과녁에 맞혔고, 그중 홍심(과녁 정중앙)에 맞는 것들도 꽤 되었다.

"전하, 완얼군 대감이 뵙기를 청한다 하옵니다."

젊은 내관이 총총히 걸어와 아뢰었다.

"오, 겸이가 벌써 입궐을 했느냐? 혼자 왔더냐? 아니면 춘향이를 데리고 왔더냐? 아니다, 아니다. 답하지 말거라. 미리 알면 재미가 없지. 당장 이리로 데려오너라."

율이 한껏 들뜬 표정으로 다시금 과녁을 향해 활을 겨누었다. 한 순(다섯 발)을 쏘아갈 무렵 완얼이 홀로 전하를 알현했다.

"어찌하여 너 혼자냐? 춘향이는 어디 있으며 같이 갔던 계집은 또 어쨌고?"

율이 완얼을 쏘아보며 이마에 핏대를 돋웠다.

"전하, 소신을 죽여주시옵소서. 남원으로 내려가 백방으로 춘향이를 수소문해 보았으나 궁으로 데려오지 못하였습니다. 왜냐하면……."

완얼이 땅바닥에 납작 엎드려 고하였다. 하나 말을 채 맺기도 전에 율의 노성이 춘당대 가득 울려 퍼졌다.

"변명은 집어치워라! 어찌 됐건 결론은 춘향이를 데리고 오지 못했다는 말이 아니냐?"

"송구하옵니다."

완얼이 더욱 머리를 조아렸다.

"고개를 들라."

싸늘한 음성과 함께 압도적인 살기가 완얼의 머리 위로 쏟아졌다. 완얼이 저도 모르게 고개를 번쩍 들었다. 그리고 아연실색했다. 율이 과녁이 아니라 그의 이마에 활을 겨누고 있었기 때문이다.

"혀, 형님!"

율이 팽팽하게 활시위를 당겼다. 너무나 명확한 살기였다. 언제든 활시위를 잡은 손을 놓아 너의 이마를 꿰뚫어 버릴 수 있다는. 사방이 쥐 죽은 듯이 고요해졌다. 율의 광기를 무수히 지켜보았던 내관과 궁녀들이지만 눈앞에서 펼쳐지는 광경에 모두들 숨조차 제대로 뱉지 못하고 떨고만 있었다. 감히 말리고자 앞으로 나서는 이도 없었다. 개죽음을 당할 것이란 걸 뻔히 알기 때문에.

완얼의 콧등에 식은땀이 맺혔다. 율도 활시위를 잡은 손에 더욱 힘을 준다. 당겨질 대로 당겨진 활시위는 이제 조그만 움직임 하나에도 화살을 튕겨내 완얼의 이마를 산산조각 내버릴 것만 같았다.

"전하!"

그때였다. 누군가 숨 막히는 정적을 깨고 전속력으로 그들을 향해 달려왔다.

"전하! 긴히 드릴 말씀이 있사옵니다!"

숙휘다. 량주도 아니고 숙휘가 저리 물불 안 가리고 급하게 뛰어드는 것은 처음 보았다. 먼발치에서 보기에도 완얼의 목숨이 어지간히 위태로워 보인 모양이다. 그리고 뜻밖에도 숙휘는 백영의 손목을 움켜쥐고선 끌고 오고 있었다.

"춘향이를 찾았습니다! 그러니 멈추어주십시오!"

숙휘가 숨을 헐떡거리며 임금 앞에 무릎을 털썩 꿇었다. 그 바람에 백영의 몸도 같이 무너지며 바닥에 엉덩방아를 찧었다.

"이 무슨 무례한 짓거리냐? 감히 뉘 앞이라고 함부로 뛰어드는 게야! 궐의 경계가 이렇게 소홀해서야!"

율이 호통을 쳤다. 하지만 춘향이를 찾았다는 말에 일단 활을 아래로 내렸다. 모두의 입에서 탄식 같은 안도의 한숨이 새어 나왔다. 살기가 사라진 것을 느낀 완얼도 한꺼번에 긴장이 풀려 하마터면 몸을 가누지 못하고 쓰러질 뻔했다.

"송구하옵니다, 전하! 워낙 촌각을 다투는 일이다 보니 절차를 지킬 겨를이 없었습니다."

"춘향이를 찾았다고? 근데 그 여인은 어디 있느냐?"

"춘향이는 바로 이 여인입니다!"

숙휘가 단호하게 외쳤다. 그리고 그가 말한 여인은 바로 백영이었다. 율을 비롯해 장내 모든 이들이 어리둥절해하며 의아한 표정을 지었다.

"뭐라? 저 계집은 춘향뎐의 작자 미상이라 하지 않았느냐? 근데 이젠 춘향이라고?"

율이 성큼성큼 백영의 앞으로 다가갔다. 그리고 그녀의 턱을 들어올려 송곳 같은 눈빛을 내리꽂으며 내뱉었다.

"넌 분명 내게 큰소리를 탕탕 쳤었다. 춘향이는 너보다 훨씬 절색이라면서 남원에서 반드시 찾아오겠다고 말이다. 그럼 그때 내게 한 말들은 죄다 거짓이었단 말이냐?"

"전하, 죽을죄를 지었습니다! 부디 너그러운 성심으로 한 번만 용서해 주시옵소서."

백영의 가녀린 몸도, 목소리도 바들바들 떨렸다.

"네가 정말 춘향이라면 왜 그런 거짓말을 하고 남원까지 갔느냐?"

"춘향이라고 나서는 것이 두려워서 그랬습니다. 그래서 남원으로 가며 적당한 기회를 봐서 도망칠 생각이었습니다."

"한데 왜 도망치지 않은 것이냐?"

"도망치지 않은 것이 아니라 보시다시피 도로 잡혀온 것입니다."

그러자 갑자기 율이 박장대소를 터뜨렸다.

"하하하하하! 정말 재미있는 년이구나. 네가 춘향이라고? 그래, 그렇다 쳐보자. 그리고 춘향이를 찾아왔으니 약속대로 너희 둘 다 살려는 주마."

그가 잔혹하게 웃으며 백영을 일으켜 세웠다. 그러더니 그녀의 저고리 고름을 거칠게 잡아 뜯었다. 눈 깜짝할 사이에 앞섶이 벌어지며 젖가슴 위에 율이 남긴 표식이 드러났다.

"오호, 참으로 걸작이로구나!"

뽀얀 속살 위에 선명하게 아로새겨진 주홍빛 표식 '乙'.

율이 예술 작품이라도 감상하듯 고개를 숙여 유심히 들여다보며 해맑게 웃었다. 지금 이 상황에 '해맑게'라는 표현은 전혀 어울리지 않았지만, 흰 이를 가지런히 드러내고 활짝 웃는 임금의 얼굴을 그 표현 외에는 설명할 말이 없었다. 백영이 보기에 그는 진심으로 기쁘고 즐겁고 감탄하고 있는 듯했다. 마치 아직 선악의 구분이 잘 되지 않는 어린아이가 잠자리의 날개를 잡아 뜯고선 손뼉을 치며 해맑게 웃는 것과도 같이.

'이율, 너는 미쳤다!'

백영이 저고리를 여미며 이를 악물었다. 하지만 도망칠 순 없었다. 어명을 받고 남원으로 함께 떠났던 그녀가 혼자 도망쳐 버리면 완얼 선생이, 아니, 완얼군이 위험해질 테니까.

"무엇이 그리도 즐거우십니까? 전하의 용안이 하도 밝으셔서 저 멀리서도 눈이 부십니다."

그때, 숙빈 장씨가 붉은 치맛자락을 펄럭이며 사대로 걸어왔다. 그리고 좌의정 변학도가 그 뒤를 그림자처럼 따랐다.

"숙빈은 나의 동선을 어찌 이리 잘 알고 소리 없이 불쑥불쑥 나타나는 것이오?"

율이 정말 신기하다는 듯이 숙빈을 바라봤다.

"좋은 구경거리가 있다 해서 찾아왔지요."

숙빈이 태연하게 웃으며 완얼에게 시선을 돌렸다. 하지만 입은 분명 웃고 있으나 그 눈빛은 서늘하기 짝이 없었다.

"용케 살아오셨군요. 남원에 춘향이를 찾으러 갔다 살아 돌아오신 분은 아마 완얼군 대감이 처음이시지요?"

"제가 명 하나는 길게 타고난 듯합니다."

괜히 말꼬투리 잡혀봤자 좋을 거 없다 싶어 완얼이 짧게 답했다. 그러자 숙빈의 관심이 이내 백영에게로 향했다.

"이 아이입니까? 전하의 표식을 받은 유일한 계집이."

그리고 거침없이 백영에게 걸어와 저고리 앞섶을 부여잡고 있는 손을 쳐냈다. 다른 계집의 속살에 새겨진 전하의 표식을 본 숙빈의 눈꼬리가 파르르 떨렸다. 그것은 질투라기보다는 생존의 문제였다. 총애가 사라지면 숙빈의 힘도 사라진다. 그녀의 힘이 사라지면 세 살이 채 안 된 아들 '면수'의 목숨이 위태로워진다. 따지고 보면 완얼군이 저리 위태롭게 사는 것도 후궁인 어미의 세력이 미약해 지켜주지 못해서이지 않은가?

'나는 그리되지 않을 것이다. 내 아들은 완얼군처럼 살게 하지 않을 것이다. 그러므로 내 앞길에 방해되는 것은 무엇이든 치워 버릴 것이다.'

숙빈의 어여쁜 얼굴에 파르스름한 살기가 어렸다. 학도는 학도대로 누이가 수모를 당하는 걸 차마 보지 못하고 고개를 돌렸다. 하지만 지금 나설 수는 없었다. 그녀의 누이는 이한림 대감의 열녀 며느리로서 이미 죽은 몸이고 열녀문까지 내려졌다. 한데 그가 나서서 백영을 누이라 감싼다면 임금을 기만한 죄로 멸문지화를 당할지도 모른다.

"대체 뭐 하시는 겁니까?"

하도 순식간의 일이라 당하는 줄도 모르게 당한 백영이 다시 저고리를 바짝 여미며 대차게 외쳤다.

'이 여인이 그 유명한 숙빈 장씨라고?'

과연 경국지색이라고 할 만한 엄청난 미색이었다. 완벽하게 조화를 이룬 이목구비는 물론 화려한 차림새, 눈빛 하나 손짓 하나마다 배어 있는 타고난 요염함까지. 그녀를 앞에 두고 혼을 빼앗기지 않을 사내는 아마 고자뿐일 것이다.

"내가 뭘 하든 감히 숙빈에게 그런 질문을 할 처지가 아닐 터인데? 글을 좀 쓴다기에 영특한 줄 알았는데 생각보다 아둔하구나."

숙빈은 앙칼지게 날을 세울수록 더욱 요염해지나 보다. 분명 꼴도 보기 싫은 말투인데도 여인인 백영조차도 어느새 홀린 듯 바라보고 있었다. 그녀는 방금 전의 생각을 정정했다. 숙빈은 고자라도 홀려 버릴 것이다. 하지만 단 한 명, 그녀에게 미동조차 하지 않는 사내가 있었으니 완얼이었다.

"점잖으신 숙빈마마께서 하실 행동은 아니지요."

애써 차분히 말하긴 했으나 완얼의 눈에선 불이 뿜어져 나왔다. 당장 달려가 숙빈이고 형님이고 모두 밀쳐 버리고 백영을 감싸 안아주고 싶었지만 참고 또 참았다. 그것은 백영을 지켜주는 것이 아니라 오히려 곤경에 빠뜨리는 일이라는 것을 알기에.

'이거 참 흥미로운걸!'

완얼의 반응에 숙빈의 영악한 머리가 빠르게 돌아간다. 좌승지의 계략이 어느 정도 맞아 들어간 모양이다. 남원까지 몇 날 며칠을 붙어 다니며 두 연놈이 제대로 정분이 난 게다.

'어쩌면 한 번의 수고로 둘 다 처리할 수도 있겠구나.'

일거양득(一擧兩得).

그리 생각하자 기분이 조금 나아진 숙빈이 방긋 웃으며 완얼에게 말했다.

"어머, 점잖다니요? 완얼군께서 그런 빈말도 할 줄 아십니까? 숙빈 장씨가 상스러운 건 세상 사람들이 다 아는 일인데요. 아니면 저 계집을 건드는 것이 그리도 싫으셨던 겐가? 없는 말을 지어낼 정도로."

혼잣말처럼 슬쩍 흘리자 아니나 다를까 율이 바로 반응을 했다.

"그러게. 네가 왜 그리 흥분하는 것이냐? 미상이, 아니, 춘향이라 했지. 춘향이가 너의 내자라도 되느냐?"

그러나 그 말에 당황한 것은 완얼이 아니라 숙빈이었다.

"춘향이라고요? 저 계집이 말입니까?"

꿈에도 생각지 못했다는 듯 화들짝 놀라 목소리마저 갈라졌다.

"그래서 살려두기로 했다. 어찌 됐건 춘향이를 데려왔으니."

"말도 안 됩니다! 처음엔 자기가 춘향면을 지었다 하더니 이젠 아예 춘향이라니요? 전하, 어찌 이런 어설픈 수작에 넘어가려 하십니까?"

"일단 그렇다고 치겠다는 것이다. 죽이는 것은 꼭 지금이 아니어도 언제든지 가능한 것이니."

"전하, 그렇다면 저 계집을 궁에 들이실 작정이십니까? 하긴, 이미 궁에 전하의 여인들이 넘쳐나니 하나 더 들인들 티도 안 나겠지요."

"또 투기를 하는 게냐?"

"그게 저의 매력이라면서요. 제가 투기하는 모습을 보고 싶어서 일부러 이러시는 겁니까?"

"아주 아니라고는 못 하겠구나. 나는 숙빈이 펄펄 뛰는 걸 보면 왜 이리 재미있는지 모르겠구나. 하하하!"

율의 웃음소리가 춘당대에 쩌렁쩌렁 울려 퍼졌다.

"전하!"

저고리 고름을 다시 꽁꽁 묶으며 틈을 보던 백영이 냉큼 앞으로 나섰다.

"전하의 명이시라면 기꺼이 궁으로 들어가겠습니다. 다만 엿새만 준비할 시간을 주십시오."

"준비할 것이 뭐 있느냐? 궐에 다 있거늘."

"궐에 없는 것을 준비해 오려 합니다."

"궐에 없는 것? 그런 게 있던가?"

"예, 저의 원고입니다."

이것이 오늘의 비장의 무기였다. 그녀가 드디어 승부수를 던진 것이다.

"미상의 원고 말이냐?"

"예. 청하옵건대, 저를 전하의 책비로 삼아주십시오."

"책비라면 그저 책을 읽어주는 여종 같은 궁녀인데 네 청이라는 것이 후궁이 아니라 고작 책비가 되는 것이더냐?"

"저는 그냥 책비가 되진 않을 것입니다. 전하께선 미상의 오탁후이시지요?"

"어, 아니, 그렇다만……."

백영의 당돌한 물음에 천하의 폭군이 순간 당황해 말을 얼버무렸다.

"한데 춘향뎐 완결편이 궁금하지 않으십니까? 실은 그것이 늘 이해가 가지 않았습니다. 진정 미상의 오탁후라면 아직 나오지 않은 춘향던 완결편이 궁금하여 미칠 지경일 텐데 어찌 한 번 물어보시지도 않는가 하고요."

"궁금하다."

그사이 평정심을 되찾은 율이 엄숙하게 대꾸했다.

"그래서 잠시 그런 생각을 했었지. '선녀와 나무꾼─완전한 사육'에서처럼 너를 가둬놓고선 완결편을 쓰게 할까 하고. 하지만 그보단 춘향이가 궁금한 마음이 더 컸다."

"엿새간 시간을 주시면 완결편을 준비해 오겠습니다. 그리고 매일 밤, 하루에 한 장씩 완결편을 읽어드리겠습니다. 정확하게 몇 장이 나올지는 모르겠으나 모두 읽는 데 백일 정도 걸리지 않을까 싶습니다."

백일야화(百一夜話).

백 일 밤 동안의 이야기. 이것이 고심 끝에 백영이 준비해 온 방책이었다.

"완결편의 마지막 장이 끝나고 재미가 없었다 하신다면 전하의 여인으로 살겠습니다. 저를 죽이시려면 죽이시고 취하시려면 취하십시오."

"그러니까 그 말인즉, 백 일 동안은 너를 죽이지도 말고 너를 품에 안으려면 백 일을 기다려라 이 말이냐? 내가 왜 그래야 되는데?"

"제가 죽으면 완결편은 영원히 세상에서 사라질 테니까요. 그 안에 저를 취하려 하셔도 저는 완결편에 대해 한마디도 하지 않을 것입니다. 물론 그 정도로 궁금하지는 않다 하시면 어쩔 수 없는 일이지만, 만일 전하께서 제 청을 들어주신다면……."

백영의 얼굴이 확 달아올랐다. 겉으론 막힘없이 술술 말을 해나갔지만 실은 속이 바짝바짝 타들어갔다. 그리고 지금 하려는 말은 여인의 입에서 쉽사리 꺼내기 힘든 말이었다. 하지만 어떻게든 임금의 관심을 끌어 그녀가 만든 장기판 안으로 뛰어들게 해야 했다.

"전하와 합궁을 하게 되는 날, 이단합체 회전물레방아를 해보이겠습니다!"

그녀의 당돌한 말에 잠시 침묵이 흘렀다.

이단합체 회전물레방아.

감히 그것을 떡밥으로 던진 것이다. 평범하지 않은 인간이니 이런 말도 안 되는 일에 오히려 흥미를 가질지도 모른다, 그리 희망을 걸어 본다. 게다가 임금은 내로라하는 호색한이 아닌가?

"이단합체 회전물레방아? 그게 진짜 인간이 할 수 있는 것이라고?"

과연, 왕의 눈이 번쩍했다. 하지만 매우 미심쩍은 눈치다. 여기서 물러서면 모든 게 끝이다. 백영은 기세를 몰아 단번에 치고 나갔다.

"사람들이 단지 기술이 미숙하고 물건의 크기가 약소하여 따라 하지 못한다고 생각하십니까? 아니옵니다. 기술과 크기는 거들 뿐 핵심은 믿음이지요. 할 수 있다는 믿음이 아니라 상대방에 대한 깊은 믿음이요! 상대방에게 온전히 몸을 맡기고 공중으로 떠올라 이단합체하여 물레방아처럼 동서남북 돌아갈 때, 극락은 우리 것이지 않겠습니까?"

"천하의 숙빈도 못 해낸 것을! 설마 했었는데 네가 춘향이라는 것이 아주 허언은 아닌 것이로구나!"

율이 크게 감탄하며 백영을 새삼 다시 보았다. 숙빈의 색기도 대단하지만 임금의 앞에서 저리 거침없고 수려하게 이불 속에서 벌어지는 일에 대해 얘기를 하진 못했다. 그가 감탄한 것은 지금까지 그 어떤 여인에게서도 본 적 없는 바로 그 대담함이었다. 그러나 옆에 선 숙빈의 얼굴은 험악하게 일그러졌다.

"하나 만일 완결편이 참 재미있었다 하신다면 저를 자유롭게 놓아 주시옵소서."

'가슴팍의 당신의 표식을 인두로 지져서라도 없애 버리고 나의 의지

대로 살아가겠습니다!'

바로 이것이 백영의 진정한 목적이었다.

"나와 내기를 하자는 것인가? 제법 그럴듯해 보인다만 네게 전혀 이로울 것 없는 내기 같은데? 설사 재미있었더라도 내가 재미없다 말하면 그만 아니더냐?"

"틀림없이 재미있을 것입니다. 자신 있습니다."

"이런 맹랑한 것을 봤나!"

율이 난폭한 성정만큼이나 사납게 쏘아붙였다. 하지만 얼굴은 새로운 놀이를 시작한 어린아이처럼 흥미로움으로 가득 차 있었다.

"하루하루가 지루하던 차에 춘향이와 백일야화를 나누다니, 그거 참 재미있겠구나!"

"그럼, 약조하신 겁니다."

"좋다, 약조하마. 한데 말이다."

순순히 약조까지 한 율이 갑자기 표정을 바꾸었다. 또 무슨 말을 하려고 저러나 백영이 다시 바짝 긴장했다.

"엿새 후에 궁으로 돌아오겠다는 너의 말을 어찌 믿을 수 있느냐? 너는 한 번 도망치려고 했던 계집이 아니더냐? 누가 더 가짜로 이야기를 잘 만들어내나 하는 것이 매설가들이니, 얼굴에 분칠한 여인들과 손에 붓을 든 매설가의 말은 믿지 말라 하던데."

그러자 이번엔 좌승지 변학도가 나섰다.

"그 문제라면 제게 맡겨주십시오."

"아하, 그렇지! 우리 좌승지가 있었지. 언제나처럼 자네가 맡아서 하게. 나의 여인들을 관리하는 건 좌승지가 최고 아닌가?"

"예. 제가 엿새간 준비를 시킨 뒤 책임지고 궁으로 다시 데려오겠습니다."

언제나처럼 하던 일.

오라비의 말에 백영의 얼굴이 흐려졌다. 자꾸만 그녀가 모르는 오라버니의 다른 얼굴을 보는 것 같아 서글프기도 하고 심란하기도 했다. 하지만 지금은 그것을 따질 때가 아니다. 이제부터 호랑이 굴에 들어가는 것이다. 정신을 똑바로 차리고 살아남아야 한다.

'바보처럼 미친 임금에게 잡아먹히지도, 그렇다고 비겁하게 현실에서 도망치지도 않겠다. 나의 재능과 능력으로 맞서 싸울 것이다. 나를 위해서. 그리고 당신을 위해서.'

백영이 완얼을 바라보며 새삼 다짐했다.

"다른 사람들처럼 춘향이의 원혼을 보고 죽었다고 아뢸 참이었는데, 저와 상의도 없이 불쑥 나타나서 이렇게 일을 벌이면 어쩌란 말입니까?"

궁에서 나온 완얼이 백영에게 버럭버럭 화를 냈다. 여린 체구와는 다르게 그 내면은 누구보다 강인하고, 누구보다 지혜로운 여인이지만 예측불가인 형님이 있는 궁으로 들어가겠다니 불안하기 짝이 없었다.

"거기다 뭐? 아씨께서 춘향이라고요? 소설을 너무 많이 쓰셔서 소설과 현실이 구분 안 되시는 겁니까?"

"이젠 변백영이라는 이름으로 살 수 없게 되었으니 어차피 이름을 바꾸어야 하고, 바꾸는 김에 나리도 살리고 저도 살 수 있는 이름으로 바꾸었을 뿐입니다. 제가 필명으로 미상이란 이름을 쓰는 것처럼요. 춘향이라는 이름은 궁에서 사용하기 위한, 뭐 그러니까 궁명(宮名)이라고나 할까요?"

백영이 대꾸했다. 높은 관직에 올라 있는 오라비 덕에 이제야 명문가의 반열에 오르기 시작했는데 그녀 때문에 다시 집안을 망가뜨릴 순 없었다. 설사 죽는다 하여도 죽는 순간까지 절대 오라버니와 가문을 밝히지 않을 것이다.

"궁명이요? 본명에 필명에 궁명에, 허참, 누가 매설가 아니랄까 봐 말은 잘 갖다 붙이십니다!"

"고정하십시오, 나리."

완얼이 백영과 나란히 걸어가자 본의 아니게 학도와 나란히 그 뒤를 따르게 된 숙휘가 차분하게 아뢰었다.

"숙휘 너도 그렇다! 이런 꿍꿍이를 벌이는 데 필시 네 머리도 보탰으렷다?"

"셋이 저지른 일입니다. 학도 오라버니, 숙휘 무사님, 저요."

"왜 저와는 의논하지 않으셨습니까?"

"제가 궁으로 가는 것에 무조건 반대하실 테니까요. 하지만 저는 궁에 들어갈 것입니다. 궁에 비밀이 숨겨져 있다면 직접 들어가 보는 수밖에요. 가면자객도, 그 웃전의 정체도, 그리고 춘향의 서신이라는 것도, 모든 열쇠는 궁에 있을 것이란 생각이 듭니다. 제 목숨도 살리고 점순이의 원수도 찾고, 일석이조 아닙니까?"

그러니까, 머리는 두건을 두를 때나 사용하는 량주를 제외하고 세 사람이서 작당을 하고 완얼을 따돌린 것이다. 하지만 백영의 말이 맞았다. 그가 알았다면 절대로 이런 일을 벌이는 데 동의하지 않았을 것이다.

'그리 따박따박 맞는 말만 늘어놓지 마십시오. 마음에 품은 여인을 호랑이 굴에 들여보낼 사내가 어디 있겠습니까? 속이 타들어가는 것 같은 나의 마음을 왜 이리 몰라주십니까?'

완얼이 깊은 한숨을 내쉬었다.

'같이 먼 곳으로 도망이라도 치자고 말해볼까?'

그리 생각하다 쓴웃음을 짓는다. 순순히 그런 말을 들을 여인이었다면 오늘 궁으로 오지도 않았을 것이다.

"참으로 고집도 세십니다. 겁나지도 않으십니까? 전하는 한 치 앞도 내다볼 수 없는 분이십니다. 그런 분의 약조를 믿으시는 겁니까?"

후궁이 아니라 책비라지만 과연 형님께서 백영의 말대로 백 일간 그녀를 취하려 하지 않으실까? 그 생각을 하니 다시금 불안해진다. 완얼이 발걸음을 멈췄다. 그리고 그녀의 어깨를 두 손으로 꽉 쥐고 외쳤다.

"지금이라도 제가 못 가게 한다면 어쩌시겠습니까? 절대로 당신을 보낼 수 없다고 한다면!"

"저를 한 번만 믿어주십시오. 저는 지지 않을 것입니다. 저의 춘향뎐 완결편은 이 조선 땅에서 가장 재미있는 소설이 될 것입니다. 그 누구도 부정할 수 없는 작품을 쓰겠습니다. 붓은 칼보다 강하다는 것을 보여주겠습니다. 그리고 반드시 온전한 몸으로 완얼군 대감께 돌아오겠습니다."

백영은 의지가 굳은 여인이었다. 이 여인의 의지를 꺾고 지금 당장 손을 잡아끌어 멀리 떠나야 할지, 아니면 그녀의 옆을 지키며 뜻을 이룰 수 있도록 도와주어야 할지 완얼이 마음을 쉬이 정하지 못하고 있는데 갑자기 백영이 까치발을 들어 그의 입술에 입을 맞추었다.

이리도 용감하게.

이리도 달콤하게.

완얼의 머릿속이 온통 새하얘지며 지금 그들이 서 있는 곳이 밝은 태양 아래이며, 뒤에선 그녀의 오라비와 숙휘가 지켜보고 있다는 것도 모두 잊고 말았다. 사르르 두 눈을 감고 수줍게 마주 닿은 입술에선 난향이 풍겨오는 듯했다. 어디선가 불어온 봄바람에 복사꽃이 흩날린다. 향긋한 꽃 냄새에 매혹되고 백영의 달콤한 입술에 취해간다. 완얼이 흩날리는 하얀 꽃 아래에서 하얀 꽃(白英)과 입을 맞추었다. 대체 무슨 꿀을 발라놓았기에 살포시 닿기만 하여도 이리 다디단지. 깡총 까치발을 하고 작은 턱을 들어 분홍빛 입술을 그의 입술에 포개어오는 용감한 그녀를, 하지만 귓불까지 빨갛게 물들어 두 눈을 꼭 감은 수줍은 그녀를 어찌 사랑하지 않을 수 있겠는가?

'도화(桃花)야, 도화야, 백도화(白桃花)야, 자랑 마라. 너는 일시의 춘색(春色)이니 이 봄이 가면 사라지리라. 하지만 백영아, 백영아, 나의 백영아, 너의 마음은 이 봄이 지나가도 내 곁에 남아주겠느냐?'

완얼은 자신에게 몸을 기대온 백영의 양팔을 살며시 붙들었다. 그렇게 붙들지 않으면 그녀의 가녀린 몸이 금방이라도 바람결에 날아가버릴까 봐. 그 감촉에 백영의 가슴이 터질 듯이 두근거려 입술까지 파르르 떨린다.

'혹여 제가 너무 빠르다고 흉을 보시는 건 아니지요? 완얼군 대감을 알게 된 지 몇 해도 아닌 몇 달도 아닌 이제 스무날 남짓이건만 마음을 모두 내주었다고요. 하나 얼굴도 모르는 사내와 첫날밤을 치르고 부부도 되는데 제가 그리 경솔한 것입니까? 우리가 생사를 함께한 그 시간들을 어찌 짧다 할 수 있겠습니까?'

그간 두 번의 입맞춤이 있었지만 한 번은 물에 빠진 백영을 살리기 위한 목적이었고, 다른 한 번은 미약 때문이었으니 마음을 나눈 입맞춤이라 할 순 없었다. 오늘에서야 비로소 두 사람은 입맞춤과 함께 그동안 에둘러 표현할 수밖에 없었던 마음을 온전히 꺼내어 따사로운 봄 햇살 아래 펼쳐 보였다.

사랑은 커다란 장벽 앞에서 더욱 절실하게 타오른다 했던가? 누군가를 사랑한다는 건 시간이 문제가 아니었다. 그랬다면 이 세상 모든 남녀는 먼저 안 순서대로 짝을 이루었을 것이다. 단 하룻밤의 사랑에도 자신의 모든 것을 걸 수 있는 것, 그런 무모하고 어리석은 것이 사랑이었다. 왜 하필 지금이냐고, 무수히 많은 사람들 중에 왜 하필 이 사람이어야 하냐고 자책하고 마음을 다잡아봤자 숨길 수도 막을 수 없는 것. 그래서 옆에서 보기엔 미친 사람과 다를 바 없어 보이는 것.

"백영아!"

학도가 펄쩍 뛰며 누이를 불렀다.

"대감!"

민망한 나머지 선뜻 나서지 못하던 숙휘도 학도가 먼저 입을 열자 얼른 뒤따라 완얼을 불렀다. 학도와 숙휘가 보기엔 두 사람은 무모하고 어리석었으며 미친 사람과 다를 바 없었다. 그제야 짧은 입맞춤을 마친 완얼과 백영이 서로에게서 떨어졌다. 하지만 눈빛만큼은 서로에게서 떠나질 않았다.

"가자!"

학도가 성큼성큼 걸어와 누이의 손목을 잡아끌었다.

"잠시만요, 오라버니."

철썩!

백영이 완얼을 돌아보며 손목을 뿌리치자 학도가 매섭게 뺨을 내려쳤다. 처음이었다. 눈에 넣어도 안 아플 만큼 백영을 아껴서 누이바보라 불리던 그가 누이에게 손을 댄 것은.

"오라버니……."

백영이 놀라 멈춰 섰다. 그렇게 무서운 오라버니의 얼굴은 생전 처음 보았다.

"여긴 조선이다. 그리고 너는 한때 도성 최고의 정절녀라 불리던 여인이다. 벌건 대낮에 이런 낯 뜨거운 음행을 저지르고도 이해받을 수 있을 줄 알았느냐?"

"음행이라니요? 말을 삼가시오! 그리고 어찌 누이에게 그리 손찌검을 할 수 있습니까?"

완얼이 발끈하며 저도 모르게 발갛게 손자국이 난 백영의 뺨에 손을 가져갔다. 그러자 학도가 가차 없이 그 손을 쳐냈다.

"완얼군 대감! 대감께서 왕자가 아니었다면 진즉에 주먹이 날아갔을 것입니다! 대감 말씀처럼 제 누이입니다. 제가 업어 키운 제 누이입니다! 다시는, 다시는 제 누이 곁에 얼씬도 하지 마십시오!"

금방이라도 달려들 기세로 서슬 퍼렇게 노려보며 학도가 다시 누이의 손목을 잡아챘다.

"가자!"

이번엔 백영도 오라비를 거역하지 못하고 맥없이 끌려갔다.

"백영 아씨!"

완얼이 그녀를 부르며 걸음을 떼었다. 그러자 그녀가 잠시 뒤를 돌아봤다. 그리고 조용히 고개를 저었다. 더 이상 따라오지 말라는 의미였다.

"저 집안의 일입니다. 나서지 마십시오. 오라비가 보는 앞에서 그 누이와 입을 맞추다니, 어떤 오라비가 가만히 있겠습니까? 흠씬 두들겨 맞아도 할 말 없었을 겁니다. 여태 왕자인 탓에 죽을 뻔했지만 오늘은 왕자인 덕에 산 줄 아십시오."

어느 결에 옆으로 다가온 숙휘가 단호하게 말했다.

"차라리 백영 아씨 대신 내가 맞았으면 좋을 뻔했다. 참으로 차지게도 때리던데 얼마나 아프겠느냐?"

점점 눈앞에서 멀어져 가는 백영을 안타깝게 바라보며 완얼의 얼굴이 흐려졌다.

"대체 왜 이러십니까? 정신 좀 차리십시오! 백영 아씨에게 두 번 다시 볼일이 없을 거라 단호하게 말씀하신 완얼군 대감께선 어디로 가신 겁니까? 남아일언 중천금이라 했건만 그새 까맣게 잊으신 겁니까?"

"내 곁에 있는 것보다 오라비에게 맡기면 백영 아씨가 무사할 줄 알았다. 백영 아씨만 무사할 수 있다면 못 보는 것쯤은 참을 수 있다고 생각했다. 하지만 그게 아니지 않느냐? 한데 어찌 모른 척할 수 있단 말이냐?"

"대감, 변학도입니다! 삼 년 전 사화 때 저자 때문에 목숨을 잃을 뻔한 걸 잊으셨습니까? 좌승지와 대감은 절대로 한 하늘을 이고 살 수 없는 사이입니다. 그리고 백영 아씨는 그런 자의 누이이고요! 백영 아씨를 마음에 품고서 저자를 죽일 수 있으시겠습니까? 대감께선 그럴 수 있다 쳐도 과연 친 혈육을 죽인 사람을 백영 아씨가 받아들일 수 있을까요?"

호동왕자와 낙랑공주가 이러하였을까? 복사꽃 아래서 설레던 완얼의 마음에 차디찬 물이 확 뿌려졌다.

거미줄.

자신과 백영은 얽히고설킨 거미줄에 걸려 버린 미약한 곤충과도 같았다. 살아나려고 몸부림칠수록 거미줄은 점점 온몸에 칭칭 감겨온다. 형님의 거미줄에, 숙빈의 거미줄에, 좌승지, 이한림, 이 나라 조선이라는 거대한 거미줄에.

"그러는 너야말로 그런 자와 어찌 함께 일을 꾸몄느냐?"

"전략상의 제휴이고 일시적인 휴전이었을 뿐입니다. 백영 아씨가 아예 왕의 여인으로 들어앉아 버리면 대감과 만날 일도 없을 테고, 어차피 신분을 드러내지 못한 채 전하께 가는 거 춘향이라 칭하면 춘향을 데려오지 못했다 하여 완얼군 대감이 고초를 겪을 일도 없을 테니 일거양득이다 싶어서요. 한데 책비를 자청할 줄 누가 알았겠습니까?"

예상에서 벗어난 일에 숙휘가 쓴 입맛을 다셨다. 그러면서 한편으론 대단한 여인이다 하고 다시 한 번 혀를 내두른다. 하긴 평범한 여인이었다면 미상이라는 이름으로 그리 대담한 소설들을 쓰지도 않았을 것이다.

오늘 아침, 백영에게서 연통이 왔었다.

— 둘 모두를 살리는 방법이 있으니 은밀히 도와주시오.

간단한 서신이었다. '둘'이라 함은 완얼과 백영을 뜻하는 것이리라. 학도의 누이인 백영이 썩 내키지는 않지만 그녀의 명석한 머리는 믿음이 갔다. 밤새도록 생각을 해봤지만 완얼을 위기에서 구해낼 명쾌한 해답을 찾지 못하던 차에 그녀를 찾아가기로 결정했다. 그래서 평소 같았으면 완얼이 혼자 입궐하겠다고 아무리 고집을 부려도 악착같이 따라갔겠지만 못 이기는 척 빠진 것이다. 그리고 량주는 급하고 단순한 성미로 책략을 그르칠까 싶어 완얼의 목숨이 달린 중요한 일이란 핑계로 심부름을 보냈다. 그런 뒤 처음이자 마지막으로 원수 같은, 아니, 원수인 학도와 손을 잡고 일을 꾸민 것이었다.

"책비가 되는 것은 계획에 없던 일이었다고?"

"그렇다고 한들 잠시 시간을 벌었을 뿐입니다. 어차피 백영 아씨께선 내기에 지실 겁니다. 괴팍하신 전하께서 순순히 약조를 하신 이유가 뭐겠습니까? 일단 완결편을 다 들으시고선 아무리 재미가 있었더라도 무조건 재미없다 하실 겁니다. 당연하지 않습니까? 저 같아도 그러겠습니다."

"비상한 여인이니 분명 다른 생각이 있을 것이다. 전하께서 재미있다고 말할 수밖에 없게 만드는. 그리고 전하께서 백영 아씨를 대하실 때 살기는 전혀 느껴지지 않았다. 일단 그것만으로도 한시름 놓은 것이 아니냐?"

"그야 당연하지요. 오탁후가 결말을 듣지 않고 작가를 죽이겠습니까? 이단합체 회전물레방아도 궁금하실 테고요. 죽이고 싶으면 그 뒤에 죽여도 충분하지요."

어쩌면 저렇게 세상의 모든 정답을 알고 있는 것처럼 따박따박 답을 내놓을까? 늘 보아왔지만 어쩔 땐 전하보다 더 얄미울 정도이다. 완얼이 부루퉁하게 숙휘를 쏘아보는데 어디선가 쿵쿵쿵 땅이 울리는 소리가 들리더니 심부름을 보냈던 량주가 그들에게 달려왔다.

"여기서 뭣들 하고 계십니까? 집으로 가는 길이었는데 하마터면 길이 엇갈릴 뻔했습니다!"

"궁에서 나오는 길이다."

완얼의 말에 량주가 먹던 밥그릇을 빼앗긴 것처럼 깜짝 놀랐다.

"예에? 저만 빼놓고 그새 다녀오셨다고요?"

"대신 너는 더욱 중요한 임무를 수행하고 오지 않았느냐? 갔던 일은 어떻게 됐느냐?"

고의라는 것을 눈치채지 못하게 숙휘가 엄숙하게 물었다.

"도성 안에서 가장 솜씨가 좋다는 석공에게 일을 맡겼습니다. 닷새 뒤 한식날까지는 완성할 수 있다 합니다."

"손이 빠른 자로구나."

"돌뿐만이 아니라 어디든 새겨 넣는 건 조선팔도에서 제일이랍니다. 사람 등짝에 지도라도 새길 수 있다며 큰소리를 빵빵 치더라고요. 한데 제가 심부름 갔던 일이 어떻게 나리의 목숨을 구하는 길인 겁니까? 아무리 생각해 봐도 별 상관없는 일 같은데."

량주가 뭔가 이상하다는 듯이 고개를 갸우뚱했다.

"너답지 않게 뭐 그리 머리를 쓰려 하느냐? 나리께서 멀쩡하게 궐에서 걸어 나오셨으니 된 거 아니냐?"

"하긴, 그건 그렇습니다. 한데 백영 아씨는요? 백영 아씨도 별일 없으십니까?"

"아직까지는 그렇다. 일단 댁으로 돌아가셨다."

"아휴, 정말 다행이네요. 이렇게 다들 무사히 넘어가다니. 춘향이를 못 데려와 큰일이구나 했는데 전하께서 오늘은 웬일로 기분이 좋으셨나 봅니다."

"이제 그만 돌아가자."

완얼이 힘없이 앞장섰다.

"근데 나리께선 왜 저렇게 어깨가 축 처지셨습니까?"

"춘향전에서 말이다."

천천히 완얼의 뒤를 따르던 숙휘가 뜬금없이 얘기를 꺼냈다.

"예?"

"이팔청춘에 만나 단시간에 사랑에 빠진 뒤 백년해로했으면 어땠을 것 같으냐?"

"아들딸 낳고 잘 살았겠죠."

"아들딸 낳은 뒤 춘향이의 몸매가 슬슬 망가지기 시작하면 이 도령은 기방을 들락거리다 첩실을 들이고 시어머니는 신분도 천한 주제에 혼수도 제대로 해오지 못했다고 갖은 구박을 하겠지."

그것만으로도 량주의 눈이 휘둥그레졌는데 그게 다가 아니었다. 숙휘는 신랄한 어조로 이야기를 막힘없이 이어나갔다.

"그러다 춘향이는 산후 우울증세 같은 것이 와서 이 도령 저 웬수 같은 인간에게 반한 두 눈알을 뽑아버리고 싶다든가, 저 인간을 만난 날 그네를 뛴 두 다리를 분질러 버리고 싶다고 한탄하다 어느 날 마당에서 웃통을 훌렁 벗고 장작을 패는 돌쇠를 보게 될 게다. 여섯 조각 복근 고랑을 타고 흘러내리는 방울방울 땀방울들에 '아, 나도 여인이었구나!' 잊고 지냈던 본능이 피어오르고, '홧김에 서방질'이란 속담처럼 뼈와 살을 태우면, 허벅지 부실한 먹쇠와 떡쇠는 '마님, 왜 돌쇠에게만 쌀밥을 주시나요?' 수군수군 하겠지."

"우와, 대단하십니다! 춘향뎐 외전이라 해도 믿겠습니다. 이참에 숙휘 형님도 소설 한번 써보시지요?"

량주가 감탄을 금치 못하며 숙휘를 쳐다봤다.

"내 말인즉, 지금은 저렇듯 죽고 못 살 것 같아도 길어봤자 몇 해, 짧으면 몇 달 만에 사라지는 것이 불타오르는 사랑이라는 것이란 말이다. 그런 헛된 감정에 왜 인생을 거는 건지 이성적으로 도저히 이해가 가지 않아 그런다."

"그러니까 형님이 모태 홀로이신 겁니다."

"모태 홀로라니?"

"여인의 손 한 번 잡아보지 못하고 모태 적부터 쭈욱 홀로라고요."

"그러는 너는 여인을 제대로 만난 적이 있느냐?"

"에이, 제가 그럴 틈이 어디 있었습니까? 열네 살 때 호랑이에게 잡아먹힐 뻔한 나리와 형님을 구해주며 인연을 맺어 여섯 해를 붙어 다녔는걸요."

"나는 사람을 팔푼이나 광인으로 만드는 사랑 따윈 필요 없다."

위태로워 보이는 완얼의 뒷모습을 바라보는 숙휘의 얼굴에 근심이 가득했다. 임금이 소유하고자 하는 백영을 완얼이 사랑하게 되었다. 이것은 왕실을 뒤흔들고 조선팔도를 피로 물들일 시발점이 될 것이다.

경국지색(傾國之色).

나라를 위태롭게 할 색. 그것은 숙빈이 아니라 백영일지도 모른다.

"아프냐?"

백영을 거칠게 잡아끌고 가던 학도가 슬그머니 손을 놓으며 물었다. 궐을 나설 때 말과 가마를 먼저 보내 버려 남매는 집까지 걸어갈 수밖에 없었다. 왕자가 걸어가는데 그 앞에서 말과 가마를 타고 갈 순 없는 일이었다. 하지만 다행히 학도의 북촌 집은 궐에서 멀지 않아 걸어서도 그리 오래 걸리지 않았다. 간만에 누이와 오붓하게 길을 걷게 되어 좋긴 했지만 순간 욱하여 금지옥엽 같은 누이에게 손을 댄 것이 마음에 계속 걸렸다.

"예."

백영이 뭐라고 답해야 하나 잠시 고민하다 있는 그대로 답했다.

"어디 좀 보자."

학도가 얼굴을 보려 하자 그녀가 고개를 푹 숙여 버렸다.

"괜찮습니다."

"이랬다저랬다 하는 걸 보니 오라비에게 화가 많이 났구나."

미약까지 동원해 완얼군을 임금의 여인에게 빠지게 하려던 어리석은 계획은 확실하게 성공해 버렸다. 제 손으로 누이를 사지로 몰아넣은 셈이다. 그의 경험상 일단 사랑에 빠진 남녀는 너무나 무모하여 그 어떤 이유로도 떨어지려 하지 않는다. 심지어 서로를 위해 목숨을 내어놓기도 한다. 이 가녀린 누이가 임금과 왕자 사이에서 석 달도 넘는 시간동안 잘 버텨낼 수 있을지 눈앞이 캄캄했다.

"백영아."

학도가 무겁게 누이를 불렀다.

"완얼군은 왜 안 되느냐고 물었었지? 우리 둘 사이에 어떤 일이 있었던 거냐고."

"예, 오라버니."

"간단하다. 나는 임금의 편이고, 그는 살아남은 왕자들 중 가장 뛰어난 사람이다. 선왕이 가장 신뢰하던 왕자였고, 선왕을 따르던 사림파가 때를 기다리며 완얼군을 지지하고 있다. 그래서 절대로 살려둘 수가 없다."

"오라버니는 왜 그런 폭군의 편이 되셨습니까?"

"내가 왜 쌍봉거사가 됐겠느냐?"

"그, 그건……."

학도의 과감한 물음에 오히려 백영이 말문이 막혔다.

'오라버니도 알고 있었구나. 내가 눈치채고 있었다는 걸. 그간 말은 안 했지만 누이에게 얼마나 자존심이 상하셨을까?'

그런 생각을 하니 가슴 한구석이 짠하게 아려왔다.

"가진 것이 없었으니까. 다시는 그 따위를 쓰레기 같은 글들을 써가며 연명해 나가고 싶지 않았다. 나는 내게 가장 큰 이익을 줄 수 있는 사람의 편에 섰을 뿐이다. 완얼군을 지지하는 이한림이 살아남기 위해 나와 손을 잡았던 것처럼. 그 결과가 너와 이몽룡의 혼인이었다. 그때는 그 자리가 네게 가장 좋은 혼처라고 생각했었는데……."

학도가 쓰게 웃었다. 그리고 남매는 더 이상 아무 말 없이 조용히 길을 걸었다.

두 사람이 대문으로 들어서자 학도의 부인이자 백영의 올케인 강씨 부인이 안채에서 허둥지둥 달려 나왔다. 후덕하고 어진 인상의 강씨는 열여덟에 시집을 와 팔 년 동안이나 아픈 시모를 극진히 모셨다. 하지만 안타깝게도 아직 태기가 없어 가문의 대를 잇지 못한 죄인으로 늘 어깨를 움츠리며 살았다.

"서방님, 왜 이제야 오셨습니까? 어머님께서 얼마나……. 앗! 어찌 이런 일이!"

백영을 본 강씨 부인이 너무 놀란 나머지 말을 제대로 잇지 못했다.

"자, 자결을 하셨다고…… 장례까지 제가 보았는데……."

"다 거짓입니다. 저는 열녀도 아니고 다른 사람을 위해 산목숨을 끊지도 않았습니다."

백영이 차분하게 대꾸했다. 강씨 부인은 반위로 위독한 친정어머니가 눈을 감기 전에 딸을 간절히 보고 싶어 해 친정에 갔다가 이제야 돌아온 터였다.

"그럼 열녀문은요? 아가씨가 이리 살아 있다는 것이 밝혀지면 나라님을 능멸한 죄로 시댁은 물론 친정 가문까지 화를 면치 못할 것입니다."

"죽은 줄 알았던 시누이가 살아 돌아왔는데 지금 그게 할 소리요?"

학도가 눈을 치켜뜨며 강씨 부인을 나무랐다.

"송구합니다. 너무 놀라기도 하고 걱정이 돼서 저도 모르게 말이 헛나왔습니다."

"오라버니, 당연한 걱정입니다. 오라버니께서 어찌 일으키신 가문인데요. 하지만 저로 인해 절대로 피해가 가지 않도록 하겠습니다. 저는 이미 변백영이라는 이름을 버렸으니까요."

백영은 오라버니와 올케를 번갈아 보며 확고하게 말했다. 강씨 부인 입장에선 지극히 당연한 반응이었다. 백영 역시 열녀문을 받은 죽은 시누이가 살아 돌아온다면 그리 반응했을 것이다. 마음보가 나빠서라기보다는 가문의 흥망이 걸린 문제이기 때문이다.

"참, 근데 아까 무슨 말을 하려다 마시지 않았습니까?"

"어머님께서 또 발작을 일으키셨습니다. 의원이 다녀가긴 했는데 용태가 썩 좋지 않으십니다. 제가 하루라도 집을 비워서는 안 되는 것이 있는데……."

"어머니께서요?"

백영이 놀라 방으로 뛰어 들어갔다. 어젯밤 뵈었을 땐 비록 딸을 알
아보시진 못했지만 그래도 크게 나빠 보이진 않았다. 하지만 지금은
몹시 식은땀을 흘리며 풍을 앓아 뒤틀린 몸이 더욱 뒤틀려 있었다.

"의원이 말하기를 이번에 새 약을 지어 보낼 테니 정성껏 달여 드리
라고 하더군요. 한데 약값이 만만치 않을 거라 합니다."

"좌승지의 모친이십니다! 약값 따위는 전혀 개의치 말라 하시오. 조
선 땅에서 최고로 좋은 약재를 써서 약을 지어 보내라고."

학도가 주먹을 불끈 쥐었다. 우리 집안을 감히 어찌 보고 약값을
운운하다니, 의원이 딱히 그런 뜻으로 한 말은 아닐 터인데도 가난했
던 시절의 자격지심인지 화가 치밀어 올랐다.

'더 높이 올라가야 한다! 더! 더!'

아픈 어머니와 죽었으나 죽지 못한 누이 앞에서 학도의 욕망이 다시
꿈틀거렸다.

"예, 안 그래도 그리 말해놓았습니다. 어머님 옷이 땀으로 흠뻑 젖
어서 갈아입혀 드려야 하니 서방님께선 잠시 나가 계시지요."

학도가 나가자 강씨 부인은 화류장에서 깨끗하게 손질해 놓은 새
옷을 꺼내왔다.

"제가 할게요. 여태 제 손으로 옷 한 번 갈아입혀 드리지 못했습니
다."

백영이 얼른 나서 어머니의 옷을 벗기기 시작했다.

"저도 그런걸요. 어제 처음으로 누워 계신 친정어머님의 옷을 갈아
입혀 드렸습니다. 아마 그것이 처음이자 마지막이겠지요. 이제 얼마
남지 않으신 것 같습니다."

강씨 부인이 옆에서 조용히 눈물을 훔쳤다. 백영은 어머니를 극진히 모셔주는 올케가 무척 고마웠지만, 본인의 어머니가 위중한데도 돌봐드리지 못하고 시어머니의 병환을 돌봐야 하는 처지가 같은 여인의 입장에서 안타깝기도 했다. 이 땅의 여인들의 삶은 어찌하여 이토록 고단한 것인지.

"제가 청상이 되었다는 소식을 듣고 충격으로 상태가 더 악화되신 거지요? 그전엔 거동을 아예 못 하실 정도는 아니었는데 이젠 사람도 못 알아보실 정도이니……."

백영이 하르르 한숨을 내쉬었다. 그러다 갑자기 치마를 벗기던 손을 멈추었다. 흰 속치마 아래로 드러난 앙상한 허벅지에 남아 있는 오래된 흉터들을 발견했기 때문이다.

"이것은……."

백영은 대번에 그것이 무엇인지 알아차렸다. 은장도로 찌른 자국이 흉으로 남은 것이었다. 젊디젊은 나이에 지아비를 떠나보내고 가난에 허덕이며 홀로 남매를 키운 그 긴 세월, 얼마나 고단하고 외로우셨을까? 밤이면 밤마다 수도 없이 은장도로 허벅지를 찌르며 어디론가 도망치고 싶은 마음을, 그냥 콱 죽어버리고 싶은 마음을 힘겹게 눌러왔을 것이다.

오죽했으면 인고전(忍苦錢)이라는 것이 생겼을까? 과부가 외로움이 사무칠 때마다 동전을 굴리고 어루만져 문양도 글자도 모두 지워져 버린 평평한 동전. 죽을 때까지 인내하고 또 인내하는 인고의 세월이 바로 과부의 삶이었다.

"어머님께선 너무 잘 알고 계셨던 게지요. 과부의 삶이란 어떠한 것인지. 그래서 충격이 더 크셨던 모양입니다. 어미의 사나운 팔자를 딸에게 대물림했다며 많이 자책하셨습니다."

강씨 부인이 백영을 도와 익숙한 손놀림으로 시어머니의 치마를 갈아입히며 말했다.

"어머니."

울컥 눈물이 솟구쳐 백영이 어머니의 손을 꼭 잡았다. 그러자 산송장처럼 누워 있던 어머니가 갑자기 그녀의 손을 꽉 쥐었다. 그리고 희미하게나마 눈을 떠 딸을 바라보았다.

"나처럼 살지 마라, 아가……. 너는……. 너는……."

어머니는 말을 끝까지 맺지 못하고 맥없이 손을 놓아버렸다. 그리고 다시 아득히 정신을 놓으셨다.

"예, 어머니. 저는 그렇게 살지 않겠습니다. 제 말 들리시죠? 저는 열녀가 되지 않을 것입니다. 제겐 붓이 있습니다. 그것이 저를 지켜줄 것입니다. 저는 끝까지 살아남아서."

백영이 몸을 깊이 숙여 어머니의 귓가에 속삭였다.

"연모하는 이와 함께할 것입니다."

6.
붉은 색기는 피보다 진하다

복사꽃 아래에서 백영과 꿈결 같은 입맞춤을 나눈 뒤 닷새째.

완얼은 무엇을 해도 흥미가 없었고 그토록 좋아하는 난을 손질하는 것도 건성건성, 그윽한 난향 또한 이게 난의 향인지 된장의 향인지 모를 지경이었다. 하지만 완얼의 상태만 이상한 것은 아니었다. 량주 역시 어깨가 축 늘어져 그 좋아하는 밥도 마치 모래알을 씹는 것 같았다. 목구멍으로 넘어가는 것은 그저 술뿐이었다. 오늘도 두 사람은 대낮부터 사랑채에 들어앉아 주거니 받거니 술타령을 이어가고 있었다.

"완얼군 대감, 어찌 그리 기운이 없으십니까? 량주 너도 그렇고."

숙휘가 읽고 있던 책에서 잠시 눈을 돌려 물었다.

"몰라서 물으십니까? 백영 아씨가 없으니 허전해서 그러지요."

고량주에 취한 고량주의 얼굴은 이미 불콰하게 달아올라 있었다. 고량주는 고량주를 환장하게 좋아하여 고량주와 함께 마실 땐 늘 고량주였다.

"말이 나와서 말인데 저라도 살짝 가서 백영 아씨의 소식을 알아볼까요? 도저히 궁금해서 더는 못 견디겠습니다."

"어디서든 눈에 확 띄는 네 덩치에 어찌 살짝이 가능하겠느냐? 그 으르렁대는 목소리는 또 어떻고? 됐다, 공연히 백영 아씨를 곤란하게만 하지. 좌승지가 눈을 부라리고 지키고 있을 게다. 어차피 아씨가 궁에 들어가시면 뵙기 힘든 건 마찬가지이니 이쯤에서 마음을 접어라."

량주에게 하는 말이었으나 실은 완얼이 들으라고 하는 소리였다. 그걸 모르지 않는 완얼이 퉁명스럽게 쏘아붙였다.

"마음이 보자기냐? 접었다 폈다 하게. 마음이 마음대로 안 되니 마음인 게다, 이 돌부처 같은 녀석아!"

"그러게 말입니다. 숙휘 형님은 심장까지 돌처럼 딱딱하신 것 같습니다."

량주가 얼른 맞장구를 쳤다.

"머리가 돌처럼 딱딱한 거보다는 낫지 않으냐?"

"혹시 저를 말하시는 겁니까?"

"네가 한 번에 말귀를 알아들을 때도 있구나."

"형님!"

량주가 버럭 성을 내는데, 건장한 사내 하나가 애기 머슴을 따라 사랑채로 들어왔다. 석공 석고필이었다.

"물건을 가지고 왔습니다!"

석고필이 공손하게 완얼에게 머리를 조아렸다.

"수고했다. 과연 손이 빠르구나."

"정성껏 만들어보았사온데 흡족하실지 모르겠습니다."

"새겨 넣는 것은 네가 조선 팔도에서 최고라던데?"

"과찬이십니다. 전문은 석공이나 돌뿐만이 아니라 나무, 거북이 등 딱지 심지어 사람 등짝에도 뭐든 새겨넣습지요."

과찬이라 하면서도 자랑은 한껏 늘어놓았다.

"그래? 그 솜씨 좀 한번 보자."

"무게가 꽤 나가는 것이라 일단 앞마당에 내려놓았습니다."

"어차피 다시 밖으로 지고 나갈 것이니 잘했다."

"한데 어디로 가져가실 겁니까?"

"가보면 안다. 따라오너라."

완얼이 마당으로 나가 성큼성큼 앞장서 걸어갔다.

백영은 닷새 동안 방 안에 처박혀 두문불출하며 완결편을 써 내려갔다. 본래 원고를 빨리 쓰는 편인 데다가 한 번 썼던 내용이라 일필휘지로 막힘이 없었다. 학도는 백영이 밤을 새워 집필에 몰두하는 것을 보고 안심하긴 했지만 그래도 혹시나 싶어 감시를 소홀히 하지 않았다. 그렇게 어느새 결말까지 써내려갔을 때쯤, 무슨 생각에서인지 백영이 갑자기 붓을 멈추더니 책을 들고 벌떡 일어나 마당으로 나갔다. 그리고 여태 쓴 글을 모조리 태워 버렸다.

"백영아, 지금 뭐 하는 게냐? 한식(寒食)에 웬 불을 놓았느냐?"

별채 마당으로 들어서던 학도가 눈이 휘둥그레 해 물었다. 한식은 동지에서 105일째 되는 날로, 이날은 불을 피우지 않고 찬 음식을 먹으며 성묘를 했다.

"그것은 네가 쓰고 있던 춘향뎐 완결편이 아니더냐? 궁에 가지고 들어갈 것을 이리 태우면 어쩌자는 것이냐?"

학도가 황급히 발로 밟아 불을 껐다. 하나 책은 이미 거의 다 타버려 재만 폴폴 날릴 뿐이었다.

"밤을 새워가며 그토록 열심히 쓰더니 이게 무슨 짓이냐? 전하께 완결편을 지어 올리겠다고 네가 먼저 나서서 고하지 않았느냐?"

"제가 잠시 생각을 잘못했습니다. 완결편을 모두 완성해서 들어가면 그 책을 빼앗기면 그만 아닙니까? 그런 뒤에 제 안전을 어찌 보장하겠습니까? 모든 이야기는 제 머릿속에 있으니 하루에 한 장씩 써서 전하께 올릴 것입니다."

"그거 참……."

듣고 보니 그도 맞는 말이라 더는 대꾸하지 못 하고 쓴 입맛만 다셨다.

"아버님 산소에 가시려던 참이지요? 잠시만 기다려 주십시오."

백영이 방으로 들어가 옷을 갖춰 입고 오라비를 따라나섰다. 학도는 부친의 산소에 갈 때면 늘 누이를 데리고 갔었다. 남들은 누이바보가 또 유난을 떤다고 뭐라 했지만 그는 돌아가신 아버지에게 누이가 이렇게 어여쁘게 자라고 있다는 것을, 자신이 누이를 잘 지켜주고 있다는 것을 보여 드리고 싶었다.

혹시라도 누가 알아볼까 봐 장옷으로 얼굴을 꽁꽁 가린 백영이 조심스럽게 오라비의 뒤를 따랐다. 그녀가 살아 있다는 것을 가복들에게도 알리지 않기 위해 제수용품은 홍두겁과 수하들이 지고 올라갔다. 채홍사로서 홍두겁의 횡포는 이루 말할 수 없었지만 학도에게만큼은 개처럼 충성을 다하는 자였다.

산소는 학도가 정성껏 보살펴온 덕에 잡풀 하나 없이 정갈했다. 백영은 그저 담담하게 학도가 성묘를 하는 모습을 지켜보았다. 그녀가 태어나자마자 돌아가셨기 때문에 아버지에 대한 애틋한 기억은 없었다. 그녀에겐 오라버니가 아버지였다. 성묘를 꼬박꼬박 따라갔던 것도 오라버니와 함께 가는 것이 좋았기 때문이다.

"오라버니, 잠시 점순이에게 다녀와도 되겠습니까? 이 근처에서 멀지도 않고, 그날 급히 묘를 만드느라 제대로 살펴주지도 못하여 이참에 한번 들여다보고 싶습니다."

성묘가 끝난 뒤 백영이 조심스럽게 오라버니에게 물었다.

"이런, 나는 곧 입궐을 해야 하는데. 전하께서 연회를 베푸신다고 대신들에게 한 명도 빠짐없이 참석하라 하시는구나."

"그럼 제가 대신 모시고 다녀오겠습니다."

옆에서 듣고 있던 홍두겁이 나섰다.

"그래, 그러면 되겠구나. 잘 좀 지켜다오."

백영의 안위를 잘 지켜달라는 의미와 다른 길로 새지 못하게 잘 지키라는 의미, 두 가지 뜻이 담긴 말이었다. 말귀를 잘 알아들은 홍두겁이 고개를 깊이 숙여 대답을 대신했다.

학도의 허락이 떨어지자 백영이 발걸음을 재촉했다. 부친의 묘에서 야트막한 고개 하나 너머에 있는 점순이의 묘까지 가는 덴 그리 오래 걸리지 않았다. 그리고 그곳에서 뜻밖의 사람을 보았다.

"나리! 아니, 대감……."

완얼이 량주, 숙휘와 함께 묘 앞에서 비석을 세우고 있었다.

"백영 아씨께서 여긴 어떻게!"

완얼이 그녀보다 더 놀라 소리쳤다. 좌승지의 감시가 심해 입궐할 때까진 집 밖에 나오기 힘들 것이라고 생각했기 때문이다.

"아버님 성묘를 왔다가 점순이에게도 들르러 온 것입니다. 한데 우리 점순이의 비석을 만들어오신 겁니까? 저도 미처 생각하지 못한 일을……."

완얼이 석공 석고필에게 한식날까지 만들어 달라고 주문한 것은 바로 점순의 비석이었다. 백영이 그토록 애통해한 오랜 벗의 죽음이건만, 무덤에 비석 하나 없는 것이 계속 마음에 걸렸던 터였다.

   — 점순이 잠들다.

  미처 떼도 입히지 못한 벌거숭이 무덤 앞에 세워진 비석엔 고운 글씨로 그렇게 새겨져 있었다.

  "한자로 새겨 넣을까 하다 혹시 점순이가 못 알아볼까 봐 언문으로 적었습니다."

  세심한 완얼의 배려에 가슴이 뭉클해진 백영이 눈물을 글썽거렸다.

  "감사합니다. 정말 감사합니다. 이제 점순이가 헤매지 않고 잘 찾아올 수 있겠네요."

  "한데 아씨 안색이 어찌 그리 안 되셨습니까? 끼니는 잘 챙겨 드시는 겁니까?"

  완얼이 걱정스럽게 백영의 얼굴을 살폈다.

  "저는 괜찮습니다. 끼니도 잘 챙겨 먹고요. 그보다 꼭 여쭐 말이 있었는데 마침 잘 되었습니다. 량주 무사님과 숙휘 무사님도 함께 들어 주십시오."

  백영이 그들에게 성큼 다가가 홍두겁이 듣지 못하게 목소리를 낮춰 말했다.

  "제가 왜 전하께 엿새의 시간을 달라고 한 줄 아십니까?"

  "완결편을 쓰려고 그러신 거 아닙니까?"

  "예. 그것도 이유 중의 하나입니다. 하지만 그보다 더 중요한 이유가 있습니다. 그것은……."

  "앗! 멧돼지다!"

  홍두겁이 내지르는 고함 소리에 말이 끊겼다. 엄청나게 거대한 멧돼지 한 마리가 미친 듯이 그들을 향해 달려오고 있었다. 이유는 알 수 없지만 몹시 화가 난 멧돼지는 마구 날뛰며 눈앞에서 움직이는 모든 것에 달려들었다. 가장 앞에 서 있던 홍두겁이 멧돼지의 뒷발에 채여 나가떨어지자 수하들은 우왕좌왕 어찌할 바를 몰랐다. 도망치는 놈, 검을 휘두르는 놈, 비명을 지르는 놈들이 한데 뒤엉켜 순식간에 아수라장이 되자 량주가 검을 뽑으며 소리쳤다.

"대감, 아씨를 모시고 먼저 내려가 계십시오! 이곳은 저희가 맡겠습니다."

"둘이서 괜찮겠느냐?"

"대감! 저 고량주입니다!"

호랑이보다 더 우렁찬 량주의 목소리가 산을 뒤흔들었다. 하긴, 열네 살 때부터 호랑이를 때려잡은 량주에 숙휘까지 있는데 저깟 멧돼지가 대수겠나 싶어 완얼이 백영의 손목을 덥석 잡았다.

"갑시다!"

"유기전, 그곳으로 갈 것입니다!"

백영이 무사들에게 다급하게 행선지를 알렸다.

"곧 뒤따라가겠습니다."

숙휘가 침착하게 량주의 옆을 엄호하며 답했다. 그리고 완얼과 백영은 산 아래로 내달리기 시작했다. 그렇게 얼마나 달렸을까? 백영이 무언가에 걸려 풀썩 엎어졌다.

"아얏!"

"괜찮으십니까?"

완얼이 얼른 그녀를 부축해 일으켜 세웠다.

"발목을 삐끗했나 봅니다."

"어디 좀 봅시다."

"예에? 보긴 어딜 보시겠다는 겁니까? 괜찮습니다!"

백영이 아무렇지도 않은 척 얼른 발걸음을 옮겼다. 하지만 마음과는 달리 절룩거리며 몇 발짝 옮기다 다시 주저앉고 말았다.

"아무래도 안 되겠습니다. 아우들과 팔도를 누비면서 수도 없이 발병이 나 저도 반 의원 다 됐습니다. 의원에게 보인다고 생각하십시오."

"하지만……."

그녀가 어찌할 바를 몰라 우물쭈물하는 사이 완얼이 오른쪽 발목을 잡고 순식간에 꽃신과 버선을 벗겼다. 그러자 백영의 작고 새하얀 발이 드러났다. 그간 이 일 저 일 많이 겪어왔지만 그래도 외간 사내에게 발을 내보인다는 건 여인으로서 무척 부끄러운 일이었다. 게다가 산길을 올라오느라 그리 정갈하지도 못할 터인데. 쥐구멍이라도 있으면 들어가고 싶은 심정으로 백영이 고개를 푹 숙였다. 하지만 완얼은 그런 건 전혀 개의치 않고 부어오른 발목을 세심하게 감싸 쥐었다.

"아얏!"

"아프십니까?"

"예, 조금……."

"다행히 크게 다치진 않은 것 같지만 그래도 그냥 두면 더 부어오를 것입니다. 잠시만요."

완얼이 주위를 둘러보더니 개중 가장 곧고 깨끗한 나뭇가지를 가져와 백영의 발목에 대고 옷자락을 찢어 꼼꼼히 감쌌다. 백영은 부끄럽기도 했지만 한편으론 그 다정한 손길이 더없이 편안하게 느껴져 입가에 살며시 미소가 맺혔다.

"한번 일어나 보시겠습니까?"

백영이 그의 팔을 잡고 조심스럽게 일어났다.

"아까보다는 한결 편안해졌습니다."

"업히시지요."

"예에?"

백영이 발을 보여 달라 할 때보다 더 놀라 하마터면 고꾸라질 뻔했다.

"말도 안 됩니다! 어찌 사내의 등에, 그것도 완얼군 대감의 등에 제가……."

"왕자가 아니라 그냥 예전처럼 점쟁이 완얼 선생이라 생각하십시오."

"어찌 그렇게 생각을 합니까? 게다가 왕자든 점쟁이든 사내인 건 똑같지요."

"평소답지 않게 오늘따라 부끄러운 것도 참 많으십니다."

"평소엔 제가 어떤데요?"

"사내를 뒤에 태우고 말을 달리고, 목욕 중인 방문 앞을 지키고 서 있으라 당당히 요구하고, 까치발을 들어 먼저 입을 맞추는 용기 있는 여인이지요."

'그래서 저는 그 여인이 참 좋습니다.'

차마 하지 못한 나머지 말을 속으로 조용히 되뇌었다. 그러나 이를 알지 못하는 백영은 토라져 새초롬하게 눈을 흘겼다.

"지금 저를 놀리시는 거지요?"

"놀리긴요, 어서 업히기나 하시지요. 이러다 해 떨어지겠습니다."

완얼이 백영에게 등을 내밀었다. 그래도 그녀가 머뭇거리자 조금 더 강하게 재촉을 했다.

"어서요. 아니면 제가 그냥 확 들쳐 업고 가겠습니다!"

이렇게까지 나오는데 계속 싫다고 고집을 부릴 수만은 없었다. 그리고 이 발목으로 산을 내려가는 것보다 차라리 업혀가는 것이 덜 폐를 끼치는 일일지도 모른다는 생각이 들었다. 백영이 망설이다 용기를 내어 그의 등에 업혔다.

"에이, 그리 허술하게 업히시면 제가 더 힘듭니다. 고목나무에 매미처럼 찰싹 달라붙으세요!"

"이, 이렇게요?"

백영이 몸에 힘을 빼고 상체를 완전히 완얼의 등에 기대었다. 등에 뭉클한 촉감이 느껴지자 완얼의 얼굴은 물론 귀까지 빨갛게 달아올랐다. 하지만 애써 아무렇지도 않은 척 말을 이었다.

"예! 팔로 제 목을 꼭 붙드시고요."

"이, 이렇게요?"

백영이 이번엔 그의 목을 두 팔로 바싹 끌어안았다. 그녀가 내쉬는 숨이 귓가를 간질이자 완얼의 가슴에서 용암이라도 끓는 듯 뜨거운 숨이 거칠게 뿜어 나왔다.

"잘하셨습니다. 그럼 갑니다!"

완얼이 잡생각을 떨쳐내며 벌떡 일어났다.

"어머나!"

완얼의 두 손이 엉덩이를 받쳐 들자 백영이 움찔 놀라 소리쳤다.

"송구합니다만, 거기밖에는 손을 둘 곳이 없어서……."

"그렇긴 합니다만……."

난감해진 두 사람이 잠시 아무 말 없이 산길을 걸었다. 바스락바스락 완얼이 잎사귀를 밟는 소리만이 조용히 울려 퍼졌다. 사내의 등에 업힌 부끄러움도 잠시, 완얼의 등은 넓고 포근했다. 그는 서두르지도 그렇다고 느리지도 않게 한 걸음 한 걸음 나아갔다. 백영은 어느 나무에선가 이름 모를 작은 새가 날아오르는 것을 바라보며 이 산길이 언제까지나 끝나지 않았으면 하고 생각했다.

"무거우십니까?"

그녀가 멋쩍게 물었다.

"예."

"예?"

당연히 아니라고 할 줄 알았는데 깜짝 놀라 목소리가 높아졌다. 그리고 그 때문에 오히려 더욱 민망해져 버렸다.

"놀라시긴요. 농입니다. 하하하! 백영 아씨처럼 가냘프신 분이 뭐가 무겁겠습니까? 큰 바람이라도 불면 날아갈까 봐 걱정이지요. 그래서 이리 단단히 받치고 있지 않습니까?"

완얼이 유쾌하게 웃음을 터뜨렸다. 그리고 마음속으로 몇 번이고 빌었다.

'시간아, 천천히, 천천히 흘러다오. 그녀와 함께하는 지금 이 순간이 오래오래 지속되게.'

"어찌 이리 짓궂으십니까? 자꾸 그러시면 내리겠습니다!"

"감히 왕자의 허락도 없이 누구 마음대로요?"

"아까는 왕자라 생각하지 말고 점쟁이 완얼 선생으로 생각하라면서요?"

"거참, 말로는 여인을 이길 수 없다더니 한마디를 안 지십니다. 하지만 산을 다 내려갈 때까진 제 등에서 못 내려오십니다!"

농처럼 얘기했지만 정말 안 내려줄 참이었다. 접질린 발로 산길을 내려가게 할 수도 없었고, 그녀를 업고 이렇게 걸어가는 것이 참으로 행복했다.

'행복? 지금까지 살아오면서 그런 것을 느낀 적이 있었던가?'

새삼 행복이란 말을 곱씹어본다. 물론 든든한 아우들과 함께 어울려 다닐 때에도 즐겁고 행복한 시간이 있었다. 하지만 지금 이 기분은 그때와는 또 다른 것이었다. 봄바람을 타고 온 달콤한 꽃향기 같은 설렘이라고 할까.

"한데 멧돼지는 잡혔을까요?"

등에서 안 내려주겠다는 말에 뭐 그리 설레는지. 백영의 가슴이 두근두근하다 못해 쿵쾅쿵쾅 울려 티가 날까 봐 괜히 멧돼지를 찾았다.

"그건 걱정 마십시오. 량주와 숙휘 두 아우의 솜씨를 보셨지 않습니까? 멧돼지가 아니라 호랑이라도 너끈히 때려잡을 녀석들입니다."

"하긴 그렇습니다. 제가 괜한 걱정을 했나 봅니다."

"한데 유기전으로 가신다 하지 않으셨습니까?"

"예, 그렇습니다."

"전하께 엿새를 달라고 한 이유도 유기전과 관련이 있는 것입니까?"

"예. 꼭 확인해 봐야 할 것이 있어서요."

"그게 뭡니까?"

"이상하다는 생각 안 해보셨습니까? 자객이 왜 굳이 유기전에 불을 질렀는지."

백영의 목소리가 자못 심각해지며 이야기를 이어갔다.

"춘향전 완결편을 없애고 싶었다면 그것만 가져가 버리면 되고, 천서방을 죽이고자 했다면 그냥 검으로 베어버리면 손쉬울 텐데요. 그리고 가면자객이 죽인 떠벌네나 사또의 경우는 단검을 맞은 채 그대로 두고 가버렸으니 시신을 처리하려고 불을 지른 것 같지도 않고요. 근데 왜 굳이 시끄러워지게 불을 질렀을까요? 자객이라면 은밀히 일을 처리하는 것을 더 선호할 터인데요."

"듣고 보니 그렇군요."

"제 생각에는 찾지 못한 어떤 것이 있어서 그냥 다 태워 버린 것 같습니다."

"춘향이의 서신이요?"

"춘향이의 서신이 그곳에 있다고 생각했다면, 자객이 제게 서신을 가지고 나오라고 하지 않았겠지요."

"그럼 뭘까요?"

"저도 그것이 무엇일까 생각하다가 뭔가가 퍼뜩 떠올랐습니다."

완얼은 잠자코 다음 말을 기다렸다. 사랑의 밀어와는 전혀 거리가 먼 내용이었지만 자신의 귓가에서 종알거리고 있는 백영의 목소리를 듣고 있자니 마치 종달새가 어깨에 앉아 지저귀고 있는 느낌이었다.

"완결편 표지에 춘향이의 초상화를 싣기로 했거든요. 천 서방의 제안이었습니다, 그럼 책이 훨씬 더 잘 팔릴 거라고요. 어떤 자가 진짜 춘향이의 초상이라며 가져온 것이랍니다. 그러면서 천 서방이 점순이에게 물었답니다, 혹시 춘향뎐이 실화냐고."

"그걸 왜 점순이에게 물었답니까?"

"천 서방은 제가 누구인지 모르니까요. 제가 얼굴을 드러낼 수 있는 상황이 아니라 늘 점순이를 시켜 원고를 전달했습니다. 근데 천 서방이 점순이에게 마음이 있었던 모양입니다. 환심을 사려고 이것저것 여러 가지 이야기를 했더군요."

"그래서요?"

"최고 난이도의 춘화나 기타 중요한 것들은 지하 창고에 보관한다고 얘기한 적이 있답니다. 그곳에서 아무도 모르게 하룻밤을 보낼 수도 있다고 슬쩍 꼬드기면서요."

"최고 난이도의 춘화라……."

이 와중에 엉뚱하게도 최고 난이도란 어떤 것일까 궁금해진다. 그 어렵다는 이단합체 회전물레방아보다 더한 그 어떤 것?

"남원에서도 춘향이의 얼굴을 아는 자는 모두 죽었다 하지 않았습니까? 그게 정말 춘향이의 초상화가 맞다면 필시 그것을 없애려 했을 겁니다. 하지만 끝내 찾지 못하자 아예 전부 태워 버린 것이겠지요."

"불은 지상의 것들만 태웠으니 지하 창고는 온전하겠군요."

완얼이 그날 멸화군을 도와 직접 불을 껐기 때문에 정확히 기억을 했다.

"예, 저도 그럴 것 같아 가보려는 겁니다. 왠지 그곳에 춘향이의 초상화가 있을 것 같아서요."

"가서 찾아보면 알겠지요!"

그가 더욱 힘차게 발을 내디뎠다. 아무리 백영이 가볍다 한들 그래도 사람을 업은 것인데 전혀 무겁지 않다고 할 순 없었다. 하지만 신기하게도 정말 힘이 들지 않았다. 힘이 들기는커녕 자꾸만 새로운 기운이 솟아났다.

'그대가 원하는 곳이면 어디든 함께 가겠습니다.'

그곳이 지옥이라 할지라도.

산에서 내려와 의원 댁에서 침을 몇 대 맞자 백영의 발목이 한결 나아졌다. 그리고 찜질까지 하고 나니 어지간히 걸을 만해졌다.

"혹시 업히고 싶어서 꾀병을 부리신 거 아닙니까?"

저잣거리를 향해 나란히 걸으며 완얼이 또 짓궂게 놀려댔다.

"제가 금방 나은 것이 싫으십니까? 심하게 접질린 것도 아니고 초반에 처치를 잘해서 그렇다지 않습니까?"

장옷을 푹 뒤집어쓴 백영이 새침하게 받아쳤다. 그새 완얼의 놀림에 익숙해졌는지 말은 쏘아붙이면서도 전혀 토라지진 않았다.

"다 제 덕이군요!"

완얼이 넉살 좋게 싱긋 웃으며 걸음을 최대한 늦추어 백영의 보폭에 맞춘다. 마음 같아선 옆에서 부축이라도 해주고 싶지만 한식이라 여기 저기서 시끌벅적한 놀이판이 벌어져 보는 눈이 많았다.

"밤이 깊어야 은밀히 유기전의 지하실 입구를 찾을 수 있을 텐데 요."

백영이 소란스런 주변을 둘러보며 말했다. 폐허가 된 유기전은 번화한 곳을 벗어나 비교적 외진 곳에 있었지만, 오늘은 날이 날인지라 밤이 깊어야 인적이 드물어질 것 같았다.

"그때까지 밖에 나와 계시면 댁에서 걱정하지 않겠습니까?"

"오라버니도 늦게 귀가하실 것 같습니다. 오늘 전하께서 큰 향연을 베푸신다 하여 입궐하셨거든요. 그러고 보니 종친은 참석하지 않나 보지요?"

"글쎄요."

완얼이 어색하게 웃었다. 그런 자리에 불러줄 다정한 형님이 아니었다.

"그럼 그때까지 뭘 한다? 이런 큰 명절에 나와본 적 정말 오랜만입니다. 재미있는 것이 엄청나게 많습니다!"

공연히 얘기를 꺼냈다 싶어진 백영이 부러 밝게 말했다.

"어머나! 저기 아주 재미있는 것을 하는 것 같습니다."

쪼르르 달려가 가까이서 보니, 커다란 나무 그늘 아래 평상에서 각양각색의 사내들이 세필(細筆)을 잡고 달걀에 그림을 그리고 있었다. 어떤 이는 산수(山水)를 그리고, 또 어떤 이는 나뭇가지에 앉은 까마귀를 그리고, 또 어떤 이는 붉은 매화를 멋들어지게 그려넣고 있었다.

"그럼 저도 하나 그려볼까요?"

완얼이 도포 소매를 걷어붙였다.

"서화에도 조예가 깊으십니까?"

"그럼요! 기대하십시오!"

넙죽 답하더니 자신만만하게 사내들 사이에 섞여 앉았다. 그러곤 바구니 속의 달걀 중에 하얀색을 골라 거침없이 그림을 그려 나가기 시작했다. 금세 작품을 완성한 완얼이 구경하고 있던 백영에게 자랑스럽게 달걀을 내밀었다.

"선물입니다!"

그런데 화공 못지않게 현란한 손놀림으로 그려온 것은 달랑 꽃 한 송이였다.

"에이, 이게 뭡니까?"

"세상에서 단 하나뿐인 나의 꽃입니다."

그가 환하게 웃으며 말했다. 온몸이 녹아버릴 것 같은 그 미소에 백영은 달걀에 발로 그림을 그려온들 무슨 상관이랴 싶어진다.

'저리 내게 웃어주는데!'

완얼이 준 달걀을 장옷 주머니에 넣고 다시 길을 걷다가 불현듯 떠오른 생각에 발걸음을 멈추었다.

하얀 달걀 위의 꽃, 하얀 꽃 백영(白英)!

완얼은 그녀를 그린 것이었다. 세상에서 단 하나뿐인 완얼의 꽃은 바로 백영이었다.

"발목이 다시 안 좋으십니까?"

그녀가 멈춰 서자 완얼이 걱정스럽게 물었다.

"아닙니다! 하나도 안 아픕니다!"

백영이 힘차게 외치며 마치 날아오르듯이 걸음을 옮겼다. 정말 금방이라도 날아오를 것만 같은 기분이었다. 그녀의 과거는 깊은 암흑 같았고 미래엔 짙은 안개가 자욱했지만 지금 이 순간 그녀는 조선 땅에서 가장 행복한 여인이었다.

"엇, 저게 누군가?"

이번엔 완얼이 멈춰 서며 외쳤다. 백영이 그의 시선을 따라 고개를 돌려보니 웬 젊은 여인이 길을 걸어가고 있었다.

"강주야!"

완얼이 몹시 반가운 목소리로 여인을 불렀다. 그러자 여인이 그를 알아보고선 이 도령을 반기는 춘향이처럼 한달음에 달려왔다.

"완얼 나리!"

"이게 얼마만이더냐? 송도에서 본 것이 마지막이니 벌써 반년이 넘었구나."

"언제 다시 뵐 수 있을까 싶었는데 살아 있으니 이렇게도 만나게 되는군요."

서로 애틋하게도 반기는 모습에 백영은 저 여인이 누굴까 점점 궁금해졌다. 가까이에서 보니 아직 앳된 얼굴에 초승달 모양의 눈웃음이 사내깨나 울릴 미색이었다. 나이는 한 열여섯? 열일곱? 붉은 댕기를 매고 있긴 하나 반가의 여인은 아닌 것 같고, 진분홍 치마에 노란 저고리를 화사하게 차려입었지만 그렇다고 기녀도 아닌 것이 정체를 쉬이 짐작할 수가 없었다.

"어머, 제가 큰 결례를 했군요. 일행이 계신 것도 모르고……. 나리, 그새 혼인을 하신 모양입니다."

백영의 강렬한 시선을 느낀 강주가 그제야 그녀의 존재를 알아채고 당황했다.

"아니다. 혼인은 무슨."

완얼이 크게 손을 내저었다. 사실을 말한 건데도 그 모습에 백영이 왠지 서운해졌다. 저리 정색하면서 손을 내저을 것까진 없지 않나?

"저는 이강주라 합니다. 그저 천한 떠돌이 사당이니 크게 신경 쓰지 마십시오."

백영의 편치 않은 기색을 눈치챈 강주가 공손하게 인사를 올렸다. 그리고 채 무어라 대꾸하기도 전에 한 무리의 사내들이 강주에게 달려왔다. 색색의 허리끈을 두른 것으로 보아 사당패 같았다.

"강주야, 어서 와서 준비하지 않고 예서 뭐 하는 거냐?"

"오라버니들, 제가 전에 말씀드렸던 완얼 선생을 우연히 만났지 뭡니까? 아주 용한 점쟁이시랍니다."

강주가 완얼을 소개하자 그들이 동시에 꾸벅 고개를 숙였다.

"말씀 많이 들었습니다. 이렇게 뵙게 되어 영광입니다."

셋 중 우두머리인 듯한 자가 인사말을 건넸다.

"영광은요. 점쟁이가 뭐 그리 대단한 사람이라고……."

"나리와 헤어지고 난 뒤 도성으로 와서 공술해 오라버니의 사당패에 합류했습니다. 이분이 우리 패의 모갑(우두머리)이신 공술해 오라버니, 저분은 공숙어 오라버니 그리고 이 멀대같은 녀석은 공갈이라 불리는 저의 동무입니다."

강주가 공술해, 공숙어, 공갈까지 차례차례 사내들을 소개했다.

"모두 한 형제이십니까?"

"아닙니다. 우리 모두 제대로 된 이름 하나 없던 떠돌이 고아 출신입니다. 하지만 혈육이 뭐 별겁니까? 오다가다 만났지만 이리 한 가족으로 지내면 혈육과 진배없는 것이지요."

공술해가 따스한 눈으로 사당패를 바라보며 답했다. 그리고 강주가 자랑스럽게 말을 이었다.

"공술해 오라버니와 공숙어 오라버니는 조선 최고의 어름사니(줄 타는 광대)십니다. 공갈은 버나 돌리기(접시돌리기)의 천재고요."

공술해와 공숙어는 어름사니답게 호리호리한 체구에 몹시 날렵해

보였고, 허풍깨나 칠 것 같은 공갈은 사발을 잘 돌리게 생긴 솥뚜껑만
한 손을 가지고 있었다. 이들 세 사람 중 단연 눈에 띄는 이는 공술해
였다. 총명한 눈빛에 여인보다 더 곱상한 이목구비가 천민으로 살다
죽기엔 아까운 인물이었다.

"줄타기라……."

완얼이 잠시 무언가를 생각하는 듯하더니 갑자기 백영에게 말했다.

"강주와 긴히 이야기를 나눌 것이 있으니 잠시 자리를 피해주시겠
습니까?"

"예? 예, 그러지요."

왠지 쫓겨나는 것 같은 기분에 백영이 떨떠름한 얼굴로 멀찍이 물러
섰다.

'대체 무슨 비밀 이야기를 하려고 나를 쫓아내기까지 한 걸까? 옛
정인이라도 되나?'

궁금증을 참지 못한 백영이 큰 나무 뒤에 몸을 숨기고선 몰래 지켜
보았다. 세 사내가 자리를 뜨고 나서도 둘은 한동안 이야기를 나누더
니 완얼이 도포 소매에서 무언가를 꺼내 그녀의 손에 꼭 쥐어주었다.
하지만 거리가 멀어서 그것이 무엇인지는 자세히 보이지 않았다.

'무슨 정표라도 건넨 것일까?'

그 모습이 어찌나 절절해 보이던지 지켜보던 백영의 가슴이 철렁 내
려앉았다. 시무룩해진 그녀가 장옷 주머니에 넣어두었던 흰 꽃이 그려
진 달걀을 꺼내보았다. 세상에서 하나뿐인 나의 꽃이네 어쩌네 하며
선물을 건넨 지가 얼마나 되었다고 그새 다른 여인에게 눈길을 돌린단
말인가? 그때까지만 해도 세상을 다 가진 듯했던 마음이 순식간에 나
락으로 떨어져 버린다. 강주가 완얼에게 나붓이 인사를 하고 사라지
자 백영이 천천히 그에게 다가갔다.

"안 그래도 어디 계신가 찾아보려던 참이었는데 딱 맞춰 오셨군요."

완얼이 한층 밝아진 얼굴로 백영을 맞았다.

"회포는 다 푸셨습니까?"

불안하기도 하고 초조하기도 하고 서운하기도 하고 화가 나기도 하고, 오만 가지 감정이 교차하며 물어보고 싶은 것이 수십 가지였지만 애써 참으며 그렇게만 물었다.

"회포랄 게 뭐 있겠습니까? 기약 없이 떠돌다가 우연히 다시 만난 것이 반가워 몇 마디 나눈 것뿐이지요."

'고작 안부나 묻자고 자리를 피해 달라 했다고? 나를 바보로 아는 것인가, 아니면 내게는 말 못 할 어떤 비밀이라도 있는 것인가?'

백영의 얼굴이 무겁게 굳었다.

"한 식경 후에 사당패의 놀이판이 시작된다 하니 같이 가시지요."

"됐습니다. 나리, 아니, 대감이나 실컷 보고 오십시오."

"해가 지면 강주의 그림자놀이도 할 것입니다. 어릴 적부터 익힌 손재주가 빼어나 송악에서 '이강주의 그림자놀이' 하면 모르는 이가 없을 정도로 인기가 대단했습니다."

"미색만큼이나 재주도 뛰어난가 보군요."

그녀가 심드렁하게 대꾸했다.

"사람이 많이 모이는 곳에 가면 누가 알아볼까 그러십니까? 이런 저잣거리에 아씨 얼굴을 아는 자가 몇이나 있겠습니까? 게다가 이렇게 장옷까지 푹 뒤집어쓰고 계신데요."

"저는 생각이 없다 하지 않습니까? 그렇게 이강주가 보고 싶으시면 혼자 가서 보십시오!"

마침내 폭발해 버린 백영이 성질을 못 이기고 소리를 빽 질렀다. 그러자 어리둥절해 그녀를 바라보던 완얼이 이내 너털웃음을 지으며 물었다.

"혹시 지금 질투하시는 겁니까?"

"제가요? 전혀요!"

"에이, 질투하는 거 맞는데 뭘."

"아니라니까요!"

"아니면 보러 갑시다!"

"좋습니다!"

'응? 내가 지금 무슨 소리를 한 거지?'

백영이 멈칫한다. 티격태격 빠르게 말을 주고받다 버럭 대꾸를 하고 보니 그제야 이게 아닌데 싶다. 완얼의 수에 말려서 얼떨결에 사당패의 놀이를 보러 가겠다고 답을 해버린 것이다.

"틀림없이 재미있을 겁니다. 제가 장담하지요!"

잔뜩 기대에 부푼 완얼을 보며 백영은 더욱 심통이 나 더 이상 아무 대꾸도 하지 않았다.

공갈의 버나를 돌리는 묘기는 과연 신기에 가까웠다. 공술해의 신명나는 덩더꿍 북소리에 맞춰 양손에 하나씩 작대기를 잡고 접시를 돌리기 시작한 공갈은 접시를 공중에 던져 올렸다가 다시 받아 돌리기도 하고, 한 손에 다섯 개를 돌리면서 다른 손으로 물구나무를 서기도 했다. 또한 두 손으로 각기 다섯 개를 돌리면서 입에 문 작대기 두 개 위에 두 개의 접시를 올려 돌리다가 나중엔 커다란 놋대야까지 작대기 위에 올려놓고 돌렸다. 사당패를 중심으로 둥그렇게 모인 사람들 사이에 끼어서 보고 있던 백영은 그 현란한 묘기에 심통이 났었다는 것도 잊고 환호성을 지르며 손바닥이 터져라 박수를 쳐댔다.

버나 돌리기 다음 차례는 외줄타기였다. 공술해와 공숙어가 허공에 높이 매달아놓은 외줄을 타고 이번엔 공갈이 북을 쳤다. 치마저고리를 걸치고 어여쁘게 여장을 한 공술해와 사모관대를 한 공숙어가 신랑각시놀음을 하며 줄 위에서 높이 뛰어오를 때마다 어찌나 가슴이 조마조마한지, 공숙어가 익살을 부리며 일부러 휘청하는 시늉을 하자 너무 놀라 '앗!' 비명과 함께 옆에 있던 완얼의 손을 꽉 붙들고 말았다.

"정말 재미있는 건 지금부터입니다."

완얼이 다정하게 백영의 손을 맞잡고 속삭였다. 백영이 아차 싶어 다시 삐친 척을 하며 손을 빼려 했으나 완얼은 그녀의 손을 꼭 움켜쥐고 놓지 않았다. 그리고 그때 갑자기 하늘에서 알록달록 빛깔 고운 오색실이 백영의 눈앞으로 내려왔다. 그녀가 놀라 고개를 치켜들자 줄 위에 선 공술해가 손짓으로 끝을 잡으라는 시늉을 하였다. 이건 또 무슨 묘기인가 싶어 일단 시키는 대로 색실의 끝을 잡자 무언가가 햇빛에 아롱아롱 반짝거리며 또르르 오색실을 타고 내려왔다. 그리고 백영의 손 위로 툭 떨어졌다.

"어머, 이것은!"

그것은 바로 옥가락지였다. 매화 세 송이가 정교하게 조각되어 있는 하얀 옥지환은 감탄이 절로 나올 정도로 아름답고 진귀해 보였다. 손바닥 위에 놓인 가락지를 넋을 잃고 보고 있으려니 완얼이 그것을 집어 들었다.

"이 가락지는 여기가 더 어울릴 것 같은데요?"

하더니 그녀의 네 번째 손가락에 천천히 가락지를 끼워주었다. 원래부터 그녀의 것이었던 양 어찌 그리도 손에 딱 맞는지, 하얀 매화송이들이 희디흰 손가락 위에서 활짝 피어올랐다. 하늘에서 색실을 타고 가락지가 내려올 때부터 주시하고 있던 수많은 아낙들이 옥가락지보다 더욱 눈부시게 빛나는 옥 같은 선비가 그녀의 손가락에 옥지환을 끼워주자 '와아!' 하고 부러움 섞인 환호성을 질렀다.

"어느 댁 아씨가 저리 복이 많을꼬? 전생에 용왕님에게 간이라도 빼 드렸나, 저리 환하게 잘생긴 데다 자상하기까지 한 낭군을 만나다니!"

"나는 그럼 전생에 용왕님에게 똥침을 놓았나 보네. 씹다 뱉은 닭똥 집처럼 생긴 주제에 계집질까지 하는 인간을 만난 거 보면."

"이런 건 소설 속에서나 일어나는 일인 줄 알았는데. 간밤에 읽은 '선녀와 난봉꾼'보다 더 가슴이 벌렁벌렁하네그려."

"나도 우리 서방한테 저리 해달라고 해야지!"

"나도! 나도! 나는 하늘에서 오색실을 타고 노리개가 내려오게 해달 라고 해야겠네."

아낙들이 들썩이며 하는 말들에 주변 사내들의 얼굴은 흙빛이 되었 다. 완얼 때문에 당분간 장안 사내들이 부인네들에게 꽤나 시달릴 듯 했다. 백영은 자신에게 이목이 너무 쏠려 불안하기도 했지만 아낙들이 모두 자신을 부러워하는 것을 보자 한편으론 몹시 기분이 좋았다. 크 게 당황한 건 오히려 완얼이었다. 사람들의 시선이 집중되자 그는 얼 른 백영의 손목을 잡고 자리를 피했다.

"이렇게 일이 커질 줄은 몰랐습니다. 전 그저 아씨께 좋은 추억을 남겨 드리고 싶어서 강주에게 부탁한 것이었는데."

인파에서 벗어나 한적한 골목으로 접어들자 완얼이 진땀을 닦으며 말했다.

"그럼 아까 제게 잠시 자리를 피해 있으라 하신 이유가 이 일 때문이 었습니까?"

완얼이 강주에게 건넨 것은 이 옥가락지였다. 그런 줄도 모르고 그 녀에게 정표를 주었다고 생각하다니, 터무니없는 오해였다.

'사랑을 하면 아둔해지는 걸까?'

자신이 꽤나 총기 있다고 자부하던 그녀건만, 판단력 따위는 모두 마비된 채 완얼의 행동 하나하나에 마음이 이리 쏠렸다 저리 쏠렸다 극락과 나락을 오가는 제 모습이 부끄러워진다.

"깜짝 놀라게 해드리고 싶어서요."

완얼이 멋쩍게 웃었다. 그 미소에 백영의 가슴이 뭉클해진다. 처음이었다, 사내에게 가락지를 받은 건. 그리고 직접 손에 끼워준 것도 완얼이 처음이었다. 혼인할 때 패물로 받은 적은 있지만 그것은 지아비가 직접 준비한 것도, 직접 건네준 것도 아니었다. 혼인의 징표, 그 외엔 어떤 의미도 없었다. 그나마도 혼인한 지 사흘 만에 이몽룡이 죽어 버리고 난 뒤엔 다시는 가락지를 끼지 않았다.

"한여름도 아닌데 왜 이리 더울꼬?"

완얼 역시 여인을 위해 이런 일을 해본 적이 처음인지라 공연히 옷 깃을 팔락거리며 말을 돌렸다. 그 바람에 옷깃이 벌어지면서 가죽 끈으로 된 목걸이에 가락지가 매달려 있는 것이 보였다. 백영의 손에 끼워준 것과 똑같은 옥가락지였다.

"쌍가락지였군요."

"예, 돌아가신 어머님의 유품입니다."

완얼이 옷깃을 여미며 고개를 끄덕였다.

"유품이요? 그리 귀한 것을 제가 받아도 되는지요?"

"이제야 가락지 한 짝이 주인을 찾은 것이지요. 어머님께서도 하늘에서 기뻐하고 계실 겁니다. 계속 껴주실 거지요?"

완얼의 물음에 백영이 수줍게 고개를 끄덕였다. 그리고 세 송이의 매화를 어루만지며 다짐했다.

'이 매화가 모두 닳아 없어질 때까지 당신 곁에 머물러 있겠습니다.'

어느새 해가 지고 사위가 어두워졌다. 강주에게 감사 인사를 전하고 싶다는 생각에 백영은 완얼과 함께 그림자놀이가 벌어지고 있는 큰 거리로 다시 나갔다. 흰 천을 세워 만든 작은 무대 뒤로 등이 환하게 밝혀져 있고 검은 그림자가 비쳤다. 한 쌍의 나비 그림자가 하얀 천 위를 너울너울 날고 있었다. 사람의 손과 마분지 인형으로 만든 그림자만으로 어찌 저리 아름답고 섬세하게 날갯짓을 표현해 낼 수 있는지 감탄하던 중에 한 녀석이 다른 한 녀석을 덮치더니 짝짓기를 하였다. 사람도 아니고 나비인데, 한낱 나비가 날개를 파르르 떠는 모습이 이토록 도발적으로 느껴지다니!

하나 그건 시작에 불과했다. 나비에 이어 등장한 것은 개였다. 잔망스럽게 닭을 쫓던 개 두 마리는 지붕을 쳐다보다가 눈이 맞아 또 짝짓기를 했다. 그 뒤엔 닭 한 쌍이 지붕에서 짝짓기를 하고 그 뒤로도 돼지, 독수리, 호랑이, 토끼, 거북이, 굼벵이 등 온갖 것들이 한 쌍씩 나와 사냥하다 짝짓기를 하고, 풀 뜯어 먹다 짝짓기를 하고, 세수하러 왔다가 물만 먹고 짝짓기를 했다.

"대체 동물들이 몇 종류나 나와서 짝짓기를 하는 것입니까?"

실로 어마어마한 작품 세계에 백영의 입이 떡 벌어졌다.

"쉰 가지쯤 되는 것 같던데. 요즘 저자에서 최고로 인기가 많은 사당패 놀이랍니다."

"쉰 가지나요?"

시집도 안 간 어린 처자가 온갖 동물들의 짝짓기에 대해 어찌 저렇게 실감나게 묘사를 할 수 있는지, 강주의 현란한 손놀림을 지켜보며 백영은 그저 놀라워할 따름이었다. 게다가 더욱 놀랍게도 가장 마지막에 등장해 대미를 장식한 것은 동물이 아니라 춘향이와 이 도령이었다. 그림자 춘향이와 특이하게도 다리가 세 개가 달린 그림자 이 도령은 강주의 목소리와 공갈의 목소리로 '이리 오너라, 업고 놀자!', '저리 오너라, 타고 놀자!' 사랑가를 주고받으며 첫날밤을 펼쳐 보였다. 그림자는 오히려 보는 이들의 상상력을 더욱 증폭시키며 업음질, 말놀음 그리고 이단합체 회전물레방아까지 다리가 세 개나 달린 이 도령은 거침없이 모든 걸 해냈다. 그들 위로 짝짓기 하는 나비가 날고 개가 짖고 굼벵이가 구르면서 춘향과 이도령의 사랑을 축복하며 대단원의 막을 내렸다. 공연이 끝나자 구경꾼들의 기립박수가 저잣거리에 울려 퍼졌다. 입술에 붉은 연지를 발라 더욱 화사해진 강주가 무대 뒤에서 나와 인사를 올린 뒤 가장자리에 서 있던 그들에게 걸어왔다.

"재미있게 보셨는지 모르겠습니다."

"참으로 뛰어난 재주를 가지셨습니다!"

백영이 진심으로 감탄하며 말했다.

"과찬이십니다. 호구지책으로 배운 비루한 재주일 뿐인걸요."

"그런 건 겸손하지 않아도 된다. 네 재주가 비루한 재주면 조선의 사당패 절반은 그만둬야 할걸?"

완얼이 그리 대꾸하더니 백영에게 말했다.

"잠시 강주와 이야기를 나누고 계시지요. 제가 얼른 가서 등롱과 초를 구해오겠습니다."

그러고 보니 지하 서고를 찾아 들어가려면 필요한 것들인데 여태 잊어버리고 있었다. 완얼이 달려가자 그 뒷모습을 물끄러미 바라보던 강주가 백영에게 말했다.

"아씨는 참 좋으시겠습니다. 곁에서 보기에도 나리께서 아씨를 참 많이 아끼신다는 것이 느껴집니다."

"그리 보이십니까?"

백영이 살짝 얼굴을 붉히며 되물었다.

"예. 아씨가 바로 소원 아씨시죠?"

"누구요?"

백영의 귀가 번쩍했다.

"완얼 나리께서 입버릇처럼 말씀하시던 소원 아씨가 아니십니까?"

'소원.'

언젠가 들은 적이 있는 이름이다. 누군지도 알지 못하는 여인이건
만 그 이름을 듣자마자 백영의 가슴이 쿵 내려앉았다.

"아씨가 어떤 분이실지 이따금씩 상상해 보고는 했습니다. 완얼 나
리께서 그리 오래도록 가슴에 품고 계실 만큼 참 곱고 귀한 분이실 거
라고 생각했었는데, 제가 상상했던 것보다도 훨씬 더 고우십니다. 기
품도 있으시고. 역시 저같이 천한 사당 따위는 감히 비할 바가 아니군
요."

강주가 부러운 눈빛으로 백영을 바라보았다. '저는 당신이 부러워하
는 소원이 아닙니다'라고 말하려는데 강주가 천진할 정도로 밝게 웃으
며 말했다.

"부끄럽지만 실은 나리께서 제 첫정이십니다. 아, 그렇다고 오해는
하지 마시고요. 그저 저 혼자 마음에 품었던 짝사랑이었을 뿐이니까
요."

"나리와는 어찌 알게 되셨는지 물어도 되겠습니까?"

"생명의 은인이십니다. 나리께서 살기를 느낄 수 있는 신기가 있으
신 건 아시지요?"

"예, 알고 있습니다."

백영이 고개를 끄덕였다.

"아씨, 사당패를 따라 떠돌아다니는 사당이 어떤 여인들인지 아십
니까?"

이리 묻는 강주의 얼굴엔 어느새 웃음기가 사라지고 그늘이 드리워졌다.

"'쉰 가지 그림자놀이'처럼 신기한 재주로 사람들을 즐겁게 해주는 여인들이 아닙니까?"

"맞습니다. 낮에는 재주를 팔고 밤이면 몸을 팔지요."

순간 무어라 대꾸를 해야 할지 말문이 막혀 버렸다.

"놀라셨습니까? 하긴, 아씨같이 귀한 분은 아실 리가 없는 세상이지요. 아홉 살 때 콩 한 자루와 쌀 한 말에 사당패로 팔려와 하루 죽한 그릇에 온갖 매를 맞으며 재주를 배웠습니다. 그리고 열세 살이 되던 해에 어느 지방 양반 댁 환갑 노인의 품에 안겼지요. 그때부터 시작이었습니다."

말을 이어갈수록 강주의 목소리는 남의 이야기를 하듯 오히려 담담해졌다.

"놀이판에서 벌이가 시원찮으면 모갑은 그날 밤 저를 팔아넘겼습니다. 양반도 좋고 상놈도 좋고 늙으나 젊으나 그저 돈만 낸다면 누구라도 상관없었지요. 부잣집 사랑채일 때도 있고 주막집 뒷방이나 헛간, 심지어 어느 길바닥 나무 뒤에서도 어디라도 상관없었습니다."

차마 강주를 똑바로 쳐다보기가 힘들어 백영이 고개를 숙였다. 그녀의 가슴속 깊이 분노가 일었다. 도대체 이 조선팔도엔 얼마나 많은 끔찍한 일들이 벌어지고 있는 것일까? 자신이 가장 힘든 일을 겪고 있다 생각했는데, 가장 억울한 사연을 품고 있다 생각했는데, 이 세상엔 소설 속에서조차 상상하지 못한 일들이 수두룩했다.

"그러다 어느 날 밤, 모갑이 주막 창고에서 술에 취해 제 치마를 찢어발기고 덤벼드는데 그날따라 참을 수 없이 역겨웠습니다. 그래서 반항을 하다가 피범벅이 될 만큼 얻어맞고 악에 받쳐 놈이 허리에 차고 있던 단도를 빼 들었습니다. 죽이고 싶었습니다. 진심으로요."

'나라도 그리했을 것이다. 칼이 아니라 도끼라도 들었을 것이다. 누가 저 여인을 비난할 수 있겠는가?'

백영이 묵묵히 다음 이야기를 기다렸다.

"한데 그때 나리께서 달려오셨습니다. 미상의 '콩쥐팥쥐뎐'에 나오는 백마 탄 왕자님처럼, 드디어 소설 속 왕자님이 저를 구하러 오신 줄 알았습니다. 제가 상상해 오던 왕자님의 모습과 정말 똑같으셨거든요."

그 순간 강주의 표정이 어찌나 간절한지 '그분은 정말 왕자님이십니다!'라는 말이 백영의 입에서 툭 튀어나올 뻔했다.

"한데 그분은 왕자님도, 저를 구하러 오신 것도 아니었습니다. 악귀 같은 모갑을 구하러 온 것이었습니다! 그놈을 죽이지 말라며 절더러 칼을 내려놓으라고 하더군요. 날 구하러 올 왕자님 따위는 세상에 없다고, 하다못해 날 위해 밑 빠진 독을 등짝으로 막아줄 떡두꺼비 한 마리조차 없다고 생각한 순간 그 뒤부턴 제정신이 아니었습니다."

어두운 창고에서 옷이 거의 벗겨져 알몸을 드러낸 채 강주는 미친 듯이 칼을 휘둘렀다. 온통 암흑뿐인 인생에서 세상 모두가 그녀의 적이었다.

'다 죽이고 나도 죽겠다! 죽이겠다! 죽여 버리겠다!'

그녀의 머릿속엔 온통 그 생각뿐이었다. 그녀는 짐승이었다. 살기에 가득한 짐승.

"그리고 제가 휘두른 칼에 나리가 맞으셨습니다."

"나리를 칼로 찌르셨단 말입니까?"

"예. 하나 다행히 제 칼솜씨가 어설퍼 심장이 아니라 막아서는 나리의 손바닥을 찔렀습니다."

저도 모르게 백영이 휴우 안도의 한숨을 내쉬었다.

"그리고 저는 기절했던 것 같습니다. 깨어나 보니 완얼 나리와 고량주, 위숙휘 무사님들께서 저를 사당패에서 데리고 나와 돌봐주고 계셨습니다. 량주 무사님은 저를 어린 계집아이 취급하면서 색동옷을 입혀놓고 경국무지개색이라는 둥 이상한 소리를 하시며 으르렁대긴 했지만 좋은 분 같았습니다."

경국무지개색이라니, 이런 심각한 이야기 와중에서도 백영의 입이 떡 벌어졌다. 그에 비하면 경국홍색이라 불린 것은 참으로 감사한 일이었다.

"위숙휘 무사님은 차가워 보였지만 늘 옳은 말씀을 해주셨고요. 그리고 완얼 나리께선…… 모갑의 편을 든 게 아니라 제가 사람을 죽이는 것을 막고 싶었다고 하셨습니다. 그런 인간은 어차피 천벌을 받을 거라면서요. 그런데 며칠 후 모갑이 정말 천벌을 받는지 근처 야산에서 시신으로 발견되었지 뭡니까?"

"뭐 좋은 얘기라고 아무한테나 떠들어대느냐?"

그때 공술해가 강주의 머리를 투박하게 쓰다듬으며 불쑥 나타났다.

"그때 일은 생각하지도 말라니까."

그의 몸놀림이 워낙 가벼워서인지 아니면 이야기에 열중하느라 인기척을 느끼지 못한 것인지 강주와 백영 두 사람 모두 화들짝 놀랐다. 강주의 사연을 모두 알고 있는 듯한 공술해는 그녀가 아픈 과거를 자꾸 떠올리는 것이 싫은 기색이었다.

"오라버니! 기척 좀 하고 다니세요. 깜짝 놀랐잖습니까? 그리고 아무나가 아니라 이분이 바로 소원 아씨이십니다."

강주가 눈을 곱게 흘기며 말했다.

"그래?"

이번엔 공술해가 놀란 기색으로 백영을 바라봤다. 오해가 더 커지기 전에 그녀가 두 손을 황급히 내저으며 말했다.

"아니, 저는 소원이란 여인이 아닙니다. 제 이름은……."

'백영'이라고 말하려다 자신이 더 이상 그 이름을 쓸 수 없음을 새삼 깨닫는다.

"변씨 부인입니다."

그저 두루뭉술 성만 알리고 넘어갔다. 어차피 여인의 이름이란 성씨만 남고 사라져 버리는 부질없는 것, 그리 답한다 한들 이상하게 여기는 이도 없을 것이다.

"예에? 제가 큰 결례를 한 것 같습니다. 가락지의 주인이 되신 분이니 당연히 소원 아씨인 줄 알고……."

강주가 크게 당황해 말을 잇지 못했다.

"아닙니다. 빨리 말했어야 하는데 제가 때를 놓친 탓입니다."

고의는 아니지만 잠시나마 소원의 행세를 한 것 같아 난감했다.

"저도 간간이 소원이라는 이름을 듣고선 그 여인이 누구일까 무척 궁금했었습니다."

남원에서 향초의 독을 맡고 환각을 보았을 때에도 완얼은 소원을 보았다.

"나리가 송악을 떠나시기 전날 말입니다. 마지막으로 마음이라도 전해보자 싶어서 고백을 했었습니다. 거절하시더군요. 당연하다고 생각했습니다. 그토록 더럽혀진 몸으로 나리를 마음에 품다니, 가당키나 한 일이겠습니까? 그런데 나리께서 그러시더군요. 제 몸뚱이가 더러워서 아니 된다 한 것이 아니라 나리의 마음속엔 소원이라는 고운 분이 있기 때문이라고요."

"강주야."

잠자코 듣고 있던 공술해가 다감하게 그녀의 이름을 불렀다.

"예, 오라버니."

"그건 불행한 일이지 네가 잘못한 일이 아니다. 너는 누구라도 사랑할 수 있다. 그 사람도 널 사랑하느냐 아니냐는 상대방의 마음이지만 네가 누군가를 사랑하는 것은 네 마음이고, 그런 마음에 자격 같은 것은 필요 없다."

"저 같은 사람한테도요?"

"그럼요!"

저도 모르게 백영이 큰 소리로 대답해 버렸다.

"어떤 이를 사랑한다면 온 마음으로 사랑하세요. 사랑에 필요한 자격이란 그것뿐입니다."

"예, 그러겠습니다. 꼭 그리하겠습니다."

강주가 눈물이 그렁그렁해 힘차게 고개를 끄덕였다.

"그리고 제가 알기론 완얼 나리와 소원 아씨께선 어려서부터……."

"그런 사연은 본인에게 직접 듣는 것이 좋지 않겠느냐?"

공술해가 넌지시 말하자 강주가 멈칫하더니 이내 고개를 끄덕였다.

"오라버니 말을 듣고 보니 그렇군요. 제가 주제넘었습니다. 저는 아씨께서 소원 아씨건 아니건 그저 감사하게 생각할 따름입니다. 늘 한구석 그늘이 있으셨던 나리께서 이렇게 밝아지신 건 모두 아씨 덕분인 듯합니다. 아마 어렵게 마음을 내주신 것일 겁니다. 그러니 나리께서 다시 상처받으시는 일이 없었으면 좋겠습니다. 과거보다는 지금 내 곁에 있는 사람이 가장 중요한 것 아니겠습니까?"

그러면서 강주의 시선이 공술해를 향했다.

'지금 그녀의 마음속에 있는 사람은 저 사내로구나!'

백영이 대번에 눈치챘다. 하지만 정작 공술해 본인은 그 마음을 아는지 모르는지 아무 내색이 없었다. 어찌 되었건 이젠 그녀의 곁에 좋은 사람들이 있는 것 같아 다행이다 싶었다. 오늘 처음 알게 된 사람이지만 지금까지 살아온 날들이 너무 가슴이 아파 강주가 행복해졌으면 좋겠다고 진심으로 바랐다.

"아씨! 제가 초를 세 개나 구해왔습니다! 하하하!"

그때 완얼이 환하게 불을 밝힌 청사초롱과 초를 들고선 크게 웃으며 달려왔다. 너무 요란한 등장에 갑자기 말이 끊겼다.

"내 욕이라도 한 게냐? 내가 오자마자 다들 입을 꾹 다물고."

완얼이 의심스럽게 강주를 쳐다보았다.

"어머, 어찌 아셨습니까? 나리가 엄청 잔인하신 분이라고 뒷말을 하고 있던 참인데."

"내가 잔인하다니! 나처럼 자애롭고 따뜻한 사람이 어디 있다고?"

자기가 자기 입으로 참. 백영이 갑자기 창피해져 슬그머니 고개를 돌리다 공술해와 시선이 마주쳤다. 그리고 그 시선이 몹시 서늘함에 흠칫 놀랐다. 하지만 이내 그가 응시하고 있는 사람은 그녀가 아니라 완얼임을 깨달았다.

'왜 저런 눈빛으로 나리를 쳐다보는 것일까?'

백영이 고개를 갸우뚱했다.

"제가 예전에 나리를 오매불망 좋아한 것을 아시면서 다른 여인에게 가락지를 전해 달라고 부탁을 하다니요. 제가 가지고 확 도망가 버리려고 했습니다."

농담인 듯 진담인 듯 강주가 답하자 완얼이 당황해 말문이 막혔다.

"아, 그건……."

그 모습이 재미있는지 그녀가 까르르 웃어젖힌다.

"농입니다, 나리! 나리는 제 평생 은인이십니다. 이렇게라도 조금이

나마 은혜를 갚을 수 있다면 제가 오히려 감사해할 일이지요."

"강주야, 늦었다. 두 분이 가실 곳도 있다 하니 우린 그만 돌아가
자."

공술해가 어느새 시선을 강주에게 옮겨 눈짓을 한다.

'강주 때문이었을까? 완얼을 바라보던 저 사내의 싸늘한 시선은.
공술해도 남몰래 강주를 마음에 두고 있어서 완얼에게 질투를 한 것
일까?'

백영이 막연히 추측해본다.

"이 밤에 어디를 가시려고요? 물레방아간이라도 찾아가십니까?"

"아닙니다! 저희는 그저 유기전에 뭘 찾으러 갈 것이 있어서……."

"예, 예, 그러시겠지요. 그럼 저희는 먼저 가보겠습니다. 좋은 시간
보내십시오!"

강주가 짓궂게 웃으며 꾸벅 인사를 올리더니 뭐라 더 대꾸할 사이도
없이 깡충깡충 공술해를 따라 가버렸다.

"아니, 아니, 좋은 시간이 아니라 정말 뭘 찾으러……."

"찾으면서 좋은 시간도 보내면 되지요. 초도 세 개나 있으니 긴긴밤
무엇이 걱정입니까?"

강주의 농이 싫지 않은지 완얼도 빙긋이 웃으며 농처럼 말했다.

"어휴, 나리, 아니, 대감도 참."

"그냥 평소대로 나리라 부르십시오. 왠지 멀게 느껴져서 싫습니다."

그러고는 청사초롱으로 백영의 발밑을 밝혀주며 천천히 걷기 시작
했다. 어느새 그 많던 구경꾼들은 거의 다 사라지고 사방이 고요해져
있었다.

"예, 그러겠습니다. 그리고 초롱은 제가 들 터이니 이리 주십시오.
사내가 초롱을 들고 가니 영 모양새가 나지 않습니다."

"어차피 아무도 안 보는데 모양새가 무슨 상관입니까? 조금이라도 더 힘이 센 제가 들어야지요. 잘 들고 갈 터이니 아씨께선 발밑이나 조심하며 가십시오. 또 덤벙거리다 넘어지지 마시고요. 초롱까지 들고 아씨를 업고 가기는 힘듭니다."

"제가 언제 덤벙거렸다고 그러십니까? 그리고 업히라고 해도 이젠 안 업힐 것입니다!"

백영이 새침하게 눈을 흘겼다. 그러고는 불쑥 물었다.

"나리, 잠시 손 좀 보여주시겠습니까?"

"에이, 손은 뭐하려요?"

말은 그리 하면서도 어느새 오른손을 내밀고 있었다.

"손등 말고 손바닥이요."

"거참! 별걸 다…… 이렇게요?"

툴툴거리면서도 고분고분 손을 뒤집는다. 그러자 그의 손바닥엔 선명하게 칼로 찔린 자국이 남아 있었다.

'왜 여태 못 봤을까? 이런 흉터가 있는 것을. 지난 세월 나리가 목숨을 걸고 구해준 사람들이 대체 얼마나 많이 있는 걸까?'

안쓰럽기도 하고 가슴이 찡하기도 하여 백영이 그의 손을 꼭 잡아주었다.

"잘하셨습니다."

"뭐가요? 이거 참, 손을 내밀어라 뒤집어라 똥강아지 훈련도 아니고."

완얼이 떨리는 마음을 감추려 괜히 딴청을 피웠다. 이렇게 단둘이 손을 꼭 잡고서 한적한 밤길을 걷는 것이, 마치 꿈길을 걷는 것만 같았다.

"그냥 다 참 잘하셨습니다."

"싱겁기도 하십니다."

그렇게 말하며 백영의 손을 놓았다. 그러곤 깍지를 끼워 다시 잡았다. 다시는 그 누구도 두 사람의 잡은 손을 풀지 못하도록.

"강주에게 얘기를 들으셨군요. 그 아이를 구해준 일을요."

지나가는 말처럼 무심히 묻는다.

"예."

그녀의 목소리가 가늘게 떨렸다. 청사초롱의 불빛은 걸음걸음 조용히 흔들리고, 손가락 사이사이에 얽힌 그의 손가락이 그녀의 몸 전체를 사로잡고 있는 것만 같았다. 그녀는 이토록 깊게 누군가의 손을 잡아본 적이 없었다. 손을 잡는 것만으로도 이렇게 숨이 막힐 수가 있다는 것도 처음 알았다. 마치 깊은 입맞춤을 손으로 나누는 것처럼.

"그럼 혹시 소원이에 대해서도 들으셨습니까?"

완얼이 다시 물었다. 그러자 순식간에 그녀의 단꿈은 사라지고 가슴에 한줄기 서늘한 바람이 일었다. 이젠 알아야겠다. 백영이 결심한다.

"소원이 누구입니까?"

그토록 오랜 시간 당신의 마음속에 자리 잡고 있던 그 여인은 대체 누구입니까?

"소원은 저의 첫정이었습니다. 그리고."

완얼이 잠시 말을 끊고 백영의 손을 다시 꼭 쥐었다. 그가 끼워준 매화 가락지가 깍지 낀 손가락 사이로 선명하게 느껴졌다.

"제 아내입니다."

"혼인을 하셨습니까?"

뜻밖에 말에 너무 놀라 그의 손을 놓아버렸다. 하지만 찬찬히 다시 생각해 보니 사내 나이 스물셋에, 그것도 왕족이 아직까지 혼인을 하지 않았다는 게 더 이상한 일이었다.

"했었지요."

발걸음을 멈춘 완얼이 빈손을 씁쓸하게 내려다보며 답했다.

"'했었다'라면, 지금은?"

"소원이를 가슴에 묻고 제 마음도 무덤이 되었습니다. 그렇게 8년을 놓아주지 못하고 가슴에 품고 살았습니다. 아씨께 가락지를 주기 전에 말했어야 했는데 제가 생각이 짧았습니다."

청사초롱에 비친 두 사람의 그림자가 조용히 그 자리에 머물러 있다. 밤하늘에 구름이 흘러가는 소리가 들릴 것 같을 만큼 둘 사이에 기나긴 침묵이 흘렀다. 백영은 말없이 손가락에 낀 가락지만 만지작거리고, 완얼은 소원에게도 백영에게도 미안한 마음에 고개를 바로 들지 못하고 발끝만 쳐다보았다. 그런데 뜻밖에도 백영이 살며시 그의 손을 다시 잡아주었다. 완얼이 놀라 바라보자 그녀가 작게 미소를 지었다.

"저도 과부입니다. 그런데도 나리께선 제 모습 그대로 받아들여 주시지 않았습니까? 저도 마찬가지입니다. 나리께서 예전에 누군가를 사랑했었다 하여 원망하거나 어렵게 잡은 손을 놓을 만큼 저 그렇게 속 좁은 사람 아닙니다."

"일부러 숨기려 했던 것은 아닌데……. 처음엔 아씨를 제 마음에 받아들이지 않으려 했기 때문에 굳이 말을 할 필요가 없었고, 그 뒤로는 너무나 많은 일이 쉴 새 없이 벌어졌던 탓에 말할 때를 놓쳐 버렸습니다. 정말 미안합니다. 그리고 고맙습니다."

완얼이 다시 맞잡은 그녀의 손을 꼭 쥐었다.

'소원아, 내가 이 사람의 손을 잡아도 되겠느냐? 나를 이해해 줄 수 있겠느냐?'

"8년이면 이제 소원 아씨께서도 이해해 주시지 않을까요? 저는 소원 아씨의 자리를 빼앗으려는 것이 아닙니다. 나리께서 저를 받아들이신다 하여 소원 아씨와의 소중한 추억들을 모두 지워야 한다고 생각하지도 않고요. 그러니 제가 소원 아씨께 열심히 부탁해 보겠습니다. 이생에선 제가 나리의 곁에 있을 수 있게 해달라고요."

백영이 그의 마음을 읽기라도 한 듯이 말했다.

"하지만 더 이상 제게 숨기는 것이 있는 건 싫습니다. 이 나라 조선의 제육왕자이시고, 신기가 있으시고, 부인을 잃으셨고, 그 외엔 더는 없는 거지요?"

그리 물으며 새삼 '아, 내가 정말 엄청난 이를 연모하게 되었구나' 하는 생각이 들었다.

조선의 홀아비 왕자. 게다가 폭군의 아우.

그리고 그녀는 내일이 지나면 그 폭군의 지붕 아래로 들어가야만 한다. 각오는 하고 있지만 그들이 헤쳐 나가야 할 앞날이 결코 평탄하지는 않을 것이다. 그런 와중에 돌이킬 수 없는 과거의 일로 싸우며 그와 함께 있는 소중한 시간들을 낭비하고 싶지 않았다. 사랑한다고 하여 그 사람의 과거까지 모두 갖고자 하는 것은 욕심이 아닐까.

'지금 그의 곁엔 다른 누구도 아닌 내가 있다는 것.'

백영은 그거 하나면 충분했다.

"예. 더 이상 숨기는 것은 없습니다."

완얼이 자신 있게 고개를 끄덕였다. 그러다 퍼뜩 한 가지가 떠올라 황급히 좌우로 고개를 저었다.

"아, 아니요. 한 가지 더 있습니다."

"예? 또 무엇이요?"

백영의 얼굴이 불안하게 굳었다.

"그 악귀 같은 모갑이 죽은 채로 발견되었다는 것도 강주에게 들으셨습니까?"

"예."

"그럼 모갑이 어떻게 죽은지도 아십니까?"

"아니요. 그 이야기는 듣지 못했습니다."

"어디선가 날아온 표창을 맞고 죽었습니다."

"그거 잘되었군요! 하늘이 무심치 않으셔서 정말 천벌을 받은 모양입니다."

백영이 냉정하게 잘라 말했다.

"그 표창은 산가지 표창이었습니다."

"예? 그, 그것은!"

산가지 표창은 완얼이 산통에 늘 넣어가지고 다니는 것이다. 바로 지금도 완얼은 어깨에 산통을 메고 있었다. 모갑을 죽인 것은 바로 완얼이었다.

"사람을 죽인다는 것은 아무리 지독한 악인을 죽여도 손에 피를 묻힌 자에게 평생 업으로 남습니다. 자신이 죽인 인간의 마지막 눈빛이 절대 잊히지 않거든요. 아직 어린 강주에게 그런 짐을 지게 하고 싶진 않았습니다. 제가 해봐서 아니까요."

"나리께선 괜찮으시고요?"

완얼이 표창의 명수이긴 하나 무사도 아니고, 그가 살인을 할 수 있다는 것은 한 번도 상상해 본 적이 없었다. '살기를 느낄 수 있는 신기로 위험에 처한 사람을 구해주는 정의의 사도'라는 인식이 강하게 박혀 있기 때문인가 보다.

"저는 괜찮습니다. 하지만 아씨께선 괜찮으실지 모르겠습니다. 제가 사람을 살리기만 하는 줄 아셨지요? 선량한 이들을 구하려면 때론 사람을 죽여야 할 때도 있습니다. 그것도 아주 많이요."

그의 얼굴에 만감이 교차한다.

"하늘이 아닌 한낱 인간이 다른 인간을 심판하고 목숨을 빼앗을 자격이 있는 걸까요? 하지만 저는 또다시 같은 일이 벌어져도 몇 번이고 모갑을 죽일 것입니다. 그런 인간을 죽이는 일을 망설이지도 않을 것입니다. 이렇게 피 묻은 손으로 아씨의 손을 잡아도 괜찮겠습니까?"

열세 살밖에 안 된 어린 소녀를 데려다 온갖 사내에게 몸을 팔게 한 모갑의 얘기를 들으며 백영도 생각했었다. 나 같아도 그를 죽이고 싶었을 것이라고. 완얼은 어리고 약한 강주를 대신해 짐승을, 악귀를 죽인 것이다. 그녀는 완얼을 비난할 수 없었다. 아니, 오히려 사랑하는 이를 잃은 고통 속에서도 수도 없이 많은 극악한 자들과 싸워왔을 그의 지난날을 생각하니 마음이 먹먹해졌다. 그래서 더욱 그의 손을 놓을 수가 없었다.

"저는 나리를 믿습니다."

캄캄한 어둠 속에서 완얼의 청사초롱만이 그녀의 앞을 밝히고 있었다. 그 등불처럼 완얼은 암흑 같은 그녀의 인생에서 유일한 빛이었다. 그를 믿기에 백영은 어둠을 헤치고 앞으로 나아갈 용기를 얻었다. 그녀는 그를 믿었다. 그리고 그가 옳은 일을 한 것이라 믿었다.

"홀아비의 사정을 과부가 알아주지 않으면 누가 알아주겠습니까?"

그의 표정이 너무 무거워 보여 백영이 슬쩍 농을 하였다.

"절더러 홀아비라 하신 겁니까?"

완얼의 눈이 휘둥그레졌다. 그런 말은 생전 처음 들어봤다. 감히 누가 왕자에게 홀아비라 말을 하겠는가?

"그럼 아닙니까? 8년이나 수절을 하셨으니 3년 차인 저에 비하면 훨씬 선참이십니다. 제가 번데기 앞에서 한껏 주름을 잡은 격이지 뭡니까?"

농담 삼아 한 말이었지만 틀린 말은 아니었다. 과부와 달리 부인을 잃은 사내에겐 재혼을 수도 없이 권했을 터인데 그토록 오랜 시간 혼자였다는 건 그의 의지였을 테니까. 그리고 그 오랜 시간 굳게 닫고 있던 마음의 문을 열고 이렇게 모든 걸 털어놓아 준 것이 고마웠다.

"허허, 거참. 이러다 길에서 밤새겠습니다. 어서 춘향이의 초상화를 찾으러 가야지요."

완얼이 쑥스럽게 웃으며 발걸음을 옮겼다. 두 사람은 다시 나란히 밤길을 걷기 시작했다. 두 손을 꼭 잡고서.

얼마 걸리지 않아 마침내 유기전에 도착했다. 정확히 말하자면 유기전이 있던 터라고 하는 것이 맞겠다. 완얼 일행과 백영이 처음 만난 날 모두 불타 버리고 폐허가 되었으니 말이다. 유기전은 보름이 훨씬 넘도록 아무도 폐허를 치우지 않고 그대로 방치되어 있었다. 안으로 들어가지 말라는 뜻으로 주변에 새끼줄을 쳐놓았을 뿐이다. 그래봤자 지키는 사람도 없어 줄을 들어 올리고 들어가 버리면 그만이었다.

"량주 무사님과 숙휘 무사님은 어찌 되셨을까요? 혹시 이곳에 와 계실까 싶었는데 안 보이네요. 유기전으로 간다고 말해놓긴 했는데."

백영이 주위를 한 바퀴 돌아보며 말했다. 인기척이라곤 없이 사방이 몹시 고요했다.

"글쎄요. 아직까지 산에 있진 않겠지요. 딱히 시간 약속을 한 것이 아니니 길이 엇갈렸을 수도 있고, 이곳으로 왔다가 집으로 돌아가서 기다리고 있을지도 모릅니다."

"그럴 수도 있겠군요. 우선 우리끼리 지하 서고를 찾아보지요."

백영은 바닥 어딘가에 지하로 내려가는 문이 있을 거라 생각했다.

하지만 어두운 데다 시커먼 잿더미와 주춧돌, 타다 남은 기둥 같은 잔해들로 바닥이 뒤덮여 입구를 쉽사리 찾을 수가 없었다.

"지하 서고가 있는 것이 확실하긴 합니까?"

장시간 허리를 굽히고 바닥을 살피느라 진이 빠진 완얼이 몸을 일으키며 물었다. 구석구석 불빛을 비추며 살폈지만, 막상 들어와 보니 생각보다 면적이 넓어 반 시진이 넘게 찾아보아도 계속 허탕이었다.

"점순이가 허튼소리를 할 아이는 아닙니다."

김매듯이 쭈그리고 앉아 잿더미를 헤치고 있던 백영도 허리를 펴고 일어났다. 그녀가 고개를 들자 왕소금에 저린 오뉴월 배추처럼 축 늘어져 있던 완얼이 웃음을 터뜨렸다.

"왜 웃으십니까? 제 얼굴에 뭐가 묻기라도 했습니까?"

"알고 계셨습니까?"

"정말요?"

백영이 당황해 손으로 얼굴을 털어냈다.

"재 묻은 손으로 털어내면 더 묻지 않습니까? 그리고 그쪽이 아니라 우측 뺨이요."

완얼의 말에 그녀가 손을 털고선 다시 뺨을 털어냈다.

"거기가 아니라 조금 더 위요."

"여기요?"

"아니요. 조금 옆쪽으로."

"여기요?"

"아니요. 조금 더 왼편……. 거참, 여기요!"

그녀가 자꾸 헛손질을 하자 답답해진 완얼이 성큼 다가와 손으로 백영의 뺨에 묻은 검댕을 닦아냈다. 그의 손이 볼을 어루만지자 백영이 긴장해 숨을 멈추었다.

"앞으로 얼굴에 뭐 묻히고 다니지 마십시오. 큰일 나겠습니다."

"그리 흉한가요?"

너무 창피한 나머지 기어들어 가는 목소리로 묻는데, 그 순간 두 사람의 눈이 마주쳤다. 그러자 그가 홀린 듯이 백영의 이마에 부드럽게 입을 맞추었다. 구름을 벗어난 달이 그들의 머리 위로 은은하게 빛을 비추고, 한 떨기 하얀 꽃 백영이 폐허 위에서 여인으로 활짝 피어났다.

"안고 싶어지니까요."

완얼이 떨리는 목소리로 속삭였다. 그리고 얼굴을 붉히며 돌아섰다. 그의 몸속에서 오래도록 잊고 있던 사내가 깨어나고 있었다. 그대를 보고 있으면 입을 맞추고 싶고, 입을 맞추면 안고 싶고, 안으면…….

'내가 지금 무슨 생각을 하는 거람!'

당황해 성큼성큼 걸어가던 완얼이 무언가에 걸려 쾅당 앞으로 고꾸라지고 말았다.

"나리! 괜찮으십니까?"

백영이 깜짝 놀라 달려왔다.

"괜찮습니다! 하나도 안 아픕니다!"

눈앞에 불이 번쩍 하는 것 같았지만 아픈 것보다도 창피한 생각에 벌떡 일어나 소리쳤다.

"코피…… 나는데요?"

"예? 피요?"

후드득.

코피가 완얼의 손등 위로 떨어졌다. 넘어지면서 코를 세게 부딪쳤나 보다. 그러자 백영이 황급히 속치마를 찢어 피를 닦아냈다.

"제가 하겠습니다."

백영에겐 멋진 모습만 보이고 싶었는데. 완얼이 시무룩하게 천을 받아 들어 코를 틀어막았다.

"절더러 덤벙거린다 하시더니 나리께서도 만만치 않으십니다."

놀려대며 재투성이가 된 완얼의 도포 자락을 털어주었다. 하지만 말은 그리 했어도 백영에겐 완얼의 그런 어설픈 모습마저도 귀엽게 보이고 가슴 설레었다. 모든 것이 완벽해서 사랑하는 것이 아니라 사랑하기 때문에 모든 것이 좋아 보이는 것이다.

"발에 무언가가 걸려서 그런 겁니다. 저기 어디쯤이었는데……."

완얼이 조금 전에 지나온 곳을 유심히 살폈다. 그러자 잿더미 속에서 작은 손잡이 하나가 솟아올라 있는 것이 보였다. 거기에 발끝이 걸려 넘어진 모양이다.

"바로 이겁니다!"

"혹시 지하로 통하는 문이 아닐까요?"

백영이 손잡이를 잡아당겨 위로 들어 올려봤다. 뭔가 들썩하는 느낌은 있었으나 돌의 무게가 꽤나 나가는지라 쉽사리 들리지 않았다.

"이 밑에 창고가 있을 것 같은데 무거워서 들리질 않습니다."

"비켜서시지요. 제가 열어보겠습니다."

완얼이 위풍당당하게 앞으로 나섰다. 구겨진 체면을 세울 수 있는 좋은 기회였다. 이까짓 작은 돌문쯤이야 하며 소매를 걷어 올려 힘을 주자 힘줄이 불끈 불거져 나왔다. 그리고 힘차게 손잡이를 들어 올렸다.

"하나! 둘! 셋!"

꿈쩍도 안 한다. 민망해진 완얼의 얼굴이 벌겋게 달아올랐다.

"역시 안 되겠지요? 차라리 집으로 돌아가서 량주 무사님을 모시고 다시 올까요?"

"아직 힘을 안 줬습니다!"

자존심에 금이 간 완얼이 오기로 외쳤다. 백영이 보고 있는데 이대로 나약하게 물러설 순 없었다. 그는 다시 심호흡을 가다듬고 온몸에 힘을 끌어 모아 괴성을 질렀다.

"으라차차차!"

얼굴에 시뻘겋게 피가 몰려 금방이라도 다시 코피가 터져 버릴 것 같고, 팔 근육이 끊어질 것 같았다. 하지만 사내는 좋아하는 여인 앞에선 몇 배의 힘이 나는 법이었다. 마침내 끼이이익 하는 둔탁한 소리와 함께 문이 열렸다. 그리고 거대한 맹수가 입을 떡 벌린 것처럼 시꺼먼 공간이 드러났다.

"지하실입니다!"

백영이 등불을 비춰보자 꽤 넓고 깊은 지하 공간이 보이고 사다리가 놓여 있었다.

"문 안쪽에 지지대 같은 것은 안 보이십니까?"

완얼이 거친 숨을 몰아쉬며 물었다. 그녀가 돌문 안쪽을 살펴보자 지지대로 쓰는 듯한 굵은 쇠막대기 두 개가 상다리처럼 접혀 있었다. 백영이 얼른 쇠막대기를 펼쳐서 돌문을 받치자 그제야 완얼이 손잡이를 놓고 바닥에 털썩 주저앉았다.

"정말 대단하십니다, 나리!"

백영이 손뼉까지 치며 기뻐하자 완얼이 축 늘어져 있던 어깨를 다시 활짝 펴고 호기롭게 갓을 벗어 던졌다.

"뭘 이 정도 가지고요. 그럼 어디 한번 내려가 볼까요? 청사초롱을 제게 주셔야겠습니다. 어두워서 발밑이 잘 보이지 않습니다."

완얼이 한 손에 등을 들고 사다리를 내려갔다. 사다리가 낡아서 한 발짝 내디딜 때마다 위태롭게 삐거덕 소리가 들려왔다. 조심스럽게 내려가던 중에 머리 위에서도 삐거덕 소리가 들려와 고개를 들어보니 백영의 치마 속이 들여다보이는 것이 아닌가?

"아씨! 뭐 하시는 겁니까?"

완얼이 기겁을 하며 물었다.

"보시는 대로입니다. 저도 같이 내려가겠습니다!"

"안 됩니다. 위험할지도 모르니 아씨께서는 그냥 위에 계십시오. 제가 먼저 둘러보고 나서……."

그때, 사다리에서 우지끈 하는 소리가 나더니 두 사람의 몸이 공중으로 붕 떠올랐다. 그러곤 그대로 바닥에 패대기쳐졌다. 다행히 크게 다친 곳은 없는 것 같았으나 이내 뭔가 이상하다는 걸 느꼈다. 어두워서 자세히 보이지는 않지만 그가 누워 있는 곳은…….

"꺄아악!"

백영이 요란하게 비명을 질렀다. 그러나 놀라긴 완얼도 마찬가지였다.

"으아악!"

그가 누워 있는 곳은 백영의 치마 속이었다. 완얼의 머리 위로 그녀가 떨어지면서 치마가 얼굴을 뒤덮어 버린 것이다. 소스라치게 놀란 완얼이 벌떡 몸을 일으킴과 동시에 그녀도 벌떡 일어났다. 청사초롱도 떨어지면서 불이 꺼져 버렸지만 달빛이 비쳐 희미하게나마 윤곽은 파악이 되었다.

"이, 일부러 그런 것이 아니라……. 절대 고의가 아니었습니다!"

완얼이 또 뺨을 맞을까 싶어 반사적으로 몸을 뒤로 젖혔다. 그러자 그녀가 덥석 그의 팔을 붙들었다. 기어코 따귀가 날아오는 것인가 움찔하는데 백영은 떨고 있었다.

"나리, 불을 켜주세요. 무섭습니다."

정말 겁에 질린 목소리였다. 천둥번개가 요란하게 치던 날처럼. 깜짝 놀랄 만큼 용기 있는 여인이지만 이럴 때면 한없이 작고 여린 소녀로 돌아갔다. 그리고 완얼은 이런 그녀를 한없이 지켜주고 싶었다.

"사다리가 박살났으니 우린 이제 어떻게 밖으로 나갑니까? 설마 이곳에서 못 나가는 것은 아니겠지요?"

불안한 마음에 그녀가 완얼의 팔을 더욱 꽉 움켜쥐었다. 그나마 입구가 열려 있어 네모난 밤하늘이라도 보이기에 망정이지 저 문까지 닫혀 버렸으면 공황 상태가 되었을지도 모른다.

"량주와 숙휘가 있지 않습니까? 우리가 오랫동안 나타나지 않으면 틀림없이 이곳으로 찾아올 것입니다. 날이 밝으면 오가는 행인이 있을 터이니 크게 소리를 질러서 발견될 수도 있고요. 이도 저도 다 안 되면 제가 책장이라도 타고 올라갈 터이니 걱정하지 마십시오!"

완얼이 든든하게 말하며 자리에서 일어났다. 그리고 품에서 초를 꺼내 다시 불을 밝혔다. 실내가 환하게 밝아지자 실로 놀라운 광경이 펼쳐졌다.

"우와!"

떨고 있던 백영도 잠시 걱정을 잊고 주위를 둘러보며 크게 감탄했다. 생각보다 꽤 넓은 지하실에는 거대한 책장들이 줄지어 늘어서 있었고, 책장마다 온갖 책들이 빽빽이 꽂혀 있었다. 완얼도 꽤 많은 책을 읽었다 자부하는 편이었지만 어마어마한 양의 장서를 보자 입이 다물어지지 않았다. 그리고 무엇보다 놀라운 건 그 책들의 표지가 모두 붉은색이라는 거였다.

"책 표지가 모두 붉은색이라는 건……."

백영이 홀린 듯 책장으로 걸어가며 중얼거렸다.

"예. 모두 춘화입니다!"

완얼이 몹시 흥분해 목소리가 두 갈래로 갈라졌다. 이 정도면 조선

팔도의 모든 춘화집들이 이곳에 모여 있다 해도 과언이 아닐 것이다. 량주와 숙휘가 이 광경을 보면 얼마나 놀랄까?

아니, 그들뿐만이 아니라 사내라면 누구라도 이곳에서 넋을 잃지 않을 수 없을 것이다. 이런 소중한 문화유산이 하마터면 화재로 타버릴 뻔했다고 생각하니 아찔했다. 끝도 없이 펼쳐져 있는 붉은 책들 가운데 손닿는 대로 한 권을 빼 들었다.

"오, 이것은!"

제목을 본 완얼이 신음하듯 외쳤다.

"뭔데요?"

백영이 어느새 다가와 어깨 너머로 바라보며 물었다.

"육씨 부인의 '딸마가 동쪽으로 간 까닭은'을 모르십니까?"

"예, 처음 들어봅니다. 유명한 겁니까?"

"한마디로 춘화의 고전이라 할 수 있지요! 그 폭발적인 인기에 속편 '딸딸마가 동쪽으로 간 까닭은'까지 나왔을 정도입니다."

"육씨 부인이라는 사람이 꽤 유명한 작가인가 봅니다."

"음란소설계에 추월색과 쌍봉거사가 있다면 춘화계엔 단연 육씨 부인이지요. 그 그림이 어찌나 생생한지 마치 이부자리 속 인물들이 눈앞에서 살아 움직이는 것 같은 착각이 들 정도입니다. 육씨 부인의 춘화를 보지 못한 자는 있어도 한 번만 본 자는 없다는 말이 나올 정도니까요."

"그 정도입니까?"

백영이 호기심에 완얼이 들고 있던 책을 집어 들었다. 그리고 첫 장을 열자마자 살 내음 가득한 색채와 현란한 동작들에 입이 절로 벌어졌다.

"어머나, 세상에!"

그녀가 얼굴이 빨개져 얼른 책을 덮었다. 그러나 속으로는 감탄을 금치 못했다. 그것은 글로만 보았던 '물구나무합체 절구 찧기'를 그린 장면이었다. 무지개를 타는 경지에 이른 여인과 세 치 이상 대물 사내만이 구사할 수 있다는 비기! 머릿속에서 상상만 해왔던 고난이도의 기술을 그토록 생생하게 구현해 놓다니, 그 한 장면만으로도 육씨 부인의 내공이 충분히 느껴졌다. 그것은 또 다른 신세계였다.

"본래 필명은 '육시할 부인'인데 너무 과격하다 하여 육씨 부인이 됐다는 설도 있고, 사내라는 소문도 있고, 내시라는 말도 있고, 엄청나게 박색이라 모습을 드러내지 않는 거라고도 하고요. 아무도 거들떠보지 않는 한을 누구보다 색정적인 춘화로 풀어내는 거라나? 아무튼 소문만 무성하고 미상만큼이나 신비로운 인물이지요."

춘화건 막장 소설이건 하나의 분야로써 존중하는 완얼은 진지한 표정으로 설명을 이어갔다. 그러다 낯익은 표지를 보고선 눈이 번쩍해 책을 뽑아 들었다.

"아니, 이런 것까지 남아 있다니!"

"그건 또 무엇…… 앗!"

제목을 본 백영이 깜짝 놀라 소리쳤다.

수박부인 겉핥기.

"아씨도 아시는군요. 그 유명한 쌍봉거사의 부인 연작입니다! 이젠 절판되어 어디서도 구할 수 없다 들었는데 이런 희귀본이 여기 있을 줄이야! 어딘가에 '호박부인 넝쿨째 굴러 핥기', '광박부인 흔들고 핥기'도 있을 겁니다."

희귀본이라면 눈이 뒤집히는 완얼이 나머지 책들을 찾아 책장 사이를 누비고 다녔다. 그 책들이 희귀본이 된 이유는 학도 오라버니가 벼슬길에 오르자마자 쌍봉거사의 책을 모두 끌어 모아 불태워 버렸기 때문이다. 그 후 지금까지 쌍봉거사의 책만 보면 족족 없애 버려 흔적을 말끔히 지워왔는데, 이런 곳에 떡하니 남아 있는 것을 알면 뒷목을 잡고 쓰러질지도 모른다. 백영은 난감한 표정으로 육씨 부인의 춘화집을 제자리에 꽂아놓았다. 그러다 문득, 이 자에게 이단합체 회전물레방아 삽화를 부탁하여 춘향뎐에 넣는다면 독자들이 폭발적인 반응을 보이지 않을까 하는 생각이 들었다. 한데 거기까지 생각이 미치자 잠시 잊고 있던 이곳에 온 목적이 떠올랐다.

'아참, 춘향의 초상화! 책장엔 모두 책들뿐인 것 같은데 초상화는 어디에 둔 것일까? 완결편의 표지로 하자고 제안할 정도의 그림이면 아무렇게나 두진 않았을 것이다. 필시 어딘가에 따로 잘 보관해 놓았을 터인데……'

백영이 서고 여기저기를 살펴보기 시작했다. 그러다 한쪽 벽에 지하실에 어울리지 않게 고급스러운 갑게수리가 놓여 있는 것을 보았다. 수십 개의 서랍이 달린 5단 갑게수리가 대여섯 개. 가까이 다가가 서랍 중 하나를 열어보니 둥그렇게 말린 종이 한 장이 들어 있었다. 그리고 그것을 펼쳐 든 백영의 눈이 휘둥그레졌다. 그와 동시에 완얼의 '이럴 수가!' 하는 외침이 들려왔다.

"'우리도 이같이 얽혀'라는 제목의 춘화집도 있습니다! 부제는 '드렁 칡 뿌리처럼 마구 얽혀'랍니다. 실은 저도 하여가를 읊으며 가끔 그런 생각을 하긴 했었는데 저만 그런 것이 아니었습니다! 정말 사지가 마구 얽혀 있지 않은가? 가만, 근데 팔다리가 여섯 개? 그렇다면 도합 세 명? 어허, 이런 말세가!"

말세라고 말하는 표정이 어찌 저리 햇살처럼 밝단 말인가? 백영이 속으로 혀를 끌끌 차며 그에게 손짓했다.

"지금 그게 문제가 아닙니다. 어서 이리 와보십시오. 이곳에 초상화가 있습니다!"

"그게 정말입니까?"

그제야 제 정신이 돌아온 완얼이 그녀에게 내달려왔다.

"이 서랍들 속에 초상화만 따로 보관하는 것 같습니다. 이게 누구의 초상화인지 아시겠습니까?"

백영이 펼친 그림을 확인한 완얼이 대번에 그 얼굴을 알아보았다.

"숙빈 장씨가 아닙니까?"

"예, 맞습니다. 그리고 초상화 뒷면에 이렇게 이름까지 적어놓았습니다."

그림을 뒤집자 정말 하단에 '숙빈 장씨'라고 언문으로 또박또박 적혀 있었다.

"일반 백성들이 구중궁궐에 사는 숙빈 장씨의 얼굴을 어찌 알고 이토록 똑같이 그려놓았단 말인가!"

"이게 다가 아닙니다. 이 그림은 장안 최고의 기녀 옥보단의 초상화이고, 이것은 변강쇠 영감이 홀딱 빠져 있다는 세 번째 첩실 옹녀, 심지어 당나라 시대 양귀비의 초상화까지 있습니다. 그리고 이것은……."

"앗, 그것은 백영 아씨?"

"예. 접니다."

수절과부인지라 얼굴을 드러내 놓고 나돌아 다닌 적도 없는데 그림 속 여인의 얼굴은 마치 백영을 앞에 앉혀두고 그린 것처럼 실물과 똑같았다. 그리고 뒷면엔 '정절녀 변씨 부인'이라 또렷하게 명시되어 있었다.

"이 지하 서고는 알면 알수록 대단한 곳이군요! 이 갑게수리에 정말 춘향이의 초상화도 있을까요?"

"이곳에 꼭 있을 겁니다."

"어찌 그리 확신하십니까?"

"참으로 답답하십니다. 척 보면 모르시겠습니까? 온갖 미인들의 초상화만 모아놓지 않았습니까? 그러니 이 서랍들 중에 틀림없이 춘향이의 초상화도 있을 것입니다."

백영이 정절녀 변씨 부인의 초상화를 흔들며 자신 있게 말했다.

"아, 예……."

자신의 초상화를 흔들며 온갖 미인이라 당당하게 외치는 백영에게 딱히 무어라 대꾸할 말이 없어서 조용히 서랍을 뒤지기 시작했다. 그 많은 서랍들 중 삼분의 일쯤 뒤졌을까? 마침내 한 서랍에서 밑단에 '춘향'이라고 적혀 있는 종이를 발견했다.

"아씨, 찾았습니다. 춘향이의 초상화입니다!"

완얼이 뛸 듯이 기뻐하며 외치자, 쪼그리고 앉아 아래쪽 서랍을 뒤지던 백영이 벌떡 일어났다.

"정말입니까?"

드디어 그토록 찾아 헤매던 춘향이의 얼굴을 두 눈으로 확인할 수 있게 된 것이다.

'대체 어떻게 생긴 여인일까? 얼마나 아름다운 여인이기에 돌아가신 서방님도 사또도 그리고 오라버니까지도 다들 그 여인에게 홀려 버린 것일까?'

초상화가 손에 들어오자 그녀의 궁금증이 폭발했다.

"어서 펼쳐 보십시오. 빨리요!"

백영의 재촉에 완얼이 둥글게 말려 있는 종이를 천천히 펼치기 시작했다. 그런데 그때 '쾅!' 하고 엄청난 굉음과 함께 천장의 문이 닫혀 버렸다. 그리고 요란한 쇳소리가 울려 퍼지며 무언가가 바닥에 떨어졌다. 갑작스럽게 벌어진 일에 잠시 멍하니 서 있던 완얼이 얼른 정신을 가다듬고 떨어진 물건이 있는 곳으로 갔다. 그 물건은 돌문을 받치고 있던 쇠막대기 중 하나였다. 문이 육중하긴 했지만 그 정도의 무게는 지탱해 낼 수 있을 만큼 튼튼할 거라 믿었는데, 쇠막대기는 그의 믿음을 허무하게 배신하고 구부러져 있었다. 사다리가 부서졌을 때만 해도 걱정이 되긴 했지만 문은 열려 있으니 갇힐 일은 없겠지 싶었는데, 이젠 정말 갇혀 버린 것이다. 이 깊고 어두운 지하실에 연약한 여인과 둘이서.

"어떻게 이럴 수가……."

백영 역시 채 말을 잇지 못했다. 이젠 소리를 지른들 밖에서 제대로 들리지도 않을 것 같았다. 그리 생각하자 사방이 꽉 막힌 주사위 속에 갇혀 있는 기분이 들면서 숨이 막혀왔다.

"진정하십시오, 아씨. 량주와 숙휘가 반드시 우리를 찾으러 올 것입니다."

완얼도 불안하기는 마찬가지였지만 차분하게 백영을 안심시켰다. 그리고 재빨리 상황을 파악했다. 문이 꽉 달혀 있긴 하나 틈이 아주 없는 것은 아니니 공기는 통했다. 그리고 초도 아직 하나 더 남아 있었다. 날이 밝을 때까지 하룻밤쯤은 문제없을 것 같았다.

'이럴 줄 알았으면 입구에 눈에 띄는 표식이라도 남겨둘걸.'

그들도 한참 헤매다 발견한 입구인데 아우들이 쉽사리 찾을 수 있을지도 걱정이었다.

"아우들이 올 때까지 최대한 침착하게 기다리고 있는 것밖엔 지금 우리가 할 수 있는 일이 없습니다."

그러자 백영이 고개를 끄덕였다. 그의 말이 맞다. 지하에 갇혀 있다는 생각에서 최대한 벗어나야 한다. 그녀는 마음을 진정시키려 크게 심호흡을 했다. 그러자 땅 냄새가 짙게 풍겨오는가 싶더니 이내 머리 위에서 후드득 후드득 빗소리가 들려왔다.

"밖에 비가 내리나 봅니다."

"그러네요."

"설마 물까지 들어차는 것은 아니겠지요?"

"소리가 그리 크지 않은 걸 보면 큰비는 아닐 겁니다. 그리고 설사 큰비가 내린다 한들 이 지하실이 물로 가득 차기 전에 아우들이 올 것이고요."

하지만 그의 말에도 백영은 매우 불안해 보였다. 나름 침착하려 애쓰고 있는 것 같긴 하지만 점점 숨이 가빠오고 몸이 떨리는 것이 옆에선 그에게 고스란히 느껴졌다. 그대로 두면 얼마 지나지 않아 공포에 질린 나머지 발작을 일으킬 것 같았다. 그녀의 관심을 다른 곳으로 돌려야 한다.

"하늘이 8년 차 홀아비와 3년 차 과부를 불쌍히 여기시어 엮어주려고 이리 오붓한 시간을 내려주셨나 봅니다. 게다가 춘화까지 잔뜩 있으니 참으로 은혜로운 배려가 아닙니까?"

"예에?"

백영이 어처구니없다는 듯 그제야 풋 웃음을 터뜨렸다.

"그리 웃으시니 얼마나 좋습니까? 일단 춘향이의 초상화부터 다시 확인해 보도록 하지요."

완얼도 그녀를 따라 웃으며 놀라 떨어뜨렸던 그림을 집어 들었다.

"자, 춘향이 대령입니다!"

완얼이 부러 쾌활하게 외치며 초상화를 활짝 펼쳤다. 그러나 그림을 본 두 사람의 얼굴엔 당혹스러움이 스쳤다. 반듯하고 시원하게 잘생긴 이마, 가지런히 다듬은 초승달 같은 눈썹, 총명하게 빛나는 눈동자……. 그러나 그 그림은 반쪽짜리였다. 춘향이의 눈 아래로 초상화가 사라지고 없었다.

"아래가 찢겨 있습니다!"

백영이 허탈하게 외쳤다. 이마와 눈만 가지고는 누구인지 알아보기가 힘들었다.

"찢겨나갔다기보다는 타버린 것 같습니다. 아마 유기전에 불이 났을 때 타버린 모양입니다.

"그럼 불이 난 당시엔 초상화가 지하 서고가 아니라 유기전에 있었다는 말이군요."

"하지만 자객이 이 초상화를 발견한 것 같지는 않습니다. 그랬다면 반쪽이나마 남겨놓았을 리가 없으니까요. 그리고 유기전에 굳이 불을 낼 필요도 없었을 테고요."

"초상화를 찾으면 뭔가 해결되는 것이 있을 줄 알았는데 점점 더 수수께끼투성이군요."

맥이 탁 풀린 백영이 벽에 등을 기대고 주저앉았다. 완얼도 그녀의 옆에 앉았다.

"그래도 혹시 모르니 일단 이거라도 챙겨가죠."

그가 반쪽짜리 초상화를 잘 접어 품에 갈무리했다. 반쪽이나마 춘향이의 초상화를 찾았으니 이제 이곳에서 더 이상 그들이 할 일은 없었다. 얼른 발견되어서 나가는 것밖엔.

사방이 고요했다. 지루한 고요함 속에서 빗방울이 똑똑 떨어지는 소리만이 작게 울려 퍼졌다. 하지만 비 오던 날 성황당에서 들었던 빗소리의 아늑한 느낌과는 달리 지하실에 갇혀서 듣는 빗소리는 음산하기 그지없었다.

"한식에 비가 내리니 올해는 풍년이 들겠습니다."

완얼이 가라앉은 분위기를 바꾸려 밝게 말했다. 비가 오는 한식은

'물한식'이라 하여 풍년이 든다는 속설이 있었다.

"천둥만 치지 않으면요."

한식에 비가 내리는 것은 좋으나 천둥이 치면 흉년이 들 뿐 아니라 나라에도 불행한 일이 생긴다 하였다. 천둥번개를 무서워하는 백영이 몸을 웅크렸다.

"추우십니까?"

"자꾸 한기가 느껴집니다. 무덤 속에 있는 것처럼요."

포근한 한식날인데도 지하실 특유의 축축한 한기가 스멀스멀 온몸으로 기어 올라왔다.

"무덤 속에 들어가 보시기나 했습니까?"

"저승 문턱까지는 다녀오지 않았습니까?"

백영이 설핏 웃는다. 촛불에 비친 그 미소가 왠지 창백해 보여 완얼이 얼른 제 도포를 벗어 어깨에 걸쳐 주었다.

"괜찮습니다. 그 정도로 춥지는 않습니다. 연약한 여인이라고 번번이 사내의 도포를 뺏어 입고 싶지는 않습니다."

"여인이라 벗어주는 거 아닙니다. 아무한테나 옷을 벗어주는 쉬운 사내는 아닙니다. 내 여인이라 벗어주는 겁니다. 그러니 그냥 덮고 계십시오."

완얼이 단호하게 말했다.

"예. 나리."

백영이 그제야 더 이상 사양하지 않았다. 그저 말만 들어도 행복했고, 그의 여인으로서 누리는 것이라면 얼마든지 누리고 싶었다. 그녀가 첫날밤의 새색시처럼 수줍게 고개를 숙이는데 바닥으로 후드득 물방울이 떨어졌다. 비가 새기 시작한 것인가 싶었는데 자세히 보니 피였다. 완얼이 다시 코피를 흘리고 있었다.

"나리! 코피가 또 납니다."

"정말요?"

완얼이 황급히 고개를 뒤로 젖히자 그녀가 아까처럼 속치마 자락을 찢어 코에 대주었다.

"아무래도 아까 돌문을 들어 올리실 때 너무 무리를 하셨나 봅니다. 안 되겠습니다. 이리 잠시 몸을 누이십시오."

그러면서 백영이 제 무르팍을 내어주었다.

"아, 아닙니다. 괜찮습니다."

백영의 무릎을 베고 눕다니, 어쩐지 민망한 생각이 들어 고개를 저었다.

"괜찮긴 뭐가 괜찮습니까? 저도 아무한테나 무릎을 내주는 쉬운 여인이 아닙니다. 내 사람에게만 내어주는 것이니 사양치 마십시오."

내 사람.

그 한마디에 강력한 최면에라도 걸린 듯 그의 온몸에서 스르르 힘이 빠지더니 백영의 손길이 이끄는 대로 순순히 허벅지를 베고 누웠다. 그리 누우니 딱딱한 흙바닥이 임금님 이부자리보다 푹신하게 느껴지고, 이 세상 베개 중에 가장 편안한 것은 무릎베개로구나 싶다.

"코피가 멎을 때까지 한숨 주무세요."

스르륵 감은 눈 위로 백영의 달콤한 목소리가 들려왔다. 그녀의 목소리가 이 침침한 지하실을 순식간에 궁궐로 만들고, 그는 왕이 되어 중전의 무릎을 베고 침전에 누워 있다. 그러고는 잠에서 깨어나 사랑하는 비에게 말했다.

"내가 말이오, 잠시 잠이 들었다가 우리가 지하실에 갇혀 오도 가도 못 하는 꿈을 꾸었지 뭐요? 한데 나는 점쟁이고 중전은 막장소설을 쓰는 과부이더이다. 정말 해괴한 꿈이지 않소?"

"오수를 그리 오래 주무시니 개꿈을 꾸신 겝니다. 다리 저려 죽는 줄 알았습니다!"

중전이 새침하게 눈을 흘기다 까르르 웃음을 터뜨렸다. 귓가에 울려 퍼지는 그 밝은 웃음소리에 왠지 코끝이 찡해져 그의 감은 눈가가 촉촉이 젖어든다.

"나 지금 꿈을 꾸고 있는 것이오?"

그가 물었다.

"예? 무슨 소리를 하시는 겁니까? 잠이 잘 안 오십니까?"

백영의 대답에 완얼이 감았던 눈을 떴다. 그리고 지하실에서 그를 내려다보고 있는 백영의 맑은 눈과 시선이 마주친다. 그가 손을 뻗어 그녀의 볼을 어루만졌다. 부드럽고 따뜻하다. 꿈이건 현실이건 상관없다. 그녀와 함께라면. 이렇게 그녀를 어루만질 수 있다면.

"사라지지 마시오, 내 곁에서."

그가 속삭이듯 말했다.

"영원히."

그러자 그녀가 뺨에 닿은 그의 손을 꼭 쥐었다.

"전에는 절더러 도망치라 하시더니요."

"그때는……."

완얼이 무거운 표정으로 몸을 일으켰다.

"소원이가 생각나서 그랬습니다. 저 때문에 세상을 떠났거든요."

"나리 때문에 죽다니요? 어째서요?"

완얼이 생각에 잠겨 잠시 눈을 감았다. 그러자 8년 전 그날이 어제 일처럼 생생하게 떠올랐다. 황망히 그녀의 몸을 안아 들었을 때 두 손에 닿은 싸늘한 그 감촉.

"소원이는 자결을 하였습니다, 대들보에 목을 매서. 어려서부터 몹시 마음에 두었던 낭자가 있었습니다. 저는 오직 그 낭자만을 원했습니다. 그리고 아바마마께서 제 간절한 청을 들어주셔서 그 낭자와 혼인을 할 수 있게 해주셨습니다. 그녀가 바로 소원입니다."

그는 소원과 혼인을 하게 되었다는 사실에 들떠 그녀의 아버지가 당시 세자, 즉 완얼의 형님인 이율의 반대파라는 것은 신경도 쓰지 않았다. 아바마마가 그 혼사를 허락해 주신 건 완얼의 간청 때문이라기보다는 소원의 가문 때문이었다. 완얼에게 힘을 실어주기 위해서. 그런데 아바마마께서 갑자기 승하하시고 형님이 왕위에 오르자 가장 먼저 제거해야 할 대상으로 완얼의 처가가 꼽혔다. 선왕의 총애를 받던 왕자의 힘 있는 처가는 보위에 오른 지 얼마 안 되는 임금에겐 그냥 두고볼 수 없는 위협이었다. 결국 소원의 아버지는 억울한 누명을 쓰고 돌아가시고, 나머지 식구들은 노비가 되어 팔도로 팔려갔다.

"저는 소원이만큼은 지켜야겠다는 생각에 형님께 그녀만은 제 곁에있게 해달라 간청을 하였습니다. 한데 그녀는 그렇게 혼자만 멀쩡히살아 있는 것이 견딜 수 없었나 봅니다. 저와 혼인한 것을 후회한다 하더군요. 그러고는 어느 날 아침, 잠에서 깨어보니 그녀가 대들보에 목을 매고 눈을 부릅뜬 채 저를 내려다보고 있었습니다. 그 원망 가득한눈빛이 아직도 잊히지가 않습니다."

'그래서였구나, 그토록 오랜 시간 그녀를 잊지 못했던 것은.'

게다가 그런 끔찍한 일을 겪었을 때 그의 나이는 겨우 열다섯이었다. 어린 소년이 받았을 엄청난 충격을 생각하니 백영의 마음이 몹시아려왔다.

"그 뒤 얼마지 않아 어머니마저 옥지환 한 쌍만 덩그러니 남겨놓고선 세상을 뜨셨습니다. 그리고 저는 죄책감과 자포자기로 더 이상 그어떤 여인도 마음에 담지 못했습니다. 그래서 아씨께 도망치라 했던 것입니다. 저와 가까이 있는 사람들은 모두 불행해지니까요."

"나리께서 그렇게 말하시면 저 역시 서방을 잡아먹고 점순이도 잡아먹은 재수 없는 계집이 되지 않겠습니까?"

"그건……."

"나리와 가까이 있는 사람들이 어째서 모두 불행해졌다는 겁니까? 량주 무사님과 숙휘 무사님은 불행은커녕 지화자 좋다 술타령만 잘하시던데요? 그리고 저도 행복합니다. 지금까지 살아온 날들 중에 나리와 함께 있는 지금 이 순간이 가장 행복합니다."

백영이 입가에 미소를 띠었다. 행복한 미소를 머금고 있는 여인의 모습은 그 어느 때보다 아름다웠다.

'저 여인과 함께 행복해지고 싶다하면 과욕인 것일까?'

완얼이 그녀의 미소를 잡으려는 듯 천천히 손을 뻗었다. 그리고 보드라운 뺨에 손이 닿으려는 순간 바스락하고 이상한 소리가 들려왔다.

"무슨 소리가 나지 않았습니까?"

화들짝 놀란 백영이 주변을 두리번거렸다. 그러자 바스락 소리가 또다시 들려왔다. 이번엔 더욱 선명하게. 저 멀리 가장 마지막 책장 뒤에서 들려오는 소리 같았다.

"누가 있는 것 같습니다!"

"쥐가 아닐까요?"

그 말이 떨어지기가 무섭게 이번엔 '으으윽' 하는 신음 소리가 들려왔다.

"사람입니다! 이곳엔 우리 말고 누군가 있는 것이 분명합니다!"

백영이 공포에 질려 소리쳤다.

"쉿!"

완얼이 백영을 진정시키고 침착하게 일어났다. 그러곤 초를 들고 소리가 나는 쪽으로 조심스럽게 다가갔다. 백영도 발소리를 죽여 그 뒤를 쫓았다.

"꺄아악!"

잠시 후 백영의 날카로운 비명 소리가 울려 퍼졌다. 그러곤 부들부들 떨리는 손을 뻗어 어두운 구석을 가리켰다.

"저기 누가, 누가 있습니다!"

그 말에 완얼이 초를 가까이 비추자 희끄무레한 형체가 구석에 웅크리고 있었다.

"앗, 저 사내는!"

사내의 얼굴을 본 백영이 깜짝 놀라 외쳤다.

"아는 얼굴입니까?"

완얼이 황급히 사내를 안아 일으키며 물었다. 무명옷에 상투를 튼 사내는 간신히 숨만 내쉬고 있을 정도로 기력이 쇠해 있었다.

"천 서방입니다! 불에 탄 유기전 주인이요. 천 서방은 그날 미처 빠져나오지 못하고 죽은 줄 알았는데 살아 있었군요!"

천 서방의 흐린 눈동자는 사람을 거의 알아보지 못하는 것 같았으나 그래도 인기척은 느껴지는지 새까맣게 타들어간 입술을 달싹거리며 무슨 말인가를 내뱉었다.

"춘, 춘향이……."

"춘향이가 왜? 말을 해보시오!"

백영이 다급하게 물었다. 그러자 완얼이 품에 갈무리해 둔 춘향이의 초상화를 꺼내 천 서방의 눈앞에 펼쳤다.

"이 그림을 가져온 자가 누구인가?"

"방……."

"뭐라고?"

완얼이 그의 입술에 귀를 바짝 가져갔다.

"자……."

천 서방의 말은 더 이상 이어지지 못하고 툭 끊겼다. 그리고 까맣게 푹 꺼져 버린 눈도 조용히 감겼다.

"이보게! 눈을 떠보게! 이보시게!"

완얼이 그의 몸을 흔들어보았지만 아무 소용이 없었다.

"숨이 끊어진 것입니까?"

백영이 저도 모르게 몸을 부르르 떨었다. 또다시 눈앞에서 사람이 죽은 것이다. 그가 말없이 고개를 끄덕이며 사내를 바닥에 뉘었다.

"향초 중독입니다."

"태우면 독을 내뿜는 향초 말입니까? 남원에서 사또가 우리를 죽이려고 썼던 그것이요?"

"예. 그 향초에 중독되면 이렇게 눈과 입술이 유달리 까맣게 타들어가며 숨을 거두지요."

하마터면 남원에서 이런 끔찍한 꼴로 죽을 뻔했단 말인가? 백영의 등에 소름이 돋았다.

"아직 희미하게 몸에 향이 남아있습니다. 해를 끼칠 정도로 강한 것은 아니지만 일단 물러서십시오. 다른 곳에서 중독이 된 상태에서 서고로 온 뒤 숨을 거둔 것 같습니다. 지하로 내려올 때 살기 같은 것은 전혀 느끼지 못했으니까요."

천 서방에게 바싹 다가가 냄새를 맡아본 완얼이 몇 발짝 떨어지며 백영에게 말했다.

"나리를 처음 만난 날 천 서방은 칼을 맞고 피를 흘리며 점포에 쓰러져 있었습니다. 그리고 곧이어 불이 났고요. 천 서방은 그 몸으로 어떻게 빠져나와서 스무 날쯤이나 어디에 있다가 이 지하로 와서 죽은 것일까요?"

"글쎄요. 이미 죽은 사람에게 물어볼 수도 없고."

완얼이 시신을 바라보며 깊은 한숨을 내쉬었다.

"제가 아무래도 사신이 맞긴 맞나 봅니다. 가는 곳마다 누군가 죽어 나가니."

"에이, 또 그러십니다. 자책하지 마시라니까요. 나리께서 살리신 사람들도 많지 않으십니까? 저도 나리가 아니었으면 이미 이 세상 사람이 아니었을 겁니다. 이렇게 살아갈 희망도 주시고요."

백영이 손가락에 낀 옥지환을 만지작거리며 말했다. 그러자 완얼이 그 손 위에 제 손을 부드럽게 포갰다.

"아씨께서도 제게 살아갈 희망을 주셨습니다."

누군가 나로 인해 살아갈 희망을 갖고, 그 누군가로 인해 살아갈 희망을 얻고. 청상과부인 그녀의 인생에 이런 가슴 벅찬 일이 일어날 줄은 상상력이 그토록 풍부한 백영도 생각지 못했다.

'이렇게 온 마음을 줄 수 있는 사람이 지금 내 눈앞에서 내 손을 잡고 서 있다니……'

목이 메어와 아무 말도 나오지 않았다.

"왜 갑자기 아무 말도 없으십니까?"

무슨 말을 잘못한 건가 싶어 완얼이 그녀의 안색을 살피며 물었다.

"가슴이 뛰어서요. 살아 있다는 것이 감사해서요. 그리고 죽은 이를 두고 이렇게 행복해하는 것이 왠지 미안해서요."

천 서방을 두고 한 말이긴 하지만 소원을 뜻하는 말이기도 했다. 하지만 그런 말은 입 밖에 내지 않았다. 완얼이 소원에게 마음의 빚이 큰 건 알지만 지금 이 순간은 자신만을 생각해 주었으면 하는 마음이었다.

'죽은 이에게까지 질투를 하다니. 나도 어쩔 수 없는 여인이로구나.'

"산 이와 죽은 이의 세상은 다릅니다. 살아 있다고 죽은 이에게 미안해할 건 없습니다. 그 사람들의 몫까지 열심히 그리고 행복하게 살지 못하는 게 오히려 미안한 일이지요."

완얼이 백영의 마음을 읽기라도 한 듯이 답했다.

"예, 나리 말씀이 맞습니다."

그녀가 선선히 고개를 끄덕였다.

"한데 혹시 아까 저 사내가 죽기 전에 한 말을 들으셨습니까?"

"아니요. 무어라 중얼거린 것 같긴 한데 워낙 소리도 작았고 무섭기도 해서 잘 듣질 못했습니다."

"방자. 이리 말했던 것 같은데."

"방자요? 사람 이름입니까?"

"그렇지 않을까요? 혹시 들어보신 이름입니까?"

"낯익기는 한데 어디서 들었더라⋯⋯."

백영이 희미한 기억을 더듬어 가는데 우르릉 쾅쾅 천둥번개가 쳤다.

"꺄아악!"

그녀가 귀를 막고 비명을 질렀다.

"괜찮습니다. 제가 있지 않습니까?"

따듯하고 넓은 가슴이 그녀를 품는다. 온 세상이 어둠뿐이고, 그 깊은 어둠 속에 갇혀 있고, 비는 세차게 퍼부어 천장의 문틈으로 점점 많은 물이 떨어지고, 이젠 시신까지 옆에 있다. 하지만 그럼에도 불구하고 그녀는 견딜 수 있었다.

완얼.

그가 있기에. 백영이 그의 품에 고개를 깊숙이 묻었다.

'어둠을 밝혀주는 나의 빛, 나의 완얼.'

"거참, 가만히 좀 있어라. 정신 사납게!"

사랑채에 앉아 있던 숙휘가 량주에게 소리쳤다.

"걱정이 되니 그러지요! 해가 지고도 벌써 한참인데 완얼군 대감도, 백영 아씨도 통 소식이 없으시니."

우리에 갇힌 짐승처럼 방 안을 빙글빙글 돌던 량주가 볼멘소리를 했다. 호랑이만큼이나 포악한 멧돼지를 때려잡아 산 아래 고을 백성들에게 나눠주고 내려오니 해가 거의 저물어가고 있었다. 그들은 백영이 일러준 대로 유기전으로 가서 밤이 되도록 기다렸지만 두 사람은 나타나지 않았다. 혹시 벌써 볼일을 끝내고 집으로 돌아간 것인가 하여 돌아와 봤는데 여기도 없었다. 다시 나갔다가 길이 엇갈릴까 싶어 일단 집에서 기다려 보기로 했으나 여태 감감무소식이었다.

"비가 많이 내려 어딘가에서 잠시 쉬었다 오실지도 모르지 않느냐? 전에 성황당에서처럼."

"그러니까 말입니다. 이 밤에 단둘이 있다는 거 아닙니까?"

량주가 더욱 초조하게 방 안을 빙글빙글 돌기 시작했다.

"그게 너랑 무슨 상관인데?"

"왜 상관이 없습니까?"

"대체 누굴 걱정하는 것이냐? 네가 그리 위하는 아씨는 완얼군 대감이 옆에서 잘 지켜주고 있을 터인데."

"그러니 더 걱정이지요! 사내란 다 늑대가 아닙니까?"

"너 설마……."

숙휘가 반신반의 혹시나 해서 물었다.

"여인으로서 아씨를 좋아하는 것이냐?"

"그럼 아씨가 여인이지 사내입니까?"

량주가 부루퉁하게 대꾸했다.

'혹시나'가 '역시나'였다. 량주는 그저 오지랖이 아니라 백영을 여인으로서 좋아하고 있었던 것이다.

"이런 엉뚱한 녀석을 봤나! 안 된다. 절대로 아니 될 일이야!"

"왜요. 저는 왜 안 됩니까?"

량주가 우뚝 멈춰 서며 그답지 않게 진지한 표정으로 물었다.

"아씨가 청상과부라는 것을 잊었느냐? 게다가 전하께서 점 찍어놓은 여인이다. 그것도 보통 임금이 아닌 하늘 아래 둘도 없을 폭군이! 그런 데다가 철천지원수인 좌승지 변학도의 누이이다. 안 되는 게 당연하지 않느냐?"

숙휘는 미리 준비해 놓기라도 한 사람처럼 줄줄이 막힘없이 답했다. 이는 완얼에게도 똑같이 하고 싶은 말이고, 몇 번이고 했던 말이었다. 한데 완얼도 모자라 이젠 량주까지!

"원래 사랑은 장애가 많을수록 더욱 단단해진다고 읽었습니다."

"읽어? 네가 서책이라도 읽었단 말이냐?"

"그럼요! 요즘 제가 책 좀 읽는 거 모르십니까? 미상의 '옹녀뎐'에서 옹녀가 그럽디다. 그래서 그 모든 장애를 뚫을 수 있는 크고 단단한 놈이 최고라고요. 그걸 읽고 고환 스님도 해결하지 못한 저의 큰 고환이 해결되었습니다. 크고 단단한 놈 하면 고량주 아니겠습니까? 저는 그 모든 장애를 이겨낼 수 있습니다!"

거기서 말하는 크고 단단한 놈은 그런 뜻이 아닌 것 같긴 하지만 지금 그딴 게 문제가 아니었다.

"그래, 그런 것들은 다 그렇다 치자. 하지만 결정적으로 안 되는 가장 큰 이유는 완얼군 대감 때문이다."

"대감이 왜요?"

"완얼군 대감께서 백영 아씨를 연모하신다. 그것도 아주 많이."

"예에? 그게 정말입니까?"

"너야말로 정말 여태 몰랐느냐? 아무리 눈치가 없기로서니 둘이 그렇게 티를 내고 다니는데도 모르다니. 심지어는 벌건 대낮에 서로 입맞춤까지 나눈 사이다!"

"입…… 입맞춤이라고요?"

량주가 강한 충격으로 말까지 더듬었다.

"아, 그때 너는 심부름을 갔다 오느라 보지 못했구나."

숙휘가 혀를 끌끌 찼다. 그리고 반쯤 혼이 나가 보이는 량주를 조용히 타일렀다.

"그까짓 사랑 타령 길어봤자 삼 년이라고 하지 않았느냐? 너 없으면 죽는다고 울며불며 하다가 나중엔 너 때문에 죽겠다고 이를 가는 게 인간이다. 안위존망할 일도 아닌데 너 좋아하는 돼지국밥에 고량주나 한 사발 들이켜고는 잊어라."

"아니, 존망할 일이죠! 이보다 더 존망할 일이 어디 있겠습니까?"

"'안위존망(安危存亡)! 안위와 생존과 사망을 아울러 이르는 말이다, 이 무식해서 용감한 형제여!"

아무리 슬퍼도 초지일관 무식함을 잃지 않는 아우에게 다시 한 번 감탄하며 또박또박 짚고 넘어갔다.

"이런 존망할!"

량주가 크게 부르짖더니 어린아이처럼 털썩 방바닥에 주저앉아 솥뚜껑같이 큰 손으로 얼굴을 가렸다. 그리고 잠시 후 어깨가 들썩인다.

"우냐?"

숙휘가 경악을 하며 물었다. 맙소사! 정말 우나 보다.

"이놈아, 아이고, 이놈아!"

"아씨는 제 첫사랑이란 말입니다…….""

량주가 울먹이면서 말끝을 흐렸다. 저 녀석이 백영 아씨를 정말 좋아하나 보구나. 숙휘가 난감하게 아우를 보았다.

"첫사랑을 해본 적은 없지만 원래 그런 건 안 이루어진다 하더라. 평생 아련하게 마음속에 품고 가는 아름다운 추억이라고."

그러자 애써 소리 죽여 눈물을 흘리던 량주가 엉엉 큰 소리로 울음을 터뜨렸다.

"싫습니다. 평생 마음속에 품고 가는 것 따위 싫습니다! 아련하게는 더 싫습니다! 아련이 저와 어울리기나 한답니까?"

"그래, 울어라. 그래서 네 속이 풀린다면 실컷 울어. 오늘 일은 아무에게도 말하지 않으마."

숙휘가 따뜻한 손길로 량주의 어깨를 토닥토닥 두들겨 줬다. 량주도 울고 하늘도 운다. 이어 천둥이 치고 번개가 번쩍인다.

'벌써 인정도 넘었는데 정말 대감께 문제가 생긴 것일까?'

더 이상 기다릴 수만은 없었다. 나가서 도성을 다 뒤져서라도 찾아내야겠다. 한식에 천둥번개가 치면 나라에 재앙이 온다던데, 왠지 순탄치 않은 미래를 예견하는 것 같아 숙휘의 마음이 어지러웠다.

완얼이 마지막 촛불을 켰다. 그의 품에 안겨 오들오들 떨던 백영도 어느 정도 안정을 되찾았다. 완얼은 일단 그녀를 천 서방의 시신이 보이지 않는 곳으로 데리고 갔다.

"바닥이 찹니다. 이 위로 앉으십시오."

천장에서 떨어지는 빗방울이 점점 많아지면서 바닥도 습하고 냉해졌다. 완얼이 춘화집을 몇 개 뽑아 푹신하게 깔고선 그 위로 백영을 앉혔다. 서책이란 소중히 다뤄야 하는 것이지만 그 어떤 고귀한 글귀가 적혀 있는 책이라도 그녀보다 소중하진 않았다.

"고맙습니다."

"조금만 더 힘을 내십시오. 아우들이 한창 우리를 찾고 있을 것입니다."

"예, 이젠 괜찮습니다. 나리가 이리 옆에 꼭 붙어 계시니까요."

백영이 그를 향해 옅게나마 웃어 보였다. 아주 화색이 도는 건 아니지만 아까보다는 많이 나아 보인다.

"참, 조금 아까 얘기했던 방자 말입니다."

"정말 아시는 이름입니까?"

"안다기보다는, 서방님이 돌아가시기 직전에 노복(奴僕)이 도주를 하였다며 오만방자한 놈이라고 얼핏 들은 적이 있습니다. 지금 생각해 보니 그 방자가 이름이 아니었나 싶어서요."

"방자가 이 도령을 모시던 종이었다고요? 그렇게 생각하니 뭔가 얘기가 이어지는 것 같기도 하고……. 이 도령의 노복과 춘향이의 초상화라……."

"서방님이 방자를 데리고 남원에 갔었다면 방자도 춘향이를 알고 있지 않을까요? 그가 초상화를 가지고 다니는 걸 보면 가볍게 아는 사이만은 아닌 것 같습니다."

"그렇다면 춘향이의 몸종이었던 향단이도 방자를 알겠군요."

"아, 그렇겠군요! 그 생각까지는 미처 못 했습니다."

"이곳에서 나가면 향단이를 찾아 방자에 대해 자세히 알아봐야겠습니다. 그리고 이 도령이 죽기 직전에 방자가 사라졌다고 하였으니 당시 정황도 조사해 보고요."

"남원에 다시 가겠다는 말씀이십니까?"

"아니요. 아씨를 도성에 혼자 남겨두고 어찌 먼 길을 떠나겠습니까? 사람을 시켜 향단이를 한양으로 데려오겠습니다."

완얼의 믿음직한 모습에 백영의 표정이 한결 밝아졌다. 하지만 그것도 잠시, 다시 안색이 어두워지며 '실은' 하고 입을 열었다.

"천 서방의 시신을 본 뒤부터 한 가지 마음에 걸리는 것이 있습니다."

"그게 뭡니까?"

"아무래도 서방님께선…… 살해당하신 것 같습니다."

"예에? 그게 정말입니까? 대체 누가 이 도령을 죽였단 말입니까?"

생각지도 못한 말에 완얼이 깜짝 놀라 물었다.

"그 사람은 아마도 가면자객 같습니다."

백영이 신중하게 답했다.

"가면자객이 3년 전에도 사람을 해쳤다는 말입니까? 어째서 그리 생각하십니까?"

"전에 말했던 저의 첫날밤 이야기 기억하시지요? 부끄럽지만 그 얘기를 다시 꺼내야겠습니다."

다시 떠올리고 싶지 않은 일이었다. 하지만 그녀의 짐작이 맞다면 지금 벌어지고 있는 이 모든 사건들과 무관하지 않은 일이기에 말을 해야만 했다.

"첫날밤에 저를 버리고 뛰쳐나가신 서방님께선 다음 날 아침에야 돌아오셨습니다. 그리고 갑자기 쓰러져 사흘을 앓고 돌아가셨지요. 한데 숨을 거둘 때의 모습이 천 서방과 똑같았습니다. 눈과 입술, 손톱까지도 까맣게 타들어갔고 저를 춘향이라 부르셨습니다. 지금 생각해 보니 환각을 보신 것 같습니다. 그 순간 자신이 가장 보고 싶은 사람의 모습을."

"그것은 향초 독에 의한……."

완얼이 놀라 말을 채 잇지 못하였다.

"나리께서도 그리 생각 하시지요? 그땐 그저 원인 모를 증세로 급사한 줄만 알았는데 천 서방의 모습을 보니 서방님의 마지막 모습과 너무 흡사해서요."

짐작은 이제 확신이 되었다.

"춘향이를 찾으러 남원에 간 사람들을 향초의 독으로 죽인 것은 사또였습니다. 하지만 그 뒤엔 가면자객이 있었지요. 가면자객 뒤엔 또 누가 있는지는 모르겠지만, 서방님도 그 향초 독에 당한 것 같습니다."

"춘향이는 자결을 하고 이 도령은 살해를 당했다니, 두 사람 사이에 우리가 모르는 또 다른 일이 있었던 걸까요?"

"그뿐만이 아니지요. 남원 사또 역시 살해를 당했고, 이 도령의 미망인은 시신과 함께 지하에 갇혀 죽을지도 모르지요. 춘향련의 저주인가 봅니다. 나리께서도 괜히 저 때문에 이런 일에 휘말리셔서는……."

백영이 고개를 떨궜다.

"고개를 드십시오. 저한테는 자책하지 말라 하시더니 아씨께서야말로 뭘 잘못했다고 고개를 못 드십니까?"

하지만 그녀는 오히려 더욱 고개를 숙여 버렸다. 눈물이 터져 나올 것 같아 입술을 깨물었다. 완얼에게 툭하면 눈물을 흘려대는 약한 여인으로 보이고 싶진 않았다. 그때였다. 기적과도 같이 그들을 부르는 목소리가 들려온 것은.

"완얼 나리!"

"백영 아씨!"

백영이 벌떡 일어났다.

"나리께도 들리십니까? 환청이 아니지요?"

"예! 량주와 숙휘입니다!"

완얼도 벌떡 일어나며 답했다. 그리고 천장의 문을 향해 힘껏 소리 쳤다.

"여기다! 량주야! 숙휘야!"

"우리 여기 있습니다! 숙휘 무사님! 량주 무사님!"

량주와 숙휘의 눈에 보일 리도 없는데 손까지 흔들며 온 힘을 다해 외쳤다.

"량주 무사니임!"

근정전 서북쪽, 경복궁의 서쪽 연못 위에 지어진 화려한 누각 경회 루에선 한식을 맞아 임금이 조정 대신들에게 베푼 연회가 늦은 시각 까지 이어지고 있었다. 밤이 깊어지며 비가 내리기 시작했지만, 경회 루의 커다란 지붕 아래에선 아무 문제 될 것이 없었다. 수십 개의 등 이 비 오는 밤을 대낮처럼 밝히고 용 모양의 배와 채색 비단으로 만든 연꽃을 연못에 띄웠다. 붉은 비단 장막을 친 누각에선 채홍사가 전국 에서 잡아다 진상한 흥청과 운평을 끼고선 부어라 마셔라, 군신 간에 서로 덕으로서 만난다는 의미인 '경회'라는 명칭이 무색하게 군신 간 에 서로 술에 절어갔다.

"에잇, 다들 집어치워라!"

율이 심드렁하게 술잔을 집어 던졌다.

"꺄아악!"

주안상 앞에서 춤을 추던 흥청들이 갑자기 날아온 술잔에 비명을 지르며 주저앉았다. 다행히 맞은 이는 없었지만 그 육중한 금잔에 정 통으로 맞았다면 사냥터에서 술잔을 맞고 쓰러진 책비처럼 머리가 터졌을 것이다. 술 잘 마시고 놀다가 또 갑작스럽게 율의 지랄병이 도진 것이다.

"왜 그러시옵니까, 전하? 오늘 계집들의 미색이 영 마음에 들지 않으십니까?"

늘 그렇듯 이율의 옆자리를 꿰차고 앉은 숙빈 장씨가 새 술을 따르며 간드러지게 물었다.

"다 그 계집이 그 계집에, 그 놀이가 그 놀이로구나."

"아이 참, 전하 곁엔 제가 있지 않습니까?"

숙빈이 신료들이 있거나 말거나 한껏 교태를 부리며 율의 품에 안겼다. 하지만 여느 때와는 달리 숙빈의 교태에도 율의 표정은 쉬이 풀리지 않았다. 그러자 신료들 중 가장 앞자리에 앉아 있던 좌승지 변학도가 주저앉아 있는 계집들에게 호통을 쳤다.

"어디 그 정도 색기로 흥청이라 할 수 있겠느냐? 내시도 벌떡 일으켜 세울 만큼 색을 부려보아라!"

그러나 겁을 먹은 흥청들은 서로 눈치만 본 채 머뭇거렸다.

"네년들이 당장 끌려 나가 가랑이가 찢겨 저잣거리에 걸리고 싶은 모양이구나!"

숙빈이 앙칼지게 소리치자 그 서슬에 악공들이 시끄러울 정도로 다시 풍악을 울려대고, 흥청들이 하나둘 일어나 춤을 추기 시작했다.

"얼씨구, 좋구나! 지화자, 좋다! 꽃들이 꺾어 달라 아우성이니 지나가던 개잡놈이 꺾어볼까나?"

학도가 벌떡 일어나 흥청들 사이에 뛰어들어 팔다리를 흔들며 덩실덩실 춤을 추기 시작했다. 그러더니 흥청 하나를 덥석 잡아 저고리를 벗긴다. 계집의 색동저고리를 머리에 뒤집어쓴 학도가 한층 더 흥이 올라 펄쩍펄쩍 뛰면서 꼬리에 불붙은 개처럼 춤을 추어대자 그제야 율이 박장대소를 터뜨렸다.

"하하하! 역시 좌승지가 나서야 흥이 난다니까!"

그러자 홍청들이 일제히 저고리를 벗어 던졌다. 색색의 저고리가 나비처럼 날아올라 신료들의 머리 위로 떨어지고, 가슴을 반쯤 드러낸 계집들이 치맛자락을 흔들며 곁으로 다가오자 넋이 나간 신료들은 체면이고 뭐고 내던지고 일어나 홍청과 어우러져 그야말로 '홍청망청' 춤을 추었다. 그중 가장 큰 젖가슴을 드러낸 홍청이 율에게 다가와 부끄러운 기색도 없이 치마를 살랑살랑 치켜 올리며 노골적으로 허벅지를 내보였다.

'감히 내 앞에서 뉘를 유혹하는 게냐?'

숙빈이 눈을 부라리며 홍청을 쏘아보았다. 그러나 율의 눈길을 사로잡을 수 있는 절호의 기회라 생각한 홍청은 그녀를 두려워하지 않았다. 왕의 눈에만 들면 자기도 얼마든지 숙빈 만큼 될 수 있다고 생각한 것이다.

"요런 맹랑한 계집을 봤나!"

율이 싫지 않은 듯 자리를 털고 일어나 춤을 추기 시작했다. 예술적 기질을 타고난 율은 가무에도 남다른 재주가 있어 뻗는 손끝 하나하나가 아름다운 선을 만들고, 두 발이 땅을 디딜 새도 없이 가벼운 몸놀림으로 날아올랐다. 춤을 추고 있을 때만큼은 피비린내 나는 살육을 일삼는 폭군이 아니라 한 마리 고고한 학처럼 보였다. 드디어 나도 출세를 하려나 보다 하고 홍청이 한껏 꿈에 부푸는 순간, 율이 호위무사의 검을 뽑아 들더니 그녀의 치마끈을 베어버렸다.

눈 깜짝할 사이에 치마허리가 풀려 짙은 자색의 치마와 속치마까지 바닥으로 떨어졌다. 그리고 율의 칼이 다시 한 번 달빛 아래 번쩍하자 하나 남아 있던 속곳마저 발밑으로 떨어졌다.

"하하하하하!"

율의 커다란 웃음소리가 경회루에 울려 퍼졌다. 아무리 임금의 노리개인 흥청이라지만 이 많은 사람들 앞에서 발가벗겨진 여인의 얼굴이 새파랗게 질렸다. 그러자 어지간한 일엔 표정 하나 변하지 않는 학도도 미간을 찌푸렸다. 하지만 그 와중에 율은 춘향면 한 자락을 태연하게 읊어댔다.

"이리 오너라, 벗고 놀자~ 사랑 사랑 내 사랑 어화둥둥 내 사랑~ 벗은 김에 춘향이 너는 말이 되어 방바닥을 기어라. 나는 마부가 되어 네 엉덩이에 딱 붙어서~."

풍덩!

커다란 물소리에 율의 흥겨운 노랫가락이 끊겨 버렸다. 수치심을 이기지 못한 흥청이 연못으로 몸을 던진 것이다.

"꺄아악!"

다시 한 번 여인들의 날카로운 비명 소리가 울려 퍼지고, 검은 연못 속으로 가라앉은 흥청은 물 위로 떠오를 기미가 보이지 않았다.

"이런 불충한 년을 봤나! 감히 임금의 소리를 끊어?"

"전하, 계집이 떠오르지 않습니다."

상선이 눈치를 살피며 고했다.

"어차피 떠올라도 임금을 능멸한 죄로 죽을 계집이다! 에잇, 한창 흥이 났었는데 김 새버렸다! 이만 가자!"

율이 언짢은 얼굴로 돌아섰다.

"전하, 제 처소로 납시지요."

숙빈이 재빨리 옆으로 다가가 미소를 지었다. 주제를 모르고 날뛰면 저리되는 것이다! 속이 이렇게 시원할 수가 없었다.

"먼저 들를 곳이 있다."

"어디를 말입니까?"

하지만 율은 숙빈의 물음엔 대꾸도 없이 상선을 불렀다.

"이보게, 상선."

"예, 전하."

"그 아이의 전각은 준비되었는가?"

"예, 전하."

"그래? 내가 직접 가서 확인하겠다."

율이 성큼성큼 경회루 밖으로 나서자 궁녀들이 그의 머리 위로 우산을 높이 받쳐 들고 황급히 따라나섰다.

"그 아이라면 미상을 말씀하시는 겁니까? 그 계집에게 어떤 전각을 내어주시려고요?"

숙빈도 율을 따르며 다시 물었다.

"궁금하냐?"

"예, 전하."

"그럼 따라오너라."

깊은 밤, 율과 숙빈의 행렬이 빗속에서 빠르게 움직였다. 그리고 마침내 어느 전각 앞에 도착하자 숙빈이 놀라 목소리가 높아졌다.

"이곳은 만화각이 아닙니까?"

만화각(萬花閣).

만 가지 꽃이라는 뜻의 이 전각은 중궁전 다음으로 규모가 큰 데다가 이름처럼 만화가 피어 있는 정원이 아름답기로 유명해 모든 후궁들이 원하는 처소였다. 하지만 총애를 한 몸에 받는 숙빈조차 그 전각은 차지하지 못하고 내내 비워둔 채였다. 그런데 만화각을 미상 그 계집에게 내주겠다니!

"여인인 네가 보기에는 어떠냐? 그 아이가 좋아할 것 같으냐?"

그리 묻는 율의 얼굴은 실로 오랜만에 한껏 들떠 있었다.

"일단 들어가 보자. 나도 아직 단장한 모습을 보지 못해 몹시 궁금하구나."

"어찌 한낱 책비에게 덜컥 이런 큰 전각을 내주신단 말입니까? 그 계집이 춘향이라 하는 말을 정말 믿으십니까?"

숙빈이 발끈해 안으로 들어서는 율을 향해 소리쳤다.

"글쎄다……."

발걸음을 멈추고 그녀를 돌아보는 율의 입가에 알 수 없는 미소가 설핏 스쳤다. 그 미소를 본 숙빈의 두 눈은 눈빛에 닿는 모든 것을 불살라 버릴 듯이 활활 불타올랐다.

"량주 무사니임!"

폐허가 된 유기전 주변을 걷던 량주가 어디선가 들려오는 목소리에 발걸음을 멈추었다.

"숙휘 형님! 무슨 소리 못 들으셨습니까?"

도롱이와 갈삿갓을 쓰고 앞장서 가던 숙휘가 량주를 돌아보았다. 흐릿한 시야에 같은 복장을 한 량주가 보인다. 주룩주룩 쏟아지는 빗줄기 속에서 우뚝 서 있는 모습이 마치 거대한 독각귀 같다.

"무슨 소리 말이냐?"

"'량주 무사님!' 하고 부르는 백영 아씨의 목소리를 들은 것 같아서요."

그 말에 숙휘도 주의 깊게 귀를 기울였다. 하지만 퍼붓는 빗소리만 들려올 뿐 아무 소리도 들리지 않았다.

"이젠 헛것까지 들리는 게냐?"

숙휘가 혀를 끌끌 차며 량주에게 걸어갔다.

"분명 들은 것 같은데……."

"아무래도 네가 상사병이 제대로 걸린 모양이구나."

"태어나서 지금까지 여인 손목 한 번 잡아본 일 없는 형님께서 상사병이 무엇인지나 알고 하는 말씀이십니까?"

"알다마다. 세상에서 가장 쓸모없는 병이지."

숙휘가 자신 있게 답하더니 들이치는 비에 갈삿갓을 푹 눌러쓰며 다시 발걸음을 재촉했다.

"가자! 이런 빗속에 두 분이서 폐허를 돌아다니고 있을 리가 없지 않느냐?"

지하에 서고가 있을 것이라고는 상상도 못 한 량주와 숙휘는 그렇게 그곳을 떠났다. 불과 몇 발짝 아래 그토록 찾아 헤매고 있는 완얼과 백영을 두고서.

"량주 무사님! 숙휘 무사님! 무사니임!"

그런 줄도 모르고 백영은 목이 터져라 그들의 이름을 부르고 또 불렀다. 하지만 곧 열릴 것이라 생각했던 천장의 문은 요지부동 움직이지 않았다.

"이제 그만하십시오. 우리가 이곳에 있는 걸 알지 못하고 돌아간 것이 분명합니다."

완얼이 체념하며 백영을 만류했다.

"아니 됩니다! 다시 돌아오세요! 제발! 우리가 여기! 여기에……."

소리치던 백영이 끝내 털썩 주저앉고 말았다. 그리고 가혹하게도 갑자기 초가 쓰러지며 불마저 꺼져 버렸다. 말 그대로 눈앞이 캄캄해졌다.

"나리, 초가 또 꺼졌습니다!"

"겁내지 마십시오. 얼른 다시 켜드리겠습니다!"

완얼이 더듬거리며 초를 찾았다. 그새 데구루루 굴러간 것인지 한참 동안 바닥을 더듬거린 후에야 초를 찾을 수 있었다. 한데 하필 빗물이 떨어져 고여 있던 작은 물웅덩이에 빠진 것이 아닌가? 심지가 젖어서 불이 붙지 않으면 어쩌나, 애써 불길한 예감을 외면하며 다시 불을 붙였다.

'제발 붙어라. 제발.'

하지만 역시나 더 이상 불이 붙지 않았다. 몇 번이고 다시 붙여봐도 마찬가지였다.

"불이 안 붙습니까?"

그리 묻는 백영의 목소리엔 절망이 가득했다. 이 모든 것이 어쩌면 3년 전부터 예견되어 있던 운명이었는지도 모른다. 이몽룡이 숨을 거두었을 때부터 이미 이 거대한 저주는 시작되고 있었던 것이다.

'도대체 내가 뭘 그리 잘못하며 살았다고 이런 엄청난 일에 휘말리게 되었단 말인가? 두 눈 멀쩡히 뜨고 내 장례식을 지켜보지 않나, 죽을 고비를 몇 번이나 넘기고, 만에 하나 천운으로 이곳에서 살아 나간다 해도 어처구니없이 춘향이 행세를 하며 미치광이 왕에게 잡아먹히지 않으려 발버둥을 쳐야 한다.'

울컥 눈물이 솟구쳐 흘렀다.

"우린 이곳에서 꼭 나갈 것입니다. 저를 믿으십시오."

그의 굳은 목소리가 머리 위에서 울렸다. 그녀가 고개를 들어 보이지 않는 그를 보았다. 그리고 손을 들어 그의 얼굴을 찾았다. 손가락에 그의 이마가 닿았다. 그의 이마를 훑고 날렵한 콧대를 지나 입술을 더듬는다.

'당신, 거기 있지요? 보이지 않아도 내 앞에 있는 것이지요?'

아무것도 보이지 않는 어둠 속에서 온 정신을 손끝에 모아 그를 느낀다. 그녀의 손길은 절박했다. 지금 미치지 않고 견딜 수 있는 방법은 오직 이뿐이었다. 윗입술을 천천히 지나 촉촉한 아랫입술에 손가락이 닿자 벌어진 입술 사이로 사내의 거친 숨이 새어 나온다. 그가 더 이상 참지 못하고 백영의 손목을 붙잡았다. 그렇지 않으면 정신을 잃고 무슨 짓을 저질러 버릴 것만 같았다. 두 사람이 보이지 않는 서로를 뚫어지게 응시하며 침묵이 흘렀다. 그리고 찰나의 정적을 깨고 그의 손등에 눈물 한 방울이 툭 떨어졌다. 처음엔 천장에서 떨어진 빗방울인가 했다. 하지만 또다시 뜨거운 물방울이 떨어지자 그제야 그녀의 눈물인지 알았다.

"울고 계십니까?"

그가 손목을 놓고 백영의 두 뺨에 흐르는 눈물을 닦아주었다. 어둠 속에서 그녀의 부드러운 살결과 따뜻한 체온이 느껴졌다. 그러자 손길을 멈출 수가 없었다. 뜨거운 뺨과 달아오른 귓불을 섬세하게 어루만지는 손길에 그녀의 입술이 파르르 떨린다. 그의 손길은 턱 선을 따라 내려와 작은 턱을 지나 목덜미를 쓰다듬고 옷깃 안쪽으로 살며시 파고들었다. 보이지 않으니 손끝의 감각은 더욱 예민해지고, 의원 댁 문발 너머로 설핏 보았던 희디희고 우아한 어깨선이 마치 두 눈으로 보는 것처럼 머릿속에서 펼쳐졌다.

"저를 원하십니까?"

백영이 그 손길에 몸을 맡긴 채 고요하게 물었다. 그리 묻고 나자 어쩐 일인지 이젠 더 이상 떨리지 않았다. 두렵지도 않았다.

"그럼 저를 안으십시오."

어둠 저편에서 들려오는 목소리에 완얼은 정신이 번쩍 들면서 황급히 손을 거두었다.

"아, 아니, 어찌 그럴 수가 있겠습니까? 제가 잠시 정신이 나갔었나 봅니다."

"저를 원하지 않으십니까?"

그녀의 서글픈 목소리가 다시 들려온다.

"원합니다. 세상 그 누구보다 당신을 원합니다. 하지만……."

"그거면 됐습니다."

그러곤 침묵이 흘렀다. 암흑 속에서의 침묵은 유달리 길고 무거웠다. 하지만 그 침묵 사이로 사라락 사라락 소리가 들리는가 싶더니 가냘픈 몸이 한 마리 작은 새처럼 그의 품 안으로 날아들었다.

"백영……."

완얼이 신음하듯 내뱉으며 그녀의 작은 어깨를 감싸 안았다. 한데, 그의 손에 닿은 것은 저고리가 아니라 맨살이었다.

'설마!'

완얼의 손이 미끄러져 내려가듯 매끄러운 등을 지나 잘록한 허리를 거쳐 탄력 있는 엉덩이에 닿자 화들짝 놀라 물러섰다. 그녀는 알몸으로 그의 품에 안겨 있었다. 사라락거리는 소리는 그녀 스스로 저고리 고름을 풀고 치마를 끄르는 소리였다.

"백영 아씨, 어찌 이러십니까?"

그의 목소리가 가늘게 떨렸다. 아마 떨리는 목소리만큼이나 그의 몸도 떨리고 있을 것이다.

시각이 사라진 공간, 후각과 청각만이 잔뜩 곤두서 그녀의 살 내음에 정신이 아득해지고 그녀의 밭은 숨소리에 욕망이 깨어난다. 그리고 손끝에 닿는 그녀의 살결. 아아, 그 부드러운 촉감에 그의 남성이 짐 승처럼 몸부림친다. 어둠이 부끄러움을 가려주고 사방 막힌 벽이 사람들 눈을 막아주는 곳, 세상 그 누구도 모르는 이곳에 그녀와 둘뿐이었다. 하지만 그는 필사적으로 욕망을 억누르며 벌거벗은 작은 새의 어깨를 잡고 바로 세웠다.

"어찌 이러는지 몰라서 그러십니까?"

그녀의 목소리도 떨리고 있었다.

"나리와 함께라면 죽는 것도 두렵지 않습니다. 하지만 이대로 죽고 싶진 않습니다. 나리의 여인으로 죽고 싶습니다. 저는 지금 저의 선택을 죽어서도 후회하지 않을 것입니다."

그때, 번개가 치면서 작은 문틈으로 희미하게나마 불이 번쩍한다. 아주 찰나의 순간 아무것도 걸치지 않은 백영의 몸이 그의 눈앞에서 스쳐 지나갔다. 날씬한 팔과 탄력 있는 허벅지, 가느다란 허리 그리고 둔덕 같은 뽀얀 가슴과 그녀의 애처로운 눈동자.

'안고 싶다.'

이대로 그녀를 품고 싶었다. 그의 온 마음이, 온몸이 그녀를 원하고 있었다. 이토록 애타게 누군가를 품에 안기를 원한 적이 없었다.

"고뿔들겠습니다. 옷을 입으시지요."

하지만 그의 입에서 나온 말은 전혀 엉뚱한 말이었다.

"밀어내시는 겁니까? 제가 여인으로서 얼마나 큰 용기를 낸 것인지 정녕 모르십니까?"

그녀가 조용히 절규했다. 만일 빛이 있었다면 부끄러움에 새빨개진 백영의 얼굴이 적나라하게 드러났을 것이다. 하지만 그런 부끄러움보다도 그에게 거부당했다는 슬픔이 더 강했다.

'나를 그저 정욕을 이기지 못해 먼저 사내에게 달려드는 청상과부로 보는 것인가……'

이곳에서 살아 나간다 한들 두 번 다시 그의 얼굴을 똑바로 바라보지 못할 것 같다.

"압니다. 그리고 당신의 그런 용기가 나는 좋습니다."

완얼이 답했다. 그녀의 진심을 알기에 더더욱 함부로 안을 수가 없었다.

"하지만 나는 이런 어두컴컴한 지하의 차디찬 바닥에 당신을 누일 순 없습니다. 반드시 이곳에서 나가 세상에서 가장 곱디고운 신부로 만들어 드릴 겁니다. 그리고 향기로운 원앙금침 위에서 당신과 첫 밤을 보낼 것입니다. 이것이 지금 나의 가장 사치스러운 소원입니다."

첫 밤. 곱디고운 신부.

백영은 잠시나마 그를 원망했던 마음이 사라지고 울컥 목이 메었다. 그녀가 말을 잇지 못하자 완얼이 어둠 속을 더듬어 치마를 집어 들었다. 그리고 그녀의 벗은 몸을 가려주었다.

"공기가 서늘합니다."

완얼은 손수 그녀의 옷을 입혀주기 시작했다. 스스로 벗었던 옷을 그녀가 다시 주섬주섬 입게 하고 싶진 않았다. 그러면서 자칫 초라하거나 무안한 마음이 들까 봐. 그런 완얼의 마음을 알았는지 그녀도 순순히 그를 따랐다. 치맛말기를 젖가슴에 두르고 저고리를 입혀 고름을 매주는 손길엔 애틋함과 욕망이 어지러이 뒤엉켜 있었다. 그녀의 모습이 보이지 않았기에 그 역시 이런 용기를 낼 수 있었지만, 보이지 않기에 더욱 가슴을 뒤흔들었다.

"한데 이제 무슨 수로 나갈 수 있단 말입니까? 량주 무사님과 숙휘 무사님도 우리를 찾지 못하고 가버렸는데요."

옷을 온전히 입자 인형이 된 듯 얌전히 몸을 맡기고 있던 백영이 입을 열었다. 늘 그들에게 불친절했던 하늘인지라 완얼의 사치스러운 소원을 들어줄 것 같지가 않았다.

"책장 하나를 문 아래로 옮겨보려 합니다. 책이 빽빽이 꽂혀 있는 상태라면 무거워서 꼼짝도 하지 않겠지만 서책을 모두 빼버리면 옮길

만하지 않겠습니까?"

"그럼 저도 돕겠습니다."

"아닙니다. 어두워서 위험할지도 모르니 여기 앉아 계십시오."

"그러니 더더욱 함께해야지요!"

"하여튼 고집은 못 말리십니다. 그럼 제 뒤를 바짝 따라오십시오."

두 사람은 가장 가까운 곳에 있는 책장으로 다가가 서책들을 모조리 내던졌다. 그리고 문틈에서 떨어지는 빗소리로 위치를 가늠해 책장을 밀기 시작했다.

"책장이 흔들리지 않게 제가 잡아드리겠습니다."

한참을 걸려 문 바로 아래까지 끌고 오자 백영이 있는 힘껏 책장을 붙들고 섰다. 그러자 완얼이 날렵하게 기어 올라가 꼭대기에서 팔을 뻗었다. 아슬아슬하게 손끝이 천장에 닿긴 했지만 까치발까지 하고 밀어보아도 육중한 돌문은 꿈쩍도 하지 않았다. 여러 번 밀고 또 밀다 이젠 정말 마지막이다 생각하고 다시 한 번 죽을힘을 다해 밀어 올리는 순간, 거짓말처럼 문이 번쩍 들리는 것이 아닌가?

"으아악!"

그와 동시에 완얼이 소스라치게 놀라 소리쳤다. 입구에서 시커먼 덩치가 불쑥 튀어나와 안을 들여다보는 것이었다.

"량주 무사님?"

저 아래서 얼핏 형체를 올려다본 백영이 반가운 목소리로 외쳤다. 지금 이곳을 찾아올 커다란 덩치는 량주뿐이라고 생각한 것이다.

"뉘, 뉘시오!"

하지만 그녀의 기대를 저버리고 전혀 다른 목소리가 놀라 소리쳤다. 목소리의 주인도 갑자기 땅에서 사람이 튀어나오자 어지간히 놀란 모양이었다.

"그건 내가 물어보고 싶은 말인데? 대체 뉘신데 이 문을 어찌 알고 선 열었단 말이오?"

문은 완얼이 밀어서 열린 것이 아니라 그 사내가 들어 올려 열린 것이었다. 놀란 마음을 진정시키고 자세히 보니 사내는 덩치가 큰 것이 아니라 커다란 도롱이를 걸치고 있어 몸집이 부해 보이는 것이었다. 밖은 여전히 비가 내리고 있었고, 삿갓 때문에 얼굴은 자세히 보이지 않았다.

"술 한 잔 걸치고 가던 길에 발에 뭐가 걸려 자빠졌지 뭐요? 근데 아래에서 뭔가 이상한 소리가 나는 것도 같고……. 혹시나 해서 열어봤더니만, 허참! 이런 데서 사람이 튀어나올 줄이야!"

어느 술 취한 주정뱅이가 이리저리 비틀거리다 엉뚱하게 폐허로 들어와 나자빠진 모양이다.

주정뱅이에겐 비 오는 날 진창에 빠진 재수 없는 일이지만 완얼과 백영에게는 천만다행인 일이었다.

"일단 우릴 여기서 꺼내주시오! 사례는 충분히 하겠소이다."

"사례? 거 얼마나? 헤헤헤!"

삿갓의 목소리에 갑자기 생기가 돌았다.

"달라는 대로 줄 터이니 여인부터 부탁하오."

그러고는 삿갓의 마음이 변하기 전에 재빨리 아래로 내려가 백영에게 일렀다.

"제가 밑에서 받쳐 드릴 터이니 사다리를 오르듯이 한 칸, 한 칸 밟고서 올라가시면 됩니다. 할 수 있으시지요?"

"예, 해보겠습니다. 한데 제가 나가고 나면 나리는요? 혹시 책장이 쓰러지거나 하면 어찌합니까?"

"저는 물 찬 제비처럼 몸이 날렵하니 걱정하실 필요 없습니다. 방금도 보셨지 않습니까?"

완얼이 큰소리를 땅땅 치더니 백영의 허리를 번쩍 안아 책장 위 칸으로 올렸다.

"어머나!"

백영이 흠칫 놀라면서도 떨어지지 않으려 책장 모서리를 붙들었다.

"아래는 내려다보지 마시고 무조건 위로 올라가십시오!"

백영은 걱정했던 것보다 훨씬 더 잘 올라갔다. 그리고 마침내 꼭대기에 다다르자 거액의 사례금을 약조 받은 삿갓이 선뜻 그녀에게 손을 내밀었다.

"제 손을 잡으시지요!"

그녀가 그 손을 꽉 움켜쥐자 삿갓이 힘껏 끌어당겼다. 그러자 소매가 껑충 치켜 올라가며 손목이 드러났다.

'앗, 저 문신은?'

가슴이 철렁해 고개를 들어 삿갓을 보았다. 그와 동시에 아래에 있던 완얼이 섬뜩한 살기를 느꼈다.

'상향 열다섯 보!'

그가 고개를 들어 위를 보았다. 열다섯 보쯤 위, 삿갓의 몸에서 엄청난 살기가 뿜어져 나오고 있었다.

"나리, 가면자객입니다! 손목에 반달 문신!"

백영이 다급하게 소리쳤다. 떠벌네와 점순이가 마지막으로 남긴 말 속의 반달 문신, 이 사내는 바로 자객이었다. 그러자 삿갓, 아니, 자객이 백영의 뒷목을 번개처럼 내려쳤다. 그리고 축 늘어진 그녀를 재빨리 밖으로 끌어당겼다.

"백영 아씨!"

완얼이 날카롭게 부르짖으며 책장을 타고 위로 올라갔다. 그러나 입구로 손을 뻗는 순간 책장은 와장창 소리를 내며 쓰러져 버리고 말았다. 바닥에 나뒹군 완얼은 그대로 못 일어나는가 싶더니 어느새 양손에 산가지 표창을 쥐고 삿갓에게 던졌다. 네 개의 표창이 동시에 자객의 목을 노리고 맹렬히 날아갔다. 하지만 피하는 자객의 동작 또한 빨라 순식간에 입구에서 사라져 버렸다. 그러다 그의 모습이 다시 나타나자 완얼은 다시 네 개의 표창을 날렸다.

"앗!"

하나 표창이 손을 떠나기 직전 완얼이 크게 놀라며 방향을 틀었다. 자객이 백영의 몸을 방패삼아 앞을 가리고 있었던 것이다. 황급히 방향을 바꾸긴 했지만 그중 하나가 백영에게 날아가 어깻죽지에 푹 박혔다. 정신을 잃은 중에도 그녀의 몸이 출렁 요동쳤다.

"안 돼!"

완얼의 처절한 부르짖음이 어둠을 갈가리 찢고 울려 퍼졌다.

"네가 품은 그 살기, 내게 쏟아내어라! 나를 죽이고 그녀를 놓아줘!"

"뜻대로 해주지."

자객이 옆에 놓아둔 초롱을 집어 들었다. 그리고 초를 꺼내 기름을 흠뻑 먹여둔 초롱에 불을 붙이고선 수북이 쌓아놓은 서책들을 향해 던졌다. 종이에 옮겨 붙은 불은 삽시간에 활활 타올랐고, 온통 서책과 나무 책장인 서고가 불지옥으로 변하는 건 시간문제였다.

"불입용지주!"

자객이 싸늘하게 일갈하고는 한 치의 망설임도 없이 천장의 돌문을 닫아버렸다. 완얼은 점점 가까이 다가오는 뜨거운 열기와 독한 연기에 숨이 막히는 와중에도 필사적으로 정신을 붙들었다.

불입용지주(不入龍之窟). 용의 보금자리에 들어가지 말라. 그것은 점순이의 가슴 한복판에 꽂혀 있던 단도에 매달아놓은 글귀였다. 미친

용이 불을 뿜는다. 세상이 불바다가 된다. 그리고 그 불구덩이 속에서 완얼이 쓰러졌다.

"살려주세요! 살려주세요, 완얼 나리!"

꿈인 듯 생시인 듯 처절한 그녀의 목소리가 아스라이 들려온다.

'백영아. 백영아. 나의 백영아……'

애타가 그녀를 불러보지만 지독한 연기에 숨이 점점 멎어가는 그의 눈앞에 나타난 것은 소원이었다.

"나를 데리러 왔느냐?"

꿈처럼 환영처럼 몇 발짝 앞에 서서 그를 바라보는 소원에게 물었다. 얼마 전 남원에서 향초 독에 당할 뻔했을 때에도 그녀는 그렇게 서서 그를 바라보았었다. 저승길 마중이라도 나온 것처럼. 딱히 대답을 바란 것은 아니었다. 늘 물끄러미 바라만 보던 그녀이기에.

"이제 저는 떠나려 합니다."

하지만 기나긴 침묵 끝에 그녀가 마침내 입을 열었다. 8년 만에 들어보는 목소리. 차분하면서도 슬픈 듯한 그녀의 음색은 기억 속 그대로였다.

"늘 서방님을 걱정했습니다. 그래서 떠나지 못하고 곁을 맴돌았습니다."

"나를 원망하지 않느냐? 너를 지켜주지 못한 나를……."

"백년해로하기로 한 약조를 깨고 먼저 떠난 것은 저입니다. 그리고 살아남은 것은 죄가 아닙니다. 누군가를 사랑하는 것도 죄가 아니고요. 저로 인해 8년이나 괴로워하셨으면 충분합니다. 살아서 그녀에게 가세요."

소원이 평온한 미소를 보이며 희미해져 갔다. 그녀를 향해 애달프게 손을 뻗어보지만 허공을 가를 뿐이었다.

"소원아!"

완얼의 안타까운 외침에 소원이 천장을 향해 한 손을 들었다.

"제가 서방님께 드릴 수 있는 마지막 선물입니다."

그 손짓을 따라 고개를 들자 갑자기 천장 문이 열리고 거센 빗줄기가 쏟아졌다. 차가운 빗줄기가 뺨에 와 닿는 걸 느끼며 완얼은 완전히 정신을 잃었다.

7.

미친 짐승의 돼지육림

"전하, 즉위하신 지 8년이 되도록 동궁전을 비워두시니 만백성이 근심에 싸여 있사옵니다. 하루속히 세자 책봉을 하시어 사직의 장래를 도모하소서."

병조판서가 간곡히 아뢰었다. 그러자 좌우로 대신들이 늘어서 있는 대전에 긴장감이 흘렀다. 하지만 정작 옥좌에 앉아 있는 율은 들고 있는 상소문에서 눈을 떼지 않으며 심드렁하게 대꾸했다.

"대갈 장군 말이 옳소."

병조판서 장대갈. 일명 대갈 장군으로 불리는 그는 환갑의 나이임에도 어깨가 떡 벌어진 위압적인 체구에, 커다란 얼굴은 빳빳한 수염으로 뒤덮여 있었다. 수도 없이 남쪽 바다의 왜구들을 물리친 용장으로 선대왕 때부터 명성이 자자했으며, 훈구파의 수장이자 병권을 장악하고 있는 그가 금상을 지지하고 있기에 이한림을 필두로 한 사람들이 함부로 움직이지 못하는 것이었다. 그는 또한 숙빈 장씨의 아비로 사사로이는 임금의 장인이기도 하였다. 즉, 장대갈은 지금 외손자를 차기 지존으로 정하자 주청하고 있는 것이었다.

"아직 중전마마의 보령이 한창이신데 후궁의 소생으로 세자 책봉이라니요? 전하께서도 강건하시니 좀 더 여유를 가지고 기다려 적통대군으로 왕위를 계승하는 것이 옳은 줄 아뢰옵니다."

평안도에서 돌아와 조정으로 복귀한 중추부지사 변강쇠가 장대갈의 말에 반대하고 나섰다. 변강쇠는 사림파의 수장 이한림의 사람이었다.

"중추부지사의 말도 맞소."

이번에도 율이 심드렁하게 대꾸했다. 그러자 또 다른 신료가 나서서 고하였다.

"전하, 두 대감의 말이 전혀 다르온데 어찌 둘 다 맞다 하십니까?"

"그대 말도 맞구려."

하루가 멀다 하고 지랄을 일삼던 임금이 얘도 옳고 쟤도 옳고 너도 옳다 하며 뜬금없이 세종 때의 명재상 황희 정승 흉내를 내자 이건 웬 신종 지랄인가 싶어 대전이 술렁거렸다. 사실 율은 대신들의 말을 전혀 듣고 있지 않았다. 상소문을 읽는 척 그 밑에 깔아놓은 춘향뎐에 코를 박고선 골똘히 생각에 잠겨 있었다. 대전에서 춘향뎐을 보는 것 따위로 눈치를 볼 율이 아니었지만 신하들의 잔소리가 귀찮기도 했고, 장인인 장대갈은 율에게 유일하게 조심스러운 존재였다. 그가 뒤에 버티고 있어 자신이 강력한 왕권을 휘두를 수 있음을 알고 있기 때문이었다.

'아하, 이게 빠진 게로구나!'

율이 무릎을 탁 치며 넌지시 상선에게 손짓해 가까이 불렀다. 그리고 귓속말을 하듯이 낮게 속삭였다.

"목공을 보내 만화각 정원에 그네를 매달라 하게."

"그네라니요?"

늙은 상선이 어리둥절해 되물었다.

"춘향이 하면 그네 아닌가? 만화각에 뭔가 빠졌다 싶더니 그네가 없었어! 춘향이가 오기 전에 서둘러 만들어놓으라 이르게."

"예, 전하."

소설 속에서처럼 춘향이가 만화각에서 그네를 뛰는 모습을 상상한 율이 흡족한 미소를 지었다. 그리고 그의 머릿속에선 또 한 가지 모습이 그려졌다. 세자 시절 몰래 훔쳐보았던 쌍봉거사의 부인 연작 중 '광박부인 흔들고 핥기'에서 광박부인을 그토록 흔들었던 것은 바로 그네였다. 심하게 흔들리는 공중그네에서의 야외 합궁! 오래도록 잊고 있던 명장면이 춘향이로 인해 상기되며 그네 하나만으로도 심히 흥분되기 시작했다.

"그네를 만들 때 말이야, 특히 발판 부분을 넓고 튼튼하게, 사내가 무릎 위에 여인을 앉힐 수 있을 정도로 만들라고 전하게. 무슨 뜻인지 알겠는가?"

율이 의미심장하게 일렀으나 상선은 도통 무슨 말인지 모르겠다는 듯 시원하게 대답을 하지 못하고 눈치만 볼 뿐이었다.

"하긴 남녀상열지사를 내관이 알 턱이 없지. 아니, 이럴 게 아니라 내가 직접 가서 이르겠네."

상선과 밀담을 나누던 임금이 갑자기 자리에서 벌떡 일어나자 신료들이 다시금 술렁거렸다.

"내 잠시 매화틀을 쓰고 오겠소."

임금이 속된 말로 똥을 누고 오겠다는데 감히 그 앞을 가로막을 신하는 없었다. 용변을 해결하러 가는 사람치고는 몹시 설레는 표정으로 율이 상선을 데리고 대전을 나갔다. 평소와는 다른 율의 모습에 장대갈이 쓴 입맛을 다셨다.

'오늘이 춘향이라는 책비를 들이는 날이라 했었지.'

유일하게 乙의 표식을 받았다는 여인. 별거 아닌 책비로 들인다 하더라도 마음을 놓을 순 없었다. 숙빈의 자리를 넘보았다간 어떤 꼴을 당하게 되는지 제대로 보여줄 것이다. 장대갈의 커다란 얼굴에 여식인 숙빈 장씨만큼이나 잔혹한 미소가 스쳤다.

백영이 눈을 뜨자 비릿한 피비린내가 코끝으로 와락 밀려왔다. 그녀는 손발이 묶인 채 허름한 창고 바닥에 나뒹군 채였고, 한쪽 어깨에 심한 통증이 느껴졌다.

"차라리 정신을 잃고 있는 게 고통을 덜 느낄 텐데."

나무판자 사이로 들어오는 희미한 빛이 앞에 서 있는 가면자객의 모습을 비추자 그가 백영에게로 몸을 기울였다. 그리고 섬뜩한 금속의 촉감이 한쪽 귀에 와 닿았다.

"뭘 하려는 게냐!"

그것이 예리한 가위라는 것을 알게 된 백영의 온몸에 소름이 돋았다.

"마지막으로 한 번만 더 묻겠다. 춘향의 서신은 어디 있느냐?"

높낮이가 전혀 없는 무미건조한 목소리가 호통을 쳐대는 것보다 오히려 더 섬뜩하게 느껴졌다.

'아무것도 모른다고 하면 죽일 것이다. 이용 가치가 없을 테니까. 거짓으로 서신의 위치를 알려줄까? 그러다 앞장이라도 서라고 하면 어쩐다? 그래도 어떻게든 시간을 끌면 무슨 수가 생기지 않을까?'

날이 선 가위가 당장에라도 서걱서걱 귀를 베어버릴 듯 귓바퀴에 닿아 있고, 그녀의 머릿속엔 오만 가지 생각이 스쳤다.

"정녕 귀가 잘리고 싶은 것이냐?"

"춘향이는 이미 죽었는데 서신이 있건 말건 무슨 상관이냐?"

결국 있다고도 없다고도 못 하고 이렇게 쏘아붙였다. 큰소리를 치는 것 같아 보이지만 속으로는 겁에 질려 덜덜 떨고 있었다.

"춘향이가 죽었어도 그 서신은 영원히 세상 밖으로 나와선 안 된다."

흑색 가면으로 얼굴의 반을 가린 자객이 단호하게 답했다. 한데 뭔가 이상하다. 분명 말을 하고 있는데 입술은 전혀 움직이지가 않았다.

'복화술!'

그것은 주로 인형극에 많이 쓰이는데, 입술을 움직이지 않고 말을 해 사람이 아니라 정말 인형들이 말하고 있는 것처럼 보이게 하는 기술이다. 게다가 여러 가지 목소리로 바꾸어 낼 수 있어 한 사람이 여러 개의 역할을 맡을 수도 있었다. 그러니까 가면자객의 본래 목소리를 알아내는 것은 불가능하다는 뜻이었다.

"나를 죽이려 한다면 완얼 선생께서 살기를 느끼고 달려올 것이다!"

이곳이 어디쯤인지 짐작도 되지 않았고, 너무 멀리 끌려왔다면 완얼이 자신을 찾아오지 못할지도 모른다고 생각했다. 하지만 당장의 위기를 모면하기 위해 백영이 다급하게 외쳤다.

"귀 하나 자른다고 당장 죽지는 않는다. 점순이란 계집도 이곳에서 꽤 오래 버텼으니까."

백영이 보름간 남원을 다녀온 뒤에야 납치되었던 점순이가 집으로 돌아왔으니, 그 아이는 귀가 잘린 채 이리 험한 곳에서 보름도 넘게 버틴 것이다.

'혼자 얼마나 무서웠을까. 내가 구하러 오기를 얼마나 간절히 기다

렸을까.'

백영이 새삼 분노하며 온몸을 부르르 떨었다.

"그리고 네가 기다리는 그 자는 이미 죽었다."

"뭐라고? 절대 그럴 리가 없어!"

백영이 비명처럼 소리를 질렀다. 지하 서고에서 빠져나오다 자객에게 급소를 공격받고 정신을 잃어 그 뒤는 기억이 나지 않았다. 한데 그 사이 완얼 나리가 죽었다니!

"불이 난 지하 서고에서 빠져나갈 방법이 있을까?"

내내 움직이지 않던 자객의 입술이 위로 치켜 올라가며 소름 끼치는 웃음을 지었다. 백영의 가슴이 철렁 내려앉았다. 사다리도 없는 지하 서고에 자객이 불을 질렀다면 완얼이 아무리 살기를 느끼는 능력을 가지고 있더라도 속수무책이었을 것이다. 불구덩이 속에서 비명을 지르며 죽어가는 완얼의 모습이 눈앞에 보이는 듯했다.

"네 이놈!"

분노가 폭발한 백영이 온몸을 날려 자객의 복부를 머리로 들이받았다. 전혀 예상치 못한 공격에 자객이 가위를 놓치고 뒤로 밀려났다. 그러나 무공을 익힌 자라 잠시 당황했을 뿐 백영의 죽을힘을 다한 일격에도 자세가 크게 흐트러지진 않았다. 오히려 손발이 묶여 있던 그녀가 바닥으로 나뒹굴었을 뿐이다.

"여인치고 배포 하나는 제법이구나."

그러더니 자객이 다시 가위를 집어 들고 다가왔다.

"귀가 잘려 나가도 그 기세가 여전할까?"

"나는 서신 따위는 몰라! 모른다고!"

바닥에 뺨이 닿자 비릿한 피 냄새가 올라왔다. 그때서야 그녀는 창고 바닥이 피로 흥건하다는 것을 알아차렸다. 그것이 그녀의 피인지 아니면 먼저 잡혀왔던 점순이의 피인지는 모르겠으나 공포에 질린 백영은 몸부림을 치며 소리쳤다. 그러나 수족이 묶인 채로 발버둥을 쳐 봤자 거미줄에 걸린 벌레의 파닥거림처럼 부질없는 짓이었다. 공연히 온몸에 피칠갑을 더할 뿐. 백영이 성가시게 버둥거리자 자객이 그녀의 복부를 힘껏 발로 걷어찼다. 얼마나 거세게 얻어맞았는지 백영은 숨이 턱 막히며 몸이 오그라들어 움직일 수가 없었다. 그러자 자객이 그녀에게 다가와 잘 벼려진 가위의 날 사이에 귀를 끼웠다. 그리고 가차없이 가위질을 하려는 순간, 누군가 굳게 닫힌 문을 뻥 걷어차며 안으로 뛰어들었다.

'앗, 저 사람은!'

만 가지 꽃이 흐드러지게 피어 있는 만화각 정원 서쪽 끝, 커다란 느릅나무의 가지에 동아줄을 걸어 그네를 매었다. 목공은 율의 명에 따라 다른 그네들보다 폭을 넓게 발판을 만들어 왔다.

"튼튼하게 맨 것이냐?"

율이 하문했다.

"예, 전하."

처음부터 끝까지 임금이 옆에 서서 지켜보는 바람에 손을 덜덜 떨며 그네를 만들었던 목공이 여전히 벌벌 떨며 허리를 깊이 숙였다. 게다가 임금도 어디 보통 임금인가? 조금이라도 마음에 안 드는 자는 찢어 죽이고, 베어 죽이고, 메달아 죽이고, 삶아 죽인다는, 사람 백정으로 소문이 자자한 폭군이 아니던가? 자신의 솜씨에 자신 있는 목공이었지만 행여나 무언가 실수를 한 것이 있나 싶어 식은땀이 등으로 줄줄 흘렀다.

"두 사람이 타면 가지가 부러지지 않을까?"

율이 그네 주위를 한 바퀴 돌며 가지를 올려다봤다. 넉넉한 그늘을 드리우며 버티고 선 거목인지라 뻗어 있는 가지 또한 어지간한 여인의 허리춤보다 굵었지만 율은 영 못 미더운 표정으로 고개를 갸우뚱했다.

"아니면 줄이 끊어진다던가?"

춘향이와 둘이 그네를 타다 패대기쳐지면 분위기도 다 깨질뿐더러 귀하디귀한 옥체에 부상을 입을지도 모른다. 율은 남의 목숨은 파리 목숨으로 여기면서 제 손에 가시 하나만 박혀도 어의란 어의는 모조리 불러들여 호들갑을 떨어댔다.

"절대 그런 일은 없을 것이옵니다."

"그래? 그럼 어디 네가 먼저 타보아라."

"예?"

지금 사내에게 그네를 뛰어보라고 명하신 것인가? 목공이 깜짝 놀라 저도 모르게 고개를 번쩍 들었다.

"그네를 타보라는데 뭘 그리 놀라느냐? 네까짓 놈이 감히 어명에 토를 다는 게냐?"

"아니옵니다! 아니옵니다! 타겠습니다! 탑니다, 타고 있습니다요, 전하!"

목공이 후다닥 그네 위로 올라섰다. 그러자 팔짱을 끼고 옆에 서 있던 율이 다시 툭 내뱉었다.

"앉아서."

"예?"

서서 타는 그네를 앉아서 타라는 말에 목공이 또 한 번 놀라 눈이 휘둥그레졌다.

"네 이놈! 한 번만 더 '예?'라는 말이 들리면 네놈의 주둥이를 찢어

버리겠다! 주둥이가 찢어져 죽는 것이 소원이더냐?"

"예…… 니옵니다, 전하!"

얼굴이 파랗게 질린 목공이 공포에 질린 나머지 헛소리를 내뱉으며 그네 위에 털썩 주저앉았다.

"이보게, 상선."

그러자 율이 그림자처럼 옆에 붙어 서 있는 상선을 불렀다.

"예, 전하."

"목공의 무릎 위에 앉아보게."

"예?"

뜻밖의 말에 이번엔 상선이 '예?'를 외치자 놀란 상선과 목공이 동시에 손으로 제 입을 막았다.

"둘이서 그네를 타보란 말이오!"

오십 년이 넘게 궁 생활을 하며 눈치 하나는 기가 막힌 상선까지 어리바리하게 말귀를 못 알아듣자 율이 짜증스레 목소리를 높였다. 여기서 더 심기를 건드리면 사달이 나겠다 싶어 상선이 얼른 목공의 무릎 위에 앉았다.

"잠시 실례하겠네."

늙은 상선이 수줍은 몸짓으로 살며시 엉덩이를 올려놓으며 그네 줄을 잡았다.

"출발하라!"

그네 위에 사내 둘이 포개 앉은 해괴하기 짝이 없는 광경에도 율은 눈 하나 깜짝하지 않고 명했다. 그러자 목공이 힘차게 발을 굴렀다. 그리고 그네가 움직이기 시작했다.

"오호라, 되는구나! 간다, 가!"

율이 손뼉을 치며 아이처럼 좋아했다.

"조금 더 높이!"

그의 구령에 맞춰 그네가 하늘 높이 솟아올랐다.

"조금 더 높이! 더! 더!"

목공이 이를 악물고 더 힘껏 그네를 탔다. 이게 웬 미친 짓인가 싶었지만 미친 임금의 비위를 맞추지 않으면 당장에 그네 밑으로 목이 떨어져 나갈 것이다. 튼튼한 나뭇가지가 휘청휘청할 정도로 그네가 높이 더 높이 날아올랐다.

"으아아악!"

고소공포를 가지고 있는 상선의 입에서 더 이상 참지 못하고 비명이 터져 나왔다. 일곱 살에 거세를 하고 궁에 들어와 산전수전 다 겪으며 온갖 피바람 속에서도 살아남은 상선이지만 이리 오줌이 지리게 무서웠던 적은 처음이었다. 하지만 상선의 비명 소리를 들은 율의 표정은 몹시 밝아졌다.

"어떤가? 뭔가 느낌이 확 오는가?"

마침내 그네가 멈추고 상선이 얼굴에 핏기 하나 없이 내려오자 율이 은근하게 물었다.

"어떤 느낌을 말씀하시는 것이온지⋯⋯."

"무릎 위에 앉아 그네를 타니 가슴이 두근두근하고 몸이 막 달아오르면서 흥분이 되느냐, 이 말이네. 쌍알 없는 내관이니 여인과 감흥이 비슷하지 않겠나?"

"아뢰옵기 송구하오나 쌍알 없는 내관이 그 깊고 오묘한 남녀상열지사를 어찌 알겠습니까?"

늙은 상선이 율의 말을 슬쩍 비꼬는 듯하면서도 몹시 공손하게 머리를 조아렸다.

"됐네! 그네가 안전한 걸 알았으니 내 직접 해보면 되지."

율이 콧방귀를 뀌며 돌아섰다.

"전하, 이제 그만 대전으로 가시지요. 매화틀을 쓰고 오겠다며 나오신 지 벌써 반 시진이나 지났는데 대신들이 몹시 이상하게 생각하고 있을 것이옵니다."

"안 그래도 대전으로 가려고 했네. 그리고 지들이 이상하게 생각해 봤자지. 매화틀 오래 썼다고 반정이라도 일으키겠다는 건가?"

"반정이라니요? 무슨 농을 그리 살벌하게 하십니까?"

상선은 등골이 서늘해졌다. 율의 말속에 뼈가 박혀 있는 것을 느꼈기 때문이다. 금상이 광기가 있는 것도 사실이고 폭군인 것도 사실이었지만 결코 아둔한 자는 아니었다. 오히려 자신의 광기를 이용해 정적을 제거해 버리는 영악한 면도 순간순간 엿보였다.

"걱정하지 말라는 걸세. 동서고금을 막론하고 똥 오래 싸서 쫓겨났다는 왕은 들도 보도 못 했으니. 하하하!"

율의 섬뜩한 웃음소리가 만화각 정원에 울려 퍼졌다. 그러더니 갑자기 웃음을 멈추고선 지나가는 말인 척 물었다.

"근데 말이지, 좌승지가 언제쯤 온다는 말은 없었는가?"

율이 궁금한 것은 좌승지가 아니라 좌승지가 데려오는 춘향이라는 걸 상선이 모를 리가 없었다.

"그저 오늘 중으로 입궐하라고만 명하셨으니 어찌 되었든 해 지기 전에는 입궐을 하겠지요. 좌승지에게 속히 춘향이를 데리고 입궐하라 연통을 넣을까요?"

"됐네. 괜히 채신없이. 내가 마치 춘향이를 목 빠지게 기다리고 있는 것 같지 않나?"

"아니십니까?"

"안 기다린다니까 그러네! 안 궁금해!"

실은 궁금해 미치겠다. 대체 언젠 오는 건지. 하룻밤에 한 장씩 춘향뎐 완결편을 듣고선 재미가 있다면 그녀를 놓아주겠다고 약조하였다. 율이 그런 어린아이 장난 같은 내기에 선뜻 응한 것은 하루하루가 무척 지루하기도 했고, 조선 팔도에 임금을 이길 수 있는 자는 아무도 없다고 생각했기 때문이다. 그리고 내기에서 지든 이기든 상관없이 그녀는 그의 소유였다. 나중에 싫증이 나서 버리기 전까진.

'내가 왜 시각을 정해주지 않았을꼬? 명색이 임금이 이제 와서 빨리 오라고 채근할 수도 없고. 궁에 널린 게 여인이고 조선 팔도 여인이 모두 내 여인이거늘 그까짓 계집 하나가 뭐라고!'

그러자 율의 마음속에서 또 다른 목소리가 그에게 속삭였다.

'아니다. 아니다. 그까짓 계집 하나가 아니다. 어머니를 꼭 닮은 여인이다.'

어머니를 생각하자 심장이 요동치기 시작했다.

그립다. 그립다. 그립다.

어머니가 그리운 것인지 그 여인이 그리운 것인지, 막연한 그리움이 그의 심장을 옥죄어왔다. 그 강한 통증에 율이 가슴을 움켜쥐고 바닥에 풀썩 주저앉았다.

"전하! 괜찮으십니까?"

상선이 소스라치게 놀라며 율을 부축했다.

"어의를 불러오겠사옵니다!"

"관두게. 항상 이러다 말지 않는가. 그저 울화병이야."

율이 가쁜 숨을 내쉬며 손을 내저었다. 빌어먹을 염통이 또 지랄이다. 어릴 적부터 종종 그래 왔다. 몸에서 딱히 이상을 찾지 못한 어의들은 그저 울화병이라 하였다. 제 마음대로 휘두르며 사는 폭군 주제에 울화병이 웬 말이냐고 뒤에서 수군거린다고들 하지만 가슴에 쌓인 울화를 풀기 위해 광기를 부리다 보니 폭군이 된 것인지도 몰랐다.

"상선, 어릴 적의 다른 기억들은 점점 희미해져만 가는데 왜 어머니의 얼굴은 점점 또렷하게 기억나는 것일까? 왜 죽여도, 죽여도 어머니는 만족하지 못하시는 것일까?"

상선의 부축을 받아 몸을 일으키며 넋두리처럼 말했다. 상선은 오랜 경험상 이제 곧 율의 광증이 시작될 거라는 걸 느꼈다.

"전하, 고정하시고 저를 따라 숨을 쉬어보시옵소서. 복식호흡이 흥분을 가라앉히고 심통(心痛)을 완화시켜 준다 하지 않습니까? 이렇게 크게 후움 들이쉬고 파하 내쉬고, 들이쉬고 내쉬고. 후움파. 후움파."

산파가 출산하는 산모의 손을 잡고 호읍을 시범 보이듯이 늙은 내관이 젊은 왕의 손을 부여잡고 숨을 들이쉬고 내쉬며 율을 진정시키려고 안간힘을 썼다.

"그 계집을 데려오게……."

후움 크게 들이쉬고 파하 내쉬고. 율이 순순히 호흡을 따라 했다. 가슴에 맺힌 이 크고 딱딱한 멍울을 없앨 수만 있다면 그 무엇이라도 다 할 것이다.

"당장 내 앞에 데려와……."

들이쉬고 내쉬고 들이쉬고 내쉬고. 하지만 심통은 가라앉기는커녕 점점 더 격렬해져만 갔다.

"그 계집이 미상이든 춘향이든 누구든 상관없어. 그 계집을 데려와! 데려와! 당장 내 앞에 데려오라고!"

율의 광기 어린 절규가 만화각에 처절하게 울려 퍼졌다.

'제발 누가 도와다오. 나를 구해다오, 제발!'

"나리! 저를 알아보시겠습니까?"

완얼이 눈을 뜨자 부리부리한 눈 두 개가 코앞에서 그를 쏘아보고 있었다.

"저승사자!"

그가 기겁하며 고함을 질렀다.

"나리, 접니다! 고량주!"

익숙한 목소리에 정신을 가다듬고 다시 보니 그곳은 컴컴한 지하 서고가 아니라 햇살이 밝게 비치는 완얼의 사랑채였다. 그리고 량주의 옆엔 숙휘가 언제나처럼 침착하게 하지만 걱정스러운 눈빛으로 그를 바라보고 있었다.

"대체 어떻게 된 것이냐?"

완얼이 이부자리에서 일어나며 물었다. 몸을 일으키자 현기증이 일면서 묵직한 두통이 느껴졌다.

"의원이 다녀갔는데 연기를 조금만 더 마셨어도 큰일 날 뻔하셨답니다. 저희가 좀 더 빨리 갔어야 했는데, 송구합니다."

숙휘가 면목이 없다는 듯 고개를 숙였다.

"하지만 너희들은 유기전에 왔다가 그냥 돌아가지 않았느냐?"

백영과 함께 그토록 목청껏 량주와 숙휘의 이름을 불렀지만 그들은 끝내 듣지 못하고 가버렸었다. 그리고 그는 불구덩이 속에서 쓰러져 영락없이 죽겠구나 하고 생각했다.

"량주가 호패를 떨어뜨리고 왔다 하여 다시 유기전으로 가보니 땅 밑에서 불빛이 새어 나오고 있지 않겠습니까?"

소원의 손짓을 따라 고개 돌렸을 때 갑자기 열린 천장의 출입문. 그것을 연 사람은 바로 량주와 숙휘였던 것이다.

"나리께서 문 바로 아래 쓰러져 계셨던 것이 천만다행입니다. 어둡기도 하고 연기가 자욱해 하마터면 못 볼 뻔했지만 마침 번개가 번쩍

하여 나리를 발견하게 된 것도 천운이고요. 선대왕들께서 완얼군 대
감을 지켜주셨나 봅니다."

하지만 완얼의 머릿속엔 조상님들보단 소원이 먼저 떠올랐다. 정말
그녀가 마지막으로 자신을 지켜주기 위해 아우들을 불러주고 떠난 것
일까? 아니면 소원에 대한 죄책감을 덜어내려 무의식이 만들어낸 비
겁한 환상일 뿐인 건가?

"숙휘 형님이 밧줄을 타고 내려가 나리를 구했습니다!"

"아닙니다. 저보다는 두 사람이 매달린 밧줄을 혼자서 끌어 올린
량주가 엄청나게 애를 썼지요. 무식한 녀석이 힘만 세다고 늘 퉁을 줬
었는데 저 녀석이 아니었다면 불구덩이 속에서 둘 다 죽었을 겁니다."

숙휘가 모처럼 량주를 칭찬했다.

"남는 게 힘인데요."

량주가 쑥스러운지 머리를 긁적였다. 그러자 그의 손바닥이 얼핏 보
였다.

"량주, 너……."

완얼이 그의 손을 끌어당겨 자세히 보고는 차마 말을 잇지 못했다.
맨손으로 밧줄을 끌어당기느라 손바닥이 죄다 까져서 벌건 생살을 드
러내고 있었다.

"고맙구나."

목이 꽉 메어와 간신히 그 말밖엔 할 수 없었다. 하지만 그 한마디
만으로도 완얼의 진심은 충분히 량주에게 전달되었다.

"고맙긴요. 이렇게 살아 돌아와 주셨으니 됐습니다."

량주도 울컥해 답했다. 피부가 벗겨져 피가 나는 줄도 모르고 미친
듯이 밧줄을 당겼더랬다. 두 사람을 구해내지 못하면 자기도 죽겠다
는 생각뿐이었다. 완얼과 숙휘가 없는 세상은 상상조차 할 수 없었다.

백영 아씨의 마음을 가져간 완얼에게 질투가 나기도 했지만 세상에서 가장 소중한 사람임에는 변함이 없었다.

"한데 유기전으로 오면서 백영 아씨는 보지 못했느냐? 가면자객은?"

완얼이 혹시나 하는 마음에 물었다. 그러자 량주와 숙휘가 놀라 동시에 되물었다.

"백영 아씨가 왜요?"

"가면자객이라니요?"

역시나 부질없는 질문이었다. 이들이 백영을 보았더라면 완얼 혼자 이곳에 누워 있지는 않았을 것이다.

"백영 아씨가 가면자객에게 납치되었다. 그러고선 놈이 지하 서고에 불을 지른 것이다."

완얼의 대답에 두 사람의 얼굴이 돌처럼 굳어버렸다. 특히 량주는 순식간에 눈이 시뻘게져 그의 팔에 매달렸다.

"그게 정말입니까? 그럼 우리 아씨는 어떻게 되는 겁니까?"

"나도 답답하긴 마찬가지다. 백영 아씨가 어찌 되셨는지 알 수가 없으니."

"전혀 느껴지는 것이 없으십니까?"

"살기 말이냐?"

"예! 연못에 빠진 아씨의 살려 달라는 외침을 듣고선 구하러 가신 적도 있지 않습니까? 이번엔 아무것도 느껴지시지 않는 것입니까?"

"지금은 아무 살기도 느껴지지 않는다. 하지만 그것이 해칠 의도가 없어서인지 아니면 내가 느끼지 못할 만큼 멀리 가버려서인지는 알 수가 없구나. 벌써 도성 밖으로 끌고 나갔을 수도 있고."

"경천에서 놈을 다시 만났을 때 단칼에 숨통을 끊어버렸어야 했는데! 내 이놈을 당장에!"

분노로 부들부들 떨던 량주가 검을 들고 벌떡 일어났다.

"당장에 어쩔 셈이냐? 놈이 어디 있는지 알고? 다짜고짜 뛰쳐나간 다고 될 일이 아니다."

숙휘가 평소와 같이 냉철하게 말했다.

"하지만 이렇게 손 놓고 기다릴 수만은 없지 않습니까?"

그때였다. 여러 사람이 마당으로 들어오는 듯한 소란스러운 인기척이 들리더니 새끼 머슴인 개똥이의 목소리가 들려왔다.

"이러시면 아니 됩니다! 제가 먼저 대감마님께 아뢴 뒤에, 아얏!"

심상찮은 분위기를 느낀 완얼이 대청마루로 나가자 학도가 수하들을 이끌고 마당에 들어와 있었다. 그리고 개똥이는 그를 만류하다 한 대 얻어맞은 듯 바닥에 나뒹굴어 있었다.

"좌승지 영감! 지금 대체 뭐하시는 겁니까?"

그러자 학도가 되레 더 큰 소리로 받아쳤다.

"우리 백영이는 어디 있습니까? 제가 감히 완얼군 대감의 사저를 뒤지는 무례를 범하지 않게 해주십시오."

"무례는 이미 범하고 있는 것 같은데요?"

완얼이 싸늘하게 대꾸했다. 그가 백영을 사랑하고 걱정하는 것과 학도와의 관계는 별개였다. 아무리 사랑하는 이의 오라비라 하여도 변학도만은 절대로 받아들일 수가 없었다.

"제 누이를 숨긴다고 해결될 일이라고 생각하십니까? 백영이가 오늘 내로 입궐하지 않으면 저뿐만 아니라 완얼군 대감께서도 화를 면치 못하실 것입니다. 전하의 성정을 누구보다도 잘 아시지 않습니까?"

학도의 눈빛이 증오로 활활 타올랐다. 연회가 끝나고 새벽녘에 귀가해 보니 누이가 없었다. 멧돼지에게 공격을 받고 정신을 잃고 있던 홍두겁이 깨어나 완얼군이 백영을 데려갔다고 보고를 했다. 그 말을 들자마자 바로 채비를 해 득달같이 달려온 것이었다.

"좌승지 영감, 외람되지만 소인이 한 가지만 여쭙겠습니다. 혹시 가면자객을 아십니까?"

완얼의 뒤에 물러서 있던 숙휘가 한 발짝 나서며 정중하게 질문했다.

"가면자객이라니?"

학도의 얼굴에 당황한 기색이 스쳤다. 그의 표정으로 봐선 처음 듣는 얘기 같았다.

"백영 아씨가 어젯밤 정체불명의 가면자객에게 납치되셨습니다. 그때 완얼군 대감께서도 목숨을 잃으실 뻔했고요."

숙휘도 가면자객과 숙빈의 개를 자처하는 학도가 연관이 있을 것이라고는 생각지 않았다. 그들이 남원으로 갔을 때 학도가 붙여놓은 홍두겁과는 별개로 가면자객이 백영의 뒤를 쫓은 것도 그렇고, 탐관오리일지언정 누이를 죽이려 가면자객을 보낼 패륜아 같지는 않았다. 하지만 완얼이 본 자객이 가면자객이 확실한지가 의문이었다. 어두워서 정확히 보지 못했거나 착각했을지도 모른다. 만일 가면자객이 아니라면 백영을 데려간 이는 숙빈 쪽 사람일 가능성이 가장 높았다. 백영이 없어지면 가장 좋을 사람이 숙빈이니까. 하나 오라비인 학도가 그 일에 나서지는 않았을 것이라 생각한다. 숙휘의 목적은 학도가 의구심을 품고 숙빈을 찾아가게 만드는 것이었다.

"내 집을 뒤지고 싶으면 뒤지십시오. 저는 그런 쓸데없는 짓을 할 시간에 백영 아씨를 찾아보겠습니다."

완얼이 딱 잘라 말했다. 아직 몸이 정상은 아니었지만 한시가 급했다. 어서 채비를 하고 일단 유기전 인근부터 뒤져볼 생각이었다. 비가 오지 않았다면 표창을 맞은 어깨에서 흐른 핏자국을 찾아 방향을 가늠할 수도 있겠지만 이미 씻겨 나갔을 것이다. 하지만 영리한 백영이 어떤 흔적을 남겨놓았을지도 모른다. 그리고 이미 불에 타버렸겠지만 천 서방의 시신도 수습해 주는 것이 인간으로서 해야 할 도리일 듯했다.

"가자!"

학도가 부하들에게 외치며 돌아섰다. 만일 완얼이 누이를 빼돌린 것이라면 학도가 찾아올 것이 뻔한데 집에 두지는 않았을 것이다. 그의 말대로 자객에게 납치된 것이라면 그런 짓을 할 자는 숙빈뿐이다. 둘 중 어떤 쪽이든 지금 완얼의 집을 뒤진다는 것은 시간 낭비였다.

'한시바삐 숙빈에게 가야 한다.'

정말 숙빈이 납치를 한 것이라면 질투심 강하고 잔혹한 숙빈의 성정에 백영의 팔다리를 잘라서 돼지우리에 던져 버릴지도 몰랐다. 그리 생각하자 마음이 급해진 학도가 서둘러 사랑채를 빠져나갔다.

백영이 사라졌다는 것이 알려지면 안 되기에 은밀히 입궐한 학도가 숙빈을 찾아갔다.

"도대체 이따위 소설이 뭐 그리 재미있다고 개나 소나 미친 듯이 봐 대는지. 뭐? 이단합체 회전물레방아? 내참, 웃기지도 않아서! 밖으로 내가서 태워 버려라."

학도의 말을 듣는 둥 마는 둥 서안에 앉아 책장을 팔랑팔랑 넘겨보던 숙빈이 춘향뎐 중편을 바닥에 집어 던졌다.

"예, 숙빈마마."

궁녀가 얼른 서책을 집어 들었다.

"한 번도 밤일을 치러보지 않은 애송이가 쓴 글이라는 게 대번에 표가 나는구먼. 해봐서 알겠지만 인간의 신체 구조상 도저히 불가능한 자세임이 자명하지 않느냐? 멍청하게 따라 하다 조임근이 파열되기 십상이지."

숙빈의 거침없는 말에 궁녀가 당황해 답했다.

"송구하옵니다만 승은을 입지 않는 이상 저희 같은 나인들이 이부자리 속 일을 어찌 알겠사옵니까?"

"승은이라고? 감히 그런 되도 않은 꿈을 꾸고 있던 게냐?"

숙빈이 몹시 거슬린다는 표정으로 궁녀의 얼굴을 쏘아봤다.

"그러고 보니 저년의 낯짝이 요사이 반반해진 것 같지 않느냐? 전하께서 나를 유달리 총애하시어 처소에 발걸음이 잦으시니 옆에서 얼쩡거리다 눈에 들어보겠다는 것이더냐?"

질투심이 유달리 강해 얼굴이 조금이라도 예쁜 궁녀는 절대 곁에 두지 않는 숙빈이건만, 자세히 살펴보니 다른 궁녀들에 비해선 인물이 조금 나아 보였다. 어린 궁녀인지라 요사이 키가 훌쩍 자라며 애티를 벗고 여인의 태가 나기 시작한 탓이었다.

"아니옵니다, 마마! 제가 어찌 감히……. 그런 생각은 꿈에라도 해본 적이 없사옵니다. 믿어주십시오!"

겁에 질린 궁녀가 바닥에 납작 엎드려 연신 고개를 조아렸다.

"믿어 달라? 그렇다면 믿게 해보아라."

"어찌하면 저의 충심을 믿어주시겠사옵니까?"

그러자 숙빈이 허리춤에 차고 있던 은장도를 꺼내 궁녀의 앞으로 툭 던졌다.

"그걸로 네 얼굴을 그어라. 그럼 믿어주지. 세 치 정도면 딱 좋겠구나."

"마마!"

궁녀의 얼굴이 대번에 사색이 되었다. 시중을 들던 다른 궁녀들도 벌벌 떨면서 숨조차 제대로 쉬지 못했을 뿐더러 학도 역시 숙빈의 잔혹함에 저도 모르게 눈살을 찌푸렸다.

"못 하겠느냐? 그럼 네 목을 벨 것이다."

숙빈이 더없이 아름답게 미소를 지으며 말했다. 하지만 그 얼굴은 인간의 감정이라고는 전혀 없는 악귀처럼 보였다.

"선택해라. 얼굴을 긋겠느냐, 아니면 목을 날리겠느냐?"

그녀가 다시 한 번 날카롭게 쏘아붙이자 궁녀가 바들바들 떨리는 손으로 은장도를 집어 들었다. 그리고 제 뺨에 칼날을 갖다 댔다. 하지만 쉽사리 긋지 못하고 하염없이 눈물만 흘리자 숙빈이 지루한 얼굴로 밖을 향해 외쳤다.

"여봐라! 당장 이년을 끌고 가 목을 베어라! 최대한 무딘 칼로 천천히 잘라내서 잘린 목은 내게 가져오고, 몸뚱이는 제집으로 보내든가 야산에 내다 버리든가."

그 말이 끝나자마자 궁녀가 이를 악물고 은장도로 뺨을 그었다.

"아악!"

눈 아래부터 입술까지 칼로 쭉 베어버린 궁녀는 외마디 비명을 지르며 혼절하듯이 쓰러져 버렸다. 순식간에 방바닥은 그네의 뺨에서 흘러나온 붉은 피로 흥건해졌다.

"저년을 끌어내어 정성껏 치료해 주거라, 흉이 아주 잘 남도록."

다른 궁녀들이 피범벅이 된 궁녀를 끌고 나가자 숙빈이 그제야 학도에게 물었다.

"아, 조금 아까 뭐라 하셨지요? 그 계집이 도망을 쳤다고요? 그거 잘됐군요."

그녀가 핏자국이 선명한 방바닥을 바라보며 기분 좋게 미소 지었다.

"도망을 친 것이 아니라 납치된 것입니다."

학도가 언짢게 대꾸했다.

"그럼 더더욱 잘되었군요. 살아 돌아오기는 힘들 것이니."

"돌려 말하지 않겠습니다. 마마께서 하신 일입니까?"

"내가요? 내가 왜?"

"그 계집이 장차 마마의 강력한 적이 될 테니까요. 마마께서도 받지 못한 전하의 그 표식을 유일하게 받은 계집이 아닙니까?"

학도가 자존심을 건드리자 숙빈의 아미(蛾眉)가 대번에 치켜 올라갔다.

"그 계집을 납치한 자를 찾거들랑 내게도 알려주시지요. 할 일을 대신해 주었으니 내 직접 큰 상이라도 내려야겠습니다."

"제가 맡고 있던 계집입니다. 그 계집을 궁으로 데려오지 못하면 제가 어찌 될지 모르십니까?"

백영을 누이라고 밝힐 수 없는 학도의 가슴이 한없이 타들어가기만 했다.

"설마 좌승지를 죽이기야 하시겠습니까? 내가 전하께 잘 말씀드려 볼 터이니 너무 심려치 마시지요. 전하께선 내 말이라면 잘 들어주시지 않습니까?"

얼핏 위로를 하는 것 같았으나 그 말엔 전하를 움직일 수 있는 사람은 자기뿐이라는 과시가 담겨 있었다. 또한 조금 전 학도가 자존심을 건드린 것에 대한 앙금이 남아 있어 말투엔 비아냥거림이 섞여 있었다.

"마마와 저는 오래전부터 한배를 탄 사이입니다. 서로 감추는 것이 있다면 배에 금이 가 물이 새기 시작할 것입니다. 그럼 침몰하는 것은 한순간입니다."

자신 역시 백영이 누이라는 것을 숨기고 있으면서 비난하는 어투로 말했다. 이미 두 사람이 탄 배엔 조금씩 물이 스며들고 있는 듯했다. 이는 학도가 누이를 임금에게 보내기로 한 순간부터 예견된 일이었다.

"그러는 좌승지께선 제게 숨기는 것이 전혀 없으십니까? 듣자 하니 그 계집을 남원에서 도성으로 데리고 올라온 것은 완얼군이 아니라 좌승지의 수하들이라고 하던데, 무슨 꿍꿍이로 그리 신주단지 모시듯 호위해서 데려온 것입니까? 그 계집이 전하의 표식을 받았으니 그쪽으로 갈아타시려고요?"

숙빈이 예리하게 반격을 가했다.

"그 계집을 우리 쪽으로 끌어들이려는 것입니다."

"흥! 궁 안의 계집들 사이에 아군 따위는 없습니다! 모두가 적이지요."

숙빈이 서늘하게 코웃음을 쳤다. 그리고 그때, 문밖에서 상궁이 숙빈에게 아뢰었다.

"마마, 병조판서 대감이 뵙기를 청하옵니다."

"아버님께서? 당장 안으로 모셔라!"

숙빈이 몹시 반가운 기색으로 외쳤다. 그리고 장대갈이 그녀 앞에 앉기가 무섭게 득달같이 물었다.

"아버님, 어찌 되었습니까? 이번엔 우리 원자가 세자로 책봉될 것 같습니까?"

그러자 장대갈이 몹시 난처한 표정으로 대꾸했다.

"그게 말입니다, 전하께서 갑자기 대전에서 뛰쳐나가신 뒤로 끝내 돌아오시지 않았습니다."

"왜요? 전하께 무슨 일이 생긴 겁니까?"

"말로는 매화틀을 사용하러 가신다 하셨는데 워낙 예측할 수 없는 분이시니 전하의 흉중을 어찌 헤아리겠습니까?"

"매화틀이요?"

숙빈이 기막힌 얼굴로 반문했다. 변을 보느라 세자 책봉을 결정하는 것이 미뤄졌다는 말을 믿으라는 것인가?

"전하께서 오늘따라 많이 이상하셨습니다. 다른 곳에 정신이 팔려 계신 사람처럼요."

장대갈이 이리 답하더니 학도에게 시선을 돌렸다.

"그건 그렇고, 좌승지 자네는 어찌 여기에 와 있는가? 좌승지 집에 급히 내관이 달려갔다 하던데."

"내관이 저희 집을요?"

"당장 춘향이를 데리고 입궐하라는 어명이 내려졌다고 들었네. 한데 벌써 입궐을 하였구먼. 그럼 춘향이도 같이 입궐을 한 것인가?"

그러자 학도의 입술이 파르르 떨렸다.

"아버님, 춘향이라는 계집이 사라졌다 합니다."

숙빈이 뭔가 통쾌한 얼굴로 말을 꺼냈다.

"그렇습니까?"

장대갈이 그다지 놀란 기색도 없이 혀를 끌끌 차며 학도를 보았다.

"자네, 참으로 큰일 났구먼."

학도가 낯빛이 변해 서둘러 자리에서 일어났다. 그리고 백정에게 끌려가는 소처럼 무겁게 발걸음을 옮겼다.

창고 문을 박차고 들어온 이를 본 백영이 놀라움을 금치 못했다. 그자는 바로 가면자객이었다.

'가면자객이 둘?'

백영이 어리둥절해 두 가면을 번갈아가며 쳐다봤다. 가면의 모양은 비슷해 보였지만 색은 완전히 달랐다. 백영을 납치한 놈의 가면은 흑색이었고, 문을 박차고 들어온 이는 백색이었다. 날렵한 체구, 엇비슷한 키에 검은색 옷까지, 가면의 색만 빼고는 쌍둥이처럼 흡사한 두 가면자객이 팽팽한 긴장 속에 거울을 보듯 마주 보고 서 있었다.

"웬 놈이냐!"

흑가면이 검을 빼 들고 일어나 백가면에게 외쳤다. 그러나 백가면은 아무 대꾸도 없이 흑가면을 향해 검을 휘두르며 날아올랐다. 이내 두 자객의 치열한 검투가 벌어졌다. 양쪽 모두 뛰어난 검술을 펼치며 어느 한쪽도 쉽사리 밀리지 않았다. 검이 번뜩일 때마다 뿜어져 나오는 강렬한 살기가 백영에게까지 느껴질 정도였다. 좁은 창고 안에서 벌어지는 싸움인지라 때때로 검이 그녀를 찌를 듯이 아슬아슬하게 스치고 지나갔다.

"아악!"

그녀가 외마디 비명과 함께 눈을 질끈 감았다.

'살려주세요! 살려주세요!'

완얼이 어찌 되었는지도 모르는 마당에 누구에게 간절히 비는 것인지 모르겠지만 그녀는 본능적으로 되뇌었다. 그렇게 얼마나 지났을까. 갑자기 사방이 고요해져 무슨 일인가 싶어 슬그머니 눈을 떴다. 창고의 문이 활짝 열려 있고 자객들이 어디론가 사라져 보이지 않았다. 그리고 하늘의 계시처럼 발치에 가위가 떨어져 있었다. 백영이 애벌레처럼 몸을 꿈틀거리며 기어가 뒤로 묶인 손으로 가위를 집어 들었다. 그리고 밧줄을 자르기 시작했다. 중간에 몇 번이나 가위를 놓치고 날카로운 날에 손을 베기도 했지만 그녀는 포기하지 않았다.

'할 수 있어. 여기서 나가야 돼. 살아남아야 해. 완얼 나리는 절대 죽지 않았을 거야. 절대 나만 혼자 두고 죽을 사람이 아니야. 그러니까 나도 살아야 해. 살아서 그를 다시 만나야 해!'

그녀가 이를 악물고서 꽁꽁 묶인 밧줄을 자르고 또 잘랐다.

"제발 잘려라, 제발!"

학도가 돌아간 뒤 완얼은 황급히 유기전으로 향했다. 지하 서고는 춘화 한 장 남김없이 모조리 타버려 지상의 점포와 마찬가지로 잿더미가 되어 있었다. 천 서방의 시신도 간신히 사람의 형태만 유지하고 있을 뿐 누군지 알아볼 수 없을 정도로 새까맣게 타버렸다. 아우들이 조금만 늦었더라면 완얼 역시 그리되었을 거라 생각하니 새삼 등에서 식은땀이 흘러내렸다.

"아무 흔적도 남기지 못하신 모양이다."

그녀가 끌려가면서 어떤 표식이라도 남기지 않았을까 싶어 주변을 샅샅이 뒤져본 완얼이 힘없이 아우들에게 말했다.

"혹시나 아씨가 자객에게 끌려가는 것을 본 목격자라도 있지 않을까 기대했었는데 없었습니다."

량주 역시 몹시 실망해 고개를 푹 숙였다. 저잣거리를 돌며 집집마다 탐문해 보았으나 폭우가 내리는 새벽에 거리를 돌아다닌 사람은 아무도 없었다.

"아씨께서 어깨를 다치셨다 했지요?"

숙휘만이 평정심을 잃지 않고 물었다.

"그래. 자객이 백영 아씨를 방패삼아 내세우는 바람에 내가 던진 표창에 어깨를 상하셨다."

"시댁에서 그리 모진 매를 맞으시고, 임금님의 검에 베이고 게다가 이번엔 어깨까지 상하셨으니 그 여린 몸으로 어찌 견디고 계실지⋯⋯."

량주가 목이 메어 끝까지 말을 잇지 못했다. 할 수만 있다면 백영의 몸에 새겨진 모든 상처들을 제 몸으로 옮겨오고 싶었다.

"의원 댁들을 뒤져 보는 것이 어떻겠습니까?"

숙휘의 말에 완얼이 회의적으로 고개를 내저었다.

"백영 아씨의 몸을 방패로 썼던 놈이 다쳤다고 치료를 해줄 리가 있겠느냐?"

"그래도 밑져야 본전 아닙니까? 이대로 저잣거리에 우두커니 서 있는 것보단 낫지 않겠습니까?"

그때였다.

— 살려주세요.

아주 작고 희미한 목소리와 함께 살기가 느껴졌다.

"북서쪽 만 보!"

완얼이 불쑥 내뱉자 량주가 놀라워하며 물었다.

"허이고, 만 보라고요? 그리 멀리서도 살기가 느껴지십니까?"

"만 보 정도가 한계치인 것 같구나. 거리가 멀어 희미한 느낌이었지만 분명 살기다."

"백영 아씨인 것 같습니까?"

"솔직히 말하면, 이것이 백영 아씨가 있는 곳에서 나온 살기인지는 나도 모른다. 만 보 밖에서도 느껴질 정도이니 참으로 엄청난 살기라는 것밖엔. 하지만 나는 백영 아씨가 나를 부르고 있는 것이라 생각한다."

살기와 함께 얼핏 들려온 살려 달라는 목소리. 너무나 희미해 남자인지 여자인지도 구별이 안 되었지만 완얼은 백영의 목소리라 확신했다. 어째서 그리 확신할 수 있냐고 묻는다면 설명할 길은 없다. 하지만 느껴졌다. 그녀가 그를 간절히 부르고 있음이. 그는 믿었다. 바람결에 실려 오는 작은 체취만으로도, 희미한 목소리 하나만으로도 자신은 백영을 느낄 수가 있다고.

"북서쪽으로 만 보면 인왕산 쪽인데 지금 달려간다 한들 이미 늦지 않겠습니까?"

"그러니 이러고 있을 시간이 없다!"

완얼이 말에 올라 인왕산을 향해 질주했다. 그리고 량주와 숙휘도 지체 없이 그 뒤를 따랐다.

'꼭 그 자리에 있어주시오. 내가 갈 때까지 제발 살아만 있어주시오, 백영!'

산길을 내달리며 완얼이 간절히 바라고 또 바랐다. 아무리 빨리 달려도 완얼에겐 일각이 여삼추(一刻如三秋)로, 피를 말리며 질주하여 인왕산에 도착하자 눈앞에 놀라운 광경이 펼쳐졌다. 흑색 가면을 쓴 자객과 백색 가면을 쓴 자객이 산비탈에서 무시무시한 살기를 뿜어내며 혈투를 벌이고 있는 것이었다. 저 정도로 엄청난 살기라면 만 보 밖에서도 느껴질 만하구나 싶었다.

"자객이 둘이라니! 흑색 가면은 우리의 적임이 분명한데 백색 가면이 흑색 가면과 싸우고 있으니, 적의 적은 우리 편인 것입니까?"

이성적이고 상황 파악이 빠른 숙휘도 혼란스러운 표정으로 두 자객을 바라보았다.

"야, 이 흑백가면 놈들아! 우리 아씨를 내놔라!"

하나 성질 급한 량주는 앞뒤 생각할 것 없이 다짜고짜 검을 빼 들고 자객들 사이로 뛰어들었다.

"량주야! 그렇게 무턱대고 달려들면…… 에이씨!"

밑도 끝도 없이 욕을 하며 나타난 량주를 본 가면자객들이 오히려 더 놀라 주춤한 사이, 숙휘도 검을 뽑아 난장판에 합류했다. 그리고 흑가면, 백가면, 량주와 숙휘가 누가 누구의 적인지도 애매한 채 피비린내 나는 싸움을 벌였다.

'이 근처 어딘가에 백영 아씨가 있을 것이다.'

자객들을 아우들에게 맡기고 완얼은 말을 몰아 주변을 뒤지기 시작했다. 그리고 머지않은 곳에서 허름한 초가 한 채를 발견했다. 완얼이 황급히 말에서 뛰어내려 안으로 들어갔으나 이내 허탈한 표정으로 그 자리에 못 박혀 버렸다. 그곳엔 아무도 없었다. 핏자국이 흥건한 흙바닥에 가위와 밧줄 몇 개가 떨어져 있을 뿐.

"백영 아씨!"

완얼이 피 묻은 밧줄을 움켜쥐고선 허공을 향해 부르짖었다.

'대체 어디로 간 것이냐? 왜 나를 기다리지 않았느냐? 백영아…….
백영아…….'

"뭐라? 춘향이가 납치를 당해?"

학도의 말에, 누워 있던 율이 벌떡 몸을 일으켰다. 만화각에서 심통(心痛)으로 쓰러진 뒤 편전으로 돌아가지 않고 침전에 들어 울화를 가라앉히던 중이었다. 한데 춘향이와 함께 입궐하라 하였던 학도가 홀로 나타나자 다시 울화가 치밀어 올랐다.

"누가 감히 왕의 부름을 받은 여인을 납치한단 말이냐!"

"가복들을 풀어 도성 안을 샅샅이 뒤지고 있사오니 반드시 찾아서 전하 앞에 대령하겠사옵니다."

학도가 더욱 깊이 고개를 조아렸다. 하지만 누이가 완얼군과 함께 있다 가면자객에게 납치되었다는 말은 고하지 않았다. 자신이 점찍어 놓은 여인이 그 야심한 시각까지 가장 경계하는 왕자와 함께 있었다는 것을 알면 광포한 임금이 가만있지 않을 것이다. 완얼군이야 무슨 일을 당하든 상관없지만 누이에게도 화가 미칠까 우려되었다.

"납치된 것이 확실한 게냐? 도망친 것은 아니고?"

율의 날카로운 눈초리에 더욱 날이 섰다.

"천부당만부당한 말씀이시옵니다. 제가 한식 연회에 참석한 사이 가면을 쓴 자객에 의해 납치되었다고 합니다. 전하의 여인을 제대로 지키지 못한 소신의 불충을 벌하여 주시옵소서."

"군졸을 내줄 터이니 반드시 춘향이를 찾아와라. 벌은 그 뒤에 내리 겠노라!"

율이 호령했다. 임금의 서슬 앞에 학도는 비굴할 정도로 머리를 조 아리고 또 조아리며 뒷걸음질 쳐 나왔다. 그가 생각했던 것보다 더 임 금은 누이에게 집착하고 있는 것 같았다. 몸에 乙의 표식까지 새겨놓 고서도 춘향이를 찾아오라 완얼과 함께 남원으로 보낼 땐 언제고, 백 영이 춘향이라고 주장하자 더욱 강한 호기심이 생긴 모양이다.

'전하께서 그 말을 정말 믿는 것일까? 아니면 자기 것이라 표시해 놓은 걸 누군가 뺏어가려고 한다 생각하니 화가 난 것일까?'

임금의 의중이 어떻든 간에 일단 누이를 찾는 것이 우선이었다. 학 도가 서둘러 경복궁을 나와 육조 거리를 지나 혜정교 인근 우포청으 로 향했다. 어명을 받았으니 포청의 군졸들을 차출해 대규모로 수색 에 나설 참이었다.

한데 길을 재촉하던 학도의 눈에 커다란 매 한 마리가 북촌 방향으 로 날아가는 것이 보였다. 재빨리 휘파람을 불자 그 소리를 알아들은 매가 선회하여 학도의 팔뚝에 내려앉았다. 그것은 홍두겁이 보낸 매 였다. 필시 학도의 집으로 향하던 중이었으리라. 학도가 매의 다리에 묶여있던 서신을 펼치자 홍두겁의 글씨가 깨알같이 적혀 있었다.

― 인왕산 부용정 솔숲 인근. 가면자객 둘과 완얼군 일행 검투. 백영 탈출

예상.

"가면자객이 둘이라고?"

학도가 미간을 찌푸리며 저도 모르게 혼잣말을 뇌까렸다. 그리고 백영의 탈출 예상이라니 이건 또 무슨 얘기인가? 완얼이 백영을 숨겨 놓았을 가능성도 무시할 수 없어서 입궐하기 전 홍두겁을 보내 미행하게 하였다. 그런데 이런 서신이 날아온 것이다. 서신대로라면 자객이 백영을 납치해 갔다는 완얼의 말은 거짓이 아니었다. 하지만 이 서신만 보고선 자세한 정황은 알 길이 없었다. 은밀히 입궐하느라 이인남여(二人藍輿)가 아니라 말을 타고 온 것이 다행이다 싶었다. 서신을 삼켜 증거를 없앤 학도는 황급히 말을 몰아 인왕산으로 향했다.

손이 묶인 채 가위로 밧줄을 자르느라 베이고 찔려 피투성이가 되었지만 백영은 포기하지 않고 끈질기게 시도해 기어이 잘라냈다. 반드시 살아나가 완얼을 만나고야 말겠다는 의지가 그녀를 살린 것이다. 그렇게 간신히 탈출은 하였지만 백영은 해가 저물도록 산길을 헤맸다. 그녀는 이곳이 인왕산이라는 것조차 알지 못했기 때문에 사방이 어두워지자 더욱 막막해졌다. 상처 입은 어깨는 움직일 때마다 통증이 심해져 가고 어둠 속에서 발을 헛디뎌 산비탈을 몇 번이나 굴렀다. 하지만 백영의 머릿속엔 오직 한 가지 생각뿐이었다.

'무슨 수를 써서든 오늘 내로 궁에 도착해야 한다.'

그렇지 않으면 그녀를 맡아두기로 한 오라비는 물론 춘향이를 도성으로 데리고 온 완얼에게까지 불똥이 튈 것이다. 그렇게 얼마나 헤맨 것인지, 시간 감각이 무뎌질 무렵 갑자기 앞이 탁 트이더니 산 아래로 환한 불빛들이 보였다. 달빛에 비친 눈에 익은 풍경, 그곳은 도성이 분명했다.

'저렇게 밝은 빛을 뿜어내는 곳은 틀림없이 궁일 게야!'

그녀는 그 빛을 따라 필사적으로 달리고 또 달렸다.

성문이 닫히는 인정 직전, 도성으로 들어온 백영은 한 치의 망설임도 없이 경복궁으로 향했다. 그리고 힘껏 영추문을 두드렸다.

"문을 열어주시오! 열어주시오!"

"웬 년이냐?"

문루의 파수병들이 백영을 내려다보며 소리쳤다.

"전하를 뵈어야 하니 당장 나를 들여보내 주시오."

"이런 미친년을 보았나! 경을 치고 싶지 않으면 당장 물럿거라!"

"전하께 춘향이…… 춘향이가 왔다고 전해주시오!"

잔뜩 지친 백영이 가쁜 숨을 내쉬며 답했다.

"참내, 네가 춘향이면 나는 이 도령이다!"

"참내, 네가 춘향이면 우리 마누라는 이솔낭자다!"

파수병 둘이 차례로 콧방귀를 뀌었다.

"에이, 그건 아니지. 자네 마누라는 걸어 다니는 골독이(꼴뚜기)라고 소문이 자자한 박색이 아닌가?"

"뭐야? 씹다 뱉은 되룡(도롱뇽) 같은 마누라도 도망간 홀아비 주제에!"

촌각을 다투는 상황이건만 파수병들의 실없는 수작에 백영이 크게 발끈하며 더욱 세차게 성문을 두들겼다.

"네 이놈들! 당장 성문을 열지 못할까? 전하께서 날 기다리고 계신단 말이다!"

"저 계집이 근데!"

되룡 같은 마누라도 도망간 파수병이 씩씩거리며 아래로 내려왔다.

그리고 화풀이 대상을 찾은 듯 그녀의 목덜미를 잡아 거칠게 패대기를 쳤다.

"감히 예가 어디라고, 썩 꺼지지 못해!"

"아악!"

그녀가 비명을 지르며 땅바닥에 나뒹굴자 뒤에서 몹시 낯익은 사내의 목소리가 들려왔다.

"무슨 일이냐?"

백영이 고개를 들어 보니, 그녀의 눈앞에 오라버니가 서 있는 것이 아닌가?

"백…… 춘향아!"

학도 역시 그녀만큼이나 놀라 하마터면 '백영아!' 하고 누이의 이름을 그대로 부를 뻔했다. 그가 인왕산에 도착했을 땐 이미 자객들도, 완얼군 일행도 모두 사라진 뒤였다. 군졸들을 풀어 그 일대를 샅샅이 뒤졌지만 끝내 누이를 찾지 못하고 힘없이 궐로 돌아오던 참이었다. 한데 그토록 찾던 누이가 궐문 앞에 와 있을 줄이야!

"저…… 아직 늦지 않았지요?"

백영이 눈물을 글썽이며 희미하게 미소 지었다. 오라버니의 얼굴을 보자 갑자기 긴장이 풀려 버린 것일까? 그 말을 마치자마자 눈앞이 아득해지더니 미처 몸을 일으키지도 못하고 그대로 정신을 잃었다.

이른 아침 만화각.

매설가가 쓸 방인지라 서책이 가득 꽂혀 있는 책장으로 한쪽 벽을 채우고, 값비싼 칠보서안 위엔 족제비 꼬리털로 만든 최상품 황모필을 비롯한 지필묵을 올려두었다. 뿐만 아니라 화류문갑이나 갑계수리 같은 가구들 역시 모두 최상품이었다. 그러나 정성껏 꾸며놓은 이 방의 주인은 이부자리 위에서 밤새도록 앓아누워 있었다.

"이봐라, 어의! 치료를 제대로 하긴 한 것이냐?"

율이 또다시 어의를 닦달했다. 어젯밤, 인정이 조금 지난 시각에 좌승지에게 춘향이를 찾았다는 보고를 받았다. 율은 형편없는 몰골로 정신을 잃고 있는 그녀를 만화각으로 옮겨 깨끗한 옷으로 갈아입힌 뒤 어의를 불렀다.

"어느 안전이라고 치료를 소홀히 하겠사옵니까? 어깨의 상처도 다행히 많이 깊지는 않아 치료만 잘 하면 순조롭게 아물 것이고, 다른 곳의 타박상은 경미한 데다 열도 가라앉았으니 심려하지 않으셔도 되옵니다."

어의가 머리를 깊이 조아렸다. 겉으로 봐서는 의원이 아니라 병자라고 해도 믿어질 만큼 안색이 좋지 않았다. 한밤중에 불려와 아침이 되도록 병자를 살피느라 피곤하기도 했지만, 만에 하나라도 치료에 잘못된 것이 있다면 그는 죽은 목숨이나 마찬가지인지라 공포에 질려 있기도 했다.

"한데 어찌하여 여태 깨어나지 않는 것이냐?"

"기가 많이 쇠하여 기력을 회복하는 데 시간이 조금 걸리는 것뿐입니다. 깨어나시면 몸을 보하는 탕약을 지어 올리겠습니다."

그러자 율이 날카롭게 그를 쏘아봤다. 순간 어의의 가슴이 철렁 내려앉았다. 당장 임금의 입에서 '저놈을 당장 끌어내 목을 베어라!'라는 고함이 튀어나올 것만 같았다. 그때 어의에겐 천만다행하게도 문밖에서 궁녀가 숙빈이 찾아왔다는 말을 아뢰었다.

"들라 하라."

늘 그렇듯 이른 아침부터 호화롭게 단장한 숙빈이 향기로운 분 냄새를 풍기며 율의 곁에 다가와 앉았다.

"전하, 꼭두새벽부터 만화각에 납시셨다는 소식을 듣고 참으로 민망하여 한달음에 달려왔사옵니다. 책비 따위는 제가 맡아서 돌보겠사오니 체통을 지키시옵소서."

이런 말을 고하는 와중에도 숙빈의 콧소리엔 교태가 듬뿍 넘쳐났다. 그러나 시선은 금침 위에서 잠들어 있는 백영을 노려보고 있었다. 만화각의 방은 이틀 전에 보았을 때보다 더욱 호화롭게 꾸며져 있었고 정원에 들어서니 못 보던 그네까지 매여 있었다.

'흥! 둘이서 춘향과 이 도령처럼 그네라도 뛰겠다는 것인가?'

심사가 꼬일 대로 꼬인 숙빈의 눈초리가 고울 리가 없었다.

"숙빈이야말로 이리 찾아올 것까진 없는데. 책비 따위가 드러누운 것이 뭐 별일이라고."

책비 따위가 납치를 당했다고 군졸을 풀고, 책비 따위가 쓰러지자 어의까지 불러 닦달할 땐 언제고 짐짓 대수롭지 않게 대꾸한다.

"전하의 검에 베이고도 멀쩡했던 계집인데 이까짓 어깨 상처쯤이 별일이겠습니까?"

'칼을 휘둘러 가슴에 표식을 새길 땐 그토록 냉혹하시더니 어깨에 상처 좀 나서 돌아왔다고 어의까지 불러 호들갑을 떠시다니요, 병 주고 약 주고 참으로 웃기지 않습니까?'

속으로는 이리 말하고 싶었지만 특유의 색기 가득한 미소를 머금으며 은근슬쩍 돌려 말을 했다. 그러자 율의 표정이 더없이 싸늘하게 굳었다.

"나의 물건에 흠집을 낼 수 있는 건 오직 나뿐이다. 내 것을 죽일 수 있는 것도 오직 나뿐이다. 하지만 누가 나의 물건에 손대는 것은 절대 용납할 수 없다. 알겠느냐?"

'숙빈, 너 역시 마찬가지이다.'

이리 경고하는 듯한 말에 숙빈의 얼굴에 잠시 긴장한 빛이 스쳤다. 그러나 이내 침착함을 되찾고 준비해 온 말을 꺼냈다.

"그래서 말입니다, 전하. 실은 한 가지 마음에 걸리는 것이 있어 아뢰고자 왔습니다."

"그것이 무엇이냐?"

"좌승지가 어제 저를 찾아와 말하기를, 춘향이가 사라진 것을 알고 가장 먼저 완얼군의 사저로 갔었다고 합니다. 좌승지가 연회로 잠시 집을 비운 사이 춘향이가 완얼군을 만나러 몰래 빠져나갔다면서요."

숙빈이 잠시 말을 끊고 임금의 표정을 살폈다. 그녀가 기대한 대로 율의 얼굴이 험악하게 일그러졌다.

"공연히 형제간에 오해를 살까 싶어 전하께 말씀을 올리지 못하고 저에게 털어놓은 모양입니다. 어찌 되었건 이제 춘향이가 입궐을 하였으니 더 이상 문제될 것은 없사오나 조선 천지에 전하께서 모르고 계신 것이 있으면 안 된다는 생각에 아뢰는 것이옵니다."

'완얼군이 전하의 물건에 손을 대었습니다. 자, 이제 이 둘을 어찌하시겠습니까?'

숙빈이 속으로 회심의 미소를 지었다. 좌승지가 숙빈에게 그런 말을 했다는 것은 새빨간 거짓말이었다. 학도가 완얼에게 찾아갔다는 사실은 완얼의 동태를 주시하고 있던 그녀의 아비 병판에게서 들은 것이었다. 자칭 춘향이라는 계집이 기어이 궁에 들어오고 말았다. 지금은 책비이지만 임금이 춘향을 대하는 태도를 보건대 이대로 놔두면 머지않아 후궁 자리까지 넘볼지도 모른다. 그러다 자칫 아들이라도 낳으면 숙빈에게 큰 위협이 될 것이 자명했다.

'그러니 애초에 싹을 잘라 버려야 한다.'

숙빈의 고양이처럼 치켜 올라간 눈이 날카롭게 번뜩였다. 그때 백영의 눈꺼풀이 미세하게 움직이는가 싶더니 마침내 눈을 떴다.

"정신이 드느냐?"

밤새 정신을 잃고 있던 백영이 깨어나자 율이 일단은 반갑게 물었다. 몸을 기울여 그녀의 얼굴을 들여다보고 있는 율을 백영이 흐릿한 눈으로 마주 보았다. 그리고 그녀의 눈가가 촉촉이 젖어드는가 싶더니 두 팔로 와락 그를 끌어안았다. 갑작스러운 포옹에 율이 백영의 몸 위로 포개지듯 쓰러졌다. 그리고 몹시 당황해 그대로 멈춰 버렸다. 여태까지 모든 여인들은 그의 손길에 굴복하여 품에 안겨왔다. 그 성깔 대단한 숙빈조차 자기가 먼저 율의 품에 안기는 것 정도가 가장 대담한 행동이었다. 감히 임금의 옥체를 끌어당겨 제 품에 안은 여인은 없었다. 아니, 단 한 명이 있었다. 아주 어릴 적 그의 어머니가 그를 안았을 때.

율은 가냘프지만 따뜻한 그녀의 품속에서 실로 오랜만에 평온함을 느꼈다. 이 여인의 체온이라면 그의 오랜 울화와 가슴의 통증도 낫게 해줄 수 있을 것만 같았다. 이따금씩 고통스럽게 심장을 움켜쥐고 쓰러지는 일도 더 이상 없을 것만 같았다. 죽여도, 죽여도 허망함만 늘어가는 복수심과 광증도 가라앉힐 수 있을 것만 같았다. 그런데 그때 백영의 입에서 뜻밖의 말이 튀어나왔다.

"나리……."

그 말을 듣자마자 율의 얼굴이 순식간에 차갑게 굳었다. 그리고 곧바로 그녀의 손을 뿌리치고 몸을 일으켰다.

'저년이 제 무덤을 파는구나!'

깨어나자마자 다짜고짜 임금을 끌어안아 보통이 아닌 계집이구나 하고 잔뜩 신경을 곤두세우고 있던 숙빈이 실소를 터뜨렸다. 나리가 누구인지 이름까지는 말하지 않았으나 마침 완얼군에 대해 이야기를 하던 터라 숙빈이 뿌려놓은 의혹에 결정타를 던진 것이다.

"네년이!"

율이 분노로 몸을 부들부들 떨며 고함을 쳤다. 그 소리에 놀라 온전히 정신이 돌아온 백영이 야차 같은 표정을 짓고 있는 율을 보고 이부자리에서 벌떡 일어났다. 분명 방금 전까지 완얼이 그녀를 내려다보고 있었다. 살았구나 하는 안도감과 함께 그를 다시 만났다는 기쁨에 왈칵 눈물까지 솟아올랐다. 얼마나 그리던 사람이던가? 이 사내를 다시 만나기 위해 그토록 필사적으로 살아남은 것이었다. 한데 착각이었나 보다. 분위기는 전혀 다르지만 형제인지라 흡사한 생김인 율을 보고 흐릿한 정신에 착각을 한 것이다.

"저, 전하!"

백영이 어찌할 바를 모르고 무조건 납작 엎드렸다.

"네년이…… . 네년이 나를 능멸하는 것이냐?"

'감히 조선의 임금인 나를 다른 놈과 착각을 해? 그토록 따스한 품도, 따스한 눈빛도 나를 향한 것이 아니었단 말이더냐?'

율의 핏속에 섞여 있던 광기가 뜨겁게 들끓어 오르기 시작했다.

"네가 누구인지 똑똑히 알게 해주마!"

율이 백영에게 사납게 달려들어 저고리를 찢어발겼다. 그러자 젖가슴 위에 선명하게 새겨진 乙의 표식이 드러났다.

"너는 내 것이다. 오직 나만이 탐할 수 있는 나의 하찮고 하찮은 물건이다!"

율이 고함을 지르며 자신의 표식이 새겨진 가슴을 움켜쥐었다. 그리고 나머지 한 손으로 그녀의 머리채를 쥐고선 뒤로 젖혔다. 백영의 입에서 두려움 가득한 비명이 터져 나왔다. 하지만 그 비명은 오래가지 못했다. 율의 입술이 그녀의 입술을 틀어막아 버렸기 때문이다. 그리고 난폭하게 그녀의 입술을 탐하였다.

'안 돼……. 안 돼……. 완얼 나리!'

백영이 속으로 울부짖으며 미친 왕의 입술에서 벗어나려 고개를 힘껏 저었다. 하지만 율은 머리채를 쥔 손에 더욱 힘을 주면서 그녀의 입술을 거칠게 물어뜯었다. 섬뜩한 아픔과 함께 마침내 그녀의 입술이 활짝 벌어지고 말았다. 벌어진 입술 사이로 비릿한 피 냄새와 왕의 거친 숨결과 꿈틀거리는 욕망이 거침없이 비집고 들어온다. 불덩이처럼 뜨거운 혀끝이 요동치며 그녀를 옭아맨다. 임금의 뱀 같은 혀에 칭칭 감긴 채 백영은 그 어느 곳으로도 도망칠 곳이 없었다. 그리고 억센 사내의 손이 乙의 표식이 새겨진 그녀의 가슴을 더욱 강하게 움켜쥐었다.

"하악."

백영의 입에서 신음이 한층 크게 터져 나왔다. 그런데 그때, 그녀를 차갑게 쏘아보고 있던 숙빈과 눈이 마주쳤다. 그 순간 의관과 상선과 궁녀들 그리고 숙빈이 보는 앞에서 옷이 찢기고 속살을 드러낸 채 사내의 노리개가 된 모욕감이 그녀의 온몸을 뒤흔들었다. 너무나 치욕스러웠다. 백영이 온 힘을 다해 율의 몸을 떠밀었다.

"감히 나를 밀쳐낸 것이냐?"

평생 처음 당하는 일에 율이 믿을 수 없다는 표정으로 물었다.

'계집이 나를 밀쳤다. 감히 나의 손길을 거부하고 나를 밀쳐냈다!'

"싫습니다!"

그녀의 입에서 강한 거부의 말이 튀어나왔다. 조선의 하늘 아래 지존인 율에게 싫다는 말을 할 수 있는 여인은 없었다. 이 역시 처음 당하는 일인지라 율이 눈을 부릅뜨고 소리쳤다.

"네년이 정녕 죽고 싶은 게로구나!"

"전하, 약조하지 않으셨습니까? 춘향뎐 완결편이 끝나는 날까지 기다려 주시겠다고요. 남아일언중천금이라 하였사옵니다."

백영이 뜻을 굽히지 않고 아뢰었다. 임금은 백영이 궁에 도착한 첫날부터 약조를 어기려 한 것이다.

"시끄럽다! 여봐라, 이 계집을 당장 끌고 나가 옥에 가두어라! 그리고 이 방의 책을 모두 끄집어내 불태우고 밖의 그네도 부숴 버려라!"

크게 진노한 율의 외침에 내금위가 황급히 그녀를 붙들었다. 그러나 백영은 빌거나 애원하지 않고 순순히 끌려 나갔다.

"저런 발칙한 년을 봤나! 전하, 신첩의 처소로 드시지요. 정성을 다해 뫼시겠사옵니다. 노여움을 푸시고 정욕도 제게 푸시옵소서."

숙빈이 기다렸다는 듯이 율에게 엉겨 붙었다. 그녀의 노골적인 유혹은 낮밤을 가리지 않았다.

"감히 내게 반항을 해? 감히?"

숙빈의 말은 들리지도 않는다는 듯 미간을 찌푸리던 율이 느닷없이 큰 소리로 웃음을 터뜨렸다.

"하하하하! 그래! 너무 호락호락한 사냥감은 재미가 없지. 펄떡펄떡 뛰어오르는 것이 갓 잡아 올린 싱싱한 망둥이 같지 않느냐? 역시 내 눈은 틀리지 않았어! 내가 재미있을 거라 하지 않았느냐, 숙빈?"

"예? 예, 전하."

예상치 못한 율의 반응에 숙빈이 얼결에 대답했다.

"계속 펄떡펄떡 뛰어봐라! 그럴수록 더욱 쫓고 싶은 것이 사냥꾼의 본능이니까!"

'네가 몸부림을 칠수록 나는 더욱 집요하게 너를 놓지 않을 것이다. 너는 오로지 나의 것이 될 것이다. 나의 어머니를 닮은 여인아, 너는 나를 벗어나지 못할 것이다. 그리고 나의 어머니처럼 죽을 것이다.'

율의 눈이 광기로 번뜩였다.

"상선! 날도 좋은데 경회지에 배를 띄우고 이번에 새로 들인 홍청들을 태우도록 하라! 어디 한번 질펀하게 놀아보자꾸나!"

율이 성큼성큼 문으로 향하다 숙빈을 돌아봤다.

"숙빈도 함께 가겠느냐?"

"바늘 가는 곳에 당연히 실이 따라가야지요."

숙빈이 사르르 눈웃음을 치며 율의 뒤를 따랐다. 그러나 그녀의 가슴은 질투로 활활 불타오르고 있었다. 인간의 사랑이란 참으로 부질없는 것이어서 지금의 총애가 영원할 것이라고는 생각하지 않았다. 하지만 임금의 모후라는 자리는 죽을 때까지 변하지 않는다.

'반드시 우리 원자를 옥좌에 앉힐 것이다!'

그러기 위해선 총애를 잃어서는 안 된다. 앞길에 방해되는 것들은 무슨 수를 써서든 치워 버릴 것이다.

'춘향이라는 저 계집부터!'

가면자객들과 량주와 숙휘의 검투는 관군들이 몰려오는 소리에 끝나 버렸다. 네 사람 모두 관군과 싸워서 일이 커지는 것을 원치 않았기 때문에 황급히 몸을 숨겼다. 완얼은 끝내 백영을 찾지 못하고 인왕산에서 돌아와 뜬눈으로 밤을 새웠다. 그리고 아침이 되자 황급히 입궐을 했다. 백영이, 아니, 춘향이가 입궐을 하지 않았는데도 형님이 너무 조용한 것이 이상해서였다. 궐에 도착한 완얼은 백영이 이미 입궐했으며 지금은 의금부 옥사에 갇혀 있다는 놀라운 소식을 들었다.

"백영 아씨가 대체 무슨 잘못을 저질렀다고 그리 끔찍한 곳으로 끌려갔단 말입니까? 설마 입궐이 늦었다고 옥에 가둔 건 아니겠지요? 그것도 의금부에!"

성질 급한 량주가 가장 먼저 발끈했다. 그도 그럴 것이, 의금부 옥사는 주로 역모나 강상죄를 저지른 대역죄인들을 가둬놓는 곳으로, 고신도 심하고 살벌하기 그지없는 곳이었다.

"설마 그렇기야 하겠냐? 전하께서 경회루에 계시다 하니 직접 가서 여쭈어봐야겠다."

"공연히 말을 잘못 꺼냈다가 전하께서 두 분 사이를 곡해라도 하시면 더욱 큰일이 벌어질지도 모릅니다."

숙휘의 표정이 심각해진다. 그도 백영이 걱정되긴 했지만 그에겐 세상 어떤 이보다 완얼이 우선이었다.

"그렇다고 이대로 가만히 있을 순 없지 않느냐? 행여 아씨께서 고신이라도 당하시면……."

홀로 두려움에 떨고 있을 백영을 생각하니 마음이 급해진 완얼이 발걸음을 재촉했다.

경회루에 도착하자 연못 위에 커다란 배가 한 척 떠 있었다. 붉은색 비단 차양을 드리운 호화로운 배 위에선 악공들이 떠들썩하게 풍악을 울려대고, 홍청들은 벌건 대낮에 부끄러운지도 모르고 가슴을 훤히 드러낸 채 춤을 추고 있었다. 그리고 이 나라 조선의 임금은 숙빈의 치마폭으로 기어들어 가 두 다리 사이에 머리를 묻고 있었다.

"주지육림(酒池肉林)이란 이런 것이로구나!"

술로 채운 연못과 고기로 된 숲, 방탕하기 그지없는 광경에 완얼의 입에서 한탄이 터져 나왔다.

"인간이 아닌 탐욕스러운 개돼지들만 우글우글하니 돼지육림이지요!"

량주가 거침없이 내뱉었다. 돼지육림이라는 말이 너무도 잘 어울리는 광경인지라 틀린 말은 꼭 짚고 넘어가야 직성이 풀리는 숙휘도 이번엔 아무런 지적을 하지 않았다.

"전하, 하아······. 완얼군이 왔사옵니다. 하아······."

숙빈이 달뜬 얼굴로 가쁜 숨을 내쉬며 율에게 말했다. 그러자 율이 치마 속에 처박고 있던 고개를 들어 소매로 축축이 젖은 입술을 훔치며 외쳤다.

"이게 누구인가? 부르지도 않았는데 나의 아우가 찾아왔구나!"

그리고 배를 몰아 경회루에 서 있는 완얼 일행에게 다가왔다. 술이 불콰하게 오른 얼굴로 배에서 내린 율이 완얼을 반갑게 얼싸안았다. 그러더니 귓가에 속삭이듯이 물었다.

"춘향이가 너를 찾아갔다가 납치되었다지?"

강렬한 살기가 율에게서 뻗쳐 나왔다.

'형님께서 그걸 아시고 백영 아씨를 옥에 가둔 것인가?'

완얼의 얼굴에 핏기가 가셨다.

"함께 남원에 다녀오면서 눈이라도 맞은 것이냐?"

'예, 형님! 형님께서 아무리 그 여인에게 표식을 남기셨어도 그 여인은 형님의 여인이 아니라 제 여인입니다. 그 여인의 마음은 오로지 저의 것입니다!'

마음 같아선 이리 대답하고 싶었다. 하지만 그리하면 저 살기가 당장 백영에게 향할 것이 분명하기에 애써 눌러 참았다.

"그럴 리가 있겠사옵니까, 전하."

"그럼 그 계집이 왜 은밀히 너를 찾아간 것이냐?"

율이 속을 알 수 없는 음침한 눈빛으로 물었다.

"그것은······."

완얼의 목소리가 가늘게 떨려왔다. 여기서 자칫 대답을 잘못 했다간 두 사람 모두 목숨을 부지하기 어려울 것이다. 완얼이 선뜻 답을 하지 못하고 머뭇거리고 있는데 때마침 학도가 경회루로 임금을 알현하러 찾아왔다. 영추문 앞에서 백영을 발견해 무사히 입궐을 시키고 집으로 돌아갔던 학도는 누이가 의금부로 끌려갔다는 소식을 듣고선 황급히 달려온 참이었다.

"전하! 어젯밤에 데려온 춘향이를 하옥시키셨다고 들었습니다. 그 아이가 무슨 큰 불충이라도 저지른 것이옵니까?"

"큰 불충이다마다. 임금의 손길을 거부하고 다른 사내에게 달려간 것이 대역죄가 아니고 무엇이냐? 그래서 지금 마침 완얼군에게 하문하던 참이었다. 춘향이가 납치됐을 때 어찌하여 함께 있었냐고."

"전하, 아뢰옵기 황공하오나 그것은 곡해이시옵니다."

눈치 빠른 학도가 상황을 파악하고는 재빨리 나서 답하였다.

"곡해라?"

"예, 그러하옵니다. 춘향이는 완얼군 대감을 찾아갔던 것이 아니옵니다. 입궐하기 전에 마침 한식이기도 하여 오라비를 만나 부친의 성묘를 하려다가 납치된 것이옵니다. 어제는 경황이 없어 자세한 정황을 미처 아뢰지 못하였나이다."

"오라비? 그게 누군데?"

그러자 학도보다도 완얼의 얼굴이 더 창백해졌다.

'대체 저자가 어쩌려고 저러는 것인가? 설마 자기가 오라비라고 곧 이곧대로 나서려는 것은 아니겠지?'

"춘향이의 오라비는 바로!"

학도가 우렁차게 외치며 몸을 돌려 누군가를 가리켰다.

"완얼군 대감의 수하 고량주이옵니다!"

'나?'

량주의 입이 떡 벌어졌다. 그야말로 마른하늘에 날벼락, 아닌 밤중에 홍두깨요, 마누라 이불 속에 다리 네 개를 본 처용이 뒷목 잡고 자빠질 만큼 놀랄 일이었다. 그러나 머리 회전이 빠른 숙휘는 이내 학도의 의중을 파악했다.

'량주와 나, 둘 중 한 명을 백영 아씨의 오라비로 만들어 버리면 모든 것을 자연스럽게 설명할 수 있겠구나. 하지만 나는 얼마 전 도망가던 춘향을 잡아왔다며 임금에게 끌고 간 적이 있으니 적합지 않고 량주가 딱이다.'

완얼이 미상의 존재를 알게 된 것도 오라비 고량주를 통해서이고, 백영이 입궐 전날 완얼 일행과 함께 있던 것도 오라비 고량주 때문이라 하면 이상할 것이 없었다.

'정말 계략에 능한 자로다!'

숙휘는 학도가 만만치 않은 상대임을 다시 한 번 느끼며 감탄해 마지않았다.

완얼이 온다고 한다. 해 질 무렵 그가 찾아올 것이라는 말에 백영은 동틀 무렵부터 설레었다. 가장 어여쁜 옷을 꺼내 입은 백영이 붉은 연지와 향기로운 분을 바르고선 거울을 보는데 갑자기 거울이 쨍 소리가 나며 깨져 버렸다. 그와 동시에 열린 창밖으로 앵두꽃이 우수수 떨어지고 문 위에 허수아비가 목이 매달려 바람결에 흔들리더니 산이 무너지면서 바닷물이 모두 말라 버렸다.

"안 돼!"

백영이 날카로운 비명을 지르며 퍼뜩 깨어났다.

'여기가 어디지?'

그녀가 잠시 멍하니 삭막한 천장과 창살을 바라보았다. 그리고 이내 자신이 칼을 쓰고 의금부 옥사에 갇혀 있다는 것을 깨달았다. 일명 '임금의 혀를 거부한 대역죄'였다. 이러고 있자니 영락없이 춘향뎐에서 신관 사또의 수청을 거부하다 칼을 쓰고 옥에 갇힌 춘향이 신세였다. 자신이 쓴 소설과 똑같은 상황에 처하게 되자 기분이 묘했다.

'만일 정말 그리된다면 앞으로 나의 운명은…….'

"꿈이라도 꾸셨습니까?"

옆에서 들려오는 또랑또랑한 목소리에 흠칫 놀라 상념에서 깨어났다. 고개를 돌리려 했으나 칼 때문에 여의치 않아 눈동자만 흘긋 돌려 보니 흰 소복을 입은 여인이 그녀와 똑같이 칼을 쓰고 앉아 있는 것이 보였다. 의금부까지 끌려온 걸 보면 잡범은 아닌 것 같은데, 백영보다도 더 자그마한 체구에 놀란 토끼처럼 눈만 댕그란 순한 인상의 여인이 대체 무슨 죄를 지었는지 의문이었다.

"그렇게 큰 칼을 머리에 씌웠는데도 참 잘도 자더이다. 성격이 어지간히 무던하신가 봅니다."

"잘 자긴요. 가위에 눌렸는걸요."

원래 어디든 머리만 대면 곯아떨어지긴 하지만 옥에 갇혀서도 쿨쿨 자다가 꿈까지 꾸다니, 스스로 생각하기에도 민망하여 변명처럼 대꾸했다.

"무슨 꿈을 꾸셨는데요? 말씀해 보시지요. 제가 이래 봬도 성수청의 무녀입니다. 그것도 해몽 전문이지요."

"어머, 그렇습니까?"

성수청이라면 용한 무당 중에서도 가장 용한 무당들이 모여 있는 곳이 아닌가? 백영은 마침 잘되었다 싶어 무녀에게 방금 꾼 꿈에 대해 이야기를 했다.

"이것이 필시 죽을 꿈이 아닙니까?"

그녀가 근심스럽게 묻자 무녀가 까르르 밝게 웃더니 답했다.

"아니요. 엄청나게 좋은 꿈입니다. 꽃이 떨어졌으니 열매가 달릴 것이요, 거울이 깨질 때 소리가 요란하니 기다리던 소식이 들려올 것이고, 문 위에 허수아비가 매달렸으면 지나는 사람마다 눈길을 줄 것이니 그리운 사람을 만날 것입니다."

"기다리던 소식이 들려오고 그리운 사람을 만난다고요?"

백영의 얼굴에 화색이 돌았다. 그녀가 그리는 이는 오직 한 사람뿐이었다.

완얼.

지하 서고에서 본 것이 마지막이었다. 가면자객이 불을 질렀다던데 무사하신 것인지 그 뒤로 소식을 알 길이 없었다.

"바다가 마르면 용의 얼굴을 능히 볼 것이요, 산이 무너지면 평지가 될 것이니 탄탄대로 쌍가마를 탈 꿈입니다. 미리 감축 드립니다."

"쌍가마라면 높은 벼슬아치만 탈 수 있는 것인데 제가 벼슬을 한단 말입니까?"

백영이 고개를 갸우뚱했다.

"거참, 융통성 없으시긴. 모든 일이 다 잘 풀려서 부귀영화를 누릴 것이라는 뜻이지요."

"무녀님 말처럼 된다면야 얼마나 좋겠습니까?"

'제발 살아만 있어주십시오, 완얼 나리.'

백영이 간절하게 빌며 한숨을 내쉬는데 옥사 밖에서 요란하게 까마귀 우는 소리가 들려왔다.

"불길하게 까마귀는 왜 이리 울어대는고?"

"불길하긴요. 까마귀가 '가옥가옥' 우는 것은 아름다울 가(佳)에, 집 옥(屋) 자이니 아름답고 좋은 일이 생길 것이라는 징조입니다."

점쟁이들 말은 귀에 걸면 귀고리, 코에 걸면 코걸이라더니 누가 무녀 아니랄까 봐 제 좋을 대로 해석해 버린다. 저 여인이야말로 참으로 긍정적인 성격인 것 같다.

"수탉이 '꼭이오! 꼭이오!' 하고 우는 것처럼요?"

"어머, 미상의 '선녀와 나무꾼-완전한 사육'을 보셨군요?"

미상의 얘기가 나오자 무녀가 눈을 반짝반짝 빛내며 칼을 쓴 채로 엉금엉금 다가왔다.

"요즘 미상의 책 한두 권쯤 안 본 사람이 있겠습니까?"

백영이 대수롭지 않게 대꾸했다.

"저는 미상의 어마어마한 오탁후입니다! 성수청에서 몰래 미상의 책을 보다가 국무님께 야단을 맞은 적이 한두 번이 아닙니다. 저는 특히 '이십팔색기가'를 좋아하는데, 후속작으로 '삼십팔색기가', '사십팔색기가'가 계속 나왔으면 좋겠습니다."

그저 제목을 말하고 있을 뿐인데도 이십팔색기가, 삼십팔색기가, 사십팔색기가를 연이어 듣다 보니 썩 기분이 좋진 않았다.

"어쨌거나 좋은 해몽을 받았으니 복채를 드려야 할 텐데 처지가 이러하여 딱히 드릴 것이 없군요."

"지금은 복채로 천 냥을 준대도 안 받을 것이니 나중에 쌍가마 타시게 되면 제 이름이나 기억해 주십시오. 저는 와인이라고 합니다."

"와인이요?"

"누울 와(臥), 사람 인(人). 찢어지게 가난한 집안에서 태어난지라 드러누워 빈둥거리는 좋은 팔자로 살라고 그리 지으셨다는데 와인은 개뿔, 작두 위에서 춤을 출 팔자이지 뭡니까?"

"저는 백, 아니, 향이라 합니다. 춘향이요."

무심코 본래 이름이 튀어나올 뻔했다.

"춘향이라, 요즘 기방마다 춘향이라는 이름이 인기라더군요. 춘향뎐 때문인가 봅니다."

"저는 기녀가 아닙니다."

"명색이 무녀인데 그거 하나 모르겠습니까? 보아하니 말술을 마셨으면 마셨지 술을 따르실 팔자는 아닙니다."

완전 용하다! 백영이 깜짝 놀라 무녀를 다시 보았다.

"근데 성수청 무녀께서 의금부엔 어쩌다 잡혀온 것입니까?"

그러자 와인 무녀가 시무룩하게 고개를 떨어뜨렸다.

"전하의 꿈 해몽을 잘못 했다 하여 잡혀왔습니다."

"예에?"

'용하긴 개뿔! 얼마나 엉터리로 해몽을 했기에 옥에 갇히기까지 한단 말인가? 그럼 아까 내게 해준 그럴듯한 해몽도 죄다 헛소리겠구나.'

딱히 해몽을 믿은 것은 아니었지만 왠지 맥이 탁 풀렸다.

"한데 그쪽이야말로 여인이 무슨 죄를 지었기에 의금부까지 끌려오셨습니까?"

이번엔 와인이 백영에게 물었다.

"그건……."

도대체 임금은 어찌하려는 생각일까? 죽이려고 했다면 그 광폭한 성격에 그 자리에서 칼로 베어버렸을 것이다. 그런데 이렇게 옥에 가두어두다니, 거듭 생각해 보아도 임금의 의중을 알 수가 없었다. 그때 군졸 둘이 옥사로 다가왔다.

"춘향이 나와!"

"무, 무슨 일이오?"

고신이라도 시작하려는 건가 싶어 백영이 겁에 질려 물었다.

"가보면 안다!"

군졸이 백영의 칼을 벗기고 우악스럽게 옥사 밖으로 끌어냈다.

의금부에서 나오니 이미 밤이 깊어 있었다. 병졸들은 그녀를 곧장 경회루로 끌고 갔다. 수십 개의 등이 대낮처럼 밝혀진 경회루 연못엔 배가 떠 있고 율이 곤룡포를 풀어헤친 채 반 벌거숭이가 되어 벌거숭이가 된 여인들 사이에서 덩실덩실 춤을 추고 있었다. 그리고 임금의 옆엔 놀랍게도 완얼이 앉아 있었다.

'그럼 그렇지! 나리께서 그리 쉽게 돌아가실 리가 없다. 조선 최고 점쟁이 완얼 선생 아니신가!'

백영이 잠시 자신의 처지도 잊고 기뻐서 눈물을 글썽였다. 엉터리 해몽인 줄 알았는데 신기하게도 와인 무녀의 말이 맞나 보다.

'백영 아씨!'

완얼 역시 뱃머리에서 백영을 발견하고 몸을 일으켰다.

'완얼 나리! 살아 있으셨군요.'

그가 어떻게 불구덩이 속에서 빠져나왔는지는 모르겠으나 살아 있으니 되었다.

'아씨야말로 무사하셨군요. 다행입니다. 정말 다행입니다.'

완얼도 그녀가 무탈하게 돌아온 것에 일단 안도의 한숨을 내쉬었다.

"오호라, 드디어 춘향이 등장이로구나!"

무희들의 살 내음에 취해 있던 율이 그제야 백영을 알아보고 배에 태웠다. 율의 앞에 무릎 꿇려진 백영이 주위를 돌아보니 배 위엔 완얼뿐만이 아니라 량주와 숙휘 그리고 그녀의 오라비 변학도까지 타고 있었다.

"춘향뎐에서도 잔치가 절정일 때 춘향이를 옥에서 끌어냈었지."

율이 그리 말하며 백영에게 다가왔다.

"그리고 이렇게 물었던가? 이제 수청을 들겠느냐, 춘향아?"

그가 백영의 턱을 들어 올렸다. 사냥이라면 환장을 한다더니 그래서일까? 풀어헤쳐진 곤룡포 사이로 강인한 사내의 육체가 눈에 들어온다. 하지만 무인처럼 탄탄한 그의 가슴과 복근에선 왠지 모를 피 냄새가 풍겨오는 것 같았다. 대답을 하라는 것인지 아니면 이야기를 계속 하려는 것인지 몰라 백영은 그저 가슴만 졸이고 있었다. 임금이 또 다시 광증이 돌아 완얼의 앞에서 옷을 찢고 입을 맞출까 겁이 났다.

"그래서 춘향이는 무어라 답을 했습니까?"

여인들 중에 유일하게 옷을 갖춰 입고 있는 숙빈이 주안상 앞에 앉아 있다 그들 쪽으로 걸어왔다.

"다음 편에 계속……."

율이 아련한 눈빛으로 밤하늘 어딘가를 바라보며 답했다.

"예?"

"중편이 거기서 딱 끝났단 말이다. 매설가들은 꼭 궁금해 미칠 것 같은 순간 끊어버린단 말이지!"

율이 못마땅하게 백영을 노려봤다.

"그래야 다음 편을 볼 테니까요, 전하."

그의 관심이 소설로 옮겨가자 오히려 마음이 편안해진 백영이 차분하게 대꾸했다.

"하여튼 글쟁이들이란! 결국 다음 편을 봐달라고 비루하게 사정하는 주제에 말만 뻔지르르하지."

"하지만 그 덕에 제가 아직 살아 있는 것이 아니겠습니까? 그 뒷이야기는 제 머릿속에만 존재하니까요."

"그래서 그걸 믿고 그리 건방진 것이냐? 설마 내가 그까짓 이야기책 결말이 궁금하여 널 못 죽일 것 같으냐?"

'나는 너를 기다렸다. 가장 아름다운 전각을 내어주고, 그네를 매달고, 실로 오랜만에 설레며 기다렸다. 나는 너를 걱정했다. 어떤 놈이

너를 납치한 것일까, 어디서 다쳐서 온 것일까, 괜찮을까, 잠을 설치며 걱정했다. 근데 너는!'

율의 눈빛이 몹시도 사나워졌다.

'나를 보며 다른 사내의 이름을 불렀다!'

그가 학도를 향해 팔을 휙 뻗었다.

"저기 있는 네 오라비부터 죽여주랴?"

'들켰구나!'

백영의 낯빛이 대번에 창백해졌다. 정체가 발각된 것이다. 학도의 누이이며 이미 죽어 장례까지 치른 이한림 대감의 며느리라는 걸. 대역죄에 임금을 속이고 춘향이를 사칭한 죄까지 더해졌으니 그녀는 물론 집안 전체가 무사하지 못할 것이다.

"다 제가 저지른 짓이옵니다. 저희 오라비는 아무 죄가 없사오니 저를 죽여주시옵소서!"

한 마디도 지지 않고 대서던 그녀가 오라비를 지키기 위해 엎드려 애원했다. 가족들이 떼죽음을 당하게 할 순 없었다.

"아닙니다, 누이 대신 저를 죽여주시옵소서!"

그러자 우렁찬 고함 소리와 함께 오라버니가 쿵쿵쿵 달려와 철퍼덕 그녀의 옆에 엎드렸다.

"오라버니! 이러지 마십시오!"

백영이 고개를 옆으로 돌리다 흠칫 놀랐다. 오라버니가 갑자기 몸이 불어났나 싶을 정도로 산더미만 한 덩치가 엎드려 있는 것이 아닌가?

"전하, 춘향이는 어려서 부모님을 잃고 계모와 형님들에게 구박을 받았더랬습니다. 그래서 제가 업어 키운 불쌍한 아이입니다. 부디 제 누이를 너그러이 용서하여 주시고 대신 저를 벌하여 주시옵소서!"

덩치가 고개를 들어 간곡하게 고했다. 한데 그는 학도가 아니라 그 옆에 서 있던 량주였다.

'누이라니? 량주 무사님이 내 오라버니라고? 량주 무사님이 나를 업어 키워?'

변학도의 누이 변백영이 순식간에 고량주의 누이 고춘향으로 둔갑한 것이다. 도대체 이게 무슨 소리인가 어리둥절하는데 어느새 오라비 역할에 완전 몰입한 량주가 백영의 손을 꼭 붙들었다.

"춘향아, 너는 아무 걱정 말고 이 오라비만 믿어라."

자리가 사람을 만든다더니, 지금 이 순간만큼은 사고뭉치 고량주가 아니라 정말 믿음직스러운 오라비 같았다. 진짜 오라비처럼 백영을 보호해 주고 싶은 그의 진심이 녹아 있기 때문이었다.

"저 계집이 진정 네 누이라고? 그렇다면 너는 애초에 누이가 춘향이라는 걸 알고 있었을 텐데 춘향이를 찾겠다고 남원까지 그 먼 길을 굳이 내려갔다는 게 말이 안 되지 않느냐?"

율이 미심쩍은 눈초리로 두 사람을 번갈아 보았다.

"완얼군 대감껜 죽을죄이오나 전에 누이가 했던 말처럼 도중에 기회를 봐서 불쌍한 누이를 도망치게 할 생각이었습니다. 모든 벌은 제가 다 받겠습니다."

"흥! 퍽도 사이가 좋은 남매로구나. 그럼 네가 누이 대신 의금부로 끌려가 장을 맞을 테냐?"

"예, 그리하겠습니다."

량주가 망설임 없이 답했다. 백영이 맞는 것을 보느니 차라리 대신 맞는 것이 마음이 편할 것 같았다. 그녀를 위해서라면 그보다 더한 것이라도 할 수 있었다.

'량주 무사님, 저를 위해 이렇게까지…….'

가슴이 뭉클했다. 그리고 자기 때문에 량주를 다치게 할 순 없다는 생각에 자리에서 벌떡 일어났다.

"'이제 수청을 들겠느냐, 춘향아?' 하고 발정 난 사또가 물었다. '들겠사옵니다.' 뜻밖에도 춘향이 순순히 답을 하였다. '대신, 저를 미친 임금에게 보내주십시오!'"

느닷없는 그녀의 외침에 일제히 이목이 집중되었다. 사방이 찬물을 끼얹은 듯 조용해지고 율의 거친 숨소리만이 위태롭게 울려 퍼졌다.

"네년이 방금 무어라 지껄였느냐? 미친 임금?"

율의 이마에 핏대가 불끈 솟아올랐다.

"춘향뎐 완결편 첫 장이옵니다. 오늘부터 하루에 한 장씩 읽어드리기로 약조 드리지 않았습니까?"

백영이 무소불위의 권력 앞에 다시 납작 엎드려 사정을 했다.

"예, 맞습니다. 저는 다음 편을 봐달라고 비루하게 사정하는 글쟁이입니다. 그러니 저의 이야기를 들으시고 그 다음 이야기가 궁금하시다면 저와 저의 오라비를 내일도 숨을 쉬게 해주옵소서."

배에 타고 있는 모두가 숨을 죽이고 두 사람을 지켜보았다.

"보고 읽을 원고도 없이 낭독을 하겠다는 것이냐?"

"원고는 이미 저의 머릿속에 쓰여 있습니다."

그녀의 총명한 눈이 밤하늘의 별보다 더욱 초롱초롱하게 빛났다.

"좋다. 춘향이가 미친 임금에게 어찌하는지 한번 들어나 보자!"

율이 숙빈을 옆에 끼고 주안상에 자리 잡고 앉았다.

"예, 전하! 그럼 시작하겠습니다."

백영이 호흡을 가다듬고 낭랑한 목소리로 대망의 춘향뎐 완결편 첫 장을 읊기 시작했다.

곤장을 맞고 옥에 갇혀 있던 춘향이 사또의 생신을 맞아 동헌 마당으로 끌려 나왔다.

"이제 수청을 들겠느냐, 춘향아?"

발정 난 사또가 물었다.

"들겠습니다."

뜻밖에도 춘향이 순순히 답을 하였다.

"오오, 그렇지! 이제야 바른 대답을 하는구나. 역시 사람이나 짐승이나 매가 약이로다!"

"사또가 아니라 이 나라 조선의 임금에게요. 저를 미친 임금에게 보내주십시오! 이왕 누군가에게 수청을 들 거라면 가장 큰물에서 놀겠습니다."

"뭐라?"

예상치 못한 말에 사또가 가자미같이 찢어진 눈을 더욱 치켜떴다.

"사또, 언제까지 시시하게 지방을 전전하며 사실 것입니까? 막상 출사를 하고 보니 조정엔 온통 한다하는 집안의 자식들뿐이고, 배경도 연줄도 없이 중앙 요직은 꿈도 못 꿀 일이지요? 북촌의 아흔아홉 칸 기와집에 살고 싶지 않으십니까? 아드님을 성균관에 보내고 싶지 않으십니까? 금 수저 물고 태어난 것들만 떵떵거리고 살라는 법 있습니까?"

춘향이의 주옥같은 한 마디 한 마디가 사또의 죽어 있던 야망을 자극했다.

"그래서?"

"임금의 애첩이 되어 조선을 손아귀에 넣고 뒤흔들 것입니다! 하룻밤 저를 품에 안아보고선 지방 사또로 사시겠습니까, 아니면 저와 손을 잡고 세상을 가져보시겠습니까?"

"하지만 궐에는 전하의 총애를 한 몸에 받는 귀인 장씨가 있다. 천하절색에다가 요망한 색기까지 철철 넘친다 하던데 그런 여인에게서 임금을 빼앗아올 수 있겠느냐?"

"제가 누구입니까? 첫날밤에 업음질, 말놀이를 해치우고 이단합체 회전물레방아 기술까지 보유하고 있는 타고난 합궁의 고수입니다. 게다가 제겐 아직 열두 개의 비술이 남아 있습니다."

· 🐉 ·

"오! 열두 개의 비술이라니! 진정 그것이 가능하단 말이더냐?"

율이 크게 감탄하여 외쳤다. 그 바람에 백영의 이야기가 잠시 멈추었다. 이야기를 듣던 숙빈 장씨 역시 요망한 색기가 있는 귀인 장씨의 얘기에 움찔하며 미간을 찌푸렸다. 얼핏 듣기에도 자기 얘기였기 때문이다.

"일단 소설 속 춘향이는 가능하옵니다."

임금의 하문에 백영이 최대한 신중하게 답을 했다.

"그러니까 네가 바로 그 춘향이지 않느냐?"

"그것은……."

"전하, 일단 끝까지 들어보시지요."

백영이 머뭇거리자 완얼이 나서 대신 아뢰었다.

'형님 앞에서 내 여인을 위해 할 수 있는 게 고작 이런 것뿐이라니!'

자괴감에 몸이 갈가리 찢겨 나가는 것 같았다. 하지만 그녀를 이곳에서 데리고 나갈 수 있는 방법은 단 한 가지뿐이었다.

'폭군을 제거하는 것.'

얼핏 스쳐 지나간 생각에 가슴이 쿵 내려앉았다. 아무리 그래도 피를 나눈 혈육이다. 완얼이 조용히 고개를 저었다. 그러나 잠시 흩어지는 듯했던 생각은 집요하게 다시 날아와 깊은 곳에 자리 잡고선 그도 모르는 사이에 조금씩 커져 나갔다.

"좋다. 계속 읽어보아라."

율의 명에 백영의 이야기가 계속되었다.

"탐욕스러운 사또는 권력도 탐이 났지만 눈앞에 서 있는 젊고 싱싱한 여인의 육체 또한 포기할 수가 없었다. 어차피 처녀도 아닌데 하룻밤 재미 좀 보다 진상을 하여도 임금은 모를 것이다. 그리 생각한 사또가 거칠게 치마를 찢으며 춘향이를 덮치는 순간!"

백영이 긴박하게 소리치며 말을 뚝 끊었다.

"그 순간, 뭐? 무슨 일이냐? 거참, 빨리 읊어보아라."

율이 애가 닳아 몸을 앞으로 쑥 내밀었다. 완얼, 량주, 숙휘를 비롯한 모든 내관과 홍청들도 호기심에 몸을 쑥 내밀었다. 숙빈 역시 겉으론 관심 없는 척하면서도 귀를 쫑긋 세우고 있었다.

"다음 편에 계속."

그러나 백영은 차갑게 입을 닫아버렸다. 이에 격노한 율이 주안상을 뒤집어엎으며 소리를 질렀다.

"네 이년!"

또 시작이구나! 율의 광증을 익히 아는지라 배에 탄 모든 이들이 속으로 깊은 한숨을 내쉬었다. 조금 전만 해도 가슴을 훤히 드러내고 요염하게 춤을 춰대던 홍청들이 잔뜩 겁에 질려 우르르 선미(船尾)로 몰려가고, 악공들도 악기로 머리 위를 가리고 납작 엎드렸다. 임금이 흥분해 날뛰다 닥치는 대로 집어 던진다든가 칼을 휘두를지도 모르기 때문이다. 그러나 율은 다른 사람들 따위는 안중에도 없었다. 오직 백영만을 똑바로 응시하며 바닥에 나뒹구는 산해진미를 짓밟고 걸어갔다. 그리고 팔을 높이 치켜들어 가차 없이 백영의 뺨을 후려쳤다.

"아악!"

백영의 날카로운 비명이 밤하늘을 난도질했다.

"그래, 좋다! 그 잘난 완결편이 끝날 때까지 널 죽이지 않겠다. 네 몸을 탐하지도 않겠다. 하지만 피를 보지 않겠다는 약조는 한 적이 없다!"

율이 가지런한 흰 이를 드러내고 악귀와 같이 웃으며 다시 팔을 쳐들었다.

"오호호호!"

그와 동시에 또 하나의 악귀 숙빈의 아찔할 만큼 아름답고 높은 웃음소리가 수면 위로 울려 퍼졌다.

철썩!

율의 손이 이번엔 왼쪽 뺨을 내려친다. 매서운 따귀에 백영의 몸이 뱃머리까지 날아갔다. 하지만 율은 집요하게 쫓아가 다시 따귀를 날렸다. 백영이 따귀를 연달아 두어 대나 맞자 눈이 뒤집힌 완얼이 자리에서 벌떡 일어났다. 하지만 눈치 빠른 숙휘가 재빨리 몸을 날려 죽기 살기로 그를 붙들었다.

"절대 나서지 마십시오. 지금 나서시면 아씨를 구하긴커녕 두 분 다 죽을 것입니다. 때를 기다리셔야 합니다."

숙휘가 간곡하게 청했다. 그리고 량주에게도 나직이 쏘아붙였다.

"량주 너도 가만히 있거라!"

"하지만 형님, 아씨가!"

당장에라도 임금을 떠밀어 버릴 듯이 량주가 두 주먹을 불끈 쥐었다. 하지만 그랬다간 백영만큼이나 소중한 완얼이 위험해질 거라는 생각에 이러지도 못하고 저러지도 못한 채 피가 나도록 입술만 깨물고 있었다. 그러는 사이에도 율의 손은 인정사정없이 백영의 뺨을 후려쳤다.

철썩!

오른쪽 뺨.

철썩!

다시 왼쪽 뺨.

바닥에 쓰러진 백영의 몸이 축 늘어지고 코와 입술에서 피가 흘렀다. 그러나 이미 이성을 잃은 율은 또다시 팔을 높이 치켜들었다.

"형님!"

마침내 폭발해 버린 완얼이 숙휘를 내동댕이치고 달려갔다. 그리고 율의 앞을 가로막으며 팔목을 거칠게 잡아챘다. 감히 지존의 앞을 가로막고 옥체에 함부로 손을 대다니, 배 위의 모든 창과 검이 완얼을 향하였다. 궐에 들어올 때 무기를 압수당해 검 한 자루 없는 량주와 숙휘는 최대한 완얼의 가까이에서 몸을 방패 삼아 막고 있는 것 외엔 할 수 있는 것이 없었다.

'왜 좀 더 강하게 붙들고 있지 못했을까!'

숙휘가 후회하고 또 후회했다. 사랑이라는 것이 이성을 마비시켜 멍청한 짓을 서슴지 않고 저지르게 한다는 것은 익히 알고 있었지만 완얼이 이 정도로 무모해질 줄은 몰랐다.

"그만두십시오! 한 나라의 임금께서 연약한 아녀자에게 이 무슨 짓입니까?"

"감히, 감히 네놈이!"

율의 광기 어린 분노가 완얼에게 옮겨가며 세차게 팔을 뿌리쳤다.

철썩!

무자비하게 완얼의 뺨을 내려치는 소리가 사방에 울려 퍼졌다. 하지만 완얼은 고개를 숙이지도 시선을 돌리지도 않은 채 율의 앞에 꼿꼿하게 서 있었다. 그리고 평소답지 않은 그런 행동이 율의 신경을 더욱 거슬리게 만들었다.

"전하! 완얼군 대감께서 약주가 과하시여 온정신이 아니옵니다. 연희 중에 벌어진 일이오니 실언을 너그럽게 용서하여 주시옵소서!"

숙휘가 얼른 둘 사이를 가로막으며 납작 엎드려 고했다. 그러자 량주도 허둥지둥 달려와 그 옆에 엎드렸다.

"전하! 이 모든 것은 누이를 제대로 간수하지 못한 소인의 죄이옵니다. 소인을 벌하시고 저의 누이와 대감에겐 아량을 베풀어주시옵소서!"

율이 짙은 눈썹을 꿈틀거리며 완얼을 노려봤다. 숙휘 역시 고개를 돌려 간절한 눈빛으로 완얼을 바라보았다.

'완얼군 대감, 제발 전하 앞에 엎드려 고개를 숙이십시오. 그래야 후일이 있습니다. 오늘 죽는다면 어찌 후일을 기약하겠습니까?'

'너도 보지 않았느냐? 형님의 저 광기를! 나도 더 이상은, 더 이상은 참을 수가 없다!'

'그럼 이대로 아씨까지 죽이실 참입니까!'

'숙휘야!'

'대감!'

숙휘와 완얼의 시선이 치열하게 오고갔다.

'대감, 제발……'

숙휘가 다시 한 번 소리 없이 부르짖었다. 그리고 마침내 완얼이 율의 앞에 무릎을 꿇었다.

"전하! 제가 고주망태가 되어 잠시 돌았었나 봅니다! 소신의 무례를 하해와 같은 아량으로 용서하여 주시옵소서!"

'그래, 백영을 위해서라면 무릎이 아니라 형님의 가랑이 사이라도 기어가리라.'

완얼이 이를 악물었다. 지금은 자존심을 지키는 것보다 사랑하는 이를 지키는 것이 더 급하고 중요하다고 생각했기 때문이다.

"하오나 전하, 제가 친아우처럼 생각하는 량주의 누이입니다. 아우의 누이면 제 누이이기도 하지 않습니까? 부디 관용을 베풀어주십시오."

"아우의 누이라? 네놈의 수하가 네 아우면, 나의 아우이기도 하니 그 아우의 누이는 내 누이겠구나. 그럼 춘향이가 내 누이란 말이더냐? 나는 내 누이와 붙어먹으려는 개잡놈이고? 그야말로 개족보로구나! 어쩌다 이 나라 조선의 종묘사직이 이 꼴이 되었을꼬? 선대왕님들께서 지하에서 통곡을 하시겠구나!"

율이 코웃음을 치며 비아냥거렸다. 하지만 완얼이 제 앞에 설설 기며 사정하는 꼴을 보자 갑자기 김이 팍 새면서 흥도 식어버렸다.

"오늘 뱃놀이는 끝이다!"

율이 심드렁하게 돌아섰다. 그러자 너덜너덜해진 걸레 조각처럼 바닥에 쓰러져 있던 백영이 가쁜 숨과 함께 말을 내뱉었다.

"성은이…… 망극하옵니다."

"무어라? 네가 지금 나를 능멸하는 것이냐?"

"이리 진노하실 정도로……. 다음 이야기를 궁금해 하시니……. 내일까진 살려주시는 거 아니옵니까?"

"독한 년."

율이 백영을 매섭게 노려봤다.

"오늘은…… 살았습니다."

그래, 여하튼 오늘은 살아남은 것이다. 그녀가 지금 바라는 것은 오늘 하루치의 목숨이었다.

'이렇게 하루하루 살아남으면 언젠가는 끝나겠지. 괜찮다. 나는 괜찮다.'

백영이 희미하게 웃으며 정신이 아득해져 갔다.

"전하, 계집을 다시 옥으로 보내실 것입니까?"

학도가 사력을 다해 담담하게 물었다. 하지만 침통한 표정까지 감출 수는 없었다.

"됐다. 아무 처소에나 던져놓아라."

"전하께선 제 처소로 드시지요."

숙빈이 때를 놓치지 않고 요망한 미소를 지으며 율의 품에 안겼다. 두 악귀를 바라보는 완얼의 눈에서 푸른 불꽃이 타올랐다. 그리고 모든 것을 불태워 버릴 듯한 강렬한 살기를 느꼈다. 그것은 다름 아닌 자신의 몸에서 뿜어져 나오는 살기였다.

'죽이고 싶다!'

핏빛 한마디가 뇌리에서 떠나질 않았다.

8.

배꼽은 깊고 엉덩이는 소담하며
욕망은 핏빛이다

정신을 잃었던 백영이 다시 눈을 뜬 곳은 아늑한 방 안이었다. 그리고 궁녀 두 명이 눈을 동그랗게 뜨고 그녀를 내려다보고 있었다.

"이제 정신이 좀 드느냐?"

"너 책비라면서?"

"그러니 이리 얻어터져서 왔겠지. 안 죽고 살아온 게 용하지."

눈을 뜨자마자 거의 동시에 쏟아지는 말들에 얼른 대답을 못 하고 일단 몸부터 일으켰다.

"여기가 어디입니까?"

어깨가 욱신거리고 터진 입술이 따갑긴 했지만 말을 못 할 정도는 아니었다.

"여긴 중궁전 궁녀들의 처소다."

"궁녀요?"

"나는 자라고."

살집이 좋고 자라목을 한 궁녀가 말했다. 그러자 옆에 있던 입이 오리처럼 나온 궁녀도 제 소개를 했다.

"나는 오리라고 해. 앞으로 우리랑 같이 지내게 될 거야."

"앞으로라기보다는 당분간이 맞지 않겠니? 책비를 왜 여기로 보낸 건진 모르겠지만 애가 살면 얼마나 살겠냐."

그다지 환영하는 눈치는 아니었다. 그도 그럴 것이 침방, 수방, 소주방, 생과방, 세답방을 비롯해 세수간, 퇴선간, 복이처, 등촉방에 소속된 궁녀들은 모두 오랜 시간 수련을 거친 전문 인력들이었다. 특히 지밀과 중궁전, 동궁전, 대비전 등의 궁녀는 선발도 까다로워 네댓 살에 생각시로 입궐해 십오 년을 배우고서야 관례를 치르고 나인이 될 수 있었다. 한데 근본도 모르는 책비 나부랭이가 불쑥 나타나 감히 궁녀들과 함께 지내겠다고 하니 탐탁지 않게 생각하는 것이 당연했다.

"너 깨면 주라더라. 내의원에서 특별히 지어온 약이래."

마침 목이 타들어가던 터라 백영은 나인이 건넨 약사발을 받아 들어 벌컥벌컥 들이켰다. 쓰디쓴 약 냄새가 올라왔으나 일단 갈증은 풀렸다.

"몸에 좋은 거라니까 기를 쓰고 받아먹네."

오리인지 자라인지가 괜히 퉁퉁거리며 말했다.

"근데 아까 그 말이 무슨 뜻입니까? '살면 얼마나 살겠느냐'라니요?"

어느 정도 정신이 돌아오자 백영이 따져 물었다.

"몰라서 묻니? 저번 책비는 사냥터에 따라가서 춘향뎐을 읽어드리다 전하께서 집어 던진 술잔에 맞아 머리가 터졌고."

"아직도 정신이 들락날락하는지 비만 오면 머리에 꽃을 꽂고선 사람 구실 못 한다더라."

"'이슬낭자뎐―아오, 이슬아'를 읽던 책비는 이슬 낭자가 죽어버리니

배꼽은 깊고 엉덩이는 소담하며 욕망은 핏빛이다 445

까 전하께서 격노하셔서 입을 찢어 죽였잖아. 그렇게 쓴 놈이 잘못이지 쓰여 있는 거 읽은 책비가 무슨 죄라고."

"읽기만 해도 입이 찢어져 죽었는데 작자 미상은 잡히면 착흉이나 촌참, 쇄골표풍 정도는 당하겠지?"

오리와 자라가 죽이 척척 맞아 신바람 나게 주고받는다. 착흉은 가슴을 빠개 버리는 형벌이었고, 촌참은 토막토막 자르는 것, 쇄골표풍은 뼈를 갈아서 바람에 날리는 것을 뜻했다. 이래저래 머리에 피가 빠져나가는 느낌이 들 정도로 오싹한 말들이었다. 그러니까 이 궐에서 책비란 미친 왕에게 언제 죽을지 모르는 가장 위험한 기피 보직이었다.

"그렇군요."

백영이 그저 덤덤하게 답했다. 그녀에겐 선택의 여지가 없었다. 책비로 들어오지 않았으면 후궁이 될 수밖에 없었으니 완얼을 마음에 품고선 임금의 후궁이 될 수도 없을 뿐더러 후궁이 되었어도 신분을 숨기고 들어온 이상 어차피 위험하기는 마찬가지였을 것이다.

"그래도 전하께서 직접 내의원을 시켜 귀한 약도 보내주시고, 책비한테 특별히 신경 써주시는 것 같긴 하네."

"개 패듯이 두들겨 패놓고 치료해 주고, 다 나으면 또 두들겨 패고, 그게 무슨 신경 써주는 거냐? 병 주고 약 주고 가지고 노는 거지."

"아무튼 우린 이제 일하러 나가야 돼."

나인들은 여섯 시진씩 번을 서고 삼교대로 근무를 하였다.

"크게 상하진 않은 것 같으니 푹 쉬라더라. 심심하면 책이나 보고 있든가. 책비니까 책 좋아할 거 아니야?"

자라가 큰 선심이라도 쓰듯이 문갑을 열어 옷으로 꽁꽁 싸놓은 책 한 권을 꺼냈다.

― 춘향뎐, 띠망의 완결편

'빌어먹을, 가짜가 또 돌아다니는군!'

책의 제목을 보자마자 백영은 거의 반사적으로 욕이 나왔다. 남원에서 예방이 은밀히 구해왔다던 가짜 완결편과 똑같은 책이었다.

"이거 가짜입니다."

백영이 더 볼 것도 없이 단언하자 나인들의 눈이 휘둥그레졌다.

"춘향뎐의 작가와 매우 절친하다는 책쾌가 완결편을 미리 입수하였다 하여 어렵게 구한 것이지요?"

"그걸 어찌……."

팔아먹는 수법도 똑같구나 하며 백영이 속으로 코웃음을 쳤다.

"사기당한 사람을 몇몇 봤거든요. 혹시 이단합체 파전물레방아라고 쓰여 있지 않습니까?"

그러자 궁녀들이 서로 얼굴을 쳐다보며 고개를 갸우뚱했다.

"이단합체 회전엉덩방아라고 쓰여 있던 것 같은데. 그치?"

"맞아. 엉덩방아!"

"맙소사! 이단합체 회전을 하다 엉덩방아를 찧으면 그 사내는……."

상상만으로도 끔찍한 고통이 생생하게 전해져 백영의 얼굴이 일그러졌다.

"부러져 죽습니다."

"어디가? 다리? 허리? 목? 아니면…… 에구머니나!"

자라의 얼굴이 확 달아올랐다. 정답이 떠오른 모양이다.

"제법인데? 너 이름이 뭐니?"

오리가 흥미로운 표정으로 백영을 새삼 살펴보았다.

"아, 제 이름은…… 고춘향이라고 합니다."

"고추냥?"

"아니요. 춘향이요, 고춘향."

"'춘향뎐'할 때 그 춘향이?"

"예."

"기녀 이름 같은데, 너 혹시 홍청이나 운평 출신이니?"

그리 묻는 오리의 얼굴에 흥미로움 대신 불쾌한 빛이 스쳤다. 기녀 출신 따위가 중궁전 궁녀의 처소로 오다니 말도 안 되는 일이었다.

"아니요. 춘향뎐이 유명해지는 바람에 오해를 많이 받긴 하지만 전 기녀가 아닙니다."

백영이 단호하게 답했다.

"하긴, 걔들이 책비 같은 걸 할 리가 없지. 근데 이번에 궐에 들어온 홍청들 중에 말이야."

자라가 갑자기 목소리를 확 낮추었다.

"가슴에 그 표식이 새겨진 여인이 있대."

"그 표식이 뭔데?"

"왕의 여인, 乙!"

"헉!"

오리가 소스라치게 놀라며 입을 막았다.

"그게 정말이야? 어디에?"

"젖가슴에 있다던데 확실한 건지는 모르겠어."

"가, 가슴에? 그럼 이미 승은을 입은 거야?"

"아마 그렇지 않을까? 입단속을 단단히 시켜서 다들 쉬쉬하고 있는데 알 사람은 다 안다더라."

"전하의 표식은 그리 총애를 받으시는 숙빈마마도 못 받은 거잖아.

그럼 이제 어떻게 되는 거야?"

"어떻게 되긴. 또 한바탕 피바람이 부는 거지. 숙빈마마가 왕의 표식을 받은 계집을 그냥 두고 보시겠니? 여태 숙빈마마와 척을 지고서 살아남은 자가 없잖아."

"이번엔 다르지 않을까? 왕의 표식까지 받은 엄청난 계집인데."

"대체 누굴까?"

"일일이 벗겨보지 않는 이상 그걸 어떻게 알겠냐? 이번에 새로 들어온 홍청이 한두 명도 아니고 엄청 많다던데."

궁녀들이 제일 관심 있어 하는 승은에 관한 이야기인지라 두 사람의 대화는 끝도 없이 이어졌다. 자기 얘기를 듣는 것이 민망해진 백영이 슬그머니 일어났다. 하지만 이야기에 푹 빠진 두 사람은 백영이 나가거나 말거나 전혀 신경 쓰지 않았다.

광화문을 지나 궐로 들어오면 가장 먼저 근정전이 보인다. 그 뒤로 전하께서 공무를 보시는 편전인 사정전과 침전인 강녕전, 중전마마가 계시는 교태전이 차례로 자리 잡고 있었다. 그리고 근정전의 양옆으로 세자가 책봉되지 않아 지금은 비어 있는 동궁전과 경회루 연못이 있고, 교태전 북쪽 아미산 너머가 바로 궐의 여인들의 공간이었다. 대략 큰 전각들은 다 안다고 생각했는데 이것저것 생각에 잠겨 발걸음을 옮기다 그만 길을 잃고 말았다.

"으흑흑흑."

몹시 당황해 허둥지둥 헤매는데 어딘가에서 스산한 울음소리가 들려왔다. 잔뜩 숨죽여 우는 소리는 애간장을 끊는 듯이 구슬펐다.

'대체 어디서 나는 소리람?'

백영이 두리번거리며 소리가 나는 곳으로 걸어갔다. 그리고 마침내 어느 전각의 담장 아래에 다다랐다. 울음소리는 바로 그 담장 안에서 들려오고 있었다. 백영이 한참 망설이다 살며시 전각으로 들어가 문을 열어보았다. 문은 잠겨 있지 않고 스르륵 열렸다.

'그냥 되돌아갈까?'

백영이 다시 한 번 망설였다.

아무것도 하지 말고, 아무것도 궁금해하지 마라. 그리고 아무것도 묻지 마라.

그것이 궁에서 오래 살아남을 수 있는 방법이었다. 하지만 그냥 돌아가기엔 울음소리가 너무도 애달팠다. 백영은 마음을 단단히 먹고 전각 안으로 한 발짝 들여놓았다.

'여기는 어제 내가 있던 곳이 아닌가?'

만 가지 꽃이 활짝 피어 있는 앞뜰과 고아한 전각이 그림처럼 어우러진 곳, 바로 만화각이었다. 백영이 안으로 들어가자 어느새 울음소리는 뚝 그치고 사방이 고요해졌다.

"거기 누구 있어요?"

용기를 내 조심스럽게 외쳐보았다. 하지만 아무 대답이 없었다.

"저기요!"

그때, 등 뒤에서 누군가가 튀어나와 와락 그녀를 덮쳤다.

"누, 누구!"

말을 채 맺기도 전에 누군가의 손이 입을 틀어막았다. 그리고 '쉿!' 하는 소리와 함께 커다란 나무 뒤로 끌고 들어가 몸을 숨겼다.

"나다, 백영아."

익숙한 중저음의 목소리.

'오라버니?'

백영이 그의 목소리를 알아들은 것 같자 학도가 입을 막고 있던 손을 천천히 떼었다. 그녀가 고개를 돌려 오라비를 보았다. 관복을 입은 학도가 근심 가득한 얼굴로 그녀를 보고 있었다.

"오라버니, 여기서 뭘 하고 계신 겁니까?"

오라비의 조심스러운 몸짓에 저도 모르게 목소리를 낮춰 물었다.

"혹시 제가 들은 울음소리가 오라버니의……."

그때 다시 울음소리가 들려왔다.

"으으으흑. 으으으흑."

"저 안에 누가 있습니까?"

백영이 목을 쭉 빼고 소리가 들려오는 전각 안쪽을 기웃거렸다.

'누굴까? 누가 저리도 구슬프게 울고 있는 것일까? 무엇이 저리도 비통한 것일까?'

그러자 학도가 그녀의 손을 잡고 최대한 기척을 죽여 전각으로 향했다. 그리고 대청에 올라 문이 반쯤 열려 있는 방을 살며시 엿보았다.

"으으으흑. 으으으흑."

방 안엔 곤룡포를 입은 한 사내가 엎드려 울고 있었다. 백영이 놀라 학도를 바라보자 그가 다시 손목을 끌고 앞뜰로 내려갔다.

"전하가 아니십니까? 아니, 전하가 맞으십니까?"

붉은 용포를 들썩이며 통곡하는 모습이 어제의 그와는 달리 너무 낯설었다. 누군가 용포를 훔쳐 입고 대신 울고 있는 것이 아닌가 싶을 정도로.

'아니면 저것이 이율이란 사내의 맨 얼굴인가?'

백영은 악귀의 벌거벗은 모습을 본 것만 같아 몹시 당혹스러웠다.

"이곳은 만화각이라는 곳이다. 전하의 모후께서 교태전에 드시기 전 계시던 전각이지. 이곳을 아주 좋아하셨다는구나."

전하의 모후에 대해서라면 백영도 대강 알고 있었다. 총애를 한 몸에 받던 후궁이던 그녀는 선왕의 첫 번째 중전이 후사 없이 세상을 뜨자 계비가 되어 원자, 즉 지금의 임금인 이율을 낳았다. 그러나 결국엔 정쟁에 휘말려 폐서인의 몸으로 사약을 받은 비운의 여인이었다. 어린 아들이 지켜보는 앞에서 피를 토하며 몸부림치다 눈도 제대로 감지 못한 채 세상을 떠났다고 한다. 세자를 낳은 중전도 사약을 받아 죽어 나갈 수 있는 곳. 백영은 새삼 궐이라는 곳이 참 무섭고 비정한 곳이구나 싶었다.

"그러실 만하군요. 정말 아름다운 전각입니다."

"전하께서 용상에 오르신 후 이곳은 그 누구도 들이지 않고 줄곧 비어 있었다. 모후의 흔적이 남아 있는 유일한 곳이라 생각하신 모양이다. 내관조차 멀찍이 떼어놓으시고 종종 이곳을 찾으시곤 한다."

"근데 오라버니는 왜 여기 계신 겁니까?"

"걱정이 돼서."

"전하가요?"

"오늘이 모후의 생신이시거든. 유독 생각이 나시나 보다. 그분께서 돌아가신 게 전하의 보령이 겨우 여섯 살 때였다. 원통하시겠지."

"설마 전하를 불쌍하게 생각하시는 겁니까? 설마요?"

애 끓게 눈물을 흘리는 모습이 낯설기는 했지만 그렇다고 그가 한 짓이 용서되는 것은 아니었다.

"가슴속에 한이 깊으신 분이다."

"한은 저도 많습니다! 어제 저를 그리도 잔혹하게 폭행한 분입니다. 잊으셨습니까? 저의 터진 입술이 오라버니 눈엔 보이지 않으십니까? 오라버니께서 지금 측은해해야 할 사람은 접니다. 저런 미치광이 옆에 있다가 언제 맞아 죽을지 모르는 이 누이요!"

백영이 기가 막힌 표정으로 쏘아붙였다.

"다 핑계일 뿐입니다. 어머니를 잃었다고 모두 전하처럼 되지는 않습니다. 게다가 용상에 올라 모후의 원한을 풀어드린다며 죽일 만큼 죽이지 않으셨습니까? 호의호식하며 사시사철 여인들에게 둘러싸여 사는 사람에게 연민이라니요? 그야말로 개 풀 뜯어먹을 소리입니다."

"백영아, 네가 전하의 모후를 많이 닮았다는구나."

'가여운 나의 누이야⋯⋯. 나의 누이야⋯⋯. 너는 어찌하여 이런 고단한 운명을 타고났느냐?'

학도가 누이의 얼굴을 아프게 바라보았다.

"예? 제가요?"

"나라고 너를 피비린내 나는 궁으로 들여보내고 싶었겠느냐? 내 너를 어찌 키웠는데 그리 잔혹하게 매를 맞을 때 가슴이 찢어지지 않았겠느냐? 하지만 너는 전하께 그 누구보다 특별한 여인이다. 어쩌면 네가 전하를 바꿀 수 있을지도 모른다. 아니, 꼭 그럴 수 있을 것이다, 너라면."

간곡한 목소리만큼이나 학도의 표정 또한 절실했다.

"싫습니다! 왜 제가 그래야만 합니까?"

백영이 원망스럽게 외쳤다. 저런 광인의 특별한 여인 따위가 될 생각도 없고 되고 싶지도 않았다. 그에게 내어줄 마음 따위 좁쌀 한 알만큼도 없었다.

"좌승지!"

그때 등 뒤에서 서슬 퍼런 호령이 들려왔다. 얘기에 깊이 빠져 인기척을 느끼지 못한 학도가 놀라 돌아봤다. 율이 그들을 향해 성큼성큼 걸어오고 있었다.

"전하!"

학도가 황급히 허리를 숙였다. 백영도 당황해 뒤를 돌아봤다. 그러자 율이 갑자기 발걸음을 멈추고 그녀를 멍하니 바라보았다.

'어머니……'

숨이 멎는 것 같았다. 가슴에 안은 불덩이 같은 존재. 아무리 눈물을 토해내도 원통함이 가시지 않는 사람. 그녀가 그의 눈앞에 서 있었다. 그리움이 가득한 눈빛으로 그녀를 향해 한 손을 뻗었다. 꿈속에서 늘 아련하게 잡힐 듯 잡히지 않는 어머니를 붙들고 싶었다.

"전하!"

그러자 백영이 다급하게 고개를 조아렸다. 그 목소리에 율이 찰나의 백일몽에서 깨어났다. 그의 앞에 서 있는 건 모후가 아니라 춘향이었다.

"내가 너에게 이곳에 들어와도 된다고 허락한 적이 있더냐?"

무안함을 감추려 율이 날카롭게 하문했다.

"이 아이가 아직 궁이 낯설어 길을 잘못 든 모양입니다. 잘 가르쳐서 입궐시켜야 했는데 모두 제 불찰이옵니다."

학도가 대신 나서서 고개를 조아렸다.

"내가 좌승지에 물었는가?"

"소, 송구하옵니다."

바짝 긴장한 학도가 도로 한 발 물러섰다. 그러나 율은 좌승지 따위는 안중에도 없었다. 그의 시선은 오직 백영을 향해 있었다.

"괜찮…… 으냐?"

뜻밖에 물음에 백영이 저도 모르게 고개를 번쩍 들었다. 그러자 너무나 해쓱한 얼굴이 시야에 들어왔다. 지난밤 살기로 번뜩이던 눈엔 아련한 물기가 어려 있었고, 그의 눈빛에서 광기를 지우자 얼핏 완얼의 얼굴이 겹쳐 보였다.

"과인이 어제는 술이 좀 과하여 기억이 전혀 나지 않는구나."

하지만 다시 입을 열자 목소리는 여전히 뻔뻔하기 그지없었다.

'자기 손에 맞아 죽을 뻔한 사람이 버젓이 눈앞에 있는데 기억이 안 난다고 하면 그만인가?'

백영이 화가 치밀어 오르는 것을 억누르기 위해 고개를 숙였다.

"내 어의 중에 겨우 열여덟에 의과 장원으로 급제하여 서른이 채 되기 전에 최연소로 어의가 된 천재적인 의관이 있는데, 특히 침술이 굉장히 뛰어나 황금처럼 귀한 손이라 해서 금손이라 불릴 정도이다. 네가 바로 그자에게 침을 맞았다."

대체 무슨 소리를 하는 것인가? 백영이 어리둥절해 그저 잠자코 있었다.

"그리 뛰어난 자를 네게 보냈단 말이다, 과인이."

율이 은근히 생색을 내며 말하더니 대답을 기다렸다. 그러나 한참을 기다려도 백영은 아무 말이 없었다.

"뭘 하고 있느냐?"

"예?"

"'성은이 망극하옵니다!' 뭐 이런 대답이 나와야 하는 것이 아니냐?"

'그러니까, 지금 내게 감사의 말 같은 걸 듣고 싶다는 것인가? 저자가 정녕 미친 것이로구나!'

백영이 또다시 속이 뒤집어졌다. 애초에 그리 개 패듯이 패지 않았으면 금손인지 은손인지에게 침을 맞을 일도 없었겠지!

"흠흠! 그리고 네 오라비의 집에 비단 스무 필과 면포 서른 필, 은 구어 식해 스무 미와 어주를 보냈노라."

생각처럼 상황이 풀리지 않자 율이 헛기침을 하며 말을 이었다. 실은 기억하고 있었다. 지난밤, 저 아이의 피를 손에 묻힌 것을. 머리에 자욱한 안개가 낀 듯이 부연 기억이긴 하지만 피를 본 기억은 잘 잊히지 않았다. 피를 보는 것이 그에게도 썩 유쾌한 일은 아니었다. 그렇게 한바탕 광증이 휩쓸고 간 뒤엔 늘 헛헛한 공허함이 밀려왔다. 너무 잔혹했다고 생각할 때도 있었다. 하지만 그에게 사죄 따위는 존재하지 않았다. 무언가 마음에 걸린 일을 했다면 보상으로 성은을 베풀고, 성은을 받은 자는 그에게 감사를 하는 것이 당연한 일이었다. 그러므로 저 계집도 응당 성은에 망극해하여야 했다.

"전하, 뭘 그런 걸 다……. 성은이 망극하옵니다!"

하지만 엉뚱하게도 학도가 큰 소리로 성은에 감사를 표하였다.

"좌승지가 왜?"

율이 고개를 갸우뚱했다. 그러자 그제야 학도가 아차 싶었다. 임금이 알고 있는 백영의 오라비는 학도가 아니라 고량주다. 고량주에게 하사한 것을 좌승지가 감사를 표하였으니 이상할 수밖에.

"백성을 생각하시는 성심에 깊이 감복하여서 그만."

학도가 요령껏 말을 둘러쳤다.

"근데 좌승지는 아직 여기 있었는가? 눈치 없이……. 단둘이 있으면 내가 춘향이를 때려죽이기라도 할까 봐 걱정하는 것이냐?"

"그런 것이 아니오라……."

"그만 물러가 보게."

"예, 전하."

학도가 주춤주춤 뒷걸음질을 치자 백영도 얼른 따라나서며 고했다.

"전하, 그럼 소인도 이만 물러가 보겠습니다."

"너는 어찌 가려 하느냐?"

율이 당황해 물었다.

"저는 책비가 아니옵니까? 돌아가 제 할 일을 해야지요."

백영이 딱 잘라 말하고는 학도와 함께 문으로 향했다.

"잠깐!"

순간 율의 목소리에 날이 섰다. 모골이 송연해진 백영이 그를 돌아보니 목소리와는 달리 그녀를 내려다보고 있는 눈빛은 그리 사납지 않았다.

"다음 편은 어떻게 되느냐?"

"송구하오나 무슨 말씀이신지."

"'사또가 거칠게 치마를 찢으며 춘향이를 덮치는 순간!' 그 뒤가 어찌 되느냐 말이다. 날이 바뀌었으니 이젠 오늘 치 이야기를 들을 수 있는 것이 아니냐?"

"몸이 좋지 않아 아직 집필을 하지 못했습니다. 그래서 돌아가 제할 일을 하겠다고 아뢴 것이옵니다."

"너는 머릿속에 이미 원고가 담겨 있어 굳이 종이에 적지 않아도 암송할 수 있지 않느냐? 어제 경회루에서도 그렇게 들려주었고."

"어젠 운이 좋아 그리할 수 있었던 것입니다. 글이라는 것이 원래 쓰고 다듬고 또 고치고 또 다듬고 하여 세상에 나오는 것인데, 그리 수십 수백 번을 가다듬어도 완성이란 없는 것이 글이건만 어찌 감히 전하께 머릿속에만 담겨 있는 아수라장 같은 이야기를 두 번씩이나 올리겠사옵니까? 부디 제게 시간을 주십시오."

누이가 저리 따박따박 말대꾸를 하다 또다시 전하의 심기를 건드려 두들겨 맞으면 어쩌나 하고 학도의 가슴이 조마조마했다. 금방이라도 저 잔혹한 입에서 '네 이년!' 하고 노성이 터져 나올 것만 같았다.

"좋다. 그럼 해가 지고 다시 부를 것이니 쓰고 다듬고 또 고치고 또 다듬고 하여 가지고 오너라!"

퉁명스럽게 쏘아붙이기는 했으나 걱정과는 달리 그리 노한 것 같지는 않았다. 당차게 맞서긴 했지만 속으론 은근히 마음 졸이고 있던 백영이 그제야 안도의 한숨을 내쉬며 허리를 깊이 숙였다.

"그럼 물러가 보겠사옵니다."

'가지 마라!'

만화각을 빠져나가는 백영을 바라보며 율이 마음속으로 외쳤다.

'나는 어찌하여 너의 피로 내 손을 적시고 싶으면서, 나는 또 어찌하여 너를 곁에 두고 싶은 것이냐? 나는 어찌하여 소중한 것일수록 망가뜨리고 싶은 것이냐?'

가슴에 켜켜이 맺힌 한은 그 무엇으로도 풀리지 않았다. 마음 둘 곳을 찾지 못한 그리움은 자꾸만 분노로 바뀌었다.

'가지 마라. 나를 혼자 두고 가지 마라. 나는 너무 외롭구나.'

"오라버니께선 이제 어디로 가실 겁니까?"

만화각을 나온 백영이 학도에게 물었다.

"안 그래도 널 데리러 갈 생각이었다. 숙빈마마께서 너를 찾으신다."

"저를요? 왜요?"

"그건 나도 잘 모르겠구나. 일단 데리고 오라고만 하셨으니. 내가 함께 갈 것이니 너무 걱정 마라."

오누이는 잠시 아무 말 없이 각자의 생각에 잠겨 발걸음을 옮겼다.

천화각(千花閣).

만 가지 꽃보다는 적은 천 가지 꽃의 전각. 이름 그대로 규모는 만화각보다 작았지만 화려하기로는 궐에서 제일인 전각이었다. 주로 원색의 꽃들을 심어 붉은빛이 강한 후원과 진홍빛 화류장, 칠보서안, 금

실로 수놓은 열 폭 병풍으로 장식된 내실은 화려하기 그지없는 숙빈과 아주 잘 어울렸다.

"궐에서 제일가는 어의를 보냈다더니 금세 멀쩡하게 돌아다니는구나."

백영이 학도를 따라 안으로 들자 숙빈이 눈을 치켜뜨며 아래위로 훑어봤다. 그리고 그런 숙빈의 곁에는 말끔하게 차려입은 두 여인이 앉아 있었는데 그중 젊은 여인 쪽은 낯이 몹시 익었다.

"어떤가? 저 계집의 상이."

숙빈이 중년 여인에게 물었다. 그러자 볼이 축 늘어진 중년의 여인이 백영을 유심히 살펴보았다. 그 눈빛이 어찌나 날카로운지 거죽을 꿰뚫고 내장 속까지도 샅샅이 훑어보는 듯한 기분이 들었다.

"참 묘한 상입니다. 살아 있으나 죽은 것이요, 죽어도 죽은 것이 아니니 어찌 이런 희한한 상이 있을꼬?"

"아니, 그리 두루뭉술 말고 저 계집이 승은을 입어 아들을 낳을 상인지 아닌지 그런 걸 말해보란 말이네. 그러라고 국무를 예까지 부른 것이 아닌가!"

숙빈이 짜증스럽게 나무랐다.

'국무? 저 여인이 성수청의 우두머리인 국무녀인가 보구나.'

그리고 그 옆에 젊은 여인은 어제 같이 칼을 쓰고 옥사에 갇혀 있었던 성수청 무녀 와인이었다.

"와인아, 네가 요즘 신기가 절정이니 한번 보거라."

국무가 떨떠름한 표정으로 와인에게 명하자 그녀가 부루퉁하게 입술을 내밀었다.

"저는 해몽 전문인데 관상을 어찌 봅니까? 그나마 해몽도 자꾸 마음에 안 드신다 하여 옥에 들락거리는 신세인걸요. 마음에 안 드는 꿈을 꾸시고 오셔선 마음에 드는 해몽을 해달라고 하시니 거짓을 고할 수도 없고, 절더러 어쩌란 말입니까?"

"이번 관상만 잘 봐주면 앞으론 해몽 가지고 옥에 보내지 않겠다."

숙빈이 선심 쓰듯 툭 던졌다. 그러자 와인의 표정이 대번에 환하게 밝아졌다.

"정말이시지요?"

"그래, 약조하마."

"자고로 마마일언중천금이라 하였습니다. 약조를 꼭 지켜주시옵소서."

순간 백영이 고개를 갸우뚱했다.

"마마일언중천금?"

숙빈도 어리둥절해 되물었다. 백영의 귀에만 이상하게 들린 것이 아니었나 보다.

"예, 마마. 마마의 한마디는 천금같이 값지고 무겁다는 뜻이 아니옵니까?"

저런 어처구니없는 말을 하면서도 와인의 표정은 진지하기 짝이 없었다.

"남아일언중천금이다."

국무가 난감한 얼굴로 살짝 귀띔을 해주자 와인이 해맑게 고개를 끄덕이며 말했다.

"저도 압니다. 사내는 '남아일언중천금', 마마는 '마마일언중천금'. 내 님이 하는 말은 '님아일언중천금'. 이런 것을 응용력이라 하지요."

경국쥐색, 색골난망 못지않은 어록에 백영의 입이 떡 벌어졌다. 고량주 뺨치는 어마어마한 여인이 나타난 것이다. 만일 하늘에서 짚신 두 짝을 집어 던져 두 사람이 주웠다면 한 짝은 고량주가, 나머지 한 짝은 와인이 주웠을 것이다.

"알았다. 알았으니 그 좋은 신기나 한번 풀어보아라."

숙빈이 말을 재촉했다. 그러자 와인의 얼굴에서 해맑은 미소가 사라지더니 백영을 보는 눈빛에 날이 섰다.

"저 여인은 왕의 아이를 낳을 것입니다."

"뭐라?"

숙빈이 눈에서 불을 뿜었다. 하지만 와인은 홀린 듯이 말을 이었다.

"그의 아들을."

"아들이라고?"

숙빈의 목소리가 쩍 갈라지며 찻상 위에 올려놓은 주먹이 부들부들 떨렸다. 이 궐에서 금상의 아들은 오직 숙빈 장씨의 아들뿐이었다. 유명무실한 중전은 오 년 전 왕자를 낳긴 했으나 항문이 막혀 태어난 아이는 사흘 만에 세상을 떠났고, 그 뒤로 다시 회임을 하지 못했다. 후궁들과 임금 주위의 무수히 많은 여인들도 회임이 잘 되지 않았을 뿐 아니라 더러 아이를 낳았어도 다들 계집아이였다. 몇 년 전 홍청 출신의 계집이 아들을 낳은 적이 한 번 있었는데 임금의 씨가 아니라는 소문이 파다했고, 그나마도 세 살이 못 되어 원인 모를 병으로 죽었다.

'가뜩이나 눈에 거슬리는 저 계집이 아들까지 낳을 상이라니!'

비록 지금은 책비라지만 왕의 표식을 받은 계집이니 언제 어느 때 후궁이 될지 모르는 일이고, 게다가 아들까지 낳는다면 숙빈의 가장 큰 적이 될 것이었다.

"상도 상이지만, 실은 간밤에 저 여인의 꿈이 참으로 상서로웠습니다. 거울이 깨지고 허수아비가 문 위에 매달려 흔들리며 앵두꽃이 떨어지고 바다가 마르고 산이 무너졌다 하더군요. 거울 소리 요란하고 허수아비가 매달려 있으니 사람들의 시선을 끌어 보는 이들마다 우러러 볼 것이요, 산이 무너지면 탄탄대로라 쌍가마를 타고 높은 자리에 오를 것이며, 바다가 마르면 용의 얼굴을 보게 되는데, 마침 꽃이 떨어져 열매를 맺게 되었으니 이게 무슨 뜻이겠습니까?"

와인이 두 눈을 초롱초롱하게 빛내며 좌중을 둘러봤다. 그녀는 자신의 말이 얼마나 큰 파장을 일으킬지 따위는 별 관심이 없었다. 그저 해몽이라는 것이 매우 즐겁고 흥미로울 뿐.

"용의 얼굴을 보고 열매를 맺다……. 잉태!"

숙빈이 신음하듯이 내뱉었다.

"바로 그겁니다! 그러니까, 춘향 아씨께서 그토록 기다리던 분이 전하이신 거지요?"

와인이 해맑게 물었다.

'무식함은 물론이거니와 눈치 없기로도 량주와 어찌 저리 꼭 닮았는지! 숙빈과 임금에게도 저런 식으로 해몽을 해주다 옥에 갇혔겠구나. 나 같아도 가두고 싶었겠다!'

백영은 와인의 입에 재갈을 물리고 싶은 충동을 느끼며 그녀가 옥에 갇혔던 이유를 충분히 납득했다.

"내가 저 계집의 이름을 말해줬던가? 그리고 보니, 와인 네가 저 계집이 꾼 꿈을 어찌 알았느냐?"

숙빈이 미간을 잔뜩 찌푸렸으나 그래도 요염하기 그지없었다. 참으로 하늘이 내린 색기로다. 이 와중에 백영이 크게 감탄을 하였다.

"어제 함께 옥에 갇혀 있었습니다. 전하께서 꾸신 꿈을 개꿈이라고 입바른 소리 했다가 감히 임금을 능멸한다 하여 무려 의금부 옥사로 끌려가지 않았겠습니까?"

"그런 오라질 년을 내가 꺼내주지 않았더냐?"

"그래서 이리 성심을 다해 신발을 올리고 있지 않습니까? 다시는 오라에 묶여가지 않으려고요."

와인이 공손히 머리를 조아렸다.

"한데 아들이라고 어찌 장담하느냐? 앵두꽃이라면 계집아이일 가
능성이 높지 않느냐?"

"정확히 말하면 이 꿈은 태몽은 아니니 성별까지야 알 수 있겠습니
까? 다만 여인의 상이."

"저 상은 영락없이 아들을 낳을 상입니다."

너무 와인 무녀만 부각된다 싶었는지 국무가 끼어들어 말을 가로챘
다. 백영은 입을 다문 채 남의 이야기를 듣는 것처럼 그저 관망하고
있었다. 그들의 말에 현실감이 느껴지지 않았기 때문이다. 불과 얼마
전까지 수절 과부로 살았던 그녀에게 회임을 할 거라는 둥 아들을 낳
을 거라는 둥의 이야기가 쉽사리 와 닿을 리가 없었다.

"그게 정말인가?"

학도 역시 생각지도 못한 얘기에 깜짝 놀라 되물었다.

"예, 좌승지 영감. 콧대가 날렵하나 날카롭지는 않아 부드러운 봉
우리 같고, 진한 눈썹에 눈매가 길게 뻗어 있으며 피부에 윤기가 돌아
광이 나고, 어깨가 둥그스름한 데다 손은 봄날의 죽순 같으니 영락없
습니다. 게다가 눈에 서린 저 맑고 총명한 기운하며, 관상감의 명과학
교수를 불러다 물어봐도 아마 똑같이 답할 것입니다."

그러자 와인이 바로 국무의 말을 받아 이었다.

"한마디로 필히 아들을 낳을 벼룩상(象)이지요. 손바닥이랑 속살도
보면 더 확실할 텐데. 손바닥이 붉고 배꼽이 깊으며 유두의 색이 짙고
굵으면 금상첨화지요!"

그 말을 들은 숙빈이 눈을 번뜩이며 학도에게 명했다.

"좌승지는 잠시 나가 계시지요."

"숙빈마마, 설마 지금 여기서……."

숙빈이 무엇을 하려는지 짐작한 학도가 낯빛이 하얗게 질려 채 말을 잇지 못했다.

"그럼 같이 보시겠습니까?"

그러더니 백영을 가리키며 궁녀들에게 명했다.

"여봐라, 저 계집의 옷을 모두 벗겨라!"

"마마! 굳이 그렇게까지 확인할 필요 있겠습니까? 이미 상도 다 보았는데."

학도가 재차 만류해 보았으나 숙빈은 요지부동 다시 한 번 호령했다.

"뭣들 하느냐? 벗겨라!"

궁녀 둘이 백영에게 달려들어 양팔을 잡고, 나머지 하나가 옷고름을 풀었다. 계속 방에서 꾸물거리다가는 누이의 벗은 몸을 보게 되겠구나 싶어 학도가 황급히 방을 나갔다. 마음은 당장에라도 '내 누이에게 손을 대지 마라!' 소리치고 싶었지만, 그럼 상황이 더욱 악화될 것을 알기에 이러지도 저러지도 못한 채 문밖에서 서성거릴 수밖에 없었다.

'백영이를 궐에 들여보내선 안 되는 것이었을까?'

미치광이에게 얻어맞고 잔혹한 숙빈에게 모진 괴롭힘을 당할 누이를 생각하니 가슴이 미어졌다. 하지만 이렇게 복잡하게 얽혀 버린 상황에서 누이가 왕에게 가는 것이 최선이라고 판단했다. 현명하고 강한 아이니 반드시 이겨낼 것이다. 그는 누이를 믿었다.

"놔라! 내가 벗겠다!"

궁녀들이 저고리를 벗기려 하자 백영이 거세게 몸부림을 쳤다. 그녀의 대차다 못해 앙칼진 목소리에 숙빈이 한 손을 들어 궁녀들을 저지했다.

"제법이구나. 그래, 좋다."

숙빈이 턱을 반쯤 치켜 올리며 흥미롭게 바라보았다. 백영은 최대한 당당함을 잃지 않으며 제 손으로 치마끈을 풀었다.

'비굴해지지 않겠다. 비겁해지지 않겠다. 굴복하지 않겠다!'

치마가 발끝으로 떨어지고 얇은 속치마가 드러났다. 그리고 그것마저 벗어 던지자 백영의 백옥같이 흰 속살이 드러났다.

"앗!"

와인이 놀라 손으로 입을 막았다.

가슴 한쪽에 선명하게 아로새겨진 붉은 상흔, 乙!

눈앞에 있는 여인이 말로만 듣던 왕의 표식을 받았다는 바로 그 여인이었다. 왕자를 생산할 기운까지 도니 장차 조선에서 가장 높은 여인이 될지도 모르는 일이었다. 게다가 의복을 갖춰 입고 있을 때보다 속살을 드러내자 그 자태가 같은 여인이 보기에도 눈이 부셨다. 아담하지만 균형 잡힌 몸매에 길게 뻗은 팔다리와 가냘픈 줄로만 알았는데 예상 외로 풍만한 가슴, 손을 대면 사르르 미끄러져 버릴 것같이 매끄럽고 희디흰 살결까지! 그리고 乙은 왕의 표식이어서일까? 흉한 상처라기보다는 보는 사람으로 하여금 감히 범접하지 못할 위압감을 느끼게 했다.

"어떤가?"

숙빈 역시 보는 눈이 있는지라 속으로 적이 놀라며 국무에게 물었다. 국무가 백영의 앞에 바싹 다가와 세세히 살피기 시작했다. 그러더니 크게 고개를 끄덕였다.

"아들을 낳을 상에 꼭 들어맞게 배꼽이 깊고 아랫배는 도톰하며 엉덩이는 소담하고 유두의 빛깔 또한 적격이옵니다. 몸에 상흔이 있긴 하나, 그 상흔마저도 신묘하게 꽃잎의 형상을 띠고 있으니 참으로 완벽한 여색입니다."

국무가 말하는 상흔이란 지하 서고에서 자객에게 납치당했을 때 완얼이 던진 표창에 어깨를 맞아 생긴 상처였다. 한데 어의가 정말 명의인지라 치료를 잘해서인지 아니면 그저 우연인지 꽃잎 모양으로 상처가 남아 언뜻 보면 어깨에 붉은 꽃이 핀 것처럼 보였다.

"물론 숙빈마마의 아름다움에는 감히 견줄 것이 못되옵니다만."

숙빈의 안색이 확 변하자 국무가 눈치 빠르게 말을 보탰다. 하지만 이미 숙빈의 귀엔 국무가 하는 말은 들리지도 않았다.

'저 계집이 정녕 아들을 낳을 상인가 보구나! 게다가 저리 탐스러운 몸을 전하께서 보신다면 그 호색한이 정신을 못 차리고 덤벼들겠지.'

미모에 있어선 그 누구에게도 밀리지 않는다고 자신했는데 상처마저도 신비로워 보이는 매혹적인 여체에 갑자기 불안해지기 시작했다.

"아직 성에 안 차신다면 속곳도 벗어 보일까요?"

손바닥만 한 속곳만을 걸치고 선 백영이 차분하게 물었다.

"그만하면 됐다."

숙빈이 어딘지 맥 빠진 목소리로 쏘아붙였다. 벌거숭이로 서 있는 것은 자신인데 오히려 숙빈이 안절부절못하는 모습에 백영은 평정심을 되찾았다.

'나는 부끄럽지 않다. 똑똑히 보아라, 네 앞에 구차하게 고개 숙이지 않고 당당히 서 있는 모습을. 벌거벗겨져 속을 훤히 내보이며 내던져 있는 건 숙빈 바로 너다!'

"그렇게 자신이 없으십니까?"

침착하게 다시 옷을 갖춰 입은 백영이 물었다.

"무어라?"

"전하의 총애를 한 몸에 받고 계시다는 분께서 행여 다른 여인에게 사내를 빼앗길까 이리 노심초사를 하시다니요. 그것도 책비 따위를 상대로요."

"닥쳐라! 감히 뉘 앞이라고 주둥이를 함부로 놀리느냐?"

숙빈이 활활 타오르는 눈으로 백영을 쏘아봤다. 그 눈길이 어찌나 살벌한지 완얼처럼 살기를 느끼는 신기가 없어도 지금 그녀가 얼마나 백영을 죽이고 싶어 하는가를 생생하게 느낄 수 있었다.

"저를 죽이실 겁니까?"

"그러하다."

숙빈이 사납게 내뱉었다.

"그러시겠지요. 하지만 지금 당장은 곤란하실 겁니다. 이곳에서 제가 죽어 나간다면 전하께서 가만 계시지 않을 테니까요. 저를 전하의 소유물로 여기시는 분인데 다른 이가 자신의 물건을 망쳐 버린다면 얼마나 진노하시겠습니까?"

백영이 한마디도 지지 않자 숙빈의 분노가 더욱 치솟았다. 그러나 그 말은 한마디도 틀리지 않았다. 전하께선 가혹하게 저 계집을 치셨지만 다른 이가 저 계집에게 그리한다면 당장 그자를 찢어 죽이실 것이다. 저 계집에게 손을 댈 수 있는 건 오직 전하뿐이며 저 계집을 죽일 수 있는 것도 오직 전하뿐이다. 물론 그렇다고 그녀가 백영을 그저 곱게 두고 볼 리는 없었다. 하지만 백영의 말처럼 지금 당장 표 나게 무언가를 할 순 없었다.

"국무, 아까 저 계집을 보고 살아 있으나 죽은 것이요, 죽어도 죽은 것이 아니라고 했던가?"

숙빈이 느닷없이 국무에게 물었다. 순간 백영의 가슴이 덜컥 내려앉았다.

'설마, 가짜 장례를 치르고 죽은 사람이 된 것을 말하는 것인가?'

국무는 용한 무녀들 중에서도 가장 우두머리이니 백영의 정체에 대해 뭔가 알아채지 않았을까 싶어 가슴이 조마조마해졌다.

"분명 명이 다했어야 할 상인데 이리 멀쩡히 돌아다니는 것이 참으로 묘하여 드린 말씀이옵니다."

살벌한 분위기에 국무가 눈치를 살피며 최대한 조심스럽게 답했다.

"아니, 그건 이런 뜻이다."

숙빈이 찻주전자를 들고 자리에서 일어나 백영에게 다가갔다. 그리고 피처럼 붉은 찻물을 백영의 머리 위에 쏟아 부었다.

"앗!"

아직 채 식지 않은 찻물이 느닷없이 머리 위로 쏟아지자 백영이 외마디 비명을 질렀다. 다행히 펄펄 끓는 물은 아니었지만 정수리가 화끈거릴 정도로 뜨거웠고, 붉은 물이 눈으로 들어가자 눈물과 찻물이 섞여 흐르며 무척이나 고통스러웠다.

"너의 길게 뻗은 눈매를 인두로 지지고, 날렵한 콧대는 철퇴로 쳐서 뭉개고, 깊은 배꼽엔 펄펄 끓는 쇳물을 부은 뒤 빛깔 좋은 가슴은 도려내 돼지우리에 던져 넣을 것이다. 너는 결코 곱게 죽을 수 없을 것이다. 너는 살아 있으나 죽은 것이요, 죽어도 죽은 것이 아니게 될 것이다!"

뒤이어 '오호호호!' 숙빈의 자지러진 웃음소리가 온 방 안에 울려 퍼졌다. 백영의 앞에 서 있는 건 인간이 아니라 소름 끼치도록 아름다운 악귀였다. 백영이 머리에서 핏빛 물을 뚝뚝 떨어뜨리며 싸늘하게 쏘아봤다. 그러자 숙빈 역시 눈에 불을 뿜으며 그녀를 쏘아봤다.

불과 얼음.

이글이글 타오르는 불과 차디찬 얼음이 한 치의 물러섬도 없이 맞서며 방 안은 터질 듯한 긴장감으로 가득 찼다.

"마마! 고정하십시오!"

문밖에서 온 신경을 곤두세우며 안쪽의 상황을 살피고 있던 학도가 다급하게 뛰어 들어왔다. 그리고 붉은 물을 뒤집어쓰고 있는 누이를 보고 기함을 했다. 하나 이내 찻물임을 알아채고 가슴을 쓸어내린 뒤 달래듯이 숙빈에게 말했다.

"마마, 이제 곧 전하께서 오수에 드실 시각입니다. 곁에서 시중을 들어주시기로 하지 않으셨습니까?"

"벌써 시각이 그리 되었다고?"

그제야 숙빈이 찻주전자를 내던지고 돌아섰다.

"머리부터 발끝까지 단장을 다시 하겠다. 어침장이 새로 지어온 의복을 내오너라!"

"예, 마마. 어서 마마의 채비를 서둘러라."

학도가 궁녀들을 채근한 뒤 아직도 방 한가운데 꼿꼿이 서 있는 백영에게 명했다.

"너는 이만 물러가 보아라."

'어서 이곳에서 나가라, 어서.'

학도의 다급한 눈빛에 백영이 숙빈에게 인사를 올린 뒤 밖으로 나갔다.

"좌승지, 그 약을 구해오시오."

궁녀들이 각종 패물과 화장 도구를 내오자 경대 앞에 앉은 숙빈이 짧게 명했다.

"그 약이라면……."

학도의 안색이 대번에 변했다. 그 약을 어디에 쓸 것인지 묻지 않아도 충분히 짐작이 갔기 때문이다.

"곤란하십니까?"

학도가 대답을 흐지부지하자 숙빈이 앙칼지게 노려보며 물었다.

"아니옵니다. 명 받들겠습니다."

학도가 딱딱하게 굳은 얼굴로 고개를 조아렸다.

천화각을 나온 백영은 그제야 긴장이 풀려 어디가 어디인지 방향조차 잡지 못한 채 터벅터벅 걸었다. 머리에 쏟아진 붉은 찻물이 말라붙어 얼굴과 의복이 붉은 얼룩으로 뒤덮여 있었고, 찻물이 들어갔던 눈역시 잔뜩 핏발이 서 있었다.

"잠시만요!"

그때 누군가 뒤에서 그녀를 불렀다. 발걸음을 멈추고 돌아보니 와인무녀가 헐레벌떡 그녀를 향해 뛰어왔다.

"제가 공연히 속살 이야기를 꺼내어서 송구하옵니다. 하지만 결코곤경에 처하게 할 의도는 없었습니다. 그러니 부디 너그러이 용서해주십시오, 마마."

와인이 큰 벌이라도 받을까 봐 걱정스러운 표정으로 백영에게 고개를 넙죽 숙였다.

"저는 마마가 아닙니다."

"하지만 가슴에 '그 표식'이 있지 않으십니까?"

입에 올리기에도 조심스러운 왕의 표식. 그런 여인을 이런 꼴로 만드는 데 원인을 제공했으니 나는 이제 죽었구나 싶었다.

"저는 그저 책비일 뿐입니다."

"지금 왜 책비로 계신지는 모르겠지만 언젠가는 후궁이 되실 것 아닙니까? 그리고 제 해몽이 맞다면 왕자님을 낳아 여인 중 가장 높은곳에 오르실지도 모릅니다."

"그런 것 따위 눈곱만큼도 관심 없습니다. 그리고 내가 그 표식을 지녔다는 것은 아무에게도 발설하지 말아주십시오."

"그건 걱정 마십시오. 안 그래도 숙빈마마께 한바탕 입단속을 당하고 온 터이니. 저는 눈이 인두로 지져지고 철퇴에 맞아 죽고 싶지 않습니다."

으스스한 숙빈의 표정이 다시 떠올라 와인의 팔에 소름이 돋았다.

"그럼 됐습니다."

백영이 다시 발걸음을 옮겼다. 그러나 와인은 돌아갈 생각을 안 하고 졸졸 쫓아오며 조잘거리기 시작했다.

"지금 생각해 보니 마마와 제가 깊은 연이 있어 옥사에서 만난 것 같습니다. 그러니 그런 귀한 꿈을 꿀 때 제가 옆에 있었던 것이지요. 제가 해몽만 시작하면 지나치게 푹 빠져서 다른 것은 보지도 생각지도 못하여 늘 국무님께 야단을 맞곤 합니다. 자고로 뭐든 지나친 것은 모자르니만 못한 것인데……."

"저는 마마가 아니라니까요!"

가뜩이나 몸도 마음도 불편하던 차에 와인의 실없는 소리에 짜증을 내다 우뚝 멈춰 섰다.

"왜 그러십니까?"

"숨어요!"

백영이 급히 와인의 손목을 잡아끌고 뛰었다. 두 사람이 커다란 나무 뒤에 몸을 숨기고 나자 붉은 관복을 입은 벼슬아치가 그 앞을 지나갔다. 얼굴을 가까이서 보자 너무 긴장한 나머지 심장 뛰는 소리가 귀에 들릴 만큼 쿵쾅거렸다. 그는 바로 백영의 시아버지 이한림이었다. 붉은 관복을 입고 입궐한 것을 보면 다시 관직을 제수 받은 모양이다.

'그럼 앞으로도 자주 궐에 드나들 것이 아닌가?'

죽었다고 장례를 치른 며느리가 궐에 들어와 왕의 표식까지 받은 것을 알면 시부가 어떤 행동을 취할지 쉽게 예상되지 않았다. 하지만 그녀의 신상에 결코 이로울 리 없는 일들이 벌어질 것은 분명하다. 궁녀가, 게다가 책비가 고관대작과 만날 일은 거의 없겠지만 그래도 조심해야겠다.

"손목이 너무 아픕니다."

이한림이 멀찍이 걸어가 버리자 와인이 인상을 찡그리며 투덜거렸다. 백영은 그제야 너무 세게 와인의 손목을 움켜쥐고 있다는 걸 깨달았다.

"미안합니다. 저도 모르게 그만."

얼른 사과를 하며 손을 놓았다.

"한데 우리 왜 숨은 겁니까? 저분이 누구신데요?"

와인이 벌겋게 자국이 남은 손목을 주무르며 이한림의 뒷모습을 바라봤다.

"그걸 제가 어찌 알겠습니까? 이런 꼴로 누군가 마주치는 것이 창피해서 그러지요."

백영이 시치미를 뗐다.

"아하. 하긴 그렇겠군요."

와인의 시선이 다시 백영에게로 향했다. 그리고 붉은 찻물이 말라붙어 있는 얼굴을 빤히 바라보며 말을 이었다.

"근데 붉은 기가 어리어 있으니 상이 더욱 상서로워지셨습니다. 볼수록 참으로 귀한 상이십니다."

"벼룩상이라면서요?"

백영이 톡 쏘아붙였다.

"예. 기쁘시지요?"

와인이 참으로 눈치 없이 환하게 웃으며 대꾸했다.

"얼굴이 벼룩을 닮았다는데 뭐가 기쁩니까?"

"관상학상 아들을 낳는 최고의 상이라 하여 다들 좋아하던데요?"

"벼룩의 낯짝을 본 적은 없으나 벼룩처럼 생긴 얼굴은 싫습니다!"

"그럼 거위상이라 하지요. 거위상도 아들을 쑥쑥 잘 낳을 상이옵니다."

거위나 벼룩이나. 백영이 한숨을 푹 내쉬었다.

"벼룩상이면 뭐하고 거위상이면 또 뭡니까? 이미 명이 다했을 상이라면서."

'살아 있으나 죽은 것이요, 죽어도 죽은 것이 아니다'라던 국무의 말이 계속 백영의 머릿속에 맴돌았다.

'나는 시댁에서 연못에 던져졌던 날 밤 죽었어야 할 운명이 아니었을까? 완얼 나리가 나를 구해줘선 안 되는 것이었을까? 천기를 거스른 나의 죄로 인해 모두가 고통 받고 있는 것은 아닐까?'

이런 의문들이 꼬리에 꼬리를 물고 계속 이어졌다.

"국무님께선 마마의 명이 진즉에 다했다고 상을 읽으셨지만 지금 이렇게 살아 계신 것도 마마의 명입니다. 천기란, 설사 명이 다하였다 하더라도 천기를 거스르며 목숨을 구한 변수까지도 다 계산되어 정해져 있는 것입니다. 그래서 인간이 천기를 헤아리기가 어려운 것이고요. 하루를 더 살면 하루만큼 더 죽을 날에 가까워집니다. 우리는 살아가고 있으면서 동시에 죽어가고 있는 것입니다. 언제 죽을지 기약 없이 죽어가고 있지만 그러면서 힘차게 살아가고 있는 것이고요. 우리 모두가 살아 있으나 죽은 것이요, 죽어도 죽은 것이 아니지요."

와인이 백영의 마음을 읽듯이 대꾸했다. 언제 그리 눈치가 없고 허술했냐 싶게 와인의 표정은 진지했다.

"역시 성수청 무녀님은 뭐가 달라도 다르시군요!"

무식한 줄로만 알았던 와인의 사려 깊은 말에 감탄이 절로 나왔다.

"국무님의 말씀에 너무 괘념치 마시라는 뜻으로 드린 말씀입니다. 하늘의 뜻을 무시해서도 안 되지만 지나치게 두려워할 것도 없습니다. 이건 작자 미상의 '선녀와 난봉꾼'에 나온 말을 인용한 것이지만. 제가 워낙 미상의 오탁후인지라. 호호호!"

"'선녀와 난봉꾼'이요? 그건 미상의 작품이 아니라 그녀의 불세출의 명작 '선녀와 나무꾼'을 모방한 아류작 아닙니까? 그리고 그 말은 '선녀와 난봉꾼'이 아니라 원작인 '선녀와 나무꾼'에 나온 어구입니다. 미상의 오탁후가 맞긴 맞으신 겁니까?"

잠시나마 감탄했던 마음이 싹 사라지며 백영이 성을 냈다. 그런 허접한 아류작과 선녀와 나무꾼을 헷갈리다니, 원작자로서 분개하지 않을 수가 없었다. 그러나 정작 와인은 엉뚱한 부분에서 귀가 번쩍하여 질문을 퍼붓기 시작했다.

"그녀라니요? 어머, 미상이 여인입니까? 그걸 어찌 아셨습니까? 혹시 미상을 아십니까? 보신 적이 있으십니까? 거처를 아시는 겁니까? 제가 꼭 만나보고 싶어서 그럽니다. 왜냐하면 실은 제가 바로……."

"모릅니다! 제가 미상 같은 인기 매설가를 어찌 알겠습니까? 그냥 어디서 얼핏 주워들은 것입니다."

너무 흥분하여 말실수를 했구나 싶어 와인의 말을 잘라 버렸다. 그리고 이 무녀와 조금만 더 이야기를 하면 울화통이 터져 죽거나 골치가 썩어 죽을 것 같아 서둘러 마무리를 지었다.

"아무튼 전 이만 처소로 돌아갈 것이니 무녀님도 갈 길 가십시오."

백영이 미련 없이 돌아서 성큼성큼 걸어갔다.

"마마!"

그러자 와인이 뒤에서 다급하게 불렀다.

"거참! 마마 아니라니까요!"

"그게 아니라 궁인들의 처소는 그쪽이 아닙니다."

"예?"

그제야 멈춰 선 백영이 주변을 두리번거리며 살폈다.

'여기가 어디쯤이지?'

동서남북 방향감각을 완전히 상실하여 도무지 감이 잡히지 않았다.

"궐이란 생각보다 훨씬 더 크고 복잡한 곳입니다. 그리 함부로 나돌아 다니다간 치도곤을 당하기 십상이지요. 물론 마마께선 예외시겠지만. 아무튼 아직 궐 지리에 익숙하지 않으신 것 같으니 저를 따라오십시오. 어느 처소에 계신지 일러주시면 제가 모셔다 드리겠습니다."

그러면서 와인이 어느새 앞장을 섰다. 썩 내키지는 않았지만 궐을 헤매고 다니다 공연히 문제를 일으키고 싶지 않아 백영이 떨떠름하게 그녀에게 길안내를 맡겼다. 부디 이것이 와인 무녀와의 마지막 만남이길 바라며. 하지만 늘 그렇듯 하늘과 운명은 그녀의 바람을 쉽사리 들어주지 않았다.

'아무것도 하지 못하였다.'

궐에서 돌아온 이후부터 지금까지 완얼은 하루를 꼬박 한숨도 자지 않고, 아무것도 먹지 않고, 아무도 만나지 않고선 사랑채에 처박혀 있었다.

'나는 아무것도 하지 못하였다. 나는 아무것도 하지 못하였다.'

끝없는 자책과 자괴감이 밀려왔다. 백영이 눈앞에서 형님에게 그리당하는데도 그가 한 일이라고는 고작 형님의 팔을 붙잡은 것뿐이었다. 물론 그 상황에서 완얼이 할 수 있는 일은 없었다. 흥분해서 무모하게 나서봤자 백영을 구하기는커녕 역모로 몰려 둘 다 목숨을 부지하지 못했을 것이다. 하지만 그런 현실적인 판단조차 비겁한 변명으로 느껴졌다. 어찌 됐건 그는 그토록 사랑하는 사람을 지켜주지 못한 것이다. 그리고 그 사람을 데리고 나오지도 못하고 미친 형님의 곁에 그대로 둔 채 혼자 나왔다.

"대감마님, 이한림 대감께서 오셨습니다."

그때 밖에서 숙휘가 조심스럽게 아뢰었다.

"아무도 만나지 않겠다고 하지 않느냐!"

완얼이 날카롭게 소리쳤다. 누굴 대면할 기분도 아니었고, 게다가 가짜 장례까지 치르며 며느리인 백영을 모질게 내쳤던 이한림과는 더더욱 마주하고 싶지 않았다.

"대감, 꼭 드릴 말씀이 있어 찾아왔습니다. 일각이면 됩니다. 아니, 반각이라도 좋으니 잠시만 시간을 내주십시오."

그러자 곧바로 이한림 대감의 목소리가 들려왔다. 량주도 아니고 신중한 숙휘가 이미 사랑채까지 모시고 왔다면 가벼운 일은 아닐 것이다 하는 생각에 그가 한발 물러섰다.

"드시지요."

방으로 들어온 이한림은 홍색 관복 차림이었다.

"궐에서 오시는 길인가 봅니다."

"예, 전하를 뵙고선 곧장 이곳으로 달려왔습니다."

"예조판서에 제수되셨다는 소식 들었습니다. 감축 드립니다, 대감."

그 말을 건네자마자 또다시 백영이 떠올랐다. 이한림이 궐에 들락거리게 된다면 가뜩이나 위태롭게 지내고 있는 백영이 더욱 위험해지는 건 아닐까 걱정되었다.

"아닙니다. 감축은요."

"하긴, 영의정까지 지내신 분에게 예판이라니요. 흡족하실 턱이 없지요."

이래저래 말이 곱게 나가지 않았다.

"저는 그런 뜻이 아니라⋯⋯."

이한림이 잠시 난감한 표정을 지으며 말끝을 흐렸다.

일인지하 만인지상(一人之下 萬人之上).

'단 한 사람의 아래, 만인의 위' 즉 '위로는 임금 단 한 사람만이 있고 아래엔 만백성이 있다'라는 뜻으로 신하로서 오를 수 있는 최고의 자리인 영의정을 이르는 말이었다. 그처럼 대단한 자리까지 올랐던 이한림에게 정2품 예조판서는 상대적으로 섭섭할 수도 있는 벼슬이었지만, 지금 이한림이 생각하는 일을 하기엔 안성맞춤인 자리였다.

"한데 하실 말씀이란 것이 무엇입니까?"

완얼이 말을 돌리자 이한림의 눈빛이 바뀌며 예사롭지 않게 번뜩였다.

"완얼군 대감, 궐로 들어가십시오."

"전하께서 부르셔야 입궐을 하지요. 아바마마도 할마마마도 모두 승하하셔서 문안을 드릴 어른이 계신 것도 아니고, 궐 밖에 나와 사는 왕자가 할 일 없이 궐에 들락거리는 것이 모양새가 좋을 리가 있겠습니까? 가뜩이나 전하께서 저를 보시는 눈이 곱지 않은 판에 그러다 괜한 오해나 사기 십상이지요."

이한림의 말이 아니어도 완얼은 하루에도 골백번씩 궐로 달려가고 싶었다. 백영이 걱정되었기 때문이다. 그렇다고 매일 전하께 알현을 청할 수도 없고 궐에 들락거릴 적당한 핑계도 없었다.

"제 말은."

이한림이 잠시 뜸을 들이더니 묵직하게 말했다.

"완얼군 대감께서 궐의 주인이 되시라는 뜻입니다."

"대감!"

완얼의 입에서 급박한 외침이 튀어나왔다. 그리고 아무도 없는 걸 알면서도 저도 모르게 주위를 둘러봤다. 이한림은 매우 신중한 자였다. 완얼에게 옥좌의 새로운 주인이 되어달라는 뜻을 에둘러 전한 적은 있지만 단 한 번도 직접적으로 입에 올린 적은 없었다.

"물론 오늘 당장은 아닙니다. 하지만 머지않아 때가 올 것입니다. 대감께선 그때까지 전하의 의심만 피하시면 됩니다. 전하께 완얼군 대감을 죽일 기회를 주어서는 아니 됩니다. 자고로 적은 벗보다도 더 가까이 두라 하였습니다. 전하의 곁에 붙어서 완얼군 대감께선 결코 왕이 될 수 없는 인사임을 보여주십시오."

"아직 나는 그리 하겠다 답하지 않았습니다. 그리고 설사 내가 대감의 제안을 받아들인다 치더라도 전하의 의심을 어떻게 덜라는 것입니까?"

"삼 년 전 사화 때 모두가 죽어 나가는 와중에도 신들린 왕자라 하여 살아나시지 않았습니까?"

"전하 앞에서 매일 굿이라도 하란 말입니까? 나는 귀신 들린 놈이라 옥좌 같은 건 꿈도 못 꾸는 처지이니 다른 왕자들이나 족치라고요?"

"비슷합니다."

이한림의 입가에 흥미로운 미소가 어렸다.

"예조 소관 아래 조선 최고의 신관 조직을 만들 것입니다. 그래서 예판을 기꺼이 수락한 것입니다."

"조선 최고의 신관 조직?"

"예. 조선 최고, 사상 최고의 신관 조직이 될 것입니다. 그리고 그

수장은 완얼군 대감이 되실 거고요."

"종친은 벼슬을 할 수 없습니다. 대감께서도 잘 아시지 않습니까?"

"직무는 있으나 품계는 없는 자리라면 문제되지 않을 것입니다. 전하께서도 가장 경계하는 왕자가 신기를 만방에 드러내겠다고 하는 데 반대하지 않으실 게고요. 아니, 오히려 기뻐하실 겁니다. 대감께서 무당 노릇을 충실히 하신다면 어느 정도 경계심을 푸실지도 모릅니다."

완얼은 적당히 경계 어린 표정으로 이한림이 하는 말을 듣고 있었다. 굳이 편을 가르자면 병조판서 장대갈이나 숙빈 장씨, 좌승지 변학도보다는 이한림이 아군이긴 하지만 이합집산을 거듭하는 정치판에선 영원한 적도 영원한 벗도 없었다.

'도대체 이자가 무슨 꿍꿍이인 것인가?'

이한림이 완얼을 택한 것은 단지 금상이 미치광이 폭군이고 완얼이 훌륭한 왕재라 판단해서만은 아니다. 사림인 이한림은 훈구파인 장대갈과 오랜 정적이었다. 자연히 그의 여식인 숙빈 장씨와도 적이 되었고 그들 부녀가 지지하는 임금과 사이가 원만할 순 없었다. 훈구파의 조종으로 벌어진 사화로 사림들이 몰살 직전까지 갔을 때 살아남기 위해 변학도와 혼맥을 맺기까지 했지만 백영을 죽임으로써 그들은 다시 적으로 돌아갔고, 완얼의 편에 선 것이다. 그러니 완얼이 쓸모가 없어진다면 이한림은 언제든지 그를 버릴 것이다.

"다 그렇다 치더라도 대체 내가 조선 최고의 신관 조직에서 뭘 하란 말입니까?"

"매우 간단한 일입니다. 그것은……."

이한림이 목소리를 낮춰 속삭이듯 말을 이어 나갔다. 그의 설명을 다 들은 완얼이 기가 막힌 표정으로 헛웃음을 쳤다.

'참으로 음흉한 너구리 같은 자로다.'

가뜩이나 사방이 적으로 둘러싸인 판에 이런 자를 적으로 두는 것은 어리석은 선택일 것이다. 그리고 완얼 역시 이한림이 필요했다.

"잘 생각해 보십시오, 완얼군 대감. 연통을 기다리고 있겠습니다."

이한림이 물러간 후 생각에 잠겨 있으려니 숙휘가 방문 밖에서 공연히 헛기침을 하며 기척을 내었다.

"할 말이 있으면 들어오너라."

그러자 기다렸다는 듯이 숙휘가 안으로 들어왔다.

"량주는 어디 갔느냐? 집 안에 있다면 이리 조용할 리가 없는데."

"꼭두새벽부터 보이지 않는 것이 아무래도 백영 아씨가 걱정되어서 궐 주변을 기웃거리고 있는 것 같습니다."

숙휘의 대답을 들은 완얼이 말없이 혀를 끌끌 찼다. 백영 아씨의 오라비라 해두었으니 별말이 날 일은 없을 것이나 오라비라고 해서 덥석 백영을 만나게 해주진 않을 것이다. 하지만 이따금씩 량주의 무모하리만치 단순하고 순수한 그 성정이 부럽기도 하였다.

"대감."

숙휘가 간곡하게 완얼을 불렀다.

"백영 아씨를 얻고 싶으십니까?"

"그렇다."

망설임 없이 답했다.

"어떤 희생을 치러서라도요?"

"그렇다."

"백영 아씨는 이제 왕의 여인입니다. 경회루에서 보셨듯이 대감께선 지금으로선 아무것도 하실 수 없습니다. 하지만 대감께서 반드시 왕의 여인을 갖고 싶다면 방법은 하나입니다."

완얼이 숙휘의 냉철하게 빛나는 눈을 들여다보았다. 숙휘라면 이한림이 무슨 말을 하고 갔는지 충분히 짐작하고 있을 것이다. 그리고 완얼 역시 숙휘가 무슨 말을 하려는지 충분히 짐작되었다.

"왕이 되십시오."

숙휘의 말이 파문처럼 완얼의 가슴에 퍼져 나갔다.

'백영의 곁으로 가까이 가야 한다. 그녀를 지켜야 한다.'

지금 완얼의 머릿속엔 온통 그 생각뿐이었다.

해시 무렵, 백영이 서책을 품에 안고 임금의 침소로 들었다. 그녀가 임금을 알현할 때마다 그는 늘 여인들에게 둘러싸여 있었는데 오늘 밤은 혼자였다. 율은 보료 위에 비스듬히 누워 베개 대신 한쪽 팔을 세워 머리를 받치고선 백영을 쏘아보듯이 응시했다. 술에 취한 것 같진 않았으나 강렬한 붉은색 야장의를 풀어헤치고 누워 있는 모습에 오싹할 정도로 위압감이 느껴졌다. 그리고 야장의 속엔 아무것도 입지 않은 채였다. 사내의, 그것도 임금의 벗은 몸을 바로 쳐다볼 수 없어 백영이 고개를 수그렸다.

"고개를 들어 나를 똑바로 보아라!"

율이 싸늘하게 명했다.

"하지만 전하……."

백영이 차마 고개를 들지 못하고 우물쭈물하자 율이 벌떡 일어나 성큼성큼 걸어왔다. 그러고는 손을 뻗어 그녀의 턱을 들어 올렸다.

"흐읍!"

순간 숨이 덜컥 멎어버렸다. 강제로 고개가 들린 백영의 눈앞에 풀어헤쳐진 야장의 사이로 사내의 알몸이 훤히 드러나 있었다. 한눈에 보기에도 균형 잡힌 몸매에 가슴과 배는 탄력 있는 근육으로 덮여 있고, 잘 발달한 허벅지는 맹수처럼 강인해 보였다. 그리고 그보다 더 강인해 보이는 사내의 물건이 한눈에 들어왔다. 시야 가득히 펼쳐진 살빛에 현기증마저 일어 고개를 돌리려 했으나 율은 그녀의 얼굴을 쥔 손에 더욱 힘을 주어 말했다.

"감히 내 앞에서 나를 외면하지 마라, 어떤 경우에도!"

백영은 고개를 더욱 치켜들어 그의 눈을 보았다. 분노와 욕망, 슬픔과 회한, 연민이 뒤섞여 이글이글 타오르는 눈빛이었지만 지금 상황에선 차라리 그 눈빛을 감당하는 편이 그의 몸을 바라보는 것보다 편하게 느껴졌다.

"예, 전하."

그렇게 가까스로 대답을 한 뒤에야 율은 그녀를 놓아주었다. 그가 보료 위에 앉자 백영도 다리에 힘이 풀리며 그 자리에 털썩 주저앉아 버렸다.

"더 가까이."

율이 명했다. 그녀가 석 자 정도 가까이 다가가 앉았다.

"더!"

율의 서늘한 음성이 다시 한 번 울려 퍼졌다. 백영이 다시 석 자 다가갔다.

"더!"

마침내 백영의 치맛자락이 율의 무릎에 닿을 만큼 가까워졌다. 그러자 백영의 체취가 율의 코끝을 스치고 지나갔다.

'난향인가?'

아우의 체취와 흡사한 향에 기분이 상해 버린다. 하지만 마음과는 달리 그의 몸은 그녀의 향취에 속절없이 이끌리고 있었다. 그가 숨을 깊이 들이마시며 다시 명했다.

"더!"

"전하, 더 이상 앞으로 갈 곳이 없습니다."

백영이 난감하게 아뢰었다.

"이리 올라앉아라."

율이 제 무릎 위를 툭툭 쳤다. 농을 하는 것인가 싶었지만 용안엔 웃음기라고는 없었다.

"전하! 제발 명을 거두어주시옵소서."

벗은 임금의 무릎 위에 올라앉으라니, 얼핏 상상하는 것만으로도 망측하기 그지없어 백영이 간곡히 청하였다.

"감히 이 나라 지존에게 싫다 말하는 것이냐?"

"아니옵니다. 하나 어찌 감히 저 같은 계집이 옥체 위에 올라앉을 수 있겠습니까?"

"그럼 내가 네 무릎 위에 앉으랴?"

"예에?"

백영이 뭐라 대꾸하기도 전에 율이 그녀의 무릎을 베고 드러누웠다. 순간 그의 머리가 닿은 허벅지부터 시작해 백영의 온몸이 돌처럼 굳어 버렸다. 두들겨 팰 땐 언제고 마치 정인이라도 되는 듯 무릎을 베고 눕다니!

'싫다!'

소름이 확 끼쳤다. 그녀의 몸 어디에도 그의 몸이 닿는 것이 싫었다. 하지만 감히 임금의 옥체를 밀어낼 순 없었다.

"뭣 하느냐? 어서 책을 읽지 않고."

그녀의 몸이 딱딱하게 굳어버린 것을 눈치채지 못한 것인지 아랑곳하지 않는 것인지 율이 태연하게 채근했다.

"너는 책비다. 어떤 상황에서도 책을 읽어야만 한다. 네가 자청한 일 아니더냐?"

'그래, 기꺼이 읽어주마! 할 일은 해야 하니까.'

백영이 마음을 가다듬고 일단 책을 펼쳐 들었다. 옷자락을 여미지도 않고 그녀의 무릎 위에 벌러덩 누워버린 임금에게 눈길을 주느니 책을 들여다보는 편이 훨씬 나았다. 책은 이제 두 장 째 채워졌을 뿐 뒷장은 아무것도 쓰여 있지 않은 백지 상태였다. 백영은 떨리는 목소리로 전날에 이어 춘향뎐 완결편을 낭독하기 시작했다.

·⁂·

'어차피 처녀도 아닌데 하룻밤 재미 좀 보다 진상을 하여도 임금은 모를 것이다.'

그리 생각한 사또가 거칠게 치마를 찢으며 춘향이를 덮치는 순간!

"암행어사 출두요!"

우렁찬 소리가 관내를 뒤흔들며 울려 퍼졌다. 이방, 호방, 예방, 병방, 형방, 공방, 그야말로 흥청망청 술을 들이붓던 육방할 육방 놈들이 깜짝 놀라 해물전골에 머리를 박으니 뼈만 남은 망둥이가 '형님!' 하며 아가미를 벌렁거리고, 칼집 대신 계집을 품던 무관은 오줌을 지리며, 사또의 생일잔치에 초대된 벼슬아치들은 혼비백산하여 헛소리를 지껄이기 시작하는데!

전주 판관이 가장 먼저 정신을 놓고 말을 거꾸로 타며 말했다.

"이 말의 모가지가 원래 없느냐?"

임실 현감은 갓을 거꾸로 뒤집어쓰며 펄쩍 뛰니.

"이 갓의 구멍을 어떤 놈이 막았는고?"

뇌물을 처먹듯 음식을 마구 처먹던 여산 부사는 상투를 쥐구멍에 박고선 벌벌 떨며 외치더라.

"누가 나를 찾거든 여산 부사는 벌써 돌아갔다고 하여라!"

그때 허리끈이 똥배를 견디지 못하고 끊어져 바지가 내려가며 엉덩이가 드러났는데, 여산 부사가 아니라 하니 그렇다면 저 뒤룩뒤룩 푸짐한 엉덩이는 어느 집 돼지 새끼의 것인가?

* * *

"하하하하하!"

율의 웃음소리가 침전에 쩌렁쩌렁 울려 퍼졌다. 그 바람에 백영의 낭독도 멈췄다. 자기가 써놓고도 탐관오리들이 기함을 하는 장면에 새삼 신바람 나서 들썩들썩 타령하듯 읽어 내려가던 백영이 다시 현실로 돌아왔다.

"맞다! 맞아! 여산 부사 놈의 낯짝을 내가 똑똑히 기억하고 있지. 참으로 뒤룩뒤룩 돼지 새끼 같은 것이 어느 집 돼지 새끼인고 하니 뇌물을 하도 받아 처먹어 뱃살이 뒤룩뒤룩한 아비 돼지 호조참의의 새끼이지!"

율이 한껏 흥이 올라 얼굴이 벌게질 정도로 웃어젖혔다. 그러나 그 웃음 속에 칼날 같은 섬뜩함이 느껴진 것은 단순히 백영의 기분 탓일까?

단 한 번 여산 부사라는 자를 실제로 본 적이 있었다. 시댁에 있을 때 이한림의 사랑채엔 수많은 사람들이 들락거렸는데 그중 턱과 목이 구분되지 않을 정도로 비대한 자가 뇌물을 들고 온 적이 있었다. 청탁을 하려 한 것 같은데 뇌물 받아먹는 놈이 바치는 뇌물을 받을 수 없다며 이한림이 딱 잘라 거절을 했었다. 후에 그자가 여산 부사임을 알게 되었고, 여산이 특히 탐관오리의 수탈이 심하다는 말을 듣고는 그때 기억을 떠올려 쓴 것이었다.

"계속 읽지 않고 왜 멈추었느냐?"

한바탕 웃어젖힌 율이 편안하게 배 위에 손을 얹고선 다시 재촉을 한다.

"송구하옵니다."

또 무슨 날벼락이 떨어질까 싶어 얼른 낭독을 이어갔다.

"사또를 끌어낸 어사또는 동헌 마당에 관리들을 모두 꿇어앉히고 그 죄상을 낱낱이 밝히기 시작하니……."

백영의 낭랑한 목소리를 들으며 율이 지그시 그녀를 올려다보았다. 책에 가려 얼굴이 보일 듯 말 듯 눈앞에 아른거리지만 그래서 오히려 더 아련하게 어머니를 떠올리게 했다. 아주 어릴 적 어머니는 그를 이렇게 무릎에 누이고 책을 읽어주시곤 했었다. 한창 응석을 부릴 어린 나이에 혹독한 세자 수업을 받느라 지쳐 있는 율에게 어머니는 어려운 경서 대신 재미나는 이야기들을 들려주셨다. 그렇게 어머니의 무릎을 베고 누워 이야기를 들을 때가 율에겐 가장 행복한 시간이었다.

'어머니의 목소리도 저리 낭랑했던가? 아니, 조금 더 부드러웠던가?'

아스라한 어머니의 목소리를 떠올리며 율이 스르륵 눈을 감았다.

"그리하여 어사또는 저고리가 벗겨진 채 양팔로 풍만한 가슴을 가리고 앉아 있는 춘향에게 매섭게 호령하였다. '너 같은 천기 년이 수절을 한다고 감히 고을 수령에게 대거리를 했으니 살기를 바라느냐? 그 죄는 죽어 마땅하나 살아날 방법은 오직 하나!'"

술술 글을 읽어 내려가던 백영이 잠시 한 호흡 멈추었다가 오늘의 핵심 대사를 외쳤다.

"수청을 들겠느냐?"

그리고 오늘의 낭독이 끝났다.

"전하, 여기까지입니다. 다음 편에 계속."

춘향이를 구해줄 줄 알았던 공명정대한 어사또마저 수청을 강요하는 대목에서 딱 끝나 버림에 율이 또다시 격노하여 따귀라도 날아올까 겁을 먹고 있는데, 그는 아무 대답이 없었다. 어느새 그녀의 무릎을 베고 새근새근 잠들어 버린 것이다.

'이를 어찌해야 하나?'

백영은 한동안 숨도 크게 쉬지 못한 채 꼼짝없이 앉아 있었다. 흉악한 폭군도 잠든 모습을 가만히 들여다보고 있으려니 아이처럼 천진난만해 보였다.

'이런 겉모습에 절대 속아서는 안 된다. 저리 해사한 얼굴로 목숨을 앗아간 자가 헤아릴 수 없이 많지 않은가?'

그리고 그녀의 다리를 내줄 수 있는 이는 오직 완얼 한 사람뿐이었다. 지하 서고에서 무릎을 베고 누워 평화롭게 잠들어 있던 완얼의 얼굴이 떠오르자 더 이상 이 상황을 참을 수가 없었다. 백영이 팔을 뻗어 조심스럽게 베개를 집어 들었다. 그러곤 살며시 임금의 고개를 옮기려 하는데 그가 갑자기 눈을 번쩍 뜨더니 그녀의 팔목을 잡아챘다.

"이대로 조금만, 조금만 더 있어라."

"전하……."

놀란 백영이 무슨 말을 해야 할지 몰라 끝을 흐렸다.

"사람들은 내가 너무 어렸을 적이라 어머니의 얼굴을 기억 못 하는 줄 알지. 그런 척했을 뿐인데. 다 잊은 척, 아무것도 기억이 안 나는 척 말이다. 할마마마가 무서워서, 아바마마의 눈 밖에 나지 않으려고, 살아남고 싶어서. 사약을 마시고 죽은 어미를 둔 이가 왕이 되려면 어쩔 수 없었다. 왕이 되지 못한 대군은 목숨을 부지하기 힘들 테니까.

겸이에게 옥좌를 빼앗겼다면 나는 벌써 죽었을 것이야."

이겸.

그녀가 완얼이라 부르는 사내가 완얼군 이겸이라는 사실을 이젠 너무도 잘 알고 있지만 언제 들어도 그 이름은 어색하기만 했다. 그리고 백영이 생각하기에도 율의 말이 틀리지 않았다. 만약 완얼군이 왕이 되었다면 이율은 살아남기 힘들었을 것이다. 그가 형님을 살려주고 싶다 해도 주변에서 가만두지 않을 테니까. 적장자인 이율이 살아 있는 한 후궁의 아들인 이겸의 왕위가 위태로울 것이기 때문이다. 하지만 그의 말이 맞다 하더라도 백영은 율을 이해할 생각도, 그에게 연민을 가질 생각도 없었다.

"하지만 나는 기억한다, 어머니의 얼굴을. 근데 도화서의 어느 놈 하나 내 기억 속 그대로 어머니의 초상화를 그려다 바치지 못하더군."

이율이 천천히 몸을 일으켰다. 그러곤 한 손을 뻗어 백영의 뺨을 감싸 쥐었다. 그가 다시 따귀라도 날리는 줄 알고 움찔하던 백영이 눈을 커다랗게 뜨고 율을 보았다.

"오늘 하루만 이렇게 내 어머니의 초상화가 되어주지 않겠느냐?"

율이 그녀의 얼굴을 눈동자에 새기려는 듯 뚫어지게 바라보며 물었다. 그 강한 눈빛을 마주 보았다간 빨려 들어가 버릴 것 같아 백영이 살며시 눈을 내리깔았다.

"청이십니까? 아니면 명이십니까?"

"명이 아니라면 내 곁에 한시도 있고 싶지 않다는 뜻으로 들리는구나."

율이 손을 거두었다. 그 얼굴이 잠시 씁쓸해 보였지만 이내 싸늘하게 표정이 바뀌었다.

'당연한 거 아닙니까? 당신이 내게 한 짓을 생각해 보십시오!'

백영은 아무 대답도 하지 않고 더욱 고개를 숙였다.

"임금은 청을 하지 않는다. 과인이 명하노니, 너는 동이 틀 때까지 이곳에서 한 발자국도 나갈 수 없다. 밤새도록 초상화처럼 꼼짝도 하지 말고 내 앞에 앉아 있어라. 그리고! 어떤 경우에도 내 앞에서 나를 외면하지 말라 하지 않았느냐?"

"예, 전하."

백영이 고개를 들어 율을 똑바로 바라보았다. 그리고 그대로 그림이 되었다. 그렇게 율의 앞에 앉아 미동도 하지 않은 채 꼬박 밤을 새웠다. 율 역시 그저 그녀를 바라보기만 하며 밤을 꼬박 새웠다. 임금이 된 이후 처음이었다. 여인을 그저 바라보기만 하며 밤을 새운 적은.

"너는 내 어미를 닮았다."

깊은 새벽 율이 말했다. 그러나 그녀는 아무 대꾸도 없었다. 초상화는 말이 없으니까.

"너를 그려도 되겠느냐?"

율이 물었다. 이번에도 아무 대답이 없었다. 하지만 어차피 허락 따위는 임금인 그에게 필요치 않았다. 그는 화폭에 그녀를 옮겨 담기 시작했다. 율은 춤과 노래는 물론 시와 서화에도 뛰어난 예술적 재능을 가지고 있었다. 그의 붓 끝에 망설임이란 없었고 그림 속 여인은 율의 앞에 그림처럼 앉아 있는 그녀보다 더 생기가 넘쳐흘렀다.

화룡점정(畵龍點睛).

여인의 두 눈에 까만 눈동자를 그려 넣자 맑게 빛나는 두 눈으로 그를 바라보며 따뜻하게 미소를 지어주는 것 같았다. 그렇게 그림에 몰두하면 할수록 율은 혼란스러워졌다.

"내가 그린 여인이 나의 어머니냐 아니면 너냐?"

'내 마음이 그리는 여인은 나의 어머니인가 저 계집인가?'

그러나 백영은 끝까지 말이 없었다.

'도무지 집중을 할 수가 없구나!'

서안에 앉아 글을 써내려가던 백영이 신경질적으로 붓을 내려놓았다. 임금의 침전에서 밤을 새운 날 이후 다행히 별다른 일 없이 몇 날이 흘렀다. 낮에는 거의 혼자인지라 조용히 글을 쓸 수가 있었는데 오늘은 오리 궁녀와 자라 궁녀의 비번인 데다 다른 방 나인들까지 건너와 수다를 떨어대는 통에 북적북적하였다. 궁녀들의 수다가 그칠 줄을 모르자 백영은 지필묵을 챙겨 일단 밖으로 나왔다. 그러고는 집필에 몰두할 수 있을 만한 곳을 찾아 비교적 한산한 북쪽 후원으로 향했다. 무성한 나무들 사이에 작은 정자라도 하나 발견하면 자리를 깔고 앉아 글을 써야지 하던 차에 뒤에서 누군가 외치는 소리가 들렸다.

"어머나, 마마!"

처음엔 그것이 자신을 부르는 소리라고 생각하지 못하여 높으신 마마께서 지나가는가 싶어 주위를 둘러보았다. 한데 그런 백영의 눈에 띈 것은 와인 무녀였다.

"이 넓은 궐 안에서 이렇게 우연히 또 만나 뵙게 되다니, 정말 우리가 보통 연이 아닌가 봅니다. 어쩐지 오늘따라 유난히 이쪽 길로 돌아가고 싶더라니!"

제발 보통 연이었으면 좋겠을 와인이 뛸 듯이 반가워하며 백영에게 마구 달려왔다.

"저는 마마가 아니라고 몇 번을 말해야 아시겠습니까? 누가 들으면 공연히 오해를 사겠습니다."

"그럼 뭐라 불러 드려야 할지……."

"그냥 춘향 아씨라 부르십시오. 아니면 변백, 아니, 고 나인이라고 부르시든가요."

그녀는 이제 변백영이 아니라 고량주의 누이 고춘향이라는 사실을 새삼 상기하며 얼른 말을 고쳤다.

"하지만 나인도 아니시지 않습니까? 그렇다고 아씨라고 부르는 것도 엄청 어색할 것 같고, 일단 궁녀복을 입으셨으니 항아님이라 부르는 게 맞는 건가. 근데 어딜 가는 길이십니까?"

제가 묻고 제가 답을 하더니 다시 백영에게 물었다.

"글을 써야 해서 조용한 곳을 찾고 있었습니다."

"조용한 곳이요? 제가 한 군데 알고 있긴 한데. 쭉 비어 있던 곳인데다 신시까지는 아무도 오지 않을 것입니다."

"그런 곳이 있습니까? 신시까지면 지금부터 한 시진 가량은 쓸 수 있는 것이니 시간은 충분합니다. 거기가 어디입니까?"

"마침 제가 그곳으로 가던 길이니 같이 가시지요."

밑져 봐야 본전이다 싶어 와인 무녀를 쫓아가 보니 북쪽 후원 방향으로 가는 길에 외따로 서 있는 한 전각 앞에 멈춰 섰다.

"여기가 대체 어디입니까? 설마 무너지는 건 아니겠지요?"

허름한 외관에 인상을 잔뜩 찌푸리고 물었다. 그러나 와인은 전혀 개의치 않고 성큼성큼 안으로 들어갔다.

"조용하고 사람들 눈에 띄지 않기로는 이만한 곳이 없지요. 일단 들어와 보십시오."

썩 내키진 않았지만 엉거주춤 와인을 따라 들어가자 오랫동안 사용하지 않았는지 움직일 때마다 수북이 쌓인 먼지가 폴폴 날렸다. 열댓 명쯤 앉을 수 있는 커다란 서탁과 의자, 책장 같은 집기들을 보건대 누군가의 처소로 사용했던 곳이 아니라 관료들이 공무를 보던 곳 같았다.

"일단 부적부터 붙이고선……. 어랏? 이게 어디로 갔지?"

와인이 당황해 옷 속을 마구 뒤적거렸다.

"무얼 잃어버리셨습니까?"

"품 안에 넣어둔 부적이 없어졌습니다. 오던 길에 떨어뜨렸나 봅니다. 여기 잠시만 계십시오!"

"이런 곳에 저 혼자 있으라고요?"

그러나 와인은 대꾸도 없이 허둥지둥 밖으로 나가 버렸다. 기다려야 하나 나가야 하나 망설이는데 이내 다시 문소리가 들렸다.

"벌써 돌아오셨습니까?"

처음으로 와인을 반기며 인기척이 나는 방향으로 고개를 돌렸다. 그런데 그곳엔 뜻밖의 사람이 서 있었다. 그리고 그 사람을 알아보자마자 그녀의 커다란 눈에 눈물이 가득 고였다.

"완얼 나리!"

백영이 달려가 그의 품에 와락 안겼다.

"백영아!"

완얼도 두 팔로 그녀를 힘껏 끌어안았다. 백영을 보지 못한 시간 동안 애간장이 모두 녹아내려 속이 텅 비어버린 것 같았다. 한데 이렇게 생각지도 못한 곳에서 그녀를 보게 되니 백영 아씨라는 호칭보다 마음속으로 늘 부르던 '백영아!' 하는 외침이 절로 튀어나왔다.

'백영아, 그동안 얼마나 고생이 많았느냐? 백영아, 끼니는 잘 챙겨 먹고 있느냐? 백영아, 아픈 곳은 없느냐? 형님께서 괴롭히지는 않고? 백영아, 나의 백영아, 어여쁜 나의 여인아.'

"괜찮으십니까?"

완얼은 무수히 많은 질문들을 미처 다 쏟아내지 못한 채 가슴이 벅차고 목이 메어 간신히 이렇게 한마디만 물었다. 엿새 만이었다. 백영이 더 이상 전하께 손찌검을 당하진 않는다는 말을 전해 듣긴 했지만 그래도 가시방석에 앉아 있는 것 같은 시간이었다.

"괜찮습니다. 저는 괜찮습니다."

행여나 완얼이 걱정할까 봐 물기 어린 목소리로 거듭 괜찮다 말하는 백영이 너무나 안쓰러워 그녀의 여린 몸을 더욱 꼭꼭 보듬어 안았다. 이렇게 숨이 멎는 순간까지 세상이 끝나 버리는 순간까지 그녀를 영원히 놓고 싶지 않았다.

'어쩌다 저는 당신을 사랑하지 않고선 하루도 살 수 없게 되어버렸을까요?'

백영이 고개를 들어 그토록 그리웠던 완얼의 얼굴을 하염없이 바라보았다.

"이 가락지, 계속 끼고 계셨습니까?"

완얼이 백영의 손을 어루만지며 물었다.

"약조하지 않았습니까? 손에서 빼지 않겠다고요."

"하지만 궁에서 끼고 계시면 위험하지 않겠습니까? 백영 아씨의 신변이 안전해질 때까진 빼고 계시는 게 좋을 것 같습니다."

"누가 물으면 어머니께서 주신 가락지라고 하면 됩니다. 걱정 마십시오."

"그래도……."

완얼이 무어라 더 말을 하려는데 문이 벌컥 열리며 량주가 뛰어 들어왔다.

"아씨!"

"백영 아씨?"

그 뒤를 따라 들어온 숙휘 역시 예상치 못한 백영의 등장에 놀라 외쳤다.

"량주 무사님! 숙휘 무사님!"

백영이 완얼에게서 얼른 한 발 물러서며 외쳤다. 완얼과 단둘이 조금만 더 있고 싶었지만 두 사람을 보니 완얼만큼이나 반가웠다.

"무사님들까지, 다들 이곳엔 어쩐 일이십니까?"

"원래는 신시부터 시작인데 오래도록 사용하지 않은 곳이라 하여 소제라도 할까 하고 일찍 나왔습니다. 역시나 온통 먼지투성이군요!"

량주가 주위를 한 바퀴 둘러보며 팔을 걷어붙였다.

"신시부터 이런 곳에 모여 무엇을 하시려고요?"

그리 묻자마자 와인이 흰 봉투를 흔들며 요란하게 뛰어 들어왔다.

"찾았습니다! 오던 길 한복판에 떨어뜨리고 왔지 뭡니까?"

그러다 완얼 일행을 발견하고는 우뚝 멈춰 섰다.

"눈부시게 자체 발광하는 저 얼굴은…… 완얼군 대감이시군요!"

와인이 감탄을 쏟아내며 한눈에 완얼군을 알아보았다. 그리고 그 앞에 무릎을 꿇고 넙죽 엎드렸다.

"국무님께 말씀 많이 들었습니다. 마치 별빛 하나 없는 어둠 속에서 느닷없이 태양을 만난 듯한 엄청난 광명을 보게 될 것이라고요! 과연 국무님 말씀대로이십니다!"

백영이 완얼을 처음 만난 날 부르짖었던 말들과 흡사한 걸 보니 그를 본 사람들의 생각은 다들 비슷한가 보다.

"내가 완얼군인 건 맞지만 그렇게 맨 바닥에 무릎을 꿇을 것까지는 없네. 그만 일어나게나."

완얼의 말에 와인이 치맛자락에 잔뜩 묻은 먼지를 털어내지도 못한 채 조심스럽게 일어났다.

"여인이 이곳에 온 걸 보면 아마도 성수청 소속이겠군."

"예, 대감. 소인은 성수청 무녀 와인이라 하옵니다."

"아하, 자네가 와인인가? 해몽을 그리 잘한다지?"

"대감, 말씀을 낮추십시오. 신분도 천하고 나이도 어린 계집이옵니다."

와인이 공손하게 머리를 조아렸다. 완얼은 왕자라는 높은 신분에도 불구하고 탐관오리를 대하거나 호령을 해야 할 때를 제외하곤 백성이라 하여 함부로 하대를 하지 않았다.

"그럴까 그럼?"

하지만 하대를 청하면 언제든 냉큼 받아들이기도 하였다.

"얼마 전에 내가 무척 희한한 꿈을 꾸었는데 해몽을 해줄 수 있겠느냐?"

"말씀해 보시지요."

"서까래 세 장을 등에 지고 바쁘게 걸어가는 꿈이었는데, 목적지가 어딘지는 정확히 모르겠지만 얼핏 느낌엔 경회루처럼 화려한 전각인 듯싶기도 하고. 근데 신기한 것이 구름이 말이지."

"구름이 왜요?"

"구름이 전각 위로 둥둥 떠가는 것 같기도 하고 물에 비쳐 마치 전각 아래로 흐르는 것 같기도 하고 참으로 묘한 느낌이어서 말이다."

완얼의 꿈 얘기를 들은 와인의 얼굴이 자못 심각해지더니 신중하게 입을 떼었다.

"서까래 세 장을 등에 지고 가는 형상은 임금 왕(王) 글자와 같으니 왕이 되실 꿈이옵니다. 태조께서도 그 꿈을 꾸신 뒤에 왕이 되셨지요."

해몽을 들은 완얼이 거의 사색이 되다시피 얼굴에 핏기가 사라졌다. 하도 어마어마한 말인지라 백영은 행여 누가 들을까 싶어 공연히 주위를 둘러보기까지 했다.

"태조께서 그런 꿈을 꾸셨다고? 그러고 보니 얼핏 그런 이야기를 들어본 것 같기도 한데……."

"하오나 저의 해몽은 한 가지가 더 있습니다. 그 꿈은 다른 한편으론 흙 토(土) 자 위에 한 일(一) 자로 누워 있는 형상과도 같으니 죽어서 땅 위에 누워 있는 것으로도 풀이됩니다."

뒤이은 와인의 말에 성질 급한 량주가 '뭐야?' 하며 눈을 부라렸다.

"완얼군 대감께서 죽어 나자빠질 거라고 저주라도 하는 것이오?"

"저주라니요? 어찌 그리 천부당만부당한 말씀을 하십니까?"

와인이 량주를 잠깐 쏘아보더니 이내 다시 완얼에게 시선을 돌렸다.

"만일 구름이 하늘 위로 떠간 것이라면 꿈에서 보신 전각은 땅에 있는 궁이므로 왕이 되실 것이요, 구름이 전각 아래로 흐른 것이라면 그 전각은 구름 위에 있는 옥황상제의 궁으로 명이 다해 극락왕생하신 것이 될 테지요. 구름이 하늘에 떠 있는 것 같기도 하고 아래로 흐르는 것 같기도 했다면, 그 구름을 어디로 흐르게 할 것인가는 완얼군 대감의 의지에 달린 것이라 하겠습니다."

"왕이 되지 않으면 죽을 운명이라? 거참, 재미있구나."

완얼이 힘없이 웃고 만다.

"송구하옵니다."

"네가 송구할 것이 뭐 있느냐? 내가 꿈을 그리 꾼 것을."

"해몽이라는 것이 다 그렇지요. 이현령비현령(耳懸鈴鼻懸鈴) 아닙니까?"

량주의 말에 완얼이 화들짝 놀라 물었다.

"네가 그런 말도 아느냐?"

"참내, 뭐 이 정도 가지고 그러십니까? 요즘 낮에는 무술을 연마하고 밤에는 서책을 읽는 것을 모르셨습니까?"

"량주 네가 밤마다 책을 읽는다고?"

"그럼요! 주경야동!"

"주경야동이요?"

오래간만에 듣는지라 량주의 패기 넘치는 무식에 백영이 새삼 놀랐다.

"호호호! 무사님도 참. 훤하게 잘생기신 분이 농도 엄청 재미있게 하십니다."

와인이 까르르 웃음을 터뜨렸다.

"와인 무녀님께선 저 말이 무슨 뜻인지 아십니까?"

무식이라면 와인도 뒤지지 않는다는 것을 익히 아는 백영인지라 뭔가 미심쩍어 넌지시 물었다.

"그럼요. 성수청 무녀는 아무나 하는 줄 아십니까? 낮에는 농사를 짓고 밤에는 책을 읽는다는 뜻으로 바쁘고 어려운 여건 속에서도 공부에 매진함을 말하는 것 아닙니까?"

의외로 와인은 정확하게 뜻을 알고 있었다. 하나 곧이어 와인이 자신만만하게 외치는 말에 백영은 물론 완얼과 숙휘까지 입이 떡 벌어졌다.

"죽! 염! 야! 독!"

참으로 불꽃 튀는 무식 대결이었다.

"주경야동도 아니고 죽염야독도 아닙니다. 주경야독(晝耕夜讀)입니다! 주경야독!"

학문의 깊이가 남다른 숙휘로선 도저히 참을 수 없는 무식함에 울화통을 터뜨리며 한 자 한 자 또박또박 짚어 읽었다.

"그런가?"

"그런가?"

량주와 와인 두 사람 모두 약속이나 한 듯이 멋쩍게 뒤통수를 긁었다.

"짚신도 짝이 있다더니 천생연분이란 바로 이런 것인가 봅니다. 우리 량주가 드디어 임자를 만난 것 같습니다!"

완얼이 진심으로 감탄해 마지않으며 무릎을 탁 쳤다.

"무사와 무녀. 어감도 참으로 잘 어울립니다."

백영도 맞장구를 쳤다. 실은 무식한 무사와 무녀라고 말하고 싶었지만 차마 대놓고 그리 말하지는 못했다.

"싫습니다!"

"싫습니다!"

백영을 마음에 품고 있는 량주는 물론이고 와인 역시 량주가 영 탐탁지 않았는지 두 사람이 동시에 버럭 소리를 질렀다.

"이거 보십시오. 아주 죽이 척척 맞지 않습니까?"

완얼이 싱글벙글 웃으며 반쯤은 놀리듯 말했다.

"그런 쓸데없는 소릴 하실 거면 소제나 시작하시지요!"

백영이 듣는 앞에서 더 이상 이 화제가 계속되는 것이 싫었는지 량주가 솔선수범하여 소제를 하기 시작했다.

"우선 이 부적부터 붙이고요. 새집에서 동티나지 말라고 써온 부적입니다. 제가 해몽 다음으로 용한 것이 부적인데 요즘 특히 제 부적이 매우 효험이 있거든요."

와인이 은근히 자랑을 늘어놓으며 흰 봉투에서 기묘한 형태의 붉은 글자가 쓰인 노란색 부적을 꺼냈다.

"무녀님은 이 먼지구덩이가 새집으로 보이십니까?"

량주가 퉁명스럽게 쏘아붙이자 와인이 태연하게 받아쳤다.

"새로이 일을 시작하게 된 곳이니 새집이지요. 무사님께서 키가 훨

칠하시니 문짝 위에 부적 좀 붙여주십시오."

덩치는 량주가 좋지만 키 큰 걸로 따지자면 숙휘가 더 훤칠한데 와인이 굳이 량주에게 부탁을 한다. 량주 역시 투덜거리면서도 시키는 대로 고분고분 문짝 위에 부적을 붙여주었다.

"그럼 저는 이만 자리를 비켜 드려야겠군요. 실은 글을 쓸 만한 곳을 찾으러 온 것인데 제가 있으면 괜히 거치적거리기만 할 것 같습니다."

백영이 지필묵이 들어 있는 보따리를 다시 챙겨 들고 나가려 하자 완얼이 황급히 만류했다.

"신시까지는 우리뿐이니 괜찮습니다. 구석에 놓여 있는 작은 탁자에 앉아서 글을 쓰시면 됩니다. 소제하는 소리 때문에 집필하시는 데 방해가 되지 않는다면요."

"방해라니요! 도와드리지 못하여 제가 더 송구하지요. 하지만 오늘 저녁까지 분량을 완성해야 하는지라."

완얼과 조금이라도 더 함께 있을 수 있다면 그까짓 소제하는 소리가 문제겠는가? 그리하여 백영은 열심히 글을 쓰고, 완얼을 비롯한 나머지 사람들은 부지런히 소제를 하기 시작했다. 창문을 모두 열어젖히고 소제를 하는데도 먼지가 자욱하게 날렸지만 백영은 이따금씩 고개를 들어 활기차게 비질을 하는 완얼의 모습을 바라보며 그 어느 때보다 행복하게 글을 써내려갔다.

한 시진 가량이 흘러 백영이 원고를 마무리 지어갈 무렵, 소제도 거의 마무리되었다. 무질서하게 놓여 있던 집기들을 재배치해 놓으니 공간도 널찍해지고 먼지를 털어내자 윤기가 자르르 흐르는 것이 제법 쓸만했다.

"이제 다들 모이기만 하면 되겠구나."

완얼이 정돈된 실내를 흐뭇하게 둘러보며 말했다.

"누가 또 오기로 했습니까?"

백영이 그리 묻자 때마침 밖에서 똑똑똑 문 두드리는 소리가 들렸다.

"예, 들어오시지요!"

완얼의 대답에 중년 사내가 안으로 들어왔다. 새하얀 옷을 입은 사내는 긴 얼굴에 흰 수염이 길게 나 있고 긴 눈으로 점잖게 바라보며 점잖게 움직이는 모습이 마치 신선 같았다.

"소격서에서 왔습니다만."

"잘 오셨습니다! 진심으로 환영합니다."

완얼이 환하게 웃으며 사내를 반겼다. 그러자 이번엔 쿵쿵쿵 힘차게 문 두드리는 소리가 들리더니 대답을 기다리지도 않고 문이 열렸다.

"들어가도 되겠습니까?"

이미 다 들어와 놓고 검은 수염이 무성한 젊은 사내가 호탕하게 물었다. 검은 옷을 입은 사내는 바위처럼 커다란 얼굴의 반이 온통 시커먼 수염으로 뒤덮여 있었다.

"관상감에서 보내 왔습니다!"

부드러운 흰 수염 옆에 갈기 같은 뻣뻣한 검은 수염이 서자 흑과 백이 묘한 대조를 이루었다.

"와주셔서 감사합니다. 두 분 다 이쪽으로 앉으시지요."

완얼이 서탁으로 두 사람을 안내했다. 상석의 완얼을 중심으로 좌측엔 흰 수염과 검은 수염이, 우측엔 량주와 숙휘가 앉고, 어느 쪽에 앉을까 잠시 고민하던 와인은 슬그머니 량주의 옆에 자리를 잡았다.

"그럼 모두 모였으니 일단 소개부터 하기로 하지요."

완얼이 입을 열자 흰 수염의 사내가 가장 먼저 나섰다.

"저는 소격서에서 나온 도사 무청이라 합니다."

소격서라면 예조 산하의 기관으로 도교에 그 뿌리를 두고 있었다. 삼청동에 성제단(星祭壇)을 설치하여 나라에 경사가 있거나 재난이 있을 때 하늘과 별, 산천에 제를 지내는 일을 하였다. 여러 해 전 역병이 돌았을 때도 큰 제를 지냈었고 지난해엔 가뭄이 들어 기우제를 지내기도 했었다. 소격서의 도사란 도류라고도 불리는데 시험에 합격하여 자격을 얻은 사람 중 선발했다.

"저는 관상감의 명과학교수 어기용차입니다."

이번엔 검은 수염의 사내가 힘차게 제 소개를 하였다. 관상감은 경복궁 서쪽 영추문 인근에 위치한 기관으로 천문, 지리, 역수(달력), 점주, 측후(일기예보), 각루(물시계) 등의 일을 관장하였다. 크게 천문학, 지리학, 명과학 등으로 나뉘어 그중 명과학은 운명과 길흉화복을 연구하고 점을 치거나 상을 보는 일도 하였다.

"제가 마지막인가요? 저는 성수청의 무녀 와인이라 하옵니다. 요즘 제가 성수청에서 신발이 최고인지라 차출되어 왔습니다. 앞으로 잘 부탁드립니다!"

온통 사내들뿐인 자리에서 와인이 재기 발랄하게 소개를 하며 눈웃음을 지었다.

'소격서 도사에 관상감 교수, 성수청 무녀까지? 대체 무슨 일로 한자리에 모인 거지?'

한쪽 구석에 있는 듯 없는 듯 처박혀 있던 백영이 쓰던 글을 멈추고 그들을 바라보았다. 제육왕자의 호위무사라는 신분으로 량주와 숙휘까지 소개가 끝나자 마침내 완얼이 입을 열었다.

"이미 알고 계시겠지만 저는 제육왕자 완얼군입니다. 살기를 느낄 수 있는 신기를 가지고 있지요."

"산통을 들고 다니시는 걸 보면 산통점도 잘 치시나 봅니다."

완얼이 한 몸처럼 어깨에 메고 다니는 산통을 본 어기용차가 물었다. 점술에도 일가견이 있는 명과학교수인지라 눈길이 가나 보다. 그러나 그 산통 속에 무시무시한 표창이 들어 있을 거라고는 꿈에도 생각지 못할 것이다.

"산통점은 그저 소일거리 정도일 뿐 그리 신묘한 점괘를 뽑아내진 못합니다."

완얼이 쑥스럽게 웃으며 답했다. 그러나 이내 진지한 표정으로 한명 한 명의 얼굴을 바라보았다.

"여러분들은 소격서, 관상감, 성수청, 각 기관에서 가장 뛰어난 신력(神力)을 지니신 분들입니다. 그리고 우리가 이렇게 모인 이유는 해야 할 일이 있기 때문입니다. 그것은 바로!"

완얼이 잠시 숨을 고르더니 엄숙하게 선언했다.

"중전마마의 회임을 도모하는 것입니다."

생각지도 못한 말에 장내가 술렁였다. 신시 정각까지 이곳으로 모이라는 어명을 받긴 했지만 그 외엔 참석자가 누구인지, 왜 모이는지에 대해선 아무런 언질도 받지 못한 터였다. 누구도 선뜻 말을 꺼내지 못한 채 한동안 침묵이 흘렀다.

"다섯 해 가까이 소식이 없으셨던 분을 우리가 무슨 수로요?"

관상감의 명과학교수 어기용차가 가장 먼저 침묵을 깼다.

"그러니 각 기관에서 신력이 가장 좋은 인재들을 특별히 모셔온 것 아니겠습니까? 이렇게 신들린 왕자까지 나서서요."

완얼이 차분하게 답했다.

"완얼군 대감의 신력이라면 신관들 사이에선 공공연하게 인정하고 있는 바이지요. 한데 종친께서 신관들이 하는 일에 이렇게 드러내 놓고 나서실 줄은 예상치 못했습니다. 아마 그만큼 전하께서 이 일을 중히 생각하고 계시다는 뜻이겠지요."

지그시 눈을 감고 생각에 잠겨 있던 하얀 수염의 소격서 도사 무청이 신중하게 입을 열었다.

"예, 그렇습니다. 전하께선 적장자에게 옥좌를 물려주고자 하십니다."

숙빈에게서 얻은 원자가 있긴 하지만 후궁 소생의 왕자가 임금이 되는 것은 원칙에 어긋남을 확고히 하고자 하는 것이었다. 따지고 보면 율의 모후도 후궁 출신이긴 했지만 선왕의 첫 번째 중전이 후사 없이 세상을 뜨고 나서 정식으로 중전이 된 이후 낳은 아들이니 그는 엄연한 적장자이며 적통대군이었다. 원칙 같은 것은 개나 줘버린 폭군이 왕위 승계에서만큼은 새삼 원칙을 따지는 건 적장자인 자신을 제외한 후궁 소생의 다른 형제들에게 감히 왕위를 탐하지 말 것을 경고하는 의미였다.

'그중에서도 특히 나를 견제하려는 것이겠지.'

완얼이 씁쓸하게 형님의 의도를 읽었다. 또한 율은 숙빈의 아비인 병조판서 장대갈과 그가 이끄는 훈구파의 지지를 받고 있지만, 숙빈의 소생에게 세자 자리까지 내주어 왕권에 위협이 될 만큼 그들의 세가 강해지는 것은 원치 않았다. 그래서 정적이긴 하지만 이한림을 비롯한 사림들을 조정에 다시 불러 모으고 사상 유래 없는 소격서, 관상감, 성수청의 공조라는 이한림의 제안을 받아들인 것이다. 빈 전각 하나 내어주면 되는 일이니 어려울 것도 없었고, 중전의 득남을 기원한다는 데 훈구파도 딱히 반대할 만한 명분이 없었다.

'다들 형님을 미치광이 폭군으로만 알고 있지만 결코 아둔한 분이 아니다. 이한림의 말처럼 신 내린 왕자라는 인식을 확고히 심어주어

형님의 의심을 조금이라도 덜고 그리고……'

완얼이 한쪽 구석에서 없는 사람처럼 숨죽이고 있는 백영을 바라봤다. 그가 이 제안을 수락한 이유 중에서도 가장 중요한 이유는 바로 그녀였기 때문에.

"그럼 중전마마께서 회임을 하시면 우리는 다시 원래 소속으로 돌아가는 겁니까?"

어기용차의 질문에 완얼의 시선이 그쪽으로 향했다.

"일단은 그렇습니다."

"근래 소격서를 혁파하라는 유신(儒臣)들의 공세가 거세졌는데 그런 큰일을 해낸다면 소격서의 존립에도 도움이 될 것이라 생각합니다. 성심을 다해 해보겠습니다."

무청이 기꺼이 동참을 하였다.

"그건 성수청도 마찬가지입니다."

"우리 관상감은 존립에 위협을 받진 않지만 숙빈 장씨가 나대는 꼴을 보기 싫어서라도 힘을 보태겠습니다!"

와인과 어기용차도 뜻을 함께했다. 그때, 조용히 나가려고 짐을 챙기던 백영이 바닥에 붓을 떨어뜨렸다. 탁 하고 붓 떨어지는 소리가 들리자 사람들의 시선이 일제히 백영에게 향했다.

"그러고 보니 저분은 누구십니까?"

질문이 참 많기도 한 어기용차가 고개를 갸우뚱했다.

"아! 저 마마께선, 아니, 그러니까 항아님께선……."

와인이 아는 척을 하고 나서자 또 무슨 말실수를 할까 싶어 백영이 얼른 답했다.

"이곳 소제를 맡고 있는 궁녀입니다. 저는 그럼 일을 모두 마쳤으니 돌아가 보겠습니다."

백영이 꾸벅 인사를 하고선 서둘러 밖으로 나갔다.

"잠시만요!"

그녀가 전각을 막 나서려는데 완얼이 허둥지둥 쫓아왔다.

"왜 그러십니까?"

"왜라니요. 백영 아씨야말로 이리 가버리시면 어떡합니까?"

"이제 곧 해가 지면 전하께서 언제 찾으실지 모릅니다. 저는 전하의 책비라는 것을 잊으셨습니까?"

"잊지 않았습니다. 그래서 제가 이렇게 온 것입니다."

"저 때문이라고요? 중전마마의 회임을 도모하기 위해서라고 하지 않으셨습니까?"

"그대의 곁에 가까이 머물기 위해서였습니다. 너무 멀리 떨어져 있으면 당신을 지킬 수 없으니까요."

"대감, 그렇게까지 저를……."

"거참, 전처럼 나리라고 부르시라니까요."

"이곳은 궁입니다. 나리라고 부르는 것이 더 이상하지요. 그리고 무어라 부르면 어떻습니까? 제 마음만 한결같으면 된 것 아닙니까?"

그리 말하며 애틋한 눈망울로 자신을 바라보는 그녀를 완얼은 와락 품에 안고 싶었다. 하지만 아무리 외진 전각이지만 사방에 눈이 달린 궐에서 충동적으로 행동해선 안 된다는 것쯤은 너무도 잘 알고 있었다. 아직은 때가 아니다.

"가장 먼저 궐에 나와 가장 나중에 돌아갈 것입니다. 무슨 일이 생기면 당장 이곳으로 저를 찾아오십시오. 그렇게 때가 될 때까지 당신을 지킬 것입니다."

"때라니요? 어떤 때를 말씀하시는 겁니까?"

왠지 불안한 마음에 백영이 조심스럽게 물었다.

"언젠가 아씨께서 그러셨지요. 지지 않겠다고요. 붓이 칼보다 강하다는 것을 보여주시겠다고요."

백영이 천천히 고개를 끄덕였다. 그랬다. 바보처럼 미친 임금에게 잡아먹히지도, 비겁하게 현실에서 도망치지도 않겠다고, 자신의 재능과 능력으로 맞서 싸우겠다고 그리 다짐했었다.

"저도 그럴 것입니다. 더 이상 현실에서 도망치지 않을 것입니다. 제가 가진 능력으로 최선을 다해 맞서 싸우겠습니다. 머지않아 당신을 나의 사람으로 당당하게 맞이할 수 있을 때까지요."

그리 말하는 완얼의 모습은 몹시 믿음직스러워 보였다. 하지만 그녀는 알았다. 미치광이 임금의 손에서 무사히 벗어나 완얼에게 간다고 해도 죽었다고 장례까지 치른 과부가, 게다가 금상의 소유물로 낙인까지 찍혔던 여인이 정실부인이 되는 것은 그야말로 소설 같은 일이라는 걸. 그러나 그렇다고 포기할 순 없었다. 그에게 뭐가 되어도 좋았다. 뭐라 불려도 상관없었다.

'당신의 곁에 있을 수만 있다면 저는 그것으로 충분합니다.'

완얼을 만난 백영은 홍조 띤 얼굴로 처소로 돌아왔다. 여전히 수다 삼매경에 빠져있는 궁녀들은 백영이 들고나는 것엔 관심도 없었다.

"그래서, 아직도 왕의 표식을 가진 여인이 누군지 모르는 거야?"

"근데 도대체 왜 감추는 거지? 전하께서 그렇게 특별히 여기시는 여인인데 왜 후궁으로 삼지 않는 걸까?"

"그 여인이 왕의 표식을 받고도 전하를 거부했다는 소문이 있던데. 후궁이고 뭐고 필요 없다고."

"에이, 말도 안 돼. 그 무시무시한 전하께서 그런 건방진 계집을 살려뒀단 말이야?"

"그러니까 대단한 여인이지!"

"누굴까? 아, 정말 궁금해 미치겠네!"

찻상에 둘러앉은 궁녀들의 화제는 며칠째 똑같았다.

'왕의 표식을 가진 여인이 누구인가?'

사냥터에서 표식이 새겨졌을 때 궁녀와 내관들이 몇몇 있었지만 숙빈이 입단속을 단단히 시켰다. 자신도 받지 못한 표식을 받은 여인이 존재한다는 사실을 최대한 감추기 위해서. 그리고 백영이 후궁이 되지 않고 오히려 율에게 핍박을 받자 숙빈 때문이 아니라도 그들도 알아서 입을 다물고 있었다.

백영은 궁녀들과 최대한 멀찍이 떨어져 서안 위에 책을 펼쳐 놓고 종이에 써온 내용을 옮겨 적기 시작했다. 우선 종이에 한 번 초고를 쓴 뒤에 수정을 거쳐 최종고를 서책에 적어 전하께 가져갔다.

"근데 책비가 책만 읽는 게 아니라 글도 쓰니?"

그제야 백영에게 호기심을 느낀 옆방 궁녀가 그녀를 턱짓하며 물었다.

"뭘 쓰는지는 모르겠지만 우리가 낮에 뼈 빠지게 일할 동안 혼자 글 쓴답시고 빈둥대다 밤 되면 불려 나가더라."

"그럼 전하께 매일 밤 지가 쓴 걸 읽어드리는 거야?"

"매일 밤? 그럼 밤마다 전하의 침소에 든단 말이야?"

"야! 침소에서 정말 책만 읽어주다 오는 거니?"

궁녀들의 목소리가 점점 커지는가 싶더니 오리가 백영에게 물었다.

"야! 고춘향! 우리가 묻는 말 안 들리냐?"

"예? 저한테 묻는 건지 모르고……."

백영이 그제야 고개를 들어 궁녀들을 보았다.

"고춘향인지 고추년인지 어디서 굴러먹다 왔는지도 모를 년이랑 같은 방 쓰는 것도 찜찜해 죽겠는데 너 따위가 감히 궁녀를 무시해?"

"못 들었다잖아. 그럴 수도 있지, 뭐."

자라가 버럭 성을 내는 오리를 말렸다. 그러더니 친절하게 웃으며 찻잔을 들고 백영에게 다가왔다.

"얘, 너도 차 한 잔 마시면서 해라."

"고맙습니다."

마침 목이 마르던 터라 백영이 손을 내미는데 자라가 갑자기 찻잔을 놓쳐 버렸다. 아니, 놓쳤다기보다는 놓아버렸다. 차가 종이 위에 쏟아지며 써내려가던 글자들이 순식간에 번져 버렸다.

"어머, 미안해서 어쩌나? 일부러 그런 건 아닌데."

하얗게 질린 백영에게 자라가 싱글싱글 웃으며 말했다. 그러나 누가 봐도 명백한 고의였다. 궁녀들 사이에서 키득키득 웃음이 터져 나왔다.

"이 글이 어떤 글인 줄 알아? 내 목숨을 걸고 쓰는 글이야. 몇 사람의 생사가 달린 글이라고! 너 같은 게 감히 망쳐도 되는 게 아니란 말이다!"

분노한 백영이 주먹을 부들부들 떨며 소리를 질렀다.

"너 같은 게?"

그러자 자라의 얼굴에서 웃음기가 싹 사라지며 앙칼지게 변했다.

"이게! 전하의 침전에 몇 번 들락거리더니 지가 뭐라도 되는 줄 알고!"

"뭐라도 될 거였으면 그리 들락거리는데 벌써 승은을 입고도 남았겠지."

"그러게 말이야. 언제 맞아 죽을지 모르는 책비 주제에!"

방 안에 있던 네 명의 궁녀가 저마다 한마디씩 쏘아붙이더니 자라가 백영의 머리채를 잡아챘다. 그러나 백영도 지지 않고 자라의 머리 채를 마주 잡았다.

"이 쥐방울만 한 게!"

체구는 자라가 조금 더 컸지만 악착같이 덤벼드는 백영에게 오히려 밀려서 머리털이 한 움큼 쥐어뜯겼다.

"보고만 있지 말고 어떻게 좀 해봐!"

"그래! 저런 년은 뜨거운 맛을 봐야 정신을 차리지!"

다른 궁녀들이 소매를 걷어붙이고 달려들어 백영을 땅바닥에 패대 기쳤다. 그사이 오리는 백영의 서안에서 서책을 집어 들어 휘리릭 넘 겨봤다.

"춘향뎐인가? 우리한테 가짜 완결편 샀다면서 잘난 척해대더니 제 이름이 춘향이라고 엉터리 춘향뎐이라도 짓는 거냐?"

"손대지 마!"

백영이 사납게 달려들어 서책을 빼앗았다.

"뭐 그리 대단한 얘기기에 전하께서 매일 밤 너를 찾으시는 건지 우 리도 좀 알자!"

오리가 다시 책으로 손을 뻗자 품 안에 든 자식을 뺏기지 않으려는 짐승처럼 백영이 오리의 배를 힘껏 머리로 들이받았다.

"이년이!"

예상치 못한 공격에 복부를 잡고 쓰러진 오리가 이내 벌떡 일어나며 악을 썼다.

"얘들아, 뒤집어씌워!"

그러자 갑자기 백영의 눈앞이 캄캄해졌다. 궁녀들이 이불을 뒤집어 씌운 것이다. 그리고 그녀의 몸 위로 무수한 발길질이 쏟아지기 시작 했다. 그리하면 소리가 잘 새어 나가지 않아 궁녀들이 누군가를 벌하거나 괴롭힐 때 주로 쓰는 방법이었다. 백영은 몸을 최대한 웅크려 책을 감싸 안았다.

'이 책은 나를 지켜줄 유일한 무기이다. 지켜야 한다!'

당장 그녀가 할 수 있는 건 그것뿐이었다. 아니, 한 가지 방법이 더 있긴 했다. 지금이라도 '왕의 표식을 가진 여인이 나다!' 하고 가슴팍을 풀어헤쳐 보이면 궁녀들이 더 이상 그녀를 건드리지 못할 것이다. 하지만 그러면 소문이 삽시간에 궐에 퍼질 것이고, 그렇게 그녀가 모두에게 왕의 여인으로 인식되면 상황이 어찌 변할지 모르는 일이었다. 어쩌면 책비로 남아 있기 힘들어질지도 모른다. 이제 간신히 완얼군 대감을 다시 볼 수 있게 되었는데 그럴 수는 없었다.

'당신만 내 곁에 가까이 있다면 나는 버틸 수 있습니다. 당신이 이 세상에 존재하기만 해도 난 모든 걸 이겨낼 수 있습니다.'

무차별한 발길질을 온몸으로 받아내며 백영은 신음 소리 한 번 내지 않은 채 이를 악물었다. 얼마나 시간이 흘렀을까? 실컷 분풀이를 한 궁녀들이 이불을 확 젖히자 백영은 여전히 책을 품에 꼭 끌어안은 채 꼼짝도 하지 않았다.

"손대지 마……."

옷도 머리도 형편없이 헝클어진 백영이 벌겋게 충혈된 눈으로 궁녀들을 올려다보며 서늘하게 중얼댔다.

"어휴, 독한 년!"

오리가 질렸다는 듯 내뱉더니 밖으로 나가 버렸다. 그러자 다른 궁녀들도 우르르 따라 나갔다. 모두가 나가 버린 뒤 백영이 힘겹게 몸을 일으켰다. 그리고 흐트러진 옷매무새를 가다듬고 엉킨 머리를 다시 빗었다. 임금에게 가야 할 시각이었다.

"전하, 송구하오나 몸이 좋지 않아 오늘 분량을 미처 마무리 짓지 못하고 왔습니다. 조금만 시간을 주신다면 그 안에 마저 완성해 놓겠습니다."

침전에 든 백영이 율의 앞에 엎드려 고하였다.

"기다리라고? 어제도 결정적인 순간에 끊어놓고 나보고 더 기다리라는 말이냐?"

야참으로 팥죽을 앞에 둔 율이 한 숟갈 뜨려다 말고 미간을 찌푸렸다.

"그 팥죽을 다 드실 동안이면 됩니다. 한 다경만 주십시오."

"좋다. 딱 한 다경이다."

"예, 전하."

백영이 서안도 없이 바닥에 엎드려 서책에 나머지 이야기를 바쁘게 적어 나가기 시작했다. 그리고 율은 천천히 숟가락을 들어 팥죽을 한 입 맛보았다. 그러나 이내 숟가락을 툭 내던져 버린다.

"오늘 팥죽은 영 아니구나. 너나 먹어라."

"예? 제가 어찌 감히 전하의 야참에 손을 대겠습니까?"

느닷없는 율의 말에 백영이 깜짝 놀라 고개를 들었다.

"임금이 하사하는 걸 거부하겠단 말이냐?"

"그것이 아니오라 제가……."

백영이 몹시 곤란한 얼굴로 말을 잇는데 율이 진노해 고함을 질렀다.

"명이다! 강제로 입을 벌려 넣어야 먹겠느냐?"

지난 엿새간 이상할 정도로 별일 없이 넘어간다 싶더니 또다시 광증이 시작되려나 보다.

"어서!"

붓을 쥔 백영의 손이 파르르 떨렸다. 그녀가 송곳같이 날카로운 눈빛으로 율을 쏘아보며 붓을 내려놓았다. 그리고 아무 말 없이 팥죽을 먹기 시작했다. 팥죽은 그녀가 여태껏 먹어본 음식 중에 최고였다. 이런 팥죽이 맛이 없다니, 평소에 얼마나 굉장한 산해진미를 먹기에 그러나 의아할 정도였다. 백영이 푹푹 팥죽을 떠먹는 모습을 보며 율의 얼굴에 슬쩍 미소가 스쳤다. 그러나 그때, 백영이 갑자기 먹은 것을 모조리 토해내기 시작했다. 그리고 고통스럽게 숨을 헐떡이며 옆으로 푹 쓰러졌다.

"독, 독이다!"

율의 부르짖음이 어둠 속에 잠긴 궐을 뒤흔들었다.

〈2권에서 계속〉